Eleanor Sullivan (Hg.)

WEN DU HEUTE KANNST ERMORDEN...

BASTEI-LÜBBE-TASCHENBUCH
Band 13 434

Erste Auflage:
Februar 1993

© Copyright 1991
by Davis Publications, Inc.
All rights reserved
Deutsche Lizenzausgabe 1993
Bastei-Verlag Gustav H. Lübbe
GmbH & Co., Bergisch Gladbach
Originaltitel: Fifty Years of the Best
from Ellery Queen's Mystery
Magazine
Lektorat: René Strien
Titelillustration und Umschlag-
gestaltung: Achim Bock
Satz: KCS GmbH,
Buchholz/Hamburg
Druck und Verarbeitung:
Cox & Wyman, Ltd.
Printed in Great Britain

ISBN 3-404-13434-6

Inhaltsverzeichnis

Verbindungslinie

Andrew Garve

Larry Seton beobachtete, wie die beiden Männer durch die Falltür heraufkamen. Wachsam erschien zuerst der Dünne. Er hatte das Springmesser gezückt und hielt es auf ihn gerichtet. Sobald er oben war, folgte der andere nach.

Der Große senkte die Klappe und hielt sie mit seinem Fuß offen. Mit Nylonschnur von einer mitgebrachten Rolle knüpfte er eine Griffschlaufe. Als die beiden das letzte Mal hochgekommen waren, war der alte Seilgriff abgerissen und hatte ein Loch hinterlassen. Sie hatten dann einige Mühe gehabt, die Tür wieder aufzuziehen, nachdem sie erst einmal geschlossen war.

Der dünne Mann ging hinüber zu Larry und gab ihm ein Stück Papier, einen schmuddeligen Umschlag und einen Kugelschreiber. »Okay, schreib«, sagte er.

Larry schrieb, was ihm diktiert wurde:

Lieber Vater,
ich schicke Dir diesen Brief, damit Du siehst, daß alles, was die Männer am Telefon sagten, wahr ist. Sie haben mich hier in einem völlig abgeschiedenen Raum eingesperrt. Sie sagen, daß sie mich töten, wenn sie nicht die 50 000 Pfund bekommen, und ich glaube, sie meinen es ernst. Sie werden Dich morgen abend um zehn Uhr wieder anrufen. Was das Geld anbetrifft, halte Dich bitte an ihre Anweisungen und versuche nicht, die Polizei einzuschalten. Ich bin gesund, aber ich habe ziemliche Angst. Einer von ihnen hat ein Messer. Ich hoffe, daß ich Dich bald wiedersehe.

Larry

9

Er adressierte den Umschlag und reichte ihn zusammen mit dem Brief und dem Kugelschreiber wieder zurück. Der Dünne las die Zeilen durch und ließ ein zufriedenes Grunzen hören. Dann zog der Große die Falltür mit der improvisierten Schlaufe auf, und die beiden verschwanden nach unten.

»Jetzt wird alles wieder gut, Kumpel«, rief der Dünne, als er die Klappe wieder schloß und von unten den Riegel vorschob.

Larry glaubte nicht daran. Er bezweifelte nicht, daß sein Vater das Geld bezahlen würde. Der alte Herr war reich und würde die einzige Chance, die sich ihm bot, ergreifen, auch wenn sie noch so gering erschien. Er würde darauf hoffen, daß die Entführer ihr Wort hielten und Larry gehen ließen, sobald das Geld bezahlt worden war.

Aber Larry wußte, daß sie das nicht tun würden. Sie konnten es sich nicht leisten, weil er nämlich wußte, wer sie waren, und sie wußten, daß er es wußte. Er hatte sie in der Fabrik seines Vaters gesehen, wo sie bis vor ein, zwei Wochen als Bauarbeiter bei einem Fabrikausbau beschäftigt gewesen waren. Ihre Namen kannte er zwar nicht, aber wenn er jemals wieder freikäme, würde er der Polizei genug erzählen können, um ihre Verhaftung zu veranlassen.

Aus diesem Grunde würden sie nicht zulassen, daß er freikäme. Sobald sie das Geld hatten, würden sie ihn töten. Larry hatte die Absicht aus den bösartigen kleinen Augen des Dünnen herauslesen können.

Verzweifelt blickte er sich in seinem Gefängnis um. Es war ein leerer Dachboden; ungefähr vier Meter breit und sieben Meter lang, nur schwach erleuchtet und schwarz vor Dreck. Bis auf die Falltür gab es keinen Ausgang und auch keine Fenster. Die abgeschrägten Dachsparren der Wände bildeten ein rechteckiges, flaches Dach, in das ein Oberlicht, dessen Scheibe fehlte, eingelassen war. Aber die kleine Öffnung war mindestens drei Meter über ihm und mit Eisenstäben vergittert. Es gab keinen Fluchtweg.

Ebenso hatte es keinen Sinn, ein Handgemenge zu provozieren, um so die beiden zu überwinden. Larry war sechzehn und kräftig, aber ein Messer duldete keine Widerrede; jedenfalls nicht von ihm. Und außerdem kamen die Entführer immer zusammen nach oben. Sie gaben ihm nicht die geringste Chance.

Es wäre etwas anderes gewesen, wenn er eine Waffe gehabt hätte. Aber auf dem Dachboden gab es nichts, was er verwenden konnte. Auf den feuchten Brettern unterhalb des Oberlichts lagen einige Glasscherben, aber die waren zu klein, um sich damit gegen ein Messer zu wehren. Eine Apfelsinenkiste, welche die beiden hochgebracht hatten und die als Schreibtischersatz gedient hatte — zu sperrig, um eine brauchbare Waffe abzugeben.

Abgesehen von diesen Dingen hatten sie ihm fast nichts dagelassen. Einen Plastikbecher und einen Wasserbehälter aus Plastik. Einen Plastikeimer. Einen Plastikteller, auf dem sich noch die Überreste seines kargen Abendessens befanden. Einige Kerzen für die Nacht. Die Schnurrolle, die der Große in eine Ecke gefeuert hatte, nachdem die Bodenklappe repariert worden war. Und das war buchstäblich alles.

Für einen Augenblick konzentrierte sich Larry auf das neue Objekt; die Schnurrolle. Es war ein großes, maschinell aufgerolltes Knäuel, und die Schnur war stark. Konnte er es irgendwie verwenden? Phantastische Ideen schossen durch seinen Kopf. Ein Stolperdraht spannen? Eine Art Netz daraus machen? Einen der Männer damit erdrosseln? Das schien alles nicht sehr erfolgversprechend ...

Wenn es doch nur ein Fenster gegeben hätte. Dann hätte er versuchen können, etwas herunterzulassen, um auf diese Weise vielleicht auf sich aufmerksam zu machen. Aber hier gab es kein Fenster. Oder wenn das Oberlicht sich weiter unten befunden hätte, dann hätte er eine Nachricht an die Schnur binden und durch die Stäbe werfen können. Er fragte sich, ob das wohl machbar war. Er stellte die Apfelsinenkiste unter das Oberlicht und kletterte darauf. Die Kiste war alt und gab ein verdächtiges Knarren von sich. Vorsichtig hob er seine Hand. Es fehlte immer noch mehr als ein Meter bis zu den Eisenstäben, und es würde ziemlich schwierig werden, die Rolle zwischen den Stäben hindurchzuwerfen, weil sie nur etwa zehn Zentimeter auseinanderstanden. Und selbst wenn er es schaffte, würde sie nur senkrecht hochsteigen und dann wieder auf das Flachdach zurückfallen. Es hatte keinen Sinn. Er hätte eine Rakete gebraucht, um sie vom Dach wegzubekommen ...

Eine Rakete! Das war natürlich utopisch, aber er begann zu überlegen ...

Er stieg wieder herunter und stand grübelnd da. Würde es klappen? Er blickte nach oben durch das Oberlicht. Leichte Wolken zogen beständig über den Abendhimmel. Ziemlich schnell. Da draußen gab es reichlich Wind; er konnte den Luftzug durch die Öffnung spüren.

Er blickte sich um und taxierte seine Hilfsmittel. Die Schnur, die Glasscherben, die Holzkiste. Das Hemd aus Nylon, das er anhatte. Ja, es gab eine kleine Chance. Er hatte auf jeden Fall nichts zu verlieren.

Er untersuchte die Glasscherben. Es war eine mit einer scharfen Kante darunter, die ihren Zweck erfüllen würde. Er untersuchte die Kiste. Die kleinen Holzleisten, aus denen die Seiten bestanden, würden ihm wahrscheinlich das liefern, was er benötigte. Es würde einige Zeit dauern, aber Zeit hatte er genug.

Im schwindenden Licht der Abendsonne zündete er eine Kerze an und stellte sie in seine Tasse. Dann zog er sein Hemd aus und breitete es auf dem Bretterboden aus. Sein Hemdrücken gab mehr als genügend Material ab, wenn er vorsichtig zu Werke ging und keinen Fehler machte. Es würde besser sein, wenn er ihn zuerst markierte. Aber was war geeignet dafür?

Er blickte sich um. Der Staub vom Boden, den er mit Wasser mischen konnte. Oder der Dreck, der die Dachsparren bedeckte. Er fuhr mit dem Finger über einen. Er war voller Ruß. Es gab so viel Ruß, daß er ihn abkratzen und in seiner Hand sammeln konnte.

Auf dem Boden formte er daraus einen kleinen Haufen, vermischte alles mit Wasser und trug etwas davon mit einem Holzspan von der Kiste auf einen Hemdzipfel auf. Das Gemisch war zwar nicht so gut wie Tinte, aber es hinterließ ein Zeichen. Ja, es würde klappen.

Er benutzte die geraden Kanten der Kiste, als er jetzt sehr vorsichtig ein Rechteck auf dem Nylonhemd skizzierte. Vor fünf Jahren hatte er so etwas das letzte Mal gemacht, aber er hatte nicht vergessen, was ihm sein Vater beigebracht hatte. Es kam nicht auf die Größe an, sondern die Proportionen waren entscheidend; und an die erinnerte er sich. Die beiden längeren Seiten eineinhalb mal so groß wie die beiden kurzen. Genug Material zum Einfalten und zum Vernähen übriglassen. Und vier Laschen, um die Streben zu fixieren... So müßte es gehen. Er brauchte lange, um die Form auszuschneiden. Das Nylon war fest und würde deshalb nicht so schnell zerreißen. Die Glasscherbe war nicht annähernd so scharf wie eine Schere. Das Endergebnis hatte ausgefranste Kanten, aber es würde seinen Zweck erfüllen.

Jetzt also zu den Streben. Eine der dünnen Leisten aus der Kiste ziehen. Zwei Zentimeter vom Rand entfernt mit dem Glas einkerben. Jetzt tiefer gehen. Dann die andere Seite. Noch etwas drücken... Das Holz splitterte, und er hatte seine Längsstrebe.

Er ging ruhig und methodisch vor, eifrig beschäftigt mit seiner Arbeit. Die Entführer hatten ihm seine Armbanduhr abgenommen, und er konnte die Zeit nur schätzen. Gelegentlich zündete er am Stumpf der alten Kerze eine neue an.

Es dauerte nochmals lange, bis er die Kanten vernäht und die Laschen für die Streben angefertigt hatte. Um die Löcher zu bohren, verwendete er einen losen Nagel aus der Kiste, und die Schnur von der Rolle benutzte er, um alles zusammenzunähen. Dort, wo sich die Streben kreuzten, wurden sie zusammengebunden. Zum Schluß trat er zurück und überprüfte das Ergebnis seiner handwerklichen Fähigkeiten.

Es war kein schöner Drachen. Aber wenn er es schaffte, ihn durch das Oberlicht zu bugsieren, würde er trotzdem fliegen. Sobald er in der Luft war, konnte er die Schnur loslassen, und der Drachen würde mit der Botschaft, die er noch auf ihn schreiben mußte, bald zu Boden flattern.

Erst als er begann, sich über die Nachricht Gedanken zu machen, erkannte er, daß er fast keine Informationen besaß, die er weitergeben konnte. Er hatte keine Ahnung, wo er sich befand. Er konnte sich nicht erinnern, was in der Zeit zwischen seinem K.O. und seinem Erwachen auf dem Dachboden geschehen war. Wegen des entfernten Verkehrslärms vermutete er, daß er sich in einer Stadt befand, aber er wußte nicht, ob er noch in London war.

Ein schmutziger Dachboden in einem Gebäude, das war der einzige Hinweis, den er geben konnte, und das würde kaum ausreichen, um ihn zu retten. Er konnte angeben, daß die Entführer in der Firma gearbeitet hatten, aber auch das würde ihn nicht befreien; zumindest nicht rechtzeitig. Außerdem war auf dem Drachen nicht genügend Platz für eine lange Botschaft. Wegen der improvisierten Tinte mußten die Buchstaben groß und dick geschrieben werden, um lesbar zu sein.

Er dachte nach. Ohne entsprechende Anweisungen hatte es keinen Zweck, die Schnur loszulassen. Es war deshalb besser, den Drachen festgebunden zu lassen und mitzuteilen, von wem er kam. Sobald der Wind nachließ, würde er herunterfallen; irgend jemand würde ihn finden und der Schnur folgen. Ja, so war es am klügsten.

Er schrieb seine Nachricht mit akkurater Sorgfalt. Große Buchstaben, schön schwarz ausgemalt. VON LARRY SETON. Jeder Zeitungsleser würde mittlerweile seinen Namen kennen. POLIZEI VERSTÄNDIGEN. SCHNUR NICHT ABREISSEN. Das sollte genügen.

Er überlegte noch einmal. Vorausgesetzt, der Drachen flog, wieviel Schnur sollte er ihm lassen? In gewisser Hinsicht war je weniger um so besser; die Polizei konnte so die Leine einfacher und schneller zurückverfolgen. Aber angenommen, er landete auf einem Dach oder in einem Baum? Dann konnte es gut möglich sein, daß er überhaupt nicht gefunden wurde.

Dann wäre es also doch besser, ihn hoch aufsteigen zu lassen und mehr als eine Nachricht, in Abständen auf der Schnur verteilt, zu befestigen. Somit bestünde eine große Wahrscheinlichkeit, daß, egal wohin der Drachen getrieben würde, eine der Botschaften zu sehen war. Er schnitt einige Nylonstreifen zurecht und schrieb auf jeden die gleichen Worte.

Jetzt war er bereit, den Drachen auszuprobieren. Er befestigte das Ende der Schnur an ihm und stieg nochmals auf die Apfelsinenkiste. Er schaffte es mit Mühe, den Drachen durch das Gitter zu schieben. Er lag flach auf den Stäben und bewegte sich schwach im Wind, hob sich aber nicht genügend, um abzufliegen. Larry mußte ihn irgendwie anheben, ihm das Abheben erleichtern.

Er dachte einen Augenblick lang nach, dann brach er eine weitere Leiste aus der Kiste und ging daran, sie in Kleinholz zu spalten. Mit der Schnur zusammengebunden, ergaben vier dieser Späne einen langen Stock. Er kletterte wieder auf die Kiste und schob den improvisierten Stab durch das Gitter. Beim zweiten Versuch erwischte er den Schwerpunkt des Drachen und hob ihn auf die

Spitze seines Stabes. Sofort wurde er vom Wind erfaßt und war weg. Er zerrte an der Schnur und stand wunderbar stabil in der Luft.

In der Dunkelheit konnte Larry nur ahnen, wieviel Schnur er abrollte. Bei schätzungsweise einhundert Metern fixierte er einen Streifen seiner Nachricht. Er gab mehr Schnur nach, band noch einen an die Leine. Fast am Ende der Schnur befestigte er einen dritten.

Jetzt mußte der Drachen nur noch angebunden werden. Die Schnur war um eine starke Papprolle gewickelt gewesen. Quer unter die Eisenstäbe gelegt, würde sie ihren Zweck erfüllen. Natürlich konnte es sein, daß die Entführer sie entdecken würden, wenn sie am Morgen wieder heraufkamen. Aber sie konnten genauso bemerken, daß die Schnur verschwunden war, oder daß die Kiste teilweise zerlegt worden war. Das ganze Unternehmen war ein Glücksspiel.

Sobald Larry das Ende der Schnur fest mit der Rolle verknotet hatte, stieg er erneut auf die Kiste. Er würde seinen Arm bis zum äußersten strecken müssen, um sicherzustellen, daß sich die Rolle quer unter dem Gitter einkeilen würde. Er balancierte auf der Kiste und reckte sich angestrengt zum Oberlicht; die Rolle hielt er dabei mit den Fingerspitzen. Dann brach die Kiste ohne Vorwarnung mit einem plötzlichen splitternden Geräusch unter ihm zusammen.

Die Rolle rutschte aus seiner Hand, als er stürzte. Sobald er vom Boden aus nach oben sah, bemerkte er, daß der Drachen sie durch das Gitter gezogen hatte und sie verschwunden war.

Er zog die Überreste seines Hemds und seine Jacke wieder an und sank verzweifelt auf den Boden. Nachdem der Drachen jetzt frei umherflog, würde die Botschaft, die er geschrieben hatte, niemandem helfen. VON LARRY SETON. POLIZEI VERSTÄNDIGEN. SCHNUR NICHT ABREISSEN. Niemand würde ihn aufgrund dieser Information finden. Es war alles vergebens gewesen.

Superintendent Grant, dem man den Entführungsfall Seton übergeben hatte, befand sich mit Larry Setons Vater in seinem Büro. Kurz vorher hatte er den Brief gesehen, der diesen Morgen von Larry gekommen war. Jetzt erörterten er und Seton, welche Maßnahmen zu ergreifen waren. Seton, der vor Angst und Schlaflosigkeit grau aussah, war bereit, das Lösegeld zu bezahlen, und wollte die Polizei heraushalten. Grant dagegen beabsichtigte, bei der Übergabe eine Falle zu stellen. Sie diskutierten noch, als Sergeant Ellis eintrat.

»Das ist gerade abgegeben worden, Sir. Wurde in Primrose Hill im Norden Londons gefunden.«

Der Sergeant legte einen Drachen auf den Tisch. Ein kurzes Stück der Leine, etwa zwanzig Fuß lang, befand sich noch an ihm. Dort, wo sie gerissen war, war das Ende der Schnur ausgefranst. Grant las die Nachricht, befühlte die schwarze Beschriftung und untersuchte das Objekt. »Könnte sich wieder um einen Streich handeln«, sagte er zweifelnd. Er war schon einmal auf die falsche Fährte gelockt worden.

Seton schüttelte den Kopf. »Der ist echt. Da bin ich sicher.« Seine Stimme hatte einen aufgeregten Ton. »Früher, als Larry noch ein Junge war, bauten wir solche Drachen. Wir waren ziemlich geschickt darin, und Larry hat sich an die Vorlage erinnert. Die Proportionen sind dieselben, und er hat die richtige Form. Ich bin so sicher, daß er von ihm kommt, als ob seine Unterschrift daraufstünde.«

»Ich verstehe.« Grant wurde munter. »Wo genau wurde er gefunden, Sergeant?«

»Er hing über einen Fenster in einer Pension in der Lucy Street 12 herunter. Der Bursche, der dort wohnt, er heißt Forbes, fand ihn heute morgen und gab ihn bei seiner örtlichen Polizeistation ab.«

»Es wäre möglich, daß wir den Rest der Leine finden und sie zurückverfolgen können«, sagte Seton aufgeregt. »Es wäre möglich, daß sie uns zu Larry führt.«

Grant nickte. »Gehen wir.«

Der Superintendent studierte den oberen Teil des Hauses in der Lucy Street durch ein Fernglas. Bald darauf grunzte er. »Ich kann sie sehen. Sie hängt an der Dachrinne. Es scheint, als ob sie über das Dach läuft. Versuchen wir es in der nächsten Straße.«

Sie fuhren hin und nahmen die Spur schnell wieder auf. Von dem Haus aus kreuzte die Leine die Straße in Höhe der Dächer. Sie mußten viele Umwege fahren, um auch weiterhin die Leine zurückverfolgen zu können. Mehrere Male war sie gerissen, und sie mußten das nächste Stück suchen. Zweimal halfen ihnen Schnitzel aus weißem Material, die an der Schnur befestigt waren, sie zu sichten.

Sie verfolgten sie über Häuser und die Äste eines Baums hinweg; quer über einen Rangierbahnhof; zwischen zwei Kohlewagen hindurch, an rostigen Schienen und einer Gruppe von Männern, die gerade dabei waren, den ersten Waggon auszuladen, vorbei, bis zum Dach eines Fabrikgebäudes. Dann, gerade als sie sich am Ziel wähnten, kamen sie zu einer Papprolle, an der ein abgerissenes Stück Schnur hing und die von einer Straßenlaterne herabbaumelte. Abgesehen davon befand sich nicht mehr in der Umgebung.

»Larry muß ihn losgelassen haben«, sagte Seton mit tiefer Niedergeschlagenheit.

Grant nickte. »Vielleicht wurde er gestört, bevor er ihn festmachen konnte. Pech gehabt. Aber auf jeden Fall haben wir jetzt etwas, auf das wir aufbauen können.«

Er ging zurück zu dem Polizeiwagen und gab dringende Instruktionen durch.

Ein Einsatzkommando und ein Feuerwehrwagen benötigten mehr als zwei Stunden, um alle Stücke der Leine, die sie finden konnten, einzusammeln. Jedes mußte numeriert, beschriftet und die genaue Fundstelle auf einem Stadtplan markiert werden, bevor es entfernt wurde. Die Leine war achtmal zerrissen, jedesmal an Straßenkreuzungen. Die Ursache war zweifellos der vorbeifahrende Verkehr gewesen.

Nachdem sie wieder in New Scotland Yard waren, ließ Grant die Schnurteile zusammensetzen und messen. Wenn man berücksichtigte, daß auf den Straßen einige Teile weggekommen waren, ergab sich eine Gesamtlänge von annähernd sieben Meter. Die Fundstellen, die jetzt auf einer großen Wandkarte eingezeichnet waren, zeigten, daß die Leine mit vielen Kapriolen und Abweichungen in grob nördlicher Richtung von der Lucy Street heruntergekommen war. Bis zu dem Punkt, wo sie die Papprolle gefunden hatten, waren es vierhundert Meter Luftlinie. Irgendwo darüber hinaus, vielleicht sehr weit weg, befand sich Larry.

Grant sagte: »Sie sind der Fachmann, Mr. Seton. Was denken Sie, wird passieren, wenn man einen Drachen, der an einer siebenhundert Meter langen Leine fliegt, frei fliegen läßt?«

Seton schüttelte den Kopf. »Das ist schwer zu sagen. Jeder Drachen verhält sich anders. Die Windstärke und die Windrichtung sind sicherlich ein wesentlicher Faktor. Das Gewicht der Schnur ist ein weiterer Punkt. Generell würde ich sagen, daß ein Drachen, wenn die Windverhältnisse gut sind, für kurze Zeit steil nach oben schießt und die Schnur dabei mitnimmt. Dann wird er anfangen zu sinken und dabei hin und her flattern, Loopings drehen und zum Sturzflug ansetzen. Er wird ein gutes Stück vom Wind abgetrieben werden und die Leine hinter sich herziehen. Um herauszufinden, wie dieser Drachen reagierte, müßte man ihn versuchsweise unter genau den gleichen Wetterbedingungen fliegen lassen, und das ist ganz offensichtlich unmöglich.«

»Wir wissen nicht einmal, wann der Drachen gestartet wurde«, sagte Sergeant Ellis.

Grant runzelte die Stirn. »Um wieviel Uhr wurde er gefunden?«

»Um ein Uhr heute nacht, Sir. Um diese Zeit kam Forbes von einer Party nach Hause. Er ging ins Bett, und dann hörte er ein Klopfen am Fenster. Es störte ihn, und deshalb stand er auf, um herauszufinden, wodurch es verursacht wurde. Er fand den Drachen und zog ihn ins Zimmer. Er machte kein Licht, deshalb sah er bis zum Morgen nicht, was darauf geschrieben war. Aber er war sich sicher, daß es um ein Uhr war, als er ihn fand.«

»Dann ist der späteste Zeitpunkt, an dem er losgelassen worden sein kann, kurz vor ein Uhr«, sagte Grant. »Wann kann es frühestens passiert sein?«

»Nun, Forbes sagte aus, daß der Drachen noch nicht da war, als er gestern morgen zur Arbeit ging, weil er ihn sonst hätte sehen müssen, wie er dort baumelte.«

»Also ist er irgendwann zwischen ungefähr acht Uhr gestern morgen und ein Uhr heute nacht aufgestiegen. Siebzehn Stunden... Ich frage mich, ob uns die Leute vom Wetteramt weiterhelfen können.«

Grant befand sich für einige Zeit am Telefon und machte sich Notizen, während der Meteorologe sprach. Sein Gesichtsausdruck verfinsterte sich beim Schreiben immer mehr.

»Ich befürchte, die sind keine große Hilfe«, sagte er, als er aufgehängt hatte. »Was man typisches englisches Wetter nennen könnte.

Der Wind kam gestern morgen mit Stärke fünf aus südwestlicher Richtung. Am Abend drehte er, blies von Nordwest bis Nord, und die Windstärke ging dabei auf drei zurück. In der Nacht zog ein kleines Hochdruckgebiet über London, der Wind kam jetzt aus nordöstlicher Richtung und hatte zuerst Stärke zwei, später ging sie auf Stärke drei. Dann am frühen Morgen kam er wieder von Nordwest mit Windstärke zwei.«

»Also sind wir keinen Schritt weiter«, sagte Seton. »Der Drachen flog offensichtlich los, als der Wind aus Norden kam, aber wie war die exakte Windrichtung, wie die Windstärke?«

»Wenn wir den Zeitpunkt nur irgendwie näher eingrenzen könnten«, sagte Grant. Für geraume Zeit saß er ruhig da. Dann bekam sein Gesicht einen nachdenklichen Ausdruck. »Diese Kohlewaggons, die ausgeladen wurden. Ich frage mich . . .«

Er griff erneut zum Telefon.

Als er dieses Mal auflegte, war seine Miene triumphierend. »Etwas weit hergeholt, aber es hat funktioniert. Diese beiden Kohlewaggons wurden erst kurz nach zehn Uhr abends auf das Gleis geschoben, und die Schnur lag zwischen ihnen. Jetzt wissen wir also, daß der Drachen zwischen zehn und eins in der letzten Nacht aufstieg. Ich glaube, ich muß noch einmal mit dem Wetteramt sprechen.«

Er machte sich weitere Notizen, während er für die anderen Informationen laut wiederholte. »Hochdruckgebiet, ja . . . Wind aus Nordost mit Stärke drei, bis 1700 Meter während des gesamten Zeitraums . . . Der Wind stetig, nicht böig . . . Können Sie mir sagen, ob es hier in der Nähe einen Ort gibt, an dem diese Bedingungen im Moment vorherrschen? . . . Das Hochdruckgebiet ist weitergezogen, ich verstehe . . . Yorkshire? Wo genau in Yorkshire? . . . Überall im östlichen Bereich. Und für wie lange? . . . Ungefähr vier Stunden.« Grant blickte auf seine Uhr. »Vielen Dank.«

Er legte den Hörer auf. »Also gut«, sagte er. »Fahren wir nach Yorkshire und lassen einen Drachen steigen.«

Knapp drei Stunden später setzte ein Armeehubschrauber einen Polizeitrupp auf einem ausrangierten Flugplatz einige Meilen von der Yorkshireküste entfernt ab. Eine kühle, aber sanfte Brise wehte beständig aus nordöstlicher Richtung. Der Himmel war klar.

Grant positionierte seine Männer, und Seton ließ den Drachen fliegen. Er stieg schnell und ohne Probleme nach oben, sobald die zusammengeknotete Schnur abgerollt wurde. Nach einigen Minuten hatte Seton nur noch die Rolle in der Hand. Einen Moment lang hielt er sie noch fest. Der Drachen stand fast unbeweglich in der Luft; ein kleiner Fleck, der sich gegen das Blau des Himmels abhob.

»Gut, lassen Sie ihn fliegen«, sagte Grant.

Seton ließ die Papprolle los. Sie schoß ungefähr zwanzig Meter steil in die Luft und wurde dann außer Sichtweite getrieben. Der Drachen kam ins Schlingern, vollführte einige Umdrehungen und Spiralen und flatterte schließlich langsam zu Boden.

Ein entfernt stehender Beobachtungsposten signalisierte, wo der Drachen heruntergekommen war, und die Polizei machte sich an die Arbeit. Sie überprüften den Abstand zwischen dem Start- und dem Landepunkt und stellten die Richtung fest. Grant notierte sich die Ergebnisse in seinem Buch. Der Drachen war siebenhundertfünfzig Meter vom Startpunkt entfernt heruntergekommen und hatte einen Winkel von zweihundertfünfzehn Grad beschrieben.

Als sie am frühen Abend wieder zu Scotland Yard zurückgekehrt waren, zog Grant auf der Wandkarte einen Kreis mit einem Radius von siebenhundertfünfzig Metern um das Haus in der Lucy Street und trug den Winkel ein.

»Also, hier müßte es sein«, sagte er. »Irgendwo in diesem Bereich. Nach welcher Art von Gebäuden müssen wir suchen?«

»Es muß ziemlich hoch sein«, überlegte Seton. »Und ich denke, es muß irgendeine Art von Zugang zum Dach haben, weil ich mir sonst nicht erklären kann, wie Larry den Drachen hätte fliegen lassen können.«

»Wahrscheinlich ist es keine Privatwohnung«, fügte Sergeant Ellis hinzu. »Entführer riskieren es nicht, jemanden einzusperren, wenn sich andere Menschen in der Umgebung befinden, vor allem dann nicht, wenn der Fall hohe Wellen in der Öffentlichkeit schlägt. Diese Schurken verstecken sich normalerweise in leerstehenden Häusern; verlassenen Warenhäusern oder Garagen, irgend etwas in der Art.«

Grant nickte. »Ich denke genauso. Irgendein Fabrikgebäude. Ich habe gerade den Bericht von Labor über die Substanz bekommen, die für die Nachricht auf dem Drachen verwendet wurde. Es ist Ruß . . . Also, gehen wir.«

Es stellte sich heraus, daß das ermittelte Gebiet aus einem Block schäbiger Mietwohnungen, einigen Fabriken, einem Schrottplatz und einem erstaunlich hohen Anteil an unbebautem Gelände bestand. Einzig die gelegentlichen Neubauten heiterten die Trostlosigkeit etwas auf.

Grant teilte seine Männer in Gruppen auf, rüstete sie mit Funksprechgeräten aus und wies ihnen Straßen zu. Über jedes Gebäude, das auch nur im weitesten Sinne verdächtig erschien, mußte ein Bericht erstattet und dann beraten werden.

Innerhalb des durchsuchten Gebiets fanden sie nichts. Grant weitete die Suche auf die angrenzenden Straßen aus. Es dämmerte schon fast, als Sergant Ellis rief: »Wie ist mit diesem, Sir?«

Grant betrachtete das Gebäude vor ihm. Auf einem geschwärzten Schild an der Wand stand: ›Oakley Möbelgesellschaft. Lager und Werkstatt‹. Es war ein großes Haus; viktorianische Gotik, mit einer Art Turm an einer Seite. Als sie näher herankamen, sah Grant, daß eigentlich nur noch das Gerippe des Hauses stand; das Innere war völlig ausgebrannt. Auf Warnschildern über dem Wellblechzaun, der das Grundstück umgab, stand zu lesen: ›Betreten verboten. Lebensgefahr‹. Aber irgend jemand hatte sich nicht danach gerichtet, weil nämlich zwei der Wellblechplatten auseinandergezogen worden waren und dort jetzt eine zwei Fuß breite Lücke klaffte.

Vorsichtig zwängte sich Grant durch den Spalt. Er bemerkte sofort, daß nicht das gesamte Gebäude zerstört worden war. An der Stirnseite des Turms befand sich eine intakte Steintreppe. Sie stiegen hinauf. Eine dicke schwarze Schicht hatte sich über jeden Zentimeter gelegt; Ruß, den das Feuer verursacht hatte.

Durch eine gesplitterte Tür am ersten Treppenansatz konnten sie Müll, kaputte Möbel und geschwärzte und zurückgelassene Tischlerutensilien sehen. Angespannt deutete Grant auf eine Schnurrolle. »Wurde für Möbelreparaturen gebraucht«, sagte er leise. »Hier sind wir richtig.«

Sie kamen zu einer geschlossenen Tür. Von innen konnte man Stimmen vernehmen. Superintendent Grant versuchte behutsam die Tür zu öffnen. Sie ging einen Spalt breit auf. Sergeant Ellis trat leise an seine Seite. »Los«, sagte Grant, und sie stürzten hinein. Zwei Männer spielten bei Kerzenlicht auf dem Fußboden Karten. Sie sprangen auf.

»Okay«, sagte Grant, »Keine Aufregung, Polizei. Wo ist er?«

Unfreiwillig blickte der Dünne mit den heimtückischen Augen nach oben. Seton schrie: »Larry!« und rannte zur Leiter.

Deutsch von Horst Gömmel

Deerfawn in Gefahr

Dorothy B. Hughes

Dorian sagte: »Morgen fahren wir nach Deerfawn Manor.«

»Nix da, ich nicht«, erklärte Jix. Ziemlich unelegant, bedenkt man, daß wir in Stratford-upon-Avon, Shakespeares Geburtsort, waren. Aber andererseits war Shakespeare ja selbst ein großer Vertreter der Umgangssprache.

»Nix da«, echote ich ebenfalls ohne Rücksicht auf die Grammatik, dankbar dafür, daß Jix sich endlich dem jugendlichen Tatendrang seiner Schwester widersetzte. Als ich, ein stellvertretender Assistent eines Professors für Drama aus dem erfolglosen Zweig der Familie, gierig nach dem geschenkten Gaul geschnappt hatte, einen Sommer in England als Hüter meiner jüngeren Hunter-Cousins zu verbringen, hatte ich nicht bedacht, daß jemand mit Siebenundzwanzig nicht die unerschöpfliche Vitalität von Neunzehn- und Zweiundzwanzigjährigen besitzt.

»Und dürfte ich fragen, wieso nicht?« Dorian stützte die Ellbogen auf, wobei sie beinahe, aber dann zum Glück doch nicht, unsere Bierkrüge umgestoßen hätte. Das Bier hätte sich über die Eichentische von ›The Mace and Swan‹ ergossen, einem alten Pub in einem schwarzweißen Fachwerkhaus aus der Tudorzeit auf der Sheep Street, die sich durch die Cotswolds hügelabwärts schlängelte.

Ginge es nach Dorian, würden wir keinen Steinhaufen der Römer, keine alte sächsische Säule, keinen normannischen Tympanon, auch keine Stelle auslassen, wo die Edwards und Henrys und Charles ihre Pferde und ihr Gefolge hatten rasten lassen, in dieser Reihenfolge. Im letzten Semester hatte sie ein hellblonder Brite für dergleichen empfänglich gemacht, der an Miss Waverly's Finishing

School for Young Ladies — jetzt mit snobistischem Understatement Waverly Junior College genannt — einen Kurs in Englischer Geschichte gab.

»Ich bin müde«, sagte ich. »Mir tun die Füße weh. Für morgen habe ich nichts Anstrengenderes vor, als mich ans Ufer des Avon zu legen und mit den Schwänen zu kommunizieren.«

»Und du?« Dorians graue Augen hefteten sich bohrend auf ihren Bruder.

»Mir stehen diese Landsitze bis da«, murmelte Jix, den Blick auf die Tramperin aus South Carolina einige Tische weiter gerichtet — diejenige, die wie eine Tüte Erdbeereis aussah, nicht die andere, die aussah wie eine Querflöte.

»Dann fahre ich alleine.« Es waren gut acht Meilen bis Deerfawn. Aber Dorian war in einem Alter, in dem ein Mädchen als Statussymbol Männer im Schlepp haben mußte, wenn auch bloß seinen Bruder und einen alternden Cousin. »Und den Triumph könnt ihr vergessen.«

Jix hatte in London über Mietkauf ein flottes rotes Triumph-Kabriolett erworben. Der Vertrag besaß den Vorzug, daß man den Löwenanteil der Summe später abzahlen konnte. Jix wollte den Wagen behalten. Dorian kam besonders gut mit ihrem Vater aus. Und Jix mußte sich fügen; diese Ferien waren Dorians Party, ihr Geschenk zum Examen.

Ohne den Blick von South Carolina abzuwenden, lenkte Jix ein: »Okay, okay, ich komme mit.«

Hätte er nicht dieses typische scheußliche, bräunlich-senffarbene Jackett mit Hahnentrittmuster getragen, wäre er wahrscheinlich schon längst von South eingeladen worden.

Dorians Blick wanderte nachdenklich zu Brummel Coombe, zwei Tische weiter. Zwei Tische Entfernung im ›Mace and Swan‹ bedeuteten für mich, daß ich mit einer gedankenlosen Geste den Becher des jungen englischen Kavaliers genauso hätte greifen können wie meinen eigenen. Den Zwischentisch ignorierend, sprach Dorian jetzt Brummel mehr oder weniger öffentlich an: »Warum kommen Sie morgen nicht mit uns?«

Er konnte sich kein endgültiges »Nein, danke« abringen, dafür war er zu wohlerzogen. Brummel war oberste Oberklasse vom

Scheitel seines weichen, flachsfarbenen Haars bis zu den Sohlen seiner polierten, handgefertigten Londoner Schuhe.

Statt dessen sagte er in dieser unnachahmlichen höflichen britischen Art: »Vielen Dank, aber ich fürchte, es wäre dann ein bißchen voll.«

Wir hatten ihn gestern abend ins Theater mitgenommen. Danach kehrten wir alle beim ›Oak and Swan‹ ein, einem alten Gasthof in einem schwarzweißen Fachwerkhaus aus der Tudorzeit. Ebenfalls auf Sheep Street.

»Wir haben genug Platz.« Dorian versuchte, ihre Stimme ebenso gelassen und ruhig zu halten wie die seine, aber ich spürte den Triumph darin. »Kell kommt nicht mit.«

»Das stimmt«, erklärte ich auf seinen fragenden Ausdruck hin. »Ich werde es mir morgen bequem machen.«

Brummel lächelte Dorian an. Aus diesem Lächeln konnte man schließen, daß er entzückt wäre, mit ihr herumzufahren. Oder auch genau das Gegenteil. »Nur, wenn Platz da ist.« Leicht beunruhigt unterbrach er sich. »Wo ist Clara?«

Die Flöte antwortete ihm: »Sie sagte, sie wolle hinunter zum Sweetpotato gehen.«

Wegen der Größe des Mace und Swan waren die Angelegenheiten eines jeden jedermanns Angelegenheiten.

Sie hatte ihre Worte kaum herausgeflötet, als Brummel seinen Stuhl zurückstieß und irgend etwas murmelte wie: »Entschuldigen Sie mich einen Moment.« Und weg war.

Daß Brummel sich ausgerechnet in Clara verschossen hatte, war unbegreiflich. Doch er ließ sie nur ungern aus den Augen. Reisende deutsche Mädchen, so unser Vorurteil, waren geschrubbt und poliert wie Kernseife und Bimsstein. Nicht so Clara. Ihr strähniges blondes Haar hing ungewaschen und ungekämmt mal über die eine, mal über die andere Schulter, und ihre gelbliche Blässe wurde noch durch Kleckse grünen Eye-Shadows und durch verschmierten pinkfarbenen Lippenstift betont. Das einzige Outfit, in dem man sie je gesehen hatte, waren ein schwarzer Herrenpullover, der ihr bis zu den Knien hinunterhing, und lange Hosen, die einst vielleicht einmal rosa gewesen sein mochten, nun aber eine Art körniges Rot aufwiesen.

Selbst Jix, der noch jung genug war, keine großen Unterschiede zu machen, solange eine Frau unter dreißig war, konnte die schlampige Clara nicht ausstehen. Während Brummel, ganz Tweed und Flanell, ganz Eliteschul-Jungchen, ihr folgte, als wäre sie die Mary aus dem Wiegenlied.

»Tja«, seufzte Dorian, als sich die Tür hinter Brummel schloß. Herzlos sagte ich: »Gib's auf, Dorian, das bringt doch nichts.«

»Und ihn ihr überlassen?« Manchmal wies Dorian Ähnlichkeit mit Medea auf. »Im Leben nicht.«

»Nix da«, wiederholte Jix. Erdbeereis sah ihn dabei tropfend an, wie ich meinte.

Dorian wartete weiteres Gequatsche gar nicht erst ab. Ich holte sie erst einen halben Häuserblock weiter ein.

»Hältst du dich für sehr klug?« fragte ich. »Du wirst gar nichts erreichen, wenn du ihm nachläufst. Das mögen Männer nicht.«

Das stimmte schon seit viktorianischen Zeiten nicht, aber wir Männer behaupteten es weiterhin.

»Ich laufe ihm nicht nach«, widersprach Dorian hochmütig. »Ich möchte ihm lediglich sagen, um welche Zeit wir morgen aufbrechen. Ich habe nicht die Absicht, die ganze Nacht herumzusitzen und Ale zu kippen wie du und Jix.«

Inzwischen hatten wir das Sweetpotato-Café erreicht, die britische Variante eines amerikanischen Juke-box-Schuppens, inklusive röhrender Elvis-Presley-Platten. Entschieden alles andere als Tudor, und daher beim jungen Szenevolk von Stratford und bei Rucksacktouristen sehr beliebt. Die Größe des Raumes hier ließ das ›Mace and Swan‹ geräumig wirken, und der Sättigungsgrad war längst erreicht, als wir eintrafen.

Claras Clique war zahlreich vertreten, inklusive des bärtigen Wundertiers, an dem sie klebte, sobald sie Brummels Aufmerksamkeit entkommen konnte. Es handelte sich um einen eher mürrischen Typ, dessen Brillengläser gewöhnlich auf die Kritzeleien gerichtet waren, welche er in sein kleines schwarzes Notizbuch eintrug. Weder Clara noch Brummel waren anwesend.

Wir machten uns wieder auf den Weg zurück zum Pub. Auf der Hälfte des Weges stieß Dorian einen unterdrückten, gequälten Schrei aus. »Sieh doch!«

Auf der anderen Straßenseite, gerade vor dem Eingang des Oak and Swan, standen die so schwer greifbaren beiden Gestalten. Dorian grub ihre Nägel in meinen Arm, um mir zu signalisieren, ich solle so tun, als wollten wir nur eben etwas frische, feuchtkalte Nachtluft schnappen, doch wir wurden bereits beobachtet.

»Sieh an, das ist ja Dorian.« Brummel schrie nicht — englische Gentlemen schreien nicht. Trotzdem, in der Stille klangen seine Worte ganz deutlich. Er kam herübergeschlendert und ließ Clara im Schatten des Eingangs zurück. Als er zu uns trat, sagte er: »Ich bedaure, daß ich so weggelaufen bin. Ich wäre entzückt, wenn ich morgen mit Ihnen kommen dürfte.«

Jeder Schwachkopf, der nicht durch Anglophilie verwirrt war, mußte kapieren, daß er sich erst bei Clara rückversichert hatte.

Weil ich mich über die Art ärgerte, mit der er nach Lust und Laune jedes Mädchen abblitzen ließ, meldete ich mich zu Wort. »Fährt Clara morgen auch mit nach Deerfawn?«

»Nein, sie fährt nach Leamington —« Er hielt inne. »Sagten Sie Deerfawn?«

Sein Gesicht war ein Bild der Sorge, Befürchtung und aller sonst möglichen Symptome für Angst.

Dorian bemerkte dies nicht. Sie ging voraus, um die Tür zu öffnen — sie hatte nicht gelernt, Männern derlei Aufgaben zu überlassen. »Ja, für morgen haben wir uns Deerfawn Manor House vorgenommen. Paßt Ihnen zehn Uhr? Anschließend wollen wir nachmittags weiter zu den Ruinen der St. Orlgwulf's Abbey.« Mit diesem Geplapper ließ sie Brummel ein.

Ich weiß nicht, weshalb ich zum Eingang zurückschaute. Aber ich tat es. Die verlassene Clara stand noch dort, ein verschwommener, trauriger kleiner Geist, der die Schatten umklammerte. Ihre Schmuddeligkeit wurde von der Düsternis geschluckt; nur ihr bleiches Gesicht und die Haare waren zu sehen.

Sie war nicht mein Problem; Dorian dagegen schon. Ich folgte den anderen in den Pub, indem ich Clara draußen in der Nacht ausschloß. In unserer Abwesenheit hatte Jix sich der Südstaatenversuchung genähert. Brummel saß jetzt auf Jix' alten Platz, und Dorian schien jeden Gedanken daran aufgegeben zu haben, sich zur Nachtruhe zu begeben. Damit war ich das fünfte Rad am

Wagen. Ich konnte also getrost zum Inn zurückkehren und mir eine Mütze voll Schlaf gönnen.

Am nächsten Morgen war ich ebenso heiter wie Jix übernächtigt. Dorian war ihr übliches überschäumendes Selbst; sie brauchte keinen Schlaf. Wir hatten unseren Fruchtsaft aus der Dose hinter uns und die Corn-flakes, unsere Spiegeleier und den kaum gebratenen Bacon mit lauwarmer Tomate, unseren kalten Toast und den Topf mit Orangenmarmelade — das traditionelle englische Frühstück — und hielten uns noch etwas an unserem Tee mit Milch und Zucker fest, als Brummel im Speiseraum auftauchte.

Wir tauschten morgendliche Grüße und die unvermeidlichen Wetterprognosen aus, ehe er betreten sagte: »Ich fürchte, ich kann heute noch nicht mitkommen. Es ist etwas dazwischen gekommen.«

Dorian hätte — nach einem unglaublich leidgeprüften Wimpernschlag — bei den Stratford-Schauspielern aufgenommen werden müssen — so überzeugend war ihr tröstendes Lächeln. »Das tut mir schrecklich leid für Sie, Brummel. Aber wenn Sie nicht können, können Sie nicht. Vielleicht ein andermal.«

Man hätte beschwören können, er dachte, wie schrecklich anständig es doch von ihr sei, es so gut aufzunehmen. Nach einigen weiteren Entschuldigungen zog er sich zurück.

»Offensichtlich fährt Clara heute doch nicht nach Leamington.« Kaum hatte ich es gesagt, da tat es mir auch schon leid. »Solange noch Platz ist, komme ich wohl doch mit euch nach Deerfawn. Ich habe meine jugendliche Frische wiedergefunden.«

»Dann kannst du ja auch fahren«, sagte Jix übellaunig. Er war zu dem Ausflug verdonnert, denn er hatte Erdbeereis überredet, sich dort mit ihm zu treffen. Selbst seinem geliebten Jackett gelang es nicht, ihn aufzuheitern.

Es war ein himmelblauer Tag, einer der wenigen, an denen wir das Dach des Kabrios herunterlassen konnten, ohne Wasser schöpfen zu müssen. In England sind acht Meilen länger als in den Vereinigten Staaten. Und wer will schon über Landstraßen rasen, die sich dunkel unter hohen Baumkronen hindurchwinden und grün gesäumt sind von Wiesen, auf denen Schafe wie reglose Tupfen mit roter Markierung auf den Lenden grasen, die sie von den blassen, safrangelben Steinen unterscheiden? Um unser gemächliches Tempo noch zu verlangsamen, mußten wir bei jedem zerfallenden Steinhaufen anhalten, der am Horizont auftauchte, während Dorian hineilte, um seine Herkunft zu erkunden.

Daher war es fast elf, als wir das Torhäuschen von Deerfawn Manor erreichten. Der Wächter war zur Stelle, um unseren Obolus zu kassieren und uns mit rosafarbenen Eintrittskarten zu versehen, die er von einer Rolle abriß. So, wie wir es vor der Automatisierung in unseren Kinos hatten. Wir fuhren die halbe, mit Kopfstein gepflasterte Meile zum Hof hinter dem gewaltigen georgianischen Haus hinüber.

Deerfawn unterstand nicht dem National Trust für Denkmalspflege – so alt war es nicht. Doch die Prospekte an der Rezeption des Oak and Swan zeigten ein wunderschönes Bild seiner kunstvoll geschnitzten Treppe, seiner unschätzbaren Bibliothek, seiner Kunstsammlung und seines spektakulären marmornen Pavillons in seinem Wald, dem einzigen Überbleibsel des ursprünglichen Herrensitzes, das nicht im Bürgerkrieg zerstört worden war. Auch die Engländer hatten schließlich ihren Bürgerkrieg. Ebenso gab es Pfauen – es gab immer Pfauen – und gepflegte Gärten. Obwohl diese Informationen mit Sicherheit vom Marquis of Deerfawn zusammengestellt worden waren, der mit ebensolcher Sicherheit sein Anwesen der Öffentlichkeit zugänglich gemacht hatte, um seine Steuern bezahlen zu können, mochte es sich als wesentlich interessanter erweisen als einige der alten heruntergekommenen, riesigen Häuser, die wir bereits gesehen hatten. Und außerdem gab es dort zwei echte Gemälde von Rubens und sechs Familienporträts von Van Dyck.

Es kam das übliche Schild, das zum westlichen Untergeschoß zeigte, in dem sich der übliche Teesalon sowie der Andenken- und Postkartenstand befinden würden. Hier machten wir erst mal Pause – wie Jix verlangt hatte, um mittels Kaffee und Aspirin wieder unter die Lebenden zurückzukehren. Dorian war sauer und schrieb zwei Postkarten an ihre beiden besten Freunde daheim, bis Jix wieder betriebsbereit war. Dann bestand Dorian darauf, daß wir wieder hinausgingen und den richtigen Eingang nahmen.

Jix sagte: »Ich werd' nur mal eben meine Jacke los und komme dann nach.«

Von der Stelle, wo wir unseren Wagen geparkt hatten, konnten wir nach unten auf die Allee blicken und sehen, ob die Bustour eintraf. Ich schrieb Jix mitsamt seiner Verzögerungsstrategie für den Rest des Morgens ab.

Alles in allem war Deerfawn Manor House nicht übel. Es war nichts so Großartiges wie Warwick Castle — ah, Warwick! —, wo ich begriffen hatte, was das biblische Wort ›begehren‹ tatsächlich bedeutet, aber es war auch nicht so unglaublich ordinär wie einige der anderen Attraktionen, die besser ungenannt bleiben sollen. Wir spazierten ohne Führung und doch nicht unbeobachtet herum. In jedem Raum waren Wächter zum Hüten der Schätze postiert, um zu gewährleisten, daß niemand etwas mitgehen ließ.

Es war nach eins, als wir die geschnitzte Treppe zur Eingangshalle wieder hinunterstiegen.

»Jetzt nehmen wir uns die Gärten vor«, verkündete Dorian.

»Sollten wir nicht lieber zuerst einen Happen essen?« Ich war so englisch wie die Engländer geworden: Trotz des ausgiebigen Frühstücks war mir bereits wieder nach einer weiteren Mahlzeit zumute.

»Später«, beschied Dorian.

Die Engländer sind absolut verrückt auf Gärten. Da sich um diese Jahreszeit die meisten Touren aus Teilnehmern englischer Muttersprache zusammensetzen, waren die streng symmetrisch angeordneten Anlagen rings um das Herrenhaus herum bereits mit feierlichen geblümten Kleidern und flachen Tweed-Mützen bevölkert.

Ein Blick, und Dorian entschied: »Wir kommen später zurück. Nachdem wir den Pavillon besichtigt haben.«

Sie steuerte auf den Pfad in die Tiefen des Waldes zu, gleich hinter dem handgefertigten hölzernen Schild: Zum Pavillon. Fast sogleich verwandelte sich der Weg in eine enge Schneise, der in die noch entfernteren Tiefen des Waldes führte, dort, wo die Sonne niemals das Dickicht aus Farn durchdringt.

Die Bäume waren in der Tat riesig wie Kathedralen. Wo die Rinde nicht von Efeu umrankt wurde, war sie mit dichten Flechten behaftet.

Nach einer mehr als ausreichenden Stolperei und ausweglosem

Kampf durch dichtes Unterholz erlaubte ich mir die Bemerkung: »Ich glaube, wir haben den falschen Weg genommen.«

»Wie denn?« fragte Dorian, allerdings ohne ihre übliche Sicherheit. »Das Schild wies in diese Richtung. Du hast es selber gesehen.«

»Jemand kann es in die falsche Richtung gedreht haben«, gab ich halbherzig zu bedenken.

In diesem Moment ertönte von irgendwo aus dem Dickicht ein erstickter Schrei.

Dorian prallte rücklings gegen meine bebende Schulter. Und dann fiel es mir ein. »Diese verdammten Pfauen!«

Sie brachte ein schwaches Grinsen zustande und wurde langsam wieder sie selbst. Sie lief weiter und rief mir kurz darauf zu: »Vorn gibt's Tageslicht. Das muß es sein.«

Ohne große Zuversicht hoffte ich das auch. Ich war derart hungrig, daß ich bei günstiger Gelegenheit noch zum Wilderer werden würde. Eine Sache wurde durch unser Umherirren allerdings klar: der Grund, weshalb Cromwell den Pavillon nicht zerstört hatte. Er konnte ihn nicht finden.

Vor uns gab es Anzeichen für etwas wie eine Lichtung. Dorian war irgendwo dort verschwunden. Ich hörte sie aufschreien und legte Tempo vor. Der Schrei kündete nicht von Verzückung, sondern von einer Katastrophe.

Die freie Stelle war kaum größer als eine Tischplatte. Mitten darauf standen sich Dorian und Brummel gegenüber. Er war nicht mehr der junge Aristokrat aus dem Oak and Swan; er trug jetzt eine Lederschürze und matschbespritzte Stiefel, wie das im Freien arbeitende Personal des Herrensitzes. Sein Gesicht hatte die Farbe von Regen und entbehrte jeglichen Ausdrucks. Ich brauchte ziemlich lange, bis ich sah, was zu seinen Füßen lag. Ein übergroßer schwarzer Pullover, schmuddelige, rosafarbene lange Hosen und wallendes gelbes Haar. Brummels rechte Hand hielt einen großen Stein. Dessen glatte Oberfläche war verfärbt.

»O nein«, wimmerte Dorian.

Mein Auftauchen riß Brummel aus seinem Schock.

»Sie auch?«

Auch Dorian erwachte zum Leben. Aber sie lief nicht davon. Sie eilte zu ihm. »Kommen Sie. Wir müssen hier weg.«

Er stolperte kurz, als sie an ihm zerrte, fing sich dann tapfer und wich zurück. »Warten Sie«, sagte er. »Ich muß . . .«

Wir hörten alle das verdächtige Rascheln von Laub. Es mochte irgendein cromwellscher Spion sein, der sich an uns heranpirschte.

»Einen Augenblick«, flüsterte Brummel. Er kniete tatsächlich nieder und durchsuchte mit flinken Fingern die zusammengekrümmte Leiche. Er nahm irgendwas, das sich unter dem Pullover befunden hatte, und stopfte den Gegenstand mit geschlossener Hand in die Tasche seiner Schürze, ehe wir erkennen konnten, was es war.

»Hier entlang«, sagte er mit gedämpfter Stimme, während er abwesend die Waffe aufhob, ehe er sich in Bewegung setzte.

Er steuerte auf das zu, was wie ein undurchdringlicher Wald aussah, sich aber binnen Kürze als richtiger Weg entpuppte, der einen Hügel hinaufführte. Fragen Sie mich nicht, wieso ich einem dummen Schaf gleich einem blutbefleckten Killer folgte. Vielleicht schien mir dies zu diesem Zeitpunkt besser, als ohne Schokoriegel im Wald verloren zu sein. Was Dorian betraf, so hatte sie ihn in dem Moment, da sie das Opfer erkannte, von jedweder Schuld freigesprochen. Wie die meisten Frauen besaß Dorian einen blutrünstigen Zug, sobald es um Rivalinnen ging.

Als das Laufen leichter wurde, meinte ich: »Sollten Sie den Stein nicht besser loswerden?«

Er machte mich nervös.

»Welchen Stein?« fragte er verwirrt und merkte dann, daß er ihn immer noch festhielt. »Oh, der Stein«, sagte er unbestimmt. »Ja, ja, das sollte ich wohl.«

Er winkte uns, den Weg zu verlassen, ging dann einige Meter vorwärts, überlegte und wählte dann einen Baum aus, der sich in nichts von den Hunderten anderer Bäume im Wald unterschied. Sorgsam schob er den Stein unter den dortigen Farn.

Es schien mir nicht meine Angelegenheit zu sein, darauf hinzuweisen, daß sich überall daran seine Fingerabdrücke befinden müßten. Wahrscheinlich würde er in den nächsten paar Jahrhunderten nicht zum Vorschein kommen, und die Dorians dieser Tage in ferner Zukunft würden glauben, die Blutspritzer stammten von der ersten dänischen Eroberung.

Brummel schien recht erleichtert, ihn los zu sein. »Kommen Sie jetzt«, sagte er. »Wir müssen uns sputen.«

Er führte uns nicht wieder zurück zu unserem Weg am Hang, sondern rings im Wald herum, als gingen wir im Kreis. Sollte Dorian nicht beunruhigt gewesen sein, so muß ich zu meiner Schande gestehen, daß ich es war. Und dann lag kurz darauf das mächtige Manor House unter uns.

Brummel hielt nur für eine kurze Verschnaufpause inne, während er hinunter zu dem rückwärtigen Hof mit den geparkten Autos und Kutschen schaute. Zu sehen waren nur ein paar Fahrer, die auf eine Zigarettenlänge ein Schwätzchen hielten. Der rote Glanz unseres Triumph glich einem Leuchtfeuer.

Brummel wandte sich an Dorian: »Sie und Kell werden ohne Schwierigkeiten von hier wegkommen können. Sprechen Sie mit niemanden — gehen Sie einfach.«

»Aber Sie sind doch derjenige, der hier weg muß«, rief Dorian aus, wobei sie sich gerade noch zusammennahm, um den Schrei zu unterdrücken.

Er schüttelte den Kopf. »Ich kann nicht.«

Natürlich konnte er nicht: Er mußte zunächst einmal die Leiche verstecken. Dorian überlegte schnell. »Wir können auch nicht. Wir können nicht abhauen und Jix ohne Auto zurücklassen.«

»Ich werde mich um Jix kümmern! Bitte! beeilen Sie sich.«

Ich war der praktische. »Wie kommen wir zum Auto? Machen wir's wie die Vögel oder als Schlitten?«

»Ich bringe Sie hinunter«, sagte Brummel. »Doch wenn wir erst im Hof sind, gehen Sie los, steigen Sie in Ihren Wagen und verschwinden Sie. Schnell.« Er wartete nicht auf weitere Einwände von Dorian. Er kletterte schräg zur Steigung den Berg hinunter, und irgendwie gelang es uns allen, heil in die Senke zu kommen und von dort wieder den Hang hinauf zum Hof zu erklimmen.

Wir hatten es fast geschafft, als etwas, das man nur als Zeter und Mordio beschreiben kann, losging. Aus allen Türen stürmten uniformierte Angestellte, und man mußte keinen besonderen I. Q. haben, um zu wissen, daß die Leiche entdeckt worden war.

Gedämpft murmelte Brummel: »Damit ist es raus. Kommen Sie.«

Wir flüchteten zum Triumph, und er quetschte sich ohne die üblichen Förmlichkeiten als erster hinein. Dorian sagte: »Kell, du fährst«, und schlüpfte neben ihn.

Der Motor sprang an, und wir fegten die Zufahrt hinunter, ehe uns irgend jemand aufhalten konnte. Nicht, daß irgendwer es versucht hätte.

»Ziehen Sie diese alberne Verkleidung aus«, befahl Dorian. »Und ziehen Sie Jix' Jackett über.«

Brummel wand sich aus der Lederschürze und stopfte sie unter den Sitz, während Dorian half, ihn in Jix' Jacke mit den allzu bunten Farben zu stecken. Als Verkleidung hätte ich mir etwas anderes ausgesucht.

Ich hielt bis zum Tor ein flottes Tempo durch, nicht zu schnell, und erwiderte den freundlichen Gruß des Torhüters. Ihn hatte die Welt noch nicht erreicht.

Auf der Straße legte ich an Tempo zu. »Nach Stratford?«

»Ja«, sagte Brummel.

Zu diesem Zeitpunkt näherten wir uns der Abbiegung auf die Stratford Road – näherten uns, wie ich plötzlich bemerkte, viel zu schnell. Ich nahm den Fuß ganz vom Gas. Ich wollte unsere Schwierigkeiten nicht noch dadurch vergrößern, daß ich in den Streifenwagen donnerte, der die Kreuzung blockierte.

Brummel seufzte, und Dorian sagte ausnahmsweise einmal gar nichts. Ich bremste, und ein junger Constable kam zu meiner Seite des Wagens herübergeschlendert. Die Bobbies mit ihrem Helm und der dunklen klassischen Uniform wirkten auf dem Lande irgendwie irreal; sie gehörten nach London.

»Guten Tag«, sagte er freundlich. »Sie kommen gerade von Deerfawn Manor?«

Es gab keinen anderen Ort, von dem wir hätten kommen können, es sei denn, wir wären querfeldein über die Wiesen gefahren, und das wußte er.

Brav sagte ich: »Ja, Sir.«

»Ich fürchte, ich muß Sie bitten, dorthin zurückzukehren.«

»Aber warum?« fragte Dorian mit übertriebener Unschuldsmiene.

»Es hat ein bißchen Ärger gegeben, Miss«, erklärte er. »Niemand darf den Ort verlassen, bis der Chief Constable eintrifft.«

Es hatte keinen Zweck, sich herumzustreiten, vor allem mit Brummel im Wagen, der dasaß und versuchte, gänzlich unbeeindruckt auszusehen, und es in dieser fürchterlichen Jacke schaffte, wie irgendein grausiger Teddyboy zu wirken. Auf dem Rückweg nach Deerfawn Manor schlichen wir, um uns dann auf dem inzwischen überlaufenen Hof einzufinden.

Wir brauchten keinen Ratgeber, um die Nationalität der Touristen zu identifizieren. Die Amerikaner waren die verärgerten, die Europäer vom Kontinent die wachsamen, und die Briten jene, welche die Dinge hinnahmen, als wäre nichts Unangenehmes geschehen. Einzige Ausnahme waren Jix und sein South-Carolina-Baby — denen machte die Verzögerung nicht das geringste aus. Mir fiel auf, daß alle Teilnehmer von Claras Bustour zur Stelle waren, inklusive ihre Spezies. Er versuchte gerade, in seinem Reiseführer einen Grund für die Prozedur zu finden.

Brummel zog Jix' Jacke aus, legte sie auf den Sitz und stieg aus dem Wagen. Ein Mitglied der Belegschaft von Deerfawn eilte auf ihn zu. Er versuchte, ihm auszuweichen, aber der Mann stellte sich ihm in den Weg. »Ich bin untröstlich, Eure Lordschaft. Es scheint, man hat die Leiche eines junges Mädchens in unserem Wald gefunden.«

Trotz des starken ländlichen Akzents kamen die Worte unmißverständlich heraus.

Eure Lordschaft. Unser Brummel war der Marquis of Deerfawn! Mit töricht offenstehendem Mund blickte ich zu Dorian hinüber. Auch ihr war der Mund aufgegangen, aber gnädigerweise schwieg sie.

Brummel täuschte Erstaunen vor. »Die Leiche eines jungen Mädchens?«

»Jawohl, Eure Lordschaft.« Der Dienstbote beflissen: »Es scheint sich um eine der Ausflüglerinnen zu handeln, Sir.«

»Leitet Colonel Whitten die Untersuchung?«

»Man hat ihn benachrichtigt. Er ist noch nicht eingetroffen.«

Brummel erteilte irgendwelche unhörbaren Anweisungen, und der Mann eilte schnellen Schritten von dannen, fort von den steinernen Stufen, auf denen die Polizei versammelt war. Uns immer noch ignorierend, ging Brummel zu ihnen hinüber.

»Nun«, brachte ich heraus.

»Nun was?« fauchte Dorian. »Steh nicht so rum. Komm.«

Sie folgte Brummel, und ich folgte ihr.

Der hörte sich inzwischen das an, was die Polizei ihm zu erzählen hatte. Zwischendurch suchten seine Augen verzweifelt, oder soweit eben ein Marquis verzweifelt schauen konnte, die wabernde Masse auf dem Hof ab. Seine Erregung verwandelte sich in Resignation, als die Polizei die Menge teilte, um einen großen schwarzen Humber durchzulassen. Dem entstieg jemand, der Colonel Whitten sein mußte, Chief Constable der Grafschaft. Die Spitzen seines Schnurrbarts waren so lang wie ein Monolog. Aber er war ebenso ehrerbietig gegenüber Brummel wie das alte Faktotum.

Ein Kontrollposten wurde aufgestellt, und die Engländer bildeten in der Tat die unvermeidliche Schlange. Den Ausländern blieb keine andere Wahl, als sich einzureihen. Da Dorian und ich vorn waren, kamen wir schnell an die Reihe. Ehe ich dem Beamten am Tisch jedoch Namen, Adresse und Paßnummer nennen konnte, sagte Brummel bereits: »Das sind Freunde von mir, Colonel Whitten. Ich kann Ihnen versichern, daß sie nichts über diese Angelegenheit wissen.«

»Alles, was wir wissen«, sagte Dorian mit süßer, klarer Stimme, »ist, daß Brummel – Seine Lordschaft – Clara unmöglich ermordet haben kann.«

Hätte sie erklärt, sie trüge einen atomaren Sprengkopf in ihrer Handtasche mit sich herum, hätte das nicht mehr Bestürzung auslösen können. Ich war nicht der einzige, dessen Mund dämlich aufklappen konnte – jedem Polizisten ringsum passierte dies. Brummel sah aus, als wollte er gleich zu weinen anfangen.

»Denn«, Dorian schien keinerlei Reaktion zu bemerken, »sie war bereits tot, als er dorthin kam.«

»Sie haben die Leiche gesehen? Sie wissen, wer das Mädchen war?«

Es war nicht der sprachlose Colonel Whitten, sondern ein intelligent ausschauender Bobby, der diese Frage stellte.

»Natürlich kannten wir sie. Sie war die Deutsche, die seit einer Woche in Stratford weilte.«

»Das kann ich erklären«, mischte Brummel sich ohne Überzeugung ein und musterte dabei die Menge, als suchte er einen Fluchtweg durch sie hindurch zu entdecken.

»Mein Cousin und ich hörten ihren Todesschrei«, verkündete Dorian melodramatisch und zog mich gleich mit hinein, »ehe Seine Lordschaft sie fand.«

Die Deutschen, die etwas Englisch verstanden, begannen sich aufzulösen. Laut und tränenreich.

»Der Grund, weshalb er diesen blutigen Stein — verzeihen Sie, aber er war blutig — in den Händen hielt«, fuhr Dorian mit ihrem ungehemmten Vernichtungsfeldzug fort, »war, daß er wußte, es mußte sich um die Mordwaffe handeln, und er wollte das Beweisstück sichern, um...«

In diesem Moment hörte ich Jix' Stimme alle anderen Geräusche übertönend. Eine gute, laute, verärgerte amerikanische Stimme. »Was macht dieser Kerl da in meiner Jacke?«

Die Schlange wandte sich in Richtung des unterhalb stehenden Jix um. Wir alle sahen eine Gestalt in deutschen Shorts und Jix' Hahnentritt-Jackett, die auf den Wald zuraste.

»Er darf nicht entkommen«, warnte Brummel, als er die Verfolgung aufnahm. Die Polizei folgte wie die Keystone Cops, Säulen der Gesellschaft. Ist es nötig zu erwähnen, daß ich, wiederum Dorian folgend, das übliche Schlußlicht bildete?

Doch Jix war bei der Jagd ganz vorn. Er war es, der den Mann zur Strecke brachte, ehe die anderen ihn eingeholt hatten, und ihn aus dem Jackett schälte.

Der Dieb, in wütendem Deutsch und herumschreiend gestikulierend, war kein anderer als Claras griesgrämiger Freund, der mit dem schwarzen Notizbuch.

Brummel wartete, bis der Deutsche nach Luft schnappte, und sagte dann in seiner ruhigsten Manier: »Es ist zwecklos, Lengel. Und es war nicht in dieser Jacke versteckt.«

Vom Rand unseres keuchenden Grüppchens her fragte ein ziemlich hochgewachsener Mann in grauem Anzug gelassen: »Was geht hier vor?«

Brummels Miene zeigte äußerste Erleichterung. »Wieso hast du so lange gebraucht, Freddie?« Er deutete auf den Gefangenen. »Dies ist dein Mann. Er hat sich selber verraten.«

Die Polizei betrachtete Freddie als jemanden von Bedeutung. Sie wichen auseinander, um ihn zum engsten Kreis vorzulassen.

Abscheu spielte um Freddies Lippen, als er den Gefangenen betrachtete. »Er hat nichts beiseite schaffen können?«

»Mit deinen Männern als Wächter? Nicht die Spur«, versicherte Brummel ihm. »Im übrigen ist er nur die Vorhut, Freddie. Davon war Clara immer überzeugt. Sie schnappte sich das Notizbuch, gab mir einen Wink —« Sein Blick wurde traurig. »Offenkundig hat er es vermißt, ehe ich sie erreichen konnte. Er erwischte sie vorher.«

Freddie trat zu dem sich windenden Lengel.

»Er hat es nicht«, erklärte Brummel. »Es scheint, diese Amerikaner . . .« soweit die zuvor zu unseren Gunsten beschworene Freundschaft« . . . sind am Treffpunkt dazwischen geplatzt, ehe er eine Gelegenheit hatte, die Leiche zu durchsuchen.«

»Du hast es?« Freddie entspannte sich.

»Ich habe es gefunden.« Brummel konnte sich einen Seitenhieb auf den Deutschen nicht verkneifen. »Er glaubte, ich hätte es in dieser Jacke versteckt, die ich getragen habe.

»Du hast *das* getragen?« Freddies Ruhe geriet beim Anblick des Jacketts auf Jix' Arm ins Wanken.

»Zur Tarnung«, beeilte sich Brummel zu sagen. »Ich wollte dir das Notizbuch zukommen lassen, ehe sich die Polizei seiner bemächtigt. Colonel Whitten . . .«

Colonel Whitten hatte sich nicht an dem Rennen beteiligt. Er war in der Ferne auf dem Steintreppen-Hauptquartier zu erkennen, wo er gleichmütig an seiner Pfeife zog.

»Er spricht lieber mit den Reportern«, bedauerte Brummel. »Ich hatte gehofft, wir könnten unsere Pläne für uns behalten.« Freddie nickte zustimmend. »Gib es mir.«

»Es ist unter den Sitz ihres Wagens geklemmt.« Brummel schenkte unserem Team ein schwaches Nicken. »Der kleine rote.«

Freddie spurtete sogleich los. Brummel eilte in großen Sätzen hinter ihm her. Alle Fremden, und das schloß uns ein, wurden daraufhin von der Polizei den Hang hinabgetrieben und vor die Tore von Manor verwiesen. Dorian war entschlossen, nicht zu gehen, aber sie hatte dummerweise zerstört, was immer sie an Einflußmöglichkeiten auf den Marquis of Deerfawn gehabt haben mochte.

Ohne auch nur einen Blick zurückzuwerfen, entfernten sich der Marquis und Freddie jetzt von unserem Wagen, nachdem sie das Notizbuch geholt hatten.

Im Gänsemarsch fuhr man zurück nach Stratford. Selbst Dorian gelüstete es nicht mehr nach den Katastrophen in St. Orlgwulfs achtem Jahrhundert, nach dieser Darbietung der Gewalt in unserem Jahrhundert und das aus erster Hand. Sie verbrachte den Rest des Nachmittags mit mir am Ufer des Avon, wobei sie einen weit hergeholten Spionage-Thriller nach dem anderen erfand, um das Geschehene zu erklären. Jix war wieder irgendwo mit seiner schrillen Jacke und dem Südstaatenakzent unterwegs.

Dorian fuhr am Abend im Mace and Swan mit ihren Phantastereien fort, bis Brummel völlig unerwartet an unserem Tisch erschien.

»Darf ich mich zu Ihnen setzen?« fragte er. Hätte er dies nicht getan, würde ihn Dorian auf den freien Platz gezerrt haben. »Ich möchte mich für alle Unannehmlichkeiten entschuldigen, die ich Ihnen heute bereitet haben mag.«

»Es waren Spione, nicht wahr?« platzte Dorian heraus.

»O nein«, sagte Brummel und warf ihr kurz diesen leicht beunruhigten Blick zu, den die Briten für irre Amerikaner reserviert haben. »Sie waren hinter den Gemälden her.«

Es war der Sommer, in dem die Diebstähle wertvoller Meisterwerke stark zunahmen. Dorian war enttäuscht. Die Geschichten, die sie sich in ihrem kleinen Köpfchen zusammengeträumt hatte, waren viel wüster und sehr viel aufregender.

»Freddie gehört zur Londoner Abteilung von Interpol. Sie bekamen einen Tip, daß Deerfawn das nächste Opfer werden sollte. Er bat mich, ihm behilflich zu sein. Mit Clara zusammenzuarbeiten.«

»Clara war eine Agentin?« Ich glotzte ihn an.

»Sie war gut, nicht?« Sein düsteres Gesicht hellte sich auf. »Die Art, wie sie sich als Grisette herausputzte.«

»Sie meinen — sie war in Wirklichkeit keine...« stotterte Dorian.

»Sie war ein wundervolles Mädchen«, sagte Brummel. Verteidigend, nicht romantisch. »Sie war ein äußerst gescheites Mädchen. Sie machte die Studententour mit, die die Bande als Tarnung benutzte, und hängte sich an Lengel.« Er schüttelte den Kopf. »Wir wissen nicht, ob ihn irgend jemand informiert oder ob er plötzlich selber gemerkt hat, daß sie nicht so dumm war, wie er gedacht hatte. Aber als sie herausfand, daß er nach Deerfawn wollte, obwohl er ihr erzählt hatte, er würde nach Leamington fahren, wußte sie, sie mußte so schnell wie möglich an das Notizbuch kommen. Es enthielt die Pläne für alle Diebstähle in Middlands. Es ist meine Schuld, daß sie ermordet wurde.« Seine Gefühlsregung war für etwas Vorgetäuschtes zu stark. »Ich habe es nicht vorsichtig genug vorbereitet.« Dorian brach, und diesmal war es möglicherweise heilsam, das Schweigen. »Ich wußte, Sie haben sie nicht umgebracht.«

Brummel tauchte aus seiner Düsternis auf. »Ich fürchte, ich bin ein wenig in Panik geraten, als ich Sie und Kell dort sah. Ich bin noch ein ziemlicher Neuling in diesen Dingen. Und ich mußte dieses Notizbuch finden.«

Er wandte sich um und blickte Dorian in die Augen, nicht mit einer Spur von Schüchternheit. »Und ich muß sagen, ich wollte Sie von dort fortbringen, ehe Sie hinter meine Verbindung zu Deerfawn kämen. Ich hatte Angst, es könnte die Dinge zwischen uns verderben.«

Das tat es nicht. Während unserer letzten Tage im Stratford Country waren Dorian und Brummel ebenso unzertrennlich wie Jix und South Carolina. Dadurch gewann ich eine wunderbare Atempause. Tagsüber las ich Shakespeare, und nachts schaute ich ihn mir an. Ich bin auf Shakespeare ebenso verrückt wie Dorian auf Altertümer. O ja, das Schild zum Pavillon neigte tatsächlich dazu, sich zu drehen. Die meisten Leute waren vernünftig genug, den Kiesweg zur Rechten zu nehmen und nicht durch den urwüchsigen Wald zu irren.

In jenen Tagen hatte ich auch viel Zeit zum Nachdenken. Aber ich war nicht in der Lage, gewisse seltsame Aspekte des Tages auf Deerfawn zu besprechen, bis wir wieder unterwegs waren, diesmal Richtung Shropshire. Ohne Jix — er würde sich uns anschließen, wenn Miss South Carolina weitergereist war.

Ausdruckslos fragte ich Dorian: »Was hattest du eigentlich mit Brummel vor, ihm einen Strick zu drehen? Indem du der Polizei all dieses Zeug erzählt hast, meine ich.«

»Natürlich nicht!« erwiderte sie entrüstet. »Ich wußte, daß er kein Mörder ist, sogar schon, als ich ihn zunächst sah, wie er sich mit diesem blutigen Stein über die Leiche beugte. Ehe du kamst. Er ist nicht der Typ.«

Zu diesem Zeitpunkt hätte eine Lektion über kriminelle Typen wohl nicht das mindeste bewirkt. Sie war hoch oben auf ihrem Schimmel und ließ die Banner flattern.

»Wenn er aber schuldig gewesen wäre«, verkündete sie, »hätte ich ihn nicht bloß wegen all dieser Buckelei und Kratzfuß-Euer Lordschaft-Chose mit dem Mord an Clara davonkommen lassen.«

Für eine Sekunde glaubte ich, Dorian wäre von ihrer Anglophilie genesen.

Aber da schmetterte sie mir ins Ohr: »Halt an! Halt an!«

Ich überlegte schon, ob sie Brummel im Seitenspiegel entdeckt hatte, der uns wie tags zuvor einholte. Nein, das war es nicht. Es war lediglich ein weiterer zerfallener Steinhaufen, der aus dem vorbeihuschenden Grün emporragte.

Mit einem stummen Seufzer steuerte ich die nächste Parkbucht an und hielt.

Deutsch von Gisela Kirst-Tinnefeld

Der Mann, der die Frauen verstand

A. H. Z. Carr

Wir vier aßen zusammen zu Mittag, und da begannen wir über Frauen zu reden. Whately, Baker und ich stimmten darin überein, daß ungeachtet Dr. Kinsey Frauen rätselhafte Wesen seien, die Männer nur schwer verstehen konnten. Whately erzählte eine Geschichte über seine Frau, um diese Ansicht zu beweisen, und dann schlossen Barker und ich uns an, indem wir Ähnliches über unsere Frauen berichteten.

Milliken jedoch widersprach uns, wie er es für gewöhnlich tat. Er ist Junggeselle und schreibt Theaterstücke. Als wir ihm sagten, daß er ja überhaupt keine Ahnung habe, worüber er redete, schenkte er uns keine Beachtung.

»Das Problem bei euch Ehemännern ist, daß ihr euch immer wieder von dem verwirren laßt, was eure Frauen euch sagen«, erklärte Milliken. »Meiner Erfahrung nach ist ein Mann erledigt, wenn er auf das hört, was eine Frau ihm sagt. Aber ein Mann kann alles einer Frau sagen, was er wissen muß, indem er sie nur anschaut.«

Milliken achtete nicht auf ein kleines Stück Brot, das Barker nach ihm warf, und fuhr fort: »Ihr Aussehen verrät eine Frau. Es versetzte einen in die Lage zu sagen, was sie getan hat und was sie tun wird. Das heißt, es offenbart sich all denen, die so etwas wahrzunehmen verstehen.«

»Wie dir«, sagte Whately und lachte höhnisch.

»Wie mir«, stimmte Milliken zu. »Ich denke, es ist nur zu natürlich, daß ihr Frauen als geheimnisvolle Wesen anseht. Ihr seid mit Frauen verheiratet, die viel klüger sind als ihr. Aber für jemanden, der aufmerksam beobachtet, der logisch denkt und über eine

42

gewisse Intuition verfügt, offenbaren sich die geheimen Gedanken einer Frau, noch bevor sie ihren Mund öffnet.«

Barker rief: »Das läßt sich leicht so dahersagen.«

»Das ist nicht nur dahergesagt. Erinnerst du dich an Kate Loring, die Heldin in meinem letzten Stück?«

»Du meinst das Stück, das nach der zweiten Woche abgesetzt worden ist?« fragte ich. Es gab keinen Grund, feinfühlig mit Milliken umzugehen.

»Das hat damit nichts zu tun. Jeder, der das Stück gesehen hat, glaubte, daß ich eine Frau wie Kate Loring sehr gut gekannt haben mußte. Denn ich verstand sie, ich kannte ihre Gefühle und wußte, was das Bedeutsame an ihr war. Es lag auch nicht an meinem Text, daß das Stück ein Mißerfolg wurde. Wenn Hogan, der Regisseur, nur . . .«

»Bleib beim Thema«, sagte Whately, der von Beruf Rechtsanwalt ist.

»Schon gut. Also, in Wahrheit habe ich nie eine Frau wie Kate Loring getroffen. Aber ich habe sie einmal gesehen; sie saß in einer Bar, keine zehn Schritte von mir entfernt. Ich habe sie ein paar Minuten betrachtet, und dann kannte ich ihre Vergangenheit, ihre Zukunft, ihr ganzes Leben; ich kannte sie besser, als sie sich selbst kannte.«

»Du wagst zu behaupten«, mischte sich Barker ein, »daß du jede x-beliebige Frau anschauen und aus ihrem Aussehen Rückschlüsse auf ihr ganz privates Leben ziehen kannst?«

»Das habe ich euch die ganze Zeit sagen wollen«, erklärte Milliken geduldig. »Ich behaupte nicht, daß das eine ganz besondere Gabe ist, über die nur ich verfüge. Mit einem gewissen Eifer kann das jeder von euch. Selbst Bob kann es probieren, wenn er genügend Zeit und ein wenig Hilfe hat.«

»Gib uns ein Beispiel«, drängte Barker unseren Freund Milliken. »Nimm die Frau, die gerade hereinkommen ist. Sie sitzt da am dritten Tisch zusammen mit dem großgewachsenen Mann. Sie sieht recht interessant aus. Was kannst du uns über sie sagen?«

Eine Weile schaute Milliken die Frau an, auf die Barker hingewiesen hatte. Weder sie noch ihr Begleiter bemerkten uns. Sie redeten über die Speisekarte. Schließlich sagte Milliken: »Nun, sie ist ein sehr gutes Objekt. Sie ist eine außergewöhnliche Frau. Ich werde euch das Verfahren Schritt für Schritt vorführen und nichts auslassen, so daß ihr genau sehen könnt, wie ich vorgehe.«

Er bestellte noch etwas zu trinken, bevor er begann. »Diese Frau ist intelligent und entschlußfreudig. Sie ist nicht verheiratet. Obwohl sie einmal in ihrem Leben recht wohlhabend war, erlebt sie gerade eine harte Zeit und muß sich ziemlich nach der Decke strecken. Geld oder die Tatsache, daß sie keines hat, das ist geradezu ein manisches Thema für sie geworden.« Milliken hob seine Hand, um nicht unterbrochen zu werden.

»Sie ist in diesen Mann dort verliebt, und er liebt sie. Aber auch er hat kein Geld. Jetzt, wo sie ungefähr dreiunddreißig ist, sieht die Frau noch recht gut aus. Aber sie hat das Gefühl, daß ihre Chancen schwinden, ein schönes, angenehmes Leben zu führen. Und sie will daher einen anderen, einen wohlhabenden Mann heiraten.«

»Ach, Milliken, hör auf!« rief Barker.

»Ich habe doch gerade erst angefangen«, erwiderte Milliken. »In den letzten Tagen ist die Frau von einem langen Aufenthalt im Ausland zurückgekehrt. Sie war irgendwo am Mittelmeer, wahrscheinlich Nordafrika, Algerien. Es steht zu vermuten, daß sie den Mann, den sie heiraten will, auf dieser Reise getroffen hat.«

Whately schaute mich an und zuckte mit den Schultern. Milliken lächelte verkniffen. »Ich sehe, daß ihr mir nicht glaubt. Ich will euch aber noch etwas anderes erzählen. Ihr wirklicher Geliebter, der Mann, der jetzt bei ihr sitzt, weiß noch nichts von ihren Absichten. Bald, vielleicht noch während des Essens, wird sie es ihm sagen. Sie wird es tun, auch wenn sie dann die Achtung vor sich selbst verliert. Denn, wie ich schon erwähnt habe, ist das Geld zu der alles bestimmenden Macht in ihrem Leben geworden. Um finanziell abgesichert zu sein, würde sie alles opfern.«

Wir blickten zu der Frau hinüber, und Milliken senkte die Stimme. »Selbst jetzt, während sie fröhlich über irgendwelche Bemerkungen ihres Freundes lacht, denkt sie darüber nach, wie sie die Sprache auf ihr eigentliches Anliegen bringen kann. Wenn wir hier noch eine Weile sitzen bleiben, werden wir Zeugen einer wirklichen Tragödie werden: wie eine wahre Liebe an den Klippen der Armut zerschellt.«

Milliken hielt inne, damit seine Worte die richtige Wirkung erzielten. Nach einer Weile sagte Whately kurz und knapp: »Beweis es uns.«

»Ich werde es euch beweisen«, erwiderte Milliken. »Wenden wir uns zunächst der Frage der Intelligenz zu. Schaut euch ihre breite, hohe, recht ausgeprägte Stirn an und ihre wachen, großen Augen – ihr ganzer Ausdruck wirkt lebhaft, verrät aber auch Selbstbeherrschung. Das sind die allgemein gültigen Hinweise auf einen wachen Verstand. Genauso wie Augenbrauen, der Mund und ein resolutes Kinn auf einen gefestigten Charakter hindeuten.«

Das erschien uns einleuchtend; zumindest war es nicht ganz von der Hand zu weisen, also schwiegen wir.

»Betrachtet ihre Hände, ihre Füße, die Knöchel und Gelenke. Alles ist schlank und wohlgeformt; ihre Knochen wirken weder zerbrechlich, noch treten sie irgendwie auffällig hervor. Schaut euch auch ihr feines Haar an. Und dann ihre Haltung, die Ungezwungenheit ihres Benehmens, ihre Selbstsicherheit und ihre große, natürliche Würde. Das sind Hinweise auf eine gute Bildung, die ihr eigentlich auch an ihr sehen solltet.«

»Das ist alles nicht sonderlich bemerkenswert«, sagte Whately. »Ich halte sie für eine intelligente, gut erzogene Frau.«

»Gut. Ihr macht Fortschritte«, erwiderte Milliken. »Woraus würdet ihr schließen, daß ihre Familie einmal wohlhabend gewesen ist?«

»Du bist hier am Zug«, bemerkte Whately, und eine gewisse Verschlagenheit hatte sich in seine Stimme geschlichen.

Milliken lächelte. »Nun, seht euch ihre Kleider an. Die Frau hat einen bewundernswerten Geschmack. Alles recht teuer. Dieser Hut, das Kleid, diese Schuhe. Kommt alles aus Paris.«

»Woher weißt du das?« fragte ich ihn.

Milliken sah mich gequält an. »Das ist doch ganz offensichtlich.« Wenn er noch hinzugefügt hätte, »mein lieber Watson«, dann hätte ich ihm auf der Stelle einen Tritt verpaßt, aber er war klug genug, solch eine Bemerkung zu unterlassen. »Das Kleid gibt den Hinweis darauf. Solche Stoffe werden in diesem Land nicht verarbeitet. Und schaut euch den Schnitt an den Oberarmen an und die Art und Weise, wie sich der Stoff um ihren Busen wölbt. Und der Hut trägt geradezu den Aufdruck Faubourg St. Honoré. Selbst unsere elegantesten Geschäfte erreichen nicht die Wirkung, die solch ein Hut erzielt. Die Schuhe stammen ganz sicher aus Frankreich. Amerikaner entwerfen den Spann auf eine ganze andere Art und Weise.«

Niemand von uns sah sich in der Lage, etwas dagegen vorzubringen. Whately meinte: »Wenn die Sachen aus Paris kommen, würde das nicht bedeuten, daß die Frau wohlhabend ist?«

»Nun«, erwiderte Milliken. »Das ist gerade der Punkt, an dem sich der Amateur irrt. Statt sich wichtige Details genau anzusehen, zieht er sofort seine Schlüsse. Natürlich trägt die Frau teure Sachen, wie ich ja schon erwähnt habe. Aber achtet bitte auf eines: Die Dinge sind alles andere als neu. Seht genau hin, und ihr werdet bemerken, daß der Saum am Ärmel ihres Mantel recht abgetragen wirkt. Auch ihre Schuhe sind zwar elegant, aber schon ziemlich abgenutzt und voller Risse. Ihre Handtasche ist relativ schäbig und völlig außer Mode. Keine Frau würde den Eindruck, den sie macht, mit einer solch schäbigen Handtasche verderben, wenn sie sich eine schönere leisten könnte. Was müssen wir daraus schließen? Wenn sie sich Kleider kauft, dann kauft sie sich gute Kleider, allerdings besitzt sie nur wenige. Sie hat also einmal genug Geld besessen, um einen teuren Geschmack auszubilden. Nun, da ihr das notwendige Geld fehlt, versucht sie immer noch, sich diese Vorlieben zu erhalten.«

»Du rätselt nur herum«, widersprach Whately. »Ihre Kleider müssen nicht unbedingt ihren eigenen Geschmack verraten. Vielleicht hat sie sich ihre Sachen nicht einmal selbst ausgesucht. Oder jemand hat sie ihr geschenkt.«

»Whately, du denkst nicht nach. Schau dir ihr stolzes, vornehmes Gesicht an. Das ist nicht die Dienerin einer Lady, keine mittellose Gesellschafterin oder eine verarmte Verwandte, die alte Kleidung aufträgt.«

»Nun, vielleicht hat ein Mann . . .« setzte Whately an.

»Du glaubst, daß sie die Geliebte irgendeines Mannes ist? Eine Frau, die sich aushalten läßt?«

»Warum nicht? Es gibt solche Frauen, oder hast du noch nie davon gehört?«

»Du meinst, daß diese Frau mit einem Mann in ein Geschäft

gehen würde und daß er ihr die Kleider aussucht? Großer Gott, nennt man so etwas Denken? Gebrauch deinen Verstand, Whately! Die Tatsache, daß sie nicht ihre Augenbrauen zupft, daß sie nur sehr unauffällig Kosmetika verwendet, deutet das auf eine Frau hin, die von dem Wohlgefallen eines Mannes abhängig ist? Eine Frau, die sich aushalten läßt, versucht ständig, schön und faszinierend auszusehen. Sie kann den oberflächlichen Dingen nicht widerstehen, mit denen sie die Blicke der Männer auf sich zieht — sie hebt ihre Rundungen hervor, benutzt grelle, auffallende Farben. All das tut diese Frau nicht, Gentlemen. Es kann überhaupt keinen Zweifel bestehen, daß sie ihre Kleider selbst ausgesucht hat, um sich selbst zu gefallen.«

Whately räusperte sich; für einen Augenblick sah er aus, als wolle er streiten, aber sagte dann doch nichts. Ich hingegen nahm den Fehdehandschuh auf. »Du hast mich noch nicht davon überzeugt, daß sie arm ist«, erklärte ich. »Nur weil sie heute ein altes Kleid und einen alten Mantel . . .«

»Es gibt noch einen weiteren Beweis dafür. Richtet eure Aufmerksamkeit auf ihr Haar, dort, wo man es unter ihrem Hut sehen kann. Offensichtlich ist dieses Braun ihre richtige Haarfarbe. Es schmeichelt ihr nicht gerade. Wenn es eine Spur heller wäre, ein dunkles Blond, dann sähe es weitaus hinreißender aus — und die Frau muß das sehr genau wissen. Und dann ihre Frisur. Im Nacken steht ihr Haar ihr so überhaupt nicht. Sicherlich würde sie auch eine andere Frisur haben, wenn sie sich einen erstklassigen Friseur leisten könnte.«

Ich mußte zugeben, daß ihre Frisur aussah, als würde sie sich den Friseur sparen. »Und doch«, so beharrte ich, »muß das nicht bedeuten, daß ihr Geld so viel bedeutet, wie du behauptet hast.«

»Dann hast du ihren Gesichtsausdruck nicht gesehen, als die große, auffällig gekleidete Frau dort hinten hereingekommen ist. Wenn du gesehen hättest, wie unsere Frau ihre Lippen verzogen hat, als sie den Nerzmantel erblickte, dann hättest du gewußt, was ich meinte, als ich gesagt habe, daß Geld für sie alles ist. Was sollte sie dieser anderen Frau neiden, wenn nicht den fünftausend Dollar teuren Nerzmantel? Hier haben wir eine ruhige, beherrschte, stolze Frau. Wenn sie sich einen solchen Gesichtsausdruck gestattet, dann kann man sicher sein, daß das Verlangen nach Geld bei ihr tief bis ins Herz reicht.«

»Das mag alles so sein«, erklärte Barker. »Aber ich möchte gerne wissen, wie du darauf gekommen bist, daß sie eine Affäre mit dem Mann hat.«

Milliken nickte. »Hast du dir den Begleiter der Frau genau angesehen, bevor er sich gesetzt hat? Ein gutaussehender Mann mit freundlichen Gesichtszügen. Kein habgieriger Mensch. Schaut auf sein Hände – starke, schlanke Finger. Die Hände eines Künstlers – er ist Musiker oder vielleicht Maler. Aber er ist keineswegs erfolgreich. Er ist beinahe vierzig, ein Alter, in dem Männer, die Erfolg gehabt haben, es sehr deutlich zeigen. Aber die Augen dieses Mannes verraten Besorgnis, und seine Kleider sind billige Konfektionsware.«

»Woher weißt du, daß es billige Konfektionsware ist?« fragte ich und dachte an meine eigene Kleidung, die auch von der Stange war.

»Die Falten am Saum sind typisch für einen Anzug von der Stange, der schon eine ganze Weile getragen worden ist. Der Mann ist bitterarm.«

»Aber warum führt er die Frau dann in ein solches Restaurant?« wollte Whately wissen.

»Das ist eine gute Frage. Wann zückt ein Mann sein Portemonnaie für eine Frau? Das tut er, wenn er sie liebt – und besonders, wenn es nach einer langen Trennung ihre erste Begegnung ist. Habt ihr bemerkt, daß sie einen Cocktail abgelehnt hat? Und daß er auf einem Cocktail bestehen wollte? Die Sache ist eindeutig. Sie trinkt gerne einen Cocktail, und er weiß das, doch sie will seinen Geldbeutel schonen. Und was hat sie sich für ein Essen bestellt? Ravioli, die machen satt, sind aber recht billig. Liegt es nicht auf der Hand, daß er sich ein opulentes Mahl gar nicht leisten kann?«

»Du hast gesagt, daß sie ihn liebt«, wandte Barker ein. »Meinst du das, weil sie keinen Cocktail wollte und Ravioli bestellt hat?«

Milliken schüttelte den Kopf. »Ihre Augen, Barker, es sind ihre Augen. Gewiß hast du schon einmal die Liebe im Gesicht einer Frau gesehen. Die Sanftheit ihres Lächelns verrät uns alles. Und er liebt sie auch. Zweimal hat er ganz verstohlen ihre Hand berührt.

Er schaut sie auch unentwegt an. Sie lieben sich, da besteht kein Zweifel.«

»Vielleicht hast du recht«, meinte Barker.

»Natürlich habe ich recht.«

»Aber was ist mit dem anderen, dem reichen Mann«, warf Whately ein. »Wann kommt er ins Spiel? Und woher weißt du, daß die Frau gerade im Ausland gewesen ist?«

»Sieh dir ihre Gesichtsfarbe an«, sagte Milliken. »Ihre Haut ist tiefbraun. Wo bekommt man Ende November solch eine Bräune her?«

»Eine Höhensonne«, schlug ich vor.

»Unsinn. Leute, die sich unter die Höhensonne setzen, haben helle Flecken um die Augen, da, wo sie sich vor dem Licht schützen. Außerdem kann jeder sehen, daß es eine natürliche Bräune ist.«

»Vielleicht war sie in Florida«, meinte Barker.

»Um diese Jahreszeit? Das ist schwer vorstellbar. Schaut euch außerdem einmal ihre Geste an. Sie ist ein angelsächsischer Typ, aber sie gestikuliert keineswegs verhalten, sondern recht ausschweifend. Vermutlich hat sie sich solche Gesten am Mittelmeer angewöhnt, wie viele Amerikanerinnen das tun. Und das ist noch nicht alles. Habt ihr die beiden schweren, silbernen Armreifen mit dem exotischen Muster gesehen?«

Die Frau und ihr Begleiter waren so sehr in ihre Unterhaltung vertieft, daß sie unsere verstohlenen Blicke nicht bemerkten. »Was für Armreifen?« fragte ich.

»Solchen Schmuck bekommt man nur in Nordafrika. Das läßt sich an dem Muster mit Bestimmtheit sagen. Und diese Armreifen sind nicht billig, das ist nichts, das an gewöhnliche Touristen verhökert wird. Die blauen Steine sind Saphire, dafür würde ich meine Hand ins Feuer legen. Ich habe solchen Schmuck schon in Marrakesch gesehen; es gibt da einen Laden, der auf solche Sachen spezialisiert ist.«

»Irgend jemand, der kürzlich von dort zurückgekehrt ist, hat ihr die Armreifen vielleicht mitgebracht«, erklärte Whately.

»Unwahrscheinlich«, erwiderte Milliken. »Außerdem werdet ihr bemerken, daß die beiden Armreifen sich in Kleinigkeiten unterscheiden – und daß sie beide perfekt zu ihrem Kleid passen. Und wenn man das bedenkt, worauf kommt man dann? Es paßt nicht zu einer Frau, die eigentlich eine neue Handtasche braucht, daß sie sich zwei so teure Schmuckstücke kauft. Und daß ihr ein Freund zwei so sorgsam ausgesuchte Armreifen kauft, ist auch höchst unwahrscheinlich. Und wenn man sieht, wie braun die Frau ist – zu welchem Schluß gelangt man da? Sie schlendert mit einem Freund durch Marrakesch oder vielleicht auch Algier. Und in einem Schaufenster sieht sie, wie die Armreifen im Sonnenlicht funkeln, also hält sie inne, um die Schmuckstücke zu bewundern. Keine Frau kann darüber hinaus der Versuchung widerstehen, nicht nach dem Preis zu fragen.

Versucht, es euch vorzustellen«, fuhr Milliken fort und gab sich ein wenig wie ein Hellseher. »Sie schaut sich die Armreifen an, sie ist in Versuchung, sie zu kaufen, aber der Preis schreckt sie ab. Schließlich gibt sie der Versuchung nach. Nun gut – sie will den Armreif kaufen, der nicht ganz so teuer ist. Das bedeutet, daß sie sich keine neue Handtasche kauft, die sie so dringend braucht, aber die Versuchung ist zu stark, und der Armreif paßt so gut zu ihrem Kleid. Da nimmt ihr Freund den anderen Armreif, das Stück mit dem Saphir, und er besteht darauf, ihr den Reif zu schenken.«

Wir alle widersprachen ihm sofort. »Das ist nichts als Spinnerei«, meinte Whately.

»Aber überhaupt nicht«, erwiderte Milliken vollkommen ungerührt. »Ich muß gestehen, daß ich diese kleine Episode eher intuitiv nachgezeichnet habe, als daß sich dafür ganz eindeutige Beweise ergeben. Und doch erklärt es die Fakten – es erklärt sie weit besser als irgendeine Theorie, die ihr mir anbieten könnt.«

»Aber du bist nicht konsequent«, widersprach ich ihm. »Wenn die Frau wirklich arm ist, wie kann sie sich dann eine Reise nach Europa und Nordafrika geleistet haben?«

»Mein lieber Freund«, sage Milliken und schaute mich an, als trüge er ein Monokel; manchmal sieht er sich selbst als Lord Wimsey. »Viele Leute, die knapp bei Kasse sind, schaffen es, nach Europa zu kommen. Sie sparen dafür, oder sie machen eine kleine Erbschaft, oder vielleicht gewinnen sie bei einem Preisausschreiben eine Reise, oder eine reiche Tante gibt ihnen das Geld. Ihr verlangt doch sicher nicht von mir, daß ich euch bis ins einzelne ihre Finanzen erkläre. Ich werde euch statt dessen sagen, daß sie erst kürzlich zurückgekehrt ist.«

»Woher weißt du das?« fragte ich.

»Da kommen wieder einige Dinge zusammen. In den letzten Wochen war es bei uns ziemlich bewölkt, und doch wirkt ihre Bräune recht frisch. Aber etwas ist noch bedeutsamer: Schaut euch an, wie sie mit dem Mann spricht. Wie gewandt sie redet, wie lebhaft sie dem Mann antwortet; eine gewisse Erregung umgibt sie beide. Das ist mit Sicherheit ihre erste Begegnung seit langer Zeit. Aber könnt ihr euch vorstellen, daß zwei Menschen, die sich lieben, völlig unnötigerweise einen Tag verstreichen lassen, bis sie sich wiedersehen? Sie ist erst vor ganz kurzer Zeit zurückgekehrt. Vielleicht ist sie geflogen, aber ich nehme eher an, daß sie mit der *Liberté* gekommen ist, die seit gestern am Kai liegt. Gutaussehende Frauen lieben es für gewöhnlich, mit dem Schiff zu fahren.«

»Und doch«, erklärte ich, »habe ich die Sache mit dem anderen Mann noch nicht ganz verstanden. Für mich sieht es aus, als hättest du ihn ohne Grund ins Spiel gebracht.«

»Eine schöne, begehrenswerte Frau auf einer Reise ins Ausland, und du siehst nicht ein, warum da ein Mann mit im Spiel ist? Wie könnte man die Männer von ihr fernhalten! Auf einem Schiff, insbesondere wenn es ein französisches Schiff ist, hat sie innerhalb von zwei Tagen eine riesige Auswahl an glühenden Verehrern. Und in ihrem Fall handelt es sich bei dem Mann sehr wahrscheinlich um einen Franzosen. Doch ich muß zugeben, daß meine Begründung dafür ein wenig dürftig ist. Ich sehe den Grund dafür in der Art des Feingefühls, das aus dem Kauf ausgerechnet dieses Armbands spricht, und aus der Tatsache, daß es in Algier gekauft wurde. Ein Franzose hat sie vielleicht dazu ermuntert, Algier zu besuchen. Aber auf diesem Punkt will ich nicht bestehen. Ich kann nur sagen, daß sie mit einem Mann unterwegs war, daß dieser Mann wohlhabend ist und sie beschlossen hat, ihn zu heiraten.«

»Mehr kannst du uns nicht sagen?« bemerkte Whately voller Sarkasmus.

»Du glaubst mir nicht? Dann nehme ich an, daß du auch nicht den Ring bemerkt hast, den sie am dritten Finger ihrer rechten

Hand trägt. Nein, im Moment kannst du ihn nicht sehen. Sie hat den Stein nach innen gedreht. Es ist ein wunderschöner Smaragd, der ein paar tausend Dollar gekostet haben muß. Der Mann am Tisch hat ihn neugierig und irgendwie ängstlich ein paarmal angeschaut, und dann hat sie ihre Hände in ihren Schoß gelegt. Nun fingert sie nervös an dem Ring herum.«

Whately runzelte die Stirn. »Und was soll das Ganze?«

»Mein Gott«, sagte Milliken und seufzte. »Begreifst du es nicht? Ihr Begleiter ist zu stolz, um sie ganz offen nach dem Ring zu fragen. Aber er hat ihn nie zuvor an ihr gesehen. Was müssen wir daraus schließen? Sie hat den Ring auf der Reise bekommen, von der sie gerade zurückgekehrt ist. Und woher hat sie den Ring? Sie hätte es sich kaum leisten können, ihn sich selbst zu kaufen. Aber es ist genau die Art von Ring, die ein wohlhabender Mann mit Geschmack einer Frau schenkt, die er liebt. Und es ist ebenso offensichtlich, daß eine Frau wie sie so einen Ring nur von einem Mann annimmt, den sie heiraten will.«

»Aber sie trägt den Ring an der rechten Hand«, sagte Barker.

»Genau, Barker. Und frag dich selbst warum.«

Barker machte ein ratloses Gesicht, und Milliken fuhr fort: »Das tut sie, weil sie ihrem Begleiter, dem Mann, den sie wirklich liebt, nicht ganz offen zeigen will, daß sie vorhat, einen anderen zu heiraten. Sie will ihm das im richtigen Augenblick mitteilen und auf eine Weise, die ihn so wenig wie möglich verletzt. Das ist auch die einzig vernünftige Erklärung für ihr Verhalten.«

»Aber warum trägt sie dann überhaupt den Ring? fragte ich.

»Wo bleibt denn nur euer Feingefühl? Sie will den Mann nicht hinters Licht führen oder ihm etwas vormachen. Sie ist eine feinsinnige Frau, wie ihr mittlerweile mitbekommen habt. Sie läßt den Mann seine eigenen Schlüsse ziehen, sie läßt ihn die Wahrheit schon erahnen, so daß der Schrecken für ihn nicht zu schlimm wird, wenn alles herauskommt. Seht, wie zärtlich sie ihn anschaut. Auch ein gewisser Schmerz liegt in ihren Augen, wenn sie einmal zur Seite blickt. Und nun denkt nach: Was bringt eine Frau dazu, den Mann aufzugeben, den sie liebt? Wir kennen die Antwort bereits. Sie braucht Geld, sie ist richtig süchtig nach Geld. Das ist ihr schwacher Punkt, obschon sie ansonsten einen edlen Charakter hat. Für sie ist es aber nicht denkbar, ohne Geld glücklich zu sein.«

Milliken sprach mit sehr eindringlicher Stimme, und in seinen Augen lag ein dunkler Glanz. »Sie wird es ihm bald sagen — sehr bald. Wahrscheinlich, nachdem der Kaffee serviert worden ist. Sie will die Qualen, die sein Verdacht ihm bereitet, nicht unnötig verlängern. Außerdem hat sie genug von den Vorwürfen, die sie sich selbst macht. Das Ganze wird sie einiges ihrer Selbstachtung kosten, aber sie kann es nicht ändern. Die Liebe bedeutet ihr im Moment weniger als das Gefühl der Sicherheit. So verändert unsere moderne Welt die Menschen. Und ihr könnt sicher sein, genau daran denkt die Frau auch im Moment hinter ihrer Maske der Fröhlichkeit.«

Niemand von uns sagte noch ein Wort. Nach einer Weile erklärte Milliken: »Hier sitzen wir, vier Männer, denen diese Frau völlig fremd ist, und doch haben wir durch einige kleine Beobachtungen das Geheimnis ihres Lebens offenbart. Wir schauen zu, wie sich ihre Tragödie ihrem Höhepunkt nähert. Wir kennen jetzt ihre Vergangenheit und ihre Gegenwart. Und wir können vermuten, wie hart und wunderbar und kummervoll ihre Zukunft aussehen wird. Wir verstehen ihre Beweggründe und das, was sie tut, und wir können ihr Verhalten vorhersehen. Und wie haben wir all das geschafft? Genau wie ich es am Anfang behauptet habe: indem wir sie uns genau angeschaut haben.«

»Mein Gott«, sagte Barker. »Ich muß zugeben, daß das verdammt gut war.«

Whately bemerkte kurzangebunden: »Ich muß das auch zugeben — du hast die Sache eindeutig bewiesen.«

»Es könnte wirklich etwas daran sein«, sagte ich.

Milliken blickte auf seine Armbanduhr, dann erhob er sich plötzlich. »Mein Gott, ich muß mich beeilen. Ihr übernehmt doch meine Zeche, nicht wahr?« Und schon war er davongeeilt.

Wir hatten nichts dagegen, seine Zeche zu bezahlen, denn wir meinten, er hätte sich sein Mittagessen redlich verdient. Wir hatten alle etwas gelernt, und wir saßen still da und überlegten, wie wir das anwenden konnten, was Milliken uns da beigebracht hatte. Wenn wir durch Beobachtungen und Analysen an die innersten

Geheimnisse einer Frau gelangen könnten, was für eine Macht würden wir dadurch bekommen!

Wir bezahlten die Rechnung und erhoben uns, um zu gehen. Als wir an dem Tisch des Paares vorbeigingen, das uns so sehr beschäftigt hatte, bekamen wir einen Fetzen ihres Gespräches mit.

»Dickie hat heute morgen etwas Niedliches gesagt, nachdem du aus dem Haus gegangen warst«, erklärte die Frau. »Er sagte: »Mummy, warum muß Daddy gehen ...«

Den Rest hörten wir nicht mehr.

Ich blickte auf den dritten Finger an ihrer linken Hand. Man sah ganz deutlich, daß sie da lange einen eng anliegenden Ehering getragen hatte. Ich nehme an, sie hat ihn aus einem ganz bestimmten Grund abgenommen.

Wenn Milliken das nächste Mal mit uns zu Mittag ißt, wird er die Zeche übernehmen. Dieser Scharlatan!

Deutsch von Reinhard Rohn

Die Leute auf der anderen Seite des Canyons

Margaret Millar

An einem Abend im Mai merkten die Bortons zum ersten Mal, daß jemand in das neue Haus auf der anderen Seite des Canyons gezogen war, als sie das helle Viereck eines Fernsehgerätes durch das Panoramafenster schimmern sahen. Marion Borton hatte gewußt, daß es eines Tages dazu kommen würde; trotzdem fiel es ihr nicht leicht, sich mit der Vorstellung von Nachbarn in einer Gegend abzufinden, die sie und Paul mittlerweile als ihren Privatbesitz betrachteten.

Sie hatten das Grundstück entdeckt, sechs Morgen Land gekauft und das Haus trotz Abratens ihrer Bank gebaut, die nur ungern Geld für ein unerschlossenes Gebiet auslieh, und entgegen den Warnungen ihrer Freunde, die fanden, die Bortons seien töricht, weil sie sich so weit außerhalb der Stadt ansiedelten. Nun jedoch entdeckten auch andere Leute dieses Fleckchen Erde, und hier und da konnte Marion durch die Eukalyptusbäume und die immergrünen Eichen halbfertige Häuser sehen.

Doch am meisten störte sie das Haus auf der anderen Seite des Canyons; diesen Augenblick hatten sie gefürchtet, seit das Grundstück letzten Sommer planiert wurde.

»Jetzt ist es mit unserer Ruhe vorbei.« Marion ging zum Fernseher und schaltete ihn aus, für Paul ein Zeichen, daß sie etwas auf dem Herzen hatte, das sie ihm anvertrauen mußte. Doch anstatt das Problem dadurch zu teilen, wurde es oftmals noch verdoppelt.

»Dann fang mal an«, sagte Paul, bemüht seinen Ärger zu unterdrücken.

»Womit soll ich anfangen?«

»Red nicht so um den heißen Brei herum. Ohne Grund schaltest du doch nicht den Fernseher mitten in einer Perry-Mason-Folge aus.«

»Ich sagte nur, jetzt ist es mit unserer Ruhe vorbei.«

»Das kann man noch nicht sagen.«

»Du weißt doch, wie der Canyon alle Geräusche verstärkt.«

»Ich höre nichts.«

»Das kommt noch. Wahrscheinlich haben sie zehn oder zwölf Kinder, einen Hund, der ständig kläfft, und einen Sportwagen.«

»Ein paar Kinder wären gar nicht so schlecht — dann hätte Cathy wenigstens ein paar Spielgefährten.«

Cathy war acht; sie lag im Bett, das Nachtlicht war an, und die Tür stand einen Spaltbreit offen. Vermutlich schlief sie schon.

»In der Schule hat sie genügend Spielkameraden«, wandte Marion ein, während sie die Fenstervorhänge zuzog, damit sie das störende Viereck aus Licht vis-à-vis nicht zu sehen brauchte. »Ihre Lehrerin sagt, Cathy verträgt sich mit allen Kindern und macht nie Probleme. Du redest ja, als würde sie etwas entbehren.«

»Es wäre schön, wenn sie hier mehr Abwechslung und mehr Kinder in ihrem Alter hätte.«

»Es gäbe vieles, was *schön* wäre. Ich habe mein Bestes getan.«

Paul wußte, daß das stimmte. Er hatte gehört, wie sie Dutzende von Malen Cathys Klassenkameradinnen übers Wochenende eingeladen hatte. Aber nur selten wurde etwas daraus. Die Mütter hatten verschiedene Ausreden parat: Giftefeu, Schlangen, Moskitos am Bach oder auf dem Grund des Canyons, das Haus sei zu weit von der Stadt entfernt, falls etwas passierte und man schnell einen Arzt brauchte... Das alles stimmte zwar, trotzdem war Marion verbittert. »*Als ob wir auf dem Mond oder mitten im Dschungel lebten, Herrgott noch mal.*«

»Gegen ein paar Kinder hätte ich nichts einzuwenden«, gab Marion zu. »Aber bitte keinen Sportwagen.«

»Ich fürchte, darauf können wir keinen Einfluß nehmen.«

»Vielleicht sind es sogar ganz *nette* Leute.«

»Warum nicht? Mit den meisten Leuten läßt es sich auskommen.«

Sowohl Marion als auch Paul hatten das beruhigende Gefühl,

irgend etwas habe sich wieder eingerenkt, doch was es war, wußten beide nicht genau. Paul stellte den Fernseher wieder an. Wie er es sich gedacht hatte, war es der Pförtner, der den Nachtklubbesitzer mit einem Baseballschläger umgebracht hatte, und nicht die blonde Tänzerin oder ihr junger Ehemann oder die eifersüchtige Sängerin.

Am nächsten Montag fing Cathy an wegzulaufen.

Marion bügelte gerade in der Küche und sah sich in dem tragbarene Fernsehgerät, das Paul ihr zu Weihnachten geschenkt hatte, eine Quizsendung an, als sie hörte, wie der Schulbus oben an der Zufahrt ächzend zum Stehen kam. Sie wartete darauf, daß die Haustür aufging und Cathy sich mit ihrem hohen, dünnen Stimmchen meldete: »Ich bin da, Mommy.«

Doch die Tür ging nicht auf.

Aus dem Küchenfenster sah Marion, wie der gelbe Bus um die scharfe Kurve am Hügel fuhr, einen Zirkuskäfig voller wilder, gefangener Kinder gleich, die schrien, weil sie freigelassen werden wollten.

Marion sah sich das Programm zu Ende an und redete sich ein, ein zusätzlicher Bus sei eingesetzt worden und müsse jeden Augenblick kommen, oder Cathy sei zu einer Freundin gegangen und würde gleich anrufen. Aber kein zweiter Bus kam, und das Telefon blieb stumm.

Marion zog sich feste Schuhe an und kletterte den Canyon hinunter, wobei sie einen Bogen um die dornigen Chapparalbüschel und die Ausläufer des Giftefeus machte, die aussahen wie die Ranken von Logan-Beeren.

Sie fand Cathy, wie sie mitten auf dem kleinen Steg saß, den Paul aus zwei umgestürzten Eukalyptusbäumen über den Bach gemacht hatte. Cathys kurze, dralle Beinchen hingen über die Stämme herab und berührten fast das Wasser. Absolut reglos saß sie da, das Gesicht hinter einem Vorhang aus strohblondem Haar verborgen. Plötzlich quakte ein einzelner Frosch, um vor Marions Gegenwart zu warnen, und Cathy reagierte auf das Geräusch, wie wenn sie mit der Natur vertrauter sei als ein Erwachsener und die subtilen Untertöne der Gefahr erkannte.

Hastig stand sie auf, strich sich hinten das Kleid glatt und kämmte mit den Fingern das Haar aus der Stirn. Ihre Augen waren so blau wie die Myrten, die das Ufer des Bachs säumten.

»Cathy.«

»Ich habe nur die Käfer im Wasser gezählt, während ich wartete.«

»Worauf hast du gewartet?«

»Auf die zehn oder zwölf Kinder und den Hund.«

»Welche zehn oder zwölf Kin . . .« Marion unterbrach sich. »Ach so. Du hast neulich abends gelauscht, als wir dachten, du würdest schlafen.«

»Ich habe nicht gelauscht«, rechtfertigte sich Cathy. »Meine Ohren haben es gehört.«

Marion verbiß sich ein Lächeln. »Dann sag deinen Ohren bitte, daß sie richtig zuhören sollen. Ich sagte nicht, die neuen Nachbarn hätten zehn oder zwölf Kinder, ich sagte, *vielleicht* haben sie zehn oder zwölf Kinder. Obwohl das sehr unwahrscheinlich ist. Heutzutage gibt es nur wenige Familien, die so groß sind.«

»Muß man alt sein, um so viele Kinder zu haben?«

»Na ja, so ganz jung ist man dann bestimmt nicht mehr.«

»Große Familien besitzen sicher einen Kombiwagen, damit die Kinder alle Platz haben.«

»Wenn sie das nötige Geld dazu haben, bestimmt.«

Cathy starrte auf das dünne Rinnsal hinunter, das fette kleine Elritzen zum See hinabtrug. Schließlich sagte sie: »Sie sind zu jung, und ihr Auto ist zu klein.«

Obwohl Marion etwas gegen ihre neuen Nachbarn hatte, war sie neugierig. »Hast du sie gesehen?«

Doch das kleine Mädchen hörte ihr nicht zu; sie schien ganz versunken zu sein in dieser Welt aus Wasser mit ihren Elritzen, Libellen und Kaulquappen.

»Ich habe dich etwas gefragt, Cathy. Hast du die Leute gesehen, die gerade eingezogen sind?«

»Ja.«

»Wann?«

»Bevor du kamst. Sie heißen Smith.«

»Woher weißt du das?«

»Ich bin zu ihrem Haus raufgegangen, um mich umzuschauen,

und sie haben gesagt, hallo, kleines Mädchen, wie heißt du denn? Dann sagten sie mir, daß sie Smith heißen. Später sind sie in dem kleinen Auto weggefahren.«

»Du sollst doch nicht um anderer Leute Häuser herumstromern«, sagte Marion brüsk. »Und wenn wir schon mal dabei sind, du darfst nach der Schule nirgendwo hingehen, ohne mir vorher Bescheid zu sagen, bei wem du bist und wann du zurückkommst. Das weißt du ganz genau. Warum bist du nicht gleich nach Hause gekommen, nachdem du aus dem Schulbus gestiegen bist?«

»Ich hatte keine Lust.«

»Mit der Antwort bin ich nicht zufrieden.«

Aber es war die einzige Antwort, die Cathy hatte. Schweigend sah sie ihre Mutter an, dann drehte sie sich um und rannte den Hügel hinauf zu ihrem eigenen Haus.

Nach einer Weile folgte Marion ihr, erbost und ein bißchen verwirrt. Sie haßte es, Cathy zu bestrafen, aber ihr war klar, daß sie die Angelegenheit nicht einfach auf sich beruhen lassen durfte — dazu war sie zu ernst. Während sie Cathy Graham-Kekse und Orangensaft gab, erklärte sie ihr in freundlichem und vernünftigen Ton, daß sie zur Strafe am nächsten Tag in ihrem Zimmer bleiben müßte, wenn sie von der Schule heimkäme.

Als Cathy abends im Bett lag, erzählte Marion Paul von dem Vorfall. Er schien das Ganze weniger ernst zu nehmen als sie, was das lauschende Kind natürlich merkte.

»Ich find' es gut, daß sie sich mit den neuen Nachbarn bekanntgemacht hat«, sagte Paul. »Offenbar ist sie doch selbständiger, als ich dachte. Sie war immer so schüchtern.«

»Du wirst es doch wohl nicht gutheißen, daß sie weggelaufen ist, ohne mir vorher Bescheid zu sagen?«

»Sie ist ja nicht weit gelaufen. So etwas machen alle Kinder ab und zu.«

»Wir wollen sie doch nicht verwöhnen.«

»Cathy war immer so brav, daß sie wohl eher *uns* verwöhnt hat. Wer weiß, vielleicht können wir von ihr noch lernen, wie man neue Freunde gewinnt.« Aus Erfahrung wußte er, daß das ein sehr heikles Thema war. Marion hatte ihr Haus, ihren Garten und ihre Fernsehgeräte; mehr Abwechslung schien sie nicht zu brauchen, und sie wehrte sich gegen jede Anspielung, daß das nicht genug wäre. Um keinen Streit aufkommen zu lassen, setzte er hinzu: »Du hast Cathy gut erzogen. Mach dir keine Sorgen . . . Smith heißen sie also?«

»Ja.«

»Wirklich, ich finde es toll, daß Cathy sich mit ihnen bekanntgemacht hat.«

Am nächsten Nachmittag um drei hielt der gelbe Zirkuskäfig, ließ eine Gefangene frei und knatterte weiter.

»Ich bin da, Mommy.«

»Braves Mädchen.«

Bei ihrem Anblick fühlte Marion sich schuldig: Das Kind war den ganzen Tag lang in der Schule eingesperrt gewesen, es war herrliches Wetter, und außerdem hatte Paul den Vorfall vom vergangenen Nachmittag nicht so wichtig gefunden.

»Ich habe eine Idee«, schlug Marion vor. »Wir beide könnten an den Bach hinuntergehen und die Käfer im Wasser zählen.«

Damit brachte Marion ein Opfer, denn im Fernsehen lief ihre Lieblingsquizsendung, und sie beantwortete zu gern die Fragen an die Teilnehmer. »Was hältst du davon?«

Cathy wußte über die Quizsendung Bescheid; sie hatte sie schon hundertmal gesehen und beobachtet, wie ihre Mutter gebannt an den Lippen der Teilnehmer hing. »Ich habe die Käfer schon gestern gezählt.«

»Na ja, dann zählen wir halt die Elritzen.«

»Du würdest sie nur verscheuchen.«

»Tatsächlich?« Marion lachte verlegen, wobei sie erleichtert war, weil Cathy ihren Vorschlag ablehnte; gleichzeitig hatte sie jedoch ein schlechtes Gewissen, weil sie diese Erleichterung verspürte. »Verscheuchst du sie denn nicht?«

»Nein. Sie glauben, ich sei auch eine Elritze, weil sie an mich gewöhnt sind.«

»Vielleicht könnten sie sich auch an mich gewöhnen.«

»Das glaube ich nicht.«

Als Cathy allein den Canyon hinunterstieg, begriff Marion mit einer vagen Besorgnis, daß ihr eigenes Kind ihr einen Korb gegeben hatte. Doch erst beim Abendessen fand sie heraus, warum das so war.

»Die Smiths fahren einen Austin-Healey«, ließ Cathy sich vernehmen.

Wie die meisten Mädchen hatte sich Cathy nie für Autos interessiert, und wie ihr der Name so glatt über die Lippen kam, mußten ihre Eltern lachen.

Derart ermutigt, fuhr Cathy fort; »Ein Austin-Healey ist sehr laut — wie Daddys Rasenmäher.«

»Über deine Reklame würde sich der Hersteller bestimmt nicht freuen, kleine Lady«, sagte Paul. »Sind die Smiths jetzt endgültig eingezogen?«

»O ja. Ich habe ihnen geholfen.«

»Wirklich? Und wie hast du ihnen geholfen?«

»Ich habe zwei Lieder gesungen, und danach haben wir immerzu getanzt.«

Paul blickte halb belustigt, halb verwirrt drein. Es sah Cathy gar nicht ähnlich, vor anderen Leuten etwas aufzuführen. Beim letzten Weihnachtskonzert in der Schule war sie weinend von der Bühne gerannt und hatte sich im Garderobenraum versteckt ... Aber vielleicht war ihre Schüchternheit nur eine Phase gewesen, und nun kam sie darüber hinweg.

»Sie müssen wirklich sehr nett sein«, meinte er, »wenn sie sich trotz des Umzugs in das neue Haus die Zeit nehmen, mit einem kleinen Mädchen zu spielen.«

Cathy schüttelte den Kopf. »Es war kein Spiel. Es wurde richtig getanzt — wie bei Ed Sullivan.«

»Und genauso gut, was?« Paul schmunzelte. »Erzähl mir mehr davon.«

»Mrs. Smith ist Tänzerin in einem Nachtklub.«

Paul verging das Lachen, und in seiner linken Schläfe begann es plötzlich zu pochen, als säße dort ein kleines, verirrtes Herz. »Ach! Bist du sicher, Cathy?«

»Ja.«

»Und was macht Mr. Smith?«

»Er ist Baseballspieler.«

»Macht er das beruflich?« erkundigte sich Marion. »Arbeitet er nicht in einem Büro, wie dein Daddy?«

»Nein, er spielt Baseball. Er trägt immer eine Baseballmütze.«

»Ach so. An welcher Position spielt er denn im Team?« Pauls Stimme klang leise.

Cathy blickte verständnislos drein.

»In einer Mannschaft hat jeder Spieler eine bestimmte Aufgabe. Was macht Mr. Smith?«

»Er ist Schlagmann.«

»Schlagmann, wie? Das ist gut. Hat er dir das erzählt?«

»Ja.«

»Cathy«, sagte Paul, »ich weiß, daß du mich niemals absichtlich belügen würdest, aber manchmal bringst du die Dinge ein kleines bißchen durcheinander.«

In diesem Sinn redete er eine Zeitlang weiter, doch Cathy blieb dabei: Mrs. Smith sei eine Nachtklubtänzerin, Mr. Smith ein berufsmäßiger Baseballspieler, sie liebten Kinder und sähen niemals fern.

»Das zumindest ist auf jeden Fall gelogen«, sagte Marion später zu Paul, als sie den hellen Bildschirm durch das Fenster im Haus gegenüber schimmern sahen. »Und was das andere betrifft, in einem Umkreis von fünfzig Meilen gibt es hier keinen Nachtklub, und der nächste professionelle Baseballklub ist zweihundert Meilen entfernt.«

»Sie muß da etwas falsch verstanden haben. Es wäre immerhin möglich, daß Mrs. Smith früher irgendeine Art Tänzerin war, und daß er ein bißchen Baseball spielte.«

Cathy, die im Bett lag und kurz vor dem Einschlafen war, überlegte, ob sie ihren Eltern von dem Kind der Smiths erzählen sollte — dem Kind, das nicht zur Schule ging.

Sie behielt es für sich; am nächsten Morgen, nachdem Paul und Cathy fort waren, fand Marion es von allein heraus. Als sie im Wohnzimmer die Vorhänge zurückzog und die Fenster öffnete, hörte sie, wie im Haus auf der anderen Seite des Canyons eine Fliegengittertür mit einem Knall zufiel, und sie sah, daß ein kleines Kind auf den Hof gelaufen kam. Aus der Entfernung konnte sie nicht erkennen, ob es ein Junge oder ein Mädchen war. Aber das Kind war ruhig und benahm sich artig; nur das gelegentliche Zuschlagen der Tür störte den warmen, windstillen Tag.

Den ganzen Tag lang wurmte es Marion, daß Cathy ihr nichts

von dem Kind erzählt hatte. Sowie sie aus der Schule kam, stellte sie sie zur Rede.

»Du hast mir gar nicht gesagt, daß die Smiths ein Kind haben.«

»Nein.«

»Warum nicht?«

»Ich weiß nicht.«

»Ist es ein Junge oder ein Mädchen?«

»Ein Mädchen.«

»Wie alt?«

Mit gerunzelter Stirn, den Blick gegen die Zimmerdecke gerichtet, dachte Cathy lange darüber nach. »Ungefähr zehn.«

»Geht sie denn nicht zur Schule?«

»Nein.«

»Warum nicht?«

»Sie will nicht.«

»Das ist kein Grund.«

»Es ist *ihr* Grund«, entgegnete Cathy mit flacher Stimme. »Darf ich jetzt rausgehen und spielen?«

»Ich weiß nicht so recht. Du siehst mir ein bißchen fiebrig aus. Komm her und laß mich mal deine Stirn fühlen.«

Cathys Stirn war kühl und feucht, aber ihre Wangen und ihr Nasenrücken waren gerötet, fast als hätte sie einen Sonnenbrand.

»Du bleibst wohl besser drinnen und siehst dir ein paar Zeichentrickfilme an«, schlug Marion vor.

»Ich mag keine Zeichentrickfilme.«

»Früher hast du sie doch gerne gesehen.«

»Ich mag richtige Leute.«

Sie meint natürlich die Smiths, dachte Marion und kniff die Lippen zusammen. »Leute, die immerfort tanzen und Baseball spielen?«

Falls Cathy den Sarkasmus herausgehört hatte, so ließ sie es sich nicht anmerken. Sie wartete, bis sich Marion in ihre Quizsendung vertieft hatte, dann setzte sie in ihrem Zimmer alle ihre Puppen in eine Reihe und gab ein Konzert für sie, von donnerndem Applaus begleitet.

»Wo ist dein altes Marinefernglas?« frage Marion Paul, als sie sich fürs Zubettgehen rüstete.

»Ach, irgendwo in der Seekiste, glaube ich. Warum?«

»Ich brauche es.«

»Du willst doch nicht etwa die Nachbarn bespitzeln, oder?«

»Genau das habe ich vor«, entgegnete Marion ergrimmt.

Sowie Marion am nächsten Morgen das Kind der Smiths auf den Hof kommen sah, ging sie nach unten in die Abstellkammer und durchstöberte die Seemannskiste. Sie fand das Fernglas, und als sie dabei war, es abzustauben, klingelte im Wohnzimmer das Telefon. Sie hetzte nach oben und meldete sich atemlos: »Hallo?«

»Mrs. Borton?«

»Ja.«

»Hier spricht Miss Park, Cathys Lehrerin.«

Marion hatte Miss Park mehrere Male bei Zusammenkünften der Lehrer-Eltern-Vereinigung und auf Zeugniskonferenzen getroffen. Sie war eine robuste, unverdrossen fröhliche junge Frau mit einem frischen Teint — der Typ, wie Paul sagte, mit dem man nicht verheiratet sein möchte, den man aber in einem Notfall gern bei sich hätte. »Wie geht es Ihnen, Miss Park?«

»Danke, gut, Mrs. Borton. Eigentlich wollte ich Sie schon gestern anrufen, aber hier war ein ziemlicher Trubel, und ich weiß ja, daß es keine Eile hat, bei Cathy nach dem Rechten zu sehen; sie ist ein so artiges kleines Mädchen.«

Selbst Miss Parks laute, joviale Stimme konnte dem Ausdruck *nach dem Rechten sehen* nicht den bedrohlichen Beigeschmack nehmen.

»Ich glaube, ich verstehe Sie nicht ganz. Weshalb möchten Sie bei Cathy nach dem Rechten sehen?«

»Rein routinemäßig. Der Schularzt und die Gesundheitsbehörde wollen erfassen, wie viele Fälle von Masern, Grippe oder Windpocken auftreten. Im Augenblick scheint Mumps zu grassieren. Geht es Cathy gut?«

»Als sie gestern nachmittag von der Schule nach Hause kam, schien sie ein bißchen erhöhte Temperatur zu haben, aber als sie heute früh zur Schule ging, machte sie wieder einen völlig gesunden Eindruck.«

Mrs. Parks Schweigen dauerte so lange, daß Marion ein paar Dinge schmerzlich bewußt wurden, die ihr sonst nie aufgefallen wären — wie schwer das Fernglas war, das auf ihrem Schoß lag, und wie laut sie ihr eigenes Herz hämmern hörte. Auf der anderen Seite des Canyons spielte das Kind der Smiths allein auf dem Hof. *Mit diesem Mädchen kann etwas nicht stimmen,* dachte Marion. *Vielleicht lasse ich Cathy nicht mehr dorthin gehen; das Mädchen ist so lebhaft.* »Miss Parks, sind Sie noch da? Hallo? Hallo...«

»Ja, ich bin noch da.« Miss Parks Stimme schien leiser zu klingen als sonst, und auch gar nicht mehr so zuversichtlich. »Um welche Uhrzeit ging Cathy heute früh von zu Hause weg?«

»Um acht, wie üblich.«

»Nahm sie den Schulbus?«

»Natürlich. Das macht sie doch immer.«

»Haben Sie gesehen, wie sie einstieg?«

»Ich habe mich an der Haustür mit einem Kuß von ihr verabschiedet. Was hat das Ganze zu bedeuten, Miss Park?«

»Cathy ist seit zwei Tagen nicht in der Schule gewesen, Mr. Borton.«

»Aber das ist doch absurd, es ist völlig unmöglich! Sie müssen sich irren!« Doch noch während sie diese Worte aussprach, hob sie das Fernglas an die Augen: Das Mädchen auf dem Hof der Smiths hatte einen strohblonden Haarschopf, der ihr in die Stirn fiel, und Augen, die so blau waren wie die Myrten drunten am Bach.

»Mrs. Borton, ich weiß ganz genau, welche Kinder in meiner Klasse sind, und welche fehlen.«

»Sie haben recht... Sie haben sich nicht geirrt, Miss Park. Ich kann Cathy von hier aus sehen — sie ist drüben bei unseren Nachbarn.«

»Gut. Mir fällt ein Stein vom Herzen.«

»Sie können beruhigt sein«, erwiderte Marion. »Ich bin es nicht.«

»Regen Sie sich nicht gleich auf, Mrs. Borton. Bauschen Sie die Geschichte nicht auf, bevor wir beide uns unterhalten haben. Ich schlage vor, Sie kommen in der Mittagspause zu mir und bringen Cathy mit. Dann reden wir ganz freundlich miteinander.«

Doch selbt die optimistische Miss Park mußte bald einsehen, daß Cathy nicht an einem freundlichen Gespräch teilnehmen wollte. Sie stand am Fenster im Klassenzimmer, starrte mit blicklosen Augen hinaus, schwieg beharrlich und gab nicht einmal auf die einfachsten Fragen eine Antwort. Sie ließ sich in kein Gespräch verwickeln, auch nicht über ihr Lieblingsthema, die Smiths. Schließlich schickte Miss Park Cathy zum Spielen auf den Schulhof und unterhielt sich allein mit Marion.

»Offensichtlich«, sagte Miss Park, das Wort betont deutlich aussprechend, denn es war ihr Lieblingsausdruck, »hat Cathy an diesem jungen Paar einen Narren gefressen und spinnt sich jetzt Geschichten über sie zusammen.«

»Und was sollen mein Mann und ich dagegen unternehmen?«

»Da müssen Sie durch, wie andere Eltern auch. Bei Kindern in Cathys Alter sind solche Schwärmereien nicht ungewöhnlich. Manchmal vergöttern sie einen Menschen, manchmal eine ganze Familie, mitunter sogar ein Pferd. Cathy findet eine Nachtklubtänzerin und einen Baseballspieler natürlich ganz toll. Sagen Sie, Mrs. Borton, sieht Cathy viel fern?«

»Nicht mehr als andere Kinder auch«, antwortete Marion steif.

Ach du liebes bißchen, dachte Miss Park traurig, *es ist doch immer wieder dasselbe. Diejenigen, die am süchtigsten sind, wollen es am wenigsten wissen.* »Ich komme darauf, weil Cathy gern vor sich hin singt, und ich habe noch nie ein so großes Repertoire an Werbespots gehört.«

»Sie schnappt sehr schnell etwas auf.«

»Ja. Ja, das stimmt.« Miss Park betrachtete angelegentlich ihre Hände, die immer ein bißchen weiß waren vom Kreidestaub. Nun waren sie noch weißer, weil sie sich ärgerte — über das Kind, das sie hintergangen hatte. Über Mrs. Borton, die das Problem Fernsehen verdrängte, über sich selbst, weil sie die derzeitige Situation nicht verhindert oder zumindest vorhergesehen hatte; am meisten ärgerte sie sich vielleicht über die Smiths, die es zuließen, daß ein Kind bei ihnen herumlungerte und die Schule schwänzte.

»Setzen Sie Cathy nicht zu sehr unter Druck«, sagte sie abschließend. »Zuerst möchte ich noch mit dem Schulpsychologen darüber sprechen. Übrigens, haben Sie die Smiths schon kennengelernt, Mrs. Borton?«

»Noch nicht«, entgegnete Marion ergrimmt. »Aber ich werde sie kennenlernen, darauf können Sie sich verlassen.«

»Es wäre eine ganz gute Idee, wenn Sie sich mit ihnen unterhielten und ihnen klarmachten, daß sie Cathy in ihren Phantastereien nicht noch ermutigen sollten.«

Die Begegnung fand früher statt, als Marion gedacht hatte.

Sie wartete vor der Schule, bis der Unterricht zu Ende war, dann nahm sie Cathy zum Einkaufen mit in die Stadt. Nachdem sie den Wagen geparkt hatte, stand sie mit Cathy an der Hand an einer Straßenecke und wartete darauf, daß die Ampel Grün zeigte. Marion war besorgt und ungeduldig, Cathy war immer noch genauso still, fügsam und schlaff wie seit dem Augenblick, als sie sie vom Patio der Smiths zurückgerufen hatte.

Plötzlich spürte Marion, wie Cathys Hand sich vor Aufregung verkrampfte. Ihr Gesicht lief so rot an, daß es aussah, als könnte es platzen, und mit der freien Hand winkte sie heftig zwei Leuten in einem kleinen, cremefarbenen Sportflitzer zu – hinter dem Lenkrad saß eine sehr hübsche Blondine und daneben ein strahlend lächelnder junger Mann mit einer Baseballmütze auf dem Kopf. Beide winkten Cathy zurück, dann sprang die Ampel um, und der Wagen brauste über die Kreuzung.

»Die Smiths«, schrie Cathy und hopste wie wild auf und ab. »Das waren die Smiths.«

»Pssst, nicht so laut. Die Leute . . .«

»Aber das waren die *Smiths!*«

»Beeil dich, bevor die Ampel wieder rot wird.«

Cathy hörte nicht hin. Wie angewurzelt blieb sie am Bordstein stehen und starrte dem cremefarbenen Auto hinterher.

Marion gab einen gereizten Laut von sich, nahm Cathy auf den Arm und trug sie über die Straße; ziemlich unsanft stellte sie sie wieder auf die Füße.

»So! Wenn du dich wie ein Baby benimmst, dann werde ich dich auch wie ein Baby tragen.«

»Ich habe die Smiths gesehen!«

»Ja und? Was regst du dich so auf? Es ist doch nichts Besonderes, wenn man in der Stadt Bekannte trifft.«

»Es ist schon etwas Besonderes, wenn man die *Smiths* sieht.«

»Warum?«

»Darum.« Cathys Gesichtsfarbe war wieder normal, aber in den

Augen hatte sie immer noch einen entrückten Ausdruck, als hätte sie ein Wunder gesehen.

»Ich bin sicher, daß sie einmalig sind«, versetzte Marion kalt, »trotzdem müssen sie Lebensmittel einkaufen wie andere Leute auch.«

Cathys Antwort darauf war ein leises Kopfschütteln und ein Flüstern, das nur sie selbst hörte: »Nein, das müssen sie nicht, niemals.«

Als Paul abends heimkam, wurde Cathy zum Spielen auf den Hof geschickt, und Marion erzählte ihm, was passiert war. Mit wachsender Gereiztheit hörte er zu. Er ärgerte sich nicht so sehr über Cathy, sondern über die Art und Weise, in der Marion und Miss Park das Problem angepackt hatten. Er fand, es würde zuviel geredet und zuwenig getan.

»Ihr Frauen müßt auch immer um den heißen Brei herumreden, anstatt die Situation praktisch zu klären. So etwas regelt man, indem man die Sache direkt in die Hand nimmt. Phantasieleben! Phantasieleben — du meine Güte! Wir gehen jetzt auf der Stelle zu den Smiths, reden mit ihnen, und damit hat es sich. Schluß mit den Phantasien — basta!«

»Wir warten lieber bis nach dem Abendessen. Cathy hat zu Mittag nichts gegessen.«

Bei Tisch war Cathy blaß und still. Sie aß nichts, und sie sprach nur, wenn man sie etwas fragte. Doch in Gedanken führte sie eine sehr angeregte Konversation, sie nahm an einem Bankett teil, es wurde getanzt, und später machte sie einen rasanten, stürmischen Ausflug in einem offenen Wagen . . .

Obwohl der Fußweg durch den Canyon viel kürzer gewesen wäre, beschlossen die Bortons, ganz förmlich mit den Wagen bei den Smiths vorzufahren und Cathy mitzunehmen. Als Cathy sich kämmte und das Gesicht waschen sollte, meuterte sie: »Ich will aber nicht mitkommen.«

»Warum denn nicht?« fragte Paul. »Du warst so erpicht darauf, bei ihnen zu sein, daß du zwei Tage lang die Schule geschwänzt hast. Wieso willst du sie jetzt nicht besuchen?«

»Weil sie nicht da sind.«

»Woher weißt du das?«

»Mrs. Smith sagte mir heute morgen, daß sie abends nicht daheim sein werden, weil sie in einer Show auftritt.«

»Tatsächlich?« Paul machte ein ernstes Gesicht. »Wo soll diese Show stattfinden?«

»Und Mr. Smith spielt Baseball. Danach fahren sie ins Krankenhaus zu einer Freundin, die Leukämie hat.«

»Leukämie, was?« Er brauchte nicht zu fragen, wieso Cathy auf diese Krankheit kam. Kürzlich hatte er sich abends im Fernsehen eine halbdokumentarische Sendung angeschaut, die dieses Thema behandelte. Zu dieser Zeit hätte Cathy schon schlafen sollen.

»Ich frage mich«, sagte er zu Marion, als Cathy gegangen war, um sich zu kämmen, »wie viele dieser sogenannten ›Tatsachen‹ über die Smiths sie sich aus dem Fernsehen geborgt hat.«

»Nun, daß sie einen Sportwagen fahren, habe ich selbst gesehen, und Mr. Smith trug eine Baseballmütze. Beide sind jung und sehen gut aus. So jung und gutaussehend sind sie«, setzte sie trocken hinzu, »daß ich glatt ein bißchen — na ja, eifersüchtig bin.«

»Eifersüchtig?«

»Cathy würde lieber zu ihnen gehören als zu uns. Ich frage mich, woran das liegt — ob die Smiths etwas Besonderes an sich haben, oder ob den Bortons irgend etwas abgeht.«

»Frag sie doch.«

»Ich kann sie nicht . . .«

»Dann werde ich es tun, verdammt noch mal«, fluchte Paul. Und er fragte Cathy.

Sie sah ihn unschuldsvoll an. »Ich weiß es nicht. Ich weiß nicht, was du meinst.«

»Dann hör mir noch einmal gut zu. Warum hast du so getan, als wärst du das kleine Mädchen der Smiths?«

»Sie haben mich darum gebeten. Sie haben mir auch gesagt, ich sollte mit ihnen gehen.«

»Sie haben dich tatsächlich gefragt, Cathy, möchtest du unser kleines Mädchen sein?«

»Ja.«

»Herrgott noch mal, dieser Unfug muß aufhören, dafür sorge ich«, schimpfte Paul und marschierte zum Wagen.

Es dämmerte schon, als sie über die schmale Gebirgsstraße zum

Haus der Smiths fuhren. Der abnehmende Mond tauchte gerade über dem Horizont auf, und es sah aus, als hätte ein gigantischer Rachen ein Stück herausgebissen. Ein warmer, trockener Wind, der aus der Wüste kam, fegte die Bergflanken herab und brachte den süßen Duft von Pittosporum mit sich.

Im Haus der Smiths brannte kein Licht, und sowohl die Haustür wie das Garagentor waren abgeschlossen. Dennoch drückte Paul mehrere Male auf die Klingel, aus Trotz oder aus Verzweiflung. Alle drei hörten es drinnen läuten, und Marion fand, der Klang habe ein seltsames Echo — als seien die Teppiche und Vorhänge zu dünn, um die Schwingungen des Schalls zu dämpfen. Zu gern hätte sie durch die Fenster gespäht und sich selbst einen Einblick verschafft, aber die Jalousien waren geschlossen.

»Wie sind sie eingerichtet?« fragte sie Cathy.

»Wie alle Leute.«

»Ich meine, sind die Möbel neu? Hat Mrs. Smith dir verboten, die Füße draufzulegen?«

»Nein, sie verbietet mir nie etwas«, sagte Cathy wahrheitsgemäß. »Ich will jetzt nach Hause. Ich bin müde.«

Als Marion Cathy zu Bett brachte, hörte sie, wie Paul aus dem Wohnzimmer aufgeregt nach ihr rief. »Marion, komm mal schnell her.«

Er stand reglos mitten im Zimmer und starrte zum Haus der Smiths hinüber. Durch das Panoramafenster, das auf den Hof hinaus ging, schimmerte das helle Rechteck des Fernsehgeräts.

»Entweder sind sie gerade heimgekommen«, sagte er, »oder sie waren die ganze Zeit über da. Ich wette, sie waren zu Hause und haben nur überall das Licht ausgemacht, weil sie nicht mit uns sprechen wollten. Aber so geht das nicht. Komm, wir fahren noch mal zurück.«

»Ich kann Cathy nicht allein lassen. Sie hat schon ihren Schlafanzug an.«

»Zieh ihr einen Bademantel über, und wir nehmen sie mit. Das Ganze ist schon so weit gediehen, daß es auf korrekte Kleidung nicht mehr ankommt.«

»Sollten wir nicht lieber bis morgen warten?«

»Beeil dich und hör auf, mit mir zu diskutieren.«

Cathy, die protestierte, sie sei müde und die Smiths wären ohnehin nicht daheim, wurde in einen Bademantel gewickelt und zum Auto getragen.

»Sie *sind* zu Hause«, widersprach Paul. »Und wenn sie uns diesmal nicht aufmachen, schlage ich die Tür ein.«

»Wie kannst du so was Absurdes vor einem Kind sagen«, wies Marion ihn zurecht. »Cathy hat schon genug Ideen im Kopf . . .«

»Du meinst, das wäre absurd? Warte nur ab.«

Cathy, die auf dem Rücksitz saß und zuhörte, lächelte schläfrig. Sie wußte, wie man ohne weiteres in das Haus hineinkam: Der Mann von der Immobilienfirma, der das Haus verkaufen wollte, hatte den Schlüssel immer an einem Nagel unter dem Blumenkasten am Fenster versteckt.

Die zweite Fahrt zum Haus der Smiths glich einer alptraumhaften Wiederholung der ersten: Am Himmel hing derselbe Mond, der nun jedoch kleiner und bleicher aussah. Der süßliche Duft des Pittosporum erinnerte an eine Beerdigung, und das hohle Läuten der Klingel im Haus hallte wie ein Echo in einer leeren Gruft wider.

»Sie müssen verrückt sein, wenn sie glauben, denselben Trick zweimal hintereinander abziehen zu können«, brüllte Paul. »Komm mit, wir gehen ums Haus herum.«

Marion blickte ein wenig ängstlich drein. »Ich verletze nicht gern die Privatsphäre anderer Leute.«

»Sie haben unsere Privatsphäre zuerst verletzt.«

Er blickte auf Cathy hinunter. Sie hatte die Augen halb geschlossen, und im Mondlicht glänzte ihr Gesicht hell wie eine Perle. Er drückte ihr die Hand, um ihr zu versichern, alles würde wieder gut, und daß sein Groll sich nicht gegen sie richtete. Aber sie riß sich von ihm los und rannte den Pfad entlang, der zur Rückseite des Hauses führte.

Paul knipste die Taschenlampe an und folgte ihr langsamen Schrittes, weil er das Terrain nicht kannte. Als er um die Ecke bog und den Patio betrat, war Cathy nirgends zu sehen.

»Cathy«, rief er. »Wo bist du? Komm sofort zurück!«

Vorwurfsvoll sah Marion ihn an. »Du hast sie mit dieser blöden Drohung, die Tür aufzubrechen, erschreckt. Wahrscheinlich läuft sie jetzt durch den Caynon nach Hause zurück.«

»Dann gehe ich ihr lieber hinterher.«

»Du würdest dich eher verletzen als sie. Sie kennt jeden Zentimeter des Wegs. Außerdem bist du doch hierhergekommen, um die Tür einzuschlagen. Na los, dann fang schon an.«

Aber Gewalt brauchte nicht angewendet zu werden. In dem Augenblick, als Paul anklopfte, ging die Hintertür auf, so daß er beinahe ins Zimmer gefallen wäre.

Der Raum war leer bis auf ein kleines Mädchen im Bademantel, der dieselbe blaue Farbe hatte wie ihre Augen.

»Cathy, Cathy, was tust du hier?« fragte Paul.

Marion stand da und preßte die Hand vor den Mund, um nicht laut loszuschreien. Es gab keine Smiths. Die Leute in dem Sportwagen, denen Cathy zugewinkt hatte, waren lediglich Fremde gewesen, die den freundlichen Gruß eines Kindes erwiderten — ob Cathy sie schon früher einmal in der Stadt gesehen hatte? Das Fernsehgerät war nichts weiter als eine Vorrichtung, die Cathy selbst zusammengebastelt hatte — eine orangefarbene Kiste mit einem alten Spiegel, der die Mondstrahlen einfing und reflektierte.

Davor stand Cathy und betrachtete ihr eigenes Spiegelbild. »Hallo, Mrs. Smith. Ich bin soweit, ich kann jetzt mitkommen.«

»Cathy«, sagte Marion mit sich überschlagender Stimme. »Was siehst du in dem Spiegel?«

»Das ist kein Spiegel, es ist ein Fernsehgerät.«

»Welches — welches Programm siehst du dir an?«

»Es ist doch kein Programm, du Dummchen. Es ist echt, das sind die Smiths. Jetzt gehe ich mit ihnen, dann kann ich immer tanzen und Baseball spielen.«

»Es gibt keine Smiths!« donnerte Paul. »Kriegst du das nicht in deinen Kopf? *Es gibt keine Smiths!*«

»Aber da sind sie doch. Ich kann sie sehen.«

»Marion kniete auf dem Boden neben dem Kind nieder. »Hör mir gut zu, Cathy. Das ist ein Spiegel — nichts als ein Spiegel. Er stammt aus Daddys altem Büro, und ich hatte ihn in der Abstellkammer aufbewahrt. Du hast ihn doch gefunden, nicht? Und du brachtest ihn hierher und tatest so, als sei er ein Fernsehgerät, stimmt's? Aber es ist wirklich nur ein Spiegel, und die Leute, die du darin siehst, sind wir — du und Mommy und Daddy.«

Doch noch während Marion ihr eigenes Bild betrachtete, begann es sich zu verändern. Sie wurde jünger und hübscher; ihr Haar wurde heller, und ihr Baumwollkostüm verwandelte sich in ein Tanzkleid. Neben ihr im Spiegel verwandelte sich Paul in einen Fremden, einen jungen Mann mit lachenden Augen und einer Base-ballmütze auf dem Kopf.

»Ich bin soweit, ich kann mitkommen, Mr. Smith«, sagte Cathy, und plötzlich gingen alle drei, die Smiths und ihr kleines Mädchen, im Spiegel davon. Bald waren sie nicht größer als Streichhölzer — dann verschwanden sie, und nur noch das Mondlicht spiegelte sich im Glas.

»Cathy!« schrie Marion. »Komm zurück, Cathy! Bitte, komm zurück!«

Paul, der sich wie eine Schaufensterpuppe gegen die Tür stützte, bildete sich ein, außer den Schreien seiner Frau auch das ge-dämpfte, spöttische Dröhnen eines Sportwagens zu hören.

Deutsch von Ingrid Herrmann

Die ewige Jagd

Anthony Gilbert

Ich weiß nicht, was ich tun soll. Ich weiß es nicht und kann auch niemanden fragen. Man sagt, der Blitz würde nie zweimal an derselben Stelle einschlagen, aber wie kann man sich dessen sicher sein? Wie kann man sich dessen nur *sicher* sein?

Als ich hörte, das Dingle-Haus wäre von einer Witwe mit einem kleinen Mädchen gemietet worden, freute ich mich, denn ich glaubte, ich hätte jetzt wieder jemanden zum Spielen. Unser Haushalt besteht vor allem aus alten Leuten, Großmutter und Tante Agatha vor allem, und Onkel Ned kommt jeweils von Freitag bis Montag dazu. Und selbst er ist ganz schön alt − etwa dreißig. Ich teile mir eine Gouvernante mit meinen drei Schwestern, aber sie sind alle älter als ich und halten mich für doof.

Also wartete ich ungeduldig darauf, daß Großmutter Mrs. Craddock besuchte. Bis dahin konnte ich das kleine Mädchen selbstverständlich nicht einmal zum Tee einladen. Und ich erwartete so viel von der Begegnung!

Aber das war natürlich, bevor ich Harriet traf.

Tatsächlich besuchte Großmutter niemals das Dingle-Haus, und meine Begegnungen mit Harriet geschahen ganz zufällig. Eines Nachmittags schickte mich Maryanne − sie war mein Kindermädchen gewesen und bei uns geblieben, als ich neun wurde und eigentlich kein Kindermädchen mehr brauchte − zum Briefkasten, um einen Brief einzuwerfen, den sie dem Postboten mitzugeben vergessen hatte. Als ich zurückging, sah ich zwei Fremde näherkommen. In Hilton Abbas kannte man jeden, ob die Großmutter ihn nun besuchte oder nicht, also mußte es sich um die geheimnisvolle Mrs. Craddock und ihre Tochter handeln.

Es war Harriet, die ich mir zuerst anschaute — wobei ich erschrak. Sie war kleiner als ich und so elegant wie ihre Mutter; beide trugen Kleider, die man im Dower-Haus nie zu sehen bekam, nicht einmal an einem von Großmutters ›Festtagen‹; und sie war hübsch genug, um jedermanns Blick auf sich zu ziehen. Die Haut wies den weichen, goldenen Schimmer einer Aprikose auf, und sie hatte große braune Augen und lange Wimpern.

Auf den ersten Blick erkannte ich jedoch schon, daß sie nie meine Spielgefährtin sein würde. Das lag daran, daß sie, obwohl zwei Monate jünger als ich, kein Kind mehr war. Sie trat auf wie eine kleine Erwachsene; selbst ihre Bewegungen waren glatt und beherrscht. Ich wußte gleich, daß sie niemals mit Sachen zusammenstoßen und sie zerbrechen würde, wie es mir ständig passierte. Trotzdem lächelte ich sie an, als wir uns näher kamen — um ihr zu zeigen, daß ich nichts damit zu tun hatte, wenn Großmutter sie nicht besuchte.

Und Harriet blickte glatt durch mich hindurch. Ich kam mir wirklich wie ein Geist vor. Verlegen richtete ich meine Augen auf Mrs. Craddock — und erschrak wieder. Ich hatte Onkel Ned über die Lilie von Jersey sprechen gehört — darüber, wie die Leute auf Parkbänke sprangen und sich an den Fenstern drängelten, nur um sie vorbeigehen zu sehen. Er nannte sie die Unsterbliche Schönheit.

Nun, für Margaret Craddock galt dasselbe. Als sie meinen Blick auffing, lächelte sie, und ich stand nur da und gaffte sie an. Es war, als hätte jemand die Sonne eingeschaltet.

Sie sagte nichts — sie kannte die Regeln in der besseren Gesellschaft so gut wie ich —, und eine Minute später war ich an ihr vorbeigegangen, jedoch noch nicht so weit entfernt, daß ich nicht mitbekommen hätte, wie Harriet sagte: »Es war nicht nötig, von ihr Notiz zu nehmen. Wir kennen sie schließlich nicht.«

Mrs. Craddocks Stimme schwebte zu mir herüber, so lieblich wie alles an ihr: »Ich wünschte, wir täten es, Harriet. Deinetwegen wünschte ich, wir täten es.«

»Ich bin Mrs. Craddock und ihrer Tochter begegnet!« erzählte ich Maryanne, als ich wieder zu Hause war. »Warum will Großmutter sie nicht besuchen?«

»Deshalb!« sagte Maryanne, wie immer, wenn sie die Antwort nicht kannte. Später hörte ich, wie sie zu Jessie, dem Dienstmädchen, sagte: »Wer war bloß Mr. C.? Das würde ich gern wissen!«

Ich lehnte mich über das Geländer. »Er ist tot!« rief ich. Ich vermutete, daß er ein sehr böser Mann gewesen war und Großmutters Problem darin bestand, möglichst zu vermeiden, daß sie in Pech trat und dabei verschmutzt wurde. Nur konnte sich eigentlich niemand Mrs. Craddock als Pechkübel vorstellen.

Trotzdem raffte sich Großmutter nicht zu dem Besuch auf, und es dauerte etwa einen Monat, bis ich die Craddocks wiedersah. Maryanne nahm mich zu Robinsons mit, um mir ein Paar Handschuhe zu kaufen − Mr. Robinson führte das einzige Textilgeschäft in Hilton Abbas. Er stand immer in einem Cutaway unter der Tür und begrüßte wichtige Kunden. Seine beiden Töchter Lucy und Elsie bedienten im Laden.

Wir hatten meine Handschuhe gekauft, und Maryanne tuschelte gerade auf der anderen Seite des Geschäftes mit Lucy, als Mrs. Craddock und Harriet eintraten. Mrs. Craddock fragte nach einem Muff für ihr kleines Mädchen. Wir alle trugen Muffs, meist aus weißem Kaninchenfell mit kleinen schwarzen ›Schwänzchen‹ und mit einer Silberschnur um den Hals gebunden.

Elsie sagte, die weißen Muffs seien ausgegangen, aber sie zeigte Mrs. Craddock einen sehr hübschen braunen. Strapazierfähiger als der weiße, meinte Elsie. Harriet bekam sofort einen Wutanfall. »Ich will keinen braunen!« kreischte sie. »Eine scheußlich schmutzige Farbe!« Und sie stolzierte quer durch den Laden dorthin, wo ich mir gerade einige kleine Broschen anschaute. Eine, die wie eine Katze aussah, fand ich sehr hübsch.

»Das ist nur Abfall«, meinte Harriet verächtlich. Innerhalb einer Sekunde war sie wieder in ihre Erwachsenensprache verfallen. Sie hob ein kleines Medaillon auf und machte es ebenfalls herunter. »Es ist nicht einmal echt«, versetzte sie ätzend.

Sie selbst trug ein sehr hübsches Medaillon und schwenkte es mir jetzt vor Augen. Dabei mußte sie versehentlich an den Verschluß gekommen sein, denn die Kette ging plötzlich auf, und das Medaillon fiel zu Boden. Ich bückte mich und hob es auf. Ein kleines schwarzes Band war daran, auf einer Seite drei Perlen und auf der anderen Initialen − *H. W.*

»Hat es deiner Großmutter gehört?« fragte ich. Ich besaß so einen Anhänger für sonntags, und er stammte von meiner Großmutter.

»Natürlich nicht«, entgegnete Harriet und senkte den Kopf, damit ich ihr die Kette wieder umhängen konnte. »Zieh nicht an meinem Haar! Ich habe das Medaillon mit sechs Jahren bekommen.«

»Aber darauf steht *H. W.*«, hakte ich nach. »Deine Initialen sind *H. C.*«

»Das liegt daran, daß mein Vater von uns gegangen ist«, sagte sie. Sie meinte damit, wie ich wußte, daß er gestorben war, aber niemand in Hilton Abbas starb je. Er ging von dannen oder zog weiter oder wurde vom Sensenmann abgeholt, aber all das besagte dasselbe. »Davor war ich Harriet Winter, und wir hatten ein Haus am Meer, und meine Großmutter hatte ein größeres Haus als ihr, mitsamt einer eigenen Kutsche. Ich hatte auch eine Tante«, schloß sie. »Tante Grace.«

»Ich nehme den braunen Muff«, hörte ich Mrs. Craddock sagen.

Harriet blickte über die Schulter und lachte. »Du wirst albern aussehen mit einem so kleinen Muff«, sagte sie. »Wenn du ihn mir gibst, werde ich ihn nie tragen. Ich werfe ihn aus dem Fenster!« Und sie stampfte mit dem Füßchen auf.

Während Elsie den Muff einpackte, drehte sich Mrs. Craddock um und fragte mich: »Du bist das kleine Mädchen aus dem Dower-Haus, nicht wahr?«

Maryanne mußte sie gehört haben; sie kaufte gerade im Flüsterton ein Paar Korsetts. Obwohl jeder wußte, daß wir Unterwäsche trugen, hielt man es allgemein für höflich, so zu tun, als existierte dergleichen überhaupt nicht.

»Komm, Miss Vicky. Ich hab' dir schon mal gesagt, daß du die Leute nicht belästigen sollst«, sagte sie. Sie streckte die Hand aus, und ich ging zögernd zu ihr hin und ergriff sie. Mrs. Craddock nahm ihr Paket und ging hinaus, gefolgt von Harriet.

»Sie ist nur ein kleines *Kind!*« hörte ich Harriet verächtlich sagen. »Die Katzenbrosche hat ihr gefallen.«

»Ich kenne jemanden, der eine Portion Feigensaft gebrauchen

77

könnte«, meinte Maryanne auf dem Nachhauseweg. »Diese kleine Dame nämlich!«

»Maryanne«, fragte ich — ich wollte sie eigentlich nicht ins Vertrauen ziehen, aber sie war die einzige, die ich hatte —, »wenn mein Vater sterben würde, müßte ich dann auch meinen Namen ändern?«

»Na, hör sich das einer an!« rief Maryanne. »Was du für komische Sachen sagst. Vicky! Wie kommst du nur auf diese Idee?«

»Harriet Craddock hieß Harriet Winter, bis ihr Vater von dannen ging«, sagte ich. »Sie wohnte in einem Haus am Meer, und sie hat auch eine Großmutter und eine Tante namens Grace.«

Für eine Minute war es still. Dann sagte Maryanne in einem Tonfall, den ich bei ihr noch gar nicht kannte: »Hat sie dir das gesagt? Na, wenn man sich vorstellt, daß ich nicht daran gedacht habe!«

»Nicht woran gedacht?« wollte ich wissen.

Sie zog an meiner Hand und beschleunigte ihre Schritte. »Du weißt doch, was deine Großmutter davon hält, Klatsch zu wiederholen«, warnte sie mich. »Es ist vulgär!«

Zum Mittagessen waren Besucher da, also aß ich im alten Kinderzimmer, das heute als Unterrichtsraum diente. Ich durfte nie in der Küche essen, was mir viel besser gefallen hätte. Nach dem Essen nahm ich mein Buch zur Hand und ging in den Garten. Das Buch war langweilig, und ich hoffte, daß Onkel Ned mir ein neues aus London mitbrachte, wo er die Woche über arbeitete.

Wenig später überlegte ich mir, ob ich im Obstgarten einen Frosch fangen sollte, aber da waren keine, also beschloß ich, Gorman, unsere Köchin, um ein Wasserglas zu bitten. Wenn es mir schon nicht gelang, einen Frosch zu fangen, konnte ich doch wenigstens einen malen.

Ich ging um das Haus herum, aber als ich am Küchenfenster vorbeikam, sah ich, wie Gorman und Maryanne und Jessie und Jessies Schwester Louisa, das Hausmädchen, rings um den Tisch die Köpfe zusammensteckten.

»So wahr ich hier stehe!« sagte Maryanne. »So etwas hätte sie sich nie ausdenken können!«

»Wenn man sich überlegt, daß sie hierhergekommen ist und erwartet, daß anständige Leute sie besuchen!« staunte Jessie.

»Ich finde es reizend«, sagte Louisa. »Eine echte Mörderin!«

»Das ist sie nicht«, sagte Gorman mit ihrer flachen schottischen Stimme. »Das Gericht meinte, sie wäre keine. Und das arme Ding muß schließlich irgendwo leben.«

»Kein Wunder, daß das kleine Mädchen so tyrannisch ist«, warf Maryanne ein. »Und das ist es, was ich nicht vergeben kann, Sarah. (Ich hatte gar nicht gewußt, daß Gorman Sarah hieß — ich hatte mir nie vorstellen können, daß sie noch einen anderen Namen trug.) Zuzulassen, daß Harriet in die Sache verwickelt wurde!«

»Sie *war* schließlich darin verwickelt«, behauptete Gorman. »Nun, es war schließlich ihr Vater, der vergiftet wurde.«

Ich duckte mich unter das Fenstersims und zitterte vor Aufregung.

»Ein echtes Wunder, daß ich nicht selbst darauf gekommen bin«, sinnierte Maryanne. »Wo sie doch Harriet heißt — und bei all den Bildern in der Zeitung.«

»Die Zeitung!« sagte Jessie. »Laß mal sehen, das war vor vier Monaten, nicht wahr? Ist Mr. Coutts in letzter Zeit vorbeigekommen, Köchin?«

Im Dower-Haus wurden alte Zeitungen immer in den Keller gebracht. Alle paar Monate kam Mr. Coutts vorbei und kaufte sie nach Gewicht für sein Geschäft, und Gorman gab das Geld für die Rettung kleiner chinesischer Mädchen aus, die man sonst sterben ließ.

Ich hörte, wie die Kellertür geöffnet wurde. Also ging Jessie hinunter, um nachzusehen. Ich richtete mich ein Stück auf, aber ich glaube, sie hätten mich nicht einmal dann bemerkt, wenn ich auf dem Fenstersims gesessen hätte. Sie waren viel zu sehr in ihr Thema vertieft.

Als Jessie zurückkam, hörte ich das Rascheln von Papier, und nach einer längeren Pause sagte Louisa: »Da ist es! Da ist ein Bild von Harriet Winter im Zeugenstand.«

Ich konnte mir nicht vorstellen, was für einen Stand sie damit meinten. Ich fragte mich, ob es wohl ein Sarg war, aber schließlich war doch Mr. Winter gestorben, nicht Harriet. In der Küche waren alle so beschäftigt, daß sie Onkel Ned nicht hereinkommen hörten.

Er kam früher als sonst und begab sich direkt in die Küche. Er war das einzige Mitglied des Haushaltes, das es wagen durfte, dort mitten am Nachmittag zu erscheinen, aber für ihn hätte das Gesinde alles getan. Es lag nicht daran, daß er so gut aussah mit seinen offenen blauen Augen und dem kleinen goldenen Schnurrbart; er blieb immer derselbe, was auch geschah, und das läßt sich über kaum jemanden sagen.

»Platze ich hier in eine Lerngruppe hinein?« hörte ich ihn fragen, und dann setzte er hinzu: »Was für ein hübsches Gesicht! Ich hab es doch schon einmal gesehen — natürlich! Aber wieso grabt ihr den Winter-Fall aus? Er ist doch ein für allemal erledigt.«

Es war Maryanne, die es ihm erzählte. »Es ist die neue Lady im Dingle-Haus«, sagte sie. »Ihr kleines Mädchen hat sich heute morgen bei Robinson mit Miss Vicky unterhalten.«

Als sich Onkel Ned wieder meldete, erkannte ich sein Stimme kaum wieder. »So ist das also«, sagte er. »Die ewige Jagd. Ich vermute, niemand wird ihr je gestatten, alles zu vergessen. Nebenbei, wo ist sie eigentlich? Ich meine Viktoria?«

»Im Garten«, sagte Maryanne.

Ich verließ meinen Posten unter dem Fenstersims und schlich um die Hausecke. Dann rannte ich hinunter zum Obstgarten und schlug mein Buch auf, während ich darauf wartete, Onkel Neds Schritte auf dem Weg zu hören.

»Na, genießt du den Nachmittag?« fragte er. »Seit wann liest du ein Buch verkehrt herum?«

»Bringst du mir ein neues mit?« wollte ich wissen. »Ich bin mit diesem fertig.«

»Wie lange bist du schon hier?« fragte Onkel Ned. »Komm schon, Vicky, keine Lügen.«

»Ich wollte gar nicht lügen!« platzte ich heraus und überlegte mir, wie wohl Harriet mit der Situation fertig geworden wäre. »Ich wollte um etwas Wasser bitten, und sie unterhielten sich alle, und ich hörte Harriets Namen . . .«

»Und was hast du dir dann zusammengereimt?« erkundigte sich mein Onkel. »Daß . . . daß Mrs. Craddock ihren Mann . . . vergiftet hat.« Mir versagte die Stimme.

»Das stimmt nicht. Mrs. Craddock wurde von den Geschworenen von dem Verdacht freigesprochen, ihren Mann vergiftet zu haben, und auf freien Fuß gesetzt.«

»Wenn sie es nicht getan hat«, wollte ich wissen, »wieso mußte sie dann ihren Namen ändern?«

»Weil es nicht reicht, einfach nur unschuldig zu sein. Die Leute müssen auch glauben, daß man wirklich unschuldig ist. Verstehst du?«

Ich nickte. »Ich glaube schon. Letztes Weihnachten behauptete Tante Agatha, ich hätte die kleine grüne Vase im Wohnzimmer zerbrochen, und das stimmte überhaupt nicht! Es muß der Wind gewesen sein. Sie hat mir aber nicht geglaubt.«

Ich erinnerte mich noch daran, wie bestürzt ich über die Entdeckung gewesen war, daß einem schon mal nicht geglaubt wurde, wenn man die Wahrheit sagte, nur weil man sie nicht beweisen konnte. Niemand außer mir wußte, daß ich es nicht gewesen war − von Gott abgesehen, korrigierte ich mich im stillen. Manchmal fragte ich mich, warum Er nicht für all die Leute sprach, die in Schwierigkeiten gerieten. Aber das hätte schließlich zu vollkommener Gerechtigkeit auf der Welt geführt, und wozu wäre der Himmel dann noch gut gewesen?

»Ist das bei Mrs. Craddock auch so?« fragte ich.

Onkel Ned nickte. »Ja, Vicky. Das ist es.«

Als ich an diesem Abend die Halle durchquerte, sah ich, wie Tante Agatha lange Streifen Zeitungsausschnitte auf Bögen aus braunem Papier klebte. Man mußte mir nicht erst sagen, daß es sich um die Geschichte von Mrs. Craddocks Prozeß handelte. Tante Agatha glich dem Ungeheuer aus der Offenbarung, mit Augen vorne und hinten; sie konnte mich unmöglich gesehen haben und rief trotzdem: »Viktoria (ein Zeichen dafür, wie außerordentlich unwirsch sie war), ich habe dir schon einmal gesagt, daß Neugier vulgär ist.«

Ich beeilte mich, ins Bett zu kommen, und war fest entschlossen, auf Biegen und Brechen diese braunen Bögen in die Hand zu bekommen und die Geschichte selbst zu lesen. Ich mußte länger als eine Woche warten. Onkel Ned war wieder nach London gefahren, und ich war praktisch eine Gefangene im eigenen Haus. Ich durfte nicht mal allein zum Briefkasten gehen.

Da fuhr eines Nachmittags die gemietete Kutsche vor, um Großmutter und Tante Agatha zu ihren Besuchsterminen zu bringen. Ich hörte sie sagen, daß es spät werden konnte, bis sie zurückkehrten. Ich vermutete, daß sie es für ihre Pflicht hielten, allen von Mrs. Craddock zu erzählen.

Zum Glück (für mich) hatte Maryanne Zahnschmerzen und mußte fort, um sich einen Zahn ziehen zu lassen, und obendrein hatten Jessie und Louisa (die Geschwister) gemeinsam ihren freien halben Tag. Nur Gorman blieb im Haus. Ich wurde angewiesen, sie nicht zu ärgern, sondern still für mich im Garten zu spielen.

Sobald ich mich davon überzeugt hatte, daß die Luft rein war, schlich ich mich ins Arbeitszimmer. Ich war sicher, daß die Papiere in Onkel Neds Wellington-Truhe lagen. Sie war verschlossen, aber ich entdeckte die Schlüssel in einer Schublade seines Schreibtisches, und endlich hatte ich alles, endlose Seiten mit Kleingedrucktem, mit Bildern von Mrs. Craddock (die Mrs. Winter zu nennen ich noch lernen mußte) sowie Harriet und Mr. Winter, der als ›der Dahingegangene‹ bezeichnet wurde.

Ich schnappte mir das ganze Bündel und floh damit auf den Dachboden, wohin mir, wie ich wohl wußte, niemand folgen würde. Ich kam an der Rolle Wachstuch vorbei, wo ich mich sonst immer versteckte, sowie an der Schneiderpuppe, die mich immer so wahnsinnig erschreckt hatte, und warf mich auf das s-förmige viktorianische Sofa, dessen Polsterung bereits durch den rosa Brokat platzte. Dann fing ich an zu lesen.

Die Formulierungen verwirrten mich manchmal, und mehrmals mußte ich Stellen noch einmal lesen, um bestimmte Punkte zu begreifen. Schließlich setzte ich mir folgende Geschichte zusammen:

Vor etwa zehn Jahren heiratete die damals achtzehnjährige Margaret Craddock den ein ganzes Stück älteren Charles Winter. Sie hatten ein Kind, Harriet, das von seiner Mutter zu Lasten ihres Mannes vergöttert wurde, wie Mr. Paull meinte, der in den Artikeln als Vertreter der Anklage bezeichnet wurde.

Etwa einen Monat vor seinem Tod bekam Mr. Winter eine Stelle im Ausland angeboten, die er auch annahm. Ein Kind konnte er dorthin jedoch aufgrund des Klimas nicht mitnehmen. Er schlug vor, Harriet bei seiner Mutter und seiner unverheirateten Schwester Grace zu lassen. Mrs. Winter sagte, nichts dürfe zwischen sie und ihr Kind treten. Harriet machte eine Szene, wie Maryanne es ausgedrückt hätte, und erklärte dabei, daß sie sich ertränken würde, wenn ihre Mutter fortginge. Es sei schon ein Unglück gewesen, fand Mr. Paull, daß den Launen eines verdorbenen Kindes so viel Aufmerksamkeit geschenkt wurde.

Keine Seite wollte nachgeben. Mrs. Winter sagte, wenn ihr Mann darauf beharrte, nach Übersee zu gehen, würde sie zurückbleiben. So war der Stand der Dinge, als Mr. Winter ungefähr eine Woche vor seinem frühzeitigen Tod eine Art Fieber bekam. Man könne nicht bestreiten, sagte Mr. Paull, daß seine Frau ihn mit beispielhafter Fürsorge und Geduld gepflegt habe, auch wenn sie nicht duldete, daß das kleine Mädchen bei seiner Großmutter und Tante Grace im Großen Haus blieb.

Das Personal im Winter-Haus bestand nur noch aus einer Dienerin. Die anderen hatte man vor kurzem entlassen und nicht ersetzt, da Mr. Winter plante, seinen Haushalt aufzulösen. Deshalb bereitete Mrs. Winter selbst meist das Essen zu, zusätzlich zu ihren Mühen um den kranken Mann im Schlafzimmer. Der Arzt, der ebenfalls als Zeuge aussagte, gab zu Protokoll, das Fieber habe seinen normalen Verlauf genommen, und es habe keinen Grund gegeben, mit etwas anderem als einem glücklichen Ausgang zu rechnen. Mr. Winter blieb bei seiner Absicht, den Haushalt aufzulösen und seine Stelle in Übersee anzutreten, und er beharrte weiterhin darauf, daß seine Frau ihn begleitete.

Am Nachmittag seines Todes hatte die Dienerin Ausgang, um ihre Eltern zu besuchen. Nachdem ein schöner Morgen Regenwolken Platz gemacht hatte, spielte die kleine Harriet auf dem Treppenabsatz vor dem Krankenzimmer. Sie beschäftigte sich dort mit einer Teegesellschaft für Puppen, und diese Tatsache, so irrelevant sie sich auch anhören mochte, sollte sich noch als äußerst bedeutsam erweisen.

Um etwa vier Uhr teilte Mrs. Winter Harriet mit, daß sie nach unten gehen würde, um Tee zu machen.

»Setz dich zu deinem Vater, bis ich wieder heraufkomme«, sagte sie. »Wenn er um etwas bittet, sei nicht widerborstig, denn er ist immer noch sehr krank.«

Das war ein direkter Widerspruch zur Auffassung des Arztes, Mr. Winter sei zu diesem Zeitpunkt auf dem Wege der Besserung gewesen.

Etwa fünfzehn Minuten später kehrte Mrs. Winter mit dem Tee zurück, und Harriet wandte sich wieder der eigenen Teegesellschaft zu. Unmittelbar darauf ertönten seltsame Laute aus dem Krankenzimmer, die nach Stöhnen und Erbrechen klangen. Harriet blieb, wo sie war, bis ihre Mutter an der Tür erschien und sagte: »Deinem Vater geht es schlechter. Dr. Blair müßte kommen, aber wer soll ihn holen? Alice hat Ausgang, und ich möchte dich nicht mit ihm allein lassen, wenn es ihm so schlecht geht.«

Harriet sagte: »Ich könnte ja den Arzt holen.« Und obwohl Mrs. Winter die Vorstellung nicht gefiel, daß ein kleines Mädchen bei diesem Wetter hinausging, hatte sie doch das Gefühl, daß ihr keine Wahl blieb. Also händigte sie Harriet eine Nachricht aus, und wenig später wurde das Kind von seiner Tante Grace gesehen, die mit der Familienkutsche auf dem Weg nach Hause war.

Die Tante hielt an und stieg aus, um Harriet zu fragen, warum sie allein durch die Gegend lief. Harriet, die sich verirrt hatte, erzählte ihr von dem plötzlichen Umschwung im Befinden ihres Vaters, und Miss Winter fuhr zum Arzt und begleitete dann sowohl ihn als auch das Kind zurück zum Haus ihres Bruders.

Mrs. Winter öffnete ihnen und sagte: »Oh, Doktor, kommen Sie schnell, denn es geht ihm anscheinend immer schlechter. Ich habe überhaupt keine Vorstellung, warum — es kann auf keinen Fall an irgend etwas liegen, das er gegessen hat, denn er hat nichts bekommen, was nicht von mir selbst zubereitet wurde.«

Sie führte sie nach oben, wo die Tür offenstand. Als Mr. Winter seine Schwester erblickte, sagte er mit schwacher Stimme: »Grace, ich bin vergiftet worden.«

Miss Winter wollte bleiben, aber der Arzt schickte sie und Harriet hinaus, um den Patienten ungestört zu untersuchen. Es sprach gegen Mrs. Winter, daß sie nichts von dem Erbrochenen aufbewahrt hatte. Später erhielt Grace Winter die Erlaubnis, wieder hereinzukommen, und sie setzte sich auf das Bett, ergriff die Hand ihres Bruders und fragte ihn: »Henry, wer hat es getan?« Aber er war schon zu weit weg, um ihr noch Antwort zu geben.

Später fuhr Miss Winter nach Hause, eine wütende und widerwillige Harriet im Schlepptau, der Mrs. Winter versprochen hatte, sie am nächsten Morgen gleich wieder abzuholen. Der Arzt blieb im Haus, und um etwa vier Uhr früh starb Henry Winter, nachdem er in ein Koma verfallen war, aus dem er nicht mehr erwachte.

In Anbetracht dessen, was der Sterbende gesagt hatte, erklärte der Arzt, er könne keinen Totenschein ausstellen, ehe nicht eine Autopsie durchgeführt worden sei (ich wußte nicht recht, worum es sich dabei handelte). Mrs. Winter war es nicht möglich, Harriet wie versprochen abzuholen, und schickte statt dessen die Dienerin Alice mit einer Nachricht. Es gab kein Telefon im Haus; meine Großmutter hat auch keins, denn sie sagt, sie wäre nicht bereit, sich von einem ›Apparat‹ herumkommandieren zu lassen.

Wenig später meldete sich die Polizei im Großen Haus und bat darum, Harriet zu sehen. Das Mädchen wirkte ganz gefaßt und fragte: »Ist er tot? War es Gift? War es vielleicht etwa in der Milch?«

Die Polizei sagte, daß er, soweit bekannt war, keine Milch gehabt hatte, und daraufhin erzählte Harriet ihre Geschichte. Nachdem ihre Mutter nach unten gegangen war, hatte ihr Vater gesagt: »Ich bin durstig. Kannst du mir etwas zu trinken bringen?«

Mrs. Winter hatte die Wasserkaraffe mit nach unten genommen, um sie aus dem Krug mit dem gekochten Wasser in der Küche wieder aufzufüllen, und alles Trinkwasser mußte abgekocht werden, also konnte Harriet nicht einfach ein Glas an dem Becken nahe dem Treppenabsatz füllen. Sie sagte, sie hätte etwas Milch für ihre Teegesellschaft, und fragte, ob das reichen würde.

Ihr Vater sagte: »Ich denke schon.« Also groß Harriet die Milch in ein Glas, woraufhin er sagte: »Gib mir das Fläschchen mit den Tabletten aus dem Arzneikasten.« Er tat eine Tablette — Harriet war sich sicher, daß es nur eine war — in die Milch, die dann etwas sprudelte.

Anschließend reichte er Harriet das Glas mit den Worten zurück: »Erzähl deiner Mutter nichts davon — sie hat es nicht gern, wenn ich Tabletten nehme.« Und fast wie zu sich selbst fügte er hinzu: »Manchmal denke ich, sie wäre froh über meinen Tod.«

Die Polizei fragte Harriet: »Warum hast du vorher noch nichts davon erzählt?«

Harriet gab zur Antwort: »Weil mein Vater es mir verboten hat.«

»Wann hast du es deiner Mutter erzählt?«

»Gar nicht. Ich habe sie noch nicht wieder gesehen.«

»Hast du es irgend jemanden sonst gesagt?«

»Es war niemand da.«

»Doch, deine Großmutter und deine Tante.«

»Ich würde ihnen nie was über uns erzählen«, erwiderte Harriet.

Soweit ich es verstand, wollte dieser Mr. Paull die Geschworenen davon überzeugen, die Geschichte mit der Milch sei nur eine Erfindung gewesen, um Mrs. Winter zu helfen, aber Harriet blieb dabei. Sie hatte keine Gelegenheit gehabt, sie zusammen mit ihrer Mutter auszuhecken, und niemand ging davon aus, daß sie sie selbst erfunden haben konnte.

Da Mrs. Winter sowohl das Glas als auch die Tassen auf dem Tee-Tablett gespült hatte, während sie auf den Arzt wartete, konnte niemand nachweisen, wie das Gift verabreicht worden war. Außer dem Tee hatte Mr. Winter auch ein Stück Buttergebäck gehabt. Weitere Stücke waren auf das Tablett zurückgelegt worden, aber das angebissene, nicht ganz verzehrte hatte man weggeworfen. Mrs. Winter sagte, sie habe gewollt, daß das Krankenzimmer ordentlich aussah, und keinen Grund zu der Annahme gehabt, dem Anfall ihres Mannes könnten andere als natürliche Ursachen zugrunde liegen.

Die Autopsie zeigte, daß er aus einer Dose vergiftet worden war, deren Inhalt zur Beseitigung der Ratten im Garten diente. Die Dose wurde auf einem Regal im Gärtnerschuppen aufbewahrt. Der Gärtner, ein Mann namens Richards, sagte aus, er habe sie von Mr. Winter bekommen, von dem er auch seine Anordnungen erhielt. Mrs. Winter hatte er nur dann gesehen, wenn sie Blumen für das Haus bestellte. Mr. Winter machte sich nichts aus Schnittblumen und bezeichnete sie als verrottende Vegetation. Richards sagte, er habe manchmal Streitigkeiten über diese Frage mitbekommen, aber sonst nichts. Er betrat nie das Haus, sondern brachte die Blumen und das Gemüse zur Küchentür. Wenn er eine Tasse Tee haben wollte, wurde sie ihm von einer der Dienerinnen durch das Küchenfenster gereicht.

Als Mrs. Winter in den Zeugenstand kam (inzwischen wußte ich, was das bedeutete), versuchte man anscheinend zu beweisen, daß sie für Richards Sympathien hegte — der so alt war wie Onkel Ned, wenn auch weniger gutaussehend —, und zwar mehr als für den eigenen Ehemann. Mir kam das dumm vor, denn Richards war ja nur der Gärtner und hatte sicher eh kein Geld.

Dann wurde Harriet in den Zeugenstand gerufen. Der Richter protestierte, aber Mr. Leslie, der Vertreter der Verteidigung sagte, sie wäre eine wichtige Zeugin. Ich konnte sie mir richtig vorstellen, wie sie dort stand, vollkommen beherrscht und ohne zu stottern oder zu zittern, wie es mir ergangen wäre, während ich nur hervorgebracht hätte: »Ich weiß nicht.« Und: »Ich erinnere mich nicht.« Sie sagte, ihre Mutter sei am fraglichen Tag überhaupt nicht in den Garten gegangen; sie selbst habe auf dem Rasen gespielt, bis der Regen einsetzte. Sie habe aus dem Fenster geschaut, während ihre Mutter den Tee machte, und hätte sie dabei ja gesehen, falls sie zum Schuppen gegangen wäre. Man hatte auch keine Spur von nassen Schuhen oder einer nassen Bluse gefunden, und die Polizei fand auch nirgendwo sonst im Haus noch eine Spur von dem Gift.

So ging es noch lange weiter — zuviel für mich, um alles zu lesen; schließlich gelangten die Geschworenen jedoch zu dem Ergebnis, daß Mrs. Winter unschuldig war. Sie meinten, es ließe sich nicht ausreichend belegen, wie genau das Gift verabreicht worden war. Ich vermute, sie wollten damit sagen, daß er es genausogut selbst genommen haben konnte.

Dann folgte noch ein Zeitungsausschnitt, aus dem hervorging, daß Mrs. Winter ihr Kind nahm und die Gegend verließ, um woanders ein neues Leben zu beginnen. Auch das kam mir dumm vor. Man kann kein neues Leben anfangen, wenn man schon ziemlich alt ist und auf die dreißig zugeht.

Das stärkste, was ich empfand, war überwältigende Eifersucht auf Harriet. Schon eine Heldin zu sein, bevor man zehn wird! Die

Zeitungen hatten Bilder von ihr gebracht. Ich versenkte mich in Tagträume, in denen ich im Zeugenstand war und zugunsten von Onkel Ned aussagte. Natürlich würde man ihm nie einen Mord zur Last legen, aber vielleicht etwas, das annähernd so schlimm war; er könnte eine Bank ausrauben, oder die Leute könnten denken, er hätte es getan.

Ich steigerte mich dermaßen in diese Vorstellung hinein, daß Großmutter, als sie von ihrem Besuch zurückkam, mich beinahe dabei erwischte, wie ich die Papiere zurücklegte.

»Was hast du heute nachmittag gemacht?« fragte Tante Agatha, und ich sagte ihr, ich hätte gelesen. Ich trug Onkel Neds neues Buch unterm Arm. Ich fragte mich allmählich, ob ich selbst schon so raffiniert wurde wie Harriet. Jetzt wollte ich sie unbedingt wiedersehen, aber sie und ihre Mutter schienen sich verkrochen zu haben wie ein Paar Füchse. Ich entschied, daß ich sie einfach aufsuchen mußte, also ließ ich eines nachmittags meinen Ball zum Fronttor hinaushüpfen und lief ihm hinterher bergab.

Das Dingle-Haus stand auf der Talsohle, und man sagte, es stünde deshalb so oft leer, weil es so feucht war. Als ich mich dem Tor näherte, hörte ich Harriet reden und fragte mich, wer kühn genug war, um sie zu besuchen.

Absichtlich warf ich den Ball so in die Luft, daß er in ihrem Garten landete. Als ich über das Tor schaute, stellte ich fest, daß sie sich ihre Gesprächspartner einbildete. Sie saß auf dem Rasen, und das berühmte Tee-Service stand auf einem weißen Tuch ausgebreitet. Als sie mich sah, frage sie gebieterisch: »Was willst du?«

»Mein Ball ist in euren Garten geflogen«, sagte ich.

Sie schien darüber eine Minute nachzudenken und sagte dann: »Komm lieber herein und hol ihn dir wieder.«

Das Tee-Geschirr faszinierte mich, denn es war bis zur Zuckerschale und den winzigen Löffelchen eine exakte Nachbildung eines richtigen Services. Harriet, die eindeutig keine halben Sachen machte, hatte bunte Kieselsteine sowie Blätter und Zweigstücke arrangiert, um Kekse und Tortenstücke darzustellen.

»Du kannst zum Tee bleiben, wenn du möchtest«, sagte sie sorglos. »Ich habe ohnehin einen Platz für dich freigehalten.«

Wenn schon, denn schon, dachte ich. Schon in dem Augenblick, als ich das Tor öffnete, war ich in Schwierigkeiten.

»Woher wußtest du, daß ich komme?« fragte ich. »Die anderen sind recht spät dran, nicht wahr?«

Sie schenkte mir einen Blick voll tiefster Verachtung. »Sie sind bereits da«, stellte sie fest. »Ich kann nichts dafür, wenn du sie nicht siehst.«

Sie nahm die Teekanne zur Hand und schenkte mir unsichtbaren Tee ein.

»Nimm Sahne, wenn du möchtest«, sagte sie und deutete auf den Krug.

Ich bediente mich vorsichtig damit. Zu Hause hatte ich noch nie Sahne zu Gesicht bekommen, vermutete allerdings, daß Großmutter sie ihren Gästen servierte. Dann nahm ich die Zuckerschale zur Hand und schüttelte etwas Zucker in die Tasse. Zu meiner Überraschung packte mich Harriet am Arm.

»Du darfst dich erst bedienen, wenn du dazu aufgefordert wirst!« wies sie mich zurecht, und mir fiel wieder ein, wie Großmutter mir einen Klaps auf die Hand gegeben hatte, als ich mir einmal unaufgefordert Kuchen nahm.

»Aber ich nehme doch immer Zucker«, sagte ich.

»Die Tasse ist nicht für dich, sondern für deine Großmutter.« Harriet deutete auf eine Stelle im Gras, und folgsam stellte ich die Tasse dort ab.

»Jetzt deine Tante.« Sie reichte mir eine weitere. »Und Mrs. Dixon.« Das war die Frau des Pfarrers. »Sie nimmt auch keinen Zucker.«

»Und Onkel Ned?« drängte ich.

»Oh, wir laden keine Männer ein«, sagte Harriet. »Das können Damen nicht, die allein leben. Außerdem wollen wir sie nicht.«

»Ich möchte Onkel Ned am liebsten immer dabeihaben«, entgegnete ich und fügte grausam hinzu: »Vermißt du deinen Vater nicht?«

»Oh, er hat nie mit mir gespielt — er war immer zu beschäftigt«, versetzte sie mit der kältesten Stimme, die man sich vorstellen konnte. »Väter sind so, weißt du. Und sie reisen durch die ganze Welt.« Sie fixierte mich einem wütenden goldenen Blick. »Was ist mit deinem Vater? Ist er auch fortgegangen?«

»Er ist nach Indien gezogen; er hat inzwischen eine andere Frau. Für mich ist das Dower-Haus jetzt mein Zuhause.«

»Also ist er fortgegangen.« Es klang triumphierend. »Ich hab' deine Tante Agatha gesehen. Mutter sagt, sie wäre eine vertrocknete Jungfer.«

Ich war mir nicht sicher, was das heißen sollte, aber es klang recht unangenehm, selbst in Anbetracht der Tatsache, daß es Tante Agatha betraf. Ehe mir eine Antwort einfiel, rief mich jemand beim Namen, und da stand Onkel Ned am Tor.

»Deine Großmutter macht sich schon Sorgen, Victoria«, sagte er. »Du hättest eine Nachricht hinterlassen sollen, daß man dich zum Tee eingeladen hat.«

Er verneigte sich vor Harriet und nahm den Hut ab.

»Sie wollte gern bleiben«, sagte Harriet unbekümmert.

Ich erging mich in Erklärungen über den Ball, bemerkte dann jedoch, daß Onkel Ned mich gar nicht mehr anschaute. Er starrte zur Haustür, die gerade geöffnet worden war. Mrs. Craddock kam den Weg herunter.

»Gestatten Sie mir, daß ich mich Ihnen vorstelle«, sagte Onkel Ned. »Ich bin Victorias Onkel Edward O'Hare. Victoria vergaß, uns mitzuteilen, wohin sie gehen wollte.«

»Es ist sehr schön für Harriet, eine Spielgefährtin zu haben«, meinte Mrs. Craddock. »Es gibt hier nur wenige kleine Kinder.«

»Ich bin neun!« warf Harriet wütend ein. »Damit ist man nicht mehr klein! Und ich habe sie nicht eingeladen! Sie wollte hierbleiben und hat absichtlich den Ball über den Zaun geworfen!«

»Damit hat sie uns ein ungewöhnliches Kompliment gemacht«, bemerkte ihre Mutter rasch und wandte sich wieder Onkel Ned zu. »Ich würde sie gerne wieder einladen, aber wir verlassen die Gegend schon bald.«

»Das tut mir leid«, sagte Onkel Ned. »Man sagt, das Haus . . .«

»Ist feucht, ja. Aber daran liegt es nicht. Es ist nur so, daß ich mir aus Industriestädten noch nie viel gemacht habe – nicht einmal Coventry.«

»Wenn es ein Tor gibt, das in die Stadt führt, dann führt auch wieder eines hinaus«, bemerkte mein Onkel.

»Ein geheimes Tor«, unterstellte Mrs. Craddock, und erneut sah ich dieses goldene, warmherzige Lächeln. Sie hätte öfters lächeln sollen, dachte ich; die Welt wäre heller geworden.

»Wenn Sie den Schlüssel nicht finden, schafft es vielleicht jemand anders für Sie.«

»Und wenn der Weg nur in eine Richtung führt?«

»Man könnte ihn trotzdem gehen.«

Es war, als spielten zwei Leute Tennis; sie schlugen sich gegenseitig Bälle zu, ohne irgend jemanden sonst Beachtung zu schenken. Ich verstand nicht, was sie meinten, hörte aber trotzdem fasziniert zu.

»Es ist einsam hier«, meinte Mrs. Craddock.

»Gewiß hängt das davon ab, ob man Gesellschaft hat oder nicht. Und wissen Sie«, fügte Onkel Ned hinzu, »es führt zu nichts, wenn man sich von der Meinung der Leute beeinflussen läßt. Das heißt, man braucht nicht alles zu glauben, was man hört.«

»Sie sind der erste, der mir so etwas sagt.«

Dieses Gespräch hätte endlos weitergehen können — wie ich feststellte, nahm keiner von beiden noch Notiz von Harriet und mir —, wäre es nicht von Harriet mit der Bemerkung unterbrochen worden: »Wenn Victorias Großmutter sich Sorgen macht, sollte Victoria dann nicht nach Hause gehen?«

»Vielleicht änderst du deine Meinung noch«, redete Onkel Ned ihr zu.

»Ich möchte deine Party ungern beenden.«

»Oh, es sind doch noch genügend Leute hier«, erklärte Harriet in diesem erwachsenen Tonfall, den sie so mühelos annehmen konnte. Sie sah mich an. »Ich sagte dir schon, daß wir keine Männer haben wollen. Sie kommen und verderben alles und gehen dann wieder.«

»Was meinte Mrs. Craddock, als sie von Coventry sprach?« fragte ich Onkel Ned, als wir wieder den Hang hinaufgingen.

»Das ist ein Ort, wo niemand mehr mit einem spricht.«

»Wieso zieht man dann dorthin?«

»Man zieht nicht dorthin, sondern wird dorthin geschickt. Man hat keine Wahl.«

Oben wartete Tante Agatha auf uns. »Wo hast du gesteckt?« schimpfte sie.

»Ihr Ball ist den Hang hinabgerollt, und sie mußte ihn zurückholen«, sagte Onkel Ned.

Kein Wort über Mrs. Craddock oder Harriet . . .

Auf einmal verlor ich alles Interesse an den Craddocks. Eine Familie namens Weston zog in die Nähe, und ihre Tochter Cynthia nahm bei uns ihre Unterrichtsstunden. Schon bei unserer ersten Begegnung wußte ich, daß sie genau das war, worauf ich gewartet hatte. Wie ich war sie ein Einzelkind, und sie hatte sofort Verständnis für meine Phantasiewelten.

Während all dieser heißen Sommertage waren wir unzertrennlich. Großmutter besuchte die Westons sofort, also war es mir auch möglich, Cynthia einzuladen; selbst Maryanne fand Gefallen an ihr. Ich dachte an Harriet, die so launisch und beherrschend war. Ich erblickte sie immer noch hin und wieder und wußte daher, daß die Craddocks das Dingle-Haus noch nicht verlassen hatten. Allerdings spielte sie keine Rolle mehr für mich – so glaubte ich wenigstens.

Im August fuhren die Westons ans Meer. Wir dagegen verließen unser Haus nie – Großmutter sagte, wir hätten hier die beste Luft im ganzen Land. Ich vermißte Cynthia schrecklich. Häufig lag ich im langen Gras des Obstgartens und dachte mir Geschichten aus, worin ich sie vor bockenden Pferden, angreifenden Stieren (obwohl ich furchtbare Angst vor ihnen hatte) und tobenden Fluten rettete.

Tante Agatha schimpfte dann immer mit mir. »Du wirst dir noch die Augen ruinieren und einen Buckel bekommen, wenn du von morgens bis abends deine Nase in Bücher steckst!«

Onkel Ned kam weiterhin jeden Freitag, aber sogar er hatte einen Teil seines Glanzes verloren. Ich zählte die Tage bis zu Cynthias Rückkehr. Schließlich kam jener Nachmittag, als meine ganze Welt in Scherben fiel.

Gelangweilt von meinem Buch, sah ich mich nach einer Ablenkung um und erblickte einen Igel, der sich unter dem Zaun zwischen unserem Garten und dem angrenzenden verwilderten Gemeindeland hindurchdrückte. Man hatte Großmutter gebeten, dort Wegerecht zu gewähren, aber sie hatte das wegen der Zigeuner abgelehnt, die jeden Sommer hier in der Gegend kampierten.

Ich ging durch das blaue Holztor des Obstgartens auf das verwilderte Gelände, aber der Igel war bereits in seinem Bau verschwunden. Ich überlegte mir, ob ich ein bißchen weiter gehen und nachsehen sollte, ob irgendwelche Zigeuner zwischen den Stechginsterbüschen kampierten — das wäre eine nette Abwechslung von meiner Tante und Maryanne gewesen. Alles, was ich jedoch zu sehen bekam, waren zwei Leute, ein Mann und eine Frau, die gemeinsam spazierengingen; und auf einmal nahm er sie in seine Arme, und sie standen da, als wären sie eins geworden.

Es waren Mrs. Craddock und Onkel Ned.

Ich weiß heute nicht mehr, ob ich aufgeschrien habe — sie waren jedoch ohnehin viel zu sehr mit sich selbst beschäftigt, um mich zu hören. Ich wußte gleich, ohne daß es mir jemand hätte sagen müssen, daß sie sich nicht zum ersten Mal trafen. Mrs. Craddock kuschelte sich so bereitwillig in Onkel Neds Arme wie ein Vogel in sein Nest. Cynthia und ich hatten manchmal über Liebe und Ehe gesprochen, wobei man sich vereinigte wie Schinken und Ei oder Brot und Butter. Einer ohne den anderen war undenkbar, und doch: Wie konnte Onkel Ned auch nur daran denken, Mrs. Craddock zu heiraten?

Wie es schien, tat er es aber. Er erzählte Großmutter noch am selben Abend davon. Ich stürmte ins Haus, sobald ich die Kraft dazu fand, und lief Großmutter direkt in die Arme.

»Was hat dich so erschreckt?« fragte sie. Manchmal konnte sie überraschend freundlich sein. »Du hast doch wohl keinen Sonnenstich, oder?«

Sie gestattete mir, in das Wohnzimmer zu kommen, und gab mir die chinesische Puppe, die Großvater vor vierzig Jahren mitgebracht hatte. Das war eine ganz ungewöhnliche Behandlung. Ich machte es mir hinter dem Sofa bequem, froh darüber, Großmutters stechendem Blick zu entrinnen. Sie und Tante Agatha saß an beiden Enden des langen Sofas und bestickten ein Altartuch. So fand uns Onkel Ned ein wenig später vor.

»Hast du schon die neuesten Gerüchte gehört?« fragte ihn Tante Agatha. »Man erzählt, Mrs. Craddock würde das Dingle-Haus endlich verlassen. Ich kann mir nicht vorstellen, aus welchem Grund sie überhaupt so lange geblieben ist.«

»Man wird es mit der Zeit müde, immer wegzulaufen«, sagte Onkel Ned.

»Sie wird jetzt woanders hinlaufen«, sagte Tante Agatha in zufriedenem Ton.

»Diesmal jedoch wird sie nicht allein sein. Und nicht ungeschützt. Ich begleite sie.«

»Du solltest dir solche Scherze verkneifen!« schimpfte Tante Agatha. »Schon anzudeuten, eine Frau von niederer Herkunft in die Familie zu bringen, es auch nur im Spaß anzudeuten . . .«

»Margaret ist keine Frau von niederer Herkunft«, sagte Onkel Ned. »Sie wird in Kürze meine Frau sein.«

»Bist du noch bei Sinnen?« fragte Großmutter. »Es wäre dein Ruin, so eine Frau zu heiraten! Wer wird noch mit dir Geschäfte machen, wenn das bekannt wird?«

»Oh, wir haben nicht vor, dich zu kompromittieren«, sagte Onkel Ned. »Ich werde eine Stellung in Kanada annehmen. Du weißt, wie sehr ich es mir schon immer gewünscht habe, auf Reisen zu gehen, und in einem neuen Land haben die Leute Besseres zu tun, als über jemanden zu tratschen, der Pech gehabt hat.«

»Macht es dir nichts aus, daß die Mutter deiner Kinder des Mordes an ihrem früheren Mann beschuldigt und vor Gericht gestellt wurde?«

»Sie wurde freigesprochen«, stellte Onkel Ned fest.

»Aus Mangel an Beweisen.«

»Sie wurde für unschuldig befunden.«

»Nein«, sagte Großmutter, »sie wurde nicht für schuldig befunden. Das ist etwas völlig anderes. Edward, wenn du das machst, werden wir nie mehr miteinander sprechen.«

»Ich weigere mich zu glauben, daß du das wirklich ernst meinst«, sagte Onkel Ned. »Aber unabhängig davon kann ich Margaret einfach nicht mehr aufgeben. Ich liebe sie aus ganzem Herzen.«

Ich mußte in diesem Augenblick irgendeine Bewegung gemacht haben, denn auf einmal fiel ihnen wieder ein, daß ich ja hinter dem Sofa saß. Tante Agatha stürzte sich auf mich und schüttelte mich und setzte mir auseinander, wie übel es war, wenn man lauschte.

»Laß sie in Ruhe!« verlangte Onkel Ned, der ebenso wütend war wie sie. »Ich würde sie nur zu gerne mit uns nehmen! Jedenfalls hoffe ich, Vicky, daß du uns in nicht allzu ferner Zukunft einmal besuchen kannst.«

Aber ich stieß ihn weg. »Du gehörst dann zu ihnen!« schrie ich. »Du wirst uns vergessen! Und du *weißt* ja gar nicht, ob sie es nicht doch war!«

Ich schlug fest nach ihm und rannte aus dem Zimmer.

Ein paar Tage später begegnete ich Harriet auf dem Feldweg. Die Nachricht machte bereits die Runde im Dorf. Das Dingle-Haus verbreitete die typische Atmosphäre eines unmittelbar bevorstehenden Auszuges.

»Wieso konntet ihr ihn nicht in Ruhe lassen?« platzte ich heraus. »Wir waren glücklich, bis ihr kamt.«

»Er war es doch, der uns nicht in Ruhe lassen wollte«, erwiderte sie. »Wir haben niemanden gebraucht.«

»Deine Mutter ist aber anderer Meinung. Ich habe die beiden zusammen gesehen.«

»Sie gehört zu mir!« rief Harriet mit schriller Stimme.

»Jetzt nicht mehr«, gab ich zurück, nicht weniger grausam als sie. »Jetzt kommt er bei ihr an erster Stelle.«

Plötzlich verschwand die Wut aus ihr; sie wirkte in Gedanken meilenweit entfernt, obwohl wir uns direkt gegenüber standen.

»Er sollte lieber aufpassen«, sagte sie. »Ich habe dir doch bestimmt erzählt, daß ich eine Hexe bin, nicht wahr? Wenn ich möchte, daß etwas passiert, dann passiert es auch.«

»Du hast aber nicht gewollt, daß das passiert«, spottete ich.

Sie lachte jedoch nur und ging weiter.

In dieser Nacht kam es zu einem gewaltigen Unwetter. Ich lag zitternd im Bett und verabscheute das Donnern und die Erschütterungen. Ich dachte an Harriet und ihre Behauptung: »Wenn ich möchte, daß etwas passiert, dann passiert es auch.« Ihr Wunsch bestand darin, die Mutter ganz für sich zu haben. Schon einmal hatte jemand versucht, beide zu trennen, und war gestorben.

Mir war, als ginge in einem dunklen Zimmer das Licht an.

In diesem Augenblick erkannte ich die Wahrheit über Mr. Winters Tod.

Ich konnte der Polizei keinen Vorwurf daraus machen, daß sie nicht darauf gekommen war — wer würde schon ein Kind verdächtigen, das kaum neun Jahre alt war? In meiner Vorstellung sah ich sie jedoch mit Bedacht die Milch eingießen und das Gift hinzufügen — sie hatte am Morgen im Garten gespielt und bestimmt Richards dabei beobachtet, wie er es für die ganzen Ratten auslegte —, und wer achtet schon auf das, was ein Kind tat? Sie mußte das Gift an sich genommen haben, um es bei passender Gelegenheit zu verwenden, ohne zu ahnen, daß sich die Möglichkeit noch am selben Tag bieten würde. Auf jeden Fall mußte sie jedoch den Vorsatz gehabt haben, denn sie wußte, daß ihre Mutter sie am Ende doch verlassen würde — daß deren Pflicht als Ehefrau ihr kaum eine andere Wahl ließ.

Ich fragte mich, warum sie nicht nach unten gegangen war und das Glas in der Küche, wo man stets einen Vorrat davon aufbewahrte, mit Wasser gefüllt hatte, aber natürlich konnte man das Rattenpulver in der Milch weniger gut erkennen. Und anschließend hatte sie das Glas ausgespült, damit keine Spur zurückblieb.

Ich wußte nun Bescheid. Ich sage Ihnen, ich wußte es wirklich, hatte aber keine Ahnung, wie ich es beweisen sollte. Und niemand würde mir, einem eifersüchtigen Kind, zuhören. Vielleicht schlugen sie mich sogar, wenn ich eine solche Behauptung aufstellte.

Und da erinnerte ich mich wieder an den Tag mit der Teegesellschaft im Garten des Dingle-Hauses. Die Zuckerschale! Das war es! Die Polizei hatte das Haus vielleicht nach Spuren des Giftes abgesucht, war jedoch zu keinem Zeitpunkt auf die Idee gekommen, daß ein Kind bei der Sache eine Rolle spielte. Sie wußte halt nicht, im Gegensatz zu mir, daß Harriet niemals Kind gewesen war.

Jetzt mußte Onkel Ned gewarnt werden, und es blieb nicht mehr viel Zeit dafür. Zunächst mußte ich jedoch die Zuckerschale in die Hand bekommen. Eine Anschuldigung ohne Beweis wäre Zeitverschwendung gewesen.

Also ging ich am folgenden Tag ganz offen zum Dingle-Haus. Alles hier wirkte inzwischen vollkommen öde; man hatte die Bilder von den Wänden genommen, und es lagen keine Teppiche mehr auf dem Boden.

Mrs. Craddock empfing mich. Die Liebe hatte sie noch schöner gemacht, obwohl ich das gar nicht mehr für möglich gehalten hatte. Ich wußte, daß ich im Begriff stand, dieses Glück zu zerstören. Nicht einen Augenblick lang glaubte ich, daß sie wußte, was Harriet getan hatte, denn ganz gewiß würde sie nicht riskieren, daß es erneut passierte, und schon gar nicht mit Onkel Ned.

»Ich bin gekommen, um Harriet zu sehen«, sagte ich.

»Sie hat mir gerade beim Packen geholfen«, sagte Mrs. Craddock, und dann rief sie: »Harriet, Victoria möchte dir Lebewohl sagen! Oder vielleicht nur *au revoir.*«

Harriet kam langsam herunter und blieb auf halber Höhe der Treppe stehen. »Auf Wiedersehen«, sagte sie. Ihr Gesicht war dunkel und abweisend.

»So macht man das aber nicht«, erklärte ihr Mrs. Craddock lachend. »Komm herein, Victoria. Bringst du eine Nachricht von deiner Großmutter? Nein, wie ich sehe, war das eine dumme Frage. Was möchtest du tun, solange du hier bist?«

»Ich würde gerne noch einmal mit dem Teegeschirr spielen«, sagte ich. »Noch nie zuvor hat mir eines so gut gefallen.«

»Oh, aber es ist bereits eingepackt«, sagte Harriet unbekümmert. »Du bist zu spät gekommen.«

»Wir haben es gespült«, sagte Mrs. Craddock.

Harriet nickte. »Jedes einzelne Teil.«

Sie hielt meinen Blick fest, und ich begriff, daß sie meinen Verdacht kannte und mich verhöhnte, weil ich jetzt hilflos war. Ich sagte: »Es war Zucker in der Schale.« Und Harriet meinte: »Es wäre ja auch albern gewesen, wenn nicht.«

»Warum schenkst du es nicht Victoria?« schlug Mrs. Craddock vor. »Dann hat sie etwas, was sie an uns erinnert.«

»Wird sie sich ohne das nicht an uns erinnern?« wollte Harriet wissen, ging dann aber doch recht fügsam, um die Schachtel zu holen, in der das Tee-Service verpackt war. Ich wußte, daß ich nie damit spielen würde. Ich haßte es; ich sagte mir, daß ich es in tausend Stücke zertreten würde, aber das blieb mir erspart.

Mrs. Craddock sagte gerade: »Harriet hätte selbst daran gedacht, wenn sie es nur gewöhnt wäre, eine Spielgefährtin zu haben«, als wir ein furchtbares Krachen hörten. Wir liefen zum

Fuß der Treppe, und da lag das Tee-Service als ein Haufen Porzellansplitter, über den sich Harriet beugte.

»Sei vorsichtig!« warnte Mrs. Craddock sie. »Du könntest dich schneiden. Was ist passiert?«

»Ich bin ausgerutscht«, sagte Harriet ruhig. »Ich mußte die Schachtel loslassen, damit ich mir nicht selbst weh tat.«

»Wir schicken dir ein anderes, Vicky«, versprach ihre Mutter. »Dieses hier ist nur noch für die Mülltonne gut.«

Sie holte sich einen Besen, fegte die Trümmer zusammen und wickelte sie in Papier ein. Da wußte ich, daß mir meine letzte Chance unter den Händen zerronnen war. Jetzt gab es keinen Beweis mehr, überhaupt keinen.

»Wie wäre es mit einer richtigen Tasse Tee?« fragte Mrs. Craddock, als sie das Päckchen weggeworfen hatte.

»Glücklicherweise haben wir noch etwas Kuchen. Nimmst du Zucker, Vicky, Liebes?«

Ich dachte halb benommen: »Wenn ich ganz alt bin und meine Memoiren schreibe, werde ich sagen können: Ich habe einmal Tee mit einer Mörderin getrunken.«

Das war vor fünf Tagen. Morgen reisen Mrs. Craddock und Harriet nach London ab, wo Onkel Ned sie empfangen wird und wo Mrs. Craddock und er heiraten werden, und dann ist es zu spät.

Es ist drei Uhr morgens — es sind noch vier Stunden hin. Gott hält die Zeit auf Seiner Handfläche — tausend Jahre sind nur einen Augenblick für Ihn. Noch ist Zeit für ein Wunder, für einen Gewittersturm, der das Dingle-Haus zum Einsturz bringt und die Bewohner darunter begräbt — für einen Blitz oder ein Feuer, das sie alle verschlingt.

Ich sitze da und warte auf die Dämmerung, einen blaßgrünen Himmel, unter dem die Vögel zwitschern, während das Licht in die Welt hineinsickert und sie in ein Meer aus hellem Rosa verwandelt, ganz wie es in dem Gedicht von Robert Browning heißt:

All night long I have not stirred
And still God has not said a word.

Die ganze Nacht am selben Ort
Und doch sprach Gott kein einzig' Wort.

Ich weiß nicht, was ich tun soll.
Ich weiß es nicht und kann auch niemanden fragen...

Deutsch von Thomas Schichtel

Aus unbekannten Gründen

Stanley Ellin

So begann es, an jenem Samstag im Oktober.

An diesem Morgen brauchte Morrisons Frau den Kombi, um die Kinder in die Schule zu bringen, und so nahm Morrison den Überland-Bus ins Zentrum Manhattans. Da er nicht gern mit der U-Bahn fuhr, nahm er dort am Busbahnhof ein Taxi. Als sich der Taxifahrer umdrehte und fragte: »Wohin, Mister?« sah Morrison zweimal hin. »Slade?« sagte er. »Bill Slade?«

»Das ist doch nicht zu fassen!« sagte der Taxifahrer. »Larry Morrison! Mann, so ein Zufall.«

Morrison entsann sich augenblicklich, daß Slade bis vor zwei oder drei Jahren eine der bequem untergebrachten Bienen gewesen war — wie er selbst heute noch eine war —, die in dem Glas- und Aluminium-Komplex der Firma Majestico in Greenbush, New Jersey, umherschwärmten. Weltweit verfügte die Firma Majestico über achtzigtausend Angestellte, doch der Komplex Greenbush war das Flaggschiff der Firma, die Geschäftsführung. Und Slade war lange, lange dort gewesen, war bis zum stellvertretenden Abteilungsleiter aufgestiegen.

Doch dann hatte man die Abteilung im Zuge einer Sanierung ausgelöst, und Slade hatte man neben einigen anderen eine Abfindung und den Hut in die Hand gedrückt. Nachdem er schließlich sein Haus verkauft und mit Frau und Kind die Stadt verlassen hatte, um, wie er sich ausdrückte, anderswo eine gute Stelle zu finden, hatte man nichts mehr von ihm gehört. Die Erkenntnis, daß die gute Stelle anderswo gleichbedeutend mit einem Taxi in Manhattan war, bedeutete für Morrison einen Schock.

»Herrgott«, sagte er betrübt, »ich hatte ja keine Ahnung, Bill . . .
Keiner der Jungs von der Hillcrest hatte eine Ahnung . . .«

»Darauf habe ich gehofft«, sagte Slade. »Schon in Ordnung,
Mann. Ich hatte immer das Gefühl, daß ich früher oder später
einem aus der alten Clique über den Weg laufen würde. Ich bin nur
froh, daß ausgerechnet du es bist.« Eine Hupe, die hinter dem Taxi
erklang, veranlaßte Slade, sein Gefährt in Bewegung zu setzen.
»Wohin, Larry?«

»Columbus Circle. Das Coliseum.«

»Sag nichts, laß mich raten. Die Majestico-Handelsausstellung.
Die findet doch immer zu dieser Jahreszeit statt, oder?«

»Genau«, sagte Morrision.

»Und es gehört zum guten Ton, sich dort blicken zu lassen, nicht
wahr? Vielleicht fällt's ja einem der hohen Tiere auf.«

»Du weißt doch, wie das ist, Bill.«

»Allerdings.« Slade hielt vor einer roten Ampel an und drehte
sich zu Morrison um. »Sag mal, du hast es doch nicht wahnsinnig
eilig, oder? Hast du Zeit für eine Tasse Kaffee?«

Tagealte Bartstoppeln bedeckten Slades Gesicht. Die Mütze, die
schief auf dem ergrauenden Haar saß, war schmutzig und schweißbedeckt. Morrison war von dem Anblick erschüttert. Außerdem
war Slade kein echter Freund gewesen, nur ein eher beiläufiger
Bekannter, der ein paar Blocks weiter auf der Hillcrost Raod
wohnte. Einer jener Burschen aus dem Klub, mit denen man vielleicht gelegentlich ein Wochenende über auf die Jagd oder zum
Angeln ging.

»Tja«, sagte Morrison, »heute haben wir leider einen jener Sams-
tage, an denen ich eine Menge . . .«

»He, ich lad' dich auch zum besten Kuchen in der Stadt ein.
Glaub mir, Larry, ich möchte mir mal ein paar Dinge von der Seele
reden.«

»Na, wenn das so ist«, sagte Morrison.

Vor einer Cafeteria an der Eight Avenue standen mehrere fahrer-
lose Taxen. Slade hielt hinter ihnen an und ging in die Cafeteria
voraus, die offensichtlich vornehmlich von Taxifahrern besucht
wurde. Beim Bezahlen an der Kasse gab es eine kleine Auseinandersetzung, die Slade für sich entschied, und dann suchte er, das

Tablett mit dem Kaffee und dem Gebäck vorsichtig balancierend, einen Ecktisch für sie aus.

Der Kaffee war ziemlich schlecht, der Kuchen, wie angekündigt, ziemlich gut. »Und wie geht es Amy?« sagte Slade mit vollem Mund. Amy war Morrisons Frau.

»Gut, gut«, sagte Morrison aufrichtig. »Und wie geht es Gertrude?«

»Gretchen.«

»Ach ja, Gretchen. Dumm von mir. Aber es ist schon so lange her, Bill . . .«

»Allerdings. Fast drei Jahre. Na ja, als ich zum letzten Mal von ihr gehört habe, ging es Gretchen hervorragend.«

»Als du zum letzten Mal von ihr gehört hast?«

»Wir haben uns vor ein paar Monaten getrennt. Sie konnte es einfach nicht mehr aushalten.« Slade zuckte die Achseln. »Hauptsächlich meine Schuld. Es ermutigt einen nicht gerade, wenn man von einer Firma nach der anderen Absagen bekommt. Und zehn, zwölf Stunden am Tag mit dem Taxi herumzugurken, das hebt die Stimmung auch nicht gerade. Na ja, da hat sie sich mit dem Kind eine kleine Wohnung in Queens genommen, und jetzt arbeitet sie als Sprechstundenhilfe bei einem Arzt. Ich helf' ihr mit allen Kröten aus, die ich erübrigen kann. Aber wie geht's deinen beiden? Scott und Morgan, oder? Die sind schon ziemlich groß, wette ich.«

»Dreizehn und zehn«, sagte Morrison. »Prächtige Kinder. Wirklich prächtig.«

»Freut mich zu hören. Und die alte Gegend? Irgendwelche Veränderungen?«

»Eigentlich nicht. Na ja, ein paar von den alten Leutchen sind weggezogen. Mike Costanzo und Gordie McKechnie. Erinnerst du dich noch an sie?«

»Wer könnte schon Mike vergessen, den schlechtesten Pokerspieler der Welt? Aber McKechnie?«

»Das Haus mit dem Zwischenstockwerk, Ecke Hillcrest und Maple. Derjenige, der mal bei der Entenjagd so betrunken war, daß er über Bord ging.«

»Jetzt fällt's mir wieder ein. Und sein schmuckes Schrotgewehr lag zwei Meter unter Wasser im Schlamm. Mann, das hat ihn blitzschnell wieder ernüchtert. Was ist mit ihm und Costanzo passiert?«

»Nun«, sagte Morrison unbehaglich, »sie waren beide in der Abteilung Regionaler Kundendienst. Dann kam jemand aus der Chefetage auf die Idee, daß der Nationale und der Regionale Kundendienst zusammengefaßt werden könnten, und aus beiden Abteilungen wurden ein paar Leute entlassen. Ich glaube, Mike ist jetzt in Frisco, er hat eine große Familie. Und von Gordie hat keiner mehr was gehört. Ich meine ...« Morrison hielt verlegen inne.

»Ich weiß, was du meinst. Kein Grund, knallrot zu werden, Larry.« Slade musterte Morrison ruhig über seine Kaffeetasse. »Hast du dich gefragt, was aus mir geworden ist?«

»Also, um ehrlich zu sein ...«

»Es geht doch nichts über Ehrlichkeit. Ich habe zwei Jahre lang die Runde gemacht, stand beim Arbeitsamt an und habe so viele Bewerbungen rausgeschickt, daß ich sie auf drei Meter Höhe hätte stapeln können. Kein Glück. Schließlich stellte die Arbeitslosenversicherung ihre Zahlungen ein, und ich war pleite und bekam keinen Kredit mehr. Das war's, kurz und bündig.

»Aber wieso? Mit deinem Zeugnis von Majestico ...«

»Mittlere Ebene. Nie ganz oben an der Spitze. Ich hatte nie Entscheidungsbefugnis. Einmal mittlere Laufbahn, immer mittlere Laufbahn. Genau wie alle anderen an der Hillcrest Road. Deshalb haben wir an der Hillcrest Road gewohnt. Ist dir schon mal aufgefallen, daß die, die es bis ganz nach oben schaffen, immer nach Greenbush Heights ziehen? Und immer nach nur drei oder vier Jahren? Aber nachdem man wie ich fünfzehn Jahre in der mittleren Laufbahn war ...«

Bislang war Morrison mit seinen zwölf Jahren in der Verkaufsanalyse zufrieden gewesen. Er war zugegebenermaßen kein menschliches Energiebündel und hatte nach dem Collegeabschluß ein paar harte Jahre gehabt – hauptsächlich als Vertreter auf Kommissionsbasis für die unterschiedlichsten Produkte –, bis er dann den Job bei Majestico bekommen hatte. Nun fühlte er sich von Slades Äußerungen völlig verwirrt. Und er fragte sich wütend, warum Slade beim Essen die Mütze aufbehalten mußte. Wollte er beweisen, daß er ein ganz normaler Taxifahrer wie alle anderen hier war? Das war er nicht. Er hatte einen Collegeabschluß, hatte eines der hübschesten kleinen Anwesen in der Hillcrest Road besessen, war ein respektierter Mitarbeiter der Firma Majestico gewesen.

»Ich verstehe es noch immer nicht«, sagte Morrison. »Willst du mir weismachen, daß es keine andere Firma in der Nähe gibt, die qualifizierte Leute braucht, die nicht unbedingt der Entscheidungsebene angehören? Wir könnten in neunzig Prozent aller Jobs in diesem Land arbeiten, Bill, und das weißt du auch.«

»Natürlich. Aber ich bin fünfundvierzig Jahre alt, Larry. Und willst du wissen, was ich herausgefunden habe? Nach dem Maßstab der großen Firmen bin ich vor fünf Jahren gestorben, an meinem vierzigsten Geburtstag. Gestorben, und ich wußte es nicht mal. Glaub mir, es war anfangs nicht leicht, das zu begreifen. Es wurde leichter, nachdem ich ein paar Jahre vergeblich auf Arbeitssuche war.«

Morrison war sechsundvierzig, und ihm gefiel dies hier immer weniger. »Aber du steckst nur kurzfristig in der Klemme, Bill. Es gibt noch immer . . .«

»Nein, nein. Laß den Quatsch, Larry. Ich will nichts vom Regenbogen hinter dem Horizont wissen. Ich habe meiner Lage schließlich ins Auge gesehen, sie akzeptiert und mich angepaßt. Mit etwas Glück gehört mir eines Tages vielleicht selbst ein Taxi. Und ich kaufe Lotterielose, denn irgendwer muß die ganzen Millionen ja gewinnen, nicht wahr? Und die Chancen dafür sind genausogut wie die, jemals wieder hinter einem Schreibtisch zu sitzen und das Geld zu verdienen, das Majestico mir gezahlt hat.« Erneut musterte er Morrison reglos über den Tassenrand. »Das war der Haken dabei, Larry. Das Geld, das sie mir gezahlt haben.«

»Sie zahlen gut, Bill. Sag, was ist passiert? Hast du geglaubt, du wärest unterbezahlt und könntest mehr herausholen? Und als die Abteilung dichtgemacht wurde, warst du bei denen, die . . .«

»Zum Henker, nein«, warf Slade scharf ein. »Du siehst das genau verkehrt herum. Klar, sie zahlen gut. Aber ist dir je in den Sinn gekommen, daß sie vielleicht zu gut zahlen?«

»Zu gut?«

»Für den Papierkram, den ich erledigt habe? Für den Eselsjob von neun bis fünf?«

»Du warst stellvertretender Abteilungsleiter, Bill.«

»Einer der klügeren Esel, mehr nicht. Verstehst du, was ich für die Firma tat, mußte ihnen so und so viel wert sein. Doch jedes Jahr — immer die erste Woche im Januar — kam der Zuschlag für die gestiegenen Lebenshaltungskosten hinzu, und ich wurde langsam, aber sicher ein Luxus für sie. Überleg doch mal, nach vierzehn, fünfzehn Jahren dieser Lohnerhöhungen verdiente ich mehr als einige dieser jungen, heißen Abteilungsleiter der Internationalen Abteilung. Ich bin für Majestico sehr kostspielig geworden, Larry. Und ersetzbar durch einen fünfzehn Jahre jüngeren, der mit einem viel niedrigeren Gehalt anfängt.«

»Augenblick mal. Jetzt warte aber mal. Bei der heutigen Inflation kannst du doch wirklich nichts gegen diese Zuschläge wegen der höheren Lebenshaltungskosten haben.«

Slade lächelte verkniffen. »Nicht, solange ich sie bezahlt bekam, Kumpel. Ohne sie wäre es wirklich eng geworden. Aber angenommen, ich hätte sie abgelehnt, nur, um meinen Job zu schützen? Du weißt, daß das nicht geht. Jede Firma wie Majestico hat diese Erhöhungen in den Computern der Buchhaltung gespeichert. Aber das Management muß sie nicht unbedingt mögen. Und nachdem ich gefeuert worden war, wurde mir klar, daß sie tatsächlich etwas dagegen getan haben.«

»Ach, hör doch auf«, sagte Morrison hitzig. »Du wurdest nicht entlassen, weil du dein Gehalt nicht reingebracht hast. Die Abteilung wurde neu organisiert, und dem bist du einfach zum Opfer gefallen.«

»Allerdings. Genau, wie diese Inkas oder Azteken oder wie auch immer das noch lebende Opfer auf den Altar gelegt und dann erstochen haben. Schüttle doch nicht den Kopf, Larry. Ich habe lange und angestrengt darüber nachgedacht. Ständig werden Abteilungen neu organisiert. Man faßt ein paar Abteilungen zusammen, gibt ihnen einen neuen Namen und entläßt ein paar Angestellte, die nicht in das neue Organisationsschema passen.

Aber das komische daran, Larry, ist, daß normalerweise immer die entlassen werden, die im mittleren Alter, in einer mittleren Position und schon ziemlich lange bei der Firma sind. Die aufgrund der Firmenpension in die hohe Einkommensstufe fallen. Wie ich. Meine Sekretärin fiel der Neuorganisation ebenfalls zum Opfer, nachdem sie achtzehn Jahre lang bei der Firma war. Keine Beschwerden über ihre Arbeit. Aber ihr erging es genau wie mir, als ich sagte, ich sei gern bereit, mich in irgendeine andere Abteilung versetzen zu lassen. Kein Glück. Schließlich konnten sie zwei junge, frische Sekretärinnen für dasselbe Geld einstellen, das sie ihr mittlerweile zahlten.«

»Und du glaubst, das ist die Firmenpolitik?« fragte Morrison.

»Ich glaube schon. Ich meine, was zum Teufel sollten sie denn machen? Sollten sie zu mir kommen und sagen: ›Tja, Slade, nach fünfzehn Jahren in der Firma bist du zu teuer für uns geworden, also leb wohl, Baby!?‹ Aber diese Umgestaltungen? Wunderbar. ›Sehr schade, Slade, aber unter den neuen Strukturen müssen wir ein paar gute Leute entlassen.‹ So haben sie es mir beigebracht, Larry. Und das habe ich geglaubt, bis ich dahinterkam, was wirklich gespielt wird.«

Das Gebäck in Morrisons Mund war plötzlich trocken und geschmacklos. Mit großer Mühe schluckte er es herunter. »Bill, ich will es eigentlich nicht sagen ... ich sage es auch nicht gern ... aber das alles klingt doch ziemlich paranoid.«

»Ach ja? Dann denke mal darüber nach, Larry. Du bist noch bei der Verkaufsanalyse?«

»Ja.«

»Hab' ich mir gedacht. Jetzt schließe mal die Augen und zähl im Geiste mal nach, wie viele Leute in deiner Abteilung sind. Und dann sage mir, wie viele davon über fünfundvierzig Jahre alt sind.«

Morrison überschlug die Sache. »Na ja, insgesamt sechs. Einschließlich mir.«

»Von wie vielen?«

»Vierundzwanzig.«

»Hm. Komisch, wie jung die Angestellten deiner Firma doch bleiben, was?«

Wenn er darüber nachdachte, kam es ihm tatsächlich komisch vor. Nein, komisch war nicht das richtige Wort. »Also«, sagte Morrison schwach, »ein paar Jungs wollten sich an die Küste versetzen lassen, und du weißt ja, daß es zwischen den Abteilungen eine beträchtliche Fluktuation gibt ...«

»Klar gibt es die. Aber das wirkliche Aussieben kommt immer bei diesen kleinen Neuorganisationen vor. Du hast es in deiner eigenen Abteilung mehr als einmal gesehen. Man verschiebt ein paar Raumteiler. Rückt ein paar Schreibtische hierhin und dorthin. Tauscht ein paar Namensschilder an den Türen aus. Aber das sind nur Täuschungsmanöver. Aber hinter all diesem Rauch werden ein paar altgediente, kostspielige Mitarbeiter nach oben gerufen und bekommen, nun, jemand *muß* gehen, Jack, jetzt, da alles anders geworden ist, und raten Sie mal, wer.«

Slades Stimme war so laut geworden, daß sich ein paar Gäste nach ihnen umdrehten. »Könnten wir nicht die Ruhe bewahren, Bill?« bat Morrison. »Überhaupt, alle Leute auf der Chefetage als Schurken hinzustellen . . .«

Slade senkte die Stimme, doch die Intensität war noch vorhanden. »Wer sagt denn, daß es Schurken sind? Verdammt, an ihrer Stelle würde ich genauso handeln. Wäre ich Personalchef einer großen Firma, würde ich auch keinen in meinem Alter mehr einstellen. Nicht, wenn ich meinen angenehmen, schönen Job in der Personalabteilung behalten will.« Plötzlich schien ihn die Kraft zu verlassen. »Tut mir leid, Larry. Ich dachte, ich hätte alles unter Kontrolle, doch als ich sah . . . als ich sah, daß es einer der alten Jungs von der Hillcrest war . . . da konnte ich einfach nicht mehr an mich halten. Aber noch eins . . .«

»Ja?«

»Ich will nicht, daß einer der anderen davon erfährt. Weißt du, was ich meine?«

»Ja, klar.«

»Verschone mich mit diesen ›Ja, klar!‹. Das ist der größte Gefallen, den du mir tun könntest . . . Erzähle keinem der alten Bande von mir, nicht einmal Amy. Keine wehmütigen Erinnerungen auf der Hillcrest an den guten alten Bill Slade. Ich habe dir gegenüber lediglich offen gesprochen, weil du ein Bursche warst, der den Mund halten konnte. Ich zähle darauf, daß du das für mich tust, Larry. Ich will dein ernstes Versprechen darauf.«

»Das hast du, Bill. Das weißt du.«

»Ja. Ach, zum Teufel damit« — Slade griff über den Tisch und gab Morrison einen Klaps auf den Oberarm — »wenn sie dich mal nach oben rufen sollten, um dir zu sagen, daß die Abteilung Verkaufsanalyse umgestaltet wird, könnte sich herausstellen, daß du der neue Leiter der Abteilung bist. Oder?«

Morrison versuchte zu lächeln. »Keine Chance, Bill.«

»Na, nimm das Leben immer von der angenehmsten Seite, Larry. Solange es noch eine gibt . . .«

Vor dem Coliseum kam es zu einer jener kleinen Auseinandersetzungen darüber, ob Morrison die Fahrt bezahlen durfte − Slade weigerte sich, überhaupt etwas zu nehmen, und Morrison fragte sich, als er auf den Taxameter sah, ob hier ein großes, ein normales oder gar kein Trinkgeld angebracht war, und erneut gewann Slade.

Morrison war erleichtert, von ihm fortzukommen, doch wie er bald feststellte, war diese Erleichterung nur kurzfristig. Es war ein schöner Herbsttag, doch irgendwie wirkte das Wetter nun freudlos und bedrohlich. Und der übliche Rundgang, auf dem er die Produkte der Firma musterte und mit einem oder anderen ihm bekannten Kollegen plauderte, erwies sich als der reinste Streß. Ihm wurde klar, daß nicht die lächerliche Mütze auf Slades Kopf ihn so gestört hatte, sondern das graue Haar, das man unter der Mütze sehen konnte. Und bei den Angestellten der Firma Majestico war kaum ein graues Haar auszumachen.

Morrison betrachtete sich lange im Spiegel der Herrentoilette und versuchte, sich im Vergleich mit den anderen Firmenangehörigen so objektiv wie möglich einzuschätzen. Das Bild war deprimierend. Er sah genauso alt aus wie die sechsundvierzig Jahre, die er war.

Zu Hause hielt er sich an sein Versprechen und erzählte Amy nichts von seiner Begegnung mit Slade. Jede Versuchung wurde schon im Keim von seinem Gefühl erstickt, daß er sich, sobald er ihr von dem Gespräch berichtete, ebenfalls Slades morbidem Gedankengang hingeben würde. Und das würde nur dazu führen, daß sie sich schrecklich verständnisvoll und mitfühlend gab, während sie gleichzeitig Witze darüber riß, daß er sich immer solche Sorgen machte. Er gestand zwar als erster ein, daß er sich tatsächlich häufig Sorgen machte, doch er ärgerte sich stets über diese Mischung aus Mitgefühl und Spott, die sie an den Tag legte, wenn er ihr einmal seine Sorgen anvertraute. Und diese Sorgen ergaben eine lange Liste, die jeden Morgen beim Aufstehen erneuert wurde. Die Gesundheit der Familie, der Zustand des Hauses, der Wagen, der Rasen, das Bankkonto — dort begann die Liste, und sie schien sich bis in die Unendlichkeit zu erstrecken.

Doch er gestand auch als erster ein, daß diese übertriebene Besorgnis wohl eine Marotte von ihm war — er war, genau wie sein Vater, ein ziemlich nüchterner und humorloser Mensch — und daß sein Leben im Prinzip schon in Ordnung war. Wie es auch sein sollte, wenn ein Mann eine hübsche und hingebungsvolle Frau, zwei gesunde Söhne und ein ordentliches Heim in einer gepflegten Nachbarschaft sein Eigen nennen konnte. Und einen Job, der regelmäßig Geld hereinbrachte.

Zumindest bis jetzt.

An diesem Abend konnte Morrison nur schwer einschlafen, und um 3 Uhr nachts wachte er mit einer düsteren Vorahnung wieder auf. Je länger er dort lag und wieder einzuschlafen versuchte, um so bedrückender wurde die Vorahnung. Um vier Uhr stapfte er ins Arbeitszimmer und setzte sich hinter seinen Schreibtisch, um den derzeitigen Stand der Finanzen seiner Familie bis auf den letzten Heller genau auszurechnen.

Dort fand er keine Überraschungen, nur eine Bestätigung der Vorahnung. Seit geraumer Zeit lebten er und Amy nun bereits vom Gehalt des nächsten Monats, was, wie er vermutete, wohl bei den meisten Familien an der Hillcrest Road zutraf. Die wenigen, auf die es nicht zutraf, hatten ihr Konto wohl schon um die Einkünfte des nächsten *Jahres* überzogen und sich gehörig verschuldet, was er immer hatte vermeiden wollen.

Doch in Anbetracht der Tatsache, daß seine Besitztümer aus einem Haus bestanden, dessen Hypothek er noch zehn Jahre lang tilgen, und aus einem Wagen, den er noch zwei Jahre lang abbezahlen mußte, hing wirklich alles von seinem Einkommen ab. Das Sparbuch war — natürlich — ein schlechter Witz. Und die beiden anderen Sparbücher — eins für jeden Jungen, um die notwendigen Collegegebühren abzudecken — waren ebenfalls zu Witzen geworden, da die Kosten fürs College in letzter Zeit steil in die Höhe geschossen waren. Und leider schien keiner der Jungs gut genug zu sein, um ein Stipendium zugesprochen zu bekommen.

Kurz und knapp, alles hing von seinem Einkommen ab. Vom Einkommen dieses Monats. Und nach Slades Erfahrungen mit dem Arbeitsmarkt — und Slade war ein fähiger, fleißiger Mitarbeiter gewesen, um den jede Firma hätte froh sein können — bedeutete dies, daß alles von seinem Job bei Majestico abhing. Alles. Morrison war immer der Ansicht gewesen, daß es *der* Glücksfall seines Lebens gewesen war, den Job bei Majestico zu bekommen. Welchen Ehrgeiz er auch in seiner Jugend gehabt haben mochte, er hatte sich sehr schnell gelegt, nachdem er das College abgeschlossen und herausgefunden hatte, daß er hier draußen in der harten Geschäftswelt in allen Belangen höchstens knapp über dem Durchschnitt rangierte und ihn auch der hingebungsvollste, verbissenste Fleiß, den er bei seiner Arbeit an den Tag legte, nicht die Karriereleiter hinaufbefördern würde.

Als er dort saß und die Seiten mit seinen Berechnungen auf dem Schreibtisch liegen sah, hatte Morrison, bei dem sich plötzlich Magenschmerzen einstellten, mit der Vorstellung zu kämpfen, daß der Job bei Majestico bei jemandem seines Alters und mit seinem Hintergrund und seiner Qualifikation keine Gewähr für ein angenehmes, vorhersagbares Leben war, sondern eine gräßliche Notwendigkeit. Um fünf Uhr war er zwar erschöpft, aber wacher als zuvor, und ging in den Keller, um sich eine Flasche Bier zu holen.

Mit Pillen oder Tabletten hatte er nichts zu schaffen. Er hatte sich schon immer geweigert, auch nur ein Aspirin zu nehmen, außer, es ging ihm wirklich einmal sehr schlecht, doch Bier machte ihn schläfrig, und eine Flasche auf nüchternen Magen war wohl genau die richtige Medizin für ihn. Es stellte sich heraus, daß er in dieser Hinsicht recht behalten sollte.

In den folgenden Tagen und Wochen wurde dies zu einem Ritual: das abrupte Erwachen in den dunkelsten Morgenstunden, die Berechnungen an seinem Schreibtisch, die stets zu denselben trostlosen Ergebnissen führten, und die Flasche Bier, die ihm meistens, aber nicht immer, noch ein paar Stunden unruhigen Schlafs bescherte, bevor der Wecker klingelte.

Amy, die über einen sehr gesunden Schlaf verfügte, bemerkte nichts davon, was ihm nur recht war. Und mit eiserner Selbstbeherrschung gelang es ihm, ihr auch tagsüber zu verheimlichen, daß seine Nerven bloßlagen, wenngleich es ihm manchmal fast unerträglich schwer fiel, sich ihr nicht anzuvertrauen. Aufgrund eines seltsamen Gefühls des Mitleids war er aufmerksamer und hingebungsvoller zu ihr denn je zuvor. Stets gut gelaunt und etwas schusselig führte sie mit den Jungs, der Elternvereinigung und ihrer Tätigkeit für ein halbes Dutzend Gemeindeorganisationen ein ausgefülltes Leben und nahm ihre Pflichten ernst.

Zu allem Überfluß entwickelte Morrison nun ein paar körperliche Tics, die sich immer dann zeigten, wenn er es am wenigsten erwartete. Ein plötzliches Zittern der Hände, das Zucken eines Lids, das er aber schnell zu vertuschen lernte. Am unangenehmsten war jedoch – die wenigen Male, die er es erlebte, entnervte es ihn wirklich – ein heftiges, unkontrolliertes Zähneklappern, das sich immer einstellte, wenn seine Depression ihren absoluten Tiefpunkt erreichte – also dann, wenn er während der schlaflosen Nachtstunden an seinem Schreibtisch saß und über die Zukunft nachdachte. Dann hatte er immer das Gefühl, daß seine Zähne einen eigenen, diabolischen Willen hatten und so laut klapperten, als wäre er gerade in Eiswasser gestürzt.

Im Büro suchte er Zuflucht in der Unauffälligkeit. Er verspürte zwar die Versuchung, nachzuforschen, was aus mehreren Kollegen geworden war, die die Firma im Laufe der Jahre verlassen hatten, doch wie Morrison nur allzugut wußte, würde dies unweigerlich die Frage aufwerfen, warum er dieses Thema aus heiterem Himmel zur Sprache gebracht hatte. Dieses Thema war bei den alltäglichen Plaudereien im Büro zwar keineswegs ungewöhnlich. Das Problem war nur, daß Greenbush natürlich eine Firmenstadt war, wenn auch eine der modernsten und angenehmsten. Majestico war vor zwanzig Jahren von New York dorthin gezogen; die Stadt war um den Firmenkomplex gewachsen. Und so abgelegen, wie es hier im grünen Herzland New Jerseys nun einmal war, hatte sie nur Majestico als Arbeitgeber zu bieten. Jeder, der die Firma verließ, mußte daher sein Haus verkaufen, ob es ihm gefiel oder nicht und sich irgendwo anders neu ansiedeln. Meist zu weit entfernt, um alte Bande aufrecht zu erhalten. Es wäre vielleicht ein Trost gewesen, dachte Morrison, sich einmal mit jemandem zu unterhalten, den Majestico entlassen hatte, und zu erfahren, was danach aus ihm geworden war. Sozusagen eine zweite Meinung einholen. Aber er kannte niemanden, der dafür in Frage kam.

Ein einziges Mal wäre seine Verzweiflung fast an die Oberfläche gekommen, und zwar bei einer Veranstaltung zum Erntedankfest der Schule, auf die seine Söhne gingen. Die Veranstaltung selbst war durchaus ein Erfolg, und beim Buffet in der Turnhalle kam Morrison zufällig mit Frank Lassman ins Gespräch, dem stellvertretenden Rektor der Schule und Zeremonienmeister des Festes, und brachte einen Gedanken zur Sprache, der ihm während der letzten schlaflosen Nächte ermutigend durch den Kopf gegangen war.

»Eine schöne Veranstaltung«, sagte er zu Lassman. »Überhaupt eine schöne Schule. Das hat sich heute abend wieder gezeigt. Ihr Beruf muß sehr befriedigend sein.«

»Bei Gelegenheiten wie dieser bestimmt«, sagte Lassman fröhlich. »Aber es gibt Zeiten . . .«

»Trotzdem. Wissen Sie, ich wollte früher auch mal Lehrer werden.«

»Was das Finanzielle betrifft«, sagte Lassman, »lassen Sie sich besser nicht darauf ein. Der Beruf hat seine Vorzüge, aber ein hohes Gehalt gehört nicht dazu.«

»Nun ja«, sagte Morrison sehr bedacht, »angenommen, ich würde mich mit den Vorzügen zufriedengeben, die er zu bieten hat. Gäbe es für einen Mann in meinem Alter noch eine Möglichkeit, in den Lehrerberuf einzusteigen?«

»Worauf haben Sie sich denn spezialisiert? Was wollen Sie unterrichten?«

»Oh, Zahlen. Sagen wir, Arithmetik und Mathematik.«

Lassman schüttelte spöttisch den Kopf. »Und wo waren Sie, als wir Sie dringend gebraucht haben? Vor vier und fünf Jahren haben wir praktisch Suchtrupps hinausgeschickt, die nach Leuten Ausschau halten sollten, die diesen Kindern Mathematik beibringen können. Doch in den letzten Jahren entlassen wir bei den zurückgehenden Jahrgangsstärken höchstens Leute und stellen keine mehr ein. Es ist überall dasselbe. Ich hätte nicht erwartet, das noch zu erleben. Leere Schulen, wohin man auch sieht.«

»Ich verstehe«, sagte Morrison.

Also wurden die Schlaflosigkeit, die Anspannung und die Tics immer schlimmer, bis Morrison eines Tages — als sei er ganz unten angekommen, und als könne es jetzt nur noch bergauf gehen — merkte, daß es ihm allmählich wieder besser ging. Er schlief des Nachts wieder durch, war tagsüber zunehmend gelöster und sah das Leben vorsichtig wieder von der freundlichen Seite. Er hatte noch immer seinen Job und alles, was dazugehörte. Das war eine Tatsache. Er konnte sich nur darüber wundern, daß die zufällige Begegnung mit Slade ihn dermaßen aus dem Gleichgewicht geworfen hatte.

Er hatte es sich selbst unnötig schwergemacht und sein Leben von seinen düstersten Einbildungen beherrschen lassen. Er konnte höchstens stolz darauf sein, daß er diese Krise ganz allein überwunden hatte, während ein anderer vielleicht unter ihr zusammengebrochen wäre. Er war zwar der Ansicht, daß Eigenlob stank, doch in diesem Fall hatte er ein Lob verdient.

Kurz vor fünf am ersten Montag im Dezember, als er gerade Feierabend machen wollte, blieb Pettengill, Leiter der Abteilung Verkaufsanalyse, vor seinem Schreibtisch stehen. Pettengill, der vor ein paar Jahren von Cleveland hierher versetzt worden war, galt als kommender Mann, der es früher oder später in die Chefetage schaffen würde. Er war zwar etwas humorlos, aber immer höflich, und Morrison war bislang immer gut mit ihm zurechtgekommen.

»Ich komme gerade aus einer Konferenz mit den hohen Tieren«, vertraute er Morrison an. »Cobb persönlich hat den Vorsitz geführt.« Cobb war der stellvertretende Vizepräsident und verantwortlich für alle Entscheidungen, die die Zweigstelle Greenbush betrafen. »Sieht so aus, als stünde unserer Abteilung eine kleine Neuorganisation bevor. Wir werden mit der Kundendienstanalyse zusammengefaßt und nennen uns dann Abteilung für Kundendienst und Verkauf. Was ist los? Geht es Ihnen nicht gut?«

»Nein, ich bin in Ordnung«, sagte Morrison.

»Sieht so aus, als könnten Sie etwas frische Luft vertragen. Auf jeden Fall will Cobb Sie Montag morgen in seinem Büro sehen, wahrscheinlich, weil sie der älteste Mitarbeiter unserer Abteilung sind. Um Punkt neun Uhr. Sie wissen ja, welchen Wert er auf Pünktlichkeit legt, Larry. Verspäten Sie sich also nicht.«

»Nein«, sagte Morrison.

In dieser Nacht schlief er nicht sehr gut. Am nächsten Morgen fuhr er ein paar Minuten vor neun, noch seinen Übermantel und eine Sonnenbrille tragend, die seine geröteten, geschwollenen Augen verbarg, mit dem Fahrstuhl direkt in die oberste Etage. Dort begab er sich ins Treppenhaus, holte Lauf und Schaft seines Schrotgewehrs unter dem Mantel hervor und setzte das Gewehr zusammen. Die Taschen wölbten sich vor Patronen. Er lud beide Läufe des Gewehrs, verbarg die Waffe dann, so gut er konnte, unter seinem Mantel und ging zu Cobbs Vorzimmer.

Miss Bernstein, Cobbs Privatsekretärin, reagierte blindlings und instinktiv, als sie die Waffe sah. Sie erhob sich halb hinter ihrem Schreibtisch, als wolle sie ihm den Weg ins Büro versperren. Sie bekam die erste Ladung direkt in die Brust. Cobb saß hinter seinem Schreibtisch und bekam die zweite ins Gesicht. Morrison lud nach und ging durch die Tür ins Nachbarbüro, in dem sich Cobbs Assistenten gerade auf ihr Tagwerk vorbereiteten und aufgrund der Schüsse in Panik geraten waren.

Morrison feuerte nacheinander beide Läufe ab und traf einen Mann in Hals und Kinn und streifte einen zweiten. Er lud nach und schritt wie ein Roboter auf den Gang hinaus, wo zwei Wachmänner mit Pistolen in den Händen aus dem Treppenhaus gestürmt kamen. Morrison schoß den ersten nieder, doch der zweite traf ihn, obwohl er das Feuer nur ungezielt erwiderte, mitten in die Stirn. Morrison mußte tot gewesen sein, erklärte der Gerichtsmediziner später, noch bevor er den Boden berührt hatte.

Die Polizei, die es mit fünf Toten und einem Verletzten zu tun hatte, untersuchte den Fall zwei Monate lang, kam jedoch nicht zu der geringsten Antwort, absolut keiner Erklärung. Im Abschlußbericht stand schließlich zu lesen, daß ›der Täter aus unbekannten Gründen‹ und so weiter, und so fort.

Die Geschäftsführung jedoch konnte etwas unternehmen und tat es auch. Sie fand heraus, daß der Psychologe der Personalabteilung, der Morrison mehreren Persönlichkeitstests unterzogen hatte, wie es bei allen Stellenanwärtern üblich ist, noch immer bei der Firma war. Da es ihm gelungen war, aufgrund dieser Tests das potentielle Fehlverhalten auszuloten, wurde er augenblicklich fristlos gekündigt, obwohl er sechzehn Jahre einer ansonsten makellosen Tätigkeit für das Unternehmen vorweisen konnte.

Zwei Wochen später wurde seine Stelle in der Personalabteilung mit einem jungen Burschen namens McIntyre besetzt, dem, obwohl das Anfangsgehalt etwas niedrig war, Greenbush sehr gut gefiel und der, genau wie seine Frau, den Ort als genau die richtige ruhige, angenehme Gemeinde sah, in der man sich auf Dauer niederlassen konnte.

Deutsch von Uwe Anton

Drei Arten, eine Bank auszurauben

Harold R. Daniels

Das Manuskript war sauber getippt. Das Titelblatt hätte beinahe Wort für Wort von einem dieser ›Autor werden — leicht gemacht‹-Ratgeber abgeschrieben sein können, einschließlich der Formel ›Zur Publikation angeboten gemäß Ihren üblichen Bedingungen‹. Miss Edwina Martin, Redaktionsassistentin bei *Tales of Crime and Detection*, las es als erste. Zwei Dinge erregten dabei ihre Aufmerksamkeit. Das erste war der Titel ›Drei Arten, eine Bank auszurauben. Methode eins‹. Das zweite war der Name des Autors, Nathan Waite. Miss Martin, die so ziemlich jeden einzelnen professionellen Autor von Kriminalgeschichten in den gesamten Vereinigten Staaten kannte und mit den meisten irgendwann einmal zu tun gehabt hatte, konnte mit diesem Namen nichts anfangen.

Der Brief hatte nichts von der wortreichen Weitschweifigkeit, wie sie sonst bei unerfahrenen Autoren üblich war, aber ein Absatz in der Mitte ließ sie aufmerken. »Es ist möglich, daß Sie den Titel lieber ändern wollen, da das, was Rawlings tat, kein wirklicher Raub war. Tatsächlich ist es vermutlich ganz legal. Ich arbeite gerade an einer Geschichte, die ich ›Drei Arten, eine Bank auszurauben. Methode zwei‹ nennen werde. Ich werde sie Ihnen zusenden, wenn ich sie noch einmal sauber abgetippt habe. Wenn Sie Methode eins überprüfen möchten, schlage ich vor, das Manuskript Ihrer eigenen Bank vorzulegen.«

Rawlings war, wie sich zeigte, die Hauptfigur der Geschichte. Die Story selbst war unbeholfen und weitschweifig; es gelang ihr nicht, ihre Figuren als Charaktere zu entwickeln, und sie diente praktisch nur als Vehikel, um Methode eins darzulegen. Die Methode selbst hatte mit der stillen Kreditgewährung an die Inhaber von Scheckkonten zu tun — eine dieser Geschäftsmethoden, wo die Bank die Kontoinhaber nötigt, Schecks auszustellen, ohne daß diese durch entsprechende Guthaben gedeckt sind. Die Bank gibt dann stillschweigend Kredit. Nichts ist schriftlich festgelegt. Es gibt keine Unterlagen. (Aus der Geschichte wurde klar ersichtlich, wie sehr der Autor dieser Art von Geschäftsgebaren mißtraute).

Miss Martins erster Impuls war, die Geschichte mit einem höflichen Ablehnungsbrief zurückzusenden. (Sie benutzte nie den herzlosen, vorgedruckten Formbrief.) Aber irgend etwas an der selbstbewußten Art, mit der die Methode vorgestellt wurde, ließ sie zögern. Sie heftete mit einer Büroklammer einen Zettel an das Manuskript, auf den sie ein großes Fragezeichen kritzelte, und tat es in den Korb des Herausgebers. Am nächsten Tag kam es zurück, mit der dazugekritzelten Bemerkung: ›Das ist ja ein fürchterlicher Schrott. Aber der Plan klingt fast realistisch. Überprüf das doch mal mit Frank Wordell‹.

Frank Wordell war der Vizepräsident der Bank, mit der Miss Martins Verlag arbeitete. Sie machte mit ihm ein Treffen zum Mittagessen aus, gab ihm den Brief und das Manuskript und machte sich daran, ein paar Druckfahnen Korrektur zu lesen, während er beides durchsah. Sie blickte auf, als sie ihn tief durchatmen hörte. Sein Gesicht hatte eine zarte blaßgrüne Färbung angenommen.

»Würde es funktionieren?« fragte sie.

»Ich bin mir nicht ganz sicher«, sagte der Vizepräsident mit schwacher Stimme. »Ich müßte erst noch hören, was ein, zwei Leute aus unserer Giro-Kredit-Abteilung davon halten. Aber ich glaube, es würde funktionieren.« Er zögerte. »Herr im Himmel, das könnte uns Millionen kosten. Hören Sie — Sie haben doch nicht etwa daran gedacht, das zu veröffentlichen, oder? Ich meine, wenn das allgemein bekannt wird...«

Miss Martin, die keine sonderliche Bewunderung für die Mentalität der Bankleute hegte, ließ sich nicht festlegen. »Es müßte überarbeitet werden«, sagte sie. »Wir haben uns noch nicht entschieden.«

Der Bankmanager schob seinen Teller von sich. »Und er sagt, er hat noch eine, seine Methode Nummer zwei. Wenn die so ähnlich ist wie die erste, könnte das die ganze Branche ruinieren.« Dann kam ihm ein Gedanke. »Er nennt das ja ›Drei Arten, eine Bank auszurauben‹. Das bedeutet, es muß auch noch eine Methode Nummer drei geben. Das ist ja entsetzlich! Nein, nein, wir können Sie das nicht veröffentlichen lassen, und wir müssen diesen Mann unbedingt sofort treffen.«

Das war eine denkbar unglückliche Art, mit Edwina Martin umzugehen, die ihre Hand nach dem Brief und dem Manuskript ausstreckte. »Das haben allein wir zu entscheiden«, teilte sie ihm kühl mit. Erst als er ihr die mögliche Zerstörung der gesamten Wirtschaft des Landes plastisch vor Augen geführt hatte, ließ sie sich erweichen, ihm die Papiere zu überlassen, damit er sie in die Bank mitnehmen konnte. Er war so durcheinander, daß er vergaß, die Rechnung zu begleichen.

Ein paar Stunden später rief er sie an. »Wir haben eine Dringlichkeitssitzung einberufen«, erklärte er ihr. »Die Leute vom Giro-Kredit glauben, Methode eins würde funktionieren. Sie könnte tatsächlich legal sein, aber selbst wenn sie das nicht sein sollte, würde sie uns Millionen an Gerichts- und Anwaltsgebühren kosten. Hören Sie, Miss Martin, wir möchten, daß Sie die Geschichte kaufen und uns das Copyright überschreiben. Würde uns das dagegen schützen, daß er die Geschichte irgend jemandem sonst verkauft?«

»In ihrer jetzigen Form, ja«, antwortete sie ihm. »Aber nichts und niemand könnte ihn daran hindern, eine neue Geschichte zu schreiben, in der er dieselbe Methode verwendet.« Der Gedanke daran, daß sie sein Mittagessen hatte zahlen müssen, machte sie nicht eben geneigt, sich sonderlich kooperativ zu zeigen. »Und wir pflegen kein Material zu kaufen, das wir nicht auch veröffentlichen wollen.«

Doch nach einem Not-Treffen zwischen einer Abordnung der Städtischen Banken-Vereinigung und dem Verleger wurde beschlossen, Nathan Waites Story zu kaufen und das Manuskript in den stärksten Tresor der größten Bank zu schließen. Um der gesamten Volkswirtschaft größeren Schaden zu ersparen.

Sparen, entschied Miss Martin, war sicher das passende Wort. Während der recht kontroversen Begegnung hatte einer der alten kapitalistischen Dinosaurier, dessen Privatvermögen in die Dutzende von Millionen ging, die Sprache auf Nathan Waites Bezahlung gebracht. »Ich schätze, wir werden die Geschichte kaufen müssen«, hatte er geknurrt. »Was zahlen Sie üblicherweise für solche Geschichten?«

Miss Martin, die berücksichtigte, daß der Autor noch nichts veröffentlicht hatte und sein Name so noch über keinen Marktwert verfügte, schlug eine Summe vor. »Natürlich«, so meinte sie dann, »hat er keine Chance, Auslandsrechte zu verkaufen oder in eine Anthologie aufgenommen zu werden, da die Geschichte nie veröffentlicht werden wird, ganz zu schweigen von Film- oder Fernsehrechten.« (Der Dinosaurier erschauerte sichtlich.) »Daher denke ich, daß es nur fair wäre, dem Autor ein wenig mehr als das übliche Honorar zu zahlen.«

Der Dinosaurier protestierte. »Nein, nein. Gar kein Gedanke. Schließlich werden wir unser Geld nie wieder zurückbekommen. Und wir werden auch noch Methode zwei und Methode drei kaufen müssen. Bedenken Sie das. Dazu müssen wir uns noch etwas überlegen, wie wir ihn daran hindern können, andere Geschichten mit derselben Methode zu schreiben. Die übliche Summe wird genügen müssen. Keine Extras!« Da in der Banken-Vereinigung über dreißig Institute zusammengeschlossen waren und auf jede weniger als zehn Dollar pro Geschichte entfallen würden, hielt sich Miss Martins Mitleid für den Dinosaurier in engen Grenzen.

Am selben Tag noch sandte Miss Martin einen Scheck und einen Brief an Nathan Waite. In dem Brief erklärte sie, daß diesmal noch kein Veröffentlichungsdatum festgelegt werden könne, daß der Herausgeber aber sehr daran interessiert sei, die Geschichte zu sehen, in denen die zweite und die dritte Art erklärt würden, eine Bank auszurauben. Sie unterschrieb den Brief voller Widerwillen, da sie wußte, daß für einen neuen Autor der Scheck nichts bedeutete im Vergleich zu der Tatsache, sich zum ersten Mal veröffentlicht zu sehen. Eine Veröffentlichung, die es in diesem Falle niemals geben würde.

Eine Woche später kamen ein Brief und das Manuskript für ›Drei Arten, eine Bank auszurauben. Methode zwei.‹ Die Story war eine Katastrophe, aber wieder klang die Methode überzeugend. Diesmal hatte sie mit magnetischer Tinte und Datenverarbeitung zu tun. Wie zuvor verabredet, brachte Miss Martin alles in Frank Wordells Büro. Er las das Manuskript schnell durch und erschauerte. »Der Mann ist ein Genie«, murmelte er. »Natürlich hat er auch jede Menge Fachwissen auf dem Gebiet...«

»Wie war das? Was wissen Sie über sein Fachwissen?« fragte Edwina.

Er sagte betont beiläufig: »Oh, wir haben ihn natürlich sorgfältig überprüfen lassen. Wir haben eine der besten Detektiv-Agenturen des Landes auf ihn angesetzt, sobald Sie mir den ersten Brief gezeigt hatten. Wir haben aber nichts gegen ihn in die Hand bekommen.«

Miss Martins Stimme war unheilvoll leise. »Wollen Sie mir damit sagen, daß Sie Mr. Waite haben überwachen lassen — einen Mann, von dem Sie nur durch seine Korrespondenz mit uns erfahren haben?«

»Natürlich.« Wordell klang leicht überrascht. »Ein Mann, der über ein derart gefährliches Wissen verfügt wie er... Wir konnten uns doch nicht einfach auf unser Glück verlassen, daß er nicht noch etwas anderes damit anfangen würde als bloß Geschichten zu schreiben. O nein, das konnten wir nicht auf sich beruhen lassen. Er hat jahrelang in einer Bank gearbeitet, müssen Sie wissen. In einer kleinen Stadt in Connecticut. Vor einem Jahr haben sie ihn gehen lassen. Er mußte Platz machen für den Neffen des Präsidenten. Aber sie haben ihm eine Pension gegeben. Zehn Prozent seines Gehaltes.«

»Jahrelang, sagen Sie. Wie viele Jahre?«

»Oh, das weiß ich nicht mehr. Da müßte ich noch mal in den Bericht schauen. Fünfundzwanzig, glaube ich.«

»Dann dürfte er natürlich keinerlei böse Gefühle wegen seiner Entlassung hegen«, meinte sie trocken. Sie streckte ihre Hand aus. »Lassen Sie mich den Brief noch einmal sehen.«

Der Brief, der dem zweiten Manuskript beigelegen hatte, enthielt einen herzlichen Dank an den Verlag für die Annahme der ersten Geschichte und für den Scheck. In einem Absatz stand: »Ich nehme an, Sie haben Methode eins durch Ihre Bank überprüfen lassen, so wie ich vorgeschlagen habe. Ich hoffe, Sie werden ihnen auch Methode zwei zeigen, nur um sicherzugehen, daß sie funktioniert. Wie ich in meinem ersten Brief bereits sagte, ist sie fast mit hundertprozentiger Gewißheit legal.«

Miss Martin fragte: »Ist sie legal?«

»Ist was legal?«

»Methode zwei. Die, über die Sie gerade gelesen haben.«

»Lassen Sie mich so sagen: Sie ist nicht illegal. Um sie illegal zu machen, müßte jede Bank, die mit Datenverarbeitung arbeitet, grundlegende Änderungen in ihren Formularen und in der Vorgehensweise durchführen. Das würde Monate dauern, und in der Zwischenzeit könnte uns das noch mehrere Millionen kosten als Methode eins. Das ist eine schlimme Sache, Miss Martin – eine schlimme Sache.«

Methode zwei verursachte unter den Mitgliedern der Städtischen Banken-Vereinigung eine Panik. Man war der übereinstimmenden Meinung, daß auch die zweite Geschichte umgehend erworben und für ewige Zeiten weggeschlossen werden müsse. Man war gleichermaßen der Meinung, daß man, da Methode drei womöglich noch katastrophalere Auswirkungen haben mochte, nicht länger auf weitere Geschichten von Mr. Waite warten könne. (Miss Martin, die auch anwesend war, fragte ob man das Honorar für die zweite Geschichte nicht angesichts der Tatsache, daß Mr. Waite nun, da er bereits einen Scheck bekommen habe, ein professioneller Autor sei, ein wenig anheben könne. Der Dinosaurier verwies darauf, daß in Wirklichkeit ja nichts von Mr. Waite publiziert worden sei, womit eine derartige Extraausgabe nicht gerechtfertigt sei.) Man entschied sich für einen Plan. Miss Martin sollte Mr. Waite einladen, von Connecticut herzukommen, vorgeblich für ein freundschaftliches Gespräch zwischen Autor und Herausgeber. Tatsächlich aber würde er vor ein Komitee geschleppt werden, das die Städtische Banken-Vereinigung zusammenstellen wollte. »Dort werden wir unsere Anwälte haben«, sagte der Dinosaurier. »Wir werden ihm eine Heidenangst einjagen. Dann muß er uns von dieser Methode frei erzählen. Wenn es sein muß, zahlen wir ihm noch den Preis für eine dritte Geschichte. Dann werden wir irgendeinen Weg finden, um ihn zum Schweigen zu bringen.«

Mit diesem Plan erklärten sich Miss Martin und die übrige

Redaktion sowie ihr Verleger nur widerstrebend einverstanden. Sie wünschte sich fast, sie hätte Nathan Waites erstes Manuskript einfach abgelehnt und zurückgeschickt. Am meisten störte sie die Haltung der Bankleute. Für sie war Nathan Waite nichts weiter als ein gewöhnlicher Krimineller.

Sie rief Nathan Waite in Connecticut an und lud ihn ein. Die Städtische Banken-Vereinigung, so hatte sie beschlossen, würde für seine Unkosten aufkommen, was auch immer sie an Tricks würde dafür anwenden müssen.

Seine Stimme am Telefon klang erstaunlich jung und hatte kaum mehr als die leichte Andeutung eines Yankee-Tonfalls. »Ich schätze, da habe ich richtig Glück gehabt, so auf Anhieb gleich eine Geschichte direkt nach der anderen zu verkaufen. Ich bin ganz bestimmt dankbar, Miss Martin. Und ich komme mit Vergnügen vorbei, um Sie zu treffen. Ich nehme an, Sie werden über die nächste sprechen wollen.«

Ihr Gewissen machte ihr zu schaffen. »Nun, ja, Mr. Waite. Die Methoden eins und zwei waren so raffiniert, daß es hier eine Menge Interesse an Methode drei gibt.«

»Nennen Sie mich einfach Nate, Miss. Nun, eins noch zu Methode drei: Die ist ganz ohne Frage legal. Tatsächlich ist sie vollkommen ehrbar. Verglichen mit eins und zwei, meine ich. Wo wir gerade von eins und zwei sprechen, haben Sie mit Ihren Bankleuten darüber geredet? Ich nehme an, Sie haben ihnen Methode eins gezeigt, bevor Sie die Geschichte gekauft haben. Ich hätte nur gern gewußt, ob Methode zwei sie beeindruckt hat.«

Sie sagte mit schwacher Stimme: »Oh, sie waren schon ziemlich beeindruckt.«

»Dann nehme ich an, daß sie an Methode drei wirklich interessiert sein werden.«

Sie besprachen noch die Einzelheiten für seinen Besuch in zwei Tagen, dann legten sie auf.

Auf die Minute pünktlich tauchte Nate Waite in Miss Martins Büro auf — ein kleiner Mann von Mitte Fünfzig mit schimmernden weißen Haar, das auf altmodische Weise zu einer Seite gekämmt war.

Sein Gesicht war braungebrannt und bildete einen beeindruckenden Hintergrund zu seinen scharfen blauen Augen. Er verbeugte
sich mit einer vollendeten Höflichkeit, die Miss Martin nur um so
mehr dazu brachte, sich als Judas zu fühlen. Sie kam hinter ihrem
Schreibtisch hervor. »Mr. Waite . . .« begann sie.

»Nate.«

»In Ordnung. Nate. Dieses ganze Arrangement ekelt mich an,
und ich weiß wirklich nicht, wie wir uns dazu haben überreden
lassen können. Nate, wir haben Ihre Geschichten nicht gekauft, um
sie zu veröffentlichen. Um ehrlich zu sein — und dafür ist es höch-
ste Zeit —, die Geschichten sind schrecklich. Wir haben sie
gekauft, weil die Bank — die Banken, sollte ich besser sagen — uns
darum ersucht haben. Sie befürchten, daß für den Fall, daß Ihre
Geschichten tatsächlich veröffentlicht werden sollten, die Leute
anfangen würden, Ihre Methoden tatsächlich zu benutzen.«

Er runzelte die Stirn. »Schrecklich, sagen Sie. Es enttäuscht
mich, das zu hören. Ich hätte gedacht, daß die Methode Nummer
zwei nicht ganz so schlecht gewesen wäre.«

In einer Geste der Sympathie legte sie ihre Hand auf seinen Arm
und blickte ihn an, nur um festzustellen, daß er grinste. »Natürlich
waren sie schrecklich«, sagte er. »Ich habe sie ja auch absichtlich so
geschrieben. Ich möchte wetten, daß war fast genauso schwer wie
eine gute Geschichte zu schreiben. Dann hatten die Banken also den
Eindruck, die Methoden würden funktionieren, wie? Das überrascht mich nicht. Ich habe eine Menge Überlegung investiert.«

»Sie sind sogar noch stärker an Methode drei interessiert«,
erklärte sie ihm. »Sie möchten Sie heute nachmittag treffen und
darüber sprechen, daß sie Ihre nächste Geschichte kaufen wollen.
Tatsächlich wollen sie dafür bezahlen, daß Sie sie *nicht* schreiben.
Oder irgend etwas anderes«, fügte sie hinzu.

»Das wird kaum ein Verlust sein für die literarische Welt. Wen
werden wir treffen? Die Städtische Banken-Vereinigung? Einen
alten Kerl, der aussieht wie ein Krokodil?«

Miss Edwina Martin, die nach der Lektüre abertausender Detek-
tivgeschichten ein Gefühl für einen guten Plot entwickelt hatte, trat
einen Schritt zurück und sah ihn an. »Sie wissen schon alles über
die Geschichte«, sagte sie vorwurfsvoll.

Er schüttelte den Kopf. »Nicht alles. Aber ich habe es in gewisser Weise so geplant. Und mein Gefühl sagte mir, daß es auch so funktionierte, wie ich es geplant hatte, als sie eine Detektei darauf angesetzt haben, mich zu überprüfen.«

»Sie hatten keinerlei Recht, das mit Ihnen zu tun«, sagte sie zornentbrannt. »Ich möchte, daß Sie wissen, daß wir damit nichts zu tun hatten. Wir wußten überhaupt nichts davon, erst hinterher. Und ich werde nicht mit Ihnen zu dem Treffen gehen. Ich möchte mit der ganzen Sache nichts zu tun haben. Sollen sie doch ihre nächste Geschichte allein kaufen.«

»Ich möchte gern, daß Sie mitkommen«, sagte er. »Es könnte Ihnen ein wenig Spaß machen.«

Sie erklärte sich unter der Bedingung einverstanden, daß er mehr Geld verlangte, als ihr Verleger ihm zum Schein gezahlt hatte. »Ich hatte in gewisser Weise schon vor, ein wenig mehr zu verlangen«, sagte er ihr. »Ich meine, jetzt, wo ich sehe, daß sie so sehr an der Methode drei interessiert sind.«

Beim Mittagessen erzählte er ihr ein wenig von seiner Karriere im Bankgeschäft und eine ganze Menge mehr über sein Leben in der kleinen Stadt in Connecticut. Dieser so schlicht redende einfache Mann war, wie sie erfuhr, ein Hobby-Mathematiker von beträchtlichem Ruf. Er galt als Autorität auf dem Gebiet der Kybernetik und war ein weithin respektierter Astronom.

Beim Kaffee kam einiges über seine persönliche Philosophie zutage. »Ich war nicht betroffen, als die Bank mich gehen ließ«, sagte er. »Nepotismus gibt es überall um uns herum. Ich hätte ein großes Tier in einer Bank irgendwo in der Großstadt werden können, nehme ich an. Aber ich war damit zufrieden, auf angemessene Weise meinen Lebensunterhalt zu verdienen, und mir blieb genug Zeit, die Dinge zu tun, die ich wirklich tun wollte. Im Grunde bin ich faul. Meine Frau starb ein paar Jahre nachdem wir geheiratet hatten, und sonst gab es keinen, der mich hätte dazu treiben können, mehr zu tun, als ich tun wollte.

Außerdem hat so eine kleine Bank in einer kleinen Stadt etwas Besonderes. Sie kennen jedermanns Probleme, was das Geld angeht und auch sonst, und Sie können hier und da einmal gegen die Regeln verstoßen, um jemandem zu helfen. Der Mann von der

Bank ist auf seine Art fast genauso wichtig wie der Doktor der Stadt.« Er machte eine Pause. »Aber so ist das heute nicht mehr. Alles ist reglementiert und computerisiert und weniger menschlich. Man hat keinen Mann von der Bank mehr, so wie man ihn früher hatte. Man hat einen Finanzberater, der mehr und mehr bloß Teil einer großen Gesellschaft und einem anonymen Direktorium verantwortlich ist. Er muß sich nach einen strengen Regelsystem richten, das für den menschlichen Faktor keinerlei Raum mehr läßt.«

Miss Martin hörte fasziniert zu und gab der Kellnerin ein Zeichen, mehr Kaffee zu bringen.

»Nehmen wir das Beispiel eines Einzahlungsbelegs«, fuhr er fort. »Früher ging man in die Bank und schrieb seinen Namen und seine Adresse auf den Beleg und setzte dann die Summe ein, die man einzahlen wollte. So fühlte sich ein Mann gut, und das war gut für ihn. ›Mein Name ist John Smith, und ich habe dieses Geld verdient, das ist die Adresse, wo ich lebe, und ich möchte, daß Sie diese Geldsumme für mich aufbewahren.‹ Man trug diesen Beleg zum Kassierer und fühlte sich für Minuten ganz großartig.«

Nate tat Zucker in seinen Kaffee. »Sehr bald schon wird es gar keinen Kassierer mehr geben. Schon heute kann man in den meisten Banken gar keinen Einzahlungsbeleg mehr ausfüllen. Man schickt Ihnen Computerkarten zu, auf denen Ihr Name und Ihre Nummer aufgedruckt sind. Sie können dann nur noch Datum und Betrag einsetzen. Das Geld, das Sie an persönlicher Zuwendung sparen, geben sie für schwachsinnige Fernseh-Werbespot aus. Solch eine Fernsehwerbung für eine Bank hat mich übrigens auf die Idee gebracht, diese Geschichten zu schreiben.«

Miss Martin lächelte. »Nate, Sie haben uns benutzt.« Das Lächeln verschwand wieder. »Aber selbst wenn Sie sie für die Geschichte über Methode drei zur Kasse bitten, wird das niemandem weh tun, höchsten ihren Gefühlen. Das Geld kommt sowieso nicht aus ihren Taschen, und selbst ein paar tausend Dollar werden ihnen nichts ausmachen.«

Mit sanfter Stimme sagte er: »Wichtig ist es, dafür zu sorgen, daß sie erkennen, daß jedes mechanische System, das von Menschen erdacht wird, auch von Menschen überlistet werden kann. Wenn ich ihnen klarmachen kann, daß das menschliche Element nicht außer acht gelassen werden darf, werde ich zufrieden sein. Nun denn, ich nehme an, wir sollten uns langsam auf den Weg machen, um zu dem Treffen zu kommen.«

Miss Martin, die Mitleid mit Nathan Waite empfunden hatte, empfand plötzlich größtes Vertrauen. Nate mochte sich noch als einem Dutzend Dinosaurier gewachsen erweisen. Ein Komitee aus zwölf Mitgliedern der Städtischen Banken-Vereinigung unter dem Vorsitz des Dinosauriers und flankiert von einem Dutzend Anwälten erwartete sie. Nathan Waite nickte, als er den Raum betrat. Der Dinosaurier sagte: »Sie sind Waite?«

Nate sagte ruhig: »Mister Waite.«

Ein junger Anwalt in einem tadellosen grauen Anzug legte los.

»Diese Geschichten, die Sie geschrieben haben und für die wir gezahlt haben. Ist Ihnen eigentlich klar, daß Ihre sogenannten Methoden illegal sind?«

»Mein Sohn, ich habe bei der Abfassung der Bank-Gesetzgebung für meinen Bundesstaat mitgewirkt, und ab und zu helfe ich bei unserer Bankenaufsichtsbehörde aus. Ich werde mich mit Vergnügen mit Ihnen über das Bankenrecht unterhalten.«

Ein älterer Anwalt sagte scharf: »Halt den Mund, Andy.« Er wandte sich Nate zu. »Mister Waite, wir wissen nicht, ob ihre ersten beiden Methoden kriminell sind oder nicht. Was wir wissen, ist, daß es eine ganze Menge Geld und Ärger kosten könnte, es darauf ankommen zu lassen, und in der Zwischenzeit würden Methode eins oder zwei, wenn sie dann in die Hände der Öffentlichkeit gerieten, unkalkulierbaren Schaden und Verluste anrichten. Wir würden gerne irgendeine Sicherheit dafür bekommen, daß dies nicht geschieht.«

»Sie haben die Geschichten gekauft, in denen die ersten beiden Methoden beschrieben werden. Man sieht mich normalerweise als ehrbaren Mann an. Wie Miss Martin es wohl ausdrücken würde, werde ich denselben Plot nicht noch einmal benutzen.«

Der Mann im grauen Anzug meinte zynisch: »Diese Woche nicht, vielleicht. Und was ist nächste Woche? Sie denken wohl, Sie hätten uns genau da, wo Sie uns haben wollen.«

Der ältere Anwalt rief wütend: »Ich habe dir gesagt, du sollst den Mund halten, Andy«, und er wandte sich wieder Nate zu. »Ich bin Peter Hart«, sagte er, »und ich entschuldige mich für meinen Kollegen. Ich akzeptiere die Tatsache, daß Sie ein ehrenwerter Mann sind, Mister Waite.«

Der Dinosaurier unterbrach sie. »Das ist doch alles nebensächlich. Was ist mit Methode drei — der dritten Art, eine Bank auszurauben? Ist sie genauso abgefeimt wie die ersten beiden?« Milde sagte Nate: »Wie ich Miss Martin bereits gesagt habe, führt der Begriff ›Raub‹ etwas in die Irre. Die Methoden eins und zwei sind unmoralische, möglicherweise illegale Methoden, an das Geld der Bank zu kommen. Methode drei ist legal, und das ist über jeden Zweifel erhaben. Ich gebe Ihnen mein Wort darauf.«

Zwölf Bankleute und zwölf Anwälte begannen gleichzeitig zu reden. Schließlich brachte der Dinosaurier den Lärm mit erhobener Hand zum Verstummen. »Und Sie meinen, daß sie ganz genauso gut funktionieren wird wie die ersten beiden Methoden?«

»Ich bin absolut sicher.«

»Dann werden wir sie kaufen. Zum selben Preis wie die ersten beiden Geschichten, und Sie brauchen sie nicht einmal zu schreiben. Sie müssen uns nur erzählen, worin die Methode drei besteht. Und wir werden Ihnen fünfhundert Dollar für Ihr Versprechen geben, niemals wieder eine andere Geschichte zu schreiben.« Der Dinosaurier sank auf seinem Sessel zurück, überwältigt von seiner eigenen Großzügigkeit. Peter Hart sah angewidert aus. Nathan Waite schüttelte den Kopf. »Ich habe hier ein Papier«, sagte er. »Es ist von dem besten Vertragsanwalt in meinem Bundesstaat aufgesetzt worden. Übrigens ein guter Freund von mir. Ich werde es Mister Hart gern überprüfen lassen. Darin wird festgehalten, daß Ihre Gesellschaft mir jährlich zweitausendfünfhundert Dollar zahlt, und das für den Rest meines Lebens. Danach wird die Zahlung auf unbeschränkte Zeit an verschiedene Wohlfahrtsorganisationen geleistet werden, die ich in meinem Testament benennen werde.«

Die Hölle brach los. Miss Martin hätte jubeln mögen, und sie ertappte Peter Hart bei einem bewundernden Lächeln.

Nate wartete geduldig ab, bis sich der Aufruhr etwas gelegt hatte. Als er sich wieder verständlich machen konnte, sagte er: »Das ist zuviel Geld, um damit bloß eine Geschichte zu bezahlen. Daher werde ich, wie in dem Vertrag ausgeführt wird, der Städti-

schen Banken-Vereinigung als Berater dienen — nennen wir es als
Berater für Humanangelegenheiten. Das ist ein Titel, der richtig
nett klingt. Als Berater werde ich natürlich zu beschäftigt sein, um
irgendwelche weiteren Geschichten zu schreiben. Das steht gleich-
falls in dem Vertrag.« Der Mann im grauen Anzug war aufgesprungen und kreischte beinahe, um gehört zu werden. »Was ist mit Methode drei? Wird das in dem Vertrag erklärt? Wir müssen über Methode drei Bescheid wissen!«

Nate nickte. »Ich werde ihnen alles darüber erzählen, sobald der
Vertrag unterzeichnet ist.«

Peter Hart hob die Hand und sorgte für Ruhe. »Wenn Sie im Vor-
raum warten wollen, Mister Waite, würden wir gern den Vertrag
untereinander besprechen.«

Nate wartete mit Miss Martin. »Sie waren großartig«, sagte sie.
»Glauben Sie, daß sie zustimmen werden?«

»Ich bin sicher, sie werden. Sie mögen sich an Paragraph sieben
stoßen — er gibt mir das Recht, alle Fernsehspots der beteiligten
Banken zu genehmigen oder abzulehnen.« Seine Augen blitzten.
»Aber sie haben eine solche Angst vor Methode drei, daß ich
glaube, sie werden sogar dazu ja sagen.«

Fünf Minuten später rief Peter Hart sie wieder in den Raum
zurück, wo sie sich einer kleinlauten Gruppe von Komitee-Mitglie-
dern gegenüber sahen. »Wir sind zu dem Schluß gekommen, daß
die Vereinigung dringend einen Berater für Humanangelegenheiten
benötigt«, sagte er. »Mr. Graves« — er nickte zu dem in sich zusam-
mengesunkenen Dinosaurier hinüber — »und ich haben für die
Städtische Banken-Vereinigung unterzeichnet. Nebenbei, der Vertrag ist hervorragend abgefaßt — da gibt es keinerlei Schlupfloch.
Sie müssen nur noch selbst unterzeichnen.«

Der Mann im grauen Anzug war schon wieder aufgesprungen.
»Warten Sie einen Moment«, rief er. »Er hat uns immer noch nichts
über Methode drei gesagt.«

Nate griff nach dem Vertrag. »O ja«, murmelte er, nachdem er
ihn unterzeichnet hatte. »›Drei Arten, eine Bank auszurauben. Methode drei.‹ Nun, das ist ganz einfach. *Dies* ist Methode drei.«

Deutsch von René Blum

Die perfekte Hausangestellte

Helen Nielsen

Lieutenant Brandon versuchte gerade, einen Generationsunterschied zu überbrücken, als die Frau das Polizeirevier betrat und ein Bündel Banknoten auf den Tisch legte. Die drei Teenager, denen er vorwarf, Radkappen von den Wagen erzürnter Mitbürger abzumontieren, ließ es kalt, daß man sie des Diebstahls bezichtigte; und nun kam die Frau, Mitte Vierzig, ärmlich gekleidet, in den Augen ein Blick stiller Verzweiflung, gab die Banknoten ab, die von einer billigen Geldklammer gehalten wurden, und fragte: »Bitte, welcher Beamte ist für so etwas zuständig?

Brandon ließ die Teenager von einem Uniformierten abführen, dankbar, die fruchtlose Diskussion unterbrechen zu können, und fragte die Frau, was sie auf dem Herzen hätte.

»Ich ging die Straße entlang − den Broadway« begann sie, »und sah das hier auf dem Gehweg liegen. Ich hob es auf; es ist Geld.«

Brandon zog die Scheine aus der Geldklammer. Es waren drei Zwanzig-Dollar-Noten, drei Zehner und zwei Fünfer. »Einhundert Dollar«, stellte er fest.

»Ja«, bestätigte die Frau. »Ich habe auch nachgezählt. Das ist eine Menge Geld.«

Das stimmte, und die Frau sah aus, als hätte sie ihr Leben lang nicht soviel auf einmal besessen. Brandon sagte dem Sergeant vom Dienst, er solle ein Formular ausfüllen, und erklärte der Frau, daß das Geld dreißig Tage lang festgehalten würde; während dieser Frist könne der Besitzer den Verlust melden, die Geldscheine und die Klammer beschreiben, und bekäme sein Eigentum zurück. Ginge keine Verlustmeldung ein, gehörte das Geld dem Finder.

»Ihr Name?« fragte der Sergeant.

Sie zögerte. »Maria«, sagte sie. »Maria Morales.«

»Beruf?«

»Zur Zeit bin ich arbeitslos, sonst arbeite ich als Hausangestellte.«

»Adresse?«

Sie nannte eine billige Pension in einem Stadtviertel, in dem eine spanischsprechende Bevölkerung wohnte. Sie gab an, sie sei sehr arm, ohne Arbeit und ohne Besitz. Als sie das Formular unterschreiben sollte, legte sie beide Hände auf den Tisch. Ein schlichter Goldring schmückte den Mittelfinger ihrer linken Hand.

»Hier müssen Sie unterschreiben, Miss Morales«, sagte der Sergeant.

»Mrs. Morales«, stellte sie richtig. »Ich bin Witwe.«

Brandan sah den Sergeant an und schüttelte verwundert den Kopf.

»Sie sollten diese abgebrühten Jugendlichen wieder reinholen lassen und ihnen das mal zeigen«, schlug der Sergeant vor.

»Es wäre glatte Zeitverschwendung«, winkte Brandon ab. »Ehrlichkeit imponiert denen nicht. Und nicht vergessen, Mrs. Morales, in dreißig Tagen kommen Sie wieder hierher und fragen nach, ob sich der Besitzer gemeldet hat. Die Chancen stehen gut, daß Sie das Geld behalten dürfen – zumindest haben Sie Anspruch auf den Finderlohn.«

»Vielen Dank«, sagte sie mit leiser Stimme, »aber eine Arbeit wäre mir lieber.«

Gerade als Maria das Polizeirevier verließ, kam ein junger Reporter vom *Tucson Daily* herein. Brandon, in dem das Gespräch mit den zynischen Halbstarken einen bitteren Nachgeschmack hinterlassen hatte, erzählte ihm von der ehrlichen Maria Morales. Und da nachrichtenmäßig nicht viel los war, stand die Geschichte von der arbeitslosen Maria Morales und den hundert Dollar am nächsten Morgen hübsch eingerahmt von einem Kästchen auf der Titelseite der Zeitung.

Bis Mittag meldeten sich bei Lieutenant Brandon eine Unzahl von Anrufern, die entweder das Geld für sich beanspruchten oder Maria eine Stellung anboten. Brandon, der der Witwe gegenüber ein beschützerisches Interesse entwickelt hatte, prüfte die Angebote höchstpersönlich und fand, das geeignetste stamme von Lyle Waverly, einem unverheirateten Arzt mit einer gutgehenden Praxis, der in den Kreisen des Country Club verkehrte.

Waverly suchte eine vertrauenswürdige Haushälterin. Er besaß ein stattliches Haus in einer vornehmen Wohngegend und gab Gesellschaften für Angehörige der gehobenen gesellschaftlichen Schichten. Er bot Maria eine Unterkunft in seinem Haus, eine gute Bezahlung und kostenlose medizinische Fürsorge, solange sie bei ihm in Stellung wäre.

Brandon unterschrieb die Leumundszeugnisse und gab Waverly die Adresse der Frau, wobei ihm ganz warm ums Herz wurde, wie sonst immer zu Weihnachten, wenn er Geschenke an bedürftige Familien verteilte.

Maria Morales war von dem jungen Dr. Waverly hellauf begeistert. Er war ein angenehmer Arbeitgeber, das Haus war zwar groß, aber modern, und bei der gröberen Arbeit half der Gärtner. Sie war eine ausgezeichnete Köchin, doch meistens aß der Doktor bei sich zu Hause nur das Frühstück. Er war in vielerlei Hinsicht ein sehr aktiver Mensch, was kein Wunder war bei einem so gutaussehenden und erfolgreichen Mann.

Bald wurde klar, daß der Doktor sich sein Liebesleben zwischen zwei Frauen aufteilte: Cynthia Reardon war dreiundzwanzig Jahre alt und die einzige Erbin von Josiah Reardon von der Reardon Spar- und Darlehensbank; Shelly Clifford war zehn Jahre älter und außerdem mit Ramsey Clifford verheiratet, dem Besitzer der Clifford-Baugesellschaft. Clifford war ein großgewachsener, stämmiger Fünfziger, der nicht die Zeit hatte, sich um seine hübsche Frau zu kümmern, die jüngere Männer bevorzugte.

Maria beobachtete die Dinge mit der ihr zukommenden Verschwiegenheit, und lange bevor Dr. Lyle Waverly sich über sein weiteres Schicksal im klaren war, hatte sie bereits erkannt, daß Cynthia es letzten Endes schaffen würde, ihn an die Kette zu legen.

Im Waverly-Haushalt lebte es sich angenehm, und Maria verspürte nicht den Wunsch, zu einer ihrer früheren Beschäftigungen zurückzukehren. Sie überlegte sich, wie sie ihre Position absichern konnte. Als der Doktor ihr einen Vorschuß auf ihren Lohn gab, kaufte sie sich passende Uniformen mit Häubchen und Schürzen für die vielen Cocktailpartys, die er für seine wohlhabenden Freunde und Patienten gab.

Bald merkte er, daß er keinen Party-Service mehr brauchte. Marias Kanapees erweckten den Neid jeder Gastgeberin, und sie selbst wurde zu einem Gesprächsthema, was nicht unwillkommen war, wenn die gemeinsame Anwesenheit von Cynthia und Shelley für eine gespannte Atmosphäre sorgte. Shelley beanspruchte die älteren Rechte – was an der Art und Weise ersichtlich war, wie sie die Rolle der Gastgeberin an sich riß. Sie hatte den ›Heimvorteil‹ und kämpfte gegen die unvermeidliche Nachfolgerin an; und nur weil Clifford so in seinem Beruf aufging, war er blind gegenüber einer Situation, die alle anderen durchschauten.

Von den beiden Frauen mochte Maria Shelley lieber, denn die bedrohte nicht ihre Stellung als Herrin des Hauses. Shelley wollte nur Lyle Waverly; Cynthia hingegen erhob Ansprüche auf seinen Namen, sein Leben und sein Heim.

»Maria ist ein Wunder«, erklärte Shelley bei der zweiten Party. »Nicht nur, daß sie ein göttliches Talent hat, sie ist obendrein auch noch ehrlich. Für mich ist sie die perfekte Hausangestellte.«

»Eine ehrliche Frau?« wiederholte Cynthia. »Das gibt es nicht! Keine Frau kann ehrlich sein und es zu etwas bringen. Maria muß ein paar Geheimnisse haben.«

Maria lächelte milde und servierte weiterhin die Kanapees.

»Ich kann es immer noch nicht fassen«, verlautbarte Dr. Waverly. »Mein ganzes Leben lang habe ich nach einer anständigen Frau gesucht, und da ist sie!«

»Vielleicht solltest du sie heiraten, Darling«, sagte Shelley. »Du könntest es schlechter treffen.« Die Bemerkung zielte auf Cynthia ab, und Maria wartete nicht auf die Antwort. Sie ging wieder in die Küche und begann mit dem Aufräumen.

Eine geraume Zeit später, nachdem die meisten Gäste schon fort waren und auch Ramsey Clifford sich ein Taxi genommen hatte, um einen Nachtflug zu erwischen, weil er einen Geschäftstermin wahrnehmen mußte, hörte sie, wie Shelley Dr. Waverley wegen seines Interesses für Cynthia Reardon Vorwürfe machte. Maria ging ins Wohnzimmer, um die Gläser einzusammeln, und da sah sie, daß die beiden allein waren.

»Glaube bitte nicht, ich sei ahnungslos«, sagte Shelley.

»Als du deine Praxis aufgemacht hast, hast du mich gebraucht, meine Kontakte und meinen Einfluß. Und jetzt willst du eine jüngere Frau.«

»Shelley, bitte«, drängte der Doktor.

»Nein, laß mich aussprechen. Du willst eine jüngere und reichere Frau, nicht, Darling? Und eine bessere Partie als Josiah Reardons kesse Tochter gibt es gar nicht. Aber du wirst sie niemals halten können, Lyle. Sie wird sich mit dir schmücken, bis sie dich leid ist. Sie hat schon ein halbes Dutzend gutaussehender junger Männer verschlissen.«

»Ich bin doch kein Kind mehr!« protestierte Waverly.

»Nein. Du bist ein Mann, und in deiner Eitelkeit bildest du dir ein, du könntest Cynthia Reardon ausnutzen. Ich warne dich, du wirst derjenige sein, der benutzt wird.«

»Du bist nur eifersüchtig«, behauptete Waverly.

»Natürlich bin ich eifersüchtig. Ich liebe dich, und ich brauche dich, Lyle. Jetzt ist es umgekehrt, ich brauche *dich* . . .«

Maria zog sich hastig in die Küche zurück, ehe man sie bemerkte. Später kam der Doktor nach und brachte die Gläser. Alle Gäste waren fort. Er lockerte seine Krawatte und holte tief Luft. »Es gibt Dinge, die man in der medizinischen Fakultät nicht lernt«, seufzte er. »Maria, Sie sind der einzige Mensch auf der Welt, der nicht verrückt ist. Sie dürfen mich niemals verlassen.«

»Ich mache Ihnen ein Glas heiße Milch«, schlug sie vor.

»Lieber nicht . . .«

»Ein Beruhigungsmittel?«

»Glänzende Idee. Haben Sie früher nicht vielleicht doch in der Fürsorge gearbeitet?«

Marias Miene verfinsterte sich. »Ich war bei Frauen in Stellung«, sagte sie. »Das gefiel mir überhaupt nicht. Wie sie über einen sprachen! ›Heutzutage kann man niemandem mehr trauen‹«, äffte sie erbittert eine Stimme nach. »›Das Personal stiehlt wie die Raben, und dafür wollen sie dann auch noch bezahlt werden!‹«

Waverly lachte. »Ich glaube, ich weiß jetzt, warum Ehrlichkeit bei Ihnen an erster Stelle steht. Im übrigen sind die dreißig Tage um. Haben Sie sich die hundert Dollar schon abgeholt?«

»Morgen«, sagte Maria. »Morgen gehe ich hin.«

»Schön. Ich hoffe, das Geld ist noch da. Wenn nicht, dann gebe ich Ihnen einen Bonus, um den Verlust zu ersetzen.«

Am nächsten Tag ging Maria wieder aufs Polizeirevier. Lieutenant Brandon ließ sie ein Papier unterschreiben und gab ihr dann das Geld, das immer noch in der Geldklammer steckte; die Klammer bestand aus einem billigen Metall und war mit einem Silberdollar verziert. Keiner, der behauptet hatte, das Geld gehörte ihm, hatte die Scheine oder die Klammer beschreiben können, so daß sie jetzt einen rechtmäßigen Anspruch auf den Fund hatte.

»Wie gefällt Ihnen die Arbeit?« erkundigte sich Brandon.

»Es ist die beste Stellung, die ich je hatte«, erwiderte Maria.

»Das höre ich gern. Also gibt es auf der Welt doch ein bißchen Gerechtigkeit.«

»Ja«, pflichtete Maria bei und verwahrte das Geld in ihrer Handtasche.

Ihre Stellung im Waverly-Haushalt verbesserte sich ständig. Sie hatte ihr eigenes Zimmer, und da sie ausreichend Haushaltsgeld zur Verfügung hatte, konnte sie Lebensmittel kaufen, die nicht so dick machten wie die stärkereiche Kost der Armen. Bald kaufte sie sich ihre Uniformen eine Kleidergröße kleiner, und einmal im Monat ging sie zum Friseur. Sie fühlte sich weiblicher und sah auch besser aus. Waverly entging das nicht.

»Maria«, sagte er, »Sie sprechen nie über ihren Mann. Er muß glücklich mit ihnen gewesen sein. Wie hieß er?«

»Wa...« setzte sie an.

»Juan?«

Sie lächelte. »Ja, er hieß Juan.«

»Sah er gut aus?«

»Natürlich.«

»Und ich wette, er war leidenschaftlich wie der Teufel. Wie sieht es jetzt mit Ihrem Privatleben aus? Sie haben doch sicher einen Freund?«

Der Doktor hatte etwas getrunken. Freundlich legte er ihr einen Arm um die Schultern.

»Nein, ich habe keinen Freund.«

»Nicht? Das ist eine Schande. Was ist denn los? Mit ihren Beinen können Sie immer noch einen flotten Fandango tanzen. Früher haben Sie sicher oft Fandango getanzt.«

»Früher — ja«, gab Maria zu.

»Dann nehmen Sie doch wieder am Leben teil. Machen Sie sich ab und zu einen schönen Abend. Heute haben Sie frei, ich gehe mit Miss Reardon aus.«

»Dann sollte ich Ihnen einen Beruhigungstrank geben.«

»Nein, das brauchen Sie nicht. Ich bin nur ein ganz kleines bißchen beschwipst, und für heute abend muß ich mir noch eine Portion Mut antrinken. Ich will Miss Reardon fragen, ob sie mich heiratet.«

»Sie sagt bestimmt ja«, meinte Maria mit tonloser Stimme.

»Und genau davor habe ich Angst. Wissen Sie, Maria, ich war noch nie verheiratet. Ich fürchte mich vor der Ehe. Ich mag Frauen, aber meine Freiheit ist mir doch lieber.«

»Aber warum . . .?«

»Warum ich heiraten will? Weil es sich so gehört. Die Ehe hat einen stabilisierenden Einfluß und formt den Charakter. Jeder aufstrebende junge Arzt braucht eine Ehefrau, Maria, aber ich habe trotzdem Angst. Ich will mich nicht unterordnen.«

»Dann lassen Sie sich nichts gefallen. Sie sind der Boß.«

Waverly hob sein Glas. »Darauf trinke ich.«

Doch Maria fürchtete die Heirat noch mehr als der Doktor. Kaum war die Verlobung bekanntgegeben, da fing Cynthia auch schon an, den Haushalt umzuorganisieren, und wieder sah Maria ihre Stellung gefährdet. Waverly überraschte sie dabei, wie sie die Stellenanzeigen studierte, und verlangte eine Erklärung.

»Was ist denn los? Sind sie nicht glücklich hier?« fragte er. »Möchten Sie mehr Geld?«

»Nein«, entgegnete Maria.

»Was ist es dann?«

»Wenn Sie erst verheiratet sind, wird sich hier manches ändern.«

»Was denn? Mögen Sie Miss Reardon nicht?«

»Was oder wen ich mag, ist unwichtig. Es kommt darauf an, was Miss Reardon gefällt.«

»Seien Sie unbesorgt. Hier wird Sie niemand schlecht behandeln. Ich mag Sie gern, und das ist die Hauptsache. Jetzt verrate ich

Ihnen etwas, das ich eigentlich für mich behalten wollte. Ich habe meinen Anwalt ein neues Testament aufsetzen lassen − das muß sein, wenn ein Mann heiratet. Wenn mir etwas passiert, hinterlassen, ich Ihnen fünftausend Dollar. Beruhigt Sie das ein bißchen?«

Maria fühlte sich zwar sicherer, aber in ihrem Alter wußte sie, daß auf nichts Verlaß war, außer auf Geld bei der Bank. Dr. Waverly war großzügig und impulsiv, aber Cynthia Reardon war ein verwöhntes, eigensinniges Gör, und Shelley Clifford hatte ihren Charakter zutreffender eingeschätzt, als man es von einem Bräutigam erwarten durfte. Außerdem dachte Shelley nicht daran, den Kampf aufzugeben, nur weil die Verlobung bekanntgegeben war. Maria stellte fest, daß man in Dr. Waverlys Kreisen liberaler dachte als in ihren eigenen.

Prompt wurde Shelley immer zu den unorthodoxesten Zeiten krank und brauchte einen Arzt − vornehmlich dann, wenn ihr Mann beruflich unterwegs war. Heimliche Anrufe gingen hin und her. Als Waverly sich schließlich weigerte, bei Shelley Hausbesuche zu machen, kam sie zu ihm. Immer häufiger flitzte sie mit ihrem kleinen, ausländischen Coupé die unbefestigte, kurvenreiche Strecke entlang, die vom Anwesen der Cliffords zum Haus des Doktors führte.

Maria fand es beschämend, daß eine Frau sich so an einen Mann klammerte. Obwohl sie ihren Mann sehr geliebt hatte, hätte sie ihn augenblicklich freigegeben, wenn er sie nicht mehr gewollt hätte. Doch trotz seiner vielen Liebschaften vor der Ehe war Walter ihr ein treuer Gatte gewesen. Walter hatte er geheißen − und nicht Juan. Juan Morales war der Name ihres Vaters, an den Maria sich nur vage erinnerte. Ihr Ehemann war Walter Dwyer gewesen. Aber da sie im Haushalt eines Anglos arbeitete, hielt sie es für besser, es nicht durchsickern zu lassen, daß sie selbst einmal mit einem Anglo verheiratet gewesen war und gelebt hatte wie eine Lady.

Mit zwanzig hatte sie Walter geheiratet, aber Walter war ein Spieler, und Spieler sterben arm. Nachdem sie die Gläubiger ausgezahlt hatte, blieb der Witwe Dwyer nichts anderes übrig, als nach Tucson zurückzukehren und wieder Maria Morales, die Hausangestellte, zu werden.

Von ihrer Vergangenheit war ihr nichts geblieben außer ihrem

›irdischen Glück‹, wie Walter es nannte, doch sie dachte nicht mehr wie eine Bedienstete. Sie sah die Dinge jetzt mit den Augen von Mrs. Walter Dwyer, und ihre Erkenntnisse machten ihr Sorgen. Wenn eine Frau in der Liebe verlor, war das, wie wenn ein Mann Pech beim Kartenspielen hatte. Wenn sie weinte, sah niemand ihre Tränen. Aber sie war keine Frau, die sich an Vergangenes klammert.

Falls Cynthia Reardon wußte, was los war, so ließ sie es sich äußerlich nicht anmerken. Möglicherweise genoß sie Shelleys Demütigung sogar. Und wenn Ramsey Clifford im Bilde war, so schien es ihn nicht zu stören.

Schließlich kam es zwischen Dr. Waverly und Shelley zu einem heftigen Streit am Telefon. Nicht, daß Maria gelauscht hätte, es war einfach nicht zu überhören, wie er in seinem Arbeitszimmer brüllte.

»Nein, ich komme heute abend nicht zu dir!« schrie er. »Dir fehlt überhaupt nichts, Shelley, und ich komme nie wieder zu dir! Such dir einen anderen Arzt, für eine Neurotikerin habe ich keine Zeit.«

Es war grausam, aber es zeigte Wirkung. Shelley rief nicht mehr an. Zwei Wochen vor dem Hochzeitstermin zog Cynthia Reardon in das Haus des Doktors ein, und wieder einmal mußte Maria ihre Moralvorstellungen korrigieren. In den Kreisen des jungen Arztes schien man nichts dabei zu finden, schon vor der Ehe zusammenzuleben, und Maria enthielt sich jeden Kommentars.

Doch ihre schlimmsten Befürchtungen über ihre Zukunft im Haus des Arztes wurden schon bald bestätigt. Sie konnte ihrer neuen Herrin nichts recht machen, und Cynthia kanzelte Maria selbst beim geringsten Anlaß ab. Die guten Zeiten waren vorbei. Cynthia war hinterhältig. Immer versuchte sie, ihren Willen durchzusetzen, entweder mit Sex, oder indem sie Josiah Reardons Reichtum und Einfluß ins Feld führte. Der letzte Zweifel, wer im Haus die Hosen anhaben würde, wurde an dem Abend ausgeräumt, als Josiah Reardon für die Verlobten eine Dinnerparty gab.

Einmal pro Woche arbeitete Dr. Waverly einen ganzen Tag lang kostenlos in der örtlichen Klinik, in der Sozialfälle behandelt wurden. Da Cynthia sich für solche Belange nicht interessierte, unterhielt er sich manchmal mit Maria darüber. Sein soziales Engagement war das einzige in seinem Leben, worauf er wirklich stolz war, und deswegen war Maria stolz auf ihn.

Seit einiger Zeit kümmerte er sich um einen zwölf Jahre alten mexikanischen Jungen. Kleinere chirurgische Eingriffe waren bereits durchgeführt worden, und ganz behutsam war ein Vertrauen aufgebaut worden, das nötig war für die schwere, entscheidende Operation, die, sollte sie erfolgreich verlaufen, dem Jungen ein normales Leben ermöglichen würde. Die halbe Schlacht sei bereits gewonnen, versicherte der Doktor Maria, indem sich zwischen ihm und dem verängstigten Jungen eine persönliche Beziehung entwickelt hätte.

Am Abend vor der großen Operation gab Reardon seine Dinner-Party. Maria hörte, wie der Doktor Cynthia zu überreden versuchte, das Fest zu verschieben.

»Um 9 Uhr früh muß ich operieren«, wandte er ein. »Ich brauche meinen Schlaf.«

»Du bist nicht der einzige Arzt in der Klinik«, spottete Cynthia.

»Aber es ist ein ganz spezieller Fall.«

»Und Daddys Dinner wohl nicht, was? Du mußt verrückt sein, Lyle. Du weißt doch, daß Daddy seine Pläne niemals ändert, vor allem nicht, wenn es um einen so bedeutenden Anlaß geht. Weißt du, Darling, du bist der erste Mann, den ich kennengelernt habe, der Daddy gefällt. Er glaubt, du hättest einen guten Einfluß auf mich. Zufällig weiß ich, was er uns zur Hochzeit schenken wird. Was sagst du zu fünfzehn Prozent von der Reardon Corporation?«

Ein paar Augenblicke lang dachte Dr. Waverly schweigend darüber nach. Dann sagte er: »Du träumst ja.«

»Dann muß ich wohl auch geträumt haben, daß ich sah, wie Daddys Anwalt die Dokumente abgefaßt hat. Das ist doch der Grund für die Dinnerparty heute abend — Daddy will uns das Geschenk überreichen. Und ich weiß ganz bestimmt, daß morgen früh bei der Operation ein Kollege für dich einspringen kann. Schließlich ist es ja kein zahlender Patient, sondern einer dieser Wohlfahrtsfälle.«

Maria hielt den Atem an und sprach ein stummes Gebet, aber es nützte nichts. Waverly ging mit Cynthia zur Dinnerparty. Als er zurückkam, war es fast 2 Uhr früh, und wenige Minuten später war Cynthia an der Tür. Maria hörte sie in der Eingangshalle lachen.

»Du hättest nicht hierherkommen dürfen«, sagte Waverly. »Der alte Knabe weiß nicht, daß wir schon zusammenleben, und er wäre bestimmt nicht davon begeistert.«

»Er würde toben — aber wen interessiert das schon? Darling, ist das nicht herrlich? Siehst du, ich habe dich nicht belogen. Wir haben einen Grund zum Feiern.«

»Es ist schon spät ...«

»Ein kleiner Schlummertrunk — bitte.«

Maria, die in der Küche lauschte, seufzte und ging wieder zu Bett. Am Morgen stand sie früh auf, brühte eine Kanne Kaffee und ging damit in Waverlys Zimmer. Er schlief. Cynthia machte ein Auge auf und warf dann ein Kissen nach ihr.

»Sie hat keiner gerufen!« zischte sie ärgerlich.

»Der Herr Doktor hat eine Operation im Krankenhaus ...«

»Sagen Sie Bescheid, daß er nicht kommt. Er sei plötzlich krank geworden oder so. Sehen Sie nicht, daß er noch schläft? Wenn Sie nicht auf der Stelle das Krankenhaus anrufen, tue ich es.«

Maria verließ das Zimmer. Sie ging nach unten und rief im Krankenhaus an, um zu sagen, Dr. Waverly könne die für 9 Uhr angesetzte Operation nicht durchführen. Der Doktor kam erst mittags hinunter, wenige Minuten nachdem das Krankenhaus angerufen hatte, um ihm zu sagen, daß der Junge auf dem Operationstisch gestorben sei. Im Leben eines junges Arztes, der dazu bestimmt schien, der beliebteste Modearzt in der Umgebung zu werden, war dies kein weltbewegendes Ereignis, doch es zerstörte Marias letzte Vision von Camelot.

Sie dachte daran, wie Walter, der ordinär und ungebildet gewesen war, einmal ein Spiel während einer Glückssträhne verlassen hatte — obwohl er ihr eingeschärft hatte, daß ein Spieler dies niemals tun dürfe —, um für den schwarzen Türsteher, der jeden Abend seinen Wagen vor dem Casino einparkte, Blut zu spenden. Der Freund, der für ihn weiterspielte, verlor alles, doch das zählte nicht, weil der Portier überlebte, und als Walter zurückkam, war er glücklich wie ein Schulbub, der die Schule schwänzt.

Deshalb hatte die Stellung im Hause Waverly für Maria gründlich ihren Reiz verloren, noch vor der Nacht, als Shelley Clifford zurückkam.

In vier Tagen sollte die Hochzeit sein. Erschöpft von den Proben der Zeremonie war Cynthia nach oben zu Bett gegangen und hatte zwei Schlaftabletten geschluckt. Der Doktor bereitete alles vor, damit Maria am nächsten Morgen einen Scheck zur Gutschrift bei seiner Bank einreichen konnte.

Als es an der Haustür klingelte, ging Maria und machte auf, und Shelley ließ sich nicht daran hindern, das Haus zu betreten. Sie hatte getrunken und war hysterisch. Ein Auge war blaugeschlagen, und an einer Wange hatte sie eine Platzwunde. Als Waverly aus seinem Arbeitszimmer gerannt kam, erklärte sie, ihr Mann habe von ihrer Affäre erfahren und sie verprügelt. Vielleicht stimmte ihre Geschichte, vielleicht auch nicht, aber der Doktor blieb hart.

»Hier kannst du nicht bleiben!« bestimmte er.

»Nur für eine Nacht«, bettelte sie. »Ram ist auch angetrunken, ich habe Angst, heimzugehen.«

»Ich glaube dir nicht«, sagte Waverly. »Ram Clifford trinkt nicht.«

»Heute abend hat er aber getrunken, leider. Ich habe Angst, daß er mich umbringt.«

Maria beobachtete die Miene des Doktors. Er sah aus, als hielte er das für eine gute Lösung. Mit festem Griff packte er Shelley bei den Schultern und bugsierte sie wieder zur Tür.

»Dann geh in ein Hotel«, schlug er vor.

»Warum kann ich denn nicht hierbleiben?«

»Weil ich es nicht will.«

Waverly bemühte sich, leise zu sprechen. Als Shelley merkte, daß er nervös zur Treppe blickte, war ihr sofort klar, was er zu vertuschen versuchte. »*Sie* ist hier, nicht? Cynthia ist *hier*.« Dann lachte sie und stieß Waverly von sich weg. »Ihr konntet nicht mal bis zur Hochzeit warten. Ach, ist das köstlich! Wie sich der alte Josiah Reardon darüber freuen würde! Seine Tochter mag ja ein Flittchen sein, aber der alte Knabe hält auf Zucht und Ordnung. Und es gibt nichts Konservativeres als eine Spar- und Darlehensbank, Darling. Wenn die davon erfahren, bekommst du vielleicht gar nicht mehr die Teilhaberschaft und den Sitz im Aufsichtsrat.«

»Verschwinde!« befahl Waverly.

»Ich geh' ja schon, ich geh' ja schon — aber zuerst laufe ich nach oben und schaue nach . . .«

Sie stürmte an ihm vorbei und rannte die Treppe hinauf. Waverly hetzte hinterher. Er war ungefähr zwei Stufen hinter ihr, als Shelley der Alkohol, der Schock und die Verletzungen zuviel wurden. Auf halbe Höhe des Treppenaufgangs stolperte sie und taumelte gegen das Geländer. Aufschreiend griff sie ins Leere, und während Waverly und Maria entsetzt zusahen, stürzte sie über das Geländer und schlug unten auf dem Marmorfußboden der Eingangshalle auf. Es gab ein widerliches Geräusch, als ihr Kopf auf den Stein prallte. Als Dr. Waverly sie erreichte, war sie bereits tot.

Ein paar Augenblicke verschlug ihm der Schreck die Sprache. Dann wandte er sich an Maria. »Sie müssen mir helfen«, sagte er.

»Wie meinen Sie das?« fragte Maria.

»Sie haben gesehen, wie es passiert ist. Es war ein Unfall – sie ist von allein gestürzt. Aber so darf man sie in meinem Haus nicht finden. Können Sie autofahren?«

»Ja.«

»Gut. Cynthia schläft. Die Pillen, die ich ihr gegeben habe, wirken bis morgen früh. Ich hole meinen Wagen aus der Garage, und Sie fahren mir damit hinterher. Ich transportiere Mrs. Cliffords Leichnam in ihrem Auto und stelle es auf der Abkürzung ab, die sie immer benutzt.« Maria zögerte.

»Haben Sie verstanden, was ich gesagt habe?« wollte Waverly wissen.

»Das schon. Aber was ist, wenn wir der Polizei begegnen?«

»Auf dieser unbefestigten Strecke? Nie und nimmer. Außerdem trage ich das ganze Risiko. Der Leichnam wird bei mir im Fahrzeug sein. Wenn Sie ein Polizeiauto sehen, fahren Sie einfach weiter.«

»Trotzdem könnte es Probleme geben«, meinte Maria.

»Maria, zum Diskutieren ist jetzt keine Zeit. Ich tue Mrs. Clifford ja nichts zuleide – sie ist bereits tot. Aber ich kann einen Skandal vermeiden. Das ist eine Sache der Selbsterhaltung.«

»Für mich geht es auch um reine Selbsterhaltung«, entgegnete Maria kühl.

Der Doktor brauchte ein paar Sekunden, um zu verstehen, was Maria meinte. Er hatte sie so lange zu kennen geglaubt, daß es ihn schmerzte, als er begriff, was los war. Dann fragte er sie, an welche Form der Selbsterhaltung sie dächte.

»Ein Testament ist ein Risiko«, sagte sie. »Ein Testament kann man ändern. Fünftausend Dollar in bar wären mir lieber.«

»Soviel Geld habe ich nicht im Haus«, protestierte er.

»Ich nehme auch einen Scheck«, erklärte Maria.

Wenige Minuten später, mit dem Scheck des Doktors in ihrer Handtasche, folgte Maria in Waverlys Limousine in sicherem Abstand Mrs. Cliffords kleinem Sportflitzer. Auf der schmalen Straße begegnete ihnen kein einziges Fahrzeug.

Als sie einen breiten Felsvorsprung erreichten, von dem aus man in eine Schlucht hinabblickte, hielt Waverly ein Stück von der Straße entfernt an. Maria bremste auch ab und sah zu, wie er Shelley Cliffords Leiche an den Rand des Abgrunds schleppte und sie ins Gesträuch warf.

Dann ging er zum Wagen zurück und nahm alles Geld und sämtliche Kreditkarten aus Shelleys Handtasche. Die leere Tasche legte er auf den Sitz zurück und steckte alle Sachen ein, die ein Dieb mitnehmen würde. Dann zückte er sein Taschenmesser und stieß die Klinge in das Profil eines der Hinterreifen. Die Szene war gestellt: ein Platten auf einer wenig befahrenen Strecke, ein zufällig vorbeikommender Wagen, der hält, und danach Raub und Mord.

Waverly klappte das Taschenmesser zusammen und ging zu der wartenden Limousine. Er fuhr den Wagen selbst zum Haus zurück, und dann schrubbten er und Maria den Blutflecken auf dem Marmorfußboden weg.

Als sie damit fertig waren, sagte Waverly: »Heute abend ist hier nichts passiert.«

»Nichts«, pflichtete Maria ihm bei. »Allerdings wäre da noch ein Blutfleck am Ärmel Ihres Jacketts, Herr Doktor. Geben Sie mir die Jacke, und ich wasche den Flecken gleich aus.«

Waverly zog das Anzugjackett aus und reichte es ohne zu zögern Maria. »Wecken Sie mich morgen früh nicht«, sagte er. »Ich werde selbst ein paar Schlaftabletten nehmen.«

Maria nahm das Jackett mit auf ihr Zimmer, aber sie wusch den Blutfleck nicht aus. Sie löschte das Licht und versuchte zu schlafen. Als es nicht ging, stand sie wieder auf und packte ihre Sachen.

Am nächsten Morgen holte sie den Scheck, den sie zur Gutschrift bei der Bank einreichen sollte, aus dem Arbeitszimmer des

Doktors; aus ihrem Zimmer holte sie den Koffer und das Jackett mit dem Blutfleck, und in Waverlys Wagen, in dem noch der Zündschlüssel steckte, fuhr sie zur Bank. Normalerweise hätte sie den Bus genommen, aber heute hatte sie es eilig. Weil man sie in der Bank gut kannte, und auch weil sie gerade eine Gutschrift eingereicht hatte, löste man ohne weiteres ihren Scheck über fünftausend Dollar ein.

Auf der unbefestigten Abkürzung fuhr sie zurück. Kein anderes Fahrzeug kam vorbei, und ungesehen erreichte sie Mrs. Cliffords abgestelltes Coupé. Sie hielt daneben an, warf Dr. Waverlys Jacke auf den Vordersitz und fuhr weiter.

Waverly und seine Braut schliefen noch, als Maria die Limousine in die Garage zurückstellte. Dann ging sie zu Fuß mit ihrem Koffer zur Bushaltestelle.

Am frühen Nachmittag fand man Shelley Cliffords Leiche. Das Fernsehen brachte die Neuigkeit von ihrem Tod in den Abendnachrichten. Da sie offenbar das zufällige Opfer eines Mörders wurde, forderte man in den Medien verstärkte Polizeipatrouillen und ein Ende der toleranten Erziehung. Ramsey Clifford bot eine Belohnung von zehntausend Dollar für die Ergreifung des Täters.

Erst drei Tage nach der Entdeckung der Leiche suchte Lieutenant Gannon Dr. Waverly in dessen Haus auf. Er trug ein kleines, in braunes Papier gewickeltes Bündel bei sich.

»Ich habe ein bißchen nachgeforscht, Herr Doktor«, sagte er. »Wie ich hörte, waren Sie und die verstorbene Shelley Clifford eng befreundet.«

»Sie haben Klatsch aufgeschnappt«, entgegnete Waverly.

»Das glaube ich nicht. Wir hielten ein paar Indizien zurück, als der Leichnam gefunden wurde. Wir brauchten Zeit, um etwas untersuchen zu lassen, was wir auf dem Wagensitz fanden...« Gannon riß das Päckchen auf und hielt Waverlys Jackett hoch. »Wir haben dies hier bis zu Ihrem Schneider zurückverfolgt, Dr. Waverly, und außerdem festgestellt, daß das Blut am Ärmel von Mrs. Clifford stammt. Jetzt erklären Sie mir bitte, wie Ihr Jackett in ihren Wagen kam.«

Vier Tage nach Shelley Cliffords Tod quartierte sich eine elegant gekleidete Frau mittleren Alters in einem Hotel am Ufer des Lake Tahoe ein, das zu Nevada gehört. Sie unterschrieb als Mrs. Walter Dwyer, und dann schlenderte sie durch das Casino, weil die Atmosphäre einer Stadt, in der man dem Glücksspiel frönte, sie in Gedanken näher an Walter heranbrachte. Später studierte sie oben in ihrem Zimmer die Zeitung aus Tucson, die sie aus dem Foyer mitgenommen hatte; zu ihrer Belustigung las sie, daß die dortige Polizei intensiv nach ihrem Leichnam suchte.

Nachdem man Walter mit der blutbefleckten Jacke konfrontiert hatte, rückte er mit der Wahrheit heraus — aber man glaubte ihm nicht. Als es sich herausstellte, daß man seine Haushälterin zum letzten Mal an dem Morgen nach Mrs. Cliffords Tod gesehen hatte, wie sie in Weverlys Bank einen Scheck über fünftausend Dollar einlöste, entwickelte Lieutenant Gannon die Theorie, Waverly habe sich durch Maria Bargeld besorgen lassen, für den Fall, daß man ihn mit Mrs. Cliffords Tod in Verbindung brächte und er eilig das Land verlassen müßte; danach habe er die Frau getötet, um sie am Reden zu hindern.

Das war natürlich Blödsinn, und Maria war davon überzeugt, daß Gannon nichts von alldem beweisen konnte. Es war ja kein Verbrechen begangen worden. Das Schlimmste, was Dr. Waverly passieren konnte, war, daß seine Verlobung mit Cynthia platzte. Eigentlich war das schade, fand Maria, denn er verdiente Cynthia Reardon in gleichem Maße, wie sie ihn verdiente.

Außerdem konnte passieren — und aus diesem Grund hatte Maria Waverlys Jacke in Shelley Cliffords Wagen gelegt —, daß die Gesellschaft Dr. Waverlys wahren Charakter durchschaute. Im Hinblick auf seinen Beruf hielt Maria das für sehr wichtig.

Mrs. Dwyer blieb mehrere Wochen lang in dem Hotel. Mittlerweile stand in den Zeitungen aus Tucson nichts mehr über die Shelley-Clifford-Affäre, und sie mußte annehmen, daß das ganze im Sande verlaufen war, und sie nicht einzuschreiten brauchte, um Waverley vor einer Mordanklage zu retten.

Bevor Mrs. Dwyer den Ort verließ, machte sie eine Anzahlung auf eine elegant möblierte Eigentumswohnung, die ihr, so versicherte der Makler, in der Hochsaison einen fetten wöchentlichen

Mietzins einbringen würde. Mrs. Dwyer erklärte, sie sei beruflich viel auf Reisen und könne die Wohnung nur wenige Monate im Jahr beziehen, aber es sei ein gutes Gefühl, ein Zuhause zu haben, und eine Frau brauchte eine gute Kapitalanlage für ihre Altersversorgung.

Ein paar Tage später betrat eine ärmlich gekleidete Frau, in den Augen ein Blick stiller Verzweiflung, den Busbahnhof in Tahoe. Sie trug einen billigen Koffer und eine Handtasche, in der sich einhundert Dollar in einer Geldklammer befanden. Die Scheine waren alt — es waren in der Tat dieselben Banknoten in derselben Geldklammer, die Maria Morales, als sie noch neunzehn und die hübscheste Cocktailkellnerin am Strip war, aufgehoben hatte, als sie aus Walter Dwyers Tasche fielen, während er sich über einen Spieltisch beugte.

Außer zehn Dollar Vorschuß auf ihren Lohn besaß Maria nichts, und als sie Dwyer die hundert Dollar zurückgab, war er von ihrer Ehrlichkeit und den anderen Attributen so beeindruckt, daß er sie zum Dinner einlud. Eine Woche später waren sie verheiratet — es war eine Liebesheirat und kein billiger Handel, wie Dr. Lyle Waverly ihn mit Cynthia Reardon vorgehabt hatte. Das Geld und die Klammer waren Walters Hochzeitsgeschenk gewesen.

»Behalte es als Talisman«, riet er ihr. »Du und dein irisches Glück . . .«

Im Busbahnhof kaufte Maria eine Fahrkarte nach Sacramento in Kalifornien. In dieser Gegend lebten viele reiche Leute, die die eigene Korruptheit so nervös gemacht hatte, daß sie mit Handkuß eine Haushälterin einstellen würden, die so ehrlich war, hundert Dollar, die sie fand, während sie eine Arbeit suchte, bei der Polizei abzugeben.

Walter hatte ihr schließlich beigebracht, daß man auf jeden Fall weitermachen mußte, wenn man eine Glückssträhne hatte.

Deutsch von Ingrid Herrmann

Der Gezeichnete

David Ely

Es war früher Abend, als er den Park betrat. Er machte sich auf den Weg zum dunkelsten Teil, dorthin, wo kein Lampenlicht mehr die Wege erhellte. Er sah keine anderen Herumtreiber, trotzdem beeilte er sich. Er wollte kein Risiko eingehen.

Als er den Schutz der ersten Bäume erreicht hatte, blieb er stehen und warf einen Blick zurück auf den Fahrweg, obwohl er genau wußte, daß der Wagen nicht mehr dort stand. Sie waren davongefahren, sobald sie ihn hinausgelassen hatten. Man hatte ihm auf die Schulter geklopft — so wie im Flugzeug, wenn man ihm das Zeichen für den Absprung gab —, und einer von ihnen hatte gesagt: »Viel Glück, Major.« Und dann war er ausgestiegen, wobei ihn das Gewicht seiner Fliegermontur niedergedrückt hatte.

Viel Glück, Major. Wenn er wirklich Glück haben sollte, dann würden das für vier Wochen die letzten an ihn gerichteten Worte sein.

Er trat erschrocken zurück. Jemand war an ihm vorübergelaufen, dicht an ihm vorüber, in nicht mehr als einem Meter Entfernung — ein Mann oder ein Junge, der schnell, aber leichtfüßig in Richtung Fifth Avenue lief.

Der Major duckte sich, sein Atem ging schneller, sein Puls raste. Es hatte ihn zutiefst erschreckt — was auch immer es gewesen sein mochte — ein Schüler, der für einen Wettkampf trainierte, oder ein Jogger, der einfach nur zum Spaß lief; vielleicht auch ein Taschendieb. In dem Fall war womöglich auch die Polizei unterwegs. Vor Polizisten fürchtete er sich am meisten. Die Militärbehörde hatte alles mit dem obersten Polzeichef abgesprochen, und die Leiter der umliegenden Reviere waren informiert. Sollte er aufgegriffen werden, wollte man jedes unnötige Aufsehen vermeiden. Aber natürlich wußten die einfachen Polizisten nicht Bescheid. Ein einziger Lichtstrahl aus der Taschenlampe eines Streifenpolizisten könnte das Ende des Projekts bedeuten.

Er mußte die Lichter meiden. Er hatte ja keine Ahnung gehabt, daß es so viele sein würden – nicht nur die Lampen an den Pfaden, sondern auch die Autoscheinwerfer auf den Fahrwegen, die durch den Park führten, und das Licht der großen Hotels und Apartmenthäuser ringsum.

Er setzte seinen Weg zwischen den Bäumen fort und versuchte, sein angeschlagenes Selbstvertrauen durch körperliche Aktivität wieder aufzurichten. Die erste Nacht würde die schlimmste sein. Das wußte er. Wenn er sie hinter sich gebracht hätte und auch noch den folgenden Tag, würde wahrscheinlich alles in Ordnung gehen. Er mußte ein Versteck weit entfernt von den am meisten besuchten Orten im Park finden – dem Zoo, dem See und den Sportplätzen. Ballspielende Kinder würden ihn eher entdecken als ein Polizist. Wenn auch nur eines ihn erblicken würde, kämen mit Sicherheit alle anderen rufend und mit dem Finger auf ihn zeigend angelaufen. Im Geist stellte er sich eine groteske Verfolgungsjagd vor – eine Gruppe von Jugendlichen, die hinter einem Mann herlief, der sich in seiner Fliegerkombination nur unbeholfen fortbewegen konnte. Sie würden schreien: Sein Kopf! Sein Kopf! Seht euch seinen Kopf an!

Sein Kopf – er war für die Dienststelle die Garantie für seine Ehrlichkeit. Mit diesem Kopf konnte er niemanden hintergehen. Als sie ihm gesagt hatten, was mit seinem Kopf geschehen sollte, hatte er sich nicht gewehrt. Er wußte, daß sie recht hatten. Der Psychologe, der das Projekt betreute, hatte lange mit ihm darüber gesprochen. Ziel der ganzen Unternehmung war, den psychischen Streß eines Mannes zu messen, der sich mitten in einer ihm feindlich gesonnenen Bevölkerung versteckt hielt. Aufgrund der Ergebnisse könnte man dann eine Rettungsstrategie für den einen Piloten unter zwanzig entwickeln, den man abgeschossen, aber nicht gefangengenommen hatte und dem es gelungen war, sich irgendwo zu verbergen – in einem Feld, einer zerbombten Ruine oder einer verlassenen Wohnung.

»Sie werden dieser zwanzigste sein, Major«, hatte der Psychologe gesagt. »Sie werden es bis in den Park schaffen. Dann müssen Sie sich bis zu ihrer Rettung verstecken. Aber vergessen Sie nicht, daß Sie sich von allen Menschen ringsum durch ein unveränderliches Kennzeichen unterscheiden – Sie sprechen ihre Sprache nicht. Nun, bei diesem Test können wir fast alles simulieren – nur das nicht. Niemand kann Sie daran hindern, im Notfall die Fliegermontur auszuziehen und einen Landstreicher im Park die Hose abzuluchsen. Sie brauchen sich dann nur noch auf die nächste Parkbank zu setzen, könnten Sie sich ganz nach Belieben nett mit ihm die Zeit vertreiben.

Natürlich wissen wir, daß Sie das nicht vorhaben, Major. Wir wissen, daß Sie fest entschlossen sind, die Sache korrekt durchzuziehen. Aber wir wissen auch, daß ein Mann unter Streß – selbst wenn die Situation simuliert ist – Dinge tut, die er normalerweie niemals tun würde. Haben Sie also bitte dafür Verständnis, daß wir das Projekt absichern müssen. Wir müssen ihnen ein Handikap verpassen, das noch stärker ist als die Unfähigkeit, sich sprachlich zu verständigen. Wir müssen Sie so verdächtig machen, daß Sie auf keinen Fall mogeln können.«

Also hatten sie ihm den Kopf kahlgeschoren und mit grüner Farbe angemalt – mit einem hellen, frischen Grasgrün.

Der Major entdeckte eine Lücke zwischen zwei Steinblöcken auf dem Grund eines kleinen Grabens. Sie war gerade breit genug, daß er sich hindurchzwängen konnte. Mehrere Stunden lang arbeitete er darin und grub mit seinem Feldspaten eine Erdhöhle. Er war aus seiner Fliegerkombination geschlüpft, hatte sie auf den Boden ausgebreitet und schaufelte die ausgegrabene Erde darauf. Wenn er eine Ladung zusammen hatte, raffte er das Bündel auf, trug es fort und verstreute das Erdreich in weitem Umkreis. Als er fertig war, holte er aus einer Tasche eine kleine Dose Anti-Hunde-Spray und sprühte sorgfältig den Eingang zu seiner Höhle aus.

Die Frühlingsnacht war kühl, aber wenigstens regnete es nicht. In einer Regennacht hätte er überall Schlammspuren und Fußabdrücke hinterlassen. Außerdem hatte er Glück, daß es mitten in der Woche war, denn um diese Zeit würden sich tagsüber nicht zu viele Leute im Park aufhalten. An den Wochenenden hingegen würden sie wie die Heuschrecken in den Park einfallen. Bis dahin allerdings würde er sich in seinem Versteck so gut es ging eingerichtet haben. Oder er hätte ein besseres gefunden.

Die Nacht ging zu Ende. Die Morgendämmerung brach an. Er beobachtete, wie der Himmel heller wurde und Bäume und Sträucher Schatten warfen. Kalter Nebel kroch über die tiefliegenden Bodenflächen. In der Ferne erglühten die Spitzen der Wolkenkratzer im ersten Sonnenlicht. Er zwängte sich aus seinem Erdloch, um den Eingang ein letztes Mal zu kontrollieren. Seine Arbeit hatte keine Spuren hinterlassen. Auch wenn das Gras an der Stelle, wo er den Fliegeranzug ausgebreitet hatte, niedergedrückt war — es würde sich schnell wieder aufrichten. Überall im Park gab es zudem Rasenflächen, auf denen Kinder gespielt und Liebespaare ihre Decken ausgebreitet hatten.

Auf einmal sah er seinen Spaten wenige Meter entfernt draußen liegen — für jedermann sichtbar. Er kroch hinüber und griff rasch danach. Dann zog er sich hastig zurück, zwängte sich durch den Spalt in die Höhle und streckte sich schweratmend aus. Meine Nachlässigkeit bringt mich noch einmal um, dachte er. Der Psychologe hatte ihm angekündigt, daß er sich selbst der ärgste Feind sein würde. Er hatte ihn davor gewarnt, daß Angst und Verzweiflung ihn überwältigen und handlungsunfähig machen könnten. Er verfluchte sich selbst und spuckte aus. Wenn er nun diesen Spaten nicht bemerkt und ihn da draußen liegengelassen hätte? Typisch, dachte er bitter. Er vergaß immer etwas, er war schon immer ein Versager gewesen. Er hatte sich für das Weltraum-Programm beworben, aber man hatte ihn nicht genommen. Er hatte den Anforderungen nicht genügt.

Dem Psychologen, der das Projekt betreute, war es genauso ergangen. Er war von Psychologen ausgebootet worden, die einfach ein bißchen mehr auf dem Kasten hatten. Ja, dachte der Major, wir sind beide zweite Wahl. Sie hatten es nicht bis ins Weltraum-Team geschafft. Sie waren nicht gut genug gewesen.

Wer weiß, vielleicht war das Projekt auch nicht besser. Darüber hatte er sich schon seine Gedanken gemacht. Sicher, auf dem Papier sah alles gar nicht so schlecht aus. Aber selbst angenommen, ein Mann würde es schaffen, vier Wochen lang unentdeckt mitten in Manhattan zu überleben — würde das wirklich soviel nützliches Informationsmaterial für ein Überlebens- und Rettungsprogramm bringen? Oder entsprang das Ganze nur dem Größenwahn eines karrieresüchtigen Leutnants?

Nun, es war nicht seine Aufgabe, das Projekt zu kritisieren. Von ihm wurde erwartet, daß er es in die Tat umsetzte und ans Laufen brachte. Dabei stellte er sich gleich zu Beginn reichlich ungeschickt an. Er hatte dieses Loch nicht groß genug geschaufelt, um sich darin in voller Länge auszustrecken. Ihm schliefen jetzt schon die Beine ein. Er fing an, seine Waden zu massieren. Ein Schwächegefühl überkam ihn, und er hatte Hunger. Seit gestern nachmittag hatte er nichts mehr gegessen. Er öffnete eine Lebensmitteldose und aß den Inhalt mit den Fingern. Dann vergrub er die Büchse gleich neben sich im Boden und setzte die Schlafmaske auf. Sie bedeckte den Mund, um jeden Schnarchlaut zu unterdrücken. Er legte sich zurück und wartete darauf, daß der Tag vorüberging.

Am späten Nachmittag quälten ihn unterträgliche Schmerzen. Seine Beine marterten ihn. Ihm war, als würde er unter der Maske ersticken. Immer wieder fiel er in einen unruhigen, ungesunden Schlaf, in dem er sich wie ein Tier drehte und wand, das sich entweder tiefer vergraben oder sich hinaus an die frische Luft und ans Sonnenlicht wühlen wollte. Seine Hände führten ein Eigenleben und versuchten, die Maske vom Gesicht zu zerren. In seinen Beinen drohte jeden Augenblick ein unerträglicher Muskelkrampf.

Die gesamte Einwohnerschaft von New York schien aufgebrochen zu sein, um ausgerechnet auf seine Felsblöcke zu klettern und über ihm zu sitzen. Er hörte Stimmen, Schritte, Rufe, Gelächter. Immer wieder ließen unsichtbare Füße Dreck in seine Höhle rieseln. Er verfluchte alle, die kamen. Er fürchtete sie, er haßte sie. Ja, zweifellos war das eine Reaktion auf diese spezielle Situation. Er durfte nicht vergessen, dem Psychologen davon zu berichten. Er konnte sich die Menschen aufgrund ihrer Stimme vorstellen — es waren dumme Kinder und nörgelnde Mütter, boshafte alte Männer und andere, jüngere, die nichts anderes zu tun hatten, als den ganzen Tag über im Park herumzulungern. Er war ihr Gefangener. Selbst der Letzte konnte ihn finden und wie ein Maulwurf hinaus an die Sonne zerren.

Er umklammerte seine Knie fester und schaukelte sich vor und zurück, während er mit den Zähnen knirschte, um nicht vor Schmerz und Wut zu schreien.

Als es dunkel wurde, konnte er sich endlich entspannen und seinen Kopf und die Schultern aus dem Loch in den schmalen Spalt zwischen den Steinen schieben. Er schlief ein. Um Mitternacht wachte er in Panik auf, weil das Mondlicht auf sein nach oben gewandtes Gesicht schien. Er machte sich an die Arbeit und grub weiter, um sein Erdloch zu vergrößern. Anschließend kroch er draußen herum, hob Bonbonpapier, Zigarettenkippen und Plastiktüten auf — und hatte keine Ahnung, warum er das tat. Vielleicht wollte er alle Spuren der Menschen beseitigen, die ihn den ganzen Tag über gequält hatten.

Er zwang sich dazu, durch die Bäume hindurch davonzugehen. Bis zum Morgengrauen mußte er seinem Unterschlupf fernbleiben. Der Psychologe hatte ihm vorausgesagt, daß er versucht sein würde, sich allzu nahe bei seinem Versteck aufzuhalten. Nur da würde er sich in Sicherheit fühlen. Schließlich könnte er dem Zwang erliegen, sich Tag und Nacht in seinem Unterschlupf aufzuhalten.

Er wußte, daß er aufpassen mußte. Er war einer ungewöhnlichen Belastung ausgesetzt: Ein Mann allein, der sich vor jeglichem Zeichen menschlichen Lebens fürchtete — vor jeder Stimme, jeder Bewegung, jedem Geräusch. Und am meisten vor dem Tageslicht. Natürlich war es eine simulierte Situation. Er konnte sie jederzeit beenden. Aber das hätte seinen Stolz verletzt und seiner Karriere geschadet. Er hatte sich freiwillig um diesen Job bemüht.

Aus einer seiner Taschen holte er ein Funkgerät, nicht größer als eine Zigarettenschachtel. Er konnte drei einfache Signale senden. Das erste bedeutete: Ich bin hier. Er saß mit dem Sender in der Hand unter einem Baum und beobachtete die Schatten, die das Lampenlicht auf die Wege warf. In Abständen von jeweils fünf Minuten wiederholte er: Ich bin hier. Ich bin hier. Irgendwo hörte ihm jemand zu. Er war in Kontakt mit einem menschlichen Wesen. Doch dann überlegte er bei sich, daß die Dienststelle kaum einen Techniker einzig und allein bezahlen würde, Nacht für Nacht seine Signale aufzuzeichnen. Ja, da war es schon, ein kaum hörbares Antwortsignal.

Das Antwortzeichen bedeutete: Wir hören dich. Er wurde also gehört, allerdings nur von einer Maschine. Und man würde sich erst am nächsten Morgen vergewissern, daß ihr Mann draußen im Park sich gemeldet hatte.

Er fragte sich, ob sich die Geschichte mit dem grünen Kopf schon herumgesprochen hätte. Wahrscheinlich ja. Sie war für die Leute in Houston einfach viel zu komisch. »Erinnerst du dich an diesen ehrgeizigen Major, der es nicht ins Weltraum-Programm geschafft hat? Rate mal, wo er jetzt steckt. Und rate mal, welche Farbe sein Kopf hat ... Ganz richtig, sein Kopf.«

Er sendete wieder – Ich bin hier, nur um das Gerät flüstern zu hören: Wir hören dich. Wir hören dich. Vier Wochen nichts anderes. Sie hatten ihm gesagt, daß sie im Ernstfall soviel Zeit benötigen würden. Zuerst würde der nächste erreichbare Undercover-Agent darüber informiert werden, daß ein Pilot abgestürzt sei. Dann müßte man warten, bis der Agent das Signal aufgefangen und schließlich einen Fluchtplan ausgearbeitet hätte.

Er sendete sein zweites Signal, eine Abwandlung des ersten. Es bedeutete: Ich höre euch. Und das Gerät antwortete pflichtbewußt: Wir hören uns. Das war alles. Ein paar Impulse, die durch den Äther hin und zurück geschickt wurden mit einer Botschaft, die für eine feindliche Funküberwachung völlig bedeutungslos sein würde. Eines Tages würde das ›Wir hören dich‹ öfter gesendet werden als Zeichen dafür, das der Agent unterwegs war.

Es gab ein drittes Signal. Hilfe. Das bedeutete, daß er krank war oder die Situation nicht länger ertrug und aufgeben wollte.

Ich bin hier.

Ich höre euch.

Hilfe.

Das war der ihm zur Verfügung stehende Wortschatz. Es ist alles, was ich habe, dachte er. Er war nur ein grünköpfiger Mann in einer schmutzverkrusteten Fliegermontur, der nachts in einem städtischen Park saß und seine Worte zu einer Maschine sprach, die er nie zu Gesicht bekommen würde.

Im Lauf der Tage grub er sein Erdloch tiefer, richtete es behaglicher und sicherer ein und verbesserte die Tarnung. Nachts erkundete er den Park. Jedes ihm bekannte Terrain prüfte er sorgfältig, bevor er sich hinwagte. Immer, wenn er am Zoo vorüberkam, witterten ihn die Tiere und gerieten in Aufregung. Ihm kam der Gedanke, daß er wie sie war — eine eingesperrte Kreatur, die von der Witterung eines menschlichen Wesens in Unruhe versetzt wurde.

Manchmal sah er in der Nacht andere Menschen. Er versteckte sich vor ihnen und zog sich in die tiefsten Schatten zurück. Natürlich hatte man ihn darauf vorbereitet, daß er nicht allein sein, sondern sich inmitten des Abschaums von New York wiederfinden würde — bei den Sonderlingen, den schrägen Vögeln, den Ausgestoßenen, den Verrückten, die alle den Park bevölkerten und sich gegenseitig die Reviere streitig machten. Nun, er konnte auf sich aufpassen. Zwei oder drei von der Sorte könnte er sich mit Judo oder dem Messer vom Leib halten. Außerdem würde jeder, der seinen grünen Kopf sah, die Flucht ergreifen. Er war viel verrückter als sie alle zusammen. Und viel einsamer. Allerdings lagen vor ihm nur vier Wochen, die er in diesem Zustand hinter sich bringen mußte, vor ihnen jedoch das ganze Leben. Das war ein Unterschied, ein ganz entscheidender Unterschied.

Sie hatten Angst, genau wie er. Sie waren hungrig — das würde er auch bald sein. Für vier Wochen hatte er nicht genug zu essen. Die Leute in Houston wollten, daß er sich von dem ernährte, was ihm die Umgebung bot — zum Teil jedenfalls. Das bedeutete, daß er die Abfallkörbe nach angebissenen Äpfeln und Sandwichresten durchwühlen müßte. Zur Not könnte er sich auch wie das Vieh von Gras, wilden Zwiebeln und Gänseblümchen ernähren — oder die Rinde von jungen Bäumen kauen. Mit etwas Geschick könnte er seine Lebensmittelrationen strecken. Er lebte nun schon neun Tage im Park. Neunzehn mußte er noch hinter sich bringen. Da konnte er sich ausrechnen, wieviel er sich jeden Tag leisten durfte.

Ein abgeschossener Pilot würde freilich keine Ahnung haben, wie lange er sich über Wasser halten müßte. Und deshalb dürfte er, der Major, es auch nicht wissen. Daran hatten bestimmt auch die Leute von der Dienststelle gedacht. Bestimmt hatten sie irgend etwas eingeplant, um die Eventualitäten eines Ernstfalles zu simulieren.

Der Major machte sich darüber Gedanken. Es bereitete ihm Sorgen. Er fragte sich, ob man womöglich den Test in die Länge ziehen würde. Ja, das mußte sein. Niemand würde ihn in dieser achtundzwanzigsten Nacht erlösen! Sie würden ihn noch ein paar Tage, womöglich mehr als eine Woche, schmoren lassen.

Oder sie würden ihn auf andere Art und Weise hereinlegen. Vielleicht hatte man ja ein paar Konservendosen mit Wasser gefüllt — oder mit Sand. Es wäre durchaus denkbar. Er würde sich selbst einer eisernen Disziplin beim Essen unterwerfen und dabei fast verhungern, um dann zwei oder drei nutzlose Dosen zu entdecken.

Er wog jede Büchse in der Hand und schüttelte sie nahe am Ohr, aber er konnte nichts feststellen. Er würde abwarten müssen. Er konnte die Dosen jetzt noch nicht öffnen.

Sicher wußten sie um seine Befürchtungen. Sie würden wissen, daß ihn Zweifel plagen würden. Alles war so geplant und gehörte zum Experiment. Die Anspannung, die nervliche Belastung, die zu der Einsamkeit und der Angst noch hinzukamen. Sie hatten ihn belogen — selbstverständlich nur, weil es dem Projekt nutzte. Aber Lügen war ein schmutziges Geschäft. Freunden sagte man doch immer die Wahrheit, oder etwa nicht? Man belog nur den Feind.

Von weither hallte das Echo einer Polizeisirene durch den Park. Unruhig blickte er sich in der Dunkelheit um. Irgend etwas an diesem entfernten mechanischen Geheul erweckte in ihm den Wunsch, die Stimme laut werden zu lassen — er wollte fluchen, beten, irgend etwas sagen, einfach nur, um seine eigene Stimme zu hören. Aber er fürchtete sich davor, laut zu sprechen. Er fürchtete sich.

Ein Vorgefühl nagenden Hungers überkam ihn. Lider und Augen würden schmerzen. Vor Erschöpfung würde er immer wieder ins Delirium abdriften. Er machte sich Sorgen, ob er auch an alles dachte. Als er seine Feldflasche am See gefüllt hatte, hatte er das Desinfektionsmittel hineingetan? Die Angst griff an seine Sinne — schärfte einige und stumpfte andere ab. Er verlor das genaue Zeitmaß — waren es sechzehn oder siebzehn Tage —, gewann jedoch eine gesteigerte Wahrnehmungsfähigkeit dafür, Dinge zu ertasten.

Sein Leben fand in der Dunkelheit statt. Niemals sah er die Sonne. Tagsüber lag er in seinem Erdloch, schwitzte in der stickigen Luft und lauschte benommen den Stimmen von Menschen, die er nicht sehen konnte. Er träumte von Gefangenschaft, von Tod. Wenn die Nacht hereinbrach, kroch er mit steifem Körper und schmerzenden Knochen aus seinem Versteck, um sich den Gefahren der Dunkelheit zu stellen.

Eines Nachts erblickte er in einiger Entfernung einen alten Mann, der den Weg entlangschlurfte. Und noch bevor es geschah, wußte er, was passieren würde — so als hätte er es schon einmal in seinen Träumen erlebt. Zwei Gestalten stürzten aus dem Dunkel, unter ihren Schlägen fiel der Alte sofort zu Boden. Auf der Suche nach irgend etwas Wertvollem zerrten sie an seinen Kleidungsstücken.

Der Major kauerte sich nieder, das aufgeklappte Messer in der Hand, aber er konnte nicht eingreifen. Er durfte das Projekt nicht aufs Spiel setzen.

Außerdem bewegten sich die Räuber mit der Gewandtheit von jungen Männern. Geschwächt, wie er war, würde er sich nicht mit ihnen messen können. Sie fanden nichts von Bedeutung, und in ihrer Wut traten sie ihre Opfer und trampelten auf seinem Gesicht herum, bevor sie wegliefen. Selbst wenn der alte Mann tot war oder im Sterben läge — der Major konnte nichts für ihn tun. So wandte er sich voller Zorn darüber ab, daß ausgerechnet er, handlungsunfähig wie er war, den Überfall gesehen hatte, während die Leute, die hätten helfen können, weit entfernt von hier sicher und geborgen in ihren Betten schliefen — die Leute, für die dieser Park angelegt war, für die man ihn kontrollierte und sauber hielt und für deren Vergnügen man die Tiere im Zoo in Käfige gesperrt hatte. Man würde am Morgen die Leiche finden und abtransportieren. Sie würden nicht einmal davon erfahren. Der Vorfall war viel zu alltäglich, um mehr als eine oder zwei Zeilen in den Zeitungen zu füllen. Mittags würden sie Leute über die Stelle, an der es passiert war, hinwegspazieren.

Er sah noch mehr nachts — einen Hund, den man mit Steinen bewarf, bis er tot war; eine Frau, die vergewaltigt wurde; einen Krüppel, den man mit seinen eigenen Krücken verprügelte; einen in Zeitungen schlafenden Landstreicher, den man anzündete und als brennende Fackel tanzen ließ. Sein Zorn schwand. Mehr und mehr beobachtete er wie ein Tier, jederzeit bereit, zu fliehen und sich zu verstecken. Die Parkbesucher, die tagsüber kamen, hatten für ihn alle menschlichen Eigenschaften verloren. Sie bestanden nur noch aus Stimmen und Schritten. Er konnte sich ihre Gesichter nicht mehr vorstellen. Diejenigen, die in der Nacht auftauchten, waren kaum mehr als Schatten, und doch schienen sie ihm wirklicher. Oft dachte er an sie und fragte sich, ob irgendeiner von diesen armseligen, verwilderten Ausgestoßenen genau wie er im Park wohnte, sich tagsüber versteckt hielt, um dann in der Nacht herumzuschleichen.

Er war sich nicht sicher. Er wußte es nicht. Aber er wollte daran glauben, daß es zumindest einige gab, die so lebten. So fühlte er sich weniger einsam.

Mehrere Tage lang regnete es in Strömen. Sein Unterschlupf wurde zum Morast. Er selbst war über und über mit Schlamm beschmiert. Seine Hände waren mittlerweile schwarz. Er fragte sich, ob auch sein Gesicht die Farbe verändert hätte, da Schmutz und Erde aus dem Park sich tief in seine Poren eingegraben hatten. Er konnte auf dem Kopf die Haare ertasten, die nachgewachsen waren, und Bartstoppeln. Wie mochte er wohl aussehen? Seinem Verstand gelang es nicht, eine Vorstellung zustande zu bringen.

Seiner Meinung nach war die Zeit längst abgelaufen, aber er war sich nicht sicher. Auf jeden Fall hatte er das Experiment durchgestanden, er hatte überlebt. Aber das war keine große Leistung. Er hatte lediglich ein paar Wochen durchgehalten. Diese anderen, die Nachtmenschen im Park, hatten schon Jahre überlebt. Und in der ganzen Zeit war niemand gekommen, sie zu retten. Niemand hatte sich um ihr Schicksal gekümmert.

Er holte sein Funkgerät und sendete das Signal. Ich bin hier. Ich bin hier. Und wie immer kam die Antwort: Wir hören dich. Wir hören dich. Aber jetzt war er sich nicht mehr sicher — nahmen sie ihn wirklich wahr, hörten sie ihm zu?

Eine Zeitlang war er krank. Er wußte nicht, wie lange. Er lag in seiner Grube und zitterte Tag und Nacht im Fieber. Nur mit Mühe konnte er sich daran erinnern, warum er hier war. Verwirrt grübelte er darüber nach, bis ihm die Antwort einfiel — ja, natürlich, das Projekt. Aber war das Projekt Grund genug dafür, daß er hier auf diese Art und Weise vergraben war? Allein, leidend und krank? Es mußte noch etwas anderes, viel Wichtigeres geben. Aber er kam nicht darauf, was es sein konnte.

Obwohl das Fieber langsam zurückging, blieb er in seinem Versteck. Es war ihm alles egal. Und womöglich suchten die Leute vom Projekt schon nach ihm. Sie würden nachts kommen, mit Hunden und Scheinwerfern. Wenn sie ihn nun nicht fanden? Wenn er sich zu gut versteckt hatte? Vielleicht hatte er einmal im Leben wirklich gute Arbeit geleistet – und es würde sein Ende bedeuten. Seine Dienststelle würde sich bitter beschweren. Man würde sich über ihn schwarz ärgern und denken, er hätte das Projekt absichtlich sabotiert, indem er auf diese Art und Weise einfach im Erdboden verschwand.

Oder sie würden überhaupt nicht kommen. Würden ihn nicht einmal suchen. Sie hatten auch nicht nach den anderen gesucht – nach den anderen Menschen, die im Untergrund lebten. Sie waren ihnen gleichgültig gewesen. Vielleicht würde man auch ihn aufgeben.

Er kroch zum See. Er war zu schwach, um sich aufrechtzuhalten. Am Rand des Sees steckte er den Kopf ins Wasser und trank, während das Wasser die Lichter der Gebäude ringsum widerspiegelte. Er trank, als könnte er damit die Lichter zum Verschwinden bringen. Er trank die Fäulnis des Wassers in sich hinein, die ihn bereits vergiftet hatte, aber die Lichter blieben auf dem Wasser. Und als er es mit der Hand aufwühlte, huschten die Lichter hin und her, tanzten und zitterten, als würden sie sich vor Lachen schütteln.

Die Tage waren jetzt heiß und die Nächte feucht. Überall hing der Geruch nach Verwesung in der Luft. Der Regen fiel in schweren, öligen Tropfen. Es gab kein Gras mehr zu essen, man hatte es zertrampelt. Die Rinde der jungen Bäume war für ihn unerreichbar, denn er hatte irgendwie sein Messer verloren. Mit den Fingernägeln kratzte er an den Sprößlingen, riß Unkraut aus der Erde und Blätter von den Büschen.

Er wußte jetzt genau, daß er den Sinn des Experiments falsch verstanden hatte. Es ging nicht ums Überleben. Ein Mann, der überleben will, versteckt sich nicht in der Erde, macht sich nicht selbst krank vor Einsamkeit und Furcht — nein, nein, ein Mann, der so handelte, war hintergangen worden. Viel Glück, Major. Sie hatten ihn fortgeschickt, um ihn loszuwerden. Er war für ihre Zwecke nicht gut genug gewesen, deshalb hatten sie ihn mit einem Judaskuß abgeschoben. Er sollte sich unter den anderen Ausgestoßenen vergraben — für ein Projekt, das den Tod bedeutete.

Man wollte, daß er starb. Das wußte er jetzt. Sie glaubten nicht im Ernst daran, daß ein Mann, den man vom Himmel heruntergeschossen hatte, gerettet werden konnte. Oder? Kein Agent, wenn es denn einen geben sollte, würde ein so großes Risiko eingehen. Eher hatte man vor, einen Piloten davon abzuhalten, sich zu ergeben, indem man ihm einredete, daß er sich nur ein Versteck suchen und auf eine Rettung warten müßte, die niemals auch nur geplant gewesen war. Statt der Rettung käme der Tod.

Das Funkgerät war der raffinierteste Trick. Ein verzweifelter Mann würde seinen Lügen bis zum bitteren Ende Glauben schenken, obwohl es niemanden gab, der ihm zuhörte, nicht einmal eine Maschine. Denn bestimmt produzierte das Funkgerät selbst diese Antwortsätze, die so klangen, als kämen sie aus weiter Ferne: Wir hören dich. Das war das Äußerste an Betrug — einen Menschen durch Hoffnung umzubringen.

Er mußte sterben, wie all die anderen, die untergetaucht waren, all die Hoffnungslosen, die zu schwach waren, gegen die Feinde zu kämpfen, die ihnen Rettung versprochen hatten, aber niemals kamen. Die ihnen knapp bemessene Lebensmittelrationen gaben und ihnen befahlen, Gras zu fressen. Die ihnen die Köpfe schoren und sie damit so demütigten, daß sie sich verstecken mußten. Und diese armen, verkrüppelten Dummköpfe — sie hatten sich auf all das eingelassen. Genau wie er. Sie hatten all ihre Energie in das Projekt gesteckt, und wenn das tägliche Gelächter über ihren Köpfen sie manchmal zu Gewalttaten trieb, konnten sie sich nur noch gegenseitig verstümmeln und umbringen.

Das Projekt bedeutete Tod. Sie mußten alle sterben. Na schön, dachte er, dann sollen sie aber ihrem Henker ins Gesicht sehen, dann sollen sie an der frischen Luft sterben, unter der Sonne.

Er verließ sein Versteck am Nachmittag, als der Park voller Menschen war. Die Sonne blendete ihn. Zuerst konnte er die Leute kaum sehen, durch die er sich mit ausgestreckten Armen vorwärts tastete. Er gestikulierte wild in Richtung der Bäume, der Büsche und der Felsblöcke. Er rief den anderen zu, auch aus ihren Verstecken zu kommen. Schwankend hielt er nach ihnen Ausschau und befahl ihnen, sich zu zeigen.

Die Menschen bildeten eine kleine Gruppe, die ihm vorsichtig und in einiger Entfernung folgte, bis sie merkten, wie schwach er war. Von Zeit zu Zeit stürzte er, kroch weiter, stand wieder auf und torkelte vorwärts, während er eine Botschaft herausschrie, die unbeantwortet blieb.

Die Leute kamen näher und umringten ihn. Junge Burschen rannten bis dicht an ihn heran und machten sich johlend über ihn lustig. Mütter hielten ihre Babys hoch, damit auch sie ihn sehen konnten. Sportler kamen angelaufen, um einen Blick auf den schmutzverkrusteten Mann mit dem grünen Schädel zu werfen, den Hanswurst, den Idioten, der in ihrer Mitte herumbrüllte — ja, sie alle wollten sich seinen Anblick nicht entgehen lassen, bevor die Polizei kommen und ihn wegschaffen würde.

Deutsch von Inge Hallerbach

Blumen, die im Frühling blühen

Julian Symons

Der Außenstehende sieht, wie Bertie Mays gerne zu sagen pflegte, das meiste vom Spiel. In der Affäre um die Purchases und ihren zu Besuch weilenden Cousin aus Südafrika sah er im wahrsten Sinne des Wortes alles. Und das Ende war — zumindest aus Berties Sicht — rätselhaft und ein wenig beängstigend. Hinterher fragte er sich sogar, ob es überhaupt ein Spiel gegeben hatte.

Bertie hatte seinen unbedeutenden und uninteressanten Posten im Wohlfahrtsministerium früh aufgegeben. Er verfügte über private Einkünfte, war unverheiratet, und der einzige Luxus, dem er frönte, war seine Reiselust. Warum also sollte er weiter arbeiten? Bertie gab seine Londoner Wohnung auf und ließ sich in einem kleinen Cottage im ländlichen Sussex nieder. Für einen Junggesellen war es groß genug, und zweimal die Woche kam Mrs. Last aus dem Dorf zum Saubermachen. Bertie selbst war ein vorzüglicher Koch.

Es war ein schöner Junitag, als er bei seinen Nachbarn vorbeischaute, um Sylvia Puchase anzubieten, sie zu dem Tee-Empfang auf dem Herrensitz mitzunehmen. Sie war bestimmt eingeladen worden, und er wußte, daß sie eine Mitfahrgelegenheit brauche nwürde, weil er gesehen hatte, wie ihr Mann Jimmy einen Reisekoffer in den Kofferraum des uralten Morris geladen hatte. Jimmy war irgendein freier Journalist, der oft unterwegs war und Syliva viel allein ließ. Bertie, von Natur aus ein Flirter, hatte sie einmal gefragt, ob er ihr Gesellschaft leisten solle, aber sie hatte seinen Vorschlag nicht allzu begeistert aufgenommen.

Linton House, das die Purchases vor einigen Monaten möbliert gemietet hatten, war ein weitläufiges, altes Haus mit Eichenbalken und niedrigen Decken. Es hatte einen reizvollen Garten, der sich zum Teil zwischen dem Haus und Bernies Cottage erstreckte, so daß Bernie, wenn er über den Zaun sprang, durch den Garten zu seinen Nachbarn gelangen konnte. Das tat er auch an jenem Nachmittag, wobei er beim Vorbeigehen einen kurzen Blick ins Wohnzimmer warf. Solche Blicke konnte er sich nie verkneifen, weil es ihn stets drängte zu wissen, was die Leute möglicherweise taten, wenn sie sich unbeobachtet wähnten. Er traf Sylvia, halbherzig Geschirr spülend, in der Küche an.

»Sylvia, Sie sind ja noch gar nicht bereit.« Sie trug eine schmutzige, alte und falsch geknöpfte Strickjacke. Bertie hingegen war mit seinem zweireihigen, blauen Blazer mit Metallknöpfen, der beigefarbenen Hose und einer ordentlichen Fliege wie immer für den Anlaß äußerst passend gewandet. Er trug stets eine Fliege, weil er das Gefühl hatte, daß ihm das einen Hauch von Vornehmheit verlieh.

»Bereit wofür?«

»Hat Sie die Gutsherrin denn nicht zu ihrem Teeempfang eingeladen?« So nannte er Lady Hussey vom Herrensitz.

Sie schlug sich mit der Hand auf die Stirn, wo sie einen kleinen Fleck hinterließ. »Das hab' ich total vergessen! Ich werde wohl eh nicht hingehen, ich kann diese Tortenschlachten nicht ausstehen.«

»Aber ich bin extra vorbeigekommen, um Sie mitzunehmen. Lassen Sie mich Ihr Chauffeur sein. Der Wagen wartet.« Bertie machte eine übertriebene Verbeugung, und Sylvia lachte. Sie war eine Blondine Anfang Dreißig und auf eine leicht schlampige Art attraktiv.

»Bertie, Sie sind ein Narr. In Ordnung, geben Sie mir nur fünf Minuten.«

Die Frauen mochten Bertie Mays einen Narren nennen, aber sie beteten ihn auch an, dachte Bertie.

»Oh«, sagte Sylvia und blickte auf etwas hinter Bertie. Als er sich umwandte, sah er einen Mann im Schatten der Tür stehen. Auf den ersten Blick dachte er, es sei Jimmy, denn der Mann war so groß und kräftig wie Jimmy und hatte die gleiche hellrötliche Gesichtsfarbe. Weiter ging die Ähnlichkeit jedoch nicht, wie er erkennen konnte, als der Mann ins Licht trat. Seine Gesichtszüge glichen denen von Jimmy überhaupt nicht.

»Das ist mein Cousin Alfred Wallington. Er kommt aus Südafrika und ist zu Besuch hier. Unser Nachbar, Bertie Mays.«

»Sehr erfreut.« Bertie mußte einen kraftvollen Händedruck über sich ergehen lassen, bevor die beiden Männer ins Wohnzimmer gingen, wo Bertie fragte, ob dies Mr. Wallingtons erster Besuch in England sei.

»Aber keineswegs. Ich kenne England recht gut. Den Süden jedenfalls.«

»Ah, Ihre Geschäfte führen Sie wohl nicht in den Norden?« Bertie hielt sich für einen taktvollen, gleichwohl geschickten Befrager, und Mr. Wallingtons Antwort hätte ihm normalerweise dessen Beruf offenbaren sollen. Tatsächlich bestätigte der Mann ihm jedoch lediglich, daß dem so sei.

»Im Zuge meiner beruflichen Tätigkeit habe ich früher mit einigen Firmen in Kapstadt korrespondiert«, erklärte Bertie nicht ganz wahrheitsgemäß. Wallington ließ das unkommentiert. »Sind Sie dort in der Nähe zu Hause?«

»Nein.«

Dieses Nein klang so bestimmt, daß es keinen Raum für weitere Konversations-Manöver ließ. Bertie fühlte sich ein wenig geleimt. Wenn der Mann nicht preisgeben wollte, wo in Südafrika er lebte, stand es ihm natürlich frei, nichts zu sagen, aber in solchen Angelegenheiten galt es, eine gewisse Höflichkeit zu wahren, was ein harsches ›Nein‹ nun überhaupt nicht tat. Immerhin gelang es Bertie noch herauszubekommen, daß dies der erste Besuch Wallingtons in Linton House war.

Auf dem Weg zum Herrensitz bemerkte er gegenüber Sylvia, daß ihr Cousin einen recht mürrischen Eindruck machte.

»Alf?« Bei der Abkürzung mußte Bernie unwillkürlich das Gesicht verziehen. »Er ist ganz in Ordnung, wenn man ihn näher kennenlernt.«

»Er sagte, er sei öfter im Süden. In welcher Branche ist er denn tätig?«

»Ich weiß nicht. Ich glaube, er hat irgendeine Exportfirma in der Gegend von Durban. Übrigens, Bertie, woher wußten Sie eigentlich, daß Jimmy weg ist?«

»Ich habe gesehen, wie er Ihnen zum Abschied zugewinkt hat.«

Er konnte schließlich schlecht sagen, daß er durch die Gardinen gelinst hatte.

»Ach tatsächlich? Ich lag noch im Bett, als er gefahren ist. Ich fürchte, Sie sind ein kleiner Schwindler, Bertie.«

»Oh, ich kann mich wirklich nicht mehr erinnern, woher ich es weiß.« Es war nun wirklich zuviel des Guten, wenn plötzlich jede Kleinigkeit auf die Goldwaage gelegt wurde.

Aber als sie auf den großen Hof fuhren und Sylvia aus dem Wagen stieg, dachte er, daß sie auf eine schlichte Weise elegant aussah, und war froh, in ihrer Gesellschaft zu sein. Bertie mochte schöne Frauen, und ihnen drohte von ihm aus keine Gefahr, obwohl er das nicht so gesehen hätte. Er hätte wahrscheinlich eher gesagt, daß er eine Dame nie kompromittieren würde, mit der Implikation, daß alles mögliche gesagt und getan werden könnte, solange es mit Diskretion geschah.

Ihm kam der Gedanke, daß Sylvia solcher Diskretion wohl kaum Genüge tun würde, wenn sie es zuließ, daß sich ihr südafrikanischer Cousin allein mit ihr in Linton House aufhielt. Sollte man ihn altmodisch schimpfen, dachte Bertie, ihm gefiel es trotzdem nicht.

Der Herrensitz war ein Gutshaus aus dem neunzehnten Jahrhundert und keineswegs, wie Bertie oft anmerkte, ein architektonisches Juwel, wenngleich die Gärten hinter dem Haus, wo der Tee serviert wurde, zweifelsohne prächtig waren. Sir Reginald Hussey war ein Bauunternehmer, den man für irgendwelche dubiosen Dienste geadelt hatte, die er für die nationale Export-Offensive geleistet hatte. Er war ein gefragter Mann, wenn es um die Eröffnung von Dorffesten und Wohltätigkeitsunternehmungen ging, und ein halbes Dutzend Mal im Jahr empfingen die Husseys selbst eine Auswahl lokaler Persönlichkeiten zu Anlässen diverser Art. Diese Empfänge gingen stets stilvoll vonstatten; heute nachmittag gab es Serviererinnen in weißen Schürzen und Hütchen, sowie eine Art Haushofmeister im Frack und weißen Handschuhen. Sir Reginals trat nicht in Erscheinung, aber Lady Hussey präsidierte mit herrschaftlichem Gebaren.

Natürlich wußte Bertie, daß all dies vulgär und protzig war, aber er amüsierte sich trotzdem. Er küßte Lady Hussey die Hand und sagte, die Szenerie sei schlichtweg bezaubernd, wie ein viktorianisches Gemälde. Danach hatte er einen interessanten Plausch mit Lucy Broadhinton, der Witwe eines Admirals. Sie erzählte ihm gerade unter dem Siegel striktester Verschwiegenheit von der empörenden Affäre, die Mrs. Monro mit einem Mann hatte, der namenlos bleiben mußte, obwohl Bertie anhand der Details durchaus in der Lage war, seine Identität zu erraten. Es gab weiteren Klatsch, wie die Geschichte von dem skandalösen Mißbrauch zu Restaurationszwecken bestimmter kirchlicher Gelder. Es war ein vergnügter Nachmittag, und auf dem Heimweg lachte er ordentlich in sich hinein.

»Es sind immer snobistische Veranstaltungen«, sagte Sylvia. »Ich weiß gar nicht, warum ich gegangen bin.«

»Sie haben sich doch offenbar prächtig amüsiert. Ich war ganz eifersüchtig.«

Sylvia war der Mittelpunkt eines sehr angeregten Kreises von vier jungen Männern gewesen. Man hatte ihr Lachen deutlich über die Rasenflächen hallen hören, und Lady Hussey hatte mehr als einen mißbilligenden Blick in Richtung der kleinen Gruppe geworfen. Sylvias Fröhlichkeit hatte etwas unbestreitbar Anziehendes, genauso wie die Art, ihren Kopf zurückzuwerfen, wenn sie lachte, aber ihr Benehmen war von einer Unbekümmertheit, ja Rücksichtslosigkeit, die sich für eine Dame nicht ziemte.

Bertie versuchte etwas in der Richtung anzumerken, als sie nach Hause fuhren, war sich aber nicht sicher, daß sie begriff, was er meinte. Äußerst taktvoll brachte er auch die Unschicklichkeit zur Sprache, die er darstellen würde, wenn sie allein mit ihrem Cousin im Haus wohnte, indem er fragte, wann Jimmy zurückkommen würde. In ein oder zwei Tagen, sagte sie beiläufig. Er lehnte ihre Einladung ab, noch auf einen Drink mit hineinzukommen. Er verspürte kein besonderes Verlangen, Alf Wallington wiederzusehen.

Am folgenden Abend, gegen Mitternacht, lag Bertie lesend im Bett, als er hörte, wie nebenan ein Wagen hielt. Türen wurden zugeschlagen, dann ertönten Stimmen. Nur um bestätigt zu finden, daß Jimmy zurück war, stand Bertie auf und hob den Saum des Vorhangs an. Ein Mann und eine Frau kamen aus der Garage. Die Frau war Sylvia. Der Mann hatte den Arm um sie gelegt, und Bertie beobachtete, wie er sich zu ihr hinunterbeugte und ihren Hals küßte. Dann gingen sie zur Eingangstür; der Mann lachte und sagte etwas. Von der Struktur her hätte es in dem schwachen Licht auch Jimmy sein können, aber die Stimme hatte den ausgeprägten südafrikanischen Akzent Wallingtons.

Bertie zuckte vom Vorhang zurück, als hätte er sich verbrannt.

Es war sein moralisches Verantwortungsbewußtsein, das ihn am folgenden Tag nach Linton House führte. Zu seiner Überraschung öffnete Jimmy Purchase die Tür.

»Ich – ähm – dachte, Sie wären noch fort.«

»Bin gestern nacht zurückgekommen. Was kann ich für Sie tun?«

Bertie sagte, er wolle die elektrische Heckenschere ausleihen, die, wie er wußte, im Gartenschuppen lag. Jimmy ging voran und gab ihm die Schere. Bertie sagte, er habe etwa gegen Mitternacht einen Wagen zurückkommen hören.

»Yeah.« Jimmy hatte einen verabscheuungswürdigen Cockney-Akzent, und seine Stimme dröhnte nicht im oberen Register. »Das waren Sylvia und Alf. Er hat sie zu einer Tanzveranstaltung drüben bei Ladersham mitgenommen. Ich war zu groggy. Ich wollte mich nur aufs Ohr hauen.«

»Ihr Cousin aus Südafrika?«

»Ja, genau, vom Kap. Er bleibt eine Weile bei uns. Platz genug ist ja.«

Kam er nun vom Kap oder aus Durban? Die Diskrepanz entging Bertie nicht.

Berties Neigung zur Neugier war sogar noch stärker als sein Gefühl für Anstand. Es wurde wichtig, geradezu lebenswichtig für ihn zu wissen, was genau nebenan vor sich ging. Als er die Heckenschere zurückbrachte, lud er alle drei zu einem Abendessen ein, zusammen mit Lucy Broadhinton, um die Zahl der Gäste gerade zu machen. Er nahm allergrößte Mühen auf sich, ein kaltes Mahl vorzubereiten. Der Lachs war perfekt gedünstet, und die Hollandaise hatte genau den richtigen Hauch Säure hinter der vordergründigen Fadheit.

Der Abend war kein Erfolg. Lucy trug ein langes Kleid, Bertie ein smartes Samt-Jackett, aber Sylvia hatte himmelblaue Hosen und ein Hemd in lebhaften Farben an, während beide Herren auf

eine Krawatte verzichtet hatten und im Ganzen einen recht unge-
pflegten Eindruck machten.

Offensichtlich hatten sie auch getrunken. Wallington kippte Berties teuren Rheinwein weg wie Wasser und meinte dann noch, südafrikanischer Wein hätte mehr Geschmack als der deutsche Fusel.

»Sie sind aus Durban, soweit ich weiß, Mr. Wallington.« Lucy
fixierte ihn mit ihrem Admiralsgattinen-Blick. »Mein Mann und
ich waren in den sechziger Jahren dort und fanden es reizend. Sie
kennen nicht zufällig die Morrows oder die Page-Manleys? Mary
Page-Manley hat immer ganz wunderbare Partys gegeben.«

Wallington blinzelte sie unter seinen kräftigen Augenbrauen an.
»Kenn' ich nicht.«

»Sie haben ein Export-Unternehmen in Durban?«

»So ist es.« Es entstand eine peinliche Pause. Dann sagte Sylvia:
»Alf will uns überreden, ihn dort mal zu besuchen.«

»Ich fänd's toll, wenn du mich besuchen kämst. Er ist mir ganz
egal.« Wallington wies mit dem Daumen auf Jimmy. »Glaub mir,
wir würden uns amüsieren.«

»Das glaub' ich sofort, Alf.« Sie warf ihren Kopf zurück, den
schlanken Hals präsentierend, und lachte herzlich. »Das ist etwas,
das wir hier inzwischen vergessen haben — wie man sich amüsiert.«

Jimmy Purchase hatte das ganze Abendessen über geschwiegen.
Jetzt sagte er: »Die Leute hier haben einfach nicht das Geld dafür.
Wie es in dem Lied heißt: ›Money makes the world go round.‹«

»Großbritanniens Problem ist es, daß zu viel Geld in die falschen Hände geraten ist.« Lucy blickte in die Runde. Niemand
schien geneigt, ihr zu widersprechen. »Es gibt zu viele gierige
kleine Leute mit klebrigen Fingern.«

»Ich wünschte mir, ein bißchen was von dem Papierkram würd'
an meinen Fingern kleben bleiben«, sagte Jimmy und hickste. Entsetzt bemerkte Bertie, daß er betrunken war. »Wir sind pleite, Sylvia, altes Mädchen.«

»Oh, halt's Maul.«

»Glaubst du mir etwa nicht?« Und er begann tatsächlich seine
Taschen zu leeren. Was für abstoßende Geschöpfe diese beiden
Männer doch waren, einer so schlimm wie der andere. Bertie

sehnte das Ende des Abends herbei und war hocherfreut, als Lucy sich erhob, um ihren würdigen Abgang einzuleiten. Im Flur flüsterte er ihr eine Entschuldigung zu, aber sie sagte nur, er solle nicht reden wie ein Idiot, es sei faszinierend gewesen.

Als er ins Wohnzimmer zurückkam, sagte Wallington gerade: »Was für ein altes Schlachtroß. *Sie kennen nicht zufällig die Page-Mantleys.* Wußte gar nicht, daß es das noch gibt, diese Art von Leuten.«

Sylvia sah Bertie an. »Alf, du schockierst unseren Gastgeber.«

»Tut mir leid, aber ehrlich, ich dachte, ihre Sorte gibt's nur noch im Museum. Ausgestopft.«

»Du darfst auch nicht ›ausgestopft‹ sagen. Das wird Bertie ebenfalls schockieren.«

»Ich bin nicht im geringsten schockiert«, sagte Bertie steif, »aber ich halte es in der Tat für den Gipfel an schlechtem Benehmen, wenn man einen Gast in derartiger Manier kritisiert. Lucy ist eine sehr liebe Freundin von mir.«

Zumindest Sylvia konnte seine Empfindungen etwas verstehen. Sie bat um Verzeihung und lächelte, so daß er auf der Stelle geneigt war, ihr zu vergeben. Dann meinte sie, es sei Zeit, ihre Rohdiamanten nach Hause zu tragen.

»Besten Dank für das Futter«, sagte Wallington. Dann beugte er sich über den Eßtisch und brüllte: »Wach auf, Mann, es ist schon morgen.« Jimmy war in seinem Stuhl eingeschlafen. Er wurde auf die Füße gezerrt und durch den Garten geleitet.

Am nächsten Morgen rief Bertie Lucy an und entschuldigte sich erneut. Sie sagte, er solle es vergessen. »Dieser südafrikanische Bursche hat mir allerdings nicht besonders gefallen. Und deine Nachbarn auch nicht, wenn du meine Offenheit verzeihst.«

»Aber selbstredend«, sagte Bertie, dachte jedoch, daß es in seiner Bekanntschaft scheinbar einen plötzlichen Schub allgemeiner Offenheit gab. Mrs. Purchase, meinte Lucy noch, riskiere wohl gern mal ein Auge. Bei dieser Bemerkung beließ sie es und fuhr fort, mit Bertie die Tagesordnung für die nächste Sitzung der historischen Gesellschaft zu besprechen.

Später am selben Vormittag klopfte es an der Tür. Es war Jimmy, hohläugig und mit leicht grünlicher Gesichtsfärbung. »Fürchte, wir haben uns gestern abend ziemlich unmöglich gemacht. Alf und ich waren, ehrlich gesagt, schon voll, bevor wir gekommen sind. Kann mich nicht mehr an allzu viel erinnern, aber Syl meint, eine Entschuldigung wäre angebracht.« Bertie fragte, wann Sylvias Cousin wieder abreisen würde. Jimmy Purchase zuckte die Schultern und sagte, er wisse es nicht. Bertie hätte fast gesagt, Jimmy solle seine Frau nicht mit dem Mann alleine lassen, hielt sich dann aber doch zurück. Er mochte neugierig sein, er war aber auch diskret.

Ein paar Tage später zupfte er Unkraut im Garten, als er in Linton House laute Stimmen hörte. Die eine war Jimmys, die andere gehörte Sylvia. Sie waren im Wohnzimmer und brüllten sich an, nicht ganz laut genug, um die Worte zu verstehen. Es machte einen verrückt, nicht zu wissen, was gesagt wurde. Bertie arbeitete sich am Zaun entlang, der die beiden Gärten trennte, bis er so nah heran war, wie es ging, ohne gesehen zu werden. Jetzt konnte er auch ein paar Sätze aufschnappen.

»Gestrichen die Nase voll... trinke, weil es mich ablenkt von... dir doch gesagt, daß wir warten müssen...« Das war Jimmy.

Dann Sylvias Stimme, schrill, wie er sie nie zuvor gehört hatte, schrill und verächtlich. »Erzähl mir das uralte Märchen... wie lange müssen wir verdammt noch mal, denn noch warten... du hast gesagt, es sollte längst fertig sein.« Ein unverständliches Gemurmel von Jimmy. »Das geht dich nichts an«, sagte sie. Weiteres Gemurmel. »Es geht dich nichts an, was ich mache.« Murmel, Murmel. »Du hast selbst gesagt, wir sind pleite.« Darauf gab es eine Antwort. Dann sagte sie laut und deutlich. »Ich werde tun, was mir gefällt.«

»*Also gut*«, sagte Jimmy so laut, daß Bertie fast einen Satz machte. Es gab ein knallendes Geräusch, wie ein Schlag mit der Hand auf nackte Haut.

Sylvia sagte: »Du verdammter – das war's dann also.«

Nichts weiter. Kein Geräusch, kein Wort mehr. Bertie wartete fünf Minuten und schlich sich dann davon, weil er befürchtete, gesehen zu werden. Wieder in den eigenen vier Wänden, fühlte er sich reichlich zittrig und mußte sich erst mit einem Schluck Brandy wieder auf Vordermann bringen.

Was hatte dieses Gespräch zu bedeuten gehabt? Vieles war ganz offensichtlich. Sylvia sagte, daß es ihren Mann nichts anging, wenn sie eine Affäre hatte. Aber worauf mußten sie warten, was hätte längst fertig sein sollen? Ein Geschäft in Verbindung mit diesem widerlichen Alf? Und wo war Alf, der, wie Bertie beobachtet hatte, nur äußerst selten ins Dorf ging?

Er schlief schlecht und wurde mitten in der Nacht von einen durchdringenden, schrecklichen Schrei geweckt. Zitternd fuhr er im Bett hoch, aber das Geräusch wiederholte sich nicht. Er entschied, daß er einen Alptraum gehabt haben mußte.

Am nächsten Tag war der Wagen nicht in der Garage. War Jimmy wieder weg? Er traf Sylvia beim Einkaufen im Dorf, und sie sagte, er hätte kurzfristig einen Auftrag bekommen.

»Für eine kanadische Zeitschrift. Er ist oben in den Midlands, kann ein paar Tage dauern.«

Sollte er den Streit erwähnen? Aber das wäre indiskret gewesen, und Sylvia hatte ohnehin einen derartig wütenden Blick, daß er ihr lieber keine weiteren Fragen stellte. An jenem Morgen las er auch über die ›Small Bank Robbers‹.

Die ›Small Bank Robbers‹ hatten bereits seit einigen Monaten Schlagzeilen gemacht. Sie waren spezialisiert auf schnelle, gut organisierte Banküberfälle, von denen sie im vergangenen Jahr bereits fast 20 verübt hatten. Bei jedem Überfall waren jeweils mehrere Männer beteiligt. Sie waren bewaffnet und zögerten nicht, wenn nötig Totschläger oder Revolver einzusetzen. In einer Bank hatte eine schreiende Kundin einen Schädelbruch erlitten, als man sie auf den Kopf geschlagen hatte, in einer anderen war ein Widerstand leistender Wächter erschossen worden.

Das verkleinernde ›small‹ im Namen der Gang bezog sich auf die ausgeraubten Banken und nicht auf den Körperwuchs der Gangster. Ein Bankangestellter, der gestanden hatte, ihnen Informationen geliefert zu haben, hatte gefragt, warum sie an seiner kleinen Filiale interessiert seien, worauf man ihm erklärt hatte, daß die kleineren Zweigstellen viel verwundbarer als die großen waren. Nach der Verhaftung dieses Angestellten schienen die Bankräuber untergetaucht zu sein. Seit drei Wochen hatte man nichts von ihnen gehört.

Bertie hatte schon von den ›Small Bank Robbers‹ gehört, sich aber nie besonders für sie interessiert. An diesem Morgen jedoch fiel ihm die Schlagzeile ins Auge: »Small Bank Robbers. The South African Connection.« Die Story war ein Hintergrundbericht des Polizeireporters Derek Holmes. Er schrieb, Scotland Yard kenne die Identität einiger der Bankräuber; seine eigenen Recherchen führten zu dem Schluß, daß sich drei oder vier Mitglieder der Bande in Spanien aufhielten. Der Artikel fuhr fort:

»Aber es gibt noch eine weitere Verbindung, und eine dunkle zudem. Die Männer in Spanien sind kleine Fische. Meine Recherchen weisen darauf hin, daß die Hintermänner diejenigen, die die Überfälle organisiert haben und jederzeit nur zu bereit waren, Gewalt anzuwenden, aus Südafrika stammen. Sie haben Mittel und Manpower zur Verfügung gestellt. Etliche Zeugen, die die Männer während der Überfälle miteinander sprechen oder Befehle geben hörten, gaben bei ihrer Vernehmung an, die Männer hätten einen komischen Akzent gehabt. Bisher hat man das auf die Klangverzerrung durch die von den Bankräubern getragenen Strumpfmasken zurückgeführt. Aber zwei Zeugen, mit denen ich gesprochen habe und die beide eine Zeitlang in Südafrika gelebt haben, sagten, für sie bestehe *kein Zweifel, daß der Akzent südafrikanisch war.*«

Der Autor spekulierte, daß diese Männer inzwischen wahrscheinlich zurück in Südafrika wären. Aber angenommen, einer von ihnen war noch immer in England, kannte Jimmy und Sylvia und hatte sie in der Hand? Angenommen sogar, Jimmy und Sylvia waren unbedeutende Mitglieder der Bande? Der Gedanke ließ Bertie vor Schrecken und Aufregung erzittern. Was sollte oder könnte er deswegen tun? Und wohin war Jimmy Purchase gefahren?

Wieder schlief er schlecht, und wenn er eindöste, dann immer nur kurz. Er träumte, Wallington würde an der Tür klopfen. Im Haus zog der Südafrikaner ein riesiges Bündel Geldscheine aus der Tasche, sagte, es sei genug für alle da, und zählte kleinere Packen Geldnoten mit einem kurzen, entschiedenen *Twack* auf den Tisch. Ein zweites Bündel, *twack*, und ein drittes, *twack*. Wie viele mehr? Er versuchte loszuschreien, zu protestieren, aber die Bündel machten weiter, *twack, twack, twack ...*

Er richtete sich im Bett auf und stieß einen unverständlichen Schrei aus. Das fade graue Licht der Dämmerung fiel durch die Vorhänge. Im Garten draußen hörte er ein Geräusch, das sich regelmäßig wiederholte, das *Twack* aus seinem Traum. In seinem leicht verwirrten Zustand brauchte er eine Weile, zu begreifen, daß er mit einem Blick aus dem Fenster möglicherweise herausfinden konnte, was das Geräusch verursachte. Auf Zehenspitzen schlich er durch das Zimmer und hob den Vorhang. Er zitterte.

Es war noch immer fast dunkel, und was immer dort draußen vor sich ging, geschah außerhalb seiner Sichtweite auf der Rückseite von Linton House. Aber als er jetzt dem regelmäßigen Geräusch lauschte, war er sich ohne jeden Zweifel sicher, worum es sich handelte. Jemand grub dort draußen ein Loch. Das Geräusch des in die Erde eindringenden Spatens war in seinen Traum vorgedrungen, hin und wieder machte es auch ›kling‹, wenn der Spaten auf einen Stein traf. Warum sollte jemand um diese Uhrzeit in seinem Garten graben? Der schreckliche Schrei der vorherigen Nacht fiel ihm wieder ein, der Schrei, den er für einen Alptraum gehalten hatte. Und wenn nun doch jemand wirklich geschrien hatte – wer konnte es gewesen sein?

Das Graben hörte auf, und zwei Menschen sprachen miteinander. Selbst wenn er weder einzelne Worte – noch den genauen Klang der Stimmen vernehmen konnte: die eine, weich und hoch, war zweifelsohne Sylvias, aber gehörte die andere Wallington? Und wenn ja, war Jimmy Purchase dann wirklich weggefahren?

Im Zwielicht konnte man kurz einen Mann und eine Frau erkennen, die ins Haus gingen. Der Mann trug einen Spaten, aber sein Kopf war gesenkt, so daß Bertie nur seine breite, kräftige Gestalt, nicht aber sein Gesicht erkennen konnte. Er hegte jedoch kaum einen Zweifel daran, daß es sich bei dem Mann um Wallington handelte.

Noch am selben Vormittag fuhr er nach London. Seit seiner Pensionierung besucht er die Stadt nur noch selten, weil er die Erfahrung machte, daß er jedesmal ein wenig ängstlicher und verwirrter auf sie reagierte. Sie schien sich fortwährend zu verändern, was ihm einst als ein Wahrzeichen von einiger Bedeutung erschienen war, beherbergte heute Kebab- und Hamburger-Restaurants. Der

Artikel war im *Banner* erschienen, und die Redaktion war aus der Fleet Street irgendwo in die Gray's Inn Road gezogen. Er fragte nach Arnold Grayson, einem Redakteur, den er früher flüchtig gekannt hatte, um zu erfahren, daß Grayson die Zeitung gewechselt hatte. Er mußte fast eine Stunde warten, bevor er mit Derek Holmes sprechen konnte. Der Polizeireporter starrte weiter auf seinen Schreibtisch, während er sich Berties Geschichte anhörte. Er kaute ein Kaugummi und sagte hin und wieder ›Yeah‹.

»Yeah«, sagte er noch einmal, als Bertie geendet hatte. »Okay, Mr. Mays. Besten Dank.«

»Und was wollen Sie deswegen unternehmen?«

Holmes schob sein Kaugummi im Mund hin und her und überdachte die Frage. »Wissen Sie, wie viele Leute mich wegen dieser Story kontaktiert haben, die sagen, sie hätten die Bankräuber gesehen, ihr Vermieter sei einer von ihnen, sie hätten gehört, wie zwei Südafrikaner im Bus sich darüber unterhalten haben, wie die Beute zu teilen sei, et cetera, et cetera? Einhundertundelf. Die andere Hälfte von ihnen ist nur sensationsgeil, die andere schlichtweg verrückt.«

»Aber hier verhält sich die Sache anders.«

»Es ist immer ganz anders. Ich habe Sie nur empfangen, weil Sie Arnie erwähnt haben, und der war ein guter Freund von mir. Aber was haben Sie unterm Strich? Mann und Frau haben einen Ehekrach, der Mann verschwindet, der südafrikanische Cousin gräbt ein Beet um . . .«

»Um diese Uhrzeit?«

Der Reporter zuckte die Schultern. »Die Menschen sind eben komisch.«

»Haben Sie Bilder der Südafrikaner, die ihren Angaben zufolge an den Banküberfällen beteiligt waren? Ich würde Wallington wiedererkennen . . .«

Holmes stopfte sich ein neues Kaugummi in den Mund, kaute nachdenklich darauf herum und zog dann ein halbes Dutzend Fotos hervor. Keiner der Abgebildeten wies irgendwelche Ähnlichkeiten mit Wallington auf. Holmes kramte die Bilder wieder zusammen und verstaute sie. »Das wär's dann.«

»Wollen Sie denn nicht selbst rauskommen und die Sache überprüfen? Ich sage ihnen doch, ich glaube, es ist ein Mord geschehen. Wallington ist ihr Liebhaber. Und gemeinsam haben sie Purchase umgebracht.«

»Wenn Wallington mit der Beute untergetaucht ist, würde er sich wohl als letztes in eine derartige Intrige verwickeln lassen. Wissen Sie, was ihr Problem ist, Mr. Mays? Sie haben eine überhitzte Phantasie.« Wenn er nur jemanden bei Scotland Yard gekannt hätte! Aber es gab keinen Grund zur Annahme, daß die ihn ernster nehmen als der Journalist. Sowohl nachdenklich wie frustriert kehrte er nach Hause zurück. Zu seiner Überraschung stieg Sylvia aus einem anderen Waggon desselben Zuges und begrüßte ihn fröhlich.

»Hallo, Bertie. Ich habe gerade Alf verabschiedet.«

»Alf verabschiedet?« wiederholte er blöde.

»Er ist zurück nach Südafrika. Er hat einen Brief bekommen, daß sie ihn da unten brauchen.«

»Zurück nach Durban?«

»Genau.«

»Jimmy hat gesagt, er kommt vom Kap.«

»Hat er das? Jimmy bringt die Dinge oft durcheinander.«

Es ist nicht Berties Art, weniger als galant zu einer Dame zu sein, selbst wenn er sie verdächtigte, an einem Mord beteiligt zu sein. »Jetzt, wo Sie wieder Strohwitwe sind, müssen Sie unbedingt auf eine Tasse Tee vorbeikommen.«

»Das wäre wundervoll.«

»Morgen.«

»Verabredet.«

Sie hatten das Häuschen erreicht. Sie preßte zwei Finger auf ihre Lippen und fuhr ihm dann damit über die Wange. Drinnen klingelte das Telefon. Es war Holmes.

»Mr. Mays? Ich dachte, Sie würden's gern wissen. Ihr Kumpel Purchase ist genau das, was er sagt: ein freier Journalist. Ein paar von den Jungs kennen ihn. Nach allem, was ich höre, ist er nicht allzu erfolgreich.«

»Also haben Sie das, was ich ihnen erzählt habe, doch ein wenig ernst genommen!«

»Ich versuche immer, jede Geschichte zu überprüfen. An der ist aber nichts dran, so weit ich das erkennen kann.«

»Wallington ist zurück nach Südafrika. Plötzlich, einfach so.«

»Tatsächlich? Na, viel Glück für ihn.«

Sein Triumph wurde von dieser Demütigung überwältigt. Er legte den Hörer auf, ohne sich zu verabschieden.

War tatsächlich alles das Produkt seiner überhitzten Phantasie? Am nächsten Tag buk er Scones für Sylvia, die er mit hausgemachtem Blaubeergelee servierte. Dann stellte er die Fragen, die ihn nach wie vor beunruhigten. Er hätte sie gerne feinfühlend eingeleitet, aber das gelang ihm irgendwie nicht.

»Was hatte es denn mit dem ganzen Gebuddel im Garten gestern morgen auf sich?«

Sylvia sah ihn überrascht an und stieß dann einen kleinen Schrei aus, als ein Krümel des Gebäcks auf ihr Kleid fiel. Als sie ihn entfernt hatte, sagte sie: »Tut mir leid, daß wir Sie gestört haben. Es war Timmy.«

»Timmy?«

»Unser Kater. Er muß etwas Giftiges gegessen haben. Er ist gestorben. Der arme Timmy. Alf hat ein Grab ausgehoben, und wir haben ihn christlich bestattet.« Praktisch ohne Pause fuhr sie fort: »Ende der Woche verschwinden wir hier.«

»Ziehen Sie fort?« Einen Augenblick lang konnte er es kaum glauben.

»Genau. Im Herzen bin ich immer ein Londoner Mädchen geblieben, wissen Sie. Wir sind hierher gezogen, damit Jimmy in der Lage sein würde, eigene Sachen zu schreiben, aber das scheint nie so recht funktioniert zu haben — er wurde immer wieder weggerufen. Wenn ich in London bin, kann ich mir einen Job besorgen und etwas Geld verdienen. Wir haben's ziemlich nötig im Moment. Wenn Alf uns nicht ausgeholfen hätte, wären wir erledigt gewesen. Es war von Anfang an eine verrückte Idee hierherzukommen, aber wir sind ja auch verrückte Leute.«

Und am Ende der Woche zog Sylvia aus. Da sie das Haus möbliert gemietet hatten, mußte sie nur zwei Koffer mitnehmen. Sie kam, um sich zu verabschieden. Von Jimmy gab es keine Spur, also fragte Bertie nach ihm.

»Er sitzt noch immer an seinem Auftrag. Aber er wäre sowieso nicht gern gekommen, um beim Aufräumen zu helfen, weil er so was haßt. Auf Wiedersehen, Bertie. Ich nehme doch an, daß wir uns wiedersehen.« Ein auf seine Wange gehauchter Kuß, und schon fuhr sie mit dem gemieteten Wagen davon.

Sie fuhr, während eine ganze Reihe von Fragen unbeantwortet blieben, wie Bertie fand, als er Zeit hatte, darüber nachzudenken. Banale Fragen wie die nach einer neuen Adresse, wenn jemand sie oder Jimmy erreichen wollte, aber auch Fragen, auf die er liebend gern eine Antwort gewußt hätte, wie zum Beispiel, warum man in aller Herrgottsfrühe ein Grab für eine Katze schaufeln mußte. Er wurde zunehmend mißtrauischer, was die Geschichte anging, die sie ihm erzählt hatte. Der Streit, den er mit angehört hatte, ließ sich vielleicht durch die Geldnot erklären, aber es schien ihm doch bemerkenswert, daß Jimmy nicht zurückgekommen war.

Linton House war verschlossen und leer, aber es war kein Problem, in den Garten zu gelangen. Die Fläche war direkt am hinteren Zaun ausgehoben worden, sah aber für die letzte Ruhestätte einer Katze ziemlich groß aus.

Einer spontanen Eingebung folgend griff Bertie eine Woche nach Sylvias Abreise zu einem Spaten und begann zu graben. Es erwies sich als harte Arbeit, und er mußte sechzig Zentimeter tief graben, bevor er auf die Leiche stieß. Es war tatsächlich der Kadaver einer Katze, die er, wie er sich vage erinnerte, ein paarmal im Haus gesehen hatte, aber Sylvias Geschichte über ihren Tod war trotzdem falsch. Der Schädel des Tieres war von ein oder zwei heftigen Schlägen zerschmettert worden.

Voller Abscheu betrachtete Bertie die Katze — der Anblick toter Dinge war gar nicht nach seinem Geschmack — und bettete sie wieder in ihr Grab. Er hatte die Grube gerade zugeschüttet, als man ihn von der Straße her rief. Er wandte sich um und sah sinkenden Herzens den Dorf-Constable P. C. Harris neben seinem Dienstrad stehen.

»Ah, Sie sind's, Mr. Mays. Ich dachte, es sei vielleicht jemand mit einbrecherischen Absichten. Vielleicht jemand, der einen Tunnel graben wollte, um sich Zugang zum Haus zu verschaffen. Aber vielleicht ging es ja auch um *Ihr* Haus, und Sie haben sich ausgesperrt.« P. C. Harris war als lokaler Witzbold bekannt, und keiner lachte lauter über seine eigenen Witze als er selbst. Auch jetzt wieherte er herzlich, und Bertie stimmte schüchtern mit ein.

»Aber was *haben* Sie denn nun in Nachbars Garten zu graben gehabt, wenn ich fragen darf?«

Was sollte er antworten? Ich habe nach einem toten Mann gegraben und nur eine Katze gefunden? Verzweifelt sagte Bertie: »Ich habe – ähm – etwas verloren und dachte, es wäre vielleicht hier hineingeraten. Ich habe bloß ein bißchen den Boden umgegraben.«

Der Polizist schüttelte den Kopf. »Sie sind unbefugt eingedrungen, Mr. Mays. Das ist nicht ihr Grundstück.«

»Nein, natürlich nicht. Es soll nicht wieder vorkommen. Ich wäre froh, wenn Sie die ganze Angelegenheit vergessen könnten.« Er trat, eine Pfundnote in der Hand, auf den Wachtmeister zu.

»Das wird nicht nötig sein, Sir. Man könnte das für versuchte Bestechung halten, was wiederum ein Strafbestand in sich darstellt. Ich werde die Sache nicht melden und auch nicht weiter nach dem Warum und Wieso fragen. Ich würde ihnen aber trotzdem dringend raten, ihre Ausgrabungsarbeiten auf ihr eigenes Grundstück zu beschränken.«

Wichtigtuerischer alter Idiot, dachte Bertie, versicherte aber natürlich, daß er genau das tun wollte. Er kraxelte wieder in seinen eigenen Garten, wobei er sich der Tatsache bewußt war, daß er eine ziemlich lächerliche Figur machte. P. C. Harris bestieg pompös sein Rad und fuhr davon.

Das war beinahe, aber nicht ganz, das Ende der Geschichte.

Linton House stand ein paar Wochen leer und wurde dann erneut vermietet, an eine Familie namens Hobson, mit zwei lärmigen Kindern. Bertie beschränkte seinen Kontakt mit ihnen auf das Allernotwendigste. Er war sich durchaus im klaren darüber, daß er wie ein Idiot dastand, und es gab nichts, was er weniger mochte. Er war sich seiner Abneigung bewußt, Linton House je wieder zu betreten.

Im späten Frühling des folgenden Jahres machte er eine Reise nach Sardinien, wo er alleine umherfuhr und die seltenen Nuraghen-Steine und Grabstätten aus gigantischen Felsbrocken besichtigte, die man Hünengräber nennt. Ohne Eile bummelte er die Westküste entlang und verbrachte lange Vor- und Nachmittage über Mittag- und Abendessen in kleinen Städten, bevor er weiter landeinwärts durch das Gebiet der Straßenräuber fuhr. Er saß gerade über einem Drink auf dem Dorfplatz von Nuoro, der Hauptstadt der Provinz, als jemand seinen Namen rief.

Es war Sylvia, so braungebrannt, daß er sie fast nicht erkannt hätte. »Bertie, was machen Sie denn hier?«

Er sagte, er mache Urlaub, und stellte ihr die gleiche Frage.

»Ich bin nur zum Einkaufen hergekommen. Wir haben ein Haus in den Hügeln — Sie müssen es sich unbedingt ansehen. Darling, sieh doch, wer hier ist.«

Ein sonnengebräunter Jimmy Purchase kam quer über den Platz zu ihnen herüber. Wie Sylvia schien er bester Dinge und bestand begeistert darauf, daß Bertie mit zu ihrem Haus kommen sollte. Es war ein paar Meilen außerhalb der Stadt an den Hängen der Ortobene gelegen, ein langgestreckter, moderner Flachbau am Ende einer Schotterstraße. Sie saßen im Innenhof und tranken harzigen Weißwein aus der Gegend.

Bertie spürte, wie sein natürlicher Wissensdrang in ihm aufstieg. Wie konnte er nachfragen, ohne — nun ja — neugierig zu erscheinen? Beim Kaffee vermutete er, daß Jimmy im Rahmen eines Auftrags in Sardinien war.

Sylvia antwortete für ihn. »O nein, das hat er komplett aufgegeben, seit das Buch erschienen ist.«

»Das Buch?«

»Zeig's ihm, Jimmy.« Jimmy ging ins Haus und kam mit einem Buch zurück, dessen Titel lautete: *Mein stürmisches Leben. Erzählt von Anita Sorana. Aufgeschrieben von Jimmy Purchase.*

»Haben Sie schon mal von ihr gehört?«

Es wäre schwer gewesen, nicht von ihr gehört zu haben. Sie war eine Filmschauspielerin, die gleichermaßen berühmt war für ihr Temperament, ihre publizistisch weidlich ausgeschlachteten fünf Ehen und ihre zahlreichen Affären.

»Es war ein Riesenglück, daß sie zugestimmt hat, daß Jimmy ihre Autobiographie schreibt. Es war alles ganz geheim, und wir mußten so tun, als ob Jimmy journalistischen Aufträgen nachkam, obwohl er sich eigentlich mit Anita traf.«

Jimmy nahm den Faden auf. »Dann hat sie angefangen, ihre Verabredungen nicht einzuhalten, mit der Begründung, sie sei nicht in der Stimmung für ein Interview. Ein paar Tage später wollte sie mich dann auf der Stelle sehen. Dann fing Sylvia an, verrückt zu spielen . . .«

»Ich dachte, er hätte eine Affäre mit ihr. Sie hat ihn heimlich angehimmelt. Es hat sich jedenfalls gelohnt.« Sie gähnte.

»Das Buch war ein Erfolg?«

Jimmy grinste, und seine Zähne blitzten sehr weiß in seinem braunen Gesicht. »Ich würde sagen, es reicht, um den Staub aus der Fleet Street abzuschütteln.«

Das erklärte auch den Streit, Jimmys plötzliche Abwesenheiten und die Tatsache, daß er nicht zurückgekommen war. Nach einem Glas eines feurigen Likörs aus der Gegend fühlte sich Bertie etwas schläfrig und ahnte, daß er ein wenig mehr als gewöhnlich getrunken hatte. Es gab noch ein paar weitere Fragen, die er gern gestellt hätte, aber sie fielen ihm nicht ein, bis sie ihn den Berg hinab zu seinem Hotel in Nuoro fuhren.

»Wie geht's ihrem Cousin?«

Jimmy saß am Steuer. »Cousin?«

»Mr. Wallington, Sylvias Cousin aus Südafrika.«

Sylvia sagte von hinten: »Alf ist tot.«

»Tot?!«

»Ein Autounfall. Gleich nachdem er nach Südafrika zurückgekehrt war. Ist das nicht traurig?«

Ansonsten wurde kaum ein Wort gesprochen, bis sie das Hotel erreicht und sich verabschiedet hatten. Die Hitze in seinem Hotelzimmer sowie der Wein, den er getrunken hatte, ließen Bertie sofort einschlafen. Nach ein paar Stunden wachte er schweißnaß auf und fragte sich, ob er glauben sollte, was man ihm erzählt hatte. War es möglich, als Ghostwriter, wie man diese Menschen seines Wissens nannte, so viel Geld zu verdienen, daß man sich auf Sardinien zur Ruhe setzen konnte? Es kam ihm unwahrscheinlich vor. Er lag auf dem Rücken in seinem dunklen Zimmer, und es war ihm, als würde er auf einmal mit schrecklicher Klarheit erkennen, was sich in Wirklichkeit abgespielt hatte.

Wallington war einer der ›Small Bank Robbers‹, und er war auf der Suche nach einem sicheren Unterschlupf zu den Purchases gekommen. Er hatte sein Geld, Holmes hatte es die Beute genannt, bei sich, und sie hatten beschlossen, ihn deswegen umzubringen.

Der Streit war um den richtigen Zeitpunkt für den Mord gegangen, und das Geräusch, das ihn geweckt hatte, war Wallingtons Todesschrei gewesen.

Jimmy hatte an jenem Abend nur so getan, als wäre er weggefahren, war jedoch später zurückgekommen, um Sylvia zu helfen, die Leiche zu beseitigen. Jimmy hatte das Grab ausgehoben, und sie hatten Wallington hineingelegt. Dann hatten sie die Katze getötet und über der Leiche begraben. Irgendwie war es vor allem die Tötung der Katze durch diese brachialen Schläge auf den Kopf, die ihn am meisten entsetzte.

Er brach seinen Urlaub ab und nahm den nächsten Flug zurück nach England. Zu Hause angekommen ging er zu dem Fleck, wo er die Katze ausgegraben hatte. Die Hobsons hatten Setzlinge gepflanzt, und der Goldlack sprießte üppig. Er hatte einmal irgendwo gelesen, daß Blumen auf einem Grab besonders gut gediehen.

»Sie denken doch nicht schon wieder an unbefugtes Betreten, will ich hoffen, Mr. Mays?«

Es war P. C. Harris, rotgesichtig und jovial.

Bertie schüttelte den Kopf. Was er sich in dem Hotelzimmer ausgemalt hatte, konnte stimmen oder auch nicht. Angenommen, er ging zur Polizei, und weiter angenommen, er war in der Lage, sie davon zu überzeugen, daß an seiner Geschichte etwas dran war; angenommen schließlich, sie hoben das Blumenbeet aus und fanden nichts außer der Katze? Er würde zum Gespött der gesamten Nachbarschaft werden.

Bertie Mays wußte, daß er nichts sagen würde.

»Sie waren wohl ein wenig exzentrischer Laune an dem Abend, als Sie dort rumgegraben haben«, sagte P. C. Harris weise.

»Ja, ich denke, das muß es gewesen sein.«

»Gibt ein prächtiges Bild ab, dieser Goldlack. Der Anblick von Frühlingsblumen macht einen gleich besser gelaunt.«

»Ja«, pflichtete Bertie Mays ihm unterwürfig bei. »Wirklich ein prächtiges Bild.«

Deutsch von Kristian Lutze

Ein netter Ort zum Bleiben

Nedra Tyre

Mein ganzes Leben lang habe ich mich nach einem gemütlichen Heim gesehnt. Nichts Großartiges; nur ein kleines Zimmer mit einer hübschen Tapete und ein paar anständigen Möbeln, und mit einem Fenster, in das die Sonne hereinscheint, so daß die Blumen nicht verkümmern. Davon habe ich immer schon geträumt. Ich sehnte mich nicht nach der großen Liebe oder nach Geld oder vielen Kleidern – obwohl ich ein ganz hübsches Mädchen war, und hübsche Kleider hätten mich noch schöner gemacht –, aber ich will ja nicht angeben.

Als ich fünfzehn war, wurde Mama krank, und die ganze Verantwortung lastete auf meinen Schultern. Ich mußte mich um den Haushalt und um Papa und um meine beiden älteren Brüder kümmern, und ich mußte natürlich Mama pflegen. Bald danach verlor Papa die Farm, und wir mußten in die Stadt ziehen. Ich denke nicht gern an das Haus zurück, in dem wir lebten – es lag direkt neben den Bahngleisen. Doch wir mußten wahrscheinlich froh sein, überhaupt ein Dach über dem Kopf zu haben – es war die schlimmste Zeit während der Wirtschaftskrise, und viele Leute hatten gar kein Dach über dem Kopf, nicht einmal ein undichtes. Wenn es mal so einen richtigen Schauer gab, hatten wir nie genug Töpfe oder Schüsseln, die wir aufstellen konnten, um die Regentropfen aufzufangen.

Die Kranke in der Familie war Mama, aber Papa starb noch vor ihr – er konnte nun mal nicht in der Stadt leben. Meine Brüder hatten inzwischen geheiratet, und so zogen Mama und ich in eine Hinterhauswohnung, die auf eine schmale Gasse hinausging: Unsere ganze Aussicht waren Mülltonnen und anderer Leute

Abfallhaufen. Meine Brüder halfen uns aus, so gut sie konnten, und steckten uns jeden Monat etwas Geld zu, mit dem wir uns gerade über Wasser halten konnten, obwohl ihre Frauen sich heftig darüber beschwerten.

Ich versuchte es Mama so behaglich wie möglich zu machen. Ich las ihr jeden Wunsch von den Augen ab. Ich liebte sie. Aber das war nicht der einzige Grund, warum ich sie so lange wie möglich am Leben erhalten wollte. Nur wenn sie lebte, hatte auch ich ein Zuhause. Mit Schrecken malte ich mir aus, was aus mir werden sollte, wenn sie starb. Ich hatte weder einen High-School-Abschluß, noch hatte ich jemals richtig gearbeitet, und ich wußte, daß meine Schwägerinnen mich niemals aufnehmen oder meinen Brüdern erlauben würden, mich weiter zu unterstützen, wenn Mama erst einmal tot wäre.

Dann tat Mama ihren letzten Atemzug; mit einem Lächeln dankte sie mir für alles, was ich für sie getan hatte.

Und wie ich's mir gedacht hatte, verschlossen Norine und Thelma, meine Schwägerinnen, ihre Türen vor mir. Von nun an war ich auf mich allein gestellt. Und ein tiefes Gefühl der Angst und der Unsicherheit, nirgendwo ein Zuhause zu haben, setzte sich in mir fest und sollte mich nie mehr verlassen.

Doch dann lernte ich Mr. Williams kennen, einen Witwer, vierundzwanzig Jahre älter als ich. Bald schon bat er mich, seine Frau zu werden. Ich nahm mein Ehegelöbnis sehr ernst. Ich wollte ihn verwöhnen, und ich tat es. Doch wie sah es in dem Haus aus, in dem ich nun lebte! Wenn man die Wände mit Ruß beschmiert hätte, hätten sie nicht dreckiger aussehen können. Auch die ganzen Leitungen funktionierten nicht: Mein linker Fuß schmerzte ständig, weil ich immer gegen das Rohr unter der Küchenspüle treten mußte, um das Wasser zum Laufen zu bringen.

Dann wurde Mr. Williams krank und mußte seinen kleinen Schuhmacherladen aufgeben, den er ganz allein betrieben hatte. Er hatte einiges gespart, besaß ein paar dieser 25-Dollar-Staatsanleihen und bezog etwas Geld aus einer Invalidenversicherung, doch die Police war in weniger als sechs Monaten abgelaufen.

Ich tat alles, was in meiner Macht stand, um es ihm behaglich zu machen und ihn aufzuheitern. Obwohl ich die ganze Wäsche selber wusch, bekam er jeden dritten Tag einen frischen Schlafanzug und neue Bettwäsche; und ich glaube, daß ich allein durch meinen festen Willen eine Begonie in dem dunklen Hinterzimmer zum Blühen brachte, in dem Mr. Williams lag. Ich drängte sogar seine beiden Töchter, ihm ein paar Genesungskärtchen zu schikken, und sie taten es auch ein- oder zweimal. Immer, wenn ich gerade mal ein paar Pennies übrig hatte, kaufte ich Postkarten und versah sie mit unleserlichen Unterschriften — die schickte ich dann an Mr. Williams, damit er denken sollte, daß manche seiner früheren Kunden sich noch an ihn erinnerten und ihm gute Genesung wünschten.

Als Mr. Williams starb, waren seine Töchter natürlich in Windeseile da und schauten darauf, daß sie nur ja ihren Anteil aus dem Verkauf des baufälligen Häuschens bekamen. Ich nahm es ihnen nicht übel — jeder Mensch sieht eben, daß er nicht zu kurz kommt.

Ich hasse es, an all die Entbehrungen nach Mr. Wiliams' Tod zu denken. Am schlimmsten war es, eine Bleibe zu finden; es lief alles darauf hinaus, nur einen Platz zu finden, wo ich schlafen konnte. Denn essen kann man irgendwie immer: Man brauchte nicht zu verhungern. Da gibt's Mülltonnen, in denen man wühlen kann — man muß sich wirklich darüber wundern, wie verschwenderisch manche Leute sind, und was sie so alles wegwerfen. Wenn dann die Müllwagen gekommen waren und in den leeren Tonnen nichts mehr zu holen war, ging ich in den Supermarkt und wühlte zum Beispiel in Kirschen herum, tat so, als ob ich welche kaufen wollte. Ich aß nie von den besten — ich nahm nur die Überreifen, die man eigentlich schon hätte wegwerfen müssen, oder die noch unreifen, die man gar nicht hätte anbieten dürfen. Ich angelte mir hier ein welkes Kohlblatt, dort ein wenig Brunnenkresse oder ein paar dieser kleinen runden Tomaten, die so groß sind wie Hickorynüsse — ich kann mir nie den Namen dieser Dinger merken. Ich war nicht gierig, sondern aß gerade nur so viel, bis ich meinen Hunger gestillt hatte. So kam ich zurecht. Wie gesagt, man braucht nicht zu verhungern.

Die einzige Arbeit, die ich bekommen konnte, reichte gerade eben für Kost und Logis. Ich war nicht einmal ausgebildete Hilfsschwester, obwohl ich mich gut in der Pflege Kranker auskannte, und so meinten die Leute, die mir die Arbeit gaben, daß ich nicht viel erwarten könnte, weil mir die Übung und die nötigen Qualifikationen fehlten. Im Grunde brauchten sie nur jemanden, der bei Tante Myrtle oder Kusine Kate oder Mama oder Papa die Nachtwache hielt; sie erwarteten ja gar nicht, daß ich eine ausgebildete Krankenschwester ersetzte, und deshalb war ihnen meine Hilfe nicht mehr wert als die warmen Mahlzeiten und ein Plätzchen zum Schlafen. Das Arrangement war immer ziemlich behelfsmäßig: Manchmal hatte ich überhaupt keinen Platz für meine eigenen Sachen − nicht daß ich einen nennenswerten Kleidervorrat besessen hätte −, und manchmal schlief ich auf einem Feldbett vor dem Zimmer des Patienten oder im Zimmer selbst, dann aber auf irgendeinem rasch zurechtgemachten Lager.

Ich sorgte für jeden dieser Kranken, wie ich auch früher für Mama und Mr. Williams gesorgt hatte. Ich wollte, daß sie so lange wie möglich am Leben blieben. Ich tat alles für ihr Wohlergehen − zum einen ihretwegen und zum anderen für mich; dann mußte ich nicht wieder gehen und mir ein neues Zuhause suchen.

Nun habe ich die Dinge zu meiner Verteidigung vorgebracht − ein Begriff, von dem ich nie geglaubt hätte, daß ich ihn einmal persönlich benutzen würde −, und nun ist es an der Zeit, die Anklage zu erheben. Ich war eine Diebin.

Ich schäme mich, es zu gestehen, aber ich habe gestohlen.

Ich bin kein richtiger Langfinger; ich wollte nie die Sachen von anderen besitzen. Aber mit der Zeit war ich gezwungen, anderen etwas wegzunehmen. Meine Schuhe gingen in Fetzen. Ich brauchte neue Strümpfe und Unterwäsche. Und wenn ich den Sohn oder die Tochter oder sonst eine Anverwandte um etwas Geld für diese Kleinigkeiten bat, stellten sie sich an, als ob ich sie erpressen wollte. Sie erinnerten mich daran, daß ich keine ausgebildete Hilfsschwester war und daß ich sogar Ärger mit den Behörden bekommen könnte, wenn die herausfänden, daß ich mich als Schwester ausgab. Sie hatten mich in der Hand: Ihre Konditionen, so sagten sie, beinhalteten eben nur Kost und Logis.

Deshalb fing ich an, Dinge mitgehen zu lassen − und zwar nur Kleinigkeiten, die ich in den hintersten Kommodenschubladen oder in Kartons auf hohen Schränken fand. Sie waren schon seit Jahren nicht mehr getragen worden und würden bestimmt nicht mehr gebraucht. Meinen besten Fischzug machte ich bei einer Mrs. Bick, die einen ganzen Speicher voller Schrankkoffer hatte, vollgestopft mit Kleidern und Kinkerlitzchen aus den Zwanzigern bis zurück in die neunziger Jahre — Uniformen, Straußenfedern, Mantillas und perlenbestickte Täschchen. Ich schnappte mir immer ein paar Sachen auf einmal und verkaufte sie dann an *Way Out*, einem Laden, der Bohemekleidung anbot.

Jedesmal, wenn ich etwas genommen hatte, versuchte ich es wieder gutzumachen. Sicher, Diebstahl ist unverzeihlich, ich weiß. Aber wenn ich zum Beispiel einen Dollar aus dem Verkauf einer Federboa herausgeschlagen hatte, die Mrs. Bick gehörte, dann kam ich wieder ins Haus und machte mich an eine Arbeit, vor der die Putzfrau sich gedrückt hatte — ich bohnerte etwa den oberen Korridor, polierte die Kaminböcke oder räumte den Wäscheschrank auf.

Doch ich habe gestohlen; zwar nicht überall, nicht einmal in den meisten der Häuser, in denen ich arbeitete, aber wenn die Umstände mich dazu zwangen, habe ich gestohlen. Ich gebe es zu.

Aber nicht das silberne Kästchen.

Ich kann es beschwören, in dem Fall war ich unschuldig wie ein neugeborenes Baby. Und als dieser Polizist auf mich zukam und nach dem Kästchen griff, sprang ich zur Seite; vielleicht habe ich ihn sogar diesen Stoß versetzt, der ihm den Tod brachte. Wie kam er denn dazu, mich so zu behandeln, wenn das Kästchen doch mir gehörte? Wenn auch Mrs. Crowes Nichte das Gegenteil behauptete.

Und wenn fünfzigtausend Nichten dagegen protestiert hätten, so gehörte das Kästchen doch mir.

Aber der Polizist war tot, und obwohl ich das nicht gewollt hatte, war ich ihm auch nicht gerade wohlgesonnen gewesen. Und ich grübelte weiter: Gut, ich habe zwar nicht Mrs. Crowes Kästchen gestohlen, aber doch genug andere Dinge mitgehen lassen. Und die Mühlen der Gerechtigkeit mahlen langsam, aber gründlich, wie ich einmal einen Pfarrer habe sagen hören; also muß ich so für meine Verfehlungen bezahlen.

Natürlich könnte ich mir auch eine weitaus bessere Erklärung zurechtbasteln, aber ich kann auch nicht mit aller Klarheit sagen, wie das eigentlich alles passieren konnte.

Mrs. Crowe war der dankbarste Mensch, den ich je umsorgt habe. Sie war ans Bett gefesselt und konnte sich kaum bewegen. Ich glaube kaum, daß die Tagesschwester, die doch mit der Pflege betraut war, es für nötig hielt, Mrs. Crowe zu massieren. Das tat ich dann nachts, und es bekam Mrs. Crowe sehr gut. Sie bedankte sich bei mir für jede Kleinigkeit — wenn ich die Kissen aufschüttelte, etwas Parfüm auf ihre Ohrläppchen gab oder die Bettücher glattstrich.

Ich scherzte immer mit ihr; ich gab vor, aus der Hand lesen zu können, und so nahm ich die ihre und erzählte ihr, daß der nächste Tag wunderschön würde, sie müsse sich jedoch vor einem hübschen, blonden Unbekannten in acht nehmen — und ähnlichen Blödsinn, der sie stets zum Lachen brachte. Sie schlief schlecht, und es schien ihr große Freude zu bereiten, mir die ganze Nacht von ihrer Kindheit oder ihrem verstorbenen Mann zu erzählen.

Aber es ging bergab mit ihr, und zwei Tage vor ihrem Tode sagte sie zu mir, daß sie gern etwas für mich tun würde, nur hätte sie alles ihrer Nichte vermacht, als sie bettlägerig wurde. Sie hoffe aber, daß ich das silberne Kästchen annehmen würde. Ich war tief bewegt und dankte ihr. Es ehrte mich, daß sie mir das Kästchen geben wollte. Ich hatte zwar keine Verwendung dafür, denn es war für Schmuckstücke gedacht, und die besaß ich nun einmal nicht. Mrs. Crowe schien sehr an diesem Kästchen zu hängen. Es stand auf dem Nachttisch neben ihrem Bett, und ihre Augen leuchteten jedesmal auf, wenn ihr Blick darauf fiel. Sie erinnerte mich dann an ein kleines Mädchen, das eine brandneue Puppe unter dem Weihnachtsbaum erblickte. Dann starb Mrs. Crowe. Die Nichte, die ich jetzt zum erstenmal sah, gab mir sofort den Abschied. Ich nahm also all meine Habseligkeiten und das Kästchen und verließ das Haus. Ich ging nicht zum Begräbnis. In der Zeitung stand, daß die Beerdigung im engsten Familienkreis stattfand, und ich war nicht dazu eingeladen. Außerdem hatte ich auch nichts anzuziehen.

Ich hatte immer noch ein paar Dollar von meinen Kleiderverkäufen übrig und konnte daher die Wochenmiete für ein kleines Zimmer bezahlen: das schlimmste, in dem ich je gehaust habe.

Es fror Stein und Bein, und nicht das kleinste bißchen Wärme drang bis zum dritten Stock hinauf, wo ich wohnte. Der Putz fiel von den Wänden, die Dielen waren verzogen, und die Kakerlaken flitztn herum. Ich saß da und hatte jeden Fetzen den ich besaß, um mich gewickelt und dazu noch ein schäbiges Laken und eine Steppdecke. So wartete ich darauf, daß es mir wärmer wurde, als plötzlich Mrs. Crowes Nichte in Pelzmantel, Pelzhut und kniehohe Lackstiefel vermummt, hereinspazierte. Mit vor Wut rotem Gesicht schleuderte sie mir entgegen, daß sie mich mit Hilfe eines Privatdetektivs gefunden hätte, und daß ich ihr sofort das Erbstück zurückgeben sollte, das ich ihr gestohlen hatte.

Ihre Behauptung traf mich wie ein Schlag, und ich brachte vor Schreck kein Wort heraus; sie aber fuhr fort zu schreien: Wenn ich das Kästchen sofort zurückgäbe, würde sie keine Anklage gegen mich erheben. Dann fand ich meine Sprache wieder und gab ihr zu verstehen, daß das Kästchen mir gehöre und daß Mrs. Crowe es mir geschenkt habe. Darauf schrie sie wieder, ob ich es beweisen könne oder ob ich Zeugen hätte, und ich gab ihr zu verstehen, daß ich mich für ein Geschenk bedankte und nicht nach Zeugen oder Beweisen fragte, und daß ich Mrs. Crowes Kästchen niemals hergeben würde.

Sie starrte mich an und atmete schwer — ein, aus — fast so, als ob sie ihre Atemzüge zählte; es sah aus wie eine Übung, als sie versuchte, ihre Beherrschung wiederzuerlangen.

»Na warte nur«, brüllte sie und stürzte hinaus.

Im Zimmer war es eiskalt, und meine Zähne klapperten.

Nicht lange danach hörte ich schwere Schritte auf der Treppe. So hatte sie ihre Drohung wahr gemacht und mir die Polizei auf den Hals gehetzt.

Panik überfiel mich. Ich rannte durch den Raum wie eine Maus in der Falle. Dann dachte ich: Wenn die Polizei das Kästchen nicht bei mir findet, habe ich noch Zeit, mir eine Erklärung auszudenken. Ich schnappte mir also das Kästchen aus der Kommode und raste den hinteren Flur entlang. Ich riß die Hintertür auf. Ich dachte wohl an ein Versteck hinterm Haus, unter einem Busch etwa oder in einer der Mülltonnen.

Die Feuertreppe war verdammt steil — drei Stockwerke hoch — und die Stufen nicht gerade stabil gebaut, dazu noch hier und da mit Eis bedeckt.

Ich wollte hinuntersteigen — da rutschte ich mit dem rechten Fuß aus. Ich konnte mich eben noch am Geländer festhalten: Die eine Hand dort, mit der anderen fest das silberne Kästchen umklammernd, suchte ich mir einen Weg über die eisbedeckten Stufen.

Als ich schon die halbe Strecke geschafft hatte, hörte ich, wie jemand meinen Namen brüllte. Ich sah mich um und erblickte einen Mann, der hinter mir die Stufen heruntersprang. Noch nie habe ich eine solche Wut im Gesicht eines Menschen gesehen. Dann war er direkt hinter mir und streckte die Hand aus, um mir das Kästchen zu entreißen.

Ich wich aus, um seinem Griff zu entgehen, und er fing an zu fluchen. Vielleicht gab ich ihm sogar einen Stoß. Ich weiß es nicht mehr — wirklich nicht.

Auf jeden Fall rutschte er aus und fiel und fiel — und dann, nach dem langen Fall, war er plötzlich still. Sein Kopf ruhte auf der untersten Stufe wie auf einem Kissen, und sein Körper lag mit ausgebreiteten Armen und Beinen auf den Pflastersteinen.

Dann fiel mit das Kästchen aus der Hand und hüpfte wie ein Hündchen, das zu seinem Herrn will, die Treppe hinunter und landete direkt neben seinem linken Ohr.

Ich stand da wie gelähmt. Dann schrie ich.

Überall — in meinem Haus, in den Nachbarhäusern und auf der anderen Straßenseite flogen die Fenster auf. Alle wollten sehen, wer da so einen Lärm machte; dann liefen einige auch schon in den Hinterhof. Der Polizist, der der Komplize des Toten war — vielleicht kann man ihn so nennen — verbot ihnen, näherzukommen. Nach einer Weile kamen noch mehr Polizisten: Sie schafften die Leiche weg und nahmen mich mit auf die Wache, wo sie mich einsperrten.

Vom ersten Augenblick an konnte ich meinen Pflichtverteidiger, einen jungen Mann, nicht leiden. Ich kann nicht einmal genau sagen, warum, ich fühlte mich in seiner Gegenwart einfach unbehaglich. Er hieß Stanton. Natürlich hatte er auch noch einen Vornamen, den wollte er mir aber nicht sagen; er meinte, ich solle einfach Bat zu ihm sagen wie seine Freunde.

Er lächelte immer und versuchte mich aufzumuntern, wo es doch gar nichts zu lächeln und zu ermuntern gab, und er hätte es eigentlich besser wissen müssen, anstatt mir die ganze Zeit vergebliche Hoffnungen zu machen.

Ich konnte nur daran denken, wie dankbar ich dafür war, daß Mama und Papa und Mr. Williams meine Schande nicht mehr mitansehen mußten.

»Es wird schon alles gut werden«, erklärte mein Anwalt immer wieder, bis es zu spät war; und dann spielte er den Gekränkten, als sich herausstellte, daß ich mehrerer Vergehen für schuldig befunden wurde — der Zuwiderhandlung einer Festnahme, des Totschlags und des Diebstahls oder Einbruchs. Es gab einen Riesenspektakel darüber, ob es sich nun um Diebstahl oder Einbruch handele. Nicht, daß ich überhaupt schuldig gewesen wäre, zumindest nicht in diesem speziellen Fall, aber mir glaubte ja ohnehin keiner.

Man hätte glauben können, daß statt meiner der Anwalt verurteilt worden wäre, so wie er sich aufführte. Er nannte es einen schrecklichen Justizirrtum und daß wir bald wieder Zustände wie im achtzehnten Jahrhundert haben würden, als sogar Kinder gehängt wurden.

Nun, das war wohl eine gewaltige Übertreibung; schließlich wurde hier keiner gehängt, und mich konnte man kaum als Kind bezeichnen. Der Polizist war nun mal tot, und ich war tief in die ganze Sache verwickelt. Vielleicht hatte ich ihm sogar einen Stoß versetzt. Ich wußte es einfach nicht mehr. Ich hatte ihn nicht wirklich verletzen wollen; ich hatte nur Angst. Und nun war er tot. Und was das Stehlen anging — ich hatte zwar nicht das Kästchen genommen, aber dafür hatte ich andere Dinge eingesteckt, und das mehr als einmal.

Und dann geschah es. Ein Wunder. Mein ganzes Leben hatte ich von einem hübschen eigenen Zimmer, einem behaglichen Zuhause, geträumt. Und genau das wurde mir jetzt zuteil.

Der Raum war zwar eher klein zu nennen, aber er bot alle Annehmlichkeiten, selbst ein Waschbecken mit fließend warmem und kaltem Wasser. Die Wände waren frisch gestrichen, und man ließ mich sogar wählen, ob ich lieber einen Ohrensessel mit Chintzbezug oder einen modernen Lehnstuhl haben wollte. Ich durfte auch selbst entscheiden, welche Farbe mein Bettüberwurf haben sollte. Vom Fenster blickte ich auf einen gepflegten Rasen, der mit Sträuchern umgeben war, und die Oberaufseherin erlaubte mir, ins Gewächshaus zu gehen und mir einige Blumen für meine Zelle auszusuchen. Am nächsten Tag ging ich hinunter und holte mir eine weiße Gloxinie und ein paar rotgelbe Chrysanthemen.

Die Gitterstäbe störten mich gar nicht. Warum denn auch, schließlich gibt es heutzutage an ganz feinen Häusern Gitter vor den Fenstern, damit die Einbrecher hübsch draußen bleiben.

Und dann das Essen — ich konnte es einfach nicht fassen, daß es solch köstliche Dinge auf dieser Welt zu essen gab. Die Frau, die das Kochen überwachte, hatte die Gelder eines der größten Gastronomiebetriebe des Landes unterschlagen, nachdem sie sich vom Hilfskoch zur Schatzmeisterin hochgearbeitet hatte.

Die anderen Insassen waren überaus freundlich, und manche von ihnen hatten ein wirklich interessantes Leben geführt. Einige Damen nahmen Ausdrücke in den Mund, die ich bisher nur geschrieben gesehen hatte, an Zäunen etwa oder im nassen Zement von Bürgersteigen, so daß man sie nach dem Trocknen nicht mehr lesen kann. Aber dann erhielten die Damen einen Rüffel und entschuldigten sich im Nu. Hin und wieder gab es Streit und eine kleine Katzbalgerei, aber es wurde nie wirklich schlimm.

Es gab sogar einen Chor — ich kann zwar nicht singen, aber ich liebe die Musik —, und dieser Chor gab jeden Donnerstagmorgen ein Konzert in der Kapelle. Am Donnerstagabend durften wir Filme sehen — ohne einen Pfennig dafür zu bezahlen. Man konnte einfach reingehen und sich einen guten Platz aussuchen.

Jede von uns hatte eine ganz bestimmte Arbeit: Mich schickten sie in die Krankenstation. Der Doktor und die Krankenschwester waren voll des Lobes; der Doktor war der Meinung, daß ich die Krankenpflege zu meinem richtigen Beruf hätte machen sollen, ich schenkte den Kranken Selbstvertrauen und half ihnen bei einer raschen Genesung. Ich war mir nicht sicher, ob ich sein Lob für bare Münze nehmen sollte, aber schließlich habe ich jahrelang Kranke betreut und freue mich, wenn ich Menschen helfen kann. Manchmal konnte ich nachts nicht schlafen, weil ich so glücklich war. Dann stand ich meistens auf, knipste das Licht an und betrachtete die Wände und die schönen Möbel. Ich konnte es immer noch nicht fassen, daß ich jetzt so ein schönes Heim haben sollte. Ich dachte dann etwa wieder an das Abendessen — wie ich mir eine zweite Portion Spargel mit Kräuter-Zitronen-Sauce geholt hatte — und verglich dies fette Leben mit der schrecklichen Zeit, als ich mich in den Supermärkten herumgedrückt und faule Früchte und rohes Gemüse geknabbert hatte, um den ärgsten Hunger zu stillen.

Und dann schneite eines Tages der Anwalt herein, außerhalb der Besuchszeit, und gratulierte mir zu meiner Berufung, der stattgegeben worden sei, oder wie auch immer das heißen mag; ich sei jetzt frei und könne sofort die Anstalt verlassen.

Zur Aufseherin sagte er, daß sie mir meine Habseligkeiten nachschicken könne, und schleppte mich zum Tor, wo schon Fernsehkameras und Zeitungsreporter auf uns warteten.

Sobald die Kameras zu surren anfingen und die Fotografen ihre Positionen einnahmen, um uns aufs Bild zu bekommen, küßte er mich auf die Wange und steckte mir eine Blume an. Er hielt eine lange Rede darüber, daß ein schrecklicher Justizirrtum nun wieder bereinigt worden sei. Er hatte Zeugen ausfindig gemacht, die bestätigen konnten, daß Mrs. Crowe mir das Kästchen geschenkt hatte — sie hatte es anscheinend dem Gärtner und der Putzfrau erzählt. Die beiden hatten vorher nicht ausgesagt, weil sie nichts mit der Polizei zu tun haben wollten, aber der Anwalt hatte sie im Namen der Gerechtigkeit davon überzeugt, daß sie ihr Wissen nicht länger verheimlichen durften.

Der Anwalt hatte auch die Personalakte des toten Polizisten studiert und dabei herausgefunden, daß man bei ihm eine gewisse Dienstuntauglichkeit festgestellt hatte. Ein Psychiater hatte den Polizeichef davor gewarnt, den Mann im Dienst zu belassen, denn eines Tages könne etwas Schlimmes passieren — entweder dem Mann selbst oder einem Verdächtigen.

Die ganze Zeit, während der Anwalt in die Mikrofone sprach, hielt er mich eng an sich gedrückt, als wäre ich ein kleines Kind, das jeden Moment weglaufen könnte. Ich stand nur ganz benommen da und starrte in die Kameras. Als er seine große Ansprache beendet hatte, gratulierten ihm die Reporter und versicherten ihm, daß er bestimmt noch Gouverneur werden würde wie sein Großvater und sein Onkel — nur noch viel früher als sie.

Darauf setzte der Anwalt sein schönstes Lächeln auf, blickte noch einmal in die Kamera und winkte zum Abschied, und dann schubste er mich in seinen Wagen.

Ich war vor Schreck wie gelähmt. Mein schönes Heim, das ich endlich gefunden zu haben glaubte, war dahin. Der alte Alptraum verfolgte mich wieder — wie würde ich etwas zu essen finden, und was würde ich alles stehlen müssen, im mich von einem Tag zum anderen durchzubeißen.

Die Kameraleute und die Reporter waren uns gefolgt. Ein Fotograf bat mich, das Fenster herunterzukurbeln, und so konnte ich hören, wie zwei Männer hinten in der Menge miteinander redeten. Ich habe sehr gute Ohren. Papa pflegte immer zu sagen, daß ich ein Gewitter schon höre, wenn es durch die übernächste Stadt zieht. Neben den ganzen Glückwünschen und dem Geschwätz um mich herum hörte ich einen der Männer sagen: »Das ist doch ein bißchen zu stark, findest du nicht? Jetzt schleimt sich unser Bat auch noch bei der älteren Generation ein. Die Teenager und die Twens hat er ja schon eingefangen, und das mit Methoden, für die man ihm eigentlich die Lizenz entziehen sollte. Hätte er doch die Putzfrau und den Gärtner direkt am Anfang aussagen lassen und sich mal ein bißchen früher diese Personalakte vorgenommen! Dann hätt's nie einen Fall gegeben und schon gar keine Verurteilung. Aber er wollte sich ja unbedingt profilieren, mußte diese krumme Tour versuchen, bei der er viel mehr Publicity kriegt.« Der andere nickte zu jedem Satz und pflichtete ihm bei. »Da hast du verdammt recht.«

Dann fuhren wir davon, und ich wagte es nicht, mich noch einmal umzudrehen, denn mir brach fast das Herz bei dem Gedanken daran, was ich hinter mir ließ.

Der Anwalt nahm mich mit in sein Büro. Er hoffte, so sagte er, daß ich nichts einzuwenden hätte gegen ein bißchen Aufregung in den nächsten Tagen. Er habe einige öffentliche Auftritte für mich geplant. Am nächsten Morgen sollte ich in einer Fernsehshow erscheinen. Ich brauchte keine Angst zu haben. Er werde an meiner Seite sein, um mir zu helfen, wie er mir auch durch alle meine Schwierigkeiten geholfen habe. Ich brauchte im Fernsehen nur zu sagen, daß ich meine Freiheit einzig und allein ihm verdanke.

Ich nehme an, daß ich äußerst verwirrt aussah, denn er beeilte sich zu sagen, daß ich ihn für seine Mühen bisher nicht bezahlt hätte, aber jetzt sei die Möglichkeit dazu — nicht mit Geld, aber durch meine Auftritte, indem ich die Öffentlichkeit wissen ließ, daß er der Retter der Unterdrückten sei.

Ich erwiderte ihm, daß man mir gesagt hatte, das Gericht stelle den Verteidiger, wenn man ihn nicht bezahlen könne, und er sagte, daß das stimme; ihm gehe es jedoch darum, daß ich ihn gewissermaßen für seine Mühen entschädigen könne, wenn ich den Leuten erzählte, was er alles für mich getan hatte. Dann fuhr er fort, daß wir jetzt erst einmal den nächsten Fernsehauftritt besprechen müßten. Er wollte mit mir einüben, was ich zu sagen hätte, aber zuerst müsse er ins Büro seines Partners gehen, damit der seine Anrufe entgegennehme und seine übrigen Termine regle.

Als sich die Tür hinter ihm schloß, dachte ich, daß er vollkommen recht hatte. Ich verdankte meine Freiheit ihm allein. Es war seine Schuld. Dieser Klugscheißer. Dieser Emporkömmling. Wieso mischte er sich ein und holte mich aus meinem schönen Zimmer und der Arbeit, die ich mochte, ganz zu schweigen davon, daß ich jetzt auf das köstliche Essen verzichten mußte?

Zum ersten Mal in meinem Leben wußte ich, was es heißt, jemanden zu verachten.

Ich haßte ihn.

Als ich wegen Totschlag verurteilt wurde, hatte es ein großes Gerede wegen böswilliger Absicht und vorsätzlichem Verbrechen gegeben.

Dieses Mal würde es keine Diskussion geben.

Ich hatte nicht gewollt, daß dem Polizisten etwas passierte. Aber diesem Anwalt sollte es nun übel ergehen.

Ich ergriff den Brieföffner, der auf dem Tisch lag, und fuhr mit dem Finger an der Schneide entlang. Sie war sehr scharf. Ich wartete hinter der Tür, und als er zurückkam, nahm ich all meinen Mut zusammen und stach auf ihn ein.

Wieder und wieder.

Nun habe ich endlich das, wovon ich immer geträumt habe — ein gemütliches Heim.

Deutsch von Barbara Först

Paul Bodericks Mann

Thomas Walsh

Flanagan war frühzeitig vorgewarnt worden. Das hieß, auf Paul Brodericks Rat zu hören und nicht so dumm zu sein, von einem Tag auf den anderen in Rente zu gehen. Zu jener Zeit wäre ein solches Verhalten höchst verdächtig gewesen, und so verordnete statt dessen ein mit Broderick befreundeter Polizeiarzt, daß Captain Anthony Vincent Flanagan wegen seines kaputten Rückens vom Dienst freigestellt wurde.

Es gab keinerlei Pannen oder peinliche Momente — wie üblich, wenn Paul Broderick die Dinge in die Hand nahm. Allerdings wurde ein halbes Dutzend Männer später von einem Untersuchungsausschuß befragt, aber das waren alles nur ziemlich kleine Fische, und irgendwann war die Untersuchung im Sande verlaufen. Captain Flanagan war natürlich aus gesundheitlichen Gründen nicht in der Lage gewesen auszusagen. Der kaputte Rücken verurteilte ihn zu strenger Bettruhe in einem Sanatorium auf dem Land, und dort war er auf Brodericks Anraten geblieben, bis im Herbst die Wahl stattgefunden hatte.

Seit dieser Zeit gab es nichts mehr auf der Welt, worüber Flanagan sich hätte Sorgen machen müssen. Er hatte es geschafft. Er, der Witwer mit vier erwachsenen Kindern, verkaufte das alte Backsteinhaus in Bay Ridge, wo er sie alle großgezogen hatte, kaufte sich ein teures Auto und mietete eine kleine, aber elegante Wohnung auf der besseren Seite der Stadt. Sein Sohn Frank, der Arzt, erhielt eine beeindruckende, zentral gelegene Praxis. Für seine Tochter Mamie und ihre Familie kaufte Flanagan ein schönes neues Haus oben in Westchester. Außerdem verschaffte Paul Broderick — der stets die richtigen Leute kannte, so wie er ja auch gewußt hatte, wo er einen hilfsbereiten Polizeiarzt auftreiben würde — Flanagans jüngstem Sohn Jerry einen Studienplatz an einer juristischen Fakultät, die als die beste im Land galt.

Das einzige Kind, dem Flanagan nichts kaufen durfte, war seine andere Tochter, Maureen. Verdammt merkwürdige Einstellung zum Leben, die sie da an den Tag legte. Es gab Momente, dachte Flanagan grimmig, wo er den Eindruck hatte, daß sie ins Kloster gehörte.

»Aber ich will wirklich nichts«, erwiderte sie, als Flanagan sie nach ihren Wünschen fragte. »Jack und ich haben alles, was wir brauchen, Papa. Mach dir um uns keine Sorgen!«

»Ach, tatsächlich?« fragte Flanagan herausfordernd. »Nun sieh mal an, ist das denn nicht herrlich? ›Alles, was wir brauchen‹ — eine zufriedene Frau! Du willst also nicht mal einen Scheck von mir?«

»Nichts dergleichen, Sir«, schaltete sich der Gatte ein, dieser Besenstiel von einem Sozialarbeiter oder was immer die Leute oben in East Harlem waren. »Aber vielen Dank trotzdem.«

Maureen kannte Flanagan weitaus besser als ihr Ehemann, und sie versuchte, die Situation zu entschärfen.

»Nun schnapp doch nicht gleich ein«, sagte sie. »Sei nicht so störrisch, Papa. Wir meinen doch nur . . .«

»Vielleicht weiß ich ja, was du meinst«, sagte Flanagan. »Mach dir also nicht die Mühe, irgendwas zu erklären. Guten Tag euch beiden.«

Der Zwischenfall machte ihm mehr zu schaffen, als es vernünftig gewesen wäre. Er war immer ein Mann der Praxis gewesen, der nur sehr wenig Geduld für sensiblere Gemüter aufbrachte, aber schließlich war Maureen, die ihrer toten Mutter wie aus dem Gesicht geschnitten war, auch immer sein Liebling gewesen.

Aber seit diesem Tag — wann immer sie sich bei Mamie zum Sonntagsessen oder auch bei Frank trafen — war nichts mehr übrig von der gewohnten Vertrautheit, und das lag eher an Flanagan selbst als an Maureen, wie er sich eingestehen mußte. Bei bestimmten Sachen hatte Flanagan gemerkt, daß er einen geradezu krankhaften Stolz in sich trug.

Na schön. Warum sollte er sich auch über irgend jemanden den

Kopf zerbrechen, selbst wenn es sich um Maureen handelte? Er hatte alles, was die Welt zu bieten hatte. Keine Geldsorgen, eine verdammt gute Konstitution für sein Alter, Speisen und Getränke vom Feinsten und dann auch noch eine Schublade voller Medaillen und Belobigungen für vorbildlichen Einsatz im Dienst. Es gab niemanden, der Flanagan irgend etwas nachsagen konnte, jedenfalls nicht öffentlich. So reiste er gleich nach Weihnachten, als er immer noch krankgeschrieben war, nach Florida, um dort den Winter zu verbringen. Sehr angenehm, das alles. Schönes, sonniges Wetter, jeden Tag Frühstück am Pool — Lammkoteletts mit Röstkartoffeln und importiertes kanadisches Bier oder auch gegrillte Nierchen mit ein oder zwei Bloody Marys. Am Nachmittag dann Treffen mit Freunden, seine oder Brodericks, am Klubhaus im Gulfstream-Park.

Ja, Maureen würde schon noch eines Tages lernen, das Leben richtig anzugehen. Womöglich lag die Antwort darin begründet, daß er ihr die Dinge immer ein wenig zu leichtgemacht hatte. Sie war nie gezwungen gewesen, sich selbst aus dem Dreck hochzuarbeiten, so wie ihr Vater das gemußt hatte, oder Verstand genug zu besitzen, eine Gelegenheit beim Schopf zu fassen, wenn sie sich bot. Trotzdem saß der Stachel tief. Als in jenem Frühjahr ihr erstes Kind geboren wurde, das ihm zu Ehren Anthony getauft wurde, da besuchte er sie genau einmal, um es zu sehen, als Frank ihn mitnahm, aber er hatte ihm nie auch nur irgendein Geschenk gekauft — kein Spielzeug, kein Fläschchen, keine Rassel. Flanagan war es nie leichtgefallen zu vergeben. Er war einmal in tiefster Seele getroffen worden. Er hatte nicht vor, sich jemals wieder in eine solche Lage zu begeben.

Aber eines Abends geriet er in einer Bar an der Third Avenue in einen handfesten Streit. Ein Betrunkener hatte ihn fortwährend angerempelt, um sich vorzudrängen, und als Flanagan ihm wütend einen Ellbogen in die Seite rammte, murmelte der Betrunkene der Schlampe in seiner Begleitung etwas zu.

Genaugenommen hatte Flanagan die Bemerkung gar nicht gehört, wußte aber dennoch, was gemeint war; irgend etwas an dem höhnischen Grinsen des Trunkenbolds verriet es ihm. Im nächsten Moment riß er ihn herum, verpaßte ihm links und rechts eine Ohrfeige und ließ ihn dann mit dem Kopf voran gegen die nächste Wand rennen.

Joe Martin, Mamies Mann, zeigte sich darüber beim nächsten Familienessen sehr erheitert.

»Nimm dich mal besser in acht«, grinste er, »oder sie stecken dich irgendwann mit Muhammad Ali in den Ring. Ich habe gehört, du hast ihm drei Zähne ausgeschlagen. Wofür hast du ihm das Ding eigentlich verpaßt, Paps? Was hat er zu dir gesagt?«

»Was hätte er schon sagen können?« fragte Flanagan mit einem gefährlichen Unterton in seiner Stimme. »Was ist deine Meinung, Joe? Was denkst du? Schlag was vor, los schon!«

»Ach, was soll's schon?« sagte Maureen, die sich hinter ihn gestellt und beide Hände auf seine Schultern gelegt hatte; also wußte sie längst Bescheid. »Ich würde mich gar nicht um solche Leute kümmern, Papa. Die wissen doch überhaupt nicht, was sie reden. Wann kommst du endlich mal wieder in die Bronx und besuchst das Baby?«

Also fuhr er tatsächlich einige Tage später hin und ließ es feierlich geschehen, daß der kleine Anthony dem großen Anthony sein winziges Händchen um den Finger legte. Aber irgend etwas war anders geworden. Es wurde ein anstrengender Abend für ihn und auch für Maureen. Lange Gesprächspausen traten ein, und wenn sie sich unterhielten, schien es Flanagan, dann über Themen, die keinen von beiden wirklich beschäftigten.

Er fühlte sich auf unerklärliche Weise niedergeschlagen, als er nach Hause kam. Was immer der Grund dafür sein mochte, er beschloß, sich noch einen Drink zu gönnen. Am Ende war es natürlich mehr als einer, und er wachte um vier Uhr früh auf. Angekleidet und betrunken saß er im Sessel vor dem immer noch laufenden Fernseher.

Er hatte nie übermäßig getrunken. Das war nun anders geworden. Als der Herbst kam, hatte er sich angewöhnt, den ersten Drink bereits vor dem Frühstück zu nehmen, und mußte sich drei oder vier neue Anzüge kaufen, da die alten um die Taille herum zu eng geworden waren. Da er immer von schlanker, sportlicher Statur gewesen war, war er schockiert, als er feststellen mußte, daß er über zwölf Kilo zugelegt hatte.

Es mußte etwas passieren, entschied Flanagan, wird Zeit, daß ich mich in den Griff bekomme. Er mußte wohl vergessen haben, wer er war – ein respektierter Polizei-Captain namens Anthony Vincent Flanagan. Niemand sagte ihm, was er zu tun hatte. *Er* sagte *ihnen*, was zu tun war. Dann wiederum – wenn das stimmte, wie kam es dann, daß er es seit Monaten vermieden hatte, Paul Broderick unter die Augen zu treten? Natürlich hatte er keine Angst. Captain Flanagan doch nicht! Aber, verdammt noch mal, warum ließ er die Dinge dann immer weiter treiben?

Am nächsten Morgen kleidete er sich sehr sorgfältig, trank nicht und nahm ein Taxi zu Paul Brodericks Büro in der Stadt.

Seine ehemals eiserne Selbstdisziplin und Härte stärkten ihm noch einmal den Rücken, so daß er ganz der alte Flanagan war – geradeaus und unaufhaltsam wie eine Gewehrkugel.

»Ich will dir sagen, warum ich hergekommen bin«, verkündete er, sofort nachdem sie die Hände geschüttelt und sich gesetzt hatten.

»Ich will wieder in meinen Job zurück. Ich finde, es wird langsam Zeit, Paul. Kümmerst du dich darum? Ich bin ja immer noch krankgeschrieben.«

»Ich dachte, du amüsierst dich«, murmelte Broderick sanft und schob Flanagan die guten kubanischen Zigarren herüber. »Warum solltest du das nicht auch tun. Du bist ein glücklicher Mensch, Anthony. Du bist ein Mann, der bei Null angefangen hat und jetzt alles besitzt, was das Herz begehrt. Denk mal ein Weilchen darüber nach. Du hast all deine Zeit hineingesteckt. Jetzt solltest du deine Rente rausholen. Was hält dich ab?«

»In meinem Alter?« fragte Flanagan herausfordernd. »Nein, Paul. In ein oder zwei Jahren bin ich gerade mal fünfzig. Es geht mir gar nicht so sehr um den Job selbst, verstehst du? Ein Hundeleben ist das, und ich hasse es wirklich. Aber ich will, daß die Gerüchte aufhören, die über mich kursieren. Die werden allmählich lästig. Sogar meine Tochter Maureen scheint zu glauben, daß ... aber das ist natürlich nicht entscheidend. Alles, was ich will, ist meinen Job zurück. Das ist das einzige, wozu ich tauge. Also, gib mir eine klare Antwort, Paul – ja oder nein?«

Broderick, der tief in seinen Ledersessel gerutscht war, vermied es, Flanagan anzusehen. Statt dessen blickte er auf die lange Zigarre zwischen seinen Fingern.

»Dann tut es mir leid«, sagte er schließlich und hob seinen müden Blick. »Die Antwort ist nein, Anthony. Es muß sein. Du bist raus aus dem Geschehen, und wenn du mich fragst, ist das auch besser so für dich. Ich habe die Sache für uns alle ausbügeln können, oder zumindest für die meisten von uns. Aber es war eine verdammt haarige Sache. Ich sehe keinen Sinn darin, das alles noch einmal aufzurühren. Inzwischen hat sich ein neuer Ausschuß gebildet, und der könnte leicht neugierig werden, warum deine Rückenschmerzen zu einem so passenden Zeitpunkt letztes Jahr auftraten — passend zumindest für dich und mich. Warum sollten wir das riskieren? Verstehst du nicht, was das für ein Blödsinn wäre?«

»Ja, ich verstehe«, hörte Flanagan sich mit zusammengebissenen Zähnen hervorstoßen. »Zumindest verstehe ich langsam, was für ein verdammter Schwachkopf ich war. Vergiß nicht, daß ich hätte zurückkommen können und dann vielleicht von dem Auftrag erzählen können, an dem wir beide beteiligt waren, und niemand auf Gottes Erdboden hätte dann verhindern können, daß sogar du hättest aussagen müssen.«

»Völlig richtig«, stimmte Broderick zu und nickte. »Wir wären alle miteinander aufgeflogen, der ganze Verein . . . und du mit.«

Die Tränensäcke unter Flanagans Augen färbten sich dunkel. Erneut beugte er sich vor, und seine große Hand ballte sich auf dem Schreibtisch zur Faust.

»Ich sage dir noch einmal, mach die Sache klar für mich«, erklärte er mühsam. »Das steht mir zu! Ich war ein verdammt guter Polizist, bevor ich dich kennenlernte, aber da hattest du schon längst die ganze Abteilung unter Kontrolle — das hast du ja immer noch. Mir blieb doch gar nichts anderes übrig, als zu tun, was du von mir wolltest, um überhaupt in der Abteilung zurechtzukommen. Sonst hätte ich gleich wieder gehen können. Stimmt doch, oder vielleicht nicht?«

»Im großen und ganzen schon«, gab Broderick zu. »Aber du vergißt dabei eine Sache. Für das, was du für mich getan hast, bist du bezahlt worden — und zwar verdammt gut. Wir haben lange Zeit lukrative Geschäfte miteinander gemacht. Wenn ich recht informiert bin, hast du inzwischen etwa eine dreiviertel Million Dollar auf deinem Konto. Hast ganz schön was auf die hohe Kante gelegt von deinem Polizistengehalt, was?«

»Und wenn schon.« Flanagans Stimme begann zu zittern, »Wieviel bist du denn wert? Mit all deinen Taxifirmen und dem Installations-Großhandel und den Bauunternehmen, die sich allesamt jeden einzelnen städtischen Auftrag an Land ziehen? Ich will doch gar nicht bestreiten, daß ich bei allem gern mitgemacht habe. Wahrscheinlich wäre ich der Trottel des Jahrhunderts gewesen, wenn ich es nicht getan hätte. Aber ...«

»Das wärst du ganz sicher gewesen«, stimmte Broderick ruhig zu. »Aber vergiß nicht, Anthony, du hast diese Entscheidung selbst getroffen. Niemand hat dich gezwungen. Denk bitte mal darüber nach, und führe dich in meinem Büro bitte nicht auf wie ein wildgewordener Stier. Das lasse ich nicht länger zu. Du bist längst nicht mehr dein eigener Herr. Du bist Paul Brodericks Mann, und du wirst das tun, was dir hier gesagt wird. Ist das jetzt ein für allemal klar?«

»Was bin ich?« tönte Flanagan, der aufgesprungen war und die Schreibtischkante mit beiden Händen umklammerte. »So ist das also! Ich gehöre dir, ja? Ein Broderick-Junge, der dir die Sachen trägt? Also, das ist doch ...«

Er bewegte sich so plötzlich, daß er das Tintenfaß umwarf. Broderick schnalzte mit der Zunge und läutete nach dem Mädchen.

»Der schöne Teppich«, klagte er. »Verdammt noch mal, Anthony, was ist bloß los mit dir? Den Fleck kriege ich doch nie wieder raus. Komm wieder, wenn du die ganze Angelegenheit in Ruhe durchdacht hast. Ich notiere mir mal, daß wir Dienstag im Klub zu Abend essen. Und dann werden wir ...«

Aber Flanagan war bereits am Mädchen vorbei zur Bürotür hinausgestürzt. Unten auf der Straße ergoß sich die sommerliche Flut des grellen Sonnenlichts über ihn. War er eben mit dem Aufzug gefahren, oder war er gelaufen? Er konnte sich beim besten Willen nicht mehr erinnern. Brodericks Mann! Nicht mehr sein eigener Herr, schon seit Jahren nicht mehr — noch niemals gewesen! Immer nur Brodericks Mann. Konnte das wahr sein?

Reglos saß er in seinem teuren Auto und versuchte, eine Antwort zu finden. Wenn da nur nicht diese dumpfe Taubheit in seinem Schädel wäre, die statt klarer, folgerichtiger Gedanken nur Fetzen und Fragmente zuließ. Du wußtest nie, was beim ersten Mal überhaupt von dir verlangt worden war. Du warst damals nur ein kleiner Sergeant, als zu Weihnachten ein Mann aufs Revier kam, dessen Manteltaschen voller Umschläge waren. Ein Umschlag für den Sergeant, ein Umschlag für den Lieutenant, ein Umschlag für den Captain, alle mit guten Weihnachtswünschen von Paul Broderick. Natürlich hast du deinen Umschlag angenommen, genau wie es alle anderen auch getan hatten, und von dem Tag an hieltest du Ausschau nach Brodericks großem, schwarzem Cadillac, wo immer der Wagen geparkt war.

Schon bald hieß es ›Guten Morgen, Mr. Broderick‹, wenn man sich begegnete, und dann hattest du auch schon mal ein paar Eintrittskarten für das nächste Spiel der Yankees im ›Stadium‹ oder der Rangers im ›Garden‹ in der Hand. Mr. Broderick mag deine Art, hieß es, und eines Tages, als er eine Beule in deiner alten Rostlaube entdeckte, ließ er es von einem seiner Leute in die Stadt zu seiner Taxiwerkstatt bringen. Das sollen die eben ausbeulen, wurde dir gesagt. Als sie den Wagen dann am nächsten Tag zurückbrachten, war er frisch lackiert. Sie hatten auch die Sitzbezüge erneuert, ein nagelneues UKW-Radio eingebaut und neue Reifen aufgezogen. Der Motor war neu eingestellt, die Zündkerzen und der Luftfilter erneuert und ein Keilriemen eingebaut. Die alte Karre schnurrte wie ein Kätzchen und sah aus wie ein Neuwagen.

»Nur so unter uns«, hatte Broderick gesagt, »ich mag deine Art, Anthony. Du bist ein heller Kopf, und du hast mir schon so manchen Gefallen getan. Warum steht dein Name eigentlich noch nicht auf der Lieutenant-Liste? Ich glaube, da muß ich mal nachhaken. Ich lasse in ein paar Tagen von mir hören. Die Rechnung für deinen Wagen? Was für eine Rechnung? Wovon redest du eigentlich? Eine Hand wäscht die andere. Ich habe jetzt einen Freund bei Gericht, genau wie du. Also lassen wir alles, wie es ist, in Ordnung? Wie war das Spiel gestern?«

Und in der Tat blieb alles so, wie es war. Von diesem Zeitpunkt an hatte Mr. Broderick stets einen Freund bei Gericht, wenn es mal erforderlich war, und da Sergeant Flanagan im Monat darauf zum Lieutenant befördert wurde, war das Ganze ein fairer Tausch und keineswegs ein einseitiger Gunstbeweis. Hin und wieder ein kleiner Börsentip — immer ein guter Tip; später die Gelegenheit, sich als stiller Teilhaber in eine von Brodericks Baufirmen einzukaufen, ein paar Tage bevor ein 38-Millionen-Dollar-Vertrag mit der Stadt gewonnen wurde. Niemals aber gab es auch nur eine Andeutung von ›Brodericks Mann‹, bis zum heutigen Tag jedenfalls nicht.

Heute aber kam in deutlichen und unmißverständlichen Worten die Wahrheit ans Licht. Du bist nicht dein eigener Herr, fiel Flanagan wieder ein, schon seit Jahren nicht mehr. War das möglich? Und endlich erkannte er, daß es wirklich stimmte.

Er fuhr heim, das merkwürdig taube Gefühl war nach wie vor in seinem Schädel. Er parkte den Wagen in der Tiefgarage, die zum Haus gehörte, ging nach oben und begann zu trinken. Er trank ununterbrochen, acht Tage lang, und hörte erst auf, als er sich mit einer Alkoholvergiftung in einem privaten Krankenhaus wiederfand, die weinende Maureen an seiner Seite.

Und dafür schämte Flanagan sich. Als er wieder nach Hause durfte, goß er jede einzelne Whiskyflasche in seiner Wohnung aus, und um auf irgendeine Art die langen Stunden totzuschlagen, zwang er sich, lange Spaziergänge zu unternehmen, auch nachts, wenn er nicht schlafen konnte. Brodericks Mann? Niemals! Nicht, wenn er jetzt dagegen ankämpfte. Es gab einen Weg zurück für ihn. Er mußte nur die richtige Tür finden, wo auch immer die zu finden war. Er wußte Bescheid. Er wußte jetzt, wieviel Wahrheit in den paar Zeilen von Omar Khayyam steckte. Wie lauteten die noch gleich?

Oft frage ich mich, was kaufen die Winzer —
halb so viel wert wie das, was sie verkaufen.

Was hatte Anthony Flanagan verkauft? Sich selbst? Seine Arbeit, seinen Stolz, seinen Lebenszweck? Inzwischen wußte er es, und er mußte den Weg zurück finden. Es mußte doch noch eine Chance für ihn geben, von vorn zu beginnen, ein neues Leben anzufangen. Das war alles, was ihm geblieben war, und es war wichtig, daran festzuhalten. Es gab den Weg zurück. Aber wie sollte er ihn finden? Wo genau hatte er ihn verlassen?

Er wußte es nicht. So ging er manchmal spät nachts am Fluß entlang durch öde und verlassene Bezirke — dasselbe Revier, das Captain Flanagan einst unter seiner Kontrolle hatte und wo er praktisch Herr über Leben und Tod gewesen war. Die finsteren Gassen, die düsteren Lagerhausfassaden links und rechts, die hohen, gleichgültigen Straßenlaternen, die flüchtigen, vom Wind gejagten Schatten. Was vermutete Captain Flanagan dort? Wonach suchte er? Irgendwie ahnte er die Antwort. Nur Geduld, sie würde sich schon einstellen. Damals war er ein ganzer Mann, und das wollte er wieder sein. Hier begann der Weg zurück und wartete, daß Flanagan ihn beschritt. Nur wo und wann?

In der Nacht, als er die Antwort fand, hatte er kurz angehalten, um zu verschnaufen, und blickte auf den Fluß, als ein Streifenwagen neben ihm am Bordstein hielt.

»Hallo, Alter«, drang eine Stimme aus dem Beifahrerfenster. »Was treibst du in dieser Gegend, Nacht für Nacht? In dieser Ecke wird man leicht überfallen, falls du das nicht wissen solltest. Wie ist dein Name, Opa? Wo wohnst du? Komm mal her zum Wagen und sprich dich aus. Du hast uns neugierig gemacht. Seit einer Woche sehen wir dich hier jede Nacht.«

»Wo ich wohne?« wiederholte Flanagan. »Jedenfalls nicht in dieser Gegend. Wie geht's denn, Boudreau? Und dir, Mahoney?«

Boudreau kam daraufhin aus dem Wagen und spähte angestrengt in die Dunkelheit.

»Nicht möglich«, sagte er dann. »Captain Flanagan! Aber — Sie sehen so alt aus... oder... nun, ich meine, ich habe Sie einfach nicht erkannt, Captain. Wie geht's Ihnen, Captain? Können wir Sie irgendwohin mitnehmen? Wohin wollen Sie?«

Das wußte Captain Flanagan selbst nicht so genau. Jedenfalls stieg er in den Streifenwagen, und mit einem Mal fühlte er sich um zwanzig Jahre zurückversetzt. Der Wagen hätte genausogut der sein können, den er damals fuhr, und es hätte genausogut wieder Streifenpolizist Flanagan sein können, der hinter dem Lenkrad saß, und nicht Harry Mahoney — ebenso wie Flanagans Partner Bert Bailey neben ihm hätte sitzen können und nicht Phil Boudreau.

Flanagan und Bailey waren damals Partner, aber dann kam der Tag, an dem Flanagan allein von einer nächtlichen Streife zurückkehrte.

Sie waren zufällig in einen Überfall auf einen Schnapsladen in der östlichen 79. Straße geraten. Es war eine Nacht wie diese, erinnerte sich Flanagan. Der gleiche leichte, milde Regen, dessen Tropfen langsam an den Windschutzscheiben der geparkten Autos hinabliefen. Dann stürzten plötzlich drei Männer mit gezogenen Waffen aus dem Schnapsladen. Bailey, immer schon der schnellere der beiden, war sofort draußen und schrie die übliche Warnung. Noch heute sah Flanagan die kleine Flamme vor sich, die plötzlich drüben im Eingang zum Schnapsladen aufblitzte. Die Kugel warf Bailey herum und zurück auf den Wagen, und wieder sah Flanagan den überraschten Ausdruck auf seinem Gesicht, dann das gleichzeitig ängstliche und halb wissende Lächeln, das folgte. Bailey faßte sich an die Brust und starrte auf seine Hand. Das Lächeln erstarb.

»Großer Gott«, sagte er. »Mich hat's erwischt. Ich fühle mich ... sie haben mich erwischt, Tony. Mach's gut, Kumpel. Sag Agnes und dem Kind ...«

Dann kippte er vornüber, und ein junger Flanagan stürzte aus dem Wagen und rannte hinter den drei Männern her. Einen streckte er sofort nieder mit dem ersten Schuß, den er abgab. Den zweiten erwischte er hinter der nächsten Straßenecke, und den dritten stellte er in einer Sackgasse.

Die Sackgasse hatte dem jungen Flanagan keine Angst eingeflößt, auch die Kugeln nicht, die ihm um die Ohren gepfiffen waren. Der junge Flanagan gehörte einer Gemeinschaft an, und so war dies eine Sache, die getan werden mußte. Er hatte überhaupt nicht darüber nachgedacht. Er war einfach in die Sackgasse hineingerannt und hatte den Fall erledigt. Aber das lag natürlich schon lange zurück. O ja, der alte Flanagan erinnerte sich gut. Zwanzig oder mehr Jahre waren vergangen.

»Wir haben uns kürzlich auf dem Revier noch über Sie unterhalten«, berichtete ihm Harry Mahoney. »Wir haben jetzt einen Neuen bekommen, aber ein Tony Flanagan ist das wahrlich nicht, Captain. Wie fühlen Sie sich denn so? Kommen Sie bald aufs Revier zurück?«

»Das weiß ich nicht«, sagte Flanagan langsam. »Schwer zu sagen, Harry. Aber ich habe nachgedacht während der Zeit, in der ich im...« Draußen verschwand Baileys Gesicht hinter einem Schwaden Nebel, so daß Flanagan es nicht mehr ausmachen konnte, selbst, als er mit der Hand über die beschlagene Scheibe fuhr. Aber es war dort gewesen, ganz sicher. Flanagan hatte es so deutlich gesehen wie...

»Kann ich gut verstehen«, sagte Boudreau. »Nichts wie raus aus der Abteilung, solange du noch ein paar schöne Jahre vor dir hast. Sie haben's geschafft, Captain. Sie haben alles, was das Herz begehrt, warum sollten Sie das nicht genießen?«

»Klarer Fall«, sagte Mahoney. »Aber ich muß mal eine Pause einlegen drüben in dem Imbiß, Phil. Dauert nur ein paar Minuten, ja? Ich bin gleich zurück.«

Sie hielten am Straßenrand, und Mahoney marschierte los. Boudreau stieg ebenfalls aus, gähnte und streckte sich.

Dann plötzlich, als er die andere Straßenseite hinunterblickte, erstarrte er.

»Sehen Sie sich den Wagen mal an«, sagte er zu Flanagan. »Drüben bei der Verladerampe, Captain. Schwarzer Dodge, oder?«

Es war ein Dodge, wie Flanagan sehen konnte, als er sich im Streifenwagen umdrehte und ihn in Augenschein nahm.

»Ich möchte wetten«, sagte Boudreau, der eilig nach seinem Schulterhalfter tastete, »daß er ein anderes Nummernschild hat. Natürlich. Das wechseln sie nach jedem Coup, den sie landen. Sind schon schlaue Brüder. Seit sechs Monaten räumen sie ein Lagerhaus nach dem anderen aus in dieser Ecke. Schätze, ich gehe mal eben rüber und überprüfe das, Captain. Richten Sie das Harry aus? Er wollte gleich zurück sein.«

Boudreau tauchte schnell und geräuschlos in die dunklen Schatten ein, die die Verladerampe und den parkenden Dodge umgaben. Flanagan blieb, wo er war. Irgend etwas raunte ihm zu, daß es besser so war. Er konnte auch später noch helfen, nachdem Boudreau die Personalien festgestellt hätte. Im Moment wäre er nur im Weg. Ein Blick auf seine Armbanduhr verriet ihm, daß es 4 Uhr 25 war. Die Straße vor ihm war verlassen, das schwarze Pflaster glänzte unter den Bogenlampen. Selbst auf dem Highway, der ein Stück weiter auf Stahlträgern über die Straße geführt wurde, zischte nur gelegentlich ein Auto vorbei.

Flanagan spürte plötzlich ein kaltes Prickeln im Rücken. Hatte er Angst? Er — Captain Flanagan? Er gehörte doch einer Gemeinschaft an, so wie er auch vor mehr als zwanzig Jahren einer Gemeinschaft angehört hatte. Kein Grund zur Sorge also. Und dennoch mußte er sich eingestehen, daß er sich verdammt unwohl fühlte — eine vorübergehende Trockenheit im Hals, ein leichtes Zittern der Armmuskeln, ein seltsames Pochen seines Herzens. Was machte ihm bloß so zu schaffen? Angst konnte es ja wohl nicht sein. Die hatte er noch niemals zuvor gehabt. Was also dann?

Er stieg aus dem Streifenwagen aus. Oben auf dem Highway raste ein Nachttaxi vorbei. Alle anderen Geräusche um ihn herum schienen dagegen wie in Samt gehüllt zu sein. Er wischte sich über den Mund und bewegte sich eilig zu einer Toreinfahrt, um dort in Deckung zu gehen. Natürlich beachtete er damit lediglich die einfachsten Sicherheitsvorschriften. Flanagan war immer mit solchen Fällen fertig geworden, und er würde bei Gott auch diesmal damit fertig werden!

Es war allerdings beunruhigend, nicht sicher zu wissen, was eigentlich vorging. Er konnte niemanden sehen, nicht einmal Boudreau, und nicht das kleinste, verräterische Geräusch war zu hören. Wo blieb nur Harry Mahoney? Warum war er noch nicht zurück? Das kommt davon, wenn man sich auf so kleine, miese Kriecher verläßt! Mahoney wußte ganz gut, wo und wann es an der Zeit war, sich aus dem Staub zu machen! Sollen sich Flanagan und Boudreau doch um diese Sache kümmern. Mahoney würde in dem Imbiß hocken und dort in Sicherheit bleiben, bis alles vorbei war.

Der bloße Gedanke versetzte Flanagan in Wut. Verflucht, warum mußte er die beiden ausgerechnet heute nacht treffen? Warum war er so dämlich gewesen, in ihren Wagen einzusteigen? Jetzt saß er in der Falle, und die Chancen standen gut, schon bald zur Belohnung eine Kugel im Kopf zu haben. Es würde dann nicht mehr die kleinste Rolle spielen, daß Tony Flanagan alles besaß, was das Herz begehrte. Tot und zerfetzt würde er sein, wenn er seine Nase auch nur einen Zoll weit aus der Toreinfahrt stecken würde.

Also laß sie, wo sie ist. Paß auf dich auf. Auf wen verdammt noch mal auch sonst? Wo war Boudreau? Was machte er bloß? Es war unmöglich, das mit Bestimmtheit zu sagen. Er mußte sich wohl still und mit größter Vorsicht in der Dunkelheit umherbewegen und vergeblich nach ihm Ausschau halten. Flanagan wurde sich eines penetranten, rasenden Zuckens seines rechten unteren Augenlids bewußt. Er hatte seinen Dienstrevolver gezogen, der seine Hand mit verzweifelter Anstrengung umklammerte, als wären seine Finger in dieser Haltung erstarrt und sein Arm von der Schulter abwärts gelähmt. Plötzlich brach ihm der kalte Schweiß aus. Aber warum?

Die Sache war vollkommen unverständlich. Wann hatte Tony Flanagan jemals Angst vor irgend etwas oder irgend jemandem auf der Welt gehabt? Es konnte sich nur um den blödsinnigen Gedanken handeln, der ihm plötzlich in den Sinn gekommen war – daß er plötzlich mutterseelenallein dastand und daß niemand in der Nähe war, ihm beizustehen, weil da eine Gemeinschaft war, der er nicht länger angehörte. Er spürte, wie ihm daraufhin die Schweißtropfen in die Augen rannen, und schüttelte ruckartig seinen Kopf. War das der Grund dafür, daß er vor mehr als zwanzig Jahren ohne Zögern einem bewaffneten Mann in eine Sackgasse folgen konnte, sich heute nacht aber keinen Schritt weit aus der Toreinfahrt traute? Einst hatte er die Kameradschaft der Abteilung im Rücken – heute war niemand auf seiner Seite. War das die Antwort?

Nein, niemals! Er hatte nichts verlernt. Alles, was er hier und heute zu tun hatte, war ganz einfach – er mußte Boudreau folgen und Schulter an Schulter mit ihm stehen, egal, was passierte. Aber bevor er die Verladerampe und den schwarzen Dodge, der dort geparkt stand, erreichen konnte, hatte er zuvor ein Stück Straße ohne Deckung zu überqueren, und Flanagan stellte fest, daß er sich einfach nicht dazu überwinden konnte. Es war ihm schlichtweg unmöglich. Zweimal nahm er Anlauf. Zweimal hielt ihn eine unsichtbare Hand von hinten zurück.

Flanagan hob den Kopf. Seine Augen waren fest geschlossen, ein schmerzvoller Zug zerrte an seinen Mundwinkeln. Aber er versuchte nicht noch ein drittes Mal, ins Freie zu laufen. Er spürte einen Schauer tief in sich beginnen, der sich dann, Welle um Welle, in seinem ganzen Körper ausbreitete. Er tat gar nichts. Er stand einfach nur da und wartete.

»Was ist los?« Harry Mahoneys gepreßte Stimme war unmittelbar neben ihm. »Wo ist Phil, Captain? Was geht hier vor?«

Flanagan wandte sein Gesicht ab und deutete mit seiner Waffe auf die andere Straßenseite. Im gleichen Augenblick öffnete sich scharrend eine Tür drüben an der Rampe. Es wurde kein Licht gemacht, aber in dem Verladetor konnten sie jetzt vier Männer ausmachen. Eine Gestalt sprang herunter und öffnete den Kofferraum des Wagens. Die anderen drei begannen zügig und vollkommen geräuschlos, Karton für Karton hinauszubefördern. Schließlich sprangen die drei Männer nacheinander ebenfalls von der Laderampe, ohne sich die Mühe zu machen, das Tor hinter sich zu schließen. Aber Boudreau benutzte seinen Verstand. Er war einer gegen vier, soweit er selbst das beurteilen konnte, und es mußte ihm klar gewesen sein, daß er nur eine einzige Chance hatte, nämlich die Leute in den Wagen steigen zu lassen, bevor er sich zu erkennen gab.

»Stehenbleiben und keine Bewegung«, hörte Flanagan. »Ich habe euch genau im Visier. Finger weg vom Anlasser.«

Trotzdem heulte der Motor auf. Offensichtlich wurde der Wagen mit durchgetretenem Gaspedal gestartet und raste nun wie eine Rakete los. Als Boudreau mit gezogenem Revolver auf die Straße sprang, wurde auf ihn geschossen. Gelbe Flämmchen, klein wie Glühwürmchen, züngelten ihm entgegen, und Boudreau wurde getroffen. Er wurde im Licht der Scheinwerfer herumgerissen, taumelte zur Seite und landete mit seinem Kopf an einem Absperrgeländer.

All dies sah Flanagan, spürte einmal mehr den kalten Schweiß und blieb, wo er war. Harry Mahoney indessen handelte. Beim ersten Schuß war er auf der Straße, ließ sich auf ein Knie fallen und erwiderte das Feuer. Flanagan ertappte sich bei einem lächerlichen Versuch, sich mit Gewalt zurückzuhalten. Das Fahrzeug raste schlingernd auf ihn zu. Die Frontscheibe war geborsten, und einen winzigen Moment lang konnte er die zwei Männer, die vorn saßen, und die zwei im Fond ausmachen. Flanagan hatte sie allesamt für einen winzigen Moment wie auf dem Präsentierteller.

Aber er schoß nicht auf sie. Statt dessen sank er auf die Knie und kreuzte beide Arme vor seinem Gesicht. Harry Mahoney war es, der keinen Zoll weit zurückwich, der ein zweites, drittes, viertes Mal schoß, als der schwarze Dodge vorbeidonnerte, die Straße kreuzte und in einen geparkten Lastzug raste. Man hörte das Kreischen der Bremsen, das Quietschen der Reifen, dann den Aufprall. Danach trat eine völlige Stille ein. Der Dodge lag auf der Seite. Eine der Türen war aufgesprungen. Ein Arm schob sich hinaus, tastete ziellos umher und fiel zurück ins Wageninnere.

Harry Mahoney atmete stoßweise aus und drehte sich dann zu Flanagan um.

»Sind Sie in Ordnung?« fragte er angespannt. »Sie sind doch nicht getroffen, oder?«

»Nein, alles klar«, krächzte Flanagan. Immer noch auf Knien, ließ er seine Arme sinken und stellte fest, daß er seine Dienstwaffe fallengelassen hatte. Mahoney fischte sie aus dem Rinnstein und lief dann hinüber, um nach Boudreau zu sehen.

»Nicht so schlimm«, rief er über seine Schulter. »Nur die Schulter, Captain. Na, da hatten wir aber ein ganz schön dickes Ding am Hals, was?«

Flanagan gab ihm keine Antwort. Er spähte die enge Straße hinunter, die im Licht der Laternen wieder still im Regen lag. Ihm war, als konnte er eine Gestalt langsam verschwinden sehen, die kleiner und kleiner wurde, mehr und mehr verschwand, eine einsame Gestalt. Sie wandte ihm das Gesicht nicht zu, aber er wußte, um wen es sich handelte. Es war Anthony Vincent Flanagan.

Benommen rappelte er sich auf. Aber das konnte doch nicht wahr sein! Er brauchte eine neue Chance. Er mußte sie haben! Es wa doch kein Vorsatz im Spiel! Er hatte einfach nur nicht rechtzeitig begriffen, daß das Abkommen mit Broderick alles oder nichts bedeutete. Also, hört mir zu. Bitte! Es mußte noch mehr in seinem Leben geben, als in eine Sackgasse zu rennen. Es gab doch eine Gemeinschaft, der Flanagan immer noch angehörte. Auch, wenn er gerade . . .

»Vielleicht setzen Sie sich besser in den Wagen«, schlug Mahoney vor. »Sie sehen ziemlich mitgenommen aus, Captain. Ich helfe Ihnen.«

Aber Flanagan wich zurück, schüttelte heftig seinen Kopf und hob abwehrend seine Hände. In diesem Streifenwagen war kein Platz mehr für Tony Flanagan, das wußte er plötzlich. Seinen Platz in dieser Gemeinschaft hatte er für immer verloren. Er drehte sich ohne hinzusehen um, bevor die anderen auf der Szene erschienen. Mit einem ausgestreckten Arm, als wollte er nach etwas tasten, taumelte er um die Straßenecke.

Dann war Flanagan ganz allein. Er lief einfach die Straße hinunter. Er wußte jetzt, was aus ihm geworden war. Er war der ehemalige Captain, der alles besaß, was das Herz begehrt, und der clever genug gewesen war, dafür nichts einzutauschen, was für einen Mann lebenswichtig war — außer seiner Ehre.

Deutsch von Thomas Hoheisel

Alles egal

Florence V. Mayberry

Es war ein langer, anstrengender Marsch vom Gipfel des Mount Carmel zum Strand, aber sie war heruntergekommen, wie jeden Tag, die ganze letzte Woche lang, seit Thorwald weg war. Weg. Nicht mehr ihr Mann.

Die Anstrengung tat ihr gut. Sie sehnte sich nach einer überwältigenden, bleiernen Müdigkeit, die sie endlich schlafen ließe. Bloß nicht mehr denken.

Sie überquerte die Straße, stolperte über unebenes Gelände zu den Bahngeleisen, stieg darüber, kam zum Strand, schleuderte die Mokassins weg, krempelte die Hose hoch. Wellen umspielten ihre Füße. Sie beschattete die Augen und ließ den Blick schweifen. Am Strand war das Meer ein glitzernder Strudel, weiter draußen dunkelblau, fast kobaltfarben. Ein weißes Schiff, das sich scharf vom Wasser abhob, lief vom Horizont her kommend den Hafen von Haifa an.

Vielleicht sollte sie sich nach Griechenland einschiffen oder nach Italien oder nach Amerika. Überallhin, bloß weg aus Haifa und Israel.

Sie sah nach Süden, Richtung Tel Aviv. Kein Schiff, nur der einsame Horizont. »Einsam«, sagte Solange laut. »Wie ich. Alleingelassen.« Sie bemerkte kaum, daß sie laut geredet hatte, und es störte sie kaum. Seit vergangener Woche hatte sie öfter Selbstgespräche geführt. »Weil ich allein bin. Allein!« schrie sie dem Meer zu, aber ihre Worte gingen im Brausen und Rauschen der Wellen unter. Ihre Einsamkeit wurde immer größer.

Sie entzog sich der Liebkosung des warmen Wassers, rubbelte den Sand von den feuchten Füßen, schlüpfte in die Schuhe und ging weiter die Bucht entlang, vorbei an der Tankstelle, über den öffentlichen Strand, weiter und weiter. Als sie müde genug war, überquerte sie die Autobahn, ein unkrautüberwuchertes Stück Land, wo ein arabischer Schäfer eine Herde schwarzer Ziegen hütete, und begann langsam den langen, steilen Hang des Mount Carmel hinaufzusteigen. »Sicher kannst du heute schlafen«, redete sie sich zu.

Kurz vor dem Gipfel bog sie in einen schmalen Seitenweg ein, stieg eine Treppenflucht hinter terrassenartig angelegten Gärten hinunter, schloß ihr ebenerdiges Apartment auf und zog die Tür hinter sich wieder zu. Zögernd blieb sie stehen. »Leer«, sagte sie laut. »Keine Katze, kein Hund, kein Vogel. Niemand. Nur du.« Sie sah in den Flurspiegel und betrachtete die zarten Blüten der Topfpflanze daneben. Plötzlich packte sie die Pflanze, durchquerte das Wohnzimmer, stieß einen Fensterflügel auf und schleuderte den Topf in das tiefe Wadi hinunter. »Niemand«, wiederholte sie.

Sie ging in die Küche und dachte: *Wasser kochen, Filterpapier einlegen, Kaffee abmessen, Wasser aufgießen, trinken, dann wirst du dich besser fühlen. Noch was, Solly — ein pochiertes Ei vielleicht? Nein? Cornflakes? Ja, Cornflakes. Iß.*

»Warum?« fragte sie.

Sie nahm die mit braunen Flocken gefüllte Schale und die bläuliche israelische Milch wieder vom Tisch, trug beides zur Spüle und schüttete alles in den Abfluß, kehrte ins Wohnzimmer zurück, warf sich aufs Sofa und preßte ihr Gesicht in ein indisches Kissen. Es war mit kleinen Metallspiegeln bestickt, die in ihre Wangen schnitten, als wollten sie sie daran erinnern, wie sie und Thorwald die Kissenbezüge in Indien gekauft hatten, fast im Schatten des Taj Mahal.

Die lange Taxifahrt von Neu Delhi nach Agra lief so klar in ihrem Kopf ab, als würde sie sie noch einmal erleben. Vorbei an Gruppen von Frauen in dunklen Saris, die im Dreck gruben, um eine Autobahn zu bauen, scharf bewacht von männlichen Aufsehern; an bemalten Elefanten, kreischenden Affen, die auf Bäumen mit seltsamen, langen Auswüchsen hockten, Vogelnester, erklärte der Fahrer, in denen die Eier vor Räubern geschützt seien. Auf Thorwalds Bitte hielt er an. Dann hob Thorwald sie lachend zu einem der bemalten Elefanten, ließ sie hinaufklettern und fotografierte sie. »Du hast wie eine Prinzessin ausgesehen, die zu einem Treffen mit ihrem Geliebten reitet«, sagte er, als sie wieder im Taxi saßen.

»Bin ich ja auch«, sagte sie zutraulich und rückte nahe an ihn heran, »und ich habe ihn getroffen.« Wie lange waren sie damals verheiratet? Sechs Monate? Nein, ein Jahr schon, aber es war immer noch wie in den Flitterwochen, dauernd auf Reisen in hinreißenden exotischen Ländern, wo Thorwald als Ingenieur arbeitete. Er liebte den ständigen Wechsel. Sie auch, solange er bei ihr war.

Sie hielten an Raststationen in Dörfern, wo Männer Schlangen aus Körbchen zauberten, halbverhungerte Himalayabären pathetisch zu quäkender Musik tanzten und in Aborten mit offenstehenden Türen Männer ein- und ausgingen. Die Hitze lastete über dem Land und steigerte sich zu einer blendenden, schwindelerregenden, weißen Glut, als sie an spiegelnden Wasserbecken entlang zum Taj Mahal schlenderten, das in seiner nachmittäglichen Schönheit erstrahlte. Es war so heiß, daß sie fürchtete, ohnmächtig zu werden. Sie hängte sich an Thorwald, um trotz des wirbelnden Strudels in ihrem Kopf das Gleichgewicht zu wahren. Er zerrte sie vorwärts, aus der Hitze in den Schatten des prachtvollen Mausoleums fliehend, das der Shad Jahan seiner innig geliebten Frau erbaut hatte.

Sie hatte fasziniert auf das juwelengeschmückte Bauwerk gestarrt, das letzte Unterpfand der Anbetung eines Königs für seine Geliebte, und sich nicht danach, sondern nach der Liebe gesehnt, die es hervorgebracht hatte. »Thorwald, wenn du König wärst und ich gestorben, würdest du mir dann auch so ein Taj Mahal bauen?«

»Natürlich«, hatte er leichthin gesagt. »Laß uns ein Restaurant suchen. Ich sterbe vor Hunger.« An den Wasserbecken entlang zurückschlendernd, hatte er noch hinzugefügt: »Versprechen kann man Schätze leicht, auch wenn man arm ist.«

»Aber solche Versprechen *sind* Schätze«, hatte sie ihm darauf erwidert.

Sie erhob sich von dem Kissen. »Wirklich?« fragte sie in den leeren Raum. Wieder trat sie ans Fenster, um die Erinnerung zu verscheuchen, aber es ging nicht. Die Fortsetzung dieser Tagesreise lief wie ein Film vor ihr ab.

Sie fuhren über dieselbe Straße nach Delhi zurück, an denselben Häusern vorbei, an den Bäumen mit den Affen und den Vögeln. Aber die goldene Abendsonne veränderte die Szenerie, verwandelte die Straße, das Land und die Menschen. Die Frauen aus den Dörfern waren jetzt sauber und frisch und trugen leuchtende Saris, wie Schmetterlinge, die sich aus der Verpuppung der staubigen Arbeit am Morgen befreit hatten. Anmutig schritten sie mit kupfernen Wasserschalen auf ihren Köpfen die Straße entlang, riefen ihre Kinder, lachten mit ihren Nachbarn, und das Stakkato ihres Geplauders stieg auf wie Musikfetzen. Glücklich, heiter und unbeschwert.

Aber dann, bald danach, ein schrecklicher Beweis für die Zerbrechlichkeit und Unbeständigkeit des Glücks, der sie, fast hysterisch, in Tränen ausbrechen ließ. Vor ihnen sammelte sich eine Menschenmenge auf der Fahrbahn. Das Taxi wurde langsamer und wendete dann scharf, um die Gruppe mit ihrem entsetzlichen Mittelpunkt rasch hinter sich zu lassen: eine flach auf der Straße liegende Gestalt, ein verkrümmter Körper, Gesicht nach unten, das eine Bein schräg abstehend, ein weißer Knochen, zerbrochen und glänzend von zerfetztem Fleisch, die Hose zerrissen, die Straße rot gestreift. »Nicht weinen«, besänftigte Thorwald sie. »Vergeude nicht dein Leben, indem du über Dinge weinst, die du nicht ändern kannst. Wo wollen wir heute abend essen? Im Hotel? Oder gehen wir auf Entdeckungstour?«

Ihr Magen drehte sich um bei dem bloßen Gedanken an Essen, aber sie bekämpfte ihren Widerwillen. Ihre verlängerten Flitterwochen durften nicht verdorben werden, sie mußte glücklich sein. Also schmiegte sie sich an Thorwald und versuchte, so kühl und beherrscht zu sein wie er. Denn Thorwald hatte sich selbst genauso unter Kontrolle wie die technischen Schaubilder, die er seiner Firma ablieferte. Sie beschloß, von ihm zu lernen, um selbst pragmatisch und objektiv zu werden. Sie hatte es nicht gelernt.

»Solly, du bestehst nur aus Gefühlen, unbeherrscht bist du. Und das ist, was ich dir auch noch sagen wollte, ziemlich anstrengend«, hatte er ihr vor einer Woche an den Kopf geworfen. »Nein, ich werde dir nicht sagen, wer sie ist, ich will nicht, daß du irgendeinen verrückten, sinnlosen Streit vom Zaun brichst. Es würde überhaupt nichts ändern und alles nur noch schwerer machen. Ich habe es dir schon früher gesagt und sage es dir noch einmal: Vergeude keine Kraft auf Dinge, die du nicht ändern kannst. Ehrlich, Solly, du könntest mich auch gar nicht daran hindern, das zu tun, was ich tun will.« Sie mußte es zumindest versuchen; sie wollte etwas über die Frau erfahren, die ihr Thorwald wegnahm. »Was ist sie, was ich nicht bin, Thorwald? Hübscher? Ausgeglichen? So beherrscht, wie du mich immer haben wolltest? Ich werde mich ändern, wirklich, aber verlaß mich nicht, Thorwald!«

»O Gott, nicht das schon wieder«, antwortete er, wandte ihr den Rücken, zog den Reißverschluß seines Rasierzeugs zu, stopfte es in seinen Reisekoffer, klappte ihn zu. Schnippte sie aus seinem Leben.

New York. Thorwalds Zentrale. Früher oder später würde Thorwald sein New Yorker Büro aufsuchen. »Ich werde Simon anrufen, das ist das richtige«, sagte sie laut. Sie saß wieder auf dem Sofa, langte zum Telefon auf dem niedrigen Teaktisch und wählte langsam die vertraute Nummer. Eine Sekretärin in New York meldete sich. »Hier ist Mrs. Thorwald Jensen, ich rufe aus Israel an«, sagte Solange. »Bitte verbinden Sie mich sofort mit Mr. Simon! Es ist wichtig.«

Die Stimme von Simon, Thorwalds Chef, kam so deutlich durch die Leitung, als wäre er an einem Telefon im Nachbarapartment. »Hallo, hallo? Solange? Schön, Sie zu hören. Wo ist Thorwald eigentlich? Wir erwarten ihn schon seit Tagen. Wir brauchen einen Briefing für diesen Job in der Wüste Negev. In New York? Nein, keine Spur von ihm. Ich habe Ihnen doch gesagt, daß wir hier auf ihn warten!«

»Aber er sagte New York.« Ihr Mund war trocken. »Ich dachte.... ich habe nichts gehört ... warum glauben Sie ...«

»Take it easy, Solange, regen Sie sich nicht auf«, sagte Simon. »Sie sollten mittlerweile wissen, wie verrückt Vermessungsingenieure sein können. Sie sind überall zu Hause und denken nie daran, andere zu benachrichtigen, am wenigsten ihren Chef oder ihre Frau. Wahrscheinlich hat Thorwald einen kurzen Aufenthalt in London eingelegt, um ein paar Eindrücke mitzunehmen, ja genau, London, da würde ich drauf wetten. Ich telefoniere mal eben mit dem Hotel, wo er immer absteigt. Oder haben Sie dort schon angerufen? Nein? Gut, dann lassen Sie mich mal machen. Ich werde ihn schon finden. Hören Sie, Sie sollten rausgehen, in die Stadt! Wo sind Sie überhaupt? In Tel Aviv?«

»Haifa.« Und ohne besonderen Grund sagte sie noch: »Es ist eine ruhige Stadt.«

»Gehen Sie ins Kino«, sagte Simon. »Hören Sie? Wenn ich Thorwald erwische, sorge ich dafür, daß er Sie auf der Stelle anruft.«

Noch ein paar beruhigende Worte, ein Klicken, und sie war wieder mit sich allein. Thorwald sie anrufen? Niemals. Sie blieb auf dem Sofa liegen. Am Sommerhimmel wich die leuchtende Helligkeit des Nachmittags der Dämmerung, und schließlich wurde es dunkel. Lange danach fragte sie sich: »Warum eigentlich nicht ins Kino?« Sie stand auf, suchte einen leichten Schal und ging hinaus. Als sie die steinerne Treppe hinaufstieg, hörte sie weit entfernt die ekstatischen, gierigen Schreie der Tiere aus dem Zoo am Anfang des Wadi in Gan Ha'em, dem Park der Mütter. Sie schauderte. Ihre Nackenmuskeln spannten sich plötzlich in ursprünglicher Angst. Verfolgt von den Stimmen der Tiere, hastete sie die steile Straße hoch und atmete erleichtert auf, als sie den Bürgersteig erreichte und die grellen Scheinwerfer der Autos vorbeihuschen sah.

Ein letztes entferntes Heulen der Tiere, das fast wie Gelächter klang. Dann Schweigen. Das Geheul und die Stille danach sagten ihr, daß es zu spät fürs Kino war. Jede Nacht, ungefähr um zehn, schrien die Tiere kurz auf. Warum, wußte sie nicht. Und dann noch einmal am frühen Morgen, kurz vor der Dämmerung. Gefüttert wurden sie wohl kaum um diese Zeit, vielleicht ein Kontrollgang der Pfleger. Aber eigentlich war es egal. Alles war egal, seit Thorwald weg war.

Obwohl sie sich gegen das Kino entschieden hatte, ging sie über die steil ansteigende Straße nach Central Carmel, in das enge, pulsierende Einkaufsviertel auf dem Gipfel des Mount Carmel. Dort schob sie sich durch lachende, lärmende Gruppen Jugendlicher, die sich vor Restaurants, Eisständen, Fellafel-Buden drängten. Trotz der Unterschiede erinnerten sie Solange an die Pulks Halbwüchsiger in London, um Shaftsbury und Piccadilly, wo sie und Thorwald nach dem Theater an den Auslagen der Geschäfte entlanggeschlendert waren, die sie am nächsten Tag aufsuchen wollten. In einem chinesischen Geschäft hatten sie Tischsets ausgesucht, die sie nie besitzen würde. Was sollten Zugvögel, deren Zuhause Hotels, Mietwohnungen oder Pensionen waren, auch mit chinesischem Porzellan oder Silber anfangen? Ein paar Wochen hier, ein paar Wochen dort, nie ein Jahr, dann weiter zu einer anderen aufregenden Reise, das Abenteuer der Veränderung, das Thorwald so liebte.

»Ich werde weggehen, Haifa verlassen, ich kann hier nicht länger bleiben«, sagte sie zu sich − und schlug gleich darauf die Hand vor den Mund, voll Angst, daß jemand ihr Selbstgespräch bemerkt haben könnte.

Sie ging wieder den Berg hinunter, rannte die letzten Stufen zu ihrem Apartment, schloß auf und lehnte sich dann keuchend von innen gegen die Tür.

Nachts, kurz vor dem Morgengrauen, hörte sie wieder die Tiere schreien. Sie stöhnte wie in einem schweren Kampf, während sie um Schlaf rang. Ihre Augen starrten in die Dunkelheit. Sie versuchte sich vorzustellen, wie diese Frau, Thorwalds unbekannte Liebe, wohl aussähe. Dunkles Haar und violette Augen, wie eine Filmschauspielerin? Nein. Thorwald liebte Blondinen; deshalb hatte sie ihr rotbraunes Haar tizianblond gebleicht. Der Gedanke, aufzustehen und das Licht anzuschalten, um noch einmal zu sehen, wie schön ihr rötlichblondes Haar mit ihren salbeigrünen Augen kontrastierte, quälte sie.

»Unwirklich siehst du aus«, hatte Thorwald gesagt, als er es zum ersten Mal bemerkte, »absolut unwirklich, Solly, du mußt meine Erfindung sein − die Augen einer ägyptischen Katze und das Haar eines Engels. Komm her, gib mir einen Kuß.«

Er hatte sie geliebt, damals. Was hatte ihn so verändert? Stell dich der Wirklichkeit, sei realistisch! Thorwald liebte den Wechsel, immer ein anderes Projekt, ein anderes Land − und jetzt eben eine andere Frau. Gleichheit langweilte ihn. Er wollte immer weiter, hier, dort, überall sein. »Gott, sag mir, wo er jetzt ist.«

Sie setzte sich auf und schlang die Arme um ihre Schultern zu einer tröstlichen Umarmung. Sie warf sich vor und zurück in ihrem schrecklichen Ringen mit Gott. »Sag es mir, Gott, sag es mir!« Fiel dann zurück in die Kissen, erschöpft und überwältigt von Dunkelheit und Einsamkeit.

Morgens wollte sie etwas essen, konnte es aber nicht und trank nur Kaffee. Sie öffnete das Flurschränkchen, stöberte nach dem Kellerschlüssel, nahm die Taschenlampe heraus, durchquerte das offene Foyer und ging die Kellertreppe hinunter. Im Abstellraum warf sie einen Blick über die Reisekoffer, griff einen von mittlerer Größe heraus und schleppte ihn hinauf.

Dann ging sie zum Telefon und rief ihr Reisebüro an. »Hier ist Mrs. Thorwald Jensen. Ich möchte einen Flug reservieren.«

»Shalom, shalom, Mrs. Jensen. Zu Mr. Jensen? By the way — hat er den Anschluß nach Europa noch gekriegt?«

Anschluß? Nach New York? Oder zu einem anderen Ort, wo die Frau auf ihn wartete, um ihn zu begrüßen? *Ich habe mir nie seine Tickets angesehen. Ich hätte einen Blick auf dieses Ticket werfen sollen. Ich habe nur daran gedacht, daß er mich jetzt verläßt.*

»Er hat kein Telegramm geschickt«, sagte sie. »Aber stellen Sie mir das gleiche Ticket wie Mr. Jensen aus, bitte.« *Vielleicht finde ich diese Frau, und wenn, dann . . .*

»Sehr gern. Wann wollen Sie fliegen? Wünschen Sie auch eine Hotelreservierung in Mexico City? Aber darum wird sich doch sicher Ihr Mann kümmern.«

»Ja. Ja, natürlich.« Mexico City? Dann würde die Frau da sein, sonst wäre Thorwald direkt nach New York geflogen. »Ich will sofort fliegen, morgen. Heute nachmittag rufe ich nochmals wegen des Tickets an.«

Nachdem diese Angelegenheit erledigt war, ging sie mit dem Koffer ins Schlafzimmer. »Ich kann doch nicht alles mitnehmen«, sagte sie sich. Der Gedanke machte sie hilflos. Sie hatten ein möbliertes Apartment gemietet, aber die Bilder, die Bücher und die Dekorationen gehörten ihr. Und alle Kleider, mit denen sie sich für Thorwald schön gemacht hatte. Aber was hatte es ihr denn genutzt?

Sie saß auf dem Bett und stierte auf den nicht allzu großen Koffer daneben. Dann stand sie auf und nahm die Taschenlampe wieder in die Hand.

Im Foyer, das direkt auf die Gartenterrasse hinausging, blieb sie plötzlich stehen. Bestürzt sah sie ein kleines Reh quer über den gepflasterten Gehweg zu dem Kiesweg längs der blumenübersäten Terrasse hetzen. Kiesschauer stoben unter seinen Hufen auf. Ein stämmiger, schnurrbärtiger Mann und zwei dünne Jungen in Arbeitsanzügen rannten hinterher. Die Zweige der Bäume schlugen gegen das Haus, als die drei hinter dem Gebäude verschwanden. Als sie über die letzte Terrasse zu den steil abfallenden Ufern des Wadi setzten, wurden ihre stampfenden Schritte zu lautem Hämmern.

Solange eilte die Kellertreppe hinunter und den schmalen Flur neben den Kellerräumen entlang zu der Tür, die in den seitlichen Garten führte. Von hier aus gelangte sie zur höchsten Erhebung am Rande des Wadi. In der gähnenden Tiefe knackten trockene Zweige. Weit unten sah sie das fliehende Reh zwischen Bäumen; es ließ seine Verfolger weit hinter sich. *Aus dem Zoo ausgebrochen*, dachte sie, *aus seinem Gefängnis. Hat Thorwald das auch gemacht?*

Einer der Jungen verließ die Gruppe und lief auf dem Grund des Wadi zum Zoo zurück. Sie blieb stehen, um die Fortsetzung der Jagd zu verfolgen, aber bald verschwanden das Reh und die beiden Männer hinter Bäumen und Sträuchern. Sie setzte sich auf den Boden und wartete. Nach einer Weile kam der Junge, der zum Zoo zurückgegangen war, mit einem zweiten älteren Mann wieder, der ein Gewehr trug, ein ungewöhnliches Gewehr, das sie von einer Safarireise in Afrika kannte, die sie mit Thorwald unternommen hatte. Eine Büchse, mit der man Betäubungspfeile verschießen konnte.

Für einen Augenblick litt sie mit dem fliehenden Tier, dann wurde sie wütend. »Es sollte nicht weglaufen, es ist sicherer im Zoo, es ist nicht gut, einfach wegzulaufen.«

Sie stand auf und ging zum Keller zurück. Dort grübelte sie vor einem großen Reisekoffer, ließ ihn dann aber unberührt und nahm statt dessen einen kleineren und eine Stofftasche. Als sie wieder oben angekommen war, verfolgte sie der Gedanke an das Reh und die Männer im Wadi immer noch. Sie stieß das große Wohnzimmerfenster über dem weit geöffneten Schlund der Schlucht auf, um Luft hereinzulassen, zog sich einen Stuhl heran und setzte sich darauf. Sie wollte sehen, ob die Jagd Erfolg hatte. Kurz vor Mittag lief ein Junge, der das Betäubungsgewehr trug, das Wadi hinauf zum Zoo. Hinter ihm trotteten langsam der Mann, der das Gewehr mitgebracht hatte, und der andere Junge. Sie trugen schwer an der Last des betäubten Tiers. Der erste Mann, der Schnurrbärtige, war nicht dabei. Solange stand auf und ging ins Schlafzimmer.

Am späten Nachmittag entschied sie, daß sie mit dem Packen fertig sei. Schade um die Bilder und die zerbrechlichen Keramiken. Sie konnte ja zurückkommen; die Miete war für Monate vorausbezahlt. Aber sie würde diese Ansammlung schöner Gegenstände nie mehr wiedersehen; schade, zu schade, jammerschade um das alles.

Sie zog sich um und ging ins Einkaufsviertel. Dort löste sie ihr Konto auf und holte das Flugticket nach Mexiko City ab. Diese Frau würde sicher da sein. Irgendwie würde sie diese Frau finden. Und töten.

Wieder zu Hause, fiel ihr ein, daß sie den ganzen Tag noch nichts gegessen hatte. Sie ging in die Küche, machte sich Tee und Toast, dachte flüchtig daran, ein Ei zu pochieren, verwarf die Idee aber gleich wieder. Sie trug Tee und Toast ins Wohnzimmer, knabberte und nippte daran und starrte ins Wadi, ohne es wahrzunehmen. Die Bilder, die sie sah, waren in ihrem Kopf. Schließlich dämmerte sie ein.

Spät nachts erwachte sie vom aufgeregten Brüllen der Tiere im Zoo. Sie machte Licht und sah auf die Uhr. Zehn Uhr. Warum schreien die Tiere zu dieser Zeit? Ob sie einsam sind? Ob auch das Reh aufgewacht ist? Vielleicht ist es ja tot und kann niemals wieder an der nächtlichen Erregung der Tiere teilhaben.

Sie rief einen Taxiservice an und vereinbarte, daß sie am frühen Morgen abgeholt würde. Dann nahm sie ein Bad, schminkte sich sorgfältig, deckte die dunklen Ringe unter ihren Augen ab, zog eine Linie am Lippenrand, legte eine herausfordernde Farbe auf und betrachtete prüfend diesen Mund, den Thorwald so oft geküßt hatte. Der verletzliche Mund eines Babys, hatte er gesagt, verführerisch unter Katzenaugen und Engelshaar. *Thorwald, wie konntest du mich verlassen?*

Die Augen im Spiegel flammten kurz auf und schlossen sich dann wieder.

Nachdem sie fertig angezogen war, legte sie sich nicht wieder hin, sondern setzte sich in einen Sessel und erwartete den Morgen.

Vor Morgengrauen trug sie die zwei Koffer die steile Straße hinauf, versteckte sie in den Büschen neben dem Bürgersteig und kehrte noch einmal zurück, um die Stofftasche zu holen. In der offenstehenden Eingangstür zögerte sie unsicher, sah die Kellertreppe hinunter, wartete und dachte nach. Dann kehrte sie in das Apartment zurück und nahm den Kellerschlüssel an sich.

Als sie wieder die Kellertreppe hinaufstieg, trug sie den großen Reisekoffer. Sie schleppte ihn zusammen mit der Stofftasche die Straße hinauf und wartete auf das Taxi. Auf dem Flughafen Lod stellte sie sich in die Schlange der Passagiere, die auf die Sicherheitskontrollen warteten. Als die Reihe an sie kam, legte sie zuerst die kleineren Koffer auf den Tisch, um sie kontrollieren zu lassen. *Haben Sie sie selbst gepackt, sollen Sie für jemand anderen etwas mitnehmen, hatte jemand anderer dazu Zugang, hat Ihnen jemand Geschenke mitgegeben?* Ja, Nein, Nein, Nein. Der weibliche Sicherheitsoffizier schüttelte routiniert Kleider, hob sie hoch, befühlte Schuhe innen, untersuchte Flaschen, schloß endlich die Koffer.

»Sie haben noch keinen Koffer, Madam. Bitte stellen Sie ihn auf den Tisch.«

Solange hob den großen Koffer. »Öffnen Sie ihn bitte.« Das tat sie. Die Stimme der Frau wurde scharf. »Sind Sie sicher, daß Sie diesen Koffer selbst gepackt haben?«

»Ja.«

»Aber das sind Männeranzüge. Fliegt Ihr Mann mit Ihnen?«

Unwillkürlich sah Solange hinter sich und ertappte sich dabei. »Nein. Es sind die Anzüge meines Mannes. Er ist früher geflogen. Ich bringe ihm seinen Koffer nach.«

Die Frau zögerte, hob dann systematisch alle Kleidungsstücke hoch, durchsuchte die Taschen, rollte Socken auf, öffnete den Reißverschluß des Rasierzeugs, drückte auf die Tube mit der Rasiercreme, drehte am Griff des Rasierers. Schließlich sagte sie: »It's all right. Thank you.«

Solange wechselte zum Ticket-Check-in, zahlte die Gebühr für das Übergewicht, ging hinauf, passierte den Zoll und die Handge-

päckskontrolle. In der Abflughalle kaufte sie eine englischspra-
chige Zeitung und schlenderte dann an Juweliergeschäften und
Souvenirständern vorbei, ohne sie zur Kenntnis zu nehmen, Richtung Ausgang. Bald war es soweit, bald konnte sie Israel verlassen,
bald...

Ihr Flug wurde angekündigt, und sie stieg in den Bus, dann ins
Flugzeug, nahm ihren Platz am Fenster ein und schlug die Zeitung
auf. Luft zischte durch ihre zusammengebissenen Zähne, als sie
scharf den Atem einsog. Obwohl die Titelzeile klein war, sprang sie
der Artikel von der Mitte der Titelseite an: *Leiche eines amerikanischen Ölingenieurs am Mount Carmel entdeckt!*

Das Reh hatte ihn gefunden. Von dem Betäubungspfeil getroffen,
hatte es sich im Gebüsch verfangen und war beinahe auf den Körper des Toten gefallen, den wilde Tiere fast bis zur Unkenntlichkeit
verstümmelt hatten. Ohne die Teile des Flugtickets, die man in den
verstreuten, zerfetzten Kleidern gefunden hatte, wäre es kaum
möglich gewesen, den Mann zu identifizieren. Nachdem man es
wie ein Puzzle wieder zusammengefügt hatte, konnte man lesen:
Thorwald Jensen, New York via Mexico City.

Das Flugzeug rollte langsam die Startbahn entlang. Die Motoren
heulten auf und verstummten plötzlich, als ein weißes Auto dem
Flugzeug entgegenraste. Zwei Männer sprangen heraus, und auf
ihren befehlenden Wink hin setzte sich ein Lastwagen sofort in
Bewegung. Arbeiter sprangen herunter und schoben mobile Treppen an die Flugzeugseite. Eine Stewardeß öffnete die Ausstiegsluke.

Sie wartete, die Hände ineinandergekrallt, mit geschlossenen
Augen; Szenen dieser letzten Nacht mit Thorwald blitzten in ihrer
Erinnerung auf. Der grauenhafte stumme Kampf, als sie Thorwald
die Kellertreppe hinunterschleifte und zerrte, an den Kellern vorbei, in den Garten, den Gartenweg entlang; dann rollte sie ihn auf
die steile Böschung des Wadi; jedes Knacken eines Zweiges bedeutete Alarm, jedes erleuchtete Fenster Entdeckung.

Die Ausstiegsluke öffnete sich, und die beiden Männer betraten
das Flugzeug. Als sie den Gang herunterkamen, dachte sie darüber
nach, was sie ihnen sagen wollte. Die Wahrheit. Nichts als die
Wahrheit. *Er knotete vor dem Badezimmerspiegel seine Krawatte.
Ich kam hinterher und bat ihn noch einmal, mich nicht zu verlas-*

sen. Er lächelte und schüttelte den Kopf. Er bemühte sich nicht einmal um eine Antwort, als ob das, was ich sagte, keinerlei Bedeutung für ihn hätte, sondern ein Scherz wäre, über den man schmunzeln kann. Ich hatte schon das Messer in der Hand und hielt es hinter meinem Rücken versteckt. Dann habe ich zugestochen. Mit aller Kraft. Es war schrecklich, furchtbar. Ich flehte ihn an, wieder lebendig zu werden. Aber er konnte nicht. Ich wußte es. Ich war verzweifelt. So schleppte ich ihn dann zum Wadi.

Als die Männer im Gang neben ihrem Sitz stehenblieben, erhob sie sich wie zu einer Begrüßung.

Deutsch von Brigitte Große

Dies ist der Tod

Donald E. Westlake

Es ist nicht schwer, an Geister zu glauben, wenn man selbst einer ist. Ich erhängte mich in einem Anfall von Selbstzerstörung — etwas, das stärker war als bloßer Groll, aber nicht so würdig wie echte Verzweiflung —, und ich bereute es schon, bevor die Sache noch so richtig begonnen hatte. In dem Augenblick, als ich den Stuhl wegtrat, hätte ich ihn schon am liebsten wieder zurückgeholt, aber die Schwerkraft unterwarf das, was vorher mein freier Wille gewesen war, ihrem unbeugsamen Gebot; der Stuhl dachte nicht daran, sich wieder von da zu erheben, wo er auf dem Boden lag, und meine 193 Pfund zögerten nicht, mit dem soliden Strick um meinen Nacken nach unten zu streben.

Da war natürlich Schmerz, ziemlich gräßlicher Schmerz, der vor allem von meinem Hals ausging, aber am erstaunlichsten war die Art, wie meine Backen anzuschwellen schienen. Ich konnte kaum noch über ihre runden, roten Hügel hinweg sehen, als meine Augen im Todeskampf zur Tür starrten, in der Hoffnung, irgend jemand würde hereinkommen und mich retten, obwohl ich wußte, daß niemand im Haus war, und in jedem Fall war die Tür sorgfältig verschlossen. Meine strampelnden Beine ließen mich umherwirbeln, so daß ich manchmal zur Tür blickte und manchmal zum Fenster, und meine zitternden Hände kämpften mit dem Strick, der sich so tief in mein Fleisch gegraben hatte, daß ich ihn kaum finden und ganz gewiß nicht lösen konnte.

Ich war panisch und entsetzt, und doch gab es in meinem Hirn zugleich noch eine kühle Ecke klarer Beobachtung. Ich schien nun überall zugleich in diesem Raum zu sein, in meinem sich krümmenden Körper und außerhalb, und sah meine panischen Zuckungen, den dicken Strick, den massiven Balken, das nicht zueinander passende Paar eingeschalteter Nachttischlampen, die meinen sich in Krämpfen windenden doppelten Schatten an die Wände warfen, die geschlossene, verriegelte Tür, das Fenster mit den weißen Gardinen und dem ganz herabgelassenen Rolladen. *Dies ist der Tod,* dachte ich, und nun wollte ich ihn nicht mehr, jetzt, wo ich niemals mehr die Möglichkeit haben würde zu wählen.

Mein Name ist — war — Edward Thornburn, und meine Lebensdaten sind 1938 bis 1977. Ich habe mich genau einen Monat vor meinem vierzigsten Geburtstag umgebracht, obwohl ich nicht daran glaube, daß die wohlbekannte Schmerzlichkeit dieses einschneidenden Datums sehr viel — wenn denn überhaupt etwas — mit meiner Tat zu tun hatte. Die ganze Schuld liegt für mich (wie für die meisten Irrtümer und Mißerfolge meines Lebens) bei meiner Unfruchtbarkeit. Wäre ich in der Lage gewesen, Kinder zu zeugen, wäre meine Ehe intakt geblieben, Emily wäre mir nicht untreu geworden, und ich hätte mir nicht in einem endgültigen Anfall von Selbstzerstörung das Leben genommen.

Der Schauplatz war das Gästezimmer unseres Hauses in Barnstaple, Connecticut, und die Uhrzeit kurz nach sieben am Abend; düsteres Zwielicht, wie zu dieser Jahreszeit üblich. Ich war aus dem Büro nach Hause gekommen — ich war Immobilienmakler, was in Connecticut eine ziemlich einträgliche Beschäftigung darstellt, wenngleich mein Einkommen in der letzten Zeit stark zurückgegangen war —; es war kurz nach sechs, und ich fand auf dem Küchentisch die Nachricht: »Auf der Suche nach Antiquitäten mit Greg. Ich fürchte, du wirst dir selbst etwas zum Abendessen machen müssen. Tut mir leid. In Liebe, Emily.«

Greg war derjenige welcher, Emilys Liebhaber. Ihm gehörte ein Antiquitätengeschäft draußen an der Hauptstraße nach New York, und Emily füllte einen Teil ihrer Tage damit aus, als seine schlechtbezahlte Assistentin zu arbeiten. Ich wußte, was sie an diesen langen Nachmittagen mitten in der Woche im Hinterzimmer des Ladens miteinander taten, wenn es keine Touristen gab, keine Antiquitätensammler, die sie stören konnten. Ich wußte es, und ich hatte mich nie entscheiden können, was ich mit meinem Wissen anfangen sollte. Tatsächlich machte ich mich selbst dafür verantwortlich, und deshalb wußte ich nicht, wie ich mich verhalten sollte, wenn das häßliche Thema jemals offen zur Sprache kommen sollte.

Also war ich still, aber nicht zufrieden. Ich war unzufrieden, unglücklich, zornig, vorwurfsvoll – selbstzerstörerisch.

Ich hatte schon früher versucht, mich umzubringen. Die ersten Male mit dem Wagen, indem ich auf einen entgegenkommenden Lastwagen zusteuerte (ich wich in der letzten Sekunde aus, begleitet von einem entsetzten Hupkonzert), und dann, indem ich ihn von einer Klippe in den Connecticut River fahren wollte (genau am Abgrund trat ich die Bremse durch und saß eine halbe Stunde schweißbedeckt da, ehe ich vorsichtig zurücksetzte), und schließlich, indem ich mitten auf einer der wenigen Bahnüberführungen stehen blieb, die es in unserer Gegend noch gab. Aber über zwanzig Minuten lang kam kein Zug, und mein Anfall von Selbstzerstörung ließ nach, so daß ich wieder nach Hause fuhr.

Später versuchte ich dann, mir die Pulsadern aufzuschneiden, aber ich fand es unmöglich, scharfes Metall durch meine eigene Haut zu stoßen. Unmöglich. Die Vorstellung meines nackten Handgelenks und dieses glitzernden Stahls, so nahe beieinander, schwemmten jeden selbstzerstörerischen Gedanken fort. Bis zum nächsten Mal.

Mit dem Seil; und damit hatte ich Erfolg. Oh, auf der ganzen Linie, oh, ich hatte wirklich vollen Erfolg. Meine Beine strampelten in der Luft, meine Fingernägel krallten sich in meinen Hals, meine hervorquellenden Augen starrten über meine angeschwollenen purpurroten Backen hinweg, meine Zunge wurde dick und knollig in meinem Mund, mein Körper zuckte und zappelte wie eine Spielzeugpuppe an einer Schnur, und der Schmerz war mörderisch, grauenhaft, nicht auszuhalten. Ich kann es nicht ertragen, dachte ich, niemand kann das ertragen. Viel schlimmer als Messerstiche jagte der würgende, alles zusammenziehende Schmerz durch meine Kehle, und mein Kopf schwoll vor Schmerz an wie ein Ballon, alles drückte nach außen, mein Gesicht wurde schwarz, meine Augen hatten nichts Menschliches mehr, der Druck in meinem Kopf wurde schlimmer und schlimmer, so als würde ich gleich explodieren. Endloser, entsetzlicher Schmerz, nicht auszuhalten, aber immer weiter und weiter.

Meine Beine traten immer schwächer aus. Meine Arme sackten herunter, meine Hände fielen an meinen Seiten herab, meine Finger krümmten sich nutzlos gegen meine triefend nassen Hosenbeine, mein Kopf hing in einem merkwürdigen Winkel zum Strick, ich drehte mich langsamer in der Luft, wie ein zerbrochenes Mobile an einem windstillen Tag. Die Schmerzen ließen nach, sowohl in meiner Kehle als auch in meinem Kopf, hörten aber nie ganz auf.

Und nun sah ich, daß meine geschwollenen Augen glanzlos und grau geworden waren. Die Feuchtigkeit auf den Augäpfeln war getrocknet; sie waren so tot wie Kieselsteine. Und dennoch konnte ich sie sehen, meine eigenen Augen, und wenn ich mein Blickfeld erweiterte, konnte ich meinen ganzen Körper sehen, wie er langsam kreiselte, da hing, jetzt ohne zu zucken, und mit Entsetzen wurde mir klar, daß ich tot war.

Aber *gegenwärtig*. Tot, aber immer noch gegenwärtig, mit dem kratzenden Schmerz noch immer in meiner Kehle und dem schwellenden Druck noch immer in meinem Kopf. Gegenwärtig, aber nicht mehr in diesem verbrauchten Lehmklumpen, dem dahängenden Fleisch; ich hatte mich in den Raum ergossen, ähnlich wie indirekte Beleuchtung, die überall gegenwärtig ist, aber keine einzelne Quelle hat. Was geschieht nun, fragte ich mich, betäubt von Furcht und Verwunderung und den fortdauernden Schmerzen, und ich wartete, wie dahintreibender Nebel, auf das, was immer jetzt als nächstes geschehen mochte.

Aber nichts geschah. Ich wartete; der Körper kam vollkommen zur Ruhe; der doppelte Schatten an der Wand zeigte nicht einmal mehr ein Zittern; die Nachttischlampen brannten weiterhin; die Tür blieb geschlossen, der Rolladen heruntergelassen; nichts geschah.

Was nun? Ich sehnte mich danach, die Frage laut hinauszuschreien, aber ich konnte es nicht. Meine Kehle schmerzte, aber ich hatte keine Kehle. Mein Mund brannte, aber ich hatte keinen Mund. Jede meiner letzten Empfindungen und der ganze Kampf meines Körpers hatten sich in mein Bewußtsein eingebrannt, aber ich besaß keinen Körper und kein Gehirn und kein *Selbst*, keine Substanz. Keine Fähigkeit zu sprechen, keine Fähigkeit, mich zu bewegen, keine Fähigkeit, mich aus diesem Raum und diesem dahängenden Leichnam zu entfernen. Ich konnte nur hier warten, rätseln, weiter warten.

Auf der Kommode am Fußende des Bettes stand eine Digitaluhr, und als ich das erste Mal auf die Idee kam, darauf zu schauen, zeigten ihre Ziffern 7 Uhr 21 — vielleicht zwanzig Minuten, nachdem ich den Stuhl fortgetreten hatte, vielleicht fünfzehn Minuten, nachdem ich gestorben war. Sollte jetzt nicht irgend etwas geschehen, sollte nicht irgendeine *Veränderung* stattfinden?

Die Uhr zeigte 9 Uhr 11, als ich Emilys Volkswagen hinter das Haus fahren hörte. Ich hatte keinen Abschiedsbrief hinterlassen, da es nichts gab, was ich irgend jemandem hätte sagen wollen, und in jedem Falle hatte ich geglaubt, mein toter Körper würde beredt genug sein, aber ich hatte auch nicht bedacht, daß ich *gegenwärtig* sein würde, wenn Emily mich fand. Meine Tat war gerechtfertigt, sosehr ich jetzt auch bereute, sie ausgeführt zu haben; sie war gerechtfertigt, ich wußte, daß sie gerechtfertigt war, aber ich wollte nicht ihr Gesicht sehen, wenn sie durch diese Tür kam. Sie hatte mir genug angetan, sie war die Ursache für alles, das würde sie genausogut wissen wie ich, aber ich wollte nicht ihr Gesicht sehen.

Die Schmerzen wurden stärker, da, wo mein Hals gewesen war, da, wo mein Kopf gewesen war. Ich hörte die Hintertür zuschlagen, weit unten, und ich wogte wie ein Luftstrom durch den Raum, aber ich entfernte mich nicht. Ich konnte mich nicht entfernen.

»Ed? Ed? Ich bin es, Schatz!«

Ich weiß, daß du es bist. Ich muß jetzt gehen, ich kann nicht hierbleiben, ich muß fortgehen. Gibt es einen Gott? Ist dies meine Seele, diese wallende Gegenwart? Die Hölle wäre besser als das, schick mich zur Hölle oder wo immer ich hinfahren soll, nur laß mich nicht hier!

Sie kam die Treppen hoch, rief erneut, ging an der verschlossenen Tür zum Gästezimmer vorbei. Ich hörte, wie sie in unser Schlafzimmer ging, hörte sie meinen Namen rufen, hörte die ersten Anzeichen einer Vorahnung in ihrer Stimme. Wieder ging sie vorbei, draußen im Flur, lief die Treppe hinunter, wurde still.

Was tat sie? Vielleicht suchte sie nach einer Nachricht, irgendeinem Zettel von mir. Blickte aus dem Fenster, sah erneut meinen

Chevrolet, wußte, ich mußte zu Hause sein. Bewegte sich durch die Räume dieses alten Hauses, dessen Grundmauern von einer fast zweihundert Jahre alten Scheune stammten, die irgendein Vorbesitzer kurz nach dem Zweiten Weltkrieg umgebaut hatte. Ich hatte sie zwölf Jahre zuvor gekauft, Emily — und Greg — hatten sie mit ihren unerschöpflichen, verdammenswerten, schrecklichen Antiquitäten möbliert. Shaker-Möbel, Kolonialmöbel, gehäkelte Teppiche und Decken, alte, gelbliche Kieferntische, der immer gegenwärtige leichte Geruch wie in einem etwas schäbigen, unbedeutenden Museum, dieses Haus, das ich gekauft, aber nie geliebt hatte. Ich hatte es für Emily gekauft, ich tat alles für Emily, da ich wußte, daß ich das eine, das ihr etwas bedeutete, nie würde für Emily tun können. Ich konnte ihr nie ein Kind geben.

Sie trug es auf eine gute Weise, ganz gewiß. Emily *ist* gut, ich habe ihr nie die Schuld gegeben, ihr nie statt meiner die ganze Schuld gegeben. In der Frühzeit unserer Ehe machte sie ein paar sehnsüchtige Bemerkungen, aber ich vermute, sie bekam mit, welche Wirkung das auf mich hatte, und seit langem schon hat sie nichts mehr gesagt. Aber ich habe es gewußt.

Der Balken, an dem ich mich erhängt hatte, gehörte zu dem ursprünglichen Gebäude, ein dicker, mit der Hand behauener, dreißig Zentimeter im Quadrat messender Balken aus massivem Holz mit den Spuren der Axt, die ihn bearbeitet hatte. Der Balken war so stark, daß er mein Gewicht ewig aushalten würde. Er würde mein Gewicht so lange aushalten, bis man mich finden und abschneiden würde. Bis man mich finden würde. Die Uhr zeigte 9 Uhr 23, und Emily war seit zwölf Minuten im Haus, als sie wieder nach oben kam. Ihre Schritte erklangen flink und leicht auf dem alten Holz, kamen näher, hielten inne, verharrten. »Ed?«

Der Türknauf drehte sich.

Die Tür war verschlossen, natürlich, der Schlüssel steckte von innen. Sie würde sie aufbrechen lassen müssen, jemanden rufen müssen, der sie aufbrechen konnte; vielleicht würde sie am Ende doch gar nicht diejenige sein, die mich fand. Hoffnung keimte in mir auf, und die Schmerzen ließen nach. »Ed? Bist du da drinnen?« Sie klopfte an die Tür, rüttelte am Türknauf, rief noch mehrmals meinen Namen, drehte sich dann abrupt um und rannte wieder die

Treppe hinunter, und einen Augenblick später hörte ich ihre Stimme, murmelnd und undeutlich. Sie hatte jemanden angerufen.

Greg, dachte ich, und das Kratzen im Hals füllte mich aus, und ich wollte, daß dies das Ende sei. Ich wollte fortgetragen werden, ich, der tote Körper und die lebendige Seele, endlich fortgetragen werden. Ich wollte, daß alles zu Ende sein sollte.

Sie blieb unten und wartete auf ihn, und ich blieb oben und wartete auf sie beide. Vielleicht wußte sie bereits, was sie hier oben finden würde, und wartete deshalb unten.

Greg machte mir nichts aus, die Tatsache, daß ich gegenwärtig sein würde, wenn er hereinkam. Nein, er machte mir nichts aus, es war Emily, um die es mir ging.

Die Uhr zeigte 9 Uhr 44, als ich Reifen auf dem Kies neben dem Haus hörte. Er kam herein; ich hörte, wie sie dort unten redeten, die tiefere Stimme schnell und ängstlich, und dann kamen sie zusammen herauf, ohne daß einer von ihnen sprach. Der Türknauf drehte sich, tanzte, rappelte, und Gregs Stimme rief: »Ed?«

Nach einem kurzen Schweigen sagte Emily: »Er würde ... Er würde doch nicht irgend etwas *tun*, oder?«

»Etwas tun?« Greg klang bei dieser Frage beinahe gereizt. »Was meinst du damit, etwas tun?«

»Er war so deprimiert, er war ... Ed!« Und es wurde mit Gewalt an der Tür gerüttelt, so daß sie im Rahmen erzitterte.

»Emily, laß das. Beruhige dich.«

»Ich hätte dich nicht rufen sollen«, sagte sie. »Ed, *bitte!*«

»Warum nicht? Um Himmels willen, Emily ...«

»Ed, *bitte*, komm raus, erschreck mich nicht so!«

»Warum hättest du mich nicht rufen sollen, Emily?«

»Ed ist nicht dumm, Greg. Er ist ...«

Dann folgte ein kurzes Schweigen, erfüllt nur mit einer Andeutung von Gemurmel. Sie dachten, ich sei hier drinnen und lebte noch, und sie wollten nicht, daß ich Emily sagen hörte: »Er *weiß* es, Greg, er weiß von uns.«

Das Gemurmel wurde lauter und wieder leise, und dann rief Greg laut: »Das ist doch lächerlich. Ed? Komm heraus, Ed, laß uns über alles sprechen.« Und der Türknauf rüttelte und rappelte, und

Greg klang wieder gereizt, als er sagte: »Wir müssen irgendwie hineinkommen, das ist alles. Gibt es einen anderen Schlüssel?«

»Ich glaube, all die Schlösser hier oben sind gleich. Warte einen Moment.«

Es stimmte. Jeder simple, altmodische Schlüssel würde jede Tür im Haus öffnen. Ich wartete, lauschte, wußte, daß Emily losgegangen war, um einen anderen Schlüssel zu suchen, wußte, daß sie schon bald zusammen hereinkommen würden, und ich verspürte ein solches Entsetzen und eine solche Abscheu davor, Emily hereinkommen zu sehen, daß ich fühlen konnte, wie ich in dem Raum schimmerte wie eine Spiegelung in einem verzogenen Spiegel. Oh, kann ich wenigstens aufhören zu sehen? Im Leben hatte ich Augen, aber auch Augenlider; das Unerträgliche konnte ich ausschließen, aber nun war ich nur eine Gegenwart, eine vollständige Gegenwart; ich konnte nicht aufhören, Zeuge zu sein.

Das Scharren des Schlüssels im Schloß empfand ich wie rauhes Metall in meiner Kehle — in meiner Erinnerung an eine Kehle. Der Schmerz flammte in mir auf, und durch ihn hindurch hörte ich Emily fragen, was los sei, und Gregs Antwort: »Der Schlüssel steckt auf der anderen Seite.«

»O mein Gott! O Greg, was hat er getan?«

»Wir werden die Tür aus den Angeln brechen müssen«, erklärte er ihr. »Ruf Tony an. Sag ihm, er soll seine Werkzeugkiste mitbringen.«

»Kannst du den Schlüssel nicht einfach rausstoßen?«

Natürlich konnte er das, aber er sagte mit ziemlicher Entschiedenheit: »Mach schon, Emily«, und da wurde mir klar, daß er gar nicht die Absicht hatte, die Tür aufzubrechen. Er wollte bloß, daß sie nicht dabei war, wenn die Tür geöffnet wurde. Oh, sehr gut, *sehr* gut!

»In Ordnung«, sagte sie zweifelnd, und ich hörte, wie sie ging, um Tony anzurufen. Tony war ein junger Mann mit dichten Augenbrauen, einer Unmenge von schwarzem Haar und einem olivfarbenem Teint, der in Gregs Haus wohnte und eine Art Mann für alles war. Er machte alles im Haus und war auch (so erzählte es Emily) sehr gut, was das Restaurieren antiker Möbel anging; er entfernte alte Farbe, setzte zerbrochene Teile wieder instand und dergleichen.

Jetzt war ein neuerliches Kratzen und Scharren am Schloß zu hören, als Greg sich abmühte, um die Tür aufzubekommen, bevor Emily zurück war. Ich entdeckte, daß ich eine unerwartete Wärme und Sympathie für Greg empfand. Er war kein schlechter Mensch; ein Opportunist, was meine Frau anging, aber nicht ganz allgemein ein schlechter Mensch. Würde er sie nun heiraten? Sie konnten in diesem Haus leben; er hatte mehr mit seiner Einrichtung zu tun gehabt als ich. Oder würde dieser Raum eine zu schaurige Erinnerung bergen, würde Emily das Haus verkaufen müssen, anderswo hinziehen? Es wäre möglich, daß sie es zu einem niedrigen Preis würde verkaufen müssen; als Immobilienmakler kannte ich die Probleme bei dem Verkauf eines Hauses, wo ein Selbstmord stattgefunden hat. Wie sehr sie auch darüber scherzen mögen, die Leute haben immer noch Angst vor dem Übernatürlichen. Viele von ihnen würden glauben, in diesem Raum müsse es spuken.

Das war der Moment, wo mir endlich klar wurde, *daß* es in diesem Raum spukte. Ich spukte hier! *Ich bin ein Geist*, dachte ich, und zum ersten Mal hatte ich dieses Wort gedacht, voller entsetztem Erstaunen. Ich bin ein Geist.

Oh, welche Trostlosigkeit! Hier herumzuschweben, eine knochenlose, fleischlose, sehnsuchtsvolle *Gegenwart* zu sein, eine Art ektoplasmischer Moder zu sein, der durch die Tage und Nächte sickert, allein, endlos, ein dummer, schmerzgeplagter, von Elend erfüllter Beobachter des Kommens und Gehens von Fremden — sie würde das Haus verkaufen, sie würde es verkaufen müssen, dessen war ich sicher. War dies meine Strafe? Die Bestrafung des Selbstmörders, die einsame Hölle dessen, der sein eigenes Leben nimmt. Auf ewig ein fühlendes Nichts, das von einer Kraft, die stärker ist als die Schwerkraft selbst, an den Ort gebannt wird, wo es sich ein Ende bereitete.

Eine plötzliche Bewegung des Schlüssels auf dieser Seite des Schlosses lenkte mich von meinem Elend ab. Ich sah ihn zittern und hüpfen wie ein lebendiges Ding, und dann flog er raus — er schien herauszuspringen, als wäre er selbst ein Selbstmörder, der sich von einer Klippe stürzte — und fiel scheppernd auf den Boden, und einen Moment später wurde die Tür aufgestoßen, und Gregs aschfahles Gesicht starrte mein eigenes purpurrotes Gesicht an, und nach dem Erstaunen und Entsetzen zeigte sein Ausdruck Abscheu – und Mitleid? – und rückwärts verließ er das Zimmer und schlug die Tür zu. Wieder drehte sich der Schlüssel im Schloß, und ich hörte ihn die Treppe hinunterrennen.

Die Uhr zeigte 9 Uhr 58. *Jetzt erzählte* er es ihr. *Jetzt gab* er ihr einen Drink, um sie zu beruhigen. *Jetzt rief* er die Polizei an. *Jetzt sprach* er mit ihr darüber, ob sie der Polizei gegenüber ihre Affäre zugeben sollten; wie würden sie sich entscheiden?

»Neeeeiiiin!«

Die Uhr zeigte 10 Uhr 07. Was hatte so lange gedauert? Hatte er bisher noch nicht einmal die Polizei gerufen?

Sie kam die Treppe heraufgelaufen, stolpernd und hastig; sie schlug gegen die Tür, schrie meinen Namen. Ich schrumpfte in die Ecken des Raumes, ich *fühlte* das Schlagen ihrer Fäuste gegen die Tür, ich duckte mich von ihr fort. Sie kann nicht hereinkommen, lieber Gott, laß sie nicht herein! Mir ist egal, was sie getan hat, mir ist alles egal, nur laß sie mich nicht sehen! *Laß mich sie nicht sehen!*

Greg kam hinzu. Sie schrie ihn an, er versuchte sie zu überreden, sie raste, er argumentierte, sie forderte, er weigerte sich. »Gib mir den Schlüssel! Gib mir den Schlüssel!«

Sicher würde er aushalten, sicher würde er sie fortbringen, sicher ist er kräftiger, stärker.

Er gab ihr den Schlüssel.

Nein. Dies kann man nicht aushalten. Dies ist das Grauen, das alles andere übersteigt. Sie kam herein, sie trat in den Raum, und der Laut, den sie von sich gab, wird auf ewig in mir fortleben. Dieser Schrei hatte nichts Menschliches; es war das Aufheulen jeder Kreatur, die je verzweifelt ist. *Nun* weiß ich, was Verzweiflung ist und weshalb ich meinen eigenen Zustand nur als Selbstzerstörung bezeichnet habe. Nun, da es zu spät war, versuchte Greg, sie zurückzuhalten, sie an den Schultern festzuhalten und aus dem Raum zu ziehen, aber sie riß sich los und lief quer durch den Raum, hin zu . . . nicht hin zu *mir.* Ich war überall in diesem Zimmer, von Schmerzen und Selbstvorwürfen gepeinigt, und Emily ging zu der Leiche. Sie betrachtete sie fast zärtlich, sie reichte sogar hinauf und berührte ihre geschwollene Wange. »O Ed«, murmelte sie.

Die Schmerzen waren jetzt so heftig wie in den Augenblicken vor meinem Tod. Die schneidende Pein in meiner Kehle, das grauenhafte Anschwellen meines Kopfes ließen mich wieder genauso im Todeskampf winseln, aber ich konnte ihre Hand auf meiner Wange nicht fühlen.

Greg folgte ihr, berührte wieder ihre Schulter, rief ihren Namen, und auf der Stelle verlor ihr Gesicht jede Fassung; sie schrie wieder auf und schlang ihre Arme um die Beine des Leichnams und klammerte sich an ihn, weinend und schluchzend und dabei Worte ausstoßend, die zu schnell und zu gebrochen kamen, um sie zu verstehen. Ich dankte Gott dafür, daß ich sie nicht verstand.

Endlich zog Greg, dieser Idiot, sie mit Gewalt fort, obwohl er große Mühe hatte, ihre Umklammerung des Leichnams zu lösen. Aber schließlich gelang es ihm, und er zog sie aus dem Raum und schlug die Tür zu, und für einen kurzen Augenblick schwang der Körper hin und her und drehte sich, bis er wieder still dahing.

Das war das schlimmste. Nichts konnte schlimmer sein als das. Die langen Tage und Nächte hier — wie lang muß eine dumme Kreatur wie ich an diesem Ort des Todes *spuken*, bevor sie erlöst wird? — würden entsetzlich sein, ich wußte das, aber nicht so schlimm wie dies. Emily würde überleben, sie würde das Haus verkaufen, sie würde langsam vergessen. (Sogar ich würde langsam vergessen.) Sie und Greg konnten heiraten. Sie war erst 36, sie konnte immer noch Mutter werden.

Für den Rest der Nacht hörte ich ihr Wimmern von irgendwo im Haus. Endlich kam die Polizei, und ein paar grimmige schweigende Männer in weißen Kitteln aus dem Leichenschauhaus kamen in den Raum, um mich — es — abzuschneiden. Sie hievten es wie ein zerbrochenes Spielzeug in einen großen ovalen Sarg mit Deckel und langen, hölzernen Handgriffen, den sie schließlich forttrugen.

Ich hatte gedacht, ich würde vielleicht gezwungen sein, bei dem Körper zu bleiben; ich hatte die Möglichkeit gefürchtet, mit ihm begraben zu werden, die Ewigkeit als ein denkendes Nichts in der schwarzen Dunkelheit eines Sarges zu verbringen, aber der Körper verließ den Raum, und ich blieb zurück.

Ein Arzt wurde gerufen. Als der Leichnam fortgebracht worden war, blieb die Zimmertür offen, und nun konnte ich die Stimmen von unten deutlich hören. Tony war nun dabei; seine charakteristische, südliche Sprechweise war gut zu unterscheiden; doch den Hauptanteil der Unterhaltung bestritt für eine ganze Weile der Arzt. Er versuchte Emily ein Beruhigungsmittel zu geben, aber sie wimmerte weiter, nur unterbrochen von mit zu hoher Stimme herausgestoßenen, panikartigen Sätzen, die so klangen, als hätte sie zu wenig Zeit, um alles zu sagen. »Ich war es!« schrie sie immer und immer wieder. »Ich war es! Es ist meine Schuld!«

Ja. Das war die Reaktion, die ich gewollt hatte, die ich erwartete, und hier war sie, und es war grauenhaft. Alles, was ich in den letzten Augenblicken meines Lebens gewünscht hatte, war mir gewährt worden, und alles war über alle Maßen hinaus entsetzlich. Ich wollte nicht sterben! Ich wollte Emily nicht in ein solches Elend stürzen! Und mehr als alles andere wollte ich nicht hier sein und all dies sehen und hören.

Endlich gelang es ihnen, sie zu beruhigen, und dann kam ein Polizist in einem verknitterten blauen Anzug zusammen mit Greg ins Zimmer, und er hörte zu, während Greg alles berichtete, was geschehen war. Während Greg sprach, starrte der Polizist eher mürrisch auf das übriggebliebene Stück Seil, das noch immer um den Balken geschlungen war, und als Greg geendet hatte, fragte der Polizist: »Sie sind ein naher Freund von ihm?«

»Mehr von seiner Frau. Sie arbeitet für mich. Mir gehört ›The Bibelot‹, ein Antiquitätenladen draußen an der Straße nach New York.«

»Mmh. Warum um alles in der Welt haben Sie sie hier hereingelassen?«

Greg lächelte; es lag ein dümmlicher, verlegener Ausdruck auf seinem Gesicht. »Sie ist stärker als ich«, sagte er. »Eine stärkere Persönlichkeit. Das ist sie schon immer gewesen.«

Mit einigem Erstaunen erkannte ich, daß es stimmte. Greg hatte etwas von einem Schwächling, und Emily war sehr stark. (Ich hatte auch etwas von einem Schwächling gehabt, oder etwa nicht? Emily war die stärkste von uns allen.)

Der Polizist sagte gerade: »Haben Sie irgendeine Vorstellung, warum er es getan haben könnte?«

»Ich glaube, er hatte den Verdacht, daß seine Frau eine Affäre mit mir hatte.« Greg hatte diesen Satz ganz eindeutig einstudiert; er war viel früher zu dem Entschluß gekommen, ihn auszusprechen, und hatte für diesen Augenblick allen Mut zusammengenommen. Die ganze Zeit während dieser Aussage blinzelte er, so als wenn er in gleißendem Licht stünde.

Der Polizist warf ihm einen schnellen, scharfen Blick zu. »Hatten Sie denn?«

»Ja.«

»Betrieb sie ihre Scheidung?«

»Nein. Sie liebt mich nicht, sie liebte ihren Mann.«

»Warum hat sie dann mit anderen Leuten geschlafen?«

»Emily hat nicht *mit anderen Leuten geschlafen*«, sagte Greg und zeigte sich nur über diesen betonten Ausdruck gekränkt. »Von Zeit zu Zeit, und nicht sehr oft, hat sie mit mir geschlafen.«

»Warum?«

»Um sich trösten zu lassen.« Greg blickte auch zu dem Seil um den Balken hinauf, so als wäre es zu mir geworfen und als wäre es ihm unangenehm, in seiner Gegenwart zu sprechen. »Ed war kein Mann, mit dem man leicht auskam«, sagte er, wobei er seine Worte sorgfältig wählte. »Er war sehr stark Stimmungen unterworfen. Es wurde immer schlimmer.«

»Fröhliche, ausgeglichene Menschen bringen sich nicht um«, sagte der Polizist.

»Ganz genau. Ed war die meiste Zeit deprimiert, ab und zu aus unerfindlichen Gründen zornig. Das beeinträchtigte sein Geschäft und kostete ihn Kunden. Er ließ Emily darunter leiden, aber sie wollte ihn nicht verlassen; sie liebte ihn. Ich weiß nicht, was sie jetzt tun wird.«

»Sie beide werden nicht heiraten?«

»O nein.« Greg lächelte ein wenig traurig. »Denken Sie vielleicht, wir hätten ihn umgebracht und es wie einen Selbstmord aussehen lassen, damit wir heiraten können?«

»Keineswegs«, sagte der Polizist. »Aber wo liegt das Problem? Sind Sie schon verheiratet?«

»Ich bin homosexuell.«

Der Polizist war keinen Deut erstaunter als ich. Er sagte: »Das verstehe ich nicht.«

»Ich lebe mit meinem Freund zusammen; dem jungen Mann dort unten. Ich bin . . . durchaus auch anderen Dingen zugänglich, aber meine Präferenzen liegen fest. Ich mag Emily sehr, ich hatte Mitleid mit ihr; das Leben, das sie mit Ed hatte, erschien mir bedauernswert. Ich habe Ihnen ja gesagt, daß unsere physischen Beziehungen nur sehr unregelmäßig waren. Und häufig nicht sehr erfolgreich.«

Oh, Emily. Oh, arme Emily.

Der Polizist fragte: »Wußte Thornburn, daß Sie, nun, so waren?«

»Ich habe keine Ahnung. Ich suche nicht unbedingt die Öffentlichkeit, was das anbelangt.«

»In Ordnung.« Der Polizist ließ noch einmal seinen halb zornigen Blick durch den Raum schweifen; dann sagte er: »Gehen wir.«

Sie gingen hinaus. Die Tür blieb offen, und ich hörte sie weiterhin reden, während sie die Treppe hinuntergingen, zuerst den Polizisten, der fragte: »Gibt es jemanden, der über Nacht bleibt? Mrs. Thornburn sollte nicht allein bleiben.«

»Sie hat Verwandte in Great Barrington. Ich habe sie vorhin angerufen. Es sollte in der nächsten Stunde irgend jemand da sein.«

»Bleiben Sie noch so lange? Der Arzt sagt, sie wird vermutlich schlafen, aber für den Fall . . .«

»Natürlich.«

Das war alles, was ich hörte. Männliche Stimmen murmelten noch eine Weile dort unten, dann verstummten sie. Ich hörte Autos, die wegfuhren. Wie kompliziert Männer und Frauen doch sind. Wie dumm sind einfache Handlungen. Ich hatte niemals irgend jemanden verstanden, am allerwenigsten mich selbst.

Noch einmal kam jemand in dieser Nacht ins Zimmer; es war Greg, kurz nachdem die Polizei abgefahren war. Er trat ein und sah noch genauso gekränkt und abgestoßen aus, als wenn der Leichnam immer noch hier wäre, stellte den Stuhl wieder hin, stieg darauf, und mit einiger Mühe knotete er den Rest des Seiles los. Er steckte ihn halb in seine Tasche, stieg wieder herunter, trug den Stuhl an seine normale Stelle in der Zimmerecke zurück, hob den Schlüssel vom Fußboden auf und steckte ihn ins Schloß, schaltete beide Nachttischlampen aus und verließ den Raum, wobei er die Tür hinter sich zuzog.

Nun war ich in völliger Dunkelheit, mit Ausnahme der schwachen Lichtlinie unter der Tür und der beleuchteten Ziffern der Uhr. Wie lange doch eine Minute ist! Diese Uhr war mein Feind, sie zog jede Minute in die Länge, sie machte eine Pause und wartete und machte eine Pause und wartete so lange, bis ich es nicht mehr ertragen konnte, und dann wartete sie noch etwas länger, und dann sprang die nächste Zahl an ihren Platz. Sechzigmal in einer Stunde, Stunde für Stunde, die ganze Nacht hindurch. Ich konnte es nicht eine Nacht lang ertragen – wie sollte ich die Ewigkeit ertragen?

Und wie sollte ich die Qual und die Pein in meinem Kopf ertragen? Das war inzwischen viel schlimmer geworden als die physischen Schmerzen, die ich niemals gänzlich loswurde. Ich hate recht gehabt, was Emily und Greg anging, aber zur gleichen Zeit hatte ich hoffnungslos und hirnlos unrecht gehabt. Ich hatte recht gehabt, was mein Leben betraf, aber auch unrecht; recht, was meinen Tod anging, aber auch unrecht. Wie sehr wünschte ich mir, all das anders machen zu können, und wie unmöglich war es, noch überhaupt irgend etwas zu tun. Darauf hatten all meine Handlungen hingeführt, und darin hatten sie geendet: in schwarzer Reue, dem grausamsten Schmerz von allen.

Ich hatte die ganze Nacht, um nachzudenken und die Qualen zu verspüren und zu warten, ohne zu wissen, auf was ich wartete oder wann – oder ob – mein Warten je zu Ende sein würde. Undeutlich konnte ich die Ankunft von Emilys Schwester und ihrem Schwager hören, die gemurmelte Unterhaltung, dann den Aufbruch von Tony und Greg. Nicht lange danach wurde die Tür zum Gästezimmer geöffnet, aber fast umgehend wieder geschlossen, ohne daß jemand hereingekommen wäre, und kurz darauf ging das Licht im Flur aus, so daß nun nur noch die erleuchtete Uhr die Dunkelheit durchbrach.

Wann würde ich Emily das nächste Mal sehen? Würde sie jemals wieder diesen Raum betreten? Es würde nicht so grauenvoll sein wie beim ersten Mal, aber mit Sicherheit würde es grauenvoll genug werden.

Die Morgendämmerung färbte den Rolladen vor dem Fenster grau, und nach und nach tauchte der Raum aus der Dunkelheit auf, dämmrig und still und mürrisch. Offensichtlich war es ein Tag ohne Sonne, an dem es nie sonderlich hell wurde. Der Tag ging weiter und weiter, ohne Umrisse, jede verstrichene Minute einzig von der Uhr markiert. Bisweilen fürchtete ich, jemand könnte diesen Raum betreten; in anderen Augenblicken flehte ich, daß irgend etwas, ganz gleich was — sogar Emily selbst — diese endlose, langweilige *Abwesenheit* durchbrechen möchte. Aber der Tag verstrich weiter, ohne daß es irgendwo ein Ereignis, ein Geräusch, irgendeiner Aktivität gegeben hätte — sie müssen Emily diesen ersten Tag hindurch unter Beruhigungsmitteln gehalten haben —, und erst im Licht der Dämmerung, als die Digitaluhr 6 Uhr 52 anzeigte, ging die Tür erneut auf, und jemand trat ein. Zuerst erkannte ich ihn nicht. Ein zornig aussehender Mann, grob und entschlossen wirkend, kam mit hastigen, abgehackten Schritten herein, machte beide Nachttischlampen an, schloß dann die Tür mit mehr Kraft, als nötig gewesen wäre, und drehte den Schlüssel im Schloß. Selbstzerstörerisch, so wirkte er, und als er sich von der Tür abwandte, sah ich voller Unglauben, daß er *ich* war. Ich! Ich war nicht tot, ich lebte! Aber wie war das möglich?

Und was war das, was er da in der Hand hielt? Er holte den Stuhl aus der Ecke, trug ihn in die Mitte des Raumes, stellte sich darauf . . .

Nein! Nein!

Er schlang das Seil um den Balken. Die Schlinge war bereits am anderen Ende geknüpft; er streifte sie über seinen Kopf und zog sie um seinen Nacken fest.

Guter Gott, *tu es nicht!*

Er trat den Stuhl fort.

In dem Augenblick, als ich den Stuhl wegtrat, hätte ich ihn schon am liebsten wieder zurückgeholt, aber die Schwerkraft unterwarf das, was vorher mein freier Wille gewesen war, ihrem unbeugsamen Gebot; der Stuhl dachte nicht daran, sich wieder von da zu erheben, wo er auf dem Boden lag, und meine 193 Pfund zögerten nicht, mit dem soliden Strick um meinen Nacken nach unten zu streben.

Da war natürlich Schmerz, ziemlich gräßlicher Schmerz, der vor allem von meinem Hals ausging, aber am erstaunlichsten war die Art, wie meine Backen anzuschwellen schienen. Ich konnte kaum noch über ihre runden, roten Hügel hinwegsehen, als meine Augen im Todeskampf zur Tür starrten, in der Hoffnung, irgend jemand würde hereinkommen und mich retten, obwohl ich wußte, daß niemand im Haus war, und in jedem Falle war die Tür sorgfältig verschlossen. Meine strampelnden Beine ließen mich umherwirbeln, so daß ich manchmal zur Tür blickte und manchmal zum Fenster, und meine zitternden Hände kämpften mit dem Strick, der sich so tief in mein Fleisch gegraben hatte, daß ich ihn kaum finden und ganz gewiß nicht lösen konnte.

Ich war panisch und entsetzt, und doch gab es in meinem Hirn zugleich noch eine kühle Ecke klarer Beobachtung. Ich schien nun überall zugleich in diesem Raum zu sein, in meinem sich krümmenden Körper und außerhalb, und sah meine panischen Zuckungen, den dicken Strick, den massiven Balken, das nicht zueinander passende Paar eingeschalteter Nachttischlampen, die meinen sich in Krämpfen windenden doppelten Schatten an die Wände warfen, die geschlossene, verriegelte Tür, das Fenster mit den weißen Gardinen und dem ganz herabgelassenen Rolladen.

Dies ist der Tod.

Deutsch von René Blum

Bericht über eine zerstörte Brücke

Dennis O'Neil

Weder Liebe noch Geld waren der Grund für Otis Beldings mit
äußerster Gründlichkeit durchgeführten Selbstmord. Es war etwas
Größeres, etwas viel Größeres, und die Tatsache, daß ich davon
weiß, treibt auch mich in einen frühen Tod.

Wissen Sie, Chef, wir hätten wohl erraten können, *warum* er
sich umbrachte, wenn wir uns nur überlegt hätten, wer er war,
woher er kam, und besonders, was er erreicht hatte. Ich hatte
meine Ermittlungen schon beendet, als ich endlich dazu kam, mir
den Film anzusehen, den dieser Junge zufällig gerade aufnahm, als
Belding seinen spektakulären Abgang inszenierte; aber sobald ich
ihn sah, wußte ich, daß meine Vermutungen richtig gewesen
waren. Ich witterte eine Apokalypse.

Sie lesen jetzt dieses Nachttelegramm; die Filmkopien, die ich an
das New Yorker Büro geschickt habe, werden Sie nicht mehr sehen,
daher gebe ich Ihnen hier eine Vorschau. Der Junge hat mit seiner
Kamera folgendes eingefangen:

Im Hintergrund: die Forschungsanlage der Brücken-AG. Im Vordergrund: ein See, die Oberfläche ruhig, mit kleinen Wellen, tief-
blau in Ufernähe und himmelblau in der Mitte. In weiter Ferne: die
Ozark-Berge. Darüber: noch mehr Blau, von feinen weißen Wölk-
chen durchzogen. Und überall ringsum: sattes Grün — Blätter, die
so schwer wirken, daß man meint, sie als Anker benutzen zu können.

Auftritt Belding, in einem schnittigen, glänzenden Aluminium-
boot. Er rudert auf die Mitte des Sees zu — er rudert, obwohl am
Heck ein schwerer Außenbordmotor zu sehen ist. (An dieser Stelle
benutzte der Junge sein Zoom-Objektiv.) Belding schneidet sorgfäl-

tig das Ende einer langen, braunen Zigarre ab, steckt den goldenen Zigarrenabschneider und das abgeschnittene Ende in seine Hemdtasche und zündet die Zigarre mit einem goldenen Feuerzeug an. Zieht an der Zigarre, atmet den Rauch aus, schaut langsam nach oben, dann nach unten. Dann rutscht er vorsichtig vor zum Bug und setzt sich auf das hölzerne Fäßchen. Das Boot neigt sich, und er hat ein bißchen Probleme, wieder ins Gleichgewicht zu kommen. Er schafft es aber, und nachdem er sich noch einmal ausgiebig die Landschaft angesehen hat, hält er die Zigarre ganz ruhig an eine Zündschnur, die aus dem Deckel des Fäßchens ragt.

Er sitzt still da, und ich bin ziemlich sicher, daß er lächelt. Vollkommen entspannt sitzt er da und raucht friedlich vor sich hin. Ein gewaltiger roter Blitz, und die Kamera wird heftig hin- und hergeworfen, schweift ziellos herum, erfaßt kurz eine kleine Armee von Fröschen, die wie verrückt springen, und richtet sich dann wieder auf die Stelle, wo Belding gewesen war. Er ist nicht mehr da, ist verschwunden. Im Himmelblau des Wassers sieht man nur noch einen immer größer werdenden schmutziggrauen Kreis und eine Säule aus aufgewühltem Wasser, über der bläulicher Nebel hängt.

Es erinnert mich an den Höhepunkt eines pseudokünstlerischen ausländischen Films — die Art Film, in der einem die tiefe Symbolik förmlich über den Schädel geknallt wird, und in der der Regisseur den Rauchpilz der Wasserstoffbombe einsetzt wie ein Comic-strip-Zeichner die Ausrufezeichen.

Am besten hat mir die Schlagzeile der *Daily News* gefallen, auf Seite drei, mitten unter dem Gefasel über unsere spätsommerliche Hitzewelle, das die Leute so gerne lesen. Sie erinnern sich: *Millionenschweres Wunderkind endet mit einem Knall.*

Noch bevor die Druckerschwärze auf diesem Musterbeispiel journalistischen Könnens getrocknet war, bestellten Sie mich samt meinem Kater in Ihr Büro. Die Klimaanlage war kaputt — wieder einmal! —, und ihre Glatze glänzte derart vor Schweiß, daß man sie als Rasierspiegel hätte verwenden können. Sie sahen aus, als hätten Sie ein paar Jahrhunderte in einem Regenwald vor sich hingemodert, und Ihre Ausdrucksweise war nicht gerade die klarste, nicht an diesem Morgen. Ihrem Gestammel entnahm ich, daß sich Otis umgebracht hatte, daß der Vorstand in Panik geraten war und daß unsere Aktien bald nicht mal das Papier wert sein würden, auf dem sie gedruckt waren, es sei denn, wir konnten beweisen, daß sich unser verstorbener Generaldirektor aus Gründen, die nichts mit der Brücken-AG zu tun hatten, von dieser Welt verabschiedet hatte. Ich pflichtete Ihnen bei und eilte von dannen, um das Problem zu beseitigen.

Zu Mittag war ich bereits in Newark an Bord eines Eastern-Jets und studierte grimmig den ersten Börsenbericht in der Morgenausgabe der *Post:* In den ersten zwei Stunden nach Börseneröffnung waren die Aktien der Brücken-AG um sieben Punkte auf einunddreißigeinhalb gefallen. Das war schmerzlich für meine Brieftasche: Ich besitze selbst dreinhundert Aktien.

Während ich in Lambert Field auf meinen Leihwagen wartete, nahm ich eine Zeitung aus St. Louis zur Hand: Bei Börsenschluß standen unsere Aktien bei neunundzwanzig.

Ich fuhr Richtung Südwesten und fragte mich, wieso niemand für die Schönheit dieses Teils des Landes Werbung macht. Hier gibt es nichts so Ehrfurchtgebietendes wie den Grand Canyon oder so umwerfend Spektakuläres wie die Rocky Mountains, aber nichtsdestotrotz ist die Landschaft wunderschön — sanft gerundete Hügel, stille Täler und üppige Wälder. Dieses Land westlich von St. Louis ist das weibliche Amerika, liebevoll und offen: Wenn ich je ein menschliches Gegenstück dazu gefunden hätte, dann säße ich jetzt vielleicht nicht mit einer Beretta auf dem Schoß an meiner Schreibmaschine.

Häßlich wird es dann etwa fünf Meilen nördlich von Beldings Geburtsort, einer Stadt namens Feeley. Feeley war früher recht klein, ist es aber nicht mehr, weil unsere Gesellschaft in der Nähe ein Bleiwerk gebaut hat. Die Brücken-AG kam daher, legte etwa dreißig Hektar Wald flach und bearbeitete weitere dreißig Hektar Grasland mit der Planierraupe, füllte einen Fluß mit zerkleinertem Abfall und brachte damit Menschen und Wohlstand in die Gegend. Beldings Geschenk an seine Kindheit. Tolles Geschenk. Der Gestank ist so überwältigend, daß er schon in die Erde gesickert sein muß; der Himmel hat die Farbe eines rußigen Segeltuchs; die Gebäude sind in etwa so abstoßend wie der Anblick von Taranteln auf einem kuscheligen Sofa. Wir da oben in unserer vollklimatisierten, pastellfarbenen Zentrale merken gar nicht, wie schaurig die rauhe Wirklichkeit ist.

Feeley selbst kann sich nicht viel verändert haben. Es besteht im Grunde aus einem Hauptplatz mit einem Postamt, einer Bar mit angeschlossenem Schnapsladen, einem Supermarkt, einem Bestattungsunternehmen und einer Tankstelle. Am Rand dieses Platzes stehen noch diverse andere Geschäfte und ein paar vereinzelte Häuser; weitere sind im Bau. Ich ging in den Schnapsladen und kam mit einem halben Liter meiner Lieblingsmarke und der Information heraus, daß ein gewisser Hap Elsenmeyer der Jugendfreund von Otis Belding gewesen war. Also stattete ich dem guten Hap, jetzt Besitzer der Tankstelle, einen Besuch ab.

In Dektektivromanen wimmelt es von Szenen, in denen der freundliche Privatdetektiv die Zungen mißtrauischer Einheimischer mit einem Schluck Gerstensaft löst. Das ist nicht gelogen, Chef. Elsenmeyer ist offenbar ein Mann, der mit der Flasche auf gutem Fuß steht. Ich mußte nur eine leise Andeutung machen, sozusagen lässig mit der Flasche winken, und der gute Hap sagte einem Halbwüchsigen, er solle sich um die Zapfsäulen kümmern, und wir zogen uns in sein Büro zurück.

Schwungvoll und strahlend, wie ein Zauberer, der Häschen aus dem Hut zieht, produzierte er angeschlagene Porzellantassen, und ich schenkte ein. Der Raum war angenehm altmodisch − er hatte sogar einen Deckenventilator, der sozusagen in der feuchten Luft herumrührte − und der stechende Benzingeruch war eine Wohltat nach den Bleidämpfen draußen. Wir unterhielten uns über die Hitze, stimmten überein, daß es für November wirklich ungewöhnlich heiß war, und redeten über dieses und jenes, bis wir schließlich auf Otis zu sprechen kamen.

Ich werde nicht versuchen, Elsenmeyers breiten Dialekt in all seiner Pracht zu Papier zu bringen. Sie müssen sich mit den Grundzügen der Geschichte, die er mir erzählte, begnügen.

Otis Beldings wahre Erfolgsgeschichte, die aus einem Roman stammen könnte, begann mit einem Haken und einem Wurm. Der Junge war ein wahres Genie im Aufspüren von Fischgründen. Seit er sechs Jahre alt war, hatte er einen sechsten Sinn dafür, wo sie an einem bestimmten Morgen anbeißen würden, und er traf immer ins Schwarze. Dieses Talent war von großem Nutzen für ihn, da es ihm ein wenig gesellschaftliche Anerkennung brachte und seinen Magen füllte. Wenn die Angelsaison kam, verziehen ihm seine Schulkollegen seinen Papa, den stadtbekannten Taugenichts, und seine Mama, die stadtbekannte Verrückte. Den Winter über litt Otis Hunger und wurde verspottet; im Sommer aß er frischen Fisch und wurde zähneknirschend respektiert. Elsenmeyer fragte Otis einmal, wie er so unglaublich *sicher* sein konnte, und Otis sagte, er wisse es nicht, er hätte einfach dieses *Gefühl*.

Im Alter von zehn Jahren wurde er praktisch zur Waise. Sein Vater verschied in einer Winternacht im Straßengraben, und die Behörden schafften seine Mutter in die Bezirksnervenklinik, wo sie ein paar Jahre später starb. Eine Tante erwies sich als wahrhaft erbärmlicher Vormund. Die meiste Zeit lebte Otis allein in einer Hütte nahe dem Standort des zukünftigen Bleiwerks, ging ab und zu in die Schule und überstand irgendwie die kalten Monate. Mit elf entdeckte er das Glücksspiel und unternahm die ersten zaghaften Schritte in Richtung auf den Dow-Jones-Index und ein Faß mit hochexplosivem Sprengstoff.

Ein paar von den Jungs trafen sich regelmäßig abends im Hinterzimmer des Wirtshauses zum Kartenspielen. Es waren freundschaftliche Pokerspiele mit einem Limit von fünfundzwanzig Cents. Otis begann dort herumzuhängen, wahrscheinlich, um der Kälte in der Hütte zu entkommen. Das ist jetzt eine reine Vermutung von mir, aber ich glaube, eines Tages muß er seiner Tante Geld aus der Börse geklaut und einen Sitz am Spieltisch ergattert haben. Hat clever gespielt, sagte Elsenmeyer — wirklich clever. Unheimlich clever. Am Ende hatte er genug Geld, um eine Runde Bier zu spendieren und Limonade für sich selbst zu kaufen. Behielt sich aber einen Einsatz zurück und war bei der nächsten Kartenrunde dabei und bei allen darauffolgenden auch, und er gewann mehr Geld, als er in einem ganzen Sommer mit Feldarbeit hätte verdienen können. Die Jungs waren ein wenig erstaunt, akzeptierten es aber, wie ich hörte. Otis wurde zum liebsten Gesprächsthema in Feeley.

Ein Lastwagenfahrer namens Batson J. Frink beendete Otis' Pokerkarriere. Frink fuhr einen Sattelschlepper für eine Firma in

244

Kansas City und beteiligte sich oft am Spiel, wenn er durch den Ort kam. Niemand konnte Frink besonders gut leiden, doch keiner sagte es ihm, weil er groß und bösartig war. Er war auch ein schlechter Verlierer. Am 4. Juli 1951 — Elsenmeyer erinnert sich noch genau an das Datum — verlor er haushoch an Otis, und das paßte ihm nicht, überhaupt nicht.

Er wartete vor der Bar auf Otis, während Otis Drinks bestellte. Er erwischte den Jungen, zerrte ihn hinter das Gebäude und verprügelte ihn gnadenlos. Elsenmeyer war Zeuge; und er erzählte es mit genüßlicher Schadenfreude — wie der Lastwagenfahrer Otis grün und blau schlug, ihm eine Rippe brach, ihm sogar einen Zahn austrat. Schließlich war Frink müde. Er machte eine Pause, um Luft zu holen — und hörte, wie sein Tod angekündigt wurde.

An die Hinterwand gelehnt, saß Otis da, sah unter verschwollenen Lidern auf und sagte: »Heute nacht wirst du sterben.« Er sagte nur diese fünf Worte, doch mit absoluter Überzeugung. Frink muß davon ziemlich geschockt gewesen sein, denn er ging zu seinem Sattelschlepper und fuhr weg.

Ich habe bei der Straßenpolizei nachgefragt. Der offizielle Bericht bestätigt Hap Elsenmeyers Geschichte. Am 4. Juli 1951 fuhr ein Sattelzug mit einem Batson J. Frink am Steuer zwischen einundzwanzig Uhr und einundzwanzig Uhr fünfzehn acht Meilen südlich von Feeley um eine steile Kurve. Die Ladung verrutschte offenbar, wodurch der Sattelschlepper von der Straße in einen Abwassergraben stürzte und explodierte. Die aus Magnesiumbarren bestehende Ladung fing Feuer. Frinks Leichnam konnte nicht geborgen werden.

Bei meiner Abreise aus Feeley hatte ich zum ersten Mal das Gefühl, daß unser verstorbener Boß ein kleinwenig unheimlich war. Dann dachte ich, nein, das war doch bloß Zufall. Sicher.

Die Daten, die Sie mir zur Verfügung stellten, führten mich als nächstes nach East St. Louis. Aus den dortigen Unterlagen war ersichtlich, daß Belding in einer Pension in der Nähe der Obear-Nestor-Flaschenfabrik gewohnt hat — alles andere als ein glanzvolles Wohnviertel, das können Sie mir glauben. Die Pensionswirtin war — und ist — eine Mrs. McNally. Stellen Sie sich die Rückseite des Mondes vor, und Sie sehen McNally vor sich — ein wandelnder Krater, diese alte Dame; und sie besteht locker zu neunzig Prozent aus Bösartigkeit. Die verbleibenden zehn Prozent lobpreisen das Andenken an Otis Belding.

»Ein *guter* Junge«, beharrte sie. »Der beste Junge, den ich je gekannt habe.«

Als Beweis für diese Behauptung deutete sie auf eine heilige Jungfrau aus Gips, die auf einem Spitzendeckchen auf einem Bord im Wohnzimmer stand. »Die hat er mir von seinen ersten großen Gewinnen gekauft, ja, so war Otis«, krähte Mrs. McNally. »Ist sie nicht wunderschön?«

Und ob, Mrs. McNally, sagte ich. Also, wie war das mit diesen Gewinnen . . .?

Beldings Mitbewohner war ein Mann namens Lewis Thalier gewesen, ein auf Wein spezialisierter Saufbruder, der auf einer Rennbahn in Cahokia Downs Gelegenheitsarbeiten verrichtete. Wie es scheint, war Thalier in den zwanziger Jahren eine große Nummer gewesen. Es war die übliche traurige Geschichte: Er hatte 1929 im Börsenkrach alles verloren, worauf er sich in der Weinflasche einigelte und nie mehr wirklich herauskam. Das heißt, bis der junge Otis auftauchte.

Am Anfang entwickelte Otis seine Talente als Spieler — er studierte die Unterlagen über die Rennpferde, die Thalier mit nach Hause brachte, und ließ den Wermutbruder für ihn setzen. Thalier fiel auf, daß der Junge ständig gewann, und er begann, auch für sich selbst zu setzen. Thalier verdiente gut, genau wie sein jugendlicher Mentor. Nach einem besonders spektakulären Nachmittag bei den Ponys ließ sich Thalier mit Champagner vollaufen — *dieser* Ex-Magnat brauchte keinen kalifornischen Portwein mehr zu trinken — und erging sich laut und ausführlich in Erinnerungen. Kramte aus seinem Koffer ein Bündel grellbunte Aktienscheine hervor, zeigte sie Otis und hielt Vorträge über den Aktienmarkt.

Otis war interessiert, und wie. Er holte alles aus Thalier heraus, was dieser wußte, und besorgte sich am nächsten Morgen einen Armvoll Bücher aus der öffentlichen Bücherei. Er verbrachte Tage damit, die Bücher zu studieren und die Wirtschaftsseiten lokaler Zeitungen und, als er von seiner Existenz erfuhr, auch das *Wall*

Street Journal zu lesen. Dann kaufte er Thalier einen neuen Anzug und startete seine zweite und vorletzte Karriere.

»Den anderen Untermietern fielen fast die Augen aus dem Kopf, als der alte Lewis und Otis auf die Veranda herauskamen und aussahen wie aus dem Ei gepellt«, krächzte Mrs. McNally begeistert. »Sie gehen über die Brücke in die Innenstadt und kommen mit einem großen Umschlag zurück. Sie breiten einen Haufen Papiere auf dem Küchenboden aus und sehen sie an, als wären sie aus Gold oder so was. ›Wir werden reich sein‹, sagt Lewis. Und der junge Otis, der nickt.«

Belding blieb neun Jahre in Mrs. McNallys Pension. Thalier grub schlummernde Kenntnisse über Essen, Trinken und Musik aus, und sie führten mitten in diesem Slum ein Leben in Saus und Braus. Jeden Mittwoch fuhr Thalier gehorsam in einer prachtvollen Limousine über die Brücke und kam mit einem neuen Umschlag zurück und mit allem, was St. Louis an Luxus zu bieten hatte — Schallplatten, Kleidung, Steaks und Bourbon mit Originalverschluß.

»Die anderen Gäste waren grün vor Neid«, versicherte mir Mrs. McNally feierlich.

Anzumerken wäre, daß Beldings Appetit sich nicht auf den Magen beschränkte, wie das normal ist und wie die Klatschkolumnisten ja dann auch häufig beobachtet haben. Mit wem er ihn stillte, tut nichts zur Sache, und außerdem können Sie sich Ihr anzügliches Grinsen für später aufheben.

An seinem einundzwanzigsten Geburtstag beendete Belding das Slum-Idyll. Er und Thalier fuhren zum letzten Mal über die Eads-Brücke, suchten einen Anwalt auf, unterschrieben Papiere und kehrten zurück in die Pension. Vor dem Haus übernahm Belding das Steuer, verabschiedete sich von Thalier und fuhr davon, ohne sich die Mühe zu nehmen, seine Habe aus seinem Zimmer zu holen. Thalier war jetzt offiziell der Besitzer fast mündelsicherer Wertpapiere im Wert von hunderttausend Dollar; Belding selbst besaß Risikoaktien im Wert von sechshunderttausend Dollar.

Mit Hilfe seines Einkommens konnte Thalier die fünf Jahre, die ihm noch blieben, glücklich und zufrieden im Alkoholnebel zubringen; seine Leber hatte die Ehre, nur den erlesensten französischen und italienischen Weinen zu erliegen.

Unsere Buchhaltung wird bestätigen, daß Mrs. McNally noch immer jeden Monat einen Scheck über vierhundert Dollar erhält — mehr, als die alte Hexe verdient.

Ich werde Sie nicht damit langweilen, wie ich der Erfolgsgeschichte von Belding nachging. Was Sie zu lesen bekommen, Chef, ist reine Poesie; wenn Sie prosaische Einzelheiten wollen, müssen Sie sich einen anderen Lakaien suchen. Nur soviel sei gesagt, daß eine Woche lang mein Wissen über all das aufgefrischt wurde, was uns beiden wohlbekannt ist. Wenn Sie irgend etwas vergessen haben, lesen Sie die Zeitungsausschnitte aus *Time, Fortune, Forbes, The Wall Street Journal*, et al.

Das Wunderkind Belding konnte, was Geld anlangte, einfach nichts falsch machen: Er wurde reich, reicher und fast am reichsten. Zwei Wochen vor dem großen Computer-Boom kaufte er die Software-Firma. Zwei Wochen vor der McDonnell-Douglas-Fusion kaufte er McDonnell. Zwei Wochen bevor die Apollo-Aufträge vergeben wurden, kaufte er Texas Instruments. Und zwei Wochen vor Beginn der Fernsehsaison, in der der affektierte Stil der Unterhaltungskünstler so unmodern wurde wie Stiefelknöpfer, stieß er jene kitschige Fernsehshow ab. Die Liste geht endlos weiter, sie hört sich an wie eine Liste von Howard Hughes' Lieblingsträumen.

Ich bin Detektiv, ein Experte im Schnüffeln, also schnüffelte ich, gründlich und unerbittlich: in den Behausungen in Malibu, Newport und Acapulco; in der ständigen Suite in Las Vegas; auf der Jacht; und ich habe zu meiner vollkommenen Zufriedenheit die alte Weisheit, daß Reichtum nicht glücklich macht, widerlegt. Hören Sie, er *war* glücklich. Er war jung, gesund, gutaussehend, und er konnte sich von allem so viel kaufen, wie er nur wollte — Otis Belding war geradezu ein Ausbund an unbändiger Lebenslust. Bis letzten September.

1966 gründete er die Brücken-AG und verkündete der Welt das triviale Motto, das unsere Briefköpfe ziert: *Wir bauen Brücken in die Zukunft.* Otis Belding glaubte das wirklich, denke ich. Er war aus ziemlich idealistischem Holz geschnitzt; er war vielleicht jenes seltene Exemplar von Großunternehmer, der sich selbst und seine Arbeit tatsächlich als eine Kraft sah, die dem Fortschritt diente. Natürlich hat er auch schmutzige Geschäfte gemacht; was ihn aber von den anderen unterschied, war, daß er sie *zugab*, und er hatte eine Entschuldigung. Sie erinnern sich gewiß an die Rede, die er bei der Konferenz des Amerikanischen Industriellenverbandes hielt — an jene Sätze, die in allen Presseberichten zitiert wurden: »Daß ich ein paar relativ unschuldigen Menschen geschadet habe, bedaure ich. Ich habe ihnen geschadet, um ihren Kindern eine bessere Zukunft zu ermöglichen.«

Eine grauenhafte Rede. Aber ehrliche Gefühle. Vergessen Sie das nicht, während ich Sie jetzt in den Norden des Staates New York führe.

Meine Eindrücke von unserem Werk am Hudson River werde ich Ihnen nicht schildern; schließlich habe ich Sie schon mit meiner Beschreibung des Werks in Feeley beglückt, nicht wahr? Nun, die Anlage am Hudson ist nicht ganz so schlimm, nicht ganz. Es wurde viel Geld für Landschaftskosmetik aufgewendet.

Der Direktor, Tyrone Thomas, hat mir alles gezeigt. Er ist sehr stolz auf alles. Wenn er darüber spricht, wie sie aus Rohmaterialien Phosphate für Waschmittel gewinnen, dann klingt das, wie wenn ein Student mit einer Eroberung prahlt. Ich habe vielleicht ein Zehntel von dem, was er verzapft hat, verstanden. Wir beendeten unseren Rundgang auf der großen Rasenfläche zwischen dem Werk und dem Fluß. Wenn ich mit dem Rücken zu der labyrinthartigen Anlage stand und über den Hudson blickte, konnte ich beinahe vergessen, wo ich war — abgesehen davon, daß ich das Vibrieren der Abwasserpumpen durch die Schuhsohlen spürte und sah, wie das Wasser brodelte, wo die Rohre in den Fluß mündeten.

»Sie können selbst sehen, daß das die beste derartige Anlage auf der ganzen Welt ist«, sagte Thomas. »Wir machen vierzig Tonnen brutto pro Tag. Im kommenden Geschäftsjahr hoffen wir auf eine weitere Steigerung.«

»Sehr eindrucksvoll«, sagte ich. »War Mr. Belding zufrieden?«

»Und ob! Er hat mir eine Prämie gegeben und eine weitere versprochen.«

»Keine Probleme?«

»Nichts Nennenswertes. Am Anfang hatten wir ein bißchen Ärger mit den Radikalen, aber Mr. Belding ist gut damit fertiggeworden.«

»Mit Radikalen?«

Thomas lächelte müde. »Nicht von irgendeiner Partei oder so. Mit diesen Idioten. Zumindest glaube ich, daß sie Idioten sind.«

Ich fragte: »Wer genau sind sie?«

»Diese Typen von der Universität. Als wir in Betrieb gingen, haben sie immer wieder Streikposten aufgestellt. Männer mit Bärten und langen Haaren, Mädchen mit Transparenten und Perlenketten – mit dem ganzen Drum und Dran eben. Es ist sogar in die Fernsehnachrichten gekommen.«

»Haben die etwas gegen Phosphate?«

»Die haben etwas gegen den Fortschritt«, sagte Thomas selbstgerecht. »Verdammte Idioten. Behaupteten, wir würden die Umwelt kaputtmachen. Das ist ein Haufen Sie-wissen-schon-was. Sehen Sie sich um, urteilen Sie selbst. Bevor die Brücken-AG herkam, war dieses Stück Land völlig wertlos. Nichts als Eichhörnchen. Wir haben Millionen in die hiesige Wirtschaft gesteckt, fünftausend Leuten Arbeit gegeben und werden weitere zweitausend einstellen, wenn wir grünes Licht für den neuen Flügel bekommen. Ich frage Sie, nennt man das *Kaputtmachen?*«

»Hat Mr. Belding etwas gegen die Proteste unternommen?«

»Aber sicher. Er hat mit ihnen bei vier oder fünf verschiedenen Anlässen gesprochen. Er war wesentlich geduldiger, als ich an seiner Stelle gewesen wäre. Er hat freiwillig angeboten, die Erde, auf der wir stehen, aufzuschütten und die Kanalisation unterirdisch zu verlegen. Hat eine Stange Geld gekostet, aber sie waren noch immer nicht zufrieden. Sie sagten, wir bringen die Fische um. Stellen Sie sich das vor. Der ganze Wirbel wegen ein paar Fischen. Verdammt, ich hätte ihnen gesagt, ich kaufe ihnen eine Wagenladung Fische, damit sie den Mund halten. Schließlich hat Mr. Belding versprochen, ein Forschungslaboratorium zu finanzieren, und damit sind wir diese Plagen losgeworden.«

Mich sind sie auch losgeworden. Ich überließ Thomas seinen Phosphaten und zog mich über Nacht in ein Motel zurück. Du kommst nicht voran, sagte ich streng zu mir, und ich mußte mir recht geben. Mein Notizbuch und mein Tonband quollen über vor Informationen, das stimmte schon, aber ich hatte nichts entdeckt, was nicht auch im *Who's Who* gestanden hätte.

Das einzig Neue, das ich erfahren hatte, war, daß Otis Belding in Geldangelegenheiten nie — *nie* — ein Fehler passiert war. Ich hatte immer angenommen, daß er im Laufe der Zeit doch wohl einen oder zwei Böcke geschossen haben mußte, geradeso wie Sie oder ich. Hat er nicht. Nicht einen einzigen Bock. Als er seine sterbliche Hülle auf dem See in die Luft jagte, war in finanzieller Hinsicht alles in bester Ordnung, und die Proteste am Hudson hatten seine Ruhe und Gelassenheit zwar ein ganz wenig angekratzt, dürften ihn aber nicht besonders aufgeregt haben, wenn man bedenkt, daß sie ihm letztendlich die schönste Steuerersparnis samt riesiger Publicity bescherten, die sich ein Multimillionär wünschen kann. Im Vergleich zum Forschungszentrum der Brücken-AG waren Carnegies Bibliotheken die reinste Kinderei: Die Intellektuellen applaudierten, die Steuerbehörden drückten ein Auge zu, und die schweigende Mehrheit erfuhr nichts davon, wie üblich. Kurz, das Zentrum ist ein weiterer Erfolg; es ist direkt langweilig.

Als ich am nächsten Morgen aus dem Motel wegfahren wollte, riefen Sie mich an, um mir mitzuteilen, daß es mit der Firma wieder bergauf ging — die Aktien waren auf über 30 gestiegen. Sie sagten, ich solle mit meinen Ermittlungen noch vierundzwanzig Stunden weitermachen und dann eine schriftliche Zusammenfassung erstellen, die im Jahresbericht für die Aktionäre veröffentlicht werden sollte — um den Mitgliedern der Brücken-AG-Familie zu zeigen, daß sich der Vorstand um sie *kümmert*. Danach sollte ich zurückkommen und meine Spesenabrechnung vorlegen. Wir hatten pro forma alles Nötige getan, und das reichte. Sagten Sie.

Wie es der Zufall wollte, eruierte ich *tatsächlich* binnen eines Tages den Grund für den Selbstmord, aber selbst wenn das nicht der Fall gewesen wäre, hätte ich dennoch weitergemacht. Plötzlich wirkten Sie nicht mehr so mächtig eindrucksvoll, Chef; plötzlich hatte Ihr Zorn seinen Schrecken für mich verloren. Auch der Verlust meines Jobs schreckte mich nicht. Schlußfolgerung: Im Unterbewußtsein kannte ich die Antwort bereits. Oder ich war nahe daran, hatte so ein Gefühl — nein, in diesem Zusammenhang sollte es wohl besser Vorahnung heißen.

Mit zwei Menschen mußte ich noch sprechen. Dr. Harold Seabrook, der Leiter des Forschungszentrums, würde bis Donnerstag in Europa sein, sagte mir seine Sekretärin in einem Ferngespräch. Damit blieb also nur Miss X — Beldings Geliebte. Natürlich hatte ich von ihr gewußt, genau wie Sie und die meisten Leute in der Vorstandsetage. Otis Beldings ländliche Romanze war das am schlechtesten gehütete Geheimnis in der Firma. Als verantwortlicher Leiter der Sicherheitsabteilung hatte ich es mir zur Aufgabe gemacht, ihren Namen und ihre Adresse festzustellen; ja, und ich hatte sie auch etwas genauer überprüft — äußerst unangenehm, wenn Belding einer Abenteurerin in die Hände fiele, sagte ich mir. Ich hätte mir keine Sorgen zu machen brauchen. Sandra Burkholt ist alles, nur keine *Femme fatale*.

Ehrlich gesagt war ich neugierig. Was für eine Art Frau, so fragte ich mich, brachte wohl Belding dazu, seine üppigen Starlets, theatralischen *Grandes Dames* und High-Society-Häschen aufzugeben? Denn aufgegeben hat er sie — abgeworfen wie überflüssigen Ballast, letzten Sommer, ungefähr zu der Zeit, als er das Forschungszentrum errichtete. Meine Leute vor Ort sagten, *La Burkholt* sei zweiunddreißig, ledig, wohne nicht weit vom Zentrum entfernt allein in einem kleinen, abgeschiedenen Haus und habe einen unehelichen Sohn. Belding hat sie wahrscheinlich im November 1968 kennengelernt, als sie als Schreibkraft im Werk in Feeley arbeitete. Möglicherweise kannte er sie auch schon von früher, aus seiner elenden Kindheit.

Ich kam am Mittwoch bei Einbruch der Dämmerung bei ihrem Haus an. In der Einfahrt stand ein Sportwagen; ansonsten gab es kein Zeichen von Wohlstand. Im Gegenteil. Ein verbeultes, rostiges Dreirad lag auf dem Gehweg; das Gras mußte geschnitten werden; das Haus selbst brauchte neue Schindeln und einen neuen Anstrich. Wohl kaum das Liebesnest eines Magnaten.

Auf mein Klopfen öffnete sie und führte mich in das Wohnzimmer. Das Innere des Hauses entsprach genau dem Äußeren: Die Einrichtung war schäbig, der Linoleumfußboden hatte Risse, die Tapeten lösten sich von den Wänden. Und Sandra paßte perfekt dazu. Sie ist keineswegs hausbacken: In ihrem dreisten Blick, in ihrem bereitwilligen, sinnlichen Lächeln schwingt noch die Erinnerung an ein raffiniertes, katzenhaftes Mädchen nach. Aber sie ist verbraucht. Ihr rotes Haar ist dünn und ausgebleicht, die Haut

grob, die Figur schlaff. Stand Belding auf mitleiderregende Frauen?
War es tatsächlich Liebe?

Mit einem merkwürdigen Gefühl, als wäre ich ein Archäologe,
der einen antiken Tempel inspiziert, folgte ich Sandra in das Schlafzimmer, das sie geteilt hatten, und sah mir die Dinge an, die Belding gehört hatten: einen tragbaren Plattenspieler mittlerer Preis-
klasse, eine bunt gemischte Schallplattensammlung, die Bücher
und Zeitschriften, die er vor dem Einschlafen gelesen hatte. Es
waren drei Stapel mit drei Arten von Lesestoff. Bücher über außer-
sinnliche Wahrnehmung — von billigen Taschenbüchern mit Fuß-
noten gespickte Wälzer bis zu Science-fiction-Romanen. Dann
Bücher über Ökologie, die in etwa dieselbe Bandbreite umfaßten,
einschließlich einer vollständigen Reihe von Publikationen des
Sierra Clubs und etlichen Broschüren von Barry Commoners
Gruppe an der Universität Washington. Und Geschichtsbücher,
meist Übersichtswerke. Ich blätterte sie durch, jedoch vergebens:
Belding gehörte nicht zu den Menschen, die Sätze unterstreichen.

Wir gingen in die Küche. Unauffällig schaltete ich meinen Kassettenrecorder ein, während Sandra Limonade bereitete. Richtig,
Chef — Limonade. Wie gesagt, Miss Burkholt ist keine *Femme
fatale.*

»Ich muß Sie bitten, leise zu sprechen«, ertönt Sandras Stimme
vom Kassettenrecorder, während ich dies schreibe. »Mein Junge ist
krank und liegt im Nebenzimmer. Normalerweise ist er gesund wie
ein Pferd. Muß irgendso ein Virus sein.«

Ich: »Ich hoffe, es geht ihm bald besser.«

Sandra: »Danke.«

Ich (zögernd): »Kannten Sie Mr. Belding gut?«

Sandra: »'türlich. Nicht lange, aber so gut wie nur irgendwer.
Wir hatten ein Verhältnis.«

Ich (verlegen): »Entschuldigen Sie die Frage — aber hat er Ihnen
Geschenke gemacht? Hatte er irgendeine Abmachung mit Ihnen?«

Sandra (glucksend — Gott segne sie): »Sie meinen, ob ich mich
aushalten ließ? O nein, Sir. Na ja, kleine Geschenke für das Haus
und für meinen Jungen hat er schon gebracht. Einmal hat er mir
eine Küchenmaschine gekauft, das war, glaube ich, das größte
Geschenk. Geld hat er mir nie gegeben, und ich habe ihn nie um

welches gebeten. Habe keines erwartet. Es war eine reine Beziehung zwischen Mann und Frau. Ich hatte ihn gern. Und ich glaube, er hatte mich gern. Mein Otis wird mir fehlen.«

Ich: »Haben Sie in letzter Zeit eine Veränderung in seinem Verhalten bemerkt?«

Sandra: »Er war immer — nun, seltsam. Komisch, er konnte einen berühren und dabei irgendwie gar nicht da sein, als hätte er seinen Körper zurückgelassen. O ja, bei seinem letzten Besuch hat Otis ein Geschenk mitgebracht, das ich ganz vergessen habe. Er sagte etwas Merkwürdiges . . .«

Ein dumpfes Poltern hinter der Wand unterbrach sie. Wir stürzten in das Zimmer des Jungen. Das Kind lag in einem Gewirr von Decken neben dem Bett; sein Atem ging rauh und rasselnd. Er war schweißüberströmt, seine Haut wächsern. Das war keine Virusinfektion; der Junge lag im Sterben.

»Wir sollten ihn lieber in ein Krankenhaus bringen«, sagte ich.

Sandra wickelte ihn in die Decke ein und trug ihn zu meinem Wagen. Ich fuhr fast die ganze Strecke bis zum nächsten Spital mit über hundert Stundenkilometern. Der altersschwache praktische Arzt dort stellte einen Blinddarmdurchbruch fest und gestand, daß er für die Behandlung einer akuten Peritonitis nicht eingerichtet sei. Ich kannte eine Klinik, die sehr wohl dafür eingerichtet war — zufälligerweise bekommt man die beste medizinische Versorgung in dieser Gegend im Werk der Brücken-AG in Feeley. Ich hängte mich ans Telefon, charterte ein Privatflugzeug und bereitete einen jener tüchtigen jungen Spezialisten, auf die die Firma so stolz ist, darauf vor, daß Sandra und ihr Sohn auf dem Weg zu ihm waren.

Auf dem Flugplatz gab ich ihr meine Karte und bat sie, im Büro anzurufen, wenn sie oder der Junge etwas brauchen sollten. Sie versprach es.

Da ich noch nicht müde war, fuhr ich in die Ausläufer der Ozark-Berge, Richtung Forschungszentrum. Ich gab mich bizarren Überlegungen hin — bizarr für meine Verhältnisse, jedenfalls. Ich hatte nicht mehr über die Ewigkeit nachgedacht, seit ich als Ministrant verängstigt in der muffigen Atmosphäre vor dem Beichtstuhl gewartet hatte. Vielleicht lag es daran, daß ich auf dem Lande war.

Wenn es Geister gibt, dann lauern sie in jenen Hügeln, blitzen kurz und spöttisch im Scheinwerferlicht auf und rascheln unheilverkündend in den Blättern. Vielleicht war es auch einfach nur Scham, ein Versuch, meine unprofessionelle Vorgehensweise zu entschuldigen. Ich hätte früher mit Sandra sprechen sollen, während meiner Nachforschungen in Feeley; daß ich es nicht getan hatte, war eine kostspielige Unterlassung. Aber wenn ich damals mit ihr gesprochen *hätte*, dann wäre ich nicht zur Stelle gewesen, um Mediziner und Piloten unter Druck zu setzen, und dann wäre dem Jungen vielleicht nicht die Aufmerksamkeit zuteil geworden, die er brauchte. Ich stellte mir vor, daß ich im Dienste eines gütigen Schicksals stand. War es Schicksal? Vorbestimmung? Wessen Willen gehorchte ich? Gewiß nicht dem von Belding.

Die Brücken-AG kann stolz auf ihr Forschungszentrum sein. Architektonisch ist die Anlage unübertroffen: Statt wie üblich eine Beleidigung für das Auge darzustellen, strahlt das Gebäude Würde aus — vertikale Linien, die mit den Nadelbäumen rundherum in harmonischem Einklang stehen, herrschen vor. Ich stellte mein Auto auf dem Besucherparkplatz ab und bewunderte ein wenig die flutlichtbestrahlte Szene. Ein Wachbeamter wollte wissen, wer ich sei. Mein Ausweis bewirkte eine wundersame Wandlung: Er nahm meine Tasche und eskortierte mich in die Unterkünfte für die VIPs. Nicht schlecht. Pastellfarben, moderne dänische Kunststoffmöbel. Man fühlte sich wie zu Hause ...

Ein Sonnenstrahl, der auf mein Gesicht fiel, weckte mich. Ich zog meinen teuersten leichten Anzug an und dazu ein weißes Hemd mit weißer Krawatte — ich wollte den hinterwäldlerischen Wissenschafter mit meinem New Yorker Schick beeindrucken.

Ha, ha. Ich bezweifle, daß Dr. Harold Seabrook *überhaupt* zu beeindrucken ist. Er ist ein mürrischer, ungeduldiger Koloß — fast zwei Meter groß, mit einem Riesenbauch, und sein Gesicht ist so langgezogen, als wäre sein Unterkiefer mit Gewichten beschwert. Er spricht nicht; er spuckt die Worte aus.

Wir trafen uns in der Halle. Beim Sprechen zeichnete er winzige geometrische Muster in verschütteten Eistee auf der kunststoffbeschichteten Tischplatte.

»Ich habe fünf Minuten Zeit für Sie«, sagte er schroff.

Ich war verärgert. Ich bin ein höheres Tier in der Firma als Seabrook. »Müssen Sie noch irgendwohin fahren?« fragte ich.

»Ich muß mich darum kümmern, daß die Menschheit vor sich selbst geschützt wird«, erwiderte er; wie er es sagte, klang es nicht mal abgedroschen. »Und das werde ich kaum schaffen, indem ich mit Ihnen quatsche.«

»Komisch«, meinte ich sarkastisch, »ich habe Ihre Stellenbeschreibung gelesen. Darin steht ›Ökologe‹, nicht ›Messias‹.«

»Das ist dasselbe«, fuhr er mich an.

Da ich darauf keine Antwort wußte, fragte ich: »Was genau machen Sie mit dem Geld der Firma? An was für einem Projekt arbeiten Sie?«

Er runzelte die Stirn. »Im Augenblick? Wir suchen nach einer Möglichkeit, den sogenannten ›Treibhauseffekt‹ zu reduzieren.«

»Sie beschäftigen sich mit Blumen?«

Bei seinem Tonfall hatte ich das Gefühl, wieder Kniehosen zu tragen; ich war der dümmste Schüler der zweiten Klasse und er der Lehrer, den ich zur Verzweiflung brachte. Er sagte: »Ist Ihnen am Wetter etwas aufgefallen? Es wird nicht mehr genug Wärme in den Weltraum abgegeben. Die Schadstoffe haben eine dicke Schicht gebildet, die die kurzwellige Strahlung zurückwirft und in Bodennähe hält, und daher steigt die Temperatur auf . . .«

Ich unterbrach ihn. »Ich brauche keinen Wissenschaftler, um zu merken, daß das ein verdammt heißer November ist. Ich bin sicher, in zwanzig Jahren werdet ihr Genies den irrsten Kühlschrank erfunden haben, und dann geben wir Ihnen entweder eine goldene Uhr oder einen Nobelpreis, Sie können es sich aussuchen.«

»Viele meiner Kollegen wären ganz Ihrer Meinung«, sagte er unerwartet freundlich. »Ich nicht, und Otis Belding auch nicht. Er hatte die Theorie, daß wir mit unserer Verseuchung der Erde einen kritischen Punkt erreichen werden, und wenn es soweit ist, wird der Planet einfach aufhören zu leben — *aus*. Alle lebenserhaltenden Systeme werden auf einmal zusammenbrechen, und das ist dann das Ende. Schluß. Vorbei. Dann bleiben uns vielleicht noch ein paar Tage oder ein paar Stunden, um unsere Dummheit zu bedauern.«

»Das ergibt nicht allzuviel Sinn, Doktor.«

»Das dachte ich anfangs auch. Aber da stützte ich mich auf die herkömmlichen Argumente. Dann habe ich mit meiner Forschungsarbeit eine Richtung eingeschlagen, die Otis vorschlug, und ...« Seine Stimme änderte sich; die Freundlichkeit war verschwunden. »Ich habe genug Zeit an Sie verschwendet.«

Er zog ein gefaltetes Notizblatt aus seinem Labormantel, der mit gelben Flecken übersät war. »Otis sagte, ich solle Ihnen das geben.«

Mein Name stand darauf, in Beldings Handschrift.

»Moment mal, Doktor«, sagte ich. »Ich habe Otis Belding gar nicht *gekannt*. Er wußte nicht mal, daß es mich gibt. Sie wollen mir weismachen, daß er mir eine persönliche Nachricht hinterließ, bevor er starb, und Ihnen gab? Ausgeschlossen.«

»So war es aber«, sagte er und stand auf. »Entschuldigen Sie mich.«

Und weg war er, wie der Blitz; er ließ mich mit einem weiteren Protest, der mir im Hals stecken blieb, und einer in kaltem Tee auf den Tisch gemalten Null einfach sitzen. Ich schwor mir, ihn nachher zu demütigen, und öffnete das Blatt Papier. Darauf stand:

»Man kann nichts mehr tun. Es ist zu spät. Sehen Sie sich das Modell in meinem Büro an.«

Unterschrift: Otis Belding.

Ich ließ mir von der Empfangsdame den Schlüssel zu seinem Privatbüro geben, stieg ins oberste Stockwerk und trat ein. Der Raum war kahl wie eine Trappistenzelle — die Einrichtung bestand nur aus einem Feldbett und einem Metallpult, auf dem ein maßstabgetreues Modell der Eads-Brücke stand. Das Modell war zerbrochen. Irgend jemand hatte es entzweigeschlagen. Es war eine Brücke, die nirgendwohin führte.

Eine Frage mußte noch beantwortet werden. Von der Eingangshalle aus rief ich Sandra an.

»Wie geht es Ihrem Sohn?« fragte ich.

»Es geht ihm gut. Dieser nette Dr. Benedict hat gesagt, er wäre gerade noch rechtzeitig gekommen. Ich möchte Ihnen danken.«

»Es war mir ein Vergnügen. Sandra, erinnern Sie sich, was Sie gesagt haben? Über ein Geschenk, das Otis gekauft hat?«

»Das war das Komischste, was er je gemacht hat. Es war eine Waffe — eine Pistole. Ich habe sie noch, obwohl ich wirklich nicht weiß, was ich je mit einer Waffe anfangen soll. Er gab sie mir und sagte: ›Wenn du deinen Sohn liebst, wirst du ihm diesen Gefallen tun.‹ Ich glaube, es war ein Scherz.«

»Möglich. Leben Sie wohl, Sandra.«

Ich schlenderte hinaus und spazierte über die Rasenfläche zum See hinunter. Kein Grund zur Eile, jetzt nicht mehr, weder für mich noch für Sie noch für irgendwen. Denn es ist klar, warum Otis Belding sich umgebracht hat. Er hatte eine geniale Begabung, Dinge vorherzusagen, erinnern Sie sich? Ich glaube, er hatte Vorahnungen in bezug auf die Zukunft — Vorahnungen, die langsam an Überzeugung gewannen, bis sie, zwei Wochen vor einem Ereignis, zur Gewißheit wurden. Sobald er auf etwas aufmerksam wurde, konnte er den weiteren Verlauf vorhersagen. Er wurde auf die Ökologie aufmerksam, er sah den ›kritischen Punkt‹ kommen; er sah seine Zukunft — unsere Zukunft — und suchte Zuflucht bei einer einfachen Frau und ihrem Sohn; doch er fand keinen Trost, und so beschloß er, zu sterben.

Vor genau dreizehn Tagen beschloß er, zu sterben.

Ich weiß, wie er sich gefühlt hat. Wie ein Mann, der auf einer zerbrochenen Brücke steht. Ich habe meine Waffe, und ich habe es immer gehaßt, als letzter übrigzubleiben.

Also — leben Sie wohl, Chef.

Deutsch von Christine Pavesicz

Der Schakal und der Tieger

Michael Gilbert

Am Abend des 15. April 1944 sagte Oberst Hubert vom militärischen Geheimdienst zum leitenden Staatsanwalt: »Karl hat nur einen einzigen Fehler begangen. Er hat den jungen Kavanagh unterschätzt.«

Am Nachmittag dieses Tages war Karl Müller, der sich manchmal Charles Miller genannt hatte, auf dem Schießstand in den Kellergewölben des Londoner Tower erschossen worden. Es war zu jener Zeit die übliche Hinrichtungsstätte für enttarnte deutsche Spione.

»Ein verhängnisvoller Fehler«, stimmte der leitende Staatsanwalt zu.

Jim Perrot, kürzlich aus den Diensten der Militärpolizei ausgeschieden, schrieb an seinen Freund Fred Denniston:

Lieber Denny,
Kannst Du Dich an die Pläne erinnern, über die wir in Nordafrika und Italien so oft gesprochen haben? Tja, ich habe ein Angebot bekommen, ein wirklich schönes Büro an der Chancery Lane für einundzwanzig Jahre zu mieten. Es liegt also genau dort in London, wo die Anwälte und Richter jetzt wieder mit den Flügeln zu schlagen und ihre Krallen zu wetzen beginnen. Deshalb hat ein Ermittlungsbüro, eine Detektei, natürlich viel zu tun, und es gibt nur wenig Konkurrenz — bis jetzt. Die Miete ist lächerlich gering, ein Witz. Ich habe mir meine bisherigen Beiträge zur Rentenversicherung auszahlen lassen, um mir ein

bißchen Startkapital zu beschaffen. Vermutlich müßten wir beide noch ungefähr zweitausend Pfund investieren, um den Laden in Schwung zu bringen. Denny's Detektei! Na, wie wär's?

Und Denny's Detektei war von Beginn an erfolgreich.

Wie Perrot seinem Freund geschrieben hatte, herrschte kein Mangel an Aufträgen. In vielen Fällen ging es um Scheidungssachen, das traurige Nebenprodukt eines langen Krieges. Und da sich weder Denny noch Perrot gern mit diesen Scheidungsangelegenheiten befaßten, stellten sie Mr. Huffin ein. Er war für die Rolle, die er zu spielen hatte, bestens geeignet: ein kleiner Mann mit freundlicher Ausstrahlung und derart unscheinbar, daß viele Geschäftsleute, die mit dem Zug zu Besprechungen in die Midlands reisten, ihn schlichtweg übersahen, wenn er in ihrem Abteil saß oder später im Speisesaal des Hotels an einem der hinteren Tische Platz nahm. Diese Herren erkannten Mr. Huffin erst wieder, wenn er im Gerichtssaal stand und schwor, die Wahrheit und nichts als die Wahrheit zu sagen – die volle Wahrheit über jene Dame, die mit dem jeweils angeklagten Geschäftsmann in der Eisenbahn den Tisch und später im Hotel das Bett geteilt hatte.

Jim Perrot hatte die Aufgabe, schwer aufzuspürende Schuldner ausfindig zu machen; ein Job, bei dem ihm seine Erfahrungen zugute kamen, die er während seiner Dienstzeit bei der Militärpolizei gesammelt hatte. Fred Denniston hingegen verließ nur selten sein Büro. Seine Spezialität war die Einschätzung der Kreditwürdigkeit von Firmen. Nach und nach wurde er zum Experten, wenn es galt, zwischen den Zeilen zu lesen, sobald ihm übertrieben optimistische Gewinn-und-Verlust-Rechnungen oder zweifelhafte Bilanzen vorgelegt wurden. Mit wachsender Erfahrung entwickelte Denniston ein beinahe unheimliches Gespür für überhöhte Aktienpreise und scheinbar unter Wert zum Verkauf stehende Vermögenswerte. Perrot sah Denny des öfteren hinter seinem Schreibtisch sitzen und an einer Akte schnüffeln, als könne er schon am Geruch erkennen, ob er frisierte oder gar gefälschte Papiere vor sich hatte.

Außerdem trug die unglaublich günstige Miete für die Büroräume zum wirtschaftlichen Erfolg des Unternehmens bei. Als Perrot die Miete in seinem Brief als einen ›Witz‹ bezeichnet hatte, war das sogar noch untertrieben gewesen. Am Ende des Krieges, als sich noch niemand über die Inflation den Kopf zerbrochen hatte, waren Mietverträge mit einundzwanzigjähriger Laufzeit noch ohne die Klausel zu bekommen, den Mietpreis der allgemeinen Kostenentwicklung anzupassen — wie heutzutage üblich. Als der Vertrag langsam auslief, stellten die Partner daher fest, daß ihre Miete weit unter dem normalen Niveau lag — eine Tatsache, auf die auch ihr Vermieter, die Scotus Property Company, mit wachsender Verbitterung hinwies.

›Es nützt Ihnen nichts, sich darüber zu beklagen‹ schrieb Perrot in einem freundlichen Brief an die Scotus Company. ›Sie hätten daran denken müssen, als Sie den Mietvertrag unterschrieben haben.‹

›Warten Sie nur bis Ende nächsten Jahres!‹ schrieb die Scotus zornig zurück.

»Ich nehme an, wir müssen bald ein bißchen mehr Miete zahlen«, sagte Denniston zu Perrot. »Rausschmeißen können die uns jedenfalls nicht. Schließlich gibt es den Mieterschutz.«

Als ein freundlicher Taxator, dessen Gesellschaft sich am anderen Ende der Chancery Lane befand, von der Miete erfuhr, konnte er nur mit Mühe seinen Neid verbergen. »Ihnen ist doch wohl klar«, sagte er, »daß Sie nur ein Pfund pro Quadratfuß . . .«

»Was genau dem vereinbartem Mietpreis entspricht«, sagte Denniston.

». . . und daß man in dieser Gegend normalerweise zwischen fünf und sechs Pfund pro Quadratfuß bezahlt?« sagte der Taxator.

»Wollen Sie damit sagen«, erwiderte Perrot, »daß wir nach Ablauf des Vertrages die fünffache Miete bezahlen müssen?«

»Mindestens«, sagte der Taxator fröhlich. »Aber ich nehme an, Sie haben sich zu diesem Zeitpunkt schon etwas Geld zur Seite gelegt.« Die Partner blickten sich an. Sie hatten zu diesem Zweck keinen Penny zur Seite gelegt.

Das war die erste Schreckensnachricht.

Die zweite Schreckensnachricht war der plötzliche Tod Perrots. Er war übergewichtig gewesen und hatte zuviel geraucht, hatte aber vollkommen gesund ausgesehen. Eines Nachmittags sagte Perrot, er fühle sich nicht wohl; dann war er früh nach Hause gefahren und am Abend gestorben.

Denniston war stolz auf seinen Partner gewesen, und der Verlust traf ihn tief. Noch tiefer aber traf es ihn, nun keinen Partner mehr zu haben, der viel Geld in die Kasse brachte.

Er dachte darüber nach, Mr. Huffin zu seinem Kompagnon zu machen, verwarf diesen Gedanken aber wieder; hauptsächlich deshalb, weil er Huffin nicht mochte. Der Mann hatte gar keine Ausstrahlung und war schrecklich überkorrekt. Jeden Morgen Punkt neun kam er in die Detektei, es sei denn, er hatte Außendienst; und dann blieb er bis halb fünf in seinem Büro hocken, das direkt an Dennistons Büro grenzte und nur durch eine dünne Wand abgetrennt war, so daß Denniston jedesmal hören konnte, wenn Huffin sich aus seinem Stuhl erhob.

Nicht das Holz, aus dem man Geschäftspartner schnitzt, sagte sich Denniston.

Er versuchte, mittels Zeitungsannoncen einen neuen Partner zu finden, mußte aber rasch feststellen, daß die Bewerber, die Eigenkapital besaßen, nicht geeignet waren, während die geeigneten Bewerber kein Eigenkapital besaßen.

Nach einigen Monaten ergebnisloser Bemühungen mußte Denniston sich zwei Dinge eingestehen. Zum einen stand die Detektei vor der Pleite. Jim Perrots ehemalige Kunden waren zur Konkurrenz abgewandert. Zum zweiten rückte der Tag näher, an dem es zur Konfrontation mit dem Vermieter kommen würde.

An diesem Punkt erschien Andrew Gurney auf der Bildfläche. Denniston mochte ihn auf Anhieb. Er war jung. Er verbreitete gute Laune. Er zeigte lebhaftes Interesse an seiner Arbeit. Und er machte einen Vorschlag.

Nach ungefähr einem Jahr, schlug Gurney vor, wenn er das reife Alter von fünfundzwanzig erreicht hatte, wollte er eine größere Summe aus dem Vermögen seiner Familie in die Detektei investieren. Bis dahin, so Gurney, wisse er endgültig, ob diese Arbeit ihm liege und ob er für seinen Job geeignet sei. Falls das der Fall sei, wolle er sein Geld in die Detektei stecken.

Denniston und Gurney besprachen sich daraufhin über die Höhe der Investition und über terminliche Dinge und gelangten schließlich zu einer vorläufigen Einigung. Gurney übernahm das Büro des verstorbenen Perrot. Denniston stieß einen Seufzer der Erleichterung aus und wandte wieder sich der schwierigen Analyse seiner Unterlagen über Firmen zu, die vor dem Bankrott standen. Fast genau einen Monat später klopfte Mr. Huffin an die Tür von Dennistons Büro, steckte den Kopf durch den Türspalt, blinzelte zweimal und sagte: »Wenn Sie nicht allzuviel zu tun haben, könnte ich dann ein paar Worte mit Ihnen reden?«

»Kommen Sie herein«, sagte Denniston.

Mr. Huffin huschte ins Büro, trat vor Dennistons Schreibtisch und setzte sich dann, als hätte er im letzten Moment seinen Entschluß geändert, in den Stuhl, der normalerweise Besuchern vorbehalten war.

Denniston war ein wenig verblüfft. Bei seinen vorherigen Besuchen war Mr. Huffin immer vor dem Schreibtisch stehen geblieben und hatte die Aufforderung abgewartet, Platz zu nehmen.

Und Dennistons Verblüffung wuchs sogar noch, als Mr. Huffin sagte: »Sie stecken in Schwierigkeiten, nicht wahr?«

Mr. Huffin hatte nicht nur auf die gewohnte Anrede ›Sir‹ verzichtet, die er üblicherweise benutzte, wenn er mit seinem Arbeitgeber redete. Es war mehr als das. In seiner Stimme lagen eine seltsame Schärfe und Kälte, die einer plötzlichen eisigen Böe ähnelte, welche das Ende des Herbstes und den Beginn des Winters ankündigte.

»Leider haben Sie mich in dieser Sache nicht ins Vertrauen gezogen«, fuhr Mr. Huffin fort, »aber die Trennwand zwischen unseren Büros ist so dünn, daß ich jedes Wort mithören kann, ob ich will oder nicht.«

Denniston hatte sich mittlerweile halbwegs von seiner Überraschung erholt. Er fragte: »Die Tatsache, daß Sie vertrauliche Gespräche belauschen können, gibt Ihnen noch lange nicht das Recht, Kapital daraus zu schlagen.«

»Wenn ein Schiff sinkt«, erwiderte Mr. Huffin, »kann man die Etikette getrost über Bord werfen.«

Diesem drastischen Vergleich folgte eine längere Pause. Denniston suchte nach Worten, um das peinliche Schweigen zu brechen, fand aber keine. Schließlich sagte er: »Es stimmt, daß Mr. Perrots Tod uns in eine schwierige Lage gebracht hat. Aber zufälligerweise habe ich Mittel und Wege gefunden, unsere Detektei über Wasser zu halten.«

»Meinen Sie damit den jungen Gurney? Er arbeitet seit einem Monat für Sie, und er hat nicht einmal die Hälfte von dem verdient, was Sie ihm als Gehalt zahlen. Offen gestanden, ich glaube nicht, daß er für unseren Beruf geeignet ist. Er hat zwar gute Umgangsformen, aber Sie brauchen jemanden mit einem dicken Fell.«

»Jetzt hören Sie mal . . .« erwiderte Denniston und verstummte, denn beinahe hätte er gesagt: ›Wenn es Ihnen nicht gefällt, wie ich die Detektei führe, dann kündigen Sie, denn wir kommen auch ohne Sie zurecht.‹ Aber stimmte das wirklich? Als hätte er Dennistons Gedanken gelesen, sagte Mr. Huffin: »In früheren Jahren, Mr. Denniston, haben Sie und ich ungefähr das gleiche verdient. Aber in letzter Zeit verlagert sich das Gewicht immer deutlicher zu Ihren Gunsten. Im vergangenen Jahr hatte unsere Detektei die Hälfte ihres Umsatzes mir zu verdanken. Jedenfalls haben Sie das unserem Steuerberater angegeben, also gehe ich davon aus, daß es stimmt.«

»Sie haben mein Gespräch mit dem Steuerberater belauscht?«

»Ja. Schließlich bin ich am Umsatz ja nicht ganz unbeteiligt.«

»Also gut«, sagte Mr. Denniston. »Ich gebe zu, daß ich Ihre Dienste zu schätzen weiß und daß Sie für unser Unternehmen wertvoll sind. Falls Sie mir das zu verstehen geben wollten, ist es Ihnen gelungen. Aber Sie sind bestimmt nicht gekommen, um sich das von mir bestätigen zu lassen. Geht es Ihnen um eine Gehaltserhöhung?«

»Eigentlich nicht.«

»Geht es Ihnen darum, daß ich Sie zu meinem Partner mache?«

»Das eigentlich auch nicht.«

»Dann . . .«

»Ich wollte Ihnen den Vorschlag machen, daß ich die Firma übernehme.«

Während des langen Schweigens, das nun eintrat, stellte Denniston fest, daß er seine Meinung über Mr. Huffin grundlegend ändern mußte. Huffins oberflächlicher Sanftmut war ein Bestandteil seiner professionellen Tarnung, wie Denniston nun erkannte; sie war so bedeutungslos wie die Perücken der Richter und die Nadelstreifenanzüge der betuchten Mandanten.

»Haben Sie schon mal darüber nachgedacht, was passiert, wenn ich kündige?« fragte Mr. Huffin. »Vielleicht schaffen Sie es, so viel Umsatz zu machen, daß Sie die laufenden Betriebskosten bezahlen können. Bis der Mietvertrag ausläuft. Und was dann? Ich glaube, Sie haben einen wichtigen Punkt übersehen. Nach Ablauf eines für einundzwanzig Jahre abgeschlossenen Mietvertrages wird man Ihnen eine saftige Rechnung für die Renovierungen präsentieren — wegen des Verschleißes.«

»Verschleiß?« sagte Denniston zögernd. »Sicher, einiges ist ziemlich abgenutzt . . .«

»Aus diesem Grund habe ich vorsichtshalber ein Gespräch mit einem alten Freund geführt, einem Mr. Ellen. Er ist einer der Gutachter, den die Scotus Property Company in solchen Fällen heranzieht. Mr. Ellen ist ein führender Fachmann auf seinem Gebiet, und seine Kalkulationen und Kostenvoranschläge haben bis jetzt immer vor Gericht standhalten können. Vergangene Woche habe ich ihn herkommen und einen Blick in unsere Büroräume werfen lassen. Er schätzt die Kosten für eine Renovierung auf sechs- bis achttausend Pfund.«

»Um Himmels willen!« sagte Denniston. »Das darf doch nicht wahr sein!«

»Er hat mir seinen Arbeitsplan gezeigt. Die Summe könnte noch höher liegen.«

Um sich Zeit zum Nachdenken zu verschaffen, sagte Denniston nach längerer Pause: »Wenn es Ihrer Meinung nach so schlecht um die Detektei steht, warum wollen Sie mich dann aufkaufen?«

»Mir scheint«, sagte Mr. Huffin höflich, »Sie haben mich mißverstanden. Ich habe nicht die Absicht, Ihnen auch nur einen Penny zu zahlen. Denn was könnten Sie mir dafür schon bieten?«

Normalerweise sprach Denniston nicht mit seiner Frau über geschäftliche Dinge, aber in dieser Krisensituation tat er es doch. Er erzählte ihr die ganze Geschichte, kaum daß er an diesem Abend nach Hause gekommen war.

»Und ich weiß ganz genau, daß er es tun wird«, sagte Denniston. »Sobald er mich verdrängt hat, wird er irgendeinen seiner Spießgesellen in der Detektei beschäftigen. Und dann werden sie sich nicht mehr mit Scheidungssachen abgeben. So was ist zwar legal, bringt aber nicht viel ein. Nein, das große Geld kann man mit schmutzigen Geschäften machen. Nützliche Zeugen ausfindig machen, zum Beispiel, und sie dann bestechen, damit sie mit ihrer Aussage reiche Mandanten vor Gericht entlasten. Oder Beweismaterial und Gutachten fälschen.«

Seine Frau sagte: »Immerhin ist er bereit, achttausend Pfund dafür hinzublättern.«

»Das wird er natürlich nicht tun. Da hat es irgendeine Absprache zwischen ihm und seinem alten Kumpel gegeben, diesem Mr. Ellen von der Scotus, unserem Vermieter. Huffin wird sich mit ihm einigen, viel weniger zu zahlen und nur kleinere Renovierungsarbeiten vornehmen zu lassen.«

»Und was geschieht, wenn du nein sagst?«

»Dann habe ich diesen Mr. Ellen auf dem Hals, und er wird darauf bestehen, daß *ich* die Büros von Grund auf renovieren lasse. Es würde bedeuten, daß ich vor Gericht gehen muß, und das wird eine teure Angelegenheit.«

»Wenn du dir ein bißchen was von Gurneys Geld nimmst . . .« Mrs. Denniston hielt inne.

Sie beide waren ehrliche, aufrichtige Menschen. Denniston kleidete die Gedanken seiner Frau in Worte: »Ich kann nicht das Geld dieses Jungen nehmen, um damit vor Gericht eine Schlacht zu schlagen.«

»Und es gibt auch keine andere Möglichkeit, sich das Geld zu besorgen?«

»Nicht, daß ich wüßte.«

»Dann laß es dabei bewenden«, sagte seine Frau. »Bezahle deine Schulden und steig aus dem Geschäft aus. Dann bleibt immer noch etwas übrig. Uns wird schon etwas Neues einfallen.«

So schnell gab Denniston sich zwar nicht geschlagen, doch schließlich sah er ein, daß seine Frau recht hatte. »Also gut«, sagte er. »Es hat wirklich keinen Zweck, die Sache in die Länge zu ziehen. Ich werde Huffin morgen mitteilen, daß er den Laden übernehmen kann. Und ich werde dem Mistkerl sagen, was ich von ihm halte.«

»Das bringt doch nichts.«

»Mir schon.«

Am nächsten Abend kam Denniston um Punkt sechs Uhr nach Hause. Er gab seiner Frau einen Kuß und sagte: »Heute abend bleibt die Küche kalt. Ich werde dich ins beste Restaurant Londons ausführen. Vor dem Essen trinken wir Champagner, beim Essen Burgunde, und nach dem Essen Cognac.«

Seine Frau, die sich den ganzen Tag Sorgen über ihre Zukunft gemacht hatte, sagte: »Also wirklich, Fred. Meinst du nicht auch, wir sollten . . .«

»Natürlich sollten wir. Kräftig feiern!«

»Was feiern?«

»Daß ein Wunder geschehen ist.«

Es war um neun Uhr an diesem Morgen geschehen. Als Denniston sich noch überlegt hatte, mit welchem möglichst unfreundlichen Worten er sich von Mr. Huffin verabschieden sollte, war seine Sekretärin ins Büro gekommen. Sie war sehr aufgeregt gewesen und hatte gefragt: »Wäre es Ihnen möglich, sich um zehn Uhr mit Mr. Kavanagh zu treffen?«

Denniston warf einen Blick auf seinen Terminkalender und sagte: »Ja. Das läßt sich einrichten. Wer ist Mr. Kavanagh?«

»Sie kennen Mr. Ronald Kavanagh nicht?« erwiderte seine Sekretärin. Als sie Dennistons ausdruckslosen Blick sah, fügte sie hinzu: »Kavanagh, Lewisohn und Fitch. Er ist der Direktor.«

»Du lieber Himmel!« Und dann: »Woher wissen Sie das?«

»Bevor ich bei Ihnen angefangen habe, war ich dort beschäftigt. In der Zentralverwaltung.«

»Kennen Sie Mr. Kavanagh persönlich?«

»Ich habe in der Schreibzentrale gearbeitet«, erwiderte die Sekretärin. »In den drei Jahren, die ich dort beschäftigt war, habe ich ihn nur zweimal kurz zu Gesicht bekommen.«

»Hat er gesagt, was er von mir will?«

»Er möchte Sie sprechen.«

»Sind Sie sicher, daß er mich nicht zu sich bestellt hat? Kommt er wirklich hierher?«

»Er hat's jedenfalls gesagt.«

»Da muß ein Irrtum vorliegen«, sagte Denniston.

Kavanagh, Lewisohn und Fitch war ein so bekanntes Unternehmen, daß die Leute es nur als ›KLF‹ bezeichneten und davon ausgingen, daß jedermann wußte, wer damit gemeint war. Die KLF war eines der größten Kredit- und Handelsunternehmen Londons und so einflußreich, daß sie nur sehr selten mit Einzelpersonen verhandelte. Die KLF verkaufte alles mögliche — von Computern über Autos bis hin zu Fernsehgeräten und Waschmaschinen; an Zwischenhändler, die diese Geräte an den Einzelhandel weiterverkauften. Falls Ronald Kavanagh tatsächlich die Absicht hatte, Dennistons kleiner Detektei einen Besuch abzustatten, konnte das kaum mit geschäftlichen Dingen zu tun haben. Es mußte sich um private Probleme handeln. Um irgendeine Sache, die diskret behandelt werden mußte.

Als Kavanagh in der Detektei erschien, erwies er sich überraschenderweise als freundlicher, ruhiger, umgänglicher Mann Anfang Fünfzig. Andere Direktoren so bedeutender Firmen, die Denniston im Laufe der Zeit kennengelernt hatte, waren meist verdrießliche, rechthaberische Typen gewesen, arrogant und sich ihrer finanziellen Macht bewußt. Eine weitere Überraschung war die Tatsache, daß Kavanagh gekommen war, um eine geschäftliche Angelegenheit zu besprechen.

Er sagte: »Es handelt sich um eine Sache, die ich persönlich in die Hand nehmen möchte. Vor einiger Zeit haben Sie Nachforschungen über die Kreditwürdigkeit von zwei potentiellen Kunden unserer Firma angestellt.« Kavanagh nannte die Namen.

»Ja«, erwiderte Denniston und fragte sich, was da wohl schiefgegangen sein mochte.

»Wir waren beeindruckt, auf welch sorgfältige Art und Weise Sie vorgegangen sind. Ich gehe doch recht in der Annahme, daß Sie selbst diese Kunden unter die Lupe genommen haben.«

Denniston nickte.

»Den einen Kunden, eine neu gegründete Firma, haben Sie uns empfohlen. Beim anderen Kunden, einem alteingesessenen, anscheinend soliden Unternehmen, haben Sie uns gewarnt. In beiden Fällen haben Sie eine vollkommen richtige Einschätzung vorgenommen. Aus diesem Grunde bin ich heute zu Ihnen gekommen. Bis heute haben wir Berichte und Gutachten, die unsere Firma benötigt, von einem Dutzend verschiedener Quellen bezogen. Aber diese Nachforschungen sind mittlerweile so wichtig geworden, daß unser Aufsichtsrat sich entschieden hat, diese Arbeit einer einzigen Firma anzuvertrauen. Wir hatten zuerst daran gedacht, Sie als freien Mitarbeiter mit dieser Aufgabe zu betrauen. Dann aber hatten wir einen besseren Einfall.« Mr. Kavanagh lächelte. »Wir haben uns entschlossen, Sie zu kaufen. Selbstverständlich unter der Voraussetzung, daß Sie zum Verkauf stehen.«

Denniston verschlug es die Sprache.

»Wir haben die Absicht, Ihre Detektei als bestehendes Unternehmen zu erwerben. Mit allem, was dazugehört, einschließlich der Räumlichkeiten. Allerdings stellen wir eine Bedingung. Daß auch Sie zum Inventar gehören. Wir brauchen *Ihr* Wissen, *Ihre* Fähigkeiten. Daher möchte ich Ihnen den Vorschlag machen, zunächst einmal einen Fünfjahresvertrag mit uns abzuschließen. Wir garantieren Ihnen ein großzügiges Gehalt. Es liegt im Ermessen beider Vertragspartner, diese Übereinkunft nach Ablauf der Frist zu verlängern. Das gilt auch für Ihre Angestellten, falls diese einverstanden sind. Aber Sie, Mr. Denniston, *müssen* wir haben.«

Denniston, der es immer noch nicht fassen konnte, erwiderte: »Ihr Angebot ist mehr als großzügig, aber . . . da ist eine Sache, die Sie wissen müssen. Sie haben gesagt, daß Sie auch die Räumlichkeiten übernehmen. Tja, da gibt es einen Haken bei der Sache . . .«

Als Denniston geendet hatte, sagte Kavanagh: »Es war richtig, daß Sie mir von diesem Problem erzählt haben. Ihre Ehrlichkeit paßt zu dem Bild, das wir uns von Ihnen gemacht haben, wenn ich mal so sagen darf. Und was die Scotus Company betrifft — sie ist uns kein Unbekannter.« Er lächelte freundlich. »Vergangenes Jahr hatten wir mit der Scotus gewisse Meinungsverschiedenheiten. Es ging um die Büros einer Zweigstelle unseres Unternehmens. Glücklicherweise standen uns sehr tüchtige Gutachter und hervorragende Anwälte zur Seite. Die Sache hat für uns ein viel erfreulicheres Ende genommen als für die Scotus. Aber in diesem Fall«, er blickte sich im Büro um, »wird dieses Problem gar nicht erst entstehen. Wir haben einen eigenen Bautrupp, der die Renovierungsarbeiten durchführen wird, die *wir* für notwendig halten. Falls die Scotus Einspruch erhebt, kann sie uns zwar vor Gericht bringen, aber das halte ich für unwahrscheinlich. Es sind artige Leute, wenn sie es erst einmal mit einem Unternehmen zu tun bekommen, das viel mächtiger ist als ihres.«

»Wie alle Rabauken«, sagte Denniston. Und als er dies sagte, stellte er sich genüßlich vor, wie im Büro nebenan Mr. Huffin das Ohr an die Trennwand preßte, um zu lauschen.

Es wurde schnell deutlich, das Ronald Kavanagh nicht zu den Männern gehörte, die eine Arbeit, die ihnen selbst Spaß machte, auf andere abwälzten.

»Es ist ein Irrtum«, sagte Kavanagh, der sich auf die Schreibtischkante gesetzt hatte und sein verletztes Bein pendeln ließ (›ein Souvenir aus meiner Zeit an der Front‹, hatte er erklärt), »ein weitverbreiteter Irrtum, daß geschäftsführende Direktoren vielbeschäftigte Leute sind. Falls sie es sind, ist es ein Zeichen von Unfähigkeit. Ich habe hervorragende Untergebene, die die wirkliche Arbeit erledigen. Mir obliegt es nur, hin und wieder meine Zustimmung zu geben oder meine Ablehnung auszusprechen. Es ist ein so langweiliges Leben, daß ein neues Betätigungsfeld wie dieses hier eine wahre Erfrischung für mich ist. Ach, Sie möchten diesen Schreibtisch wegräumen lassen? Gut, lassen wir ihn in Mr. Gurneys Büro aufstellen.«

»Wie ich schon sagte«, fuhr Kavanagh fort, als er und Denniston in Gurneys Büro Platz genommen hatten, »bin ich unstillbar neugierig, was die Berufe anderer Leute betrifft. Als mein Unternehmen in den Gebrauchtwagenhandel eingestiegen ist, haben wir gleichzeitig eine Reparaturwerkstatt erworben. Ich war so sehr an dieser Sache interessiert, daß ich mir einen Blaumann angezogen und bei den Autoreparaturen mitgeholfen habe. Die Mechaniker hielten das zuerst für einen Scherz; aber dann haben sie sich schnell daran gewöhnt. Und Sie würden nicht glauben, wieviel ich darüber gelernt habe, Rechnungen über Autoreparaturen zu frisieren. Oh, tut mir leid — sieht so aus, als möchten meine Leute in diesem Büro jetzt mit den Renovierungsarbeiten anfangen. Kommen Sie, gehen wir zum Mittagessen in meinen Klub.«

Für Denniston waren die Arbeitsbedingungen unter der neuen Geschäftsleitung höchst angenehm. Natürlich verbrachte Kavanagh nicht den ganzen Tag in der Detektei, doch eine Stunde täglich war das Minimum. Er ließ sich meist Fotokopien von Dennistons Berichten bringen; ein modernes Kopiergerät war eine der ersten Neuanschaffungen gewesen. Diese Berichte las er dann sehr sorgfältig und fragte hin und wieder nach Einzelheiten. Seine Fragen waren äußerst präzise; man war gezwungen, sich die Antworten genauestens zu überlegen.

»Ich muß sagen«, erklärte er, »daß unser beider Berufe im Grunde gar nicht so verschieden sind. Erfolg hat man nur, wenn man herausfindet, wer vertrauenswürdig ist. Ich habe einmal einen wohlhabenden Fernsehproduzenten, der Kunde bei uns werden wollte, nur deshalb abgewiesen, weil er mit einer Offizierskrawatte einer Pioniereinheit erschienen ist. Ich war ganz sicher, daß der Mann niemals in dieser Einheit gedient hatte. Er hatte einfach nicht die richtige Figur für einen Pionier.«

»Instinkt, Erfahrung und Menschenkenntnis«, stimmte Denniston zu. Er fühlte sich um Jahre jünger, was nicht nur auf den ständigen Strom neuer Aufträge und den fetten Gehaltsscheck am Ende eines jeden Monats zurückzuführen war. Nein, die ganze Atmosphäre schien sich zum Positiven verändert zu haben — die Räumlichkeiten, das Betriebsklima. Sogar Mr. Huffin machte einen glücklichen Eindruck. Auch sein Büro war tapeziert worden, und er hatte einen neuen Schreibtisch und funkelnde, abschließbare Aktenschränke aus Metall bekommen. Dies alles schien ihn für die Enttäuschung entschädigt zu haben, daß sein Plan, die Detektei zu übernehmen, an Mr. Kavanagh gescheitert war. Statt dessen begegnete er Kavanagh mit ausgesuchter Höflichkeit.

»Huffin, dieser miese Speichellecker«, sagte Denniston zu seiner Frau. »Als ich Kavanagh gefragt habe, ob er Huffin weiterbeschäftigen will, hat er gelacht und gesagt: ›Warum nicht? Ich mag zwar die Arbeit nicht, mit der er sich beschäftigt, aber sie bringt uns eine Menge Geld ein. Solange Huffin sich auf dem Boden der Legalität bewegt, bleibt er. Sollten Ihnen aber irgendwelche Beschwerden über Huffins Arbeitsmethoden zu Ohren kommen, sieht die Sache anders aus.‹«

»Mr. Kavanagh scheint ein harter Mann zu sein.«

»Hart ist nicht das richtige Wort. Er ist ehrlich, solide und bescheiden. Und er hat ein bißchen was von einem Schuljungen. Es gefällt ihm, wenn das Karussell sich dreht.«

»Ich glaube dir kein Wort«, sagte seine Frau.

»Tja Onkel«, sagte Andrew Gurney. »Und was nun?«

»Nun trinken wir erst mal ein Glas Port«, sagte Kavanagh.

»Dann muß es sich ja um eine sehr unerfreuliche Sache handeln«, sagte Gurney.

»Wieso?«

»Weil du mir ein Glas von deinem teuren Klub-Portwein anbietest.«

»Du bist ein respektloser Kerl«, sagte Kavanagh.

»Schon als du mich in die Detektei eingeschleust hast, wußte ich, daß du irgendwas im Schilde führst.«

»Zwei Glas Port bitte, Barker. Ehrlich gesagt, Andrew, möchte ich nur eins von dir. Du sollst einen Diebstahl begehen.«

»Ich hab' ja gesagt, daß es sich um eine unerfreuliche Sache handelt.«

»Aber es ist ein risikoloser Diebstahl. Du sollst die Büros von Denny's Detektei durchsuchen. Und weil das Unternehmen jetzt mir gehört, ist es technisch gesehen gar kein Diebstahl, meinst du nicht auch?«

»Na ja, so gesehen . . .« erwiderte Gurney.

»Ich werde dir mehrere Schlüssel geben. Den für die Eingangstür, den zu Mr. Huffins Büro und die Schlüssel zu seinen neuen Aktenschränken und dem Schreibtisch. Mr. Huffin ist ein vorsichtiger Mann. Als man die Aktenschränke und den Schreibtisch in seinem Büro aufstellte, hat er um die Zweitschlüssel gebeten. Glücklicherweise habe ich noch einen Satz Zweitschlüssel anfertigen lassen. Jedenfalls hat Huffins Bitte um Aushändigung der Zweitschlüssel mir gezeigt, daß ich vermutlich auf der richtigen Spur bin.«

»Welche Spur?«

Kavanagh nahm einen Schluck Port und erwiderte: »Das ist ein Dreiundsechziger. Genieße ihn. Tja, ich würde vorschlagen, daß du gegen dreiundzwanzig Uhr in die Detektei einsteigst. Um diese Zeit dürfte die Chancery Lane so gut wie menschenleer sein – von der Polizeistreife mal abgesehen, die hin und wieder vorbeikommt. Für den Fall, daß du in Schwierigkeiten kommst, werde ich dir ein Schreiben geben, aus dem hervorgeht, daß du auch ohne meine Erlaubnis spätabends im Büro arbeiten darfst.«

»Ja, gut, Onkel, aber . . .«

»Sobald du in Mr. Huffins Büro eingedrungen bist, nimmst du sämtliche Unterlagen aus dem Schreibtisch und den Aktenschränken und fotokopierst sie. Danach legst du die Akten genau so wieder zurück, wie du sie gefunden hast.«

»Ja, aber . . .«

»Ich glaube nicht, daß du diese Arbeit in einer Nacht erledigen kannst, wahrscheinlich nicht mal in zwei. Du brauchst vier Nächte, würde ich sagen. Wenn du die Detektei verläßt, kommst du mit den Kopien zu mir nach Hause. Ich habe das Gästezimmer für dich herrichten lassen. Du kannst tagsüber dort schlafen und nachts den Job erledigen. Ich werde meiner Haushälterin Bescheid geben. Was deine Arbeit im Büro betrifft – ich werde sagen, daß du für einige Tage außerhalb der Stadt zu tun hast. Die Sache wird reibungslos über die Bühne gehen.«

»Ja, wahrscheinlich«, sagte Gurney. »Aber kannst du mir sagen, was das alles bezwecken soll?«

»Sobald ich mir die Kopien von Huffins Unterlagen angeschaut habe, weiß ich Näheres. Dann werde ich's dir sagen.«

Andrew seufzte. »Wann soll ich anfangen?«

»Heute ist Montag. Wenn du morgen abend anfängst, müßtest du gegen Ende der Woche fertig sein. Ich schlage vor, du gehst jetzt nach Hause und schläfst auf Vorrat.«

Wie sein Onkel vorhergesagt hatte, brauchte Andrew genau vier Nächte, um seinen Job zu erledigen. Falls er damit gerechnet hatte, daß irgend etwas Dramatisches geschehen würde, sah er sich getäuscht. Die ganze Woche über ließ sein Onkel sich in der Detektei nicht blicken.

»Der neue Eigentümer«, sagte Mr. Huffin mit süffisantem Grinsen, »scheint das Interesse an uns verloren zu haben.«

Andrew stimmte ihm lächelnd zu. Er hatte gerade eine Einladung von seinem Onkel bekommen, in dessen Haus in Albany zu Mittag zu essen, und rechnete damit, daß die Dinge nun in Gang kamen.

Doch während des Essens redete Andrews Onkel über Kricket. Er war ein Fan der Mannschaft aus Kent und schien die meisten Spieler persönlich zu kennen. Nach dem Essen, das die Haushälterin zubereitet und serviert hatte, zogen sie sich ins Wohnzimmer zurück. Kavanagh fragte: »Wie hat es dir gefallen, als Dieb zu arbeiten?«

»Zuerst war es ein bißchen unheimlich. Nachts scheinen sich auf der Chancery Lane nur jaulende Katzen herumzutreiben.«

»Das sind keine Katzen. Das sind die Geister enttäuschter Kunden der Detektei.«

»Habe ich dir denn beschaffen können, was du gesucht hast?«

»Die Unterlagen aus den Aktenschränken beziehen sich nur auf Mr. Huffins berufliche Tätigkeit. Sie zeigen, daß er ein sehr gründlicher, wenn nicht sogar skrupelloser Ermittler ist. Ein richtiges Trüffelschwein. Das geht aus neunundneunzig Prozent der Unterlagen hervor. Aber das letzte Prozent – zwei Notizen und ein kleiner Stapel Quittungen – sind mehr wert als alles andere zusammen. Diese Papiere beweisen, daß Mr. Huffin einem zweiten Job nachgeht. Er macht Schwarzarbeit.«

»Der Mann ist so undurchsichtig, daß man ihm alles mögliche zutraut. Sie sieht dieser andere Job denn aus? Erpressung, nehme ich an.«

»Du solltest deine Worte mit mehr Bedacht wählen, Andrew. Erpressung ist heutzutage eine Art Sammelbegriff, der verschiedene Delikte umfaßt, von illegaler Einschüchterung bis hin zu rechtmäßigen Benutzung gewisser Druckmittel.«

»Ich kann mir nicht vorstellen, daß dieser kleine, unscheinbare Kerl imstande ist, jemanden einzuschüchtern.«

»Er selbst kann es wahrscheinlich nicht. Aber er hat einen Partner. Und diesen Mann müssen wir finden. Diese wenigen Blatt Papier hier sind seine Fußabdrücke.«

Andrew blickte seinen Onkel an. Er wußte einiges darüber, was Kavanagh während des Krieges getan hatte, aber er konnte sich nur schwer vorstellen, wie es diesem sanftmütigen, grauhaarigen Mann gelungen war, so gefährliche Spione wie Karl Müller zur Strecke zu bringen, den man im Londoner Tower hingerichtet hatte. Zum ersten Mal glaubte Andrew, den stählernen Kern unter der weichen Oberfläche seines Onkels erkennen zu können — eine erschreckende, verwirrende Erfahrung. Er sagte: »Du hast versprochen . . .«

»Ja, ich habe es versprochen. Und es bleibt auch dabei — Sagt dir der Name David Rogersohn etwas?«

»Er war einer deiner Freunde, nicht wahr?«

»Mehr als ein Freund. Auf dem Rückzug vor den Deutschen bei Dünkirchen hat er mich aus einem umgestürzten, brennenden Armeelastwagen gerettet, der bis obenhin mit Sprengstoff beladen war. Mein rechtes Bein war mehrfach gebrochen. Damit war meine Karriere bei der Infanterie zu Ende; seit damals humpele ich. Tja, deshalb bin ich dann zum Geheimdienst gegangen.

Nach dem Krieg sind David und ich in Verbindung geblieben. Leider nicht so eng, wie ich es gern gesehen hätte. David hat dann eine ausgesprochen dumme Frau geheiratet. Wir haben uns jedes Jahr ein-, zweimal in der Stadt zum Essen getroffen. Wir waren beide sehr beschäftigt. Ich habe damals die KLF aufgebaut, und David ist die Karriereleiter bei der Clarion-Versicherung hinaufgeklettert. Vor ungefähr sechs Monaten hat er mich angepumpt. Er bat mich, ihm tausend Pfund zu leihen. Natürlich habe ich ja gesagt und mich nicht danach erkundigt, wofür er das Geld brauchte. Aber ich glaube, David hatte das Gefühl, mir eine Erklärung schuldig zu sein. Als er mein Haus verließ, sagte er lächelnd: ›Spielst du eigentlich Dame?‹ Nur als ich ein Junge war, habe ich ihm geantwortet. ›Tja‹, sagte er, ›ich bin bei diesem Spiel geschlagen worden. Von Mr. Huffin.‹ Das waren die letzten

Worte, die ich von ihm gehört habe. Kurz darauf erfuhr ich, daß er tot war.«

»Ich habe davon gelesen«, sagte Gurney. »Niemand weiß, warum er's getan hat.«

»Vielleicht kannst du dich erinnern, daß man seine Frau beim Verhör gefragt hat, ob David einen Abschiedsbrief hinterlassen hatte oder nicht. Sie hat es verneint. Das war eine Lüge. Denn wie ich später erfahren habe, hatte David sehr wohl einen Abschiedsbrief hinterlassen. Er hatte mich zum Testamentsvollstrecker bestimmt. Meine erste Aufgabe bestand darin, mich um seine Frau zu kümmern. Ich habe schnell festgestellt, daß Phyllis Rogerson nur ein Ziel verfolgte: ihr eigenes Leben zu führen — mit dem Vermögen, das David ihr durch seine Lebensversicherungen hinterlassen hatte — und David so schnell wie möglich zu vergessen. Ich habe das bei dieser Frau für eine natürliche Reaktion gehalten. Frauen sehen die Dinge ohnehin realistischer als Männer. Doch als ich anfing, Davids Papiere aufzuarbeiten, hat sie mir die Wahrheit gesagt. Er *hatte* einen Abschiedsbrief hinterlassen, und dieser Brief war an mich gerichtet. Sie sagte: ›Ich habe mir gedacht, der Brief hätte etwas mit dem Ärger zu tun, den David hatte. Ich wußte, daß all die unangenehmen Dinge an die Öffentlichkeit dringen würden, falls Sie diesen Brief lesen. Darum habe ich ihn verbrannt. Nicht einmal ich selbst habe den Brief gelesen.‹ Ich habe erwidert: ›Falls es sich um eine Art Erpressung gehandelt hat, dann war David bestimmt nicht das einzige Opfer. Der Erpresser muß gefaßt und bestraft werden.‹ Sie hat mir gar nicht zugehört. Seitdem habe ich die Frau nicht mehr gesprochen.«

»Aber du hast Mr. Huffin aufgespürt.«

»Das war nicht schwer. Es gibt nicht viele Leute mit diesem Namen. Einen Geistlichen in Shropshire, einen Bauern in Wales und eine alte Jungfer in Northumberland. Der kleine Mr. Huffin von Denny's Detektei war so eindeutig der Hauptverdächtige, daß ich mich sofort ganz auf ihn konzentriert habe.«

»War er so eindeutig der Hauptverdächtige, daß du deshalb ohne zu zögern die Detektei gekauft hast?«

»Unser Unternehmen war ohnehin auf der Suche nach einer guten Wirtschaftsdetektei. Und mein Aufsichtsrat war einhellig der

Meinung, daß Denniston der richtige Mann für uns ist. Also konnte ich zwei Fliegen mit einer Klappe schlagen. Zuerst hatte ich die Absicht, Huffin ohne große Umschweife als Erpresser bloßzustellen. Ich war sicher, daß sich in seinen Unterlagen genug Beweismaterial finden ließ, um ihn vor Gericht zu bringen. Aber ich habe mich geirrt. Aus diesen Papieren geht hervor, daß ein zweiter Mann an den Erpressungen beteiligt ist — vielleicht der schlimmere und gefährlichere Gauner des Duos. Ich würde Huffin als Versorgungstrupp bezeichnen und seinen Partner als Panzerbrigade.«

»Kennst du seinen Namen?«

»Ich habe nur eine einzige Spur zu diesem Unbekannten: Huffin hatte private Kontakte zu einem gewissen Mr. Angus, und er hat seine Briefe an eine kleine Presseagentur in Tufnell Park gerichtet — zweifellos eine Scheinfirma. Aber unter Huffins Papieren befinden sich Quittungen über Geldzahlungen an den Inhaber der Agentur. Ich könnte mir vorstellen, daß Mr. Angus hin und wieder bei Huffin anruft, um seine Briefe einzusammeln. Vielleicht schickt er auch einen Boten. Das müssen wir noch herausfinden.«

»Soll ich diese Briefkastenfirma beobachten?«

»Freut mich, daß du dich anbietest. Aber ich muß dein Angebot ablehnen. Ich glaube, in diesem Fall brauchen wir die Hilfe eines Profis. Captain Smedley wird die Sache übernehmen. Hast du schon mal von ihm gehört? Er ist der Chef einer Detektei.« Ein wenig mürrisch fügte Kavanagh hinzu: »Einer *richtigen* Detektei, Andrew.«

»Ich brauche genau hundert Pfund«, sagte Captain Smedley, »in Einer- und Fünferscheinen. Soviel wird's kosten, um den Mann in dem Laden zu kaufen. Ich selbst werde ihm das Geld geben. Mich wird dieser Kerl nicht auf die Schippe nehmen!«

Kavanagh musterte Captain Smedley, dessen zerfurchtes, kantiges Gesicht, und gelangte zu der Ansicht, daß man diesen Mann wirklich nicht so leicht auf die Schippe nehmen konnte.

»Einen meiner Leute werde ich draußen postieren«, sagte Smedley. »Der Geschäftsinhaber braucht ihm nur einen Wink zu geben, wenn jemand die Briefe abholen kommt. Dann wird mein Mann ihm folgen, wohin er auch geht.«

»Wäre es nicht sicherer, zwei Leute vor dem Laden zu postieren?«

»Sicherer, aber auch teurer.«

»Die Kosten spielen keine Rolle.«

»Verstehe«, sagte der Captain. Er warf Mr. Kavanagh, den er schon seit längerer Zeit kannte, einen entschlossenen Blick zu. »Also gut, ich werde die Sache für Sie erledigen.«

Drei Wochen nach diesem Gespräch, an einem Mittwoch, wurde Kavanagh ein dicker, unscheinbarer Umschlag ins Haus geschickt. In diesem Umschlag befanden sich mehrere maschinebeschriebene Seiten, die er aufmerksam las. Auf seinem Gesicht spiegelte sich eine Mischung aus tiefer Zufriedenheit und heftigem Ekel. »Was für ein teuflisches Spiel«, sagte er. »Wie haben die das bloß gemacht?«

Nach dem Frühstück verbrachte er einige Zeit im nächsten öffentlichen Archiv und wühlte sich durch Beamtendienstakten und *Whittaker's Almanac*. Schließlich stieß er auf den Namen, den er gesucht hatte. Arnold Robbins. Ja, Arnold würde ihm bestimmt helfen, wenn er ihm die Angelegenheit auf die richtige Weise nahebrachte. Aber die Sache mußte mit äußerster Vorsicht angepackt werden. »Ein Schakal«, sagte Mr. Kavanagh, »und ein Tiger. Jetzt müssen wir nur noch eine Ziege an einen Baum binden, um den Tiger vor unsere Gewehrläufe zu locken. Aber sie muß mit dem richtigen Strick festgebunden sein, und genau am richtigen Platz. Denn dieser brutale Kerl ist ein Menschenfresser, ohne Frage.«

Eine alte Dame tippte ihm auf die Schulter und zeigte auf ein Schild mit der Aufschrift BITTE RUHE. Kavanagh hatte gar nicht bemerkt, daß er laut geredet hatte.

Während der nächsten Monate nahm Mr. Kavanagh seine ständigen Besuche in der Detektei an der Chancery Lane wieder auf, doch Denniston stellte fest, daß sein Chef zunehmend das Interesse an der Routinearbeit zu verlieren schien. Er las zwar weiterhin die Berichte und Akten und erteilte entsprechende Anweisungen, aber er verbrachte mehr und mehr Zeit mit Gesprächen. Früher hätte

Denniston ihn vermutlich darauf aufmerksam gemacht, daß er seine Zeit nicht verschwenden solle, sondern ans Geldverdienen denken müsse. Aber Kavanagh war der Chef, und außerdem kassierte Denniston einen fetten monatlichen Gehaltsscheck. Und wenn es Kavanagh gefiel, seine tägliche Bürostunde mit Plaudereien zu verbringen – warum sollte er, Denniston, Einwände erheben? Außerdem war Kavanagh ein unterhaltsamer Gesprächspartner, der auf vielen Gebieten bewandert war: Politik, Wissenschaft und Wirtschaft; Ehrlichkeit, Unehrlichkeit und Verbrechen. Er hatte zwanzig Jahre Erfahrung in einem Krieg zwischen verfeindeten Armeen gesammelt, deren Soldaten Nadelstreifenanzüge, Attachékoffer, Melone und Regenschirme trugen – ein Krieg, in dem ein Sieg viel einträglicher und eine Niederlage viel vernichtender ausfiel als auf jedem anderen Schlachtfeld.

Einmal, nach einem opulenten Mittagessen, hatte Kavanagh sich eine Stunde lang äußerst unterhaltsam über das Steuerrecht ausgelassen.

»Als die Kirche auf dem Gipfelpunkt ihrer Macht und ihrer Arroganz stand«, sagte er, »hat sie von jedermann den Zehnten verlangt, den zehnten Teil des Einkommens. Die englische Regierung verlangt sechsmal soviel. Die Piraten, die in früheren Zeiten Handelsschiffe gekapert haben, oder die Wegelagerer, die Kutschen überfielen, waren harmlose Kinder im Vergleich zu einem Finanzbeamten von heute.«

»Gegen den Staat kann man nichts ausrichten«, sagte Denniston.

»Aber man hat es versucht. Poujade in Frankreich, zum Beispiel. Aber Sie haben recht. Ein massiver Angriff auf die Finanzämter wäre selbstzerstörerisch. Diesen Kampf muß jeder für sich allein führen. Schließlich gibt es Anwälte und Steuerberater, die darauf spezialisiert sind, Lücken im Steuerrecht ausfindig zu machen. Aber wenn sie Erfolg haben, ist es vorübergehender Natur. Denn sobald eine Rechtslücke gefunden wird, verstopft die Regierung sie durch ein neues Gesetz. Das wichtigste bei einem Guerillakrieg sind Wendigkeit, Geheimhaltung und die ständige Möglichkeit zum raschen Rückzug.«

Denniston, der ehrlich interessiert war, fragte: »Haben Sie denn eine Möglichkeit entdeckt, die Steuer zu umgehen? Ich habe nie besonders große Gewinne gemacht, aber es hat mir immer weh getan, einen Gutteil meines schwerverdienten Geldes einer Regierung in den Rachen zu werfen, die es ja doch nur für den nächsten Wahlkampf ausgibt.«

»Nun, meine Methode kann nicht von jedermann angewendet werden, obwohl sie ganz einfach ist. Ich gebe meinem Aufsichtsrat die Anweisung, mir nur zwei Drittel der mir zustehenden Bezüge zu zahlen. Das restliche Drittel stifte ich an Wohlfahrtseinrichtungen meiner Wahl. Die brauchen ja keine Steuern zu bezahlen. Die Sache ist also vollkommen rechtmäßig; denn unsere Verfassung erlaubt natürlich solch milde Gaben an die Armen.«

»Aber wie . . . ?«

»Die Behörden wissen allerdings *nicht*, daß ich selbst die betreffenden Wohlfahrtseinrichtungen gegründet und in ihren Verwaltungsräten das Sagen habe. Eine dieser Einrichtungen ist eine Feriensiedlung für Kinder. Eine zweite dient der besseren Altersversorgung meiner Angestellten. Eine dritte kümmert sich um ehemalige Kriegskameraden aus meinem Regiment. Bei allen drei Institutionen bin ich Präsident, Geschäftsführer und Schatzmeister in einer Person. Ein Teil des Geldes wird tatsächlich für karitative Zwecke verwendet. Der größte Teil meiner Spenden fließt allerdings durch verschiedene Kanäle an mich zurück. Ein sehr lohnendes System der steuerfreien Gehaltserhöhung.«

»Aber«, sagte Denniston, »das ist doch bestimmt . . .«

»Ja?«

»Das hört sich so einfach an.«

»Und es klappt ausgezeichnet, glauben Sie mir.«

Und später fragte Kavanagh sich, ob es zu offensichtlich gewesen war. Er konnte nur abwarten.

»Es tut sich was«, sagte Captain Smedley. »Meine Männer haben mir mitgeteilt, daß die beiden Schönheiten sich immer an ein und demselben Ort treffen. Oben an der Duke-of-York-Treppe. Wir können nicht nahe genug heran, um mithören zu können, was sie reden – zweifellos haben sie deshalb diesen Treffpunkt gewählt –;

aber sie haben irgendwas vor, das steht fest. Sie lecken sich schon die Lippen, könnte man sagen.«

»Das Meckern der Ziege«, sagte Kavanagh, »erregt den Tiger.«

Der Brief, der ihm eine Woche später zugeschickt wurde, steckte in einem Umschlag aus dickem Papier und war auf dickem Schreibmaschinenpapier getippt. Er trug den Briefkopf *Steuerfahndung/Abteilung Inland*. Der Text lautete: »Unsere für Wohlfahrtseinrichtungen zuständigen Mitarbeiter haben uns berichtet, daß bei den unten genannten Einrichtungen im letzten Jahr gewisse Unregelmäßigkeiten aufgetreten sind, was die von Ihnen, werter Mr. Kavanagh, in Ihrer Funktion als Schatzmeister ausgestellten Spendenquittungen betrifft. Aus diesem Grunde möchten wir uns direkt an Sie persönlich wenden, bevor wir uns ggf. entschließen, irgendwelche Schritte einzuleiten. Bei den Wohlfahrtseinrichtungen handelt es sich um ein Ferienerholungsheim für Kinder, eine Organisation zur Unterstützung von Kriegsveteranen und eine Stiftung für ehemalige Mitarbeiter der KLF. Gewiß wäre ein Gespräch mit uns hilfreich, die Fragen zu klären. Es würde mich freuen, wenn ich, als der zuständige Sachbearbeiter, Sie in Ihrem Büro oder privat anrufen dürfte. Bitte teilen Sie mir mit, was Ihnen genehm ist.«

Der Verfasser dieses Briefes war ein gewisser Mr. Wagner.

Kavanagh mußte angesichts dieser Mischung aus Höflichkeit, bürokratischer Gestelztheit und versteckter Drohung lächeln.

Bevor er den Brief beantwortete, mußte er ein Telefongespräch führen. Sein Gesprächspartner war ein offensichtlich einflußreicher Mann, denn Kavanagh wurde zuerst mit seiner Sekretärin, dann mit seinem Assistenten verbunden, bevor er den Mann endlich an die Strippe bekam. Dann führten die beiden ein freundschaftliches Gespräch, das damit endete, daß Ronnie seinen Freund Arnold für den nächsten Montag zum Mittagessen in seinen Klub einlud.

Anschließend diktierte Kavanagh einen kurzen Brief an Mr. Wagner und schlug diesem ein Treffen vor; für den Abend des nächsten Mittwoch um neunzehn Uhr in Kavanaghs Haus. Er entschuldigte sich, daß das Treffen erst so spät stattfinden könne, aber leider habe er den Tag über wichtige Termine und Konferenzen.

»Ich frage mich«, murmelte Mr. Kavanagh, »ob er wirklich ein Tiger ist oder nur ein zweiter Schakal. Letzteres wäre allerdings enttäuschend.«

Als er seinem Besucher die Tür öffnete, stellte Mr. Kavanagh fest, daß seine Befürchtungen unbegründet gewesen waren. Mr. Wagner war ein großer Mann mit rotbraunem Gesicht und langen, dunkelblonden Koteletten. Er hatte die breite, flache Nase eines Boxers. Seine Augen waren hellbraun, beinahe gelb, und er hatte tiefe Falten um seinen ungewöhnlich breiten Mund. Sein schwarzer Mantel glänzte, und die Hosenbeine waren elegant gestreift. Er war ein Tiger. Ein starker, geschmeidiger Tiger.

»Treten Sie ein«, sagte Kavanagh. »Ich bin heute abend allein im Haus. Darf ich Ihnen einen Drink anbieten?«

»Danke, im Moment nicht«, sagte Mr. Wagner.

Er setzte sich, öffnete seine Aktentasche, nahm einen großen Umschlag heraus und legte ihn auf den Tisch, ohne ein Wort zu sagen. Der Umschlag war mit Klebeband verschlossen. Mr. Wagners dicke Finger spielten an dem Band herum; schließlich riß er es ab. Bedächtig zog er mehrere Blatt Papier aus dem Umschlag und legte sie in zwei Reihen untereinander sorgfältig auf die Tischplatte. Kavanagh, der ebenfalls Platz genommen hatte, schien von Mr. Wagners methodischer Vorgehensweise fasziniert zu sein.

Als alles zu seiner Zufriedenheit vorbereitet war, hob Mr. Wagner eine fleischige Hand, richtete seine gelben Augen auf Kavanagh und sagte: »Ich fürchte, Sie stecken in Schwierigkeiten.« Wie ein Echo, dachte Kavanagh. Hatte Huffin nicht genau dieselben Worte zu Denniston gesagt?

»Schwierigkeiten?«

»Große Schwierigkeiten. Sie haben betrogen.«

Kavanagh sagte: »Oh!« Dann ließ er sich tiefer in den Sessel sinken und meinte: »Sie haben kein Recht, so etwas zu behaupten.«

»Ich habe *jedes* Recht dazu, denn es ist die Wahrheit. Ich habe mir die Bücher der drei Wohlfahrtseinrichtungen, die ich in meinem Brief erwähnt habe, genau angeschaut. Besonders die Belege aus dem letzten Monat, die sich als äußerst interessant erwiesen haben.« Mr. Wagners Stimme klang bedrohlich. »Ihre Berichte und sonstigen Unterlagen waren vorher immer auf unverfängliche Weise formuliert, so daß man ihnen alles und jedes entnehmen konnte. Die neuesten Unterlagen aber sind glücklicherweise sehr aussagekräftig.«

»Tja«, sagte Kavanagh und versuchte ein Lächeln, »meine Vorstandskollegen hatten mir bereits Andeutungen gemacht, daß sie genauere Informationen drüber haben wollten, was mit den Spendengeldern geschieht.«

»Ja, Mr. Kavanagh. Und was *geschieht* damit?«

»Das Geld . . .« Kavanagh wies mit zitternder Hand auf den Tisch. »Es steht alles da drin. In den Unterlagen.«

»Dann sollten wir uns die Papiere mal genauer anschauen, nicht wahr? Dies hier sind die Unterlagen der Stiftung für die Kriegsveteranen. Früher ist aus den Quittungen immer hervorgegangen, daß dieser Einrichtung eine Pauschalsumme zugegangen ist, die Sie als ›Spenden für die kriegsversehrten Füsiliere, deren Angehörige sowie für die Witwen der Gefallenen‹ deklariert haben.«

»Ja. Ja, das stimmt.«

»Den neuesten Unterlagen haben Sie eine Liste der Empfänger beigefügt.« Mr. Wagners Stimme wurde noch bedrohlicher. Der Tiger setzte zum Sprung an. »Eine sehr interessante Liste. Unsere Nachforschungen bei der Armeeverwaltung haben nämlich ergeben, daß über keinen einzigen der von Ihnen aufgeführten Füsiliere Akten existieren.«

»Vielleicht . . .«

»Ja, Mr. Kavanagh?«

»Irgendein Fehler . . .«

»Dreißig Namen. Und *alle* sind frei erfunden?«

Kavanagh schien kein Wort mehr herauszubekommen.

»Andererseits . . . als wir die KLF-Stiftung unter die Lupe genommen haben, konnten wir sämtliche ehemaligen Mitarbeiter ausfindig machen, die laut Ihrer Liste in den Genuß der Vergünstigungen kommen. Aber die daran anschließende Frage stellt sich von selbst: Haben diese Leute wirklich das Geld bekommen, das hinter ihren jeweiligen Namen aufgeführt ist? Nun? Na? Haben Sie nichts zu sagen? Es wäre für uns sehr einfach, das herauszufinden. Ein Brief an jede dieser Personen . . .« Diese Bemerkung schien Kavanagh zum erstenmal seit Beginn des Gesprächs zu ängstigen. »Nein. Das verbiete ich Ihnen.«

»Glauben Sie ernsthaft, mir das verbieten zu können?«

Kavanagh spürte, wie Mr. Wagners gelbe Augen ihn gespannt musterten. Er wog seine Antwort sorgfältig ab. Dann sagte er: »Mir scheint, daß bei der Abrechnung der Spendengelder Fehler aufgetreten sind. Ich habe nicht die Zeit, mich mit diesen Dingen zu befassen. Das verstehen Sie gewiß. Vielleicht sind bestimmte Spendengelder fehlgeleitet worden. Ich sehe ein, daß sich dadurch steuerliche Nachforderungen ergeben könnten . . .«

Jetzt lächelte Mr. Wagner. Zwischen seinen Lippen war ein ausgesprochen kräftiges Gebiß zu erkennen.

»Ich habe mir sagen lassen«, fuhr Kavanagh fort, »daß unter diesen Umständen, falls eine Steuernachzahlung erfolgen muß . . . daß dann die Schulden zusammen mit einem Bußgeld . . .«

Wagners Mund schloß sich mit einem lauten Klicken. »Dann haben Sie das mißverstanden«, sagte er. »Es ist nicht bloß eine Frage der Nachzahlung. Sobald Sie Ihre Steuererklärung unterschreiben und bewußte Falschangaben gemacht haben, kann man Sie wegen Meineids vor Gericht stellen.«

Ein langes Schweigen trat ein. So hat er es also gedeichselt, dachte Kavanagh. Armer alter David. Ich möchte bloß wissen, was für Schnitzer er gemacht hat. Unbeabsichtigt, da bin ich sicher. Aber das hätte ihn nicht vor einem Prozeß wegen Meineids bewahrt. Er konnte also seine Karriere bei der Clarion-Versicherung vergessen. Und vieles andere mehr.

Er sagte mit leiser Stimme: »Sie müssen verstehen, welch ernste Folgen diese Sache für mich hätte, Mr. Wagner. Ich bin bereit, jede Summe zu zahlen, wenn mir ein Prozeß erspart bleibt. Gibt es keine Möglichkeit . . .« Er ließ den Satz bewußt unbeendet.

Mr. Wagner hatte einen silbernen Füller aus der Tasche gezogen und schien irgendwelche Berechnungen anzustellen. Er sagte: »Sollten die Gelder, die für die drei Wohltätigkeitseinrichtungen gespendet wurden, in Ihre eigene Tasche geflossen sein, würde ich schätzen — grob schätzen, wohlgemerkt —, daß Sie jährlich zehntausend Pfund Steuern hinterzogen haben. Ich weiß allerdings nicht, wie lange Sie das schon machen. Fünf Jahre? Oder länger? Aber wenn wir fünf Jahre zugrunde legen, dann müßten Sie allein für die hinterzogenen Gelder dreißigtausend Pfund Steuern nachzahlen. Mindestens.«

»Genau«, sagte Kavanagh eifrig. »Darauf wollte ich hinaus. Könnte das nicht viel einfacher durch eine Barzahlung aus der Welt geschafft werden? Ich habe zur Zeit ziemlich viel Bargeld zur Verfügung. Falls eine Klage wegen Meineids gegen mich erhoben wird, würde das schöne Geld im Steuersäckel verschwinden. Und wem wäre damit gedient?«

Mr. Wagner schien die Angelegenheit gründlich zu überdenken. Dann lächelte er. Es war ein schreckliches Lächeln. Er sagte: »Irgendwie gefällt mir Ihre Einstellung, Mr. Kavanagh. Ich möchte Ihnen einen Vorschlag machen. Einen wohlgemeinten Vorschlag, den Sie selbstverständlich zurückweisen können. Zur Zeit kennt außer mir niemand Ihre Steuerakte, und ich habe freie Verfügungsgewalt darüber. Diese Information stammt aus einer privaten Quelle. Ich allein weiß darüber Bescheid. Können Sie mir folgen?«

»Ich glaube schon. Ja.«

Mr. Wagner beugte sich vor und sagte sehr überlegt und sehr bedächtig: »Wenn Sie mir zehntausend Pfund zahlen, werde ich diese Akte vernichten.«

»Zehntausend Pfund?«

»Zehntausend Pfund.«

»Wie soll die Zahlung erfolgen?«

»Sie überweisen das Geld auf das Konto eines Mr. Angus. Bei der Zweigstelle der London and Holmes Counties Bank in Westminster.«

»Das dürfte reichen, um Ihnen das Genick zu brechen«, sagte Kavanagh, aber nicht an Mr. Wagner, sondern zu der Tür gewandt, die ins Nebenzimmer führte und die in diesem Augenblick geöffnet wurde. Sir Arnold Robbins — Direktor der Steuerfahndung, Abteilung Inland — betrat in Begleitung zweier Männer das Zimmer.

»Sie sind mit sofortiger Wirkung vom Dienst suspendiert«, sagte Sir Arnold zu Mr. Wagner. »Diese Herren sind Kriminalbeamte. Sie werden Sie begleiten und Ihren Ausweis beschlagnahmen. Der leitende Staatsanwalt wird entscheiden, was weiter geschehen soll.«

Mr. Wagner war aufgesprungen. Sein Gesicht war knallrot. Aus einem Nasenloch lief ein dünner Faden Blut bis auf die Oberlippe. Er wischte es mit dem Handrücken ab und sagte mit vor Wut erstickter Stimme: »Sie haben mich in die Falle gelockt!«

»Die Schuld daran können Sie Ihrem Komplizen in die Schuhe schieben«, sagte Kavanagh. »Er hat das Gewitter aufziehen sehen und Sie ans Messer geliefert, um die eigene Haut zu retten. Nicht einmal mehr unter den Gaunern gibt es noch Ehrgefühl.«

Als Wagner abgeführt worden war, sagte Sir Arnold: »Ich möchte mich entschuldigen, daß ich Ihnen nicht geglaubt habe. Wissen Sie, ich habe den Eindruck, wir lassen Fahndern wie diesem Wagner zu sehr freie Hand. Zufällig habe ich einen Blick in die Rogersohn-Akte geworfen. Sie hatten recht. Eine kleine Unterlassung. Es war nicht mal sein eigenes Gehalt, sondern Geld, das seine Frau aus Irland bekommen hatte. Vielleicht hat sie ihm nicht einmal davon erzählt.«

»Wahrscheinlich nicht«, sagte Kavanagh. Er schaltete das Mikrofon aus, das im Nebenzimmer aufgestellt worden war. »Wir haben alles auf Band aufgenommen, falls Sie es brauchen.«

»Gut. Ach übrigens . . . Ich gehe davon aus, daß Ihre Spendenunterlagen *wirklich* in Ordnung sind, oder?«

»Absolut. Jeder Penny, der an die Wohlfahrtseinrichtungen überwiesen wurde, ist den Bedürftigen zugute gekommen. Ich werde Ihnen die Quittungen zeigen. Ich habe nur bei der Liste mit den Namen der Füsiliere ein bißchen geschummelt. Ich werde mich beim Verwaltungsrat der Stiftung entschuldigen und ihm die richtige Liste schicken.«

Als Sir Arnold schon in der Tür stand, sagte er: »Warum haben Sie zu Wagner gesagt, daß sein Komplize ihn ans Messer geliefert hat? Stimmt das denn?«

»Nein«, erwiderte Kavanagh. »Aber ich hatte interessante Ergebnisse erhofft. Es wird sehr schwierig, Mr. Huffin zu überführen. Er war der einzige Schakal bei dieser ganzen Sache. Er hat während der Arbeitszeit Informationsbruchstücke aufgelesen und sie an Wagner weitergegeben, der sich das jeweilige Opfer vorgenommen hat. Bis der leitende Staatsanwalt zu einer Entscheidung gelangt ist, bleibt Wagner ein freier Mann. Ich glaube, wir sollten ihm die Gelegenheit geben, Mr. Huffin um eine Erklärung zu bitten.«

»Er hat gar nichts gesagt«, erklärte Captain Smedley. »Er hat ihm einfach eine reingehauen. Dabei ist Huffin ein so kleiner Kerl. Es hat ihn vom Boden hochgehoben und rückwärts die Treppe hinuntergeworfen. Der Mann hat sich den Schädel gebrochen. Als er im Krankenhaus ankam, war er schon tot.«

»Und Mr. Wagner?«

»Ich habe ihm von einem Polizisten bewachen lassen, wie Sie's mir geraten haben. Ich hatte damit gerechnet, daß er eine Prügelei anfangen würde, aber er schien benommen zu sein. Als man ihn auf die Station gebracht hat, ist er aus den Latschen gekippt.«

»Soll das heißen, er ist auch tot?«

»Nein. Aber er ist nahe daran, den Löffel abzugeben. Falls er sich wieder erholen sollte von seinem – ich glaube, es war ein Schlaganfall –, wird er bis über beide Ohren in Schwierigkeiten stecken. Ein Glück, daß es dieses miese Duo nicht mehr gibt.«

Aber das war nicht ihre endgültige Grabinschrift. Die hatte bereits Oberst Hubert am Abend des 15. April 1944 in Worte gefaßt.

Deutsch von Wolfgang Neuhaus

Zugzwang

Robert Twohy

Stremberg hatte einen Tip für das dritte Rennen auf den Peninsula Meadows bekommen. Der Tip kam von Vassily, einem Mann, der stundenweise für den privaten Wachdienst an der Rennbahn arbeitete und sich auskannte. Vassily hatte Stremberg in den letzten fünf Jahren drei Tips gegeben, und sie hatten sich alle bezahlt gemacht. Vassily war kein Dummkopf oder Schwätzer, er kannte das Renngeschäft — und er mochte Stremberg, der ihn seit Jahren fuhr und ihm einige Gefallen getan hatte. Sie waren zwar keine Kumpel, aber sie konnten einander vertrauen.

Vassily sagte, er kenne den Trainer von ›Bugle Call‹. Bugle sei bei den letzten sechs Starts zurückgehalten worden, um einen Zahltag in Szene zu setzen. Der Zahltag war heute, Donnerstag, der neunte. Alle Jockeys steckten unter einer Decke. Bugle würde eine Quote von mindestens zwanzig zu eins heimreiten. In der Zielgeraden würde er dem Feld davongaloppieren.

Stremberg ging zum Tropical Klub, wo an diesem Donnerstagmorgen ziemlich viele Rennfans waren, die sich ein paar genehmigten, bevor sie sich zur Rennbahn aufmachten. Er hatte zwei Eindollarscheine, drei Vierteldollar- und zwei Zehncentmünzen in der Tasche. Das war alles, was er besaß. Er arbeitete nicht. Als vor fast zwei Monaten die Pferde nach Peninsula Meadows kamen, hatte er seinen Job hingeschmissen. Also fragte er Ray hinter der Bar, als dieser ein Bier vor ihn hinstellte: »Ray, willst du dich an einem dicken Ding beteiligen?«

Ray sah nicht so aus, als wolle er. Stremberg fuhr leise fort: »Das dritte ist inszeniert, eine Schiebung; ich habe einen Tip bekommen.«

»Ist das 'ne Tatsache?«

»Gib mir 'nen Zehner und laß uns teilen. Ich werd' dir über hundert zurückbringen.«

Ray schaute nachdenklich. Er strich sich über sein dickes Kinn. Stremberg schöpfte Hoffnung.

Dann sagte Ray: »Nöh«, und ging weg.

Stremberg zündete eine Zigarette an. Er sah in den Spiegel hinter der Bar, um sich einen Überblick darüber zu verschaffen, wer alles da war.

Big Otto. Der hatte das Geld! Aber Stremberg fürchtete sich vor ihm. Es hieß, er sei der lokale Chef des Syndikats, ein Boß der Unterwelt. Er betrieb eine Mietwagen-Firma, trug schwarze Anzüge, rauchte Zigarillos und war Dauergast im Tropical oder im Moondust, wo er meist Cola trank — er kam jedenfalls niemals auch nur in die Nähe seines Betriebs. Er hatte dunkle Ränder unter müde dreinblickenden Augen, die so aussahen, als schliefe er niemals, als könne er vielleicht nicht schlafen, weil sich die Gesichter und zusammengeschlagenen Körper seiner Opfer fortwährend zwischen ihn und den Schlaf drängten. Mit Big Otto wollte Stremberg nichts zu tun haben.

Graveyard Flo. Lang und dürr, mit riesigen, merkwürdigen Augen, die, wenn man sie im Taxi nach Hause brachte, neben einem saß und einem mit ihren feuchten Klauen die Hand streichelte und dabei flüsterte: »Danke, daß du bist, wie du bist.« Manchmal bekam sie einen Anfall und wurde steif, und mehr als einmal hatte Stremberg sie in diesem Zustand wie einen Stock die Treppe zu ihrem Appartement, Ecke Floribunda, hinaufgetragen, und ihr Ehemann Curly, ein Buchhalter bei der Eisenbahn, mit einem lahmen Bein, hatte jedesmal die Tür geöffnet und gesagt: »Oh, verdammt. Wirf sie auf die Couch«, und er hatte Stremberg fünf Dollar für die Fahrt gegeben.

Flo saß allein an einem Tisch und nippte an etwas Schaumigem in einem langen schlanken Glas und überflog die Infos zu den startenden Pferden, ihrer aktuellen Form und ihren zurückliegenden Plazierungen in der Zeitung. Es war einen Versuch wert.

Er nahm sein Bier und ging zu ihr hinüber. »Wie steht's, Flo?«

Sie schaute ihn an mit ihren riesigen, merkwürdigen Augen.

»Na, äh, siehst du da irgend etwas Lohnenswertes heute?« Er zeigte auf die Zeitung.

Mit lauter Stimme fragte sie: »Kenne ich Sie?«

»Sicher. Stremberg. Du weißt schon, der Taxifahrer.«

»Ray, kenne ich diese Person?«

Alle Augen waren jetzt auf sie gerichtet. Ach, zur Hölle, dachte Stremberg, sie ist in einer ihrer blödsinnigen Launen.

»Hör auf zu kreischen, Flo«, sagte Ray.

»Ist das die Art von Ort, an dem eine solche Ratte von Individuum verkehrt und eine Dame anbaggert? Ist das die Art von Sumpf, die du hier betreibst?«

Sie fing an, merkwürdig zu atmen. Ihre Augen begannen sich zu verdrehen. Sie wurde langsam steif.

Ray rief: »Stremberg, zum Teufel, bleib weg von ihr!«

»Schon gut«, sagte Stremberg. Er ging zur Bar zurück.

Ray wiederholte: »Bleib weg von ihr.«

»Das werde ich.«

»Die ist kurz vor einem Anfall. Gestern nacht ist sie mit einem Kerl von hier aus weitergezogen. Leider hat dessen Frau die beiden dann im Moondust eingeholt und ihr fünfmal ein Bierglas über den Kopf gezogen.«

Stremberg schüttelte den Kopf und nippte an seinem Bier. Er sah in den Spiegel und bemerkte, daß Flo das Steifwerden eingestellt hatte, ruhig an ihrem Drink nippte und mit den Fingernägeln über die Zeitung schnipste.

Als Ray zur Bar zurückkam, sagte er: »Sag, Ray, bist du sicher . . .«

»Ich bin sicher.«

Tiny Jane, sie war ungefähr siebzig und hatte ein völlig aufgedunsenes Gesicht vom Trinken, glitt an Stremberg heran. Sie hielt ihre kleine, grüne Geldbörse in den beiden fleckigen Händen. »Ich hab' gehört, was du zu Ray gesagt hast, als du hereingekommen bist. Du brauchst einen finanzstarken Partner.«

»Hallo Tiny«, sagte er und fühlte sich plötzlich sehr müde.

»Du bist ein wundervoller kleiner Kerl.« Ihre Stimme war nicht mehr als ein krächzendes Flüstern. »Nein wirklich, du bist ein schlechter kleiner Kerl, überhaupt nicht. Ich setze fünfzig Dollar.«

»Fein, Tiny.«

Sie kämpfte, bis sie den Schnappverschluß ihrer Börse auf hatte, streckte ihre zittrigen Hände hinein und zog einen Nickel und einen Penny heraus. Er nahm sie. »Danke, Tiny.«

»Ich vertrau' dir. Du kannst mir das Geld heute abend bringen. So, jetzt kannst du mir einen Drink kaufen.« Ihr Gesicht teilte sich zu einem entsetzlichen Grinsen.

Sie hiefte sich auf den Hocker neben ihm hoch, so als wolle sie über einen Zaun klettern. Ach zur Hölle, dachte Stremberg, und fühlte sich geschlagen. »Ray«, sagte er und wies mit dem Daumen auf Tiny.

Ray schenkte ihr einen Schuß Brandy ein, füllte Wasser nach und nahm Strembergs ganzes Geld, bis auf einen Dollar und Tiny's sechs Cents.

Teufel, dachte er, schon bin ich ein Dollar fünfundneunzig los, und immer noch habe ich keine Kohle zum Setzen.

Tiny stürzte den Brandy mit einem lauten, schmatzenden Zug hinunter. Sie stöhnte und seufzte, und Tränen rannen über ihre geschwollenen Backen hinab, die so aussahen, als müßten sie jeden Moment auseinanderbersten und den Schnaps über die ganze Theke versprühen.

Stremberg sah auf die Uhr. Kurz nach 11 Uhr 30. Einige der Fans zogen bereits ab, um sich auf den Weg hinunter zur Rennbahn aufzumachen — erster Start 12 Uhr 30.

Der Typ, der immer zwei Hüte trug, einen normalen dunklen und eine Art Strohhut darunter, dazu eine Damensonnenbrille, kam von der anderen Seite auf Stremberg zu. Es war der Kerl, der einst Zahnarzt gewesen war, mit einer großen Praxis in der Stadt, und einem Anwesen am Berg. Er zischte leise: »Ich hab' ein gutes Ding laufen heute.«

»So?« sagte Stremberg.

»Ganz richtig. Im sechsten. Beteiligen Sie sich mit zehn, und ich werde Ihnen über einhundert Dollar zurückbringen.«

»Ich arbeite nicht. Ich habe nur einen Dollar.«

»Gut, dann geben Sie mir den.« Der Zahnarzt klang verärgert.

Stremberg hörte, wie Tiny zu seiner Rechten seufzte. Der Zahnarzt streckte die Hand aus und zappelte, immer nervöser werdend, mit den Fingern. Stremberg überkam plötzlich ein merkwürdiges Gefühl, so als habe er keinen eigenen Willen. Er gab dem Zahnarzt seinen letzten Schein.

»Okay.« Der Zahnarzt ging die Bar hinunter, um den nächsten anzupumpen.

Stremberg schüttelte den Kopf. Ich kenne ihn noch nicht einmal, sagte er sich. Warum zur Hölle habe ich ihm mein letztes Geld gegeben?

Er fühlte den Drang, dem Ex-Zahnarzt nachzugehen und sich seinen Dollar wiederzuholen, aber das war dumm. Man läuft keinem Kerl in einer Bar nach, wo man bekannt ist, und streitet sich um einen Dollar.

Aber jetzt hatte er nur noch Tinys sechs Cents, eine halbe Packung Kippen und einen nicht gerade beeindruckenden Schluck Bier.

Tiny sagte: »Ich könnte noch einen vertragen.«

»Tut mir leid Tiny.«

»Tut Ihnen leid.« Ihre Stimme war dünn von abgrundtiefer Fassungslosigkeit. Sie schüttelte ihm ihre aufgeblasenen Backen entgegen. »Ray«, schrie sie mit gellender Stimme. »Ray!«

Ray war zufällig kaum einen Meter von ihr entfernt und zapfte ein Bier. »Ja, Tiny«, sagte er und sah dabei nicht auf.

»Kannst du dir jemand vorstellen, der so gemein ist? Da sitze ich und unterhalte mich mit diesem Mann, und er will mir noch nicht mal einen Drink spendieren!«

»Ja, Tiny.« Ray schaute Stremberg an und verzog ein wenig den Mund. »Scheint nicht dein Tag zu sein.«

»Noch nicht, scheint so.«

Tiny sagte: »Das ist eine schmutzige Partnerschaft, Mister! Wissen Sie was? Ich bin eine Freundin von Big Otto. Er ist gleich da unten, dort an der Bar.«

»Ich weiß.«

»Könnte passieren, daß man Sie in 'ner Gasse findet, mit 'nem dicken roten Loch im Kopf.« Sie glitt halb, halb fiel sie von ihrem Hocker herunter.« Werden Sie mir bloß nicht frech«, sagte sie und ging.

Ray zapfte ein Bier und stellte es vor Stremberg.

Stremberg bedankte sich mit einem Nicken und trank die Hälfte in einem Zug.

Ray verharrte unschlüssig in seiner Nähe. »Hast du da wirklich was im Dritten?«

»Ja, von Vassily.«

»Den kenn' ich nicht, oder?«

»Wahrscheinlich nicht. Er treibt sich nicht in den Bars rum. Aber er ist ein Insider. Er kennt sich aus.«

Ray griff in seine Tasche. »Okay.« Er reichte einen Zehndollarschein rüber.

»Danke, Ray. Aber jetzt brauche ich noch drei Dollar fünfzig.«

»Warum?«

»Zwei Dollar fünfzig, um reinzukommen, und einen für den Bus.«

»Okay«, sagte Ray und griff nach dem Rest. »Aber das ist geliehen. Du schuldest mir drei Dollar und fünfzig Cents.«

»Danke, Ray.«

»Welches Pferd?«

Die Bar leerte sich jetzt, niemand war in der Nähe, aber man ließ es besser nicht darauf ankommen. Man will ja schließlich die Quoten oben halten. Stremberg hielt eine Hand so an die Gesichtsseite, als kratze er sich die Wange für den Fall, daß jemand auf dieser Seite hersah. »Bugle Call«, sagte er leise.

Ray zog die Augenbrauen hoch und spitzte die Lippen. »Was hat er geleistet?«

»Nichts — war niemals auch nur in Spitzennähe. Ist alles für heute in Szene gesetzt. Die Jockeys stecken mit drin.«

Ray schüttelte den Kopf. Dann sagte er: »Nun, was weiß ich schon? Ich hab' noch nie einen Sieger gehabt, in keinem Rennen.«

Stremberg trank sein Bier aus und stieß sich von der Bar ab. Als er von dem Hocker herabstieg, fühlte er, daß ihn jemand anstarrte. Er drehte sich um. Es war Graveyard Flo, die ihn fixierte.

»Warte eine Minute«, kreischte sie, und ihre Augen begannen sich zu verdrehen. »Ray«, schrie sie, »wer ist diese kleine Ratte?«

Ray sagte: »Mach daß du rauskommst, Stremberg.«

»Bin schon weg.« Er stürzte hinaus, während Flo weiterschrie.

Zehn Minuten später stieg er in den Bus. Es war voll. Er stand im Gang. Ein Mann preßte sich mit einem harten, fetten Bauch gegen ihn. Der Mann begann ihn anzusehen, und Stremberg schaute weg. Aber da war kein Platz zum Wegsehen. Rechts war ein mit Pickeln übersäter roter Nacken. Links waren die gekringelten blauen Locken einer Frau. Er konnte seinen Kopf weder weit genug in die eine noch in die andere Richtung drehen, um dem starren Blick des fetten Mannes auszuweichen.

Er schaute hinunter, dann hinauf. Schließlich blieb keine andere Möglichkeit, als einfach zurückzuschauen.

Die Augen waren glasig, gelb-grün. Darunter befanden sich eine pockennarbige Nase und darunter ein Mund, der, während Stremberg hilflos starrte, sich in ein Grinsen zu verziehen begann, das weiter und weiter wurde, bis Stremberg das Gefühl hatte, die Zunge würde sich gleich herausschlängeln und sich wie ein weicher, klebriger, rosaroter Haken um seinen Hals legen.

Ein Schauder durchlief ihn. Er versuchte seine Augen zu schließen. Aber sie wollten nicht zugehen. Der Kerl hypnotisiert mich, dachte er hilflos. Nur, warum zur Hölle tut er das?

Aber dann kam der Bus abrupt an einer Haltestelle zum Stillstand. Alle torkelten umher und fielen aufeinander. Der Hypnotiseur torkelte und fiel wie alle anderen auch, und Stremberg war von seinem Bann befreit. Er blieb hinter ihm, als alle ausstiegen, und von hinten betrachtet schien der Mann eine ganz gewöhnliche Person, ein ganz normaler, unordentlicher, fetter Mann, der zur Rennbahn eilte.

Stremberg dachte plötzlich, ich bin wohl ein wenig durcheinander. Er konnte sich nicht erinnern, wann er zuletzt etwas gegessen hatte.

Er durchlief das Spalier der Tipper, die an ihren Ständen schrien und knurrten und versuchten, ihre Zettel mit heißen Tips zu verkaufen, zahlte sein Eintrittsgeld, und schon war er unter der Haupttribüne. Er stand da und rauchte Zigaretten, während die ersten beiden Rennen liefen. Die Auszahlung für den richtigen Tip in der Daily-Double-Wette auf die Sieger der ersten beiden Rennen lag bei zweiundvierzig Dollar sechzig. Dann leuchteten die Quoten für das dritte auf.

Er ergatterte einen Blick in jemandes Zeitung. Bugle Call war auf der Startposition 6. Die Anfangsquote, der Buchmacherkurs mit Stand vom frühen Morgen, lag bei fünfzehn zu eins.

Stremberg wartete, hüpfte nervös umher, rauchte Zigaretten. Die Totoquoten stiegen. Big Otto mit seinem Leibwächter an der Seite, der natürlich wußte, wann irgendwo eine Scheidung laufen sollte, ließ diese Chance ungenutzt. Das taten die oft — die wußten schon, was sie taten. Werd nur zu gierig und spring zu früh auf jedes Boot auf, und sofort bekommen es alle mit, wenn sich der Preissturz auf der Totalisatoranzeige bemerkbar macht, dann steigen natürlich plötzlich alle ein, und die ganze Angelegenheit ist vermasselt. Das Syndikat wußte, wann es galt, sich im Hintergrund zu halten.

Die Totalisatoranzeige stand jetzt bei vierzig zu eins. Vierhundert Dollar für ihn und Ray. Stremberg bemühte sich, seine Gesichtsmuskulatur völlig unter Kontrolle zu halten, aber es wurde ihm klar, daß er schnell in einem engen Kreis lief und die Handflächen gegeneinander knallen ließ. Ein Mann und ein Mädchen beobachteten ihn. Das Mädchen kicherte.

Stremberg ließ die Handflächen mit einem ernsten Gesichtsausdruck noch ein paarmal zusammenklatschen, so wie jemand mit einem Kreislaufproblem, der weiß, was er tut; dann ging er die Hände ausschüttelnd weg, als wolle er sich vergewissern, ob das Blut wieder floß. Während er wegging, dachte er, er habe das auf eine coole Art gemacht, aber das Mädchen schien nur noch lauter zu kichern.

Er sah, daß ihm nur noch fünf Minuten blieben, um zu setzen, und eilte zu der Schlange an der Totokasse. Die Anzeigetafel zeigte, daß Bugle Call jetzt bei einer Quote von fünfzig zu eins lag. Fünfhundert für ihn und Ray. Big Otto und das Syndikat waren noch nicht eingestiegen, genau wie er es erwartet hatte.

Er setzte Rays zehn Dollar auf Nummer 6, Sieg, ging wieder hinaus, stand dort angespannt und regungslos und beobachtete, wie die Pferde in die Startboxen gebracht wurden. Bugle Call bäumte sich auf. Er sah fit aus und wachsam. Der Jockey schien ein wissendes, beherrschtes Grinsen im Gesicht zu tragen. Das Grinsen diente dazu, all jene, die an der Schiebung beteiligt waren, wissen zu lassen, daß jetzt alles aufs Ziel gerichtet war.

Die Startglocke ertönte, die Tore schwangen auf. Bugle hatte einen guten Start, und in der ersten Runde des über eine Meile laufenden Rennens hielt ihn der Jockey auf dem dritten Platz auf der Innenbahn zwei Längen zurück. Leicht und ohne jede Anstrengung flog er dahin. Stremberg fühlte, wie die tiefe Freude, auf die er seit dem Beginn der Rennsaison vor einundfünfzig Tagen gewartet hatte, sich langsam in seinem Inneren aufbaute.

Bugle lief ruhig und leicht durch die Gegengerade und in den Zielbogen, er lag jetzt auf dem vierten Platz, fünf Längen zurück. In einer perfekten Position kam er aus dem Bogen, lag fast in der Mitte der Bahn mit Platz nach außen — alle Jockeys hatten ihre Sache gut gemacht, hatten zusammengearbeitet, um Bugle in diese Position zu bekommen. Genau wie Vassily es gesagt hatte, er würde das Feld zurücklassen und in der Zielgeraden einen klaren Sieg herauslaufen. Der Jockey machte sich bereit, alles mit der Peitsche freizusetzen, und die tiefe Freude in Stremberg dehnte sich aus.

Dann blieb das Pferd hängen.

Stremberg konnte es nicht glauben. Er schaute genau hin und konnte nicht fassen, was er sah. Es war, als liefe das Pferd gegen eine Windstärke von achtzig Kilometer pro Stunde an. Seine Beine bewegten sich, als wöge jeder Huf fünfunddreißig Pfund. Alle segelten an ihm vorbei die Zielgerade hinunter.

Er konnte es nicht glauben. Alles war vom Start an absolut richtig gelaufen.

Und der Jockey hatte dieses kleine verstohlene Grinsen gehabt.

Stremberg ging zum Ausgang, spielte mit den sechs Cents in seiner Tasche, als ihm alles plötzlich klar wurde.

Aus irgendwelchen Gründen wollte das Syndikat, das nicht ins Wettgeschäft eingestiegen war, die Schiebung abpfeifen. Vielleicht hatten sie einen Hinweis bekommen, daß ein Regierungsausschuß mit dem Auftrag, illegale Geschäfte im Sport zu untersuchen, Wind von der Bugle-Call-Manipulation gekriegt hatte und nun geschäftig Beweise zusammentrug, die den Eindruck erwecken könnten, das Syndikat stecke hinter der Schiebung. Also ließ das Syndikat ganz schnell die Nachricht auf die Rennbahn weiterleiten an die Jungs, die hinter der Schiebung steckten: Alles abpfeifen, und zwar sofort — und Sekunden vor der Entscheidung, als er sich gerade für die Zielgerade in Bewegung setzte, erreichte den Jockey die Nachricht von der Tribüne — alles einstellen, halt ihn zurück.

Und der Jockey tat, clever, wie es nun einmal alles Jockeys sind, genau das, was ihm befohlen worden war.

Nahe beim Ausgang sah Stremberg Vassily, der mit einem völlig benommenen Ausdruck im Gesicht gegen eine Wand sackte.

Vassily wich nicht aus. Er schaute Stremberg in die Augen und flüsterte: »Ich habe wirklich geglaubt, ich gäbe dir den absolut sicheren Geheimtip.«

»Das hast du«, sagte Stremberg, »du konntest nicht wissen, daß es abgepfiffen würde.«

Vassily rieb seine Hand über seinen Mund. Seine Augen nahmen wieder den benommenen Ausdruck an. Dann sagte er: »Ja. Richtig. Das ist wohl etwas, was man nicht voraussehen kann.«

»Das Syndikat tut, was es tun muß.«

»Richtig. Sie tun, was sie tun müssen.«

Stremberg fingerte nach den sechs Cents in seiner Tasche. »Hast du einen Dollar, den ich mir leihen kann, für den Bus?«

Vassily ging seine Taschen durch. Er hatte dreiundzwanzig Cents. »Ich habe alles, was ich hatte, siebenundzwanzig Dollar, auf Bugle Call gesetzt.«

Stremberg rang sich ein Lächeln ab, damit Vassily wußte, daß Stremberg wußte, daß Vassily ihm den Dollar, wenn er ihn besessen hätte, jederzeit geliehen hätte. »Wir sehen uns.« Er wandte sich ab.

Vassily sagte: »Willst du die dreiundzwanzig Cents?«

»Nein, das ist schon okay.«

»Wie willst du nach Hause kommen?«

»Ich werde wahrscheinlich über jemanden mit einem Auto stolpern, den ich kenne.« Er verabschiedete sich von Vassily und ging durch den Ausgang.

Auf dem Parkplatz blieb er stehen, um seine letzte Kippe anzuzünden. Er stand da und rauchte, dann warf er sie weg und machte sich auf den vier Kilometer langen Heimweg.

Ungefähr um vier Uhr kam er zu dem Zimmer, das er in Mrs. Musties Haus gemietet hatte, und war froh, daß sie nicht da war und ihn nicht wieder wegen der Miete, mit der er seit acht Tagen in Verzug war, belästigen konnte. Er verschloß die Tür, zog die Schuhe und das Jackett aus, streckte sich auf dem Bett aus und schlief ein.

Er erwachte von dem Hämmern an der Tür. Vor dem Fenster war es dunkel. »Stremberg, ich weiß, daß Sie da drin sind! Machen Sie die Tür auf!« ertönte schrill Mrs. Musties schreckliche Stimme. Während Stremberg ganz ruhig dalag, hämmerte und schrie sie immer weiter.

Schließlich rief ihr Mann von unten: »Um Gottes willen, hör auf damit.«

»Die Tür ist abgeschlossen! Er ist da drin!«

»Dann ist er halt da drin. Wenn er die Knete nicht hat, wird er wohl kaum antworten — was nützt es da, fortwährend nach ihm zu schreien?«

»Wissen Sie, was morgen passiert, Stremberg?« schrie sie. »Morgen wird ein Vorhängeschloß an diese Tür kommen!«

Stremberg wartete, bis sie sich schwerfällig die Treppen hinunterbewegt hatte. Dann stand er auf und sah aus dem Fenster. Er hoffte, sie würde noch einmal weggehen. Die meiste Zeit des Tages ging sie irgendwohin oder kam zurück. Kurze Zeit später rollte tatsächlich ihr gemein aussehender, kleiner weißer Wagen die Auffahrt hinunter davon.

Er zog sich die Schuhe und das Jackett wieder an, legte Socken, Shorts, zwei Hemden, Hosen, Kamm, Zahnbürste und Rasierapparat, also alles, was er auf der Welt besaß, in die große Einkaufstüte, in der er die Sachen schon bei seinem Einzug getragen hatte. Er öffnete die Tür und rief: »Hey, Muskie!«

»Ja, Stremberg?«

»Ich haue ab. Schauen Sie besser mal nach, daß sie nicht herumkreischen kann, ich hätte was mitgehen lassen.«

Ein Stuhl ächzte, und Mr. Muskie kam in Sicht, seinen Abendkurier in der Hand. Er stieg die Treppe hinauf, während Stremberg wartete. Er fragte: »Wohin werden Sie gehen?«

»Ich werd' was finden. Ich bringe ihr die Knete, sobald ich sie habe.«

»Ja.« Mr. Muskie schaute sich im Raum um, nahm den bemalten

Porzellan-Aschenbecher, der aus zwei hübschgeformten Damenhänden bestand, schaute ihn an, schien überrascht darüber, daß er ihn ansah, und stellte ihn wieder ab. »Okay, Stremberg. Halten Sie die Ohren steif.«

»Ja«, sagte Stremberg.

Er ging die Treppe hinunter und verschwand zur Tür hinaus.

Er lief die acht Blocks bis zum Tropical. Eine ganze Menge Leute waren dort. Big Otto war da, trank Cola und würfelte mit einigen Kerlen, die Stremberg nicht kannte, um einen Dollar pro Wurf. Flo saß mit einem kurzen, schäbigen Kerl, der wie eine schlechte Nachricht aussah, an der Theke. Tiny war außer Sicht. Er war froh darüber. Er nahm sich einen Hocker in der Nähe der Tür. Ray kam herüber. Stremberg legte den Wettschein über zehn Dollar, Sieg, auf Bugle Call vor ihn hin. »Alles war wunderbar, aber dann wurde die Sache abgepfiffen.«

Ray warf den Schein hinter die Theke. »Du schuldest mir drei Dollar fünfzig.«

»Richtig. Wie steht's mit einem Bier?«

Ray zuckte die Schultern und zapfte eins.

»Hast du 'ne Zigarette?«

Ray gab ihm eine.

Stremberg saß dort, trank und rauchte. Er schaute in den Spiegel und sah den Zahnarzt mit den zwei Hüten. Er saß mit zwei Frauen an einem Tisch und lachte mit weit geöffnetem Mund, in dem sich ein paar gesunde Zähne, aber zum größten Teil gelbe Stumpen zeigten. Er trug die Damensonnenbrille, die er immer trug. Neben ihm lag ein Stapel Geld. Die drei sahen mit dem Leben zufrieden aus.

Der Zahnarzt erhob das Glas. »Auf Trader Jack und Vinnie Espinosa, den verdammt besten Jockey auf dem Platz!« Die Frauen sagten: »Hurra!« lachten und tranken, während der Zahnarzt sie mit seinen Stümpfen angrinste.

Stremberg rief: »Ray.«

Ray kam herüber.

»Wer hat im sechsten gewonnen?«

Ray schwieg. Dann ging er weg. Er informierte sich bei Big Otto und kam zurück.

»Trader Jack. Bei einer Quote von sechzig zu eins.«

Stremberg ging hinüber zu dem Zahnarzt. »Erinnern Sie sich an mich?«

»Sicher. Sie sind der Taxifahrer.«

»Ich habe mich heute bei Ihnen an einer Wette auf Trader Jack beteiligt.«

»Haben Sie?« Die dunklen Brillengläser fingen das Licht und warfen Funken zurück. »Nein, nicht auf Trader Jack. Little Steamy.«

Stremberg schaute auf das Geld auf dem Tisch. »Little Steamy?«

»Ja, das war mein Tip. Er ist ein feines Rennen gelaufen, aber in der Zielgeraden hat er es einfach nicht mehr draufgehabt.«

Mit einem kleinen Nicken Richtung Geld fragte Stremberg: »Haben Sie das nicht mit der Wette auf Trader Jack gewonnen?«

»Trader Jack war nur eine wilde Ahnung. Ich spielte auf ihn, weil eine meiner Ex-Frauen Jacqueline heißt.«

Stremberg nickte. Was hatte es für einen Sinn?

»Nehmen Sie ein Bier«, lud ihn der Zahnarzt ein.

»Danke, ich hab' eins an der Bar.«

»Brauchen Sie Geld oder sonst was? Möchten Sie einen Dollar?«

»Schon gut.« Stremberg ging zu seinem Drink zurück. Zu Ray, der in der Nähe war, sagte er: »Man sollte mir in den Hintern treten. Ich beteilige mich bei ihm an einer Wette und laß mir noch nicht einmal den Namen des Pferdes geben.«

Ray kniff die Lippen zusammen und schüttelte langsam den Kopf wie jemand, der auf eine bemitleidenswerte Gattung schaut.

Stremberg nickte, er stimmte mit Rays Kopfschütteln überein.

»Ich war einfach nicht bei der Sache heute.«

Er trank sein Bier, nahm seine Tüte und ging den Block hinunter zum abgelegenen kleinen Büro der Red & Black Taxis. Keines der Taxis war an seinem Standplatz. Ein alter Schwede mit markanten Gesichtszügen döste hinter dem Schalter.

»Hallo, Oscar.«

»Hallo, Stremberg.«

»Wie steht's?«

»Nicht allzu schlecht.«

Stremberg lehnte sich an den Schalter, stellte seine Tüte darauf ab. »Hast du was zu rauchen?«

Oskar gab ihm eine Zigarette. Stremberg zündete sie an.

»Brauch'ste 'nen Fahrer?«

Oskar sah ihn eine Weile mit seinen hellblauen Augen an. »Du denkst darüber nach, wieder zu arbeiten?«

»Ja.«

»Haben die Pferde dich nicht so gut behandelt?«

Stremberg fischte die sechs Cents aus der Tasche und legte sie auf die Theke. Oscar sagte: »Du hast fast dreitausend Dollar gehabt, als du aufgehört hast. Du sagtest, du würdest ganz groß absahnen, du würdest niemals wieder Taxi fahren.«

»Vermutlich hab' ich das gesagt.«

»Du wirst die Pferde nie schlagen, Stremberg.«

Stremberg antwortete nicht. Es war jetzt nicht die Zeit, darüber zu streiten.

Oscar rauchte und musterte ihn. »Okay, ich nehm' dich wieder rein. Du bist kein Trinker, und du bist ehrlich, oder annehmbar ehrlich, und du hast noch keines meiner Taxis zusammengefahren. Wenn du jedoch das nächste Mal wieder alles hinschmeißt, dann komm erst gar nicht wieder.«

»Okay«, sagte Stremberg. »Hör mal, Oscar, kann ich heute nacht in einem Taxi schlafen?«

»Bist du aus deinem Zimmer rausgeflogen?«

»Ja.«

Oscar sagte: »In Ordnung.« Dann faßte er in seine Tasche. »Hier sind drei Dollar. Geh und iß was, du siehst aus, als hätte dich jemand ausgegraben.«

»Okay.«

Ein Mann kam herein. »Haben Sie die Rennachrichten?«

»Sicher.« Auf dem Schreibtisch hinter dem Schalter lag ein ganzer Stapel. Oscar gab dem Mann ein Exemplar und nahm einen Dollar, den er in eine Zigarrenschachtel warf.

Der Mann lehnte sich an die Theke, strich die Zeitung mit der Hand auf, die Zigarre in seinem Mund umherwälzend, und sagte: »Haben Sie irgend etwas für morgen?«

»Ich bin kein Pferdewetter«, sagte Oscar.

Der Mann warf Stremberg einen Blick zu. »Sie sind ein Pferdewetter. Ich habe Sie unten auf der Bahn gesehen.«

»Ich war einer«, sagte Stremberg. »Ich hab's aufgegeben.«

»Sie sind schlauer als ich.« Der Mann verließ das Büro.

Stremberg ging den Block hinauf am Tropical vorbei zur Bowling-Bahn, wo sie auch eine Speisetheke hatten. Er würde sich eine Packung Zigaretten aus dem Automaten leisten und hätte dann immer noch genug für einen Hamburger und einen Kaffee. Es war schon lange her, seit er etwas gegessen hatte.

Er dachte an Bugle Call und schüttelte den Kopf. Er gab Otto und dem Syndikat keine Schuld – die taten schließlich, was sie tun mußten. Sie mußten sich schützen, wenn Regierungsausschüsse zu neugierig wurden.

Er nahm ein paar tiefe Züge der frischen Herbstluft. Er schaute im Vorbeigehen in die Scheibe eines Schaufensters und war überrascht, wie blaß, heruntergekommen und eingefallen er aussah.

Taxifahren in den Wintermonaten ist kein schlechter Job. Da kannst du Knete machen.

Wenn dann die Vollblüter im Frühling zurückkommen würden, sollte er eigentlich einen netten Batzen zusammen haben.

Deutsch von Barbara Sibold

Ein Augenblick geistiger Umnachtung

Edward D. Hoch

Es hatte aufgehört zu regnen, aber immer noch war die Nachtluft
schwül von der Hitze des August. Leopold stand im Pyjama am
Fenster, verfluchte im stillen die ins Fenster eingebaute Klimaanlage, die immer noch laut summte, obwohl sie nur warme Luft hereinbrachte. Auf der anderen Seite der Stadt brannte es irgendwo,
und während er dem fernen Klang der Sirenen lauschte, versuchte
er, den Brandort auszumachen. Vermutlich im Mill Road Shopping
Center, nahm er an – in einem der Läden.

Er war froh, daß er kein Feuerwehrmann war.

Eine Zeitlang betrachtete er den Widerschein der Flammen auf
den tief hängenden Wolken, die so das andere Ende der Stadt mit
einem orangefarbenen Schimmer überzogen. Gerade wollte er sich
umdrehen und wieder ins Bett gehen, als das Telefon läutete.

»Leopold.«

»Captain, Sie sollten besser herkommen.« Es war Fletchers
Stimme, und sie klang laut.

»Was ist los? Wegen des Feuers?«

»Hank Schultz ist gerade auf dem Revier Amok gelaufen und hat
vier Leute niedergeschossen.«

»Ich bin gleich da. Haben sie alles unter Kontrolle?«

»Ich habe auf Hank geschossen, Captain. Es gab keine andere
Möglichkeit.«

»Okay. In zehn Minuten bin ich da.«

In weniger als fünf war er angezogen und unten in seinem
Wagen. Das Hochhaus, in dem er wohnte, lag normalerweise eine
Viertelstunde Fahrt vom Hauptquartier entfernt, aber um drei Uhr
morgens war nur wenig Verkehr. Er setzte das magnetische Blink-

licht auf das Dach seines Wagens, schaltete es ein und hielt seine Geschwindigkeit auf dem ganzem Weg in die Innenstadt gleichmäßig bei neunzig Stundenkilometern.

Die Straße vor dem bejahrten Gebäude des Hauptquartiers stand voller Krankenwagen und Autos. Er erkannte zwei Reporter, die versuchten, sich unter der eilig aufgebauten Polizeisperre hindurchzudrücken. »Was ist los, Captain?« rief einer von ihnen, als er ihn erkannte, aber Leopold ignorierte ihn. Im Augenblick konnte er sich noch nicht vorstellen, was los war. Hank Schultz war seit neun Jahren bei der Polizei und hatte, zusätzlich zu seinem regulären Streifendienst, bei verschiedenen Aufträgen als verdeckter Ermittler gearbeitet. Auch wenn er nicht in Leopolds Dezernat für Schwerverbrechen arbeitete, kannte Leopold ihn dennoch gut.

»Vorsicht bitte!« rief ein weiß gekleideter Krankenträger, und Leopold trat beiseite. Der Mann auf der Trage, der bewußtlos zu sein schien, war Hank Schultz. Leopold hastete die Treppen in den zweiten Stock hinauf und fand dort Lieutenant Fletcher vor, der mitten im Revier stand und den Schaden überblickte. Ein Stuhl war umgefallen, und man sah Blut am Boden und an einer der Wände. Der Polizeifotograf machte Bilder von einer uniformierten Leiche, aber Leopold konnte nicht sehen, wer es war.

»Wie viele Tote?« fragte er grimmig.

Fletcher blickte auf, als überraschte es ihn, daß Leopold so schnell gekommen war. »Einer. Sam Bentley da drüben. Wir glauben, er hat den ersten Schuß abbekommen.«

Leopold kannte Sergeant Bentley seit jenem Tag vor zwanzig Jahren, als Leopold von New York heraufgekommen war, um sich der Polizei der Stadt anzuschließen, in der er aufgewachsen war. Bentley war damals schon bei der Truppe gewesen. Er hätte noch ein Jahr bis zu seiner Pensionierung gehabt. »Wen hat Hank noch erwischt?«

»Einen noch nicht identifizierten, männlichen Gefangenen und die beiden Detectives, die ihn reingebracht haben. Sweeney und Gross. Die beiden sind nicht schwer verletzt, aber der Gefangene hat zwei Schußwunden. Hank hatte seinen Dienstrevolver leergeschossen, bevor ich ihn stoppen konnte.«

»Ist Hank am Leben?«

»Gerade eben noch. Alle vier sind im Krankenhaus.«

Leopold ging hinüber und starrte Sam Bentleys Leiche an. Ihm war höllisch zumute. »Du solltest mir lieber die ganze Sache erzählen, von Anfang an.« Bald würde der Commissioner eintreffen, und der wollte Antworten hören.

»Wir wissen nicht gerade viel, Captain. Ich war in meinem Büro. Alles war ziemlich ruhig, und Bentley saß an seinem Schreibtisch und hat den Bericht einer Festnahme getippt. Gegen zwanzig nach zwei sind Sweeney und Gross mit ihrem Gefangenen angekommen. Dann kam Hank Schultz rein.«

»War er in Uniform?«

»Nein, in Zivil. Ich glaube nicht, daß er im Dienst war. Ich habe gehört, wie sie redeten, aber nicht besonders darauf geachtet. Sam hatte gerade einen Bericht über das Feuer im Crown Super Shopper reinbekommen und erzählte ihnen davon. Ich habe mehr zufällig durch meine Glaswand gesehen, wie Hank den Revolver unter seiner Jacke hervorholte und anfing zu schießen. Ich konnte gar nicht fassen, was da vor sich ging! Aber dann prallte Sam gegen die Wand und ging zu Boden. Hank schoß weiter auf die anderen, und alle schrien durcheinander. Ich bin aus dem Büro gerannt und hab' meine Waffe gezogen. Sweeney und Gross lagen beide am Boden, neben ihrem Gefangenen ... Ich hatte die Schüsse nicht gezählt. Hank drehte sich um und zielte mit seinem Revolver auf mich ... Ich mußte auf ihn schießen, Captain! Seine Waffe war schon leer, aber ich wußte es nicht.« Fletchers Stimme bebte.

»Sie hatten keine Wahl«, sagte Leopold und legte ihm eine Hand auf die Schulter. »Ich hätte dasselbe getan.«

»Gestern abend habe ich noch Kaffee mit ihm getrunken ...«

Andere trafen ein ... der Commissioner und jemand vom Büro des Bezirksstaatsanwaltes. Leopold hatte keine Antworten für sie bereit. Er grüßte sie kurz und sagte, er wäre auf dem Weg ins Krankenhaus.

»Das wird in den Zeitungen grauenvoll aussehen«, sagte der Commissioner.

»Es *ist* grauenvoll.«

»Wie konnte ein so vernünftiger Mann ausflippen? Könnte es sein, daß er unter Drogen stand?«

»Das werde ich herausfinden«, versprach Leopold.

Der Commissioner starrte düster auf das Blut am Boden und an der Wand. Es schien ihn mehr zu bedrücken als der Anblick von Sam Bentleys Leiche. Leopold ging nach unten zu seinem Wagen. Es war eine kurze Fahrt zum Krankenhaus, und die vier verwundeten Männer befanden sich noch in der Notaufnahme, als er eintraf. Er fand einen Arzt namens Rice, der zusammen mit einem Assistenten Milt Sweeney bearbeitete, der von den vieren am leichtesten verletzt zu sein schien.

»Kann ich mit ihm reden?« fragte Leopold, als die Ärzte einen Moment aus dem mit Vorhängen abgeteilten Raum traten.

»Sobald wir ihn zusammengenäht haben. Er hat Glück ... die Kugel hat nur das Fleisch im Oberschenkel durchschlagen.«

»Wie geht es den anderen?«

Der Arzt konsultierte seine Aufnahmeformulare. »Schultz geht es schlecht. Wir bereiten ihn gerade für die Operation vor. Der andere Beamte, Gross, hat eine Bauchwunde, aber ich glaube, er wird durchkommen. Die Frau ist ohne Bewußtsein ...«

»Welche Frau?«

»Keine Ahnung. Nicht identifiziert. Eine Frau in Männerkleidung.«

»Sie wurde mit den Beamten eingeliefert? Aus dem Polizeihauptquartier?«

»Das ist korrekt. Wir wußten zuerst nicht, daß es sich um eine Frau handelte. Sie ist ziemlich jung ... unter dreißig.« Er entschuldigte sich, ging zurück in den verhängten Raum, und Leopold lief auf und ab. Vielleicht konnte Sweeney etwas Licht in diesen Wahnsinn bringen. Er hoffte es inständig.

Ein paar Minuten später kam der Arzt heraus und winkte Leopold. »Sie können fünf Minuten mit ihm sprechen, aber nicht mehr. Er ist immer noch sehr geschwächt vom Blutverlust.«

Leopold nickte, schob den weißen Vorhang beiseite und trat ein. »Hi, Milt«, sagte er. »Wie fühlen Sie sich?«

Sweeney brachte ein schiefes Grinsen zustande. »Ich werd's überleben. Was ist mit den anderen?«

»Gross kommt durch, soweit ich gehört habe. Sam Bentley ist tot.«

»Oh, mein Gott!«

»Tut mir leid, daß ich es Ihnen so sagen mußte.«

»Was ist mit Schultz? Ich hab' nichts mehr gesehen, nachdem er das Bein unter mir weggeschossen hatte.«

»Fletcher hat ihn in der Brust getroffen. Sie bringen ihn gerade in den Operationssaal.«

»Wieso um alles in der Welt hat er das getan?«

Leopold seufzte. »Ich hatte gehofft, Sie könnten es mir sagen.«

»Wir waren gerade mit unserem Gefangenen reingekommen. Sam saß hinter seinem Schreibtisch und erzählte von einem Feuer irgendwo, und ganz plötzlich tauchte Hank Schultz aus dem Nichts auf und zog seine Waffe aus dem Holster unter seiner Jacke.«

»Was hat er gesagt?«

»Nichts, an das ich mich erinnern könnte. Ich glaube, Bentley hat seine Hand nach der Waffe ausgestreckt. Auf ihn hat Schultz zuerst geschossen, und dann hat er sich zu mir umgedreht und immer weiter geschossen. Ich habe einen Schlag in meinem Bein gespürt und bin umgefallen.«

»Was ist mit dem Verdächtigen, den Sie reingebracht haben?«

»Ist der auch verletzt?«

»Ja. Aber der Arzt sagt, es wäre eine Frau in Männerkleidung.«

»Was?« Sweeney versuchte mühevoll, sich aufzusetzen, zuckte jedoch vor Schmerz zusammen und gab den Versuch auf. »Eine *Frau?*«

Leopold nickte. »Weswegen haben Sie sie festgenommen?«

»Gross und ich hatten uns bei den Nachtbars an der Field Avenue umgesehen. Wir haben vor dem Old Athens geparkt, als dieser Kerl — wir dachten, es wäre ein Kerl — vorbeikam und eine leere Flasche durch die Scheibe der Bar geworfen hat. Wir sind rausgesprungen und haben ihn uns geschnappt. Wir dachten, wir hätten es mit einem Suffkopf zu tun, und sind in die Stadt gefahren, um ihn einzubuchten.«

»Hatte es den Anschein, als kannte Hank ihre Gefangene?«

»Keine Ahnung. Wie gesagt, ich habe ihn erst gesehen, als er seine Waffe gezogen hat.«

Der Arzt erschien am Vorhang. »Lassen Sie ihm lieber etwas Ruhe. Morgen früh können Sie wieder mit ihm sprechen.«

Leopold drückte Sweeneys Schulter. »Keine Sorge, Milt. Ich komme wieder.«

»Gut, Captain. Sie wollen wissen, warum er es getan hat, mh?«

»Ich geb' mir Mühe.«

Draußen fragte Leopold den Arzt: »Wie geht es der Frau?«

»Nicht so gut, aber wir glauben, sie kommt durch. Schon Glück mit der Identifizierung gehabt?«

»Kein Stück. Lassen Sie mich einen Blick auf ihre Sachen werfen.«

Der Arzt führte ihn zu einem kleinen Raum und öffnete einen Kleidersack mit einem numerierten Schild und dem Wort UNBE-KANNT darauf. Leopold fiel das frische Blut um das Loch an der Vorderseite des Mantels und des Hemdes auf. Der Anzug war ansonsten einigermaßen sauber und nichtssagend, mit dem Etikett eines billigen Herrenausstatters in der Innenstadt. »Sah es so aus, als paßten ihr die Sachen?« fragte Leopold.

»Ich glaube schon, ja. Aber auf die Paßform habe ich nicht besonders geachtet«, antwortete Rice.

»Ich frage mich, ob sie die Sachen für sich selbst gekauft oder ob sie sie von jemandem bekommen hat«, murmelte Leopold und suchte in den Taschen herum. Sie waren leer, abgesehen von einem Taschentuch, ein paar Münzen und einer zerknüllten Fünf-Dollar-Lebensmittelmarke. »Irgendwelche Anzeichen für Drogenabhängigkeit?« fragte Leopold.

»Nicht, daß es mir aufgefallen wäre.«

Der junge Assistent steckte seinen Kopf herein. »Dr. Rice, Sie werden im Operationssaal erwartet.«

Rice erklärte Leopold: »Ich assistiere bei der Operation an Schultz. Ich muß mir die Hände desinfizieren.«

»Viel Glück«, sagte Leopold und meinte es auch so.

Er wartete im Korridor, bis man Hank Schultz an ihm vorüber-rollte. Die Augen des jungen Detective waren geschlossen, und sein Atem schien unregelmäßig zu gehen. Ein Assistent mit einem Tropf lief neben ihm her.

Verflucht noch mal, Hank, fragte sich Leopold im stillen, warum hast du das getan?

Am Morgen, während Fletcher — so gut er konnte — die Presse versorgte, begann Leopold mit der mühsamen Aufgabe, Hank Schultz' letzte Aktivitäten zu rekonstruieren. Er hatte, das hatte Leopold erfahren, als verdeckter Ermittler mit Drogengeschäften zu tun gehabt, aber sein Vorgesetzter glaubte, er wäre in irgend etwas anderes abgedriftet.

»Er war einer neuen Sache auf der Spur«, erklärte Lieutenant Maxwell. »Bei einer seiner Drogenrazzien hat er entdeckt, daß die Lieferung mit Lebensmittelmarken im Wert von hunderttausend Dollar bezahlt worden war.«

Lebensmittelmarken.

Leopold erinnerte sich an die zerknüllte Marke in der Tasche der unbekannten Frau. »Wann war das?«

»Vor etwa zwei Monaten. Er sagte mir, er hätte eine Spur, die zu den gestohlenen Marken führt, und er hat mich gebeten, ihn von der Drogensache abzuziehen, damit er dem nachgehen konnte. Ich habe mich mit den entsprechenden Bundesbehörden in Verbindung gesetzt, und die haben mir ihr Okay gegeben. Ausgerechnet heute sollte sich Schultz wegen seiner Untersuchung mit einem Mann aus dem Justizministerium treffen.«

»Klingt nicht gerade, als hätte er irgendwelche emotionalen Probleme gehabt.«

»Keine erkennbaren«, stimmte Maxwell ihm zu. »Er hat seinen Job gemacht. Was das betrifft, was heute morgen passiert ist, bin ich ebenso sprachlos wie alle anderen.«

»Und dennoch hat ihn irgend etwas dazu gebracht, seinen Revolver zu ziehen und vier Leute niederzuschießen. Was war es?«

»Ich habe keine Ahnung. In diesem Geschäft baut sich der Druck manchmal über Wochen und Monate auf, bevor er plötzlich explodiert.«

»Ich weiß«, stimmte Leopold ihm zu. »Aber diese Antwort wird dem Commissioner nicht genügen.«

»Wie stehen Hanks Überlebenschancen, damit er uns alles erzählt?«

»Er war noch im Operationssaal, als ich um vier aus dem Krankenhaus kam. Ich fahre jetzt wieder rüber.«

Mit Tagesanbruch war die Notaufnahme ruhiger geworden und hatte zu ihrem sommerlichen Trott voller Kinder mit gebrochenen Armen und zerschnittenen Füßen zurückgefunden. Leopold fragte nach Dr. Rice, und man schickte ihn in ein Büro im ersten Stock, wo er den Chirurgen fand, der trübe in eine leere Kaffeetasse starrte.

»Eine lange Nacht?« fragte Leopold. Rice nickte. »Wir haben Schultz vor einer halben Stunde verloren. Die Operation hat er überlebt, aber in der Wachstation ist er gestorben.«

Traurig schüttelte Leopold den Kopf. »Kann ich Ihr Telefon benutzen?«

»Ich habe den Commissioner schon angerufen.«

»Ich möchte es dem Mann sagen, der ihn erschossen hat«, sagte Leopold.

Er wählte die Nummer vom Revier, aber man erklärte ihm, Fletcher wäre schließlich doch nach Hause gegangen, um etwas zu schlafen. Leopold zögerte einen Moment und wählte dann Fletchers Privatnummer in der Hoffnung, Fletcher würde abnehmen, nicht seine Frau. Er hatte Glück.

»Hallo, Fletcher. Wie geht es Ihnen?«

»Ich bin vollkommen fertig, Captain. Ich werde eine Woche lang schlafen.«

»Hank Schultz ist vor einer halben Stunde gestorben«, erklärte Leopold. »Ich dachte, Sie würden es wissen wollen.«

»Danke. Ich glaube, für mich war er tot, seitdem ich auf ihn geschossen habe.«

»Versuchen Sie zu schlafen.«

Leopold legte auf und drehte sich zu Dr. Rice um. »Was ist mit den anderen?«

»Gross wird durchkommen, und die Frau ist jetzt bei Bewußtsein. Wollen Sie sie sehen?«

»Das will ich allerdings.«

Rice begleitete ihn zu einem Privatzimmer im zweiten Stock. »Ich möchte hier eine Wache aufstellen«, erklärte er dem Arzt. »Ich werde es arrangieren.«

»Okay. Sie können sie fünf Minuten allein sprechen.«

Leopold betrat das Zimmer und ging zum Bett hinüber. Er sah

sofort, daß die Frau wach war und ihn mit dunkelblauen Augen beobachtete, die er unter anderen Umständen vielleicht attraktiv gefunden hätte. Sie mußte etwa Ende Zwanzig sein. Ihr braunes Haar war kurzgeschnitten wie bei einem Mann, aber Leopold konnte sich nicht vorstellen, wieso Sweeny und Gross sie nicht als Frau erkannt hatten. Ihre hohen Wangenknochen und weichen Züge unterstützten ihre eindeutig weibliche Erscheinung.

»Ich bin Captain Leopold«, erklärte er ihr. »Ich untersuche die Schießerei der letzten Nacht.«

»Ich weiß nicht, was passiert ist«, sagte sie und schloß die Augen.

»Fangen wir mit Ihrem Namen an. Wer sind Sie, und warum haben Sie sich wie ein Mann verkleidet?«

»Ich bin Cathy Wright. Ich bin Bildhauerin, und ich habe mich nicht verkleidet. Ich habe meine üblichen Kleider getragen. Die hatten kein Recht, mich festzunehmen.«

»Sie haben die Scheibe im Old Athens mit einer Flasche eingeworfen«, betonte Leopold. »Und unglücklicherweise haben Sie dies direkt vor den Augen einer Zivilstreife getan.«

»Egal, was ich auch getan habe, ich habe nicht verdient, dafür erschossen zu werden.«

»Nein«, stimmte er ihr zu, »das haben Sie nicht. Der Mann, der auf Sie geschossen hat, war ein Detective namens Hank Schultz. Sagt Ihnen der Name etwas?«

»Nein. Sollte er?«

»Er hat ohne Vorwarnung das Feuer auf Sie und verschiedene andere eröffnet. Ich versuche, den Grund dafür herauszufinden.«

»Was ist mit ihm passiert?«

»Einer meiner Männer hat ihn angeschossen. Er ist vor kurzem gestorben. Aber der Arzt hat mir versichert, daß Sie wieder gesund werden.«

»Danke«, sagte sie. Ein Schleier legte sich über ihre Augen.

»Ich brauche Ihre Adresse für die Akten. Aber ich glaube, Sie brauchen sich keine Sorgen um die Anklage gegen Sie zu machen. Unter diesen Umständen wird sie wahrscheinlich fallengelassen.«

Sie nannte ihm eine Adresse in einem der älteren Innenstadtviertel, nicht weit von dort, wo man sie verhaftet hate. »Ich möchte jetzt gern allein sein«, erklärte sie ihm.

»Selbstverständlich«, willigte Leopold ein. »Aber eine Sache noch... Sie hatten eine Fünf-Dollar-Lebensmittelmarke in Ihrer Tasche. Woher haben Sie die?«

»Von der Bank. Künstler verdienen nicht immer genug, um davon zu leben.«

Detective Irving Gross war ein Mann mittleren Alters mit zuviel Bauch und zuwenig Haaren. Er war schwerer verwundet als Sweeney. Da er flach auf dem Rücken lag, mit einem Schlauch in der Nase und einem weiteren im Arm, schien es, als hätte ihn mehr als nur Schultz' Kugel verwundet.

»Schultz ist tot«, erklärte Leopold.

»Das ist kein großer Verlust, Captain. Das war immer ein komischer Vogel.«

»In welcher Hinsicht?«

»Oh, mißtrauisch gegen jeden. Seit seiner Scheidung vor ein paar Jahren, nachdem er seine Frau dabei erwischt hatte, wie sie ihn betrog, meinte er, alle Welt wäre nur darauf aus, ihn übers Ohr zu hauen. Kein Ahnung, wie Maxwell es all die Jahre mit ihm aushalten konnte.«

»Das hab' ich nie so wahrgenommen. Vielleicht habe ich ihn doch nicht so gut gekannt, wie ich dachte. Aber wieso hat er gestern nacht angefangen zu schießen, Irving?«

»Ich dachte, Sie wären vielleicht gekommen, um mir das zu erzählen.«

»Was ist mit dem Verdächtigen, den Sie und Sweeney verhaftet haben?«

»Der Typ hat mit einer Flasche ein Fenster eingeschlagen.«

»Es war eine Frau, die wie ein Mann gekleidet war.«

»Ja? In dem Viertel überrascht mich überhaupt nichts mehr.«

»Hat Hank Schultz sie gesehen, bevor er zu schießen anfing?«

»Sicher hat er sie gesehen. Sie stand ja direkt bei uns.«

»In Handschellen?«

»Nein, die haben wir ihr abgenommen, bevor wir sie reinbrachten.«

»Hat Schultz mit ihr gesprochen?«

»Kein Wort.«

»Was war Ihr erster Eindruck, als Sie sie verhaftet haben . . . daß sie high war, betrunken, oder was?«

»Wenn ich die Wahrheit sagen soll, Captain, dann war es nichts dergleichen. Mein Eindruck war, daß er — wir dachten, es wäre ein Er — verhaftet werden wollte. Sie wissen schon, wie dieser Mann in der Geschichte von O. Henry, der eine warme Zelle für den Winter haben wollte.«

»Ich weiß«, sagte Leopold. »Nur, daß wir Sommer haben.«

Abends gab er sich Mühe, die Zeitungen nicht zu lesen, die schreienden, schwarzen Schlagzeilen von der Schießerei. Es gab große Bilder von Schultz und Bentley, kleinere Fotos von Sweeney und Gross. Sie hatten kein Bild von Cathy Wright, aber ein Zwischentitel sprach von ihr als der ›mysteriösen Frau‹ in diesem Fall. Man hatte der Geschichte so viel Platz auf der Titelseite eingeräumt, daß das Feuer im Crown SuperShopper auf eine Innenseite verbannt war.

Leopold blieb lange im Hauptquartier, um Fletcher zu treffen, wenn dieser zum Dienst kam. Daher saß er zufällig an seinem Schreibtisch, als der Mann vom Justizministerium eintraf. Sein Name war Arnold Ellis, und er war ein hellhäutiger Schwarzer mit schmalem Oberlippenbärtchen.

Er lächelte, als er ihm die Hand gab, und sagte: »Lieutenant Maxwell hat mir gesagt, Sie wären derjenige, mit dem ich sprechen müßte. Soweit ich weiß, sind Sie verantwortlich für die Untersuchung der Ereignisse der letzten Nacht.«

»Es scheint so«, gab Leopold ihm recht.

»Ich bin heute nachmittag von Washington heraufgeflogen, um mich mit Hank Schultz zu treffen. Bevor ich erfahren habe, daß er tot ist.«

»Maxwell hat mir erzählt, daß Sie auf demselben Gebiet arbeiten.«

Der Mann aus Washington nickte. »Gestohlene Lebensmittelmarken. Das ist zu einem Riesenproblem geworden, besonders in den Stadtgebieten. Die Unterwelt benutzt sie wie Bargeld, um Drogen und Waffen und so ziemlich alles andere zu kaufen. Praktisch sind sich auch wie Geld, nur sind sie in den meisten Fällen einfacher zu stehlen.«

»Aber was passiert am Ende mit all diesen Lebensmittelmarken?« fragte Leopold. »Am Ende der Reihe muß sie doch jemand in Geld umtauschen, obwohl er weiß, daß sie gestohlen sind.«

»Daran hat Schultz gearbeitet. Wir glauben, daß sie in große Supermärkte geschleust werden, wahrscheinlich für fünfundzwanzig bis fünfzig Cents pro Dollar. Die Geschäftsführer freuen sich, wenn sie den Gewinn einstreichen können, bei sehr geringem Risiko.«

»Supermärkte«, wiederholte Leopold. »Haben Sie zufällig von dem Feuer in der letzten Nacht gehört?«

»Wo war das?«

»Im Crown SuperShopper. Es ist kurz vor der Schießerei ausgebrochen.«

»Brandstiftung?«

»Ich weiß nicht«, sagte Leopold. »Ich werde es herausfinden.«

»Lassen Sie mich mitkommen. Ich muß etwas tun, um meine Reise hierher zu rechtfertigen.«

Leopold nahm eine Kopie des Brandberichtes, der andeutete, daß das Feuer im Crown verdächtigen Ursprungs sei. Er fuhr mit Arnold hinüber, um sich den Brandort anzusehen, aber in der Dunkelheit konnten sie nur wenig tun oder erkennen. »Decke eingestürzt«, bemerkte Leopold, als sie um das abgebrannte Gebäude gingen. »Sieht wie ein Totalschaden aus.«

»Eine gute Möglichkeit, die Beweise zu zerstören«, bemerkte Ellis. »Welche Beweise?«

»Lebensmittelmarken im Wert von einhunderttausend Dollar. Letzten Monat hat jemand unser örtliches Verteilerbüro ausgeraubt, aber wir haben es aus den Zeitungen herausgehalten. Es war keine große Sache. Das Büro befand sich in einem Parkhaus hinter dem Bundesamt. Irgend jemand, der sich auskannte, ist einfach in der Mittagspause reinspaziert und hat sich bedient. Da er einen Zweitschlüssel hatte, mußte er nur darauf achten, daß er nicht ins Blickfeld der Fernsehkameras kam, und schon war er in Sicherheit.«

Dies entlockte Leopold einen Pfiff. »Daran hat Schultz gearbeitet?«

314

Ellis nickte. »Seine Kontaktleute haben ihm erzählt, daß die Marken in örtlichen Supermärkten eingelöst werden. Ich habe eine Computergrafik zu der Zahl der Einlösungen pro Markt vor dem Hintergrund des relativen Einkommens des umliegenden Viertels angefertigt. Crown hatte zu viele Einlösungen für diese Gegend. Deswegen bin ich hergekommen, um mich heute mit Schultz zu treffen. Ich wollte morgen eine Razzia in dem Laden durchführen, weil die Wahrscheinlichkeit groß war, daß sich die kürzlich gestohlenen Marken in diesen Räumlichkeiten befanden. Ich habe Schultz am Telefon erklärt, daß wir morgen wahrscheinlich einen Durchsuchungsbefehl bekommen würden.«

Leopold seufzte und trat gegen ein Stück verkohltes Holz. »Das Problem ist, daß Ihr Hank Schultz ein harter Undercover-Cop war, der Ergebnisse brachte, aber daß ich mit einem Polizisten dasitze, der auf dem Revier Amok gelaufen ist und vier Leute niedergeschossen hat.«

»Es klingt, als wären das zwei verschiedene Menschen. Was ist mit dem Geschäftsführer des Supermarktes? Sein Name müßte in dem Bericht des Brandstiftungsdezernates stehen.«

Sie gingen zum Wagen zurück und sahen nach. Der Name stand drin -- Titus Kern, mit einer Adresse in einem der besseren Vororte. »Die Geschäfte scheinen gut zu gehen«, bemerkte Leopold. »Besuchen wir ihn doch.« Arnold Ellis zögerte. »Ich nicht. An diesem Punkt der Untersuchung ist es wahrscheinlich besser, wenn wir einander nicht kennenlernen. Halten Sie es auf lokaler Ebene, aber finden Sie raus, was Sie können.«

Leopold setzte Ellis an seinem Hotel in der Innenstadt ab und fuhr hinaus, um Titus Kern allein zu besuchen. Es war fast elf, als er an dem Haus ankam, und es war dunkel. Er wollte sein Vorhaben schon auf den nächsten Morgen verschieben, als ein Taxi in die Straße einbog und vor dem Haus hielt. Ein Mann öffnete die Tür und bezahlte den Fahrer. Leopold stieg aus. »Entschuldigen Sie«, rief er, als der Mann über den Weg zu dem unbeleuchteten Haus ging. »Mr. Kern?«

Der Mann zögerte, fürchtete vielleicht einen Überfall. »Ja?«

»Captain Leopold, Polizei. Ich würde Ihnen gern ein paar Fragen zu dem Feuer gestern nacht stellen.«

Als er näher kam, sah Leopold, daß Titus Kern ein Mann in den Fünfzigern war, schlank und grauhaarig, hochliegende Wangenknochen in einem Gesicht, das ihm irgendwie bekannt vorkam. »Ich hatte einen sehr anstrengenden Tag, Captain. Ich bin sicher, Sie werden das verstehen. Mein Geschäft ist abgebrannt, und ich komme gerade von einem Besuch bei meiner Tochter, die krank ist. Ich bin mir sicher, daß ich Ihnen nichts erzählen kann, was Sie nicht schon wüßten.«

»Ich verspreche Ihnen, daß es nur ein paar Minuten dauern wird.«

Titus Kern seufzte. »Also schön. Einen Augenblick können Sie hereinkommen.«

Leopold folgte ihm in ein großes Haus im Kolonialstil und wartete, während der Mann ein paar Lampen im Wohnzimmer anmachte. »Meine Frau ist nicht da«, erklärte er. »Ich bin momentan so etwas wie ein Junggeselle. Setzen Sie sich doch bitte.«

Leopold setzte sich gegenüber vom Klavier, auf dem eine Reihe von Familienporträts aufgestellt waren. »Sie sollten sich darüber im klaren sein, daß in Hinsicht auf die Ursache des Feuers der letzten Nacht einige Verdachtsmomente aufgetaucht sind«, begann er. »Das Brandstiftungsdezernat hat Beweise für eine Zündvorrichtung . . .«

»Davon weiß ich nichts. Ich leite den Laden, er gehört mir nicht. Das Feuer bereitet mir Kummer, aber die Gesellschaft kassiert die Versicherung.«

»Es wurde angedeutet, das Feuer wäre gelegt worden, nicht um die Versicherung zu kassieren, sondern um den Beweis für ein Verbrechen zu zerstören.«

»Was? Wovon reden Sie?«

Aber bevor Leopold antworten konnte, konzentrierte sich sein Blick auf das große, mittlere Porträt in der Anordnung auf dem Klavier. Plötzlich wußte er, warum ihm Titus Kerns Gesicht so bekannt vorgekommen war. »Das da auf dem Bild muß Ihre Tochter sein«, sagte er. »Sie sieht Ihnen sehr ähnlich.«

»Leider ist sie ein bißchen wild, wie so viele junge Leute heutzutage.«

»Sagten Sie, sie wäre krank?«

»Ich . . . ja, das stimmt.«

»Im Krankenhaus, nehme ich an.«

»Habe ich das gesagt?«

»Ich habe Ihre Tochter heute kennengelernt, Mr. Kern. Das Bild ist ihr sehr ähnlich. Sie verwendet den Namen Cathy Wright, und die Zeitungen nennen sie eine ›mysteriöse Frau‹.«

»Ich habe ihr gesagt, sie soll mit dem Unsinn aufhören und die Wahrheit sagen.«

Plötzlich fingen die Teile des Puzzles an, sich zusammenzufügen. »Was ist mit Hank Schultz, Mr. Kern?«

»Was soll mit ihm sein? Ich hatte noch nie etwas von ihm gehört, bis er auf meine Tochter geschossen hat. Und Sie können sicher sein, daß sich die Stadt in dieser Sache mit einer teuren Klage wird auseinandersetzen müssen.«

»Woher wußten Sie, daß Ihre Tochter im Krankenhaus liegt?«

»Sie hat mich heute abend angerufen. Ich nehme an, sie fürchtete, ich würde sie bei der Polizei als vermißt melden.«

»Wohnt sie hier?«

»Nein, sie hat ein Apartment, in dem sie ihrer künstlerischen Arbeit nachgeht. Aber sie hilft mir etwas mit der Buchhaltung im Laden.« Er blickte demonstrativ auf seine Uhr. »Ich bin sehr müde, und ich sehe nicht, wie diese Fragen zu meiner Tochter in Verbindung zu dem Feuer stehen sollten.«

»Möglicherweise könnte es einen Zusammenhang zwischen dem Feuer und den Schüssen auf Ihre Tochter geben«, sagte Leopold. Er stand auf. »Danke für Ihre Hilfe, Mr. Kern.«

Am Morgen kehrte Leopold ins Krankenhaus zurück. Er wartete vor Cathys Tür, während Dr. Rice sie untersuchte. »Sie ist auf dem Wege der Besserung«, sagte der Arzt, als er sich verabschiedete. »Aber versuchen Sie, sie mit Ihren Fragen nicht zu ermüden.«

Leopold trat ein und setzte sich neben das Bett. »Wie geht es Ihnen?«

»Etwas besser als gestern«, erwiderte sie.

»Ich habe gestern abend mit Ihrem Vater gesprochen.«

Ihr Gesicht schien zu erstarren. »Ich weiß nicht . . .«

»Es gibt keinen Grund, Ihre Identität zu verschweigen.«

»Also gut, Sie haben also mit meinem Vater gesprochen. Na und?«

»Ich dachte, Sie hätten mir vielleicht etwas zu erzählen . . . über Sie und Hank Schultz.«

»Wovon reden Sie überhaupt?«

»Sie auf dem Revier zu sehen, hat ihn durchdrehen lassen, nicht? Er kannte Sie gut genug, um Sie sogar in Männerkleidern zu erkennen. Sie trugen keine Handschellen mehr, und er wußte nicht, daß man Sie verhaftet hatte. Er dachte, Sie wären da, um ihn zu verraten, wie es eine andere Frau — seine Ehefrau — auf andere Weise einmal mit ihm getan hatte.«

Da fing sie an zu weinen, hielt die Tränen nicht zurück, die sich am Tag zuvor schon angekündigt hatten, und Leopold wandte sich einen Moment lang ab und starrte aus dem Fenster. Er dachte daran, wie er das Feuer vom Fenster seines Schlafzimmers aus gesehen hatte, und das erinnerte ihn daran, weshalb er hier war. Er hatte einen Job zu erledigen. Hank Schultz hatte seinen Job vergessen, und das war ein tödlicher Fehler gewesen. Er wandte sich wieder dem schluchzenden Mädchen zu. »Als Schultz auf die Sache mit den gestohlenen Lebensmittelmarken gestoßen ist, hat er Sie kennengelernt, stimmt's? In den vergangenen zwei Monaten sind Sie beide Ihrem ganz persönlichen Irrsinn nachgegangen.«

»Es war kein Irrsinn! Es war Liebe!«

»Hank hat diesen letzten Stoß Lebensmittelmarken aus der Garage des Bundesamtes gestohlen, nicht? Und Sie haben ihm dabei geholfen. Er brauchte Ihre Hilfe, weil die Marken durch den Laden Ihres Vaters geschleust werden mußten. Aber ein Mann namens Ellis vom Justizministerium hat seinen Computer benutzt und festgestellt, daß Crown mehr Marken einlöst, als für das Durchschnittseinkommen der Gegend angemessen ist. Ellis wollte einen Durchsuchungsbefehl erwirken und sich den Laden heute vornehmen. Die gestohlenen Marken waren da, und Sie konnten sie nicht rechtzeitig herausholen, also mußten Sie das ganze Gebäude niederbrennen. Wenn Ihr Vater darin verwickelt gewesen wäre, hätte er sie entfernen können, aber aus irgendeinem Grund konnten Sie nicht rechtzeitig an die Marken herankommen.«

»Ich hatte sie im Lager versteckt«, sagte sie teilnahmslos und wischte sich die Augen mit einem Taschentuch, »bis es ungefährlich war, sie bei der Regierung einzutauschen. Ich hatte eine in der Tasche, weil wir versucht haben, sie woanders zu verkaufen ... aber nach dem Diebstahl hatten alle Angst, besonders nachdem nichts darüber in der Zeitung stand. Wir wußten nicht, was das Justizministerum vorhatte. Also blieben die Marken da im Lagerraum meines Vaters, und dann hat Hank gehört, daß Ellis sich Crown vorgenommen hatte und einen Durchsuchungsbefehl erwirken wollte. Ich konnte nur rein, solange der Laden offen war, und hinten wurde Inventur gemacht. Bis Freitag hätte ich nichts tun können, und das wäre zu spät gewesen.«

»Wie haben Sie das alles fertiggebracht, ohne daß Ihr Vater etwas wußte?«

»Als ich die Buchhaltung geführt habe, hatte ich mit solchen Sachen wie Lebensmittelmarken zu tun. Seit zwei Jahren habe ich sie schon den Leuten in der Nachbarschaft abgenommen und durch diesen Laden zurück an die Regierung verkauft. Er hat nie Fragen gestellt. Er hat mir vertraut.«

»Und Sie waren bereit, eher den Laden abzubrennen, als dieses Vertrauen zu verlieren.« Da sie nicht antwortete, fuhr er fort. »Sie haben Männerkleider angezogen, um sich zu verkleiden, falls man Sie sehen sollte, wie Sie die Feuerbomben hinter dem Laden anbringen. Dann haben Sie vor den Augen von zwei Zivilpolizisten eine Scheibe eingeworfen, um sich ein perfektes Alibi zu verschaffen. Falls man das Feuer jemals bis zu Ihnen zurückverfolgen würde, könnten Sie vorbringen, Sie hätten in der Zelle gesessen, als es ausbrach. Natürlich hat das Brandstiftungsdezernat die Reste der Zündvorrichtung gefunden, so daß Ihr Alibi nicht wasserdicht gewesen wäre, aber das wußten Sie nicht.«

»Ich habe nicht logisch gedacht«, gab sie zu. »Genausowenig wie Hank.«

»Das hat er sicher nicht. Er ist vorletzte Nacht aufs Revier gekommen und hat Sie mit Sweeney und Gross gesehen. Wahrscheinlich hat er gar nicht gemerkt, wie Sie gekleidet waren. Wahrscheinlich hat er den Tag am Rande des Wahnsinns verbracht, fürchtete, was Ellis tun würde, wenn er aus Washington eintraf.

Dann hat er Sie gesehen und dachte, Sie hätten ihn verraten, ihn verkauft, um Ihre eigene Haut zu retten. Er wartete nicht auf Worte. Er zog seinen Revolver, und als Sergeant Bentley sich darauf stürzen wollte, kriegte er die erste Kugel ab. Dann hat er zweimal auf Sie geschossen, dann auf Gross und Sweeney, bevor Lieutenant Fletcher ihn außer Gefecht setzen konnte.«

»Ein Augenblick geistiger Umnachtung«, sagte sie, und wieder liefen die Tränen.

»Sind Sie bereit, darüber zu sprechen?« fragte Leopold. »Vor einer Grand Jury?«

»Das wird ziemlich hart für mich werden, oder?«

»Nicht halb so hart, wie es für Hank Schultz war.«

Deutsch von Jörn Ingwersen

Belemmert

Ruth Rendell

Als der Applaus nach der letzten Vorstellung verklungen war,
nahm Rotkäppchen mich an die Leine, und dann gingen wir mit
dem übrigen Ensemble in den Pub auf der anderen Straßenseite.
Niemand hatte sich abgeschminkt oder sein Kostüm ausgezogen,
dafür war keine Zeit mehr, ehe das *George* zumachte. Ich erinnere
mich noch, daß ich über die Straße tapste und jemanden auf einem
Fahrrad anknurrte.

Im Pub war man von mir begeistert, nun ja, jedenfalls waren ein
paar von mir begeistert. Die meisten waren eher etwas verlegen.
Das Verrückte ist, daß ich an ihrer Stelle auch ein bißchen verlegen
gewesen wäre. Ich hätte mich einfach ignoriert, hätte mein Glas
ausgetrunken und wäre gegangen. Allerdings wäre es höchst
unwahrscheinlich, mich überhaupt in einem Pub anzutreffen, denn
normalerweise ging ich nicht in solche Kneipen. In dem Wolfsfell
jedoch war das etwas anderes, in dem Wolfsfell war alles anders.

Ich streifte eine Weile umher — zuweilen auf allen vieren,
obwohl das für uns, die wir an eine aufrechte Haltung gewöhnt
sind, nicht ganz einfach ist — und machte zwischendurch Männ-
chen, wobei ich die Vorderpfoten dicht an die Brust zog. Ich ging
zu den Tischen hinüber, wo die Leute saßen, und schnüffelte an
ihren Chipstüten. Wenn sie rauchten, knurrte ich und machte
fächelnde Bewegungen mit meinen Pfoten. Die meisten von ihnen
waren sehr aufgeschlossen, sie streichelten mich und machten
Witze oder taten, als fürchteten sie sich vor meinem Gebiß und vor
meinen tückischen kleinen Augen. Eine Frau nahm sogar meinen
Kopf und legte ihn bei sich auf den Schoß.

Als ich zur Theke ging, um meinen trockenen Sherry abzuholen, hörte ich, wie Bill Harkness (der Erste Holzfäller) zu Sausan Hayes (Rotkäppchens Mutter) sagte: »Der alte Colin ist heute abend wirklich über sich hinausgewachsen.«

Und Susan, die Gute, antwortete: »Er ist eben ein richtiger Schauspieler, nicht wahr?«

Tatsächlich war ich eines der wenigen Mitglieder in unserer Truppe, von denen man das behaupten konnte. Vermutlich ist das bei allen Laienspielgruppen so. Es gibt immer ein oder zwei gute Schauspieler, Leute, die ihre Brötchen auch auf der Bühne verdienen könnten, wenn das nicht ein so begehrter Beruf wäre. Und alle anderen kommen, weil es ihnen Spaß macht und sie gesellige Menschen sind.

Habe ich eine Bühnenkarriere jemals ernsthaft für mich in Erwägung gezogen? Mein Vater war Beamter im öffentlichen Dienst, meine beiden Großväter arbeiteten für den diplomatischen Dienst. Solange ich zurückdenken kann, wurde von mir erwartet, daß ich mein Examen machte und dann ebenfalls die Beamtenlaufbahn einschlug. Ich habe nie widersprochen. Wenn man so eine Mutter hat wie ich, die man unter Millionen nur einmal findet und die mehr Freundin ist als Mutter, hat man einfach nicht das Bedürfnis, sich aufzulehnen. Außerdem unterstützte Mutter meine Schauspielerei, wo sie nur konnte. Meine *Hobby*-Schauspielerei, versteht sich. Unsere Theatergruppe hatte zum Beispiel beschlossen, alle aufwendigen Kostüme für das diesjährige Weihnachtsspiel bei einem Kostümverleih zu beschaffen, doch Mutter nähte mir mein Wolfsfell trotzdem selber. Und es war zehnmal besser als alles, was wir vom Verleih bekommen hätten. Den Kopf mußten wir zwar kaufen, doch den Körper und die Gliedmaßen nähte Mutter aus einem grauen, langhaarigen Fellstück, aus dem man sonst Damenmäntel schneidert.

Moira sagte immer, ich würde die Schauspielerei deshalb so lieben, weil ich mich dabei selbst vergessen und für eine Weile jemand anders sein könnte. Sie war der Ansicht, ich wäre mit mir selbst nicht zufrieden, und suchte auf diese Weise nach Fluchtmöglichkeiten. Wirklich eine seltsame Art, über den Mann zu sprechen, den man heiraten will! Aber ehe ich weiter über Moira erzähle und ehe ich mit diesem Bericht fortfahre, sollte ich vielleicht erklären, was ich damit beabsichtige.

Der Psychiater, der in dieser Klinik angestellt ist oder zumindest regelmäßig kommt (ich weiß nicht genau, was richtig ist), ein gewisser Dr. Vernon-Peak, hat mich gebeten, einige meiner Empfindungen und Eindrücke aufzuschreiben. Ich sagte ihm, daß mir dies aber nur im Zusammenhang einer Erzählung möglich sei, und dagegen hatte er nichts einzuwenden. Was aus diesem Bericht wird, wenn er fertig ist, weiß ich nicht. Ob er vielleicht wie eine Aussage behandelt und vor Gericht verwendet wird? Oder ob er einfach nur in Dr. Vernon-Peaks Akten landet, als ein Fall von vielen? Mir ist das egal. Ich kann ohnehin nur die Wahrheit erzählen.

Nachdem das *George* damals schloß, schminkten wir uns ab, zogen uns um und machten uns jeder auf seinen Heimweg. Mutter war noch wach und wartete auf mich, was sie nicht immer tat. Wenn ich ihr sagte, daß es spät würde und sie zu ihrer gewohnten Zeit ins Bett gehen solle, tat sie das. Doch natürlich hatte ich nichts dagegen, von ihr empfangen zu werden, wenn ich nach Hause kam, vor allem nicht nach einem Triumph wie an jenem Abend. Außerdem wollte ich ihr gern erzählen, wie sehr ich mich im Pub amüsiert hatte.

Unser Haus ist ein spätviktorianisches, zweiflügeliges Gebäude aus grauem Kalkstein. Nicht besonders schön, aber solide gebaut und behaglich. Mein Großvater kaufte es, als er 1920 aus Indien zurückkehrte und pensioniert wurde. Mutter war damals zehn, sie hat also den größten Teil ihres Lebens in diesem Haus verbracht.

Großvater hatte es als Jäger zu einiger Berühmtheit gebracht und beteiligte sich häufig an Großwildjagden, bevor diese − zu Recht, wie ich finde − so verpönt waren. Daher war unser Haus voll mit ›Jagdtrophäen‹. Solange Großvater lebte, mußten wir uns notgedrungen mit den Geweihen und Stoßzähnen abfinden, die überall aus den Wänden zu wachsen schienen, mit dem Elefantenfuß-Schirmständer und den weit aufgerissenen Mäulern von *tigris* und *ursa*. Wir mußten sie zähneknirschend erdulden, wie Mutter mit ihrem feinen Sinn für Humor es ausdrückte.

Doch als Großvater schließlich mit seinen verblichenen Vorfahren vereinigt war, nahmen wir, voller Ehrfurcht und ohne jede Respektlosigkeit, die Köpfe und Geweihe ab und packten sie in große Truhen. Nur die Felle ließen wir liegen. Sie waren inzwischen ein Vermögen wert, und ich fand, daß die Tigerfelle, die in der Diele auf dem Parkett lagen, der Schneeleopard über der Rückenlehne des Sofas und das Bärenfell vor dem Kamin, in das man so herrlich die Zehen graben konnte, dem Haus einen Hauch von Luxus verliehen. An jenem Abend zog ich die Schuhe aus und spielte ein wenig mit meinen Zehen.

Natürlich hatte Mutter sich unsere Vorstellung angesehen. Sie war gleich am ersten Abend gekommen und hatte zugeschaut, wie ich Rotkäppchen attackierte, einen Angriff, der so plötzlich und unerwartet kam, daß die Zuschauer erschrocken aufsprangen. (In unserem Stück fraß der Wolf Rotkäppchen übrigens nicht auf, denn wir alle waren der Ansicht, daß das nicht zu einer Weihnachtsaufführung paßte.) Mutter wollte mich jedoch noch einmal in ihrem Kostüm sehen, deshalb zog ich es über und tänzelte und knurrte ein bißchen für sie herum. Auch diesmal fiel mir wieder auf, wie merkwürdig enthemmt ich mich in dem Wolfsfell benahm. Ich sprang den Schneeleoparden an und fletschte böse die Zähne, schlug die Pfote in sein grau-weißes Gesicht und biß ihm spielerisch in die Ohren. Dann ließ ich mich auf alle viere hinab, knurrte den Bären an und kämpfte mit ihm, bis ich seinen Nacken tatsächlich dicht vor meine Zähne gezerrt hatte.

Wie sehr Mutter da lachte! Sie fand, ich sei der Beste in dem ganzen Theaterstück gewesen und viel origineller als alles, was man im Fernsehen vorgesetzt bekam.

»Animal crackers in my soup«, sagte sie und wischte sich die Augen. »Wir haben damals in der Schule ein Lied gelernt, das so anfing. Aber wie ging es weiter? Irgend etwas mit Löwen und Tigern, lup-di-lup.«

»Nun, *lupus* heißt ja auf Lateinisch Wolf«, erklärte ich.

»Und du bist wirklich ein toller Wolf! Jedes Schaf würde vor dir davonlaufen. Wenn du dieses Kostüm das nächste Mal anziehst, werde ich sagen müssen, jetzt ist mein Wölfchen wieder völlig belemmert.«

Wenn ich dieses Kostüm das nächste Mal anziehe? Würde ich es denn je wieder anziehen? Darüber hatte ich noch nicht nachgedacht. Ja, vielleicht, wenn ich irgendwann einmal zu einem Kostümfest ging, was allerdings ziemlich unwahrscheinlich war.

Aber was für eine Schande, es wegzupacken wie Großvaters Stoß-
zähne und Geweihe, nach all der Arbeit, die Mutter damit gehabt
hatte. An diesem Abend hängte ich das Fell in meinen Kleiderschrank, und ich erinnere mich noch, wie komisch mir zumute
war, als ich es zum zweiten Mal auszog. Ich fühlte mich nackter als
sonst ohne Kleidung, beinahe so, als hätte ich meine eigene Haut
abgelegt.

Das Leben ging weiter seinen gewohnten Gang. Ich fühlte mich
etwas unausgefüllt, weil ich keine Theaterproben mehr hatte und
keinen Text mehr auswendig lernen mußte. Dann kam Weihnachten. Wie üblich verbrachten Mutter und ich den ersten Weihnachts-
tag allein, diese Tradition war uns heilig. Am zweiten Feiertag kam
Moira zu Besuch, und Mutter lud noch ein Ehepaar aus der Nachbarschaft ein. Ich erinnere mich noch gut, daß igendwann auch
Susan Hayes mit ihrem Mann kam, um uns frohe Weihnachten zu
wünschen.

Moira und ich waren seit drei Jahren verlobt. Wir wollten eigentlich längst heiraten, und unser Problem war nicht etwa, daß wir
uns das nicht leisten konnten, sondern daß wir uns nicht einigen
konnten, wo wir danach wohnen würden. Ich glaube, ich kann
guten Gewissens behaupten, daß Moira diejenige war, die die
Schwierigkeiten machte. Keine Mutter hätte ihre Schwiegertochter
herzlicher willkommen geheißen als meine. Sie wollte, daß wir mit
ihr zusammen in *Simla House* lebten, und schlug vor, daß wir es
einfach als unser Haus und sie als unsere Haushälterin betrachten
sollten. Aber Moira wollte, daß wir uns ein eigenes Haus kauften,
deshalb waren wir in eine Art Sackgasse geraten.

Unglücklicherweise brachte Moira dieses Thema Weihnachten
wieder zur Sprache, nachdem sich die anderen verabschiedet hatten. Ihr Bruder (ein Immobilienmakler) hatte ihr von einem Bungalow erzählt, der zum Verkauf stand und etwa in der Mitte zwischen
Simla House und dem Haus ihrer Eltern lag. Ihr Bruder nannte es
ein ›echtes Schnäppchen‹. Zum Glück schaltete sich meine Mutter
in das Gespräch ein und fing an, uns von dem Bungalow zu erzählen, den sie zusammen mit ihren Eltern in Indien bewohnt hatte.
Sie beschrieb die große, säulenumstandene Veranda, den englischen Blumengarten, die Feigenbäume, aber Moira unterbrach sie.

»Wir sprachen gerade von *unserer* Zukunft, nicht von deiner Vergangenheit. Ich dachte, John und ich sollten heiraten.«

Mutter erschrak. »Ja, tut ihr das denn nicht? Colin hat doch nicht etwa alles abgeblasen?«

»Der Gedanke, daß *ich* alles abblasen könnte, ist dir wohl noch nie gekommen?«

Arme Mutter! Es blieb ihr nichts anderes übrig, als unsicher zu lächeln. Moira konnte sie sehr leicht aus der Fassung bringen, und das wiederum schien Moira zu ärgern.

»Glaubst du vielleicht, ich wäre zu alt und zu unattraktiv, um wählerisch zu sein?«

»Moira«, ermahnte ich sie.

Sie kümmerte sich nicht um mich. »Anscheinend hast du noch nicht begriffen«, fuhr sie fort, »daß Colin nichts Besseres passieren kann, als mich zu heiraten. Vielleicht wird dann endlich ein Mann aus ihm.«

Es muß Mutter herausgerutscht sein, ehe sie darüber nachdenken konnte, was sie sagte. Sie tätschelte Moiras Knie. »Ich kann mir gut vorstellen, daß das ein hartes Leben für ihn wird.«

Es gab keinen Streit. Mutter hätte nie zugelassen, in so etwas hereingezogen zu werden. Aber Moira war sehr verstimmt und wollte nach Hause, also mußte ich das Auto aus der Garage holen und sie fahren.

Auf dem ganzen Weg bis zu ihren Eltern mußte ich mir anhören, was sie alles an mir und an meiner Mutter auszusetzen hatte, und als wir uns schließlich verabschiedeten, war ich niedergeschlagen und betrübt. Ich fragte mich sogar, ob es richtig war, daß ich mit meinen zweiundvierzig Jahren, im ›Herbst des Lebens‹, noch an eine Heirat dachte.

Mutter hatte inzwischen aufgeräumt und war zu Bett gegangen. Ich ging in mein Schlafzimmer und begann mich auszuziehen. Als ich den Kleiderschrank öffnete, um meine Tweed-Hose hineinzuhängen, fiel mein Blick auf das Wolfskostüm, und aus einem plötzlichen Impuls heraus zog ich es an.

Sobald ich in dem Wolfsfell steckte, fühlte ich mich ruhiger und, ja, auch glücklicher. Ich setzte mich in einen Sessel, doch nach einer Weile fand ich es bequemer, mich auf den Boden zu legen und lang auszustrecken. Als ich dort lag und die Wärme des Gasofens auf meinem Bauch und an meinen Pfoten spürte, begann ich nachzudenken, und zwar über die Verwandtschaft zwischen Mensch und Wolf. Ich dachte an Romulus und Remus, die von einer Wölfin gesäugt wurden, an den uralten Mythos des Werwolfs, an ausgesetzte Kinder, die vielleicht auch heute noch von Wölfen aufgezogen wurden. All dies lenkte mich ab von den trüben Gedanken um die Auseinandersetzung zwischen Moira und meiner Mutter, und schließlich konnte ich einigermaßen beruhigt ins Bett gehen und schlafen.

Vielleicht erscheint es jetzt gar nicht mehr so abwegig, daß ich das Fell wieder überzog, als ich mich das nächste Mal bedrückt fühlte. Mutter war ausgegangen, deshalb hatte ich das ganze Haus für mich, nicht nur mein Zimmer. Um vier Uhr wurde es langsam dunkel, doch anstatt das Licht einzuschalten, streifte ich im Halbdunkel durch das Haus. Hin und wieder fiel mein Blick auf meine schmale graue Gestalt in einem der vielen Spiegel, die meine Mutter so gern hatte. Da es dunkel war und unser Haus mit wuchtigen Möbeln und lauter Schnickschnack vollgestopft war, sah mein Spiegelbild nicht aus wie ein Mann, der in einem Wolfskostüm steckte, sondern wie ein echter Wolf, der irgendwo entflohen war und nun durch ein überladenes viktorianisches Haus streunte. Oder wie ein Werwolf, jener animalische Zug der menschlichen Persönlichkeit, der sich verselbständigt und den menschlichen Körper verläßt.

Ich kroch auf die kleine, aus Teakholz geschnitzte Antilope zu und stürzte mich auf sie, ehe sie begriff, was geschah. Anschließend nahm ich erneut den Kampf mit dem Bären auf, wir kämpften vor dem Kamin, verklammert in einer verzweifelten, haarigen Umarmung. Dann hörte ich plötzlich, wie meine Mutter die Hintertür aufschloß. Die Zeit war viel schneller vergangen, als ich angenommen hatte. Ich floh und huschte mit Hinterpfoten und Schwanz gerade noch um die Ecke die Treppe hinauf, ehe sie die Diele betrat.

Ich glaube, Dr. Vernon-Peak möchte wissen, wieso ich das alles erst mit zweiundvierzig Jahren anfing und warum ich es noch nie zuvor getan hatte. Die einfachste Erklärung wäre natürlich, daß ich vorher noch kein Wolfsfell besessen hatte, aber das ist nicht der einzige Grund. Lag es vielleicht daran, daß ich meine wahren Bedürfnisse bis dahin nicht kannte, die ich bisher zum Teil dadurch befriedigt hatte, daß ich in Theaterstücken fremde Rollen spielte?

Und da ist noch etwas. Ich habe ihm erzählt, daß ich mich daran erinnere, als kleines Kind eine enge Beziehung zu irgendeinem großen Tier gehabt zu haben, zu einem Hund vielleicht oder einem Pony. Doch trotz der beharrlichen Nachforschungen Vernon-Peaks ergaben sich keinerlei Anhaltspunkte dafür, daß wir je ein Haustier besessen hatten. Doch davon später mehr.

Nachdem ich jedenfalls einmal als Wolf gelebt hatte, überfiel mich dieses Bedürfnis immer häufiger. Ich glaube, ich übertreibe nicht, wenn ich behaupte, daß ich ein schönes und stattliches Tier abgab, wenn ich auf den Hinterbeinen stand und mich zu meiner vollen Größe aufrichtete. Jetzt, wo ich das alles niederschreibe, merke ich, daß ich das Wolfskostüm noch gar nicht beschrieben habe. Ich ging wohl immer davon aus, daß jeder, der diese Zeilen sieht, auch das Kostüm sieht. Aber vielleicht stimmt das gar nicht. *Mir* haben sie bisher jedenfalls nicht gestattet, es zu sehen, und ich frage mich, ob es wohl inzwischen gereinigt und wiederhergestellt wurde, oder ob es noch immer — aber nein, es hat keinen Zweck, in unappetitliche Details zu gehen.

Ich erwähnte bereits, daß der Körper und die Gliedmaßen des Kostüms aus langhaarigem grauen Fell genäht waren. Der Stoff war sehr rauh, eigentlich kein besonders schönes Material für einen Mantel, wie ich fand, dafür aber einem Wolfsfell sehr ähnlich. Die Pfoten nähte meine Mutter aus Fellhandschuhen, versah diese jedoch mit den wattierten und versteiften Fingern von Lederhandschuhen, die als Krallen dienten. Den Kopf kauften wir in einem Laden für Scherzartikel. Er hatte lange spitze Ohren, kleine gelbe Augen und eine wunderbare, halb geöffnete Schnauze — rot, gierig und mit einer Doppelreihe spitzer Fänge. Die Öffnung, durch die ich atmen konnte, befand sich direkt unterhalb des Unterkiefers, an der Stelle, wo der Kopf in den mächtigen behaarten Hals überging.

Als es Frühling wurde, fuhr ich manchmal aufs Land hinaus, parkte den Wagen und zog mein Kostüm über. Ich wollte keinesfalls, daß mich jemand sah, deshalb suchte ich die Einsamkeit. Ob ich mich nicht vielleicht über einen ›wilden‹ Gefährten gefreut hätte, nun, das ist eine andere Sache. Damals wollte ich jedoch lediglich als Wolf durch die Wälder und das Dickicht streifen. Und genau das tat ich. Ich suchte mir die einsamsten Gegenden aus und hütete mich davor, in die Nähe von Menschen zu kommen.

Indem ich dies alles aufschreibe, versuche ich zu erklären, was ich damals empfand. Auf jeden Fall fühlte ich mich *nicht wie ein Mensch*. Und sich nicht wie ein Mensch zu fühlen, bedeutet keine menschliche Verantwortung mehr zu haben und keine menschlichen Sorgen. In dem Wolfsfell vergaß ich meine Angst zu heiraten, meine Angst, nicht zu heiraten, meine Furcht, Mutter alleinzulassen, meine berechtigte Verstimmung darüber, daß ich in unserem neuen Theaterstück nicht die Hauptrolle bekommen hatte. All dies ließ ich hinter mir, um statt dessen zu einem glücklichen, unbeschwerten wilden Tier zu werden.

Unsere Hochzeit war wieder einmal verschoben worden. Der Kauf des Hauses, auf den Moira und ich uns endlich geeinigt hatten, platzte im letzten Augenblick. Ich kann nicht sagen, daß mir das besonders leid tat. Das Haus war zwar nicht weit entfernt von meinem bisherigen Zuhause, genaugenommen war es sogar in derselben Straße wie *Simla House*. Aber ich hatte mir bereits Gedanken gemacht, was ich wohl empfinden würde, wenn ich künftig jeden Tag an unserem geliebten alten Haus vorbeikäme und mein Haupt nicht länger unter seinem wohlbekannten Dach zur Ruhe betten konnte.

Moira wurde sehr böse.

»Ich werde auf keinen Fall mit deiner Mutter zusammenwohnen, auch nicht für drei Monate«, antwortete sie auf meinen Vorschlag. »Das gäbe eine Katastrophe.«

»Mutter und Vater haben zwanzig Jahre mit Mutters Eltern zusammengelebt«, wandte ich ein.

»Ja, und schau dir an, wohin das geführt hat.« Und dann ließ Moira diese Bemerkung fallen, daß ich nur deshalb so gern Theater spiele, weil ich mit meinem wahren Ich nicht zurecht käme.

Darauf gab es nichts mehr zu sagen, außer daß wir weiterhin nach einem Haus suchen mußten.

»Warum fahren wir nicht trotzdem nach Malta?« schlug Moira vor. »Wir müssen die Reise doch nicht absagen.«

Vielleicht nicht, aber es wären keine Flitterwochen. Ich hatte den Freuden der Ehe bisher noch nicht vorgegriffen, und ich beabsichtigte auch nicht, das zu tun. Deshalb war ich auf der Hut, als Moira — Mutter war zu ihrem Bridge-Abend gegangen — darauf drängte, mit mir in mein Schlafzimmer hinaufzugehen. Angeblich interessierte sie die Farbe des Anzugs, den ich mir für unsere Hochzeit gekauft hatte, weil sie mir eine Krawatte schenken wollte. Als wir oben waren, legte sie sich auf mein Bett und bat mich, mich neben sie zu setzen.

Vermutlich zog ich mein Wolfskostüm deshalb an, weil ich mich so bedrängt fühlte. Ich zog meine Jacke aus, vor Moira natürlich sonst nichts, schlüpfte in das Fell, schloß es und setzte den Kopf auf. Sie schaute mir zu. Sie hatte mich bereits so gesehen, als sie damals im Theater war.

»Warum machst du das?«

Ich gab keine Antwort. Was hätte ich auch antworten sollen? Wie üblich überkam mich dieses zufriedene Gefühl, und zu meiner Überraschung erfüllte ich nun ihre Bitte und setzte mich neben sie. Es erschien mir ganz natürlich, mich an sie zu schmiegen, meinen großen langohrigen Kopf an ihrer Brust zu reiben, ihre Hände in meine Pfoten zu nehmen. Alle möglichen Phantasien schwirrten durch meinen Wolfskopf, sie waren süß und aufregend. Wenn wir damals schon im Urlaub gewesen wären, hätten mich meine moralischen Grundsätze wohl nicht länger zurückhalten können.

Aber anders als die Frau im Pub legte Moira meinen Kopf nicht auf ihren Schoß. Sie sprang auf und schrie mich an, ich solle mit dem Unfug aufhören, und zwar sofort, sie könne das nicht länger ertragen. Also tat ich, was sie verlangte; natürlich tat ich das. Traurig zog ich das Kostüm aus und hängte es in den Schrank zurück. Dann brachte ich Moira nach Hause. Unterwegs hielten wir bei ihrem Bruder und schauten uns die neuesten Häuser an, die zum Verkauf standen.

Für eines davon entschieden wir uns schließlich, nachdem wir mindestens einen weiteren Monat lang gesucht, besichtigt und hin und her überlegt hatten. Unsere Hochzeit planten wir für Mitte

Dezember. Im Sommer hatte unsere Theatergruppe *Blithe Spirit* aufgeführt (ich übernahm die undankbare Rolle des Dr. Bradman, während Bill Harkness die Rolle des Charles Condomine spielen durfte), und unser diesjähriges Weihnachtsspiel war *Aschenputtel* — mit Susan Hayes in der Titelrolle und mir als der älteren der bösen Schwestern. Ich hatte mir ausgerechnet, daß ich gerade rechtzeitig aus den Flitterwochen zurück sein würde.

Zweifellos wäre ich das auch gewesen. Ich hätte geheiratet, wäre in die Flitterwochen gefahren und früh genug zurück gewesen, um meine Rolle zu spielen — wenn ich nicht eingewilligt hätte, mit Moira an ihrem Geburtstag einkaufen zu gehen. Was an diesem Tag geschah, veränderte alles.

Es war ein Donnerstagabend. Donnerstags sind die Geschäfte im West End länger geöffnet. Wir verließen beide unsere Büros um fünf, trafen uns an der vereinbarten Stelle und schlenderten gemeinsam über die Bond Street. Ich hätte niemals daran gedacht, daß wir uns schon wieder streiten würden, obwohl wir in letzter Zeit kaum etwas anderes taten. Es begann damit, daß ich unsere Flitterwochen erwähnte. Wir gingen gerade Arm in Arm an den Schaufenstern von *Asprey's* vorbei. Da wir unser Haus nicht vor Mitte Januar beziehen konnten, schlug ich vor, noch einmal für zwei Wochen in *Simla House* zu wohnen. Wir würden ohnehin Weihnachten dort verbringen.

»Ich dachte, es sei klar, daß wir in ein Hotel ziehen«, entgegnete Moira.

»Findest du nicht, daß das eine ziemliche Geldverschwendung wäre?«

»Ich finde«, antwortete sie mit grimmiger Stimme, »wir sollten es nicht wagen, das Geld dafür zu sparen.« Und dann zog sie ihren Arm zurück.

Ich fragte sie, was um alles in der Welt sie damit meinte.

»Wenn du erst wieder bei deiner Mutter bist, wirst du nie von dort fortziehen.«

Ich strafte diese Bemerkung mit der Verachtung, die sie verdiente, und sagte nichts. Schweigend gingen wir weiter. Dann fing Moira an, mit monotoner Stimme auf mich einzureden. Sie gebrauchte Ausdrücke aus irgendeinem psychologischen Ratgeber, die ich glücklicherweise von Dr. Vernon-Peak nie gehört habe. Wir überquerten die Straße und betraten den Laden von *Selfridge's*. Moira hielt sich noch immer dran, sie redete von Ödipuskomplex und solchen Unfug, und sie wolle endlich einen Mann aus mir machen.

»Sprich nicht so laut«, bat ich sie. »Jeder kann dir zuhören.«

Sie schrie mich an, ich solle den Mund halten, sie würde sagen, was ihr paßte. Nun, sie hatte mich wiederholt aufgefordert, mich wie ein Mann zu benehmen und mich durchzusetzen, also tat ich genau dies. Ich ging zu einer der Theken, stellte ihr einen Scheck aus über eine Summe, die, wie ich zugeben muß, beträchtlich höher war als geplant, drückte ihr den Scheck in die Hand und ließ sie einfach stehen.

Eine Weile war ich ganz zufrieden, doch auf dem Heimweg überfiel mich ein tiefes Gefühl der Niedergeschlagenheit. Ich hätte Mutter gern alles erzählt, aber Mutter würde nicht zu Hause sein, denn sie war auf ihrem Bridge-Abend. Also flüchtete ich mich zu meiner anderen Trostquelle, in mein Wolfsfell. Das Telefon klingelte mehrmals, als ich durch die Räume jagte, aber ich hob nicht ab. Ich wußte, es war Moira. Ich lag gerade auf dem Fußboden, hielt Großvaters ausgestopften Adler zwischen den Pfoten und hatte meine Zähne in seinen Nacken gegraben, als Mutter hereinkam.

Der Bridge-Abend war früher zu Ende gewesen. Eine der anderen Frauen war plötzlich krank geworden und mußte ins Krankenhaus. Ich war viel zu sehr in mich selbst vertieft, um das Licht zu sehen oder die Tür zu hören. Dann stand sie da in ihrem alten Pelzmantel und sah mich an. Ich ließ den Adler fallen und senkte den Kopf — ich wäre am liebsten gestorben, so sehr schämte ich mich. Doch wie falsch hatte ich meine Mutter eingeschätzt. Meine liebe, teure Gefährtin, meine einzige Freundin. Oder soll ich sagen mein zweites Ich?

Sie lächelte. Ich konnte es kaum glauben, aber sie lächelte. Sie lächelte ein wundervolles, verschwörerisches Lächeln. »Hallo, mein Wölfchen«, sagte sie. »Bist du jetzt vollkommen belemmert?«

Im nächsten Moment kniete sie in ihrem Pelzmantel neben mir, und gemeinsam spielten wir mit dem Adler, kämpften gegen den Bären, griffen die Antilope an. Gemeinsam sprangen wir in die

Diele, um die schlafenden Tiger zu attackieren. Mutter lachte und lachte (und knurrte) und sagte immer wieder: »Welch ein Spaß, welch ein Spaß!« Ich glaube, dann haben wir uns umarmt.

Als ich am nächsten Tag nach Hause kam, wartete sie schon auf mich, verkleidet und bereit für unser Spiel. Sie hatte sich ebenfalls ein Tierkostüm genäht, an dem sie den ganzen Tag gearbeitet haben mußte. Es bestand aus dem Schneeleopardenfell und noch einem Stück weißem Fell. Ich konnte ihre Augen durch den Schlitz in der Kehle fröhlich funkeln sehen.

»Du kannst die gar nicht vorstellen, wie sehr ich mich danach gesehnt habe, endlich wieder ein Tier zu sein«, gestand sie. »Ich habe mich oft als Tier verkleidet, als du noch klein warst. Erst war ich lange Zeit ein Hund und danach ein Bär, doch dann kam dein Vater dahinter und war gar nicht einverstanden. Ich mußte damit aufhören.«

Das war es also, woran ich mich so schwach erinnerte. Ich sagte, sie sähe aus wie die Königin der Tiere.

»Wirklich, mein Wölfchen?«

Wir verbrachten ein wunderbares Wochenende, Mutter und ich. Als Wolf und Leopard frühstückten wir zusammen, dann begann unser Spiel. Wir tobten durch das ganze Haus. Manchmal kämpften wir, manchmal tanzten wir, und natürlich gingen wir auf die Jagd und trugen die Beute anschließend in unsere Höhlen, die wir uns zwischen den Möbeln eingerichtet hatten. Wir stiegen ins Auto, fuhren aufs Land hinaus, und in irgendeinem Wald zogen wir unsere Felle über und streunten viele glückliche Stunden lang durch das Unterholz.

An diesen beiden Tagen gab es keinen Grund, wieder Mensch zu werden, doch am Montag mußte ich morgens ins Büro, und dienstags hatte ich Probe. Unsanft wurde ich wieder auf den Boden der Tatsachen gebracht – das, was wir die Realität nennen. Aber es hatte auch seine amüsanten Seiten. Im Zug trat mir eine Frau auf den Fuß, und ich knurrte sie zunächst an, ehe ich mich besann und zu husten anfing.

Das ganze Wochenende hatten wir uns nicht darum gekümmert, wenn das Telefon klingelte. Im Büro ging das leider nicht, und dort erwischte mich Moira schließlich. Unsere Hochzeit erschien mir inzwischen völlig abwegig, ja grotesk, es war etwas, das andere taten, aber ich doch nicht. Tiere heiraten nicht. Aber das konnte ich Moira unmöglich so sagen. Ich versprach, sie anzurufen, und erklärte ihr, daß wir uns vor dem Wochenende sehen würden.

Ich vermute, sie kündigte daraufhin an, daß sie mich Donnerstag abend besuchen würde, um mir zu zeigen, was sie sich von meinem Scheck gekauft hatte. Sie wußte, daß Mutter donnerstags nicht zu Hause war. Ich vermute, Moira erzählte mir das alles, aber ich begriff es nicht.

Denn für mich war nichts mehr wichtig außer den Tierspielen mit Mutter – Wölfchen und die Königin der Tiere.

Jeden Abend, sobald ich nach Hause kam, bereiteten wir uns auf unser abendliches Vergnügen vor. Wie harmlos alles war! Wie unschuldig! Wir fühlten uns wie die ersten Geschöpfe kurz nach Entstehung der Erde. Wie im Paradies, nachdem Adam und Eva daraus vertrieben worden waren.

Die Frau, die damals an dem Bridge-Abend erkrankt war, war inzwischen gestorben, deshalb fiel das Treffen in dieser Woche aus. Ob Mutter trotzdem ausgehen würde? Wahrscheinlich nicht. Unser allabendliches Vergnügen bedeutete ihr ebensoviel wie mir, vielleicht noch mehr, weil sie es so lange hatte entbehren müssen.

Wir saßen am Tisch und aßen zu Abend. Ich weiß noch, daß Mutter Lammkoteletts gebraten hatte, damit wir anschließend die Knochen abnagen konnten. Wir haben sie nie gegessen, und ich habe mich oft gefragt, was wohl daraus geworden ist. Wir begannen mit der Suppe. Am Ende des Tischs lag das Brot auf einem Brett, daneben ein langes scharfes Messer.

Wenn Moira kam und wußte, daß ich allein war, kam sie meist durch die Hintertür. Wir hörten sie nicht, keiner von uns hörte sie, obwohl ich mich noch daran erinnere, daß Mutter ihren stolzen Kopf leicht hob, die Fänge entblößte und die Ohren aufstellte. Dann öffnete Moira die Tür zum Eßzimmer. Ich sehe sie noch da stehen, sehe noch, wie das selbstzufriedene Lächeln auf ihren Lippen erstarb und sie zu schreien begann. Sie trug das, was vermutlich mein Geschenk war: einen langen weißen Lammfellmantel.

Und dann? Genau das ist es, was Dr. Vernon-Peak gern erfahren würde, woran ich mich aber nicht mehr erinnern kann. Ich weiß nur noch, daß ich das Brotmesser in der Pfote hielt, als die Tür aufging. Ich weiß auch noch, daß ich tief knurrte und mich auf den Sprung vorbereitete. Doch was geschah dann?

Das letzte, woran ich mich erinnere, ehe sie mich hierher brachten, war das Blut auf meinem Fell und die beiden wilden Raubtiere, die auf dem Boden über dem Körper des Lamms kauerten.

Deutsch von Barbara Orth

Das Plateau

Clark Howard

Tank Sherman fühlte, wie die Hand seiner Tochter ihn sanft rüttelte. »Tank. Tank, wach auf. Bruno ist tot.«

Tank richtete sich auf und nahm die Füße von der Pritsche, auf der er, bis auf die Stiefel voll bekleidet, ein Nickerchen gehalten hatte. Bruno? Bruno sollte tot sein?

»Du meinst Hannah«, sagte er und griff automatisch nach seinen Stiefeln.

»Nein, Tank, ich meine Bruno. Hannah lebt. Bruno ist gestorben.«

Tank runzelte die Stirn. Damit hatte er nun wirklich nicht gerechnet. Er zwängte zuerst den einen, dann den anderen Fuß in die schwarzen Atlas-Stiefel mit den hohen Absätzen. Er besaß diese Stiefel nun schon seit achtzehn Jahren, ihr Leder war so weich wie das von Handschuhen. Nachdem er sie angezogen hate, saß er da und starrte verwirrt auf den Boden. Bruno war tot? Wie hatte das passieren können? Man hatte doch angenommen, Bruno würde Hannah überleben. Bruno war jung, und Hannah war alt. Und um Bruno hatte sich die ganze Lotterie gedreht.

»Was ist passiert?« fragte er Delia, seine Tochter.

»Ich weiß es nicht. Doc Lewis untersucht ihn gerade.« Sie ging quer durch den kleinen Raum zum Ofen und schaltete den Brenner unter der Kaffeekanne ein. Nachdem sie Wasser für eine Tasse hineingegossen hatte, gab sie einen Schuß Brandy dazu. »Was meinst du, wird die Jagd jetzt trotzdem noch stattfinden? Da es jetzt um Hannah geht und nicht mehr um Bruno?«

»Nein«, sagte Tank mit Nachdruck, »das können sie nicht tun. Hannah ist zu alt. Das wäre keine Jagd mehr, das wäre ein Scheibenschießen.«

Als der Kaffee fertig war, schüttete sie ihn zusammen mit dem Brandy in eine Tasse und brachte sie Tank. Während er daran nippte, studierte er seine Tochter. Sie hatte das dunkle Haar ihrer Mutter: dick und schwarz wie die Flügel einer Krähe. Und die hohen Backenknochen des Stammes ihrer Mutter, der Schoschonen. Ihre helle Hautfarbe und die blauen Augen hatte sie von ihm. In ihrem ganzen Leben hatte sie ihn immer nur ›Tank‹ genannt, nie ›Daddy‹. Sie war neunzehn Jahre alt, und ihr Körper war rund und kräftig. Sie lebte in einem Wohnwagen am Ende der Straße und verdiente sich durch illegale Blackjack-Spiele hinter Custer's Last Stand-Restaurant ihren Lebensunterhalt. Tank wohnte immer noch in der Hütte, in der Delia geboren worden war. Er lebte seit einem Jahr allein, seit Delia ausgezogen war, und er war seit sechs Jahren alleinstehend, seit ihre Mutter an einer Knochenkrankheit gestorben war.

»Gehst du hinunter zum Ausstellungsgelände?« fragte Delia.

»In einer Minute.« Er hielt die Kaffeetasse mit beiden Händen, so als wolle er sich die Handflächen wärmen, und lächelte seine Tochter an. »Erinnerst du dich, wie deine Mam getobt hat, als sie dich dabei erwischte, wie du meinen Kaffee mit Brandy versetzt hast?«

»Ja.« Delia lächelte zurück.

»Sie wollte immer, daß ich etwas aus mir mache, deine Mam. Sie wollte immer, daß ich etwas Bedeutendes leiste. Aber ich glaube, man kann das nicht voraussagen. Wenn Hannah zuerst gestorben wäre, wie wir es alle angenommen hatten, hätte ich zum ersten Mal in meinem Leben etwas Wichtiges tun können. Zumindest wäre es wichtig für deine Mutter gewesen. Und für Bruno. Aber Bruno ist nun unerwartet als erster gestorben, und so bleibt für mich nichts Bedeutendes mehr übrig, was ich leisten könnte. Wenn deine Mutter noch leben würde, würde sie bei ihrem Medizinbeutel schwören, daß ich das so arrangiert habe.«

Tank schüttelte ironisch lächelnd den Kopf und nahm einen großen Schluck aus der Tasse. Mit seinen fünfzig Jahren war er ein drahtiger Mann, der sich gut gehalten hatte und nicht ein Gramm Fett zuviel aufwies. Sein Gesicht war gezeichnet von den Spuren von Hunderten Faustschlägen. Vor zwanzig Jahren war er als Mitglied einer herumziehenden Boxer-Show, die Kämpfe zwischen Weißen und Indianern veranstaltete, in die Stadt gekommen. Er hieß eigentlich Dan Sherman, aber man nannte ihn ›Tank‹, weil er so hart und zäh war. Tank Sherman, nach dem Sherman-Tank. Ein Mann wie ein Fels. Er konnte Schläge einstecken wie Jack LaMotte. Doch eines Tages waren es auch für ihn zuviel. In einer kleinen Stadt in Montana schlug ihn ein Cheyenne, der die Weißen haßte, zu Brei, und als die Truppe weiterzog, nahm sie den Cheyenne mit und ließ Tank zurück. Delias Mutter entdeckte ihn, wie er hinter einer Imbißbude hockte und Kekse und Wiener Würstchen zu essen versuchte, die er sich mit seinem letzten Geld gekauft hatte. Seine Lippen waren so stark geschwollen, daß er kaum kauen konnte, und seine Augen waren so stark zu Schlitzen verengt, daß er kaum noch hindurchsehen konnte. Delias Mutter nahm ihn mit zu sich nach Hause. Und dann trennten sie sich nie mehr. Delia war ihr einziges Kind.

»Dann laß uns jetzt zum Ausstellungsgelände runtergehen«, sagte Tank, als er seinen Kaffee ausgetrunken hatte.

Seine Hütte stand auf einem kleinen Hang, und als sie den Weg hinuntergingen, sahen sie schon, wie sich einige Leute um den Korral auf dem Ausstellungsgelände versammelten. Das Ausstellungsgelände beherbergte neben dem Korral noch eine kleine Scheune, auf der eine knallig rote Leuchtreklame verkündete: *Die letzten beiden lebenden Büffel – Eintritt ein Dollar.* Die Touristen kauften ihe Tickets, stellten sich um den Korral herum auf, dann öffnete sich das Scheunentor, und Bruno und Hannah wurden zur Besichtigung herausgeführt. Sie waren die beiden letzten überlebenden Büffel Nordamerikas.

Jetzt gab es nur noch einen. Der alte Doc Lewis, der Veterinär vom nahegelegenen Crow-Reservat, hatte gerade die Untersuchung von Bruno abgeschlossen, als Tank und Delia sich durch die Menge ihren Weg zu ihm bahnten.

»Was hat ihn umgebracht, Doc?« fragte Tank und schaute auf das massige Tier, das auf dem Boden ausgebreitet lag.

»Ein Hirnschlag«, sagte der Tierarzt und schüttelte den Staub von seinen Knien. »Er hat zuviel Gewicht mit sich herumgeschleppt. Muß mehr als zweitausend Pfund gewogen haben.«

Tank nickte. »Durch das Herumlaufen im Korral konnte er nicht viel Fett loswerden«, sagte er.

Doc Lewis schrieb etwas in sein Notizbuch. »Wie alt war er, wissen Sie das?«

»Neun Jahre«, antwortete Tank. »Meine Frau hat mir bei seiner Entbindung geholfen.« In sein vernarbtes Boxergesicht trat Trauer, als er bemerkte, wie seine Tochter die Arme ausstreckte und den massigen Schädel des Büffels streichelte. Dann schaute er in die Ecke des Korrals und sah Hannah, die ruhig dastand und die Szene beobachtete. Hannah war im Unterschied zu Bruno, der ein junger Bulle gewesen war, eine Kuh und schon wesentlich älter, mindestens dreißig Jahre alt. Sie hatte ein dünneres, helleres Fell als die meisten Büffel, und eine dreieckige Fläche auf ihren Schultern war fast blond, was darauf hindeutete, daß es unter ihren Vorfahren einmal einen weißen Büffel gegeben hatte. Sie war viel kleiner als Bruno, erreichte nur eine Schulterhöhe von gut eineinhalb Metern und wog etwas mehr als siebenhundert Pfund.

»Ich schätze, damit ist die große Jagd abgeblasen, nicht, Doc?« fragte Tank. Es war dieselbe Frage, die Delia ihm gestellt hatte, und Doc gab auch dieselbe Antwort.

»Natürlich. Das hätte nichts mehr mit Sport zu tun, Hannah zur Strecke zu bringen. Sie ist viel zu alt.«

Alle drei gingen zu Hannah hinüber, und wie von einem unwiderstehlichen Zwang getrieben, streichelten sie sie alle gleichzeitig. »So, altes Mädchen«, sagte Doc, »du wirst in die Geschichtsbücher eingehen. Als letzter nordamerikanischer Büffel.«

»Vielleicht kommt sie auf eine Briefmarke«, meinte Delia.

»Vielleicht«, stimmte Doc zu. »Es gab den Büffel schon mal auf einem Fünfcentstück, aber das war vor eurer Zeit.«

Von der Scheune kam eine hübsche junge Frau in der braunen Uniform, die die Aufseher des Naturschutzparks trugen, zu ihnen herüber. Sie war weiß, gebildet und selbstsicher, all das, was Delia nicht war. »Hallo, Dr. Lewis — Mr. Sherman«, sagte sie. »Hallo Delia.« Sie legte eine Leine an das Halsband, das Hannah trug. »Ich habe gerade einen Anruf von der Zentrale erhalten. Ich soll die Ausstellung schließen und Hannahs Hufe schneiden. Ist das nicht aufregend?«

Doc und Tank tauschten überraschte Blicke. »Was ist aufregend?« fragte Doc zögernd. Doch instinktiv wußten er und Tank schon, wie die Antwort lauten würde.

»Die Jagd natürlich. Oh, ich weiß natürlich, daß es jetzt nicht mehr das gleiche ist, wie wenn Bruno der Gejagte gewesen wäre. Aber es ist immer noch die letzte Büffeljagd, die stattfinden wird. Hier wird Geschichte geschrieben.«

»Das ist barbarisch«, sagte Doc aufgebracht.

»Sie meinen, die Jagd findet wirklich statt?« fragte Tank. »Und Hannah soll die Beute sein?«

»Natürlich.« Sie zuckte mit ihren hübschen Schultern. »Ich meine, was sollte man denn sonst tun? Die Tickets sind verkauft, die Lotterie hat stattgefunden. Und Sie erwarten doch nicht, daß der Staat wortbrüchig wird?«

»Nein«, sagte Delia. »Wirklich nicht. Niemals. Nicht der Staat.«

»Also so sieht's aus«, fuhr die junge Aufseherin fort, die den Sarkasmus in Delias Worten überhaupt nicht begriff. »Aber sie haben sie Regeln doch leicht geändert, damit das Ganze etwas fairer wird. Bruno sollte nur zwölf Stunden Vorsprung erhalten, wie ihr euch erinnern werdet. Nun, Hannah erhält volle *vierundzwanzig Stunden.*« Sie lächelte und freute sich offensichtlich über dieses Zugeständnis.

Doc Lewis drehte sich um und ging angewidert weg. Tank und Delia taten es ihm nach. Als sie den Weg zu Tanks Hütte hinaufgingen, sagte Delia: »Jetzt bekommst du vielleicht doch noch deine Chance, etwas Wichtiges zu leisten.«

Tank, der an seine tote Frau dachte, nickte: »Sieht ganz so aus . . .«

Als sich immer klarer abgezeichnet hatte, daß die Prärie-Büffel bald aussterben würden, als es absolut sicher war, daß keine jungen Kälber mehr auf die Welt kommen würden, weil die übriggebliebenen Kühe zu alt für eine Befruchtung waren, hatte der Staat sofort zweierlei unternommen: Er hatte die verbliebenen Vertreter der Gattung zusammengetrieben und eingepfercht und eine Gebühr für ihre Besichtigung erhoben, und er hatte eine landesweite Lotterie veranstaltet, bei der dem Gewinner die Chance winkte, den letzten amerikanischen Büffel zu jagen und sich seinen Kopf und sein Fell zu sichern.

Beide Maßnahmen erwiesen sich als äußerst erfolgreich. Die Konzession für die Ausstellung der ›Letzten Amerikanischen Büffel‹ vergab der Staat an die Behörde, die für die Naturschutzparks zuständig war. Die Ausstellung, die neun Monate im Jahre geöffnet war und von Parkaufsehern geleitet wurde, verursachte nur sehr geringe Kosten und entwickelte sich zur profitabelsten Touristenattraktion im Bundesstaat. Rund um den Korral wurden Münzautomaten aufgestellt, aus denen die Besucher für einen Vierteldollar vorgefertigtes Futter ziehen konnten, das sie dann den Büffeln über den Zaun zum Fressen hineinwerfen konnten. So wie man Affen im Käfig Erdnüsse zuwirft. Der Unterschied war nur, daß die Büffel sich weigerten, Kunststückchen vorzuführen. Obwohl man am Anfang beträchtliche Anstrengungen unternommen hatte und sogar Peitschen eingesetzt hatte, verharrten die Büffel in stoischer Ruhe und widersetzten sich jedem Versuch, sie zu dressieren. Schließlich mußten sich die Parkaufseher damit begnügen, ihre Schutzbefohlenen an der Leine in den Korral hinauszuführen, wo sie dann herumstanden, während Kinder sie mit synthetischem Futter bewarfen. Dennoch war diese Büffel-Show eine große Attraktion.

So gewinnträchtig diese Ausstellung auch war, ihr Ertrag war gering, verglichen mit den Einnahmen aus der Lotterie. Nach einem Spielplan, der von einem findigen Beamten des Finanzministeriums ausgetüftelt worden war, wurden im gesamten Bundesstaat und per Post auch landesweit insgesamt zwei Millionen numerierte Lose verkauft, zu fünf Dollar das Stück. Der Vorrat an Losen war innerhalb eines Monats aufgebraucht, und der Staat hatte so auf die Schnelle zehn Millionen Dollar eingenommen. Sogar Leute, die mit dieser Jagd überhaupt nichts anfangen konnten, kauften Lose aus Spekulationsgründen. Noch bevor die Ziehung stattfand, tauchten schon Anzeigen auf, in denen Leute sich erboten, den Gewinnern ihre Lose abzukaufen.

Bei der Ziehung entfielen die Treffer auf Losnummern, die sich aus der Anzahl der an bestimmten, vorher festgelegten Tagen an der New Yorker Börse gehandelten Aktien ergaben. Die drei glücklichen Gewinner waren ein Klavierstimmer aus Boston, ein Kellner aus Memphis und ein Farmarbeiter aus Nevada. Der Klavierstimmer verkaufte sein Gewinnlos für zehntausend Dollar an Gregory Kingston, den Schauspieler. Der Kellner verkaufte das seine für achttausendfünfhundert Dollar an den Bestseller-Autor Harmon Langford. Lester Ash, der Farmarbeiter, behielt sein Los in der Erwartung, daß Kopf und Fell des Büffels später viel mehr wert sein würden als jetzt dieses Ticket. Er zählte darauf, daß er ein besserer Jäger und Schütze sein würde als der Schauspieler und der Autor.

Zwei Stunden nach dem vorzeitigen Tod von Bruno wurden die drei registrierten Besitzer der Gewinn-Lose aufgefordert, ihren Anspruch geltend zu machen. Hannah, der letzte überlebende Büffel, sollte am Freitag mittag achtzig Kilometer weit draußen in der Prärie ausgesetzt werden.

Ab Samstag mittag sollten die drei Lotteriegewinner dann die Jagd auf ihn eröffnen.

Donnerstag um Mitternacht war Tank Sherman startbereit. An seinen Kleinlaster hatte er einen Pferdetransporter angehängt, aus dem er die Trennwand herausgenommen hatte, um eine einzige große Ladefläche zu schaffen.

Nachdem sie ihr Gefährt einige hundert Meter hinter dem Korral abgestellt hatten, schlichen sich Tank und Delia zu der Scheune, knackten das Vorhängeschloß mit einer Zange und führten Hannah heraus. Die alte Büffelkuh war so zahm wie ein Hauskaninchen und machte überhaupt keinen Lärm, als Delia ihr frisches Gras zu fressen gab und Tank ihr ein Halfter über den Kopf stülpte.

Nachdem sie das Tier auf den Anhänger verfrachtet und die Tür geschlossen hatten, reichte Tank Delia einen Briefumschlag. »Hier ist die Übertragungsurkunde für die Hütte und das Grundstück. Und das Sparbuch deiner Mutter. Sie hatte sechshundertvierzig Dollar gespart, als sie starb; du solltest das Geld zum einundzwanzigsten Geburtstag bekommen. Ja, und die Eigentumsurkunde für das Fahrzeug ist auch drin, falls nötig. Ich schätze, das wäre momentan alles.«

Delia nahm eine Papiertüte und eine Thermoskanne aus ihrem Jeep. »Belegte Brote«, sagte sie. »Und Kaffee. Mit, äh . . .«

»Schon gut.« Er legte die Tüte und die Kanne auf den Autositz und schniefte einmal, so als ob er sich erkältet hätte. »Hör zu, paß auf dich auf, meine Kleine«, sagte er abrupt und machte Anstalten, in den Wagen zu steigen. Dann drehte er sich noch einmal um. »Delia, ich weiß, ich habe nie einen Preis als ›Vater des Jahres‹ gewonnen, ich habe dir nicht mehr als diese Hütte zum Leben bieten können, ich habe dich nicht aufs College geschickt oder sonstwohin, aber das hat nichts damit zu tun, daß ich mir nichts aus dir gemacht hätte. Verstehst du mich?«

»Aber sicher«, sagte Delia. »Du hast mich immerhin gelehrt, wann man beim Pokern passen muß. Und wie man einen platten Autoreifen wechselt. Und wie man ein Eichhörnchen dazu bringt, daß es einem aus der Hand frißt. Viele Mädchen lernen so etwas überhaupt nie.« Ihre Stimme konnte sie noch mühsam unter Kontrolle halten, aber nicht ihre Tränen. Doch sie wußte, daß Tank in der Dunkelheit ihre Tränen nicht sehen konnte.

»Okay«, sagte er. »Dann mach' ich mich mal auf den Weg.«

Er schloß behutsam die Tür seines Lasters, startete leise den Motor und fuhr ohne Licht davon.

Delia blieb zurück, winkte ihm in der Dunkelheit nach und sagte: »Auf Wiedersehen — Daddy.«

Als er den Highway erreichte, die Beleuchtung einschaltete und sein Tempo beschleunigte, dachte Tank: *Okay, Rose, das tue ich jetzt für dich, meine Liebe.*

Rose war seine verstorbene Ehefrau; die Frau, die von ihm immer verlangt hatte, einmal etwas Bedeutendes zu leisten. Ihr Schoschonen-Name lautete Primrose; ihr Vater hatte sie so genannt, weil sie Anfang Juli geboren worden war, als diese Blumen gerade blühten. Als sie dann später in die Stadt zog und am Leben der Weißen teilnahm, verkürzte sie ihren Namen zu Rose.

Tank hatte Rose immer als schöne Frau in Erinnerung, aber sie war nicht schön gewesen, nicht einmal hübsch. Ihr Gesicht war sehr eben, ihre Augen standen zu nahe beisammen, ihre Nase war zu lang, und eine Wange war von Pockennarben übersät. Nur ihr Haar, das wie polierter Onyx schimmerte, konnte wirklich als schön bezeichnet werden. Aber Tank sah viel mehr als nur ihre äußere Erscheinung. Er sah ihre Hoffnungen und Träume, ihren Stolz, ihre Nacktheit, wenn sie sich liebten, ihre verborgene Freude. Er sah alles an ihr und in ihr, und all dies zusammen machte sie für ihn zu einer Schönheit.

Drei Monate, nachdem sie ihn bei sich aufgenommen hatte, nachdem sie ihm geholfen hatte, sich von den Prügeln, die er bezogen hatte, wieder zu erholen, zeigte sie ihm zum ersten Mal die Büffel. An einem ihrer freien Tage standen sie früh am Morgen auf und fuhren in ihrem alten Jeep ungefähr fünfzig Kilometer weit in die Prärie hinaus. Auf einer isoliert liegenden Wiese entdeckten sie eine kleine Herde: drei Bullen, eine Kuh und sechs Kälber. Sie waren die Vorläufer der letzten Büffel-Wanderung, als der Strom der Touristen anfing, sie aus dem Norden und Westen der Black Hills zu vertreiben.

»Schau, wie edel sie aussehen«, sagte Rose. »Wie würdevoll sie dastehen und uns beobachten.« Ihre Augen füllten sich mit Tränen, und sie fügte hinzu: »Sie beobachten den Untergang ihrer Welt.«

Früher hatte es, so erklärte ihm Rose, sechzig *Millionen* Prärie-Büffel gegeben. Die Herden in den Northern Plains waren die größte Ansammlung großer Landtiere gewesen, die jemals bekannt geworden war. Den Prärie-Indianern hatten die riesigen Büffelherden als ökonomische Grundlage gedient. Allein diese eine Tierart versorgte ein ganzes Volk mit Nahrung und Kleidung, bot ihm Schutz und lieferte ihm Medizin — das einzige Mal in der Geschichte, daß ein derartiges natürliches Gleichgewicht zwischen Mensch und Tier bestand.

»Dann kamen die Weißen«, sagte Rose. »Zuerst töteten sie die Büffel, um sich Fleisch und Felle zu beschaffen, wie es auch unser Volk tat. Das konnte man akzeptieren, denn die Herden waren riesig. Später töteten sie die Tiere wegen der Felle und ließen die Kadaver in der Sonne verrotten. Sogar das wäre noch hinzunehmen gewesen, wenngleich es würdelos war. Aber dann fingen sie an, die Büffel aus einem Grund zu töten, den sie ›Sport‹ nannten. Spaß. Erholung.

Anfangs brachten sie die Büffel zu Zehntausenden um. Ein Schlächter namens Cody, den sie später ›Buffalo Bill‹ nannten, behauptete, er habe in einem Zeitraum von siebzehn Monaten persönlich zweiundvierzigtausend Büffel abgeschossen. Bald wurden die Tiere zu Hunderttausenden mutwillig abgeschlachtet. Heute sind nur noch ein paar Hundert übrig. Die meisten davon leben in den Black Hills. Aber langsam wandern sie auch wieder hierher zurück.«

»Warum?« fragte Tank fasziniert.

»Sie wissen, daß sie ihrem Ende entgegengehen. Eine Gattung fühlt, wenn ihre Zeit abläuft. Jahr für Jahr sehen sie weniger Kälber, die Herden werden immer kleiner. Und so machen sie sich auf die Suche nach einem Platz, an dem sie ihr Dasein beenden können. Sie suchen saftige Weiden, die noch nicht von Menschen verdorben sind. Einen Platz, um in Würde zu sterben.«

All die Jahre hatte Tank mit der Schoschonen-Frau Rose gelebt, die die Büffel geliebt und ihr Verschwinden betrauert hatte. So sehr Tank sie auch nach ihrem Tod vermißt hatte, er war froh, daß sie nicht hatte miterleben müssen, wie Bruno und Hannah, die beiden letzten Vertreter der Gattung, eingepfercht und vorgeführt wurden — oder wie eine Lotterie abgehalten wurde, deren Gewinnprämie darin bestand, die letzten Überlebenden jagen zu dürfen.

Das hier tue ich für dich, meine Liebe, dachte er, als er mit Hannah hinten im Pferdeanhänger südostwärts fuhr. Er hatte ungefähr fünf Stunden Vorsprung. Und ungefähr vierhundert Kilometer. Das konnte vielleicht reichen.

Oder vielleicht auch nicht.

Es war zwei Stunden nach Sonnenuntergang. Ein großer, gutaussehender Mann rannte in dem Korral auf dem Ausstellungsgelände fuchsteufelswild hin und her.

»Was zum Teufel soll das heißen, *verschwunden*? Wie kann etwas, das so groß ist wie ein Büffel, einfach *verschwinden*?« Der Mann hieß George Kingston. Ein Schauspieler, der schon viele Filmpreise gewonnen hatte. Aber jetzt schauspielerte er nicht, er war wirklich wütend.

»Der Staat hat uns diese Jagd versprochen«, sagte ein zweiter Mann. Er war kleiner, rundlicher, nicht so gutaussehend, aber er konnte sich besser beherrschen. Das war Harmon Langford, der international bekannte Bestseller-Autor. Ebenso wie Kingston trug er teure Jagdkleidung und hatte ein schönes, handgefertigtes, graviertes ausländisches Gewehr bei sich. »Wer ist hier verantwortlich?« fragte er ruhig.

Ein dritter Mann, Lester Ash, der Farmarbeiter aus Nevada, hielt sich etwas im Hintergrund, sagte nichts, beobachtete aber das Geschehen. Er trug Arbeitskleidung: groben Jeansstoff und rauhes Leder.

»Meine Herren«, versuchte ein Vertreter der Behörde zu beschwichtigen, »bitte glauben Sie mir, daß wir dieser Sache so schnell wie möglich auf den Grund gehen werden. Bis jetzt wissen wir nur, daß eine Person oder einige Personen Hannah offensichtlich während der Nacht entführt haben. Die Polizeistreifen auf den Highways sind informiert, und im gesamten Bundesstaat beginnt in diesen Augenblicken eine Suchaktion...«

»Warum, verdammt noch mal, sollte irgend jemand einen *Büffel* entführen?« wollte Kingston lautstark wissen und fuchtelte mit den Armen in der Luft herum. Jetzt schauspielerte er doch.

»Kommen Sie, Kingston«, warf Harmon Langford ein, »wir reden hier nicht über *irgendeinen* Büffel, wir reden über *diesen* Büffel. Es gibt da ja auch Leute« − er schaute zu Lester Ash −, »die nicht wie wir aus sportlichen Gründen an dem Tier interessiert sind, sondern um daraus Profit zu schlagen.« Lester Ash grinste, sagte aber nichts. Langford fuhr fort: »Jedenfalls haben wir keine Zeit, uns über das *Warum* Gedanken zu machen, wir müssen uns auf das *Wo* konzentrieren. *Wo* steckt unser großer, zottelhaariger Preis? Und wie kommen wir zu ihm?«

Der Mann von der Naturschutz-Behörde sagte: »Wir werden bald etwas von den Polizeistreifen hören. Jede Straße im Bundesstaat wird überwacht.«

»Was sollen wir jetzt tun?« fragte Kingston und blickte zu Langford.

»Wir müssen Vorbereitungen treffen, um so schnell wie möglich zu dem Tier zu gelangen, sobald es ausfindig gemacht ist«, stellte der Autor fest. »Bevor irgendein Unbefugter auf es schießt. Es gibt überall im Land Möchtegern-Cowboys. Diese Typen, die kleine

Transporter fahren, das Gewehr unterm Sitz haben und ausgewaschene Jeans tragen. Ich bin mir sicher, es gibt darunter einige, die gerne berühmt werden wollen als der Mann, der den letzten Büffel zur Strecke gebracht hat.«

»So wie Sie, meinen Sie?« fragte Lester Ash, der damit zum ersten Mal etwas sagte.

Über Langfords Lippen huschte ein Grinsen. »Ja«, gab er zu. Dann setzte er hinzu: »Und wie Sie.« Beide schlossen kurz die Augen in einem Moment gegenseitigen Einverständnisses, und dann sagte Langford: »Was wir brauchen, ist ein schnelles, flexibles Transportmittel.« Er wandte sich an den Mann von der Parkbehörde. »Wie weit ist der nächste Helikopter-Service entfernt?«

»Achtzig Kilometer.«

»Ich schlage vor, wir brechen sofort auf. Wenn wir einen Helikopter zur Verfügung haben, sobald der Büffel entdeckt ist, können wir uns sofort dorthin auf den Weg machen. Ich nehme an, der Staat hat dagegen nichts einzuwenden?«

Der Vertreter der Parkbehörde zuckte mit den Schultern. »Nicht, solange sie alle drei gleiche Startchancen haben. Und sofern Sie nicht aus der Luft auf ihn schießen.«

»Natürlich nicht. Wir sind doch schließlich keine Barbaren.« Er schaute zu Kingston und Lester Ash. »Sind wir uns einig?«

»Einverstanden«, sagte der Schauspieler.

»Dann los«, sagte Ash.

Drei Stunden zuvor hatte Tank seinen Wagen und den Anhänger in einem Ulmenwäldchen abgestellt und war zu Fuß tiefer in den Wald hineingegangen, wo die Hütte von Otter stand. Es war immer noch dunkel — die magische Stunde vor dem Einsetzen der Morgendämmerung. Er klopfte sachte an Otters Tür.

»Wer wagt es, diesen schwachen alten Mann zu so einer Stunde zu stören?« fragte eine Stimme von drinnen. »Ist es jemand, der Übles im Sinn hat, der meine Hilflosigkeit ausnutzen will?«

»Otter, ich bin's, Sherman«, sagte Tank. »Der Mann deiner Tochter, bevor sie starb.«

»Was willst du?« fragte Otter. »Ich bin mittellos und kann dir nichts bieten. Ich habe weder Geld noch andere Wertgegenstände. Ich lebe nur noch von einem Tag auf den anderen. Warum bist zu zu mir gekommen?«

»Wegen deiner Weisheit, Otter. Wegen deiner Worte.«

»Diese kann ich dir vielleicht schenken, obwohl ich vor Hunger schon so schwach bin, daß jeder Atemzug mein letzter sein kann. Wie viele andere Leute hast du mitgebracht?«

Tank lächelte in der Dunkelheit. »Ich bin allein, Otter.« Vielleicht würde der alte Schurke jetzt mit dem Theaterspielen aufhören.

»Du kannst hereinkommen«, sagte Otter. »Es sind Kerzen bei der Tür.«

Nachdem er eingetreten war, zündete Tank eine Kerze an, die Licht in einen unglaublich schmutzigen und verwahrlosten Raum warf. In einer Ecke stand ein altes Bett mit zerrissener und durchhängender Matratze, in einer anderen befand sich ein verrostetes Spülbecken, das mit schmutzigen Töpfen und Pfannen vollgestopft war, in einer dritten stand ein alter Kleiderschrank mit kaputter Tür, aus dem einige vergammelte Kleidungsstücke heraushingen. Und auch sonst befand sich in dem Raum nichts außer Schmutz, Abfall und Gerümpel.

Tank hielt sich nicht lange in diesem Raum auf. Er ging geradewegs auf eine Tür zu, die sich in einen zweiten Raum öffnete, und dort fand er Otter in einem riesigen Bett sitzend, mit einer Zigarre im Mund und einer Flasche Whiskey neben sich. Als Tank die Tür hinter sich schloß, ließ der alte Indianer sein doppelläufiges Gewehr sinken und legte es auf den Fußboden. »Wie geht es dir, Soft Face?« fragte er. Er hatte Tank zum ersten Mal gesehen, als sein Gesicht gerade zu Brei geschlagen worden war. Und seitdem hatte Otter ihn nur noch ›Soft Face‹ genannt.

»Ich bin okay«, antwortete Tank. »Du hast dich immer noch nicht verändert.«

Der alte Indianer zuckte mit den Schultern. »Etwas, das perfekt ist, braucht sich nicht zu verändern.«

Tank grinste und schaute sich im Raum um. Es war eine kleine, abgeschlossene Welt für sich, in der es alles gab, was Otter brauchte oder sich als persönlichen Luxus halten wollte. Eine tragbare Klimaanlage, einen Farbfernseher, einen Mikrowellenherd, einen Kühlschrank, ein Stromaggregat, eine kleine Badeeinrichtung in einer Ecke und ein Heißwasser-Whirlpool in einer anderen. »Was macht die Schwarzbrennerei?« fragte Tank.

»Meine Kunden sind loyal. Ich beliefere alle zu ihrer Zufriedenheit.« Otter erhob sich vom Bett und legte eine Hopi-Decke um seine Schultern. »Ist meine Schwiegertochter immer noch Kartenspielerin bei den Weißen?«

»Ja.«

»Betrügt sie auch richtig, wenn sich die Gelegenheit dazu ergibt?«

»Ja, falls es sich um Touristen handelt.«

Otter nickte zufrieden. »Das ist gut. Auch ein Halbindianer sollte die Weißen betrügen, wann immer es geht.« Otter stellte Wasser auf einem Kocher auf. »Setz dich hierher«, sagte er, »und erzähl mir, was dein Problem ist.«

Tank berichtete dem alten Indianer, was er getan hatte, und warum. Als er von Rose und ihrer Liebe zu den Büffeln erzählte, verschleierten sich Otters Augen. Als Tank geendet hatte, stand Otter auf, holte Kaffee und Brandy für beide und fragte: »Wie kann ich dir helfen?«

»Ich brauche einen sicheren Platz, wo ich den alten Büffel unterbringen kann. Einen Platz, an dem Hannah den Rest ihrer Tage in Frieden verbringen kann, wo nicht die Gefahr besteht, daß man sie jagt und erschießt. Einen Platz, an dem sie in Ruhe sterben kann, so wie deine Tochter Primrose es sich für sie gewünscht hätte.«

Otter nippte an seinem Kaffee und dachte über das Problem nach. Mehrmals schüttelte er dabei den Kopf, so als würde er eine Möglichkeit in Erwägung ziehen, sie aber sogleich wieder verwerfen. Schließlich deutete er mit einem Zeigefinger auf den Tisch und sagte: »Erinnerst du dich an den Ditch Creek am Fuß der Bear Mountains?«

»In den Black Hills?« fragte Tank. »Wohin du mit uns immer zum Picknick gefahren bist, als Delia noch klein war?«

»Ja, genau. Es gibt eine Wiese hoch über dem Ditch Creek, die den letzten Überlebenden des Deerfield-Stammes gehört. Sie liegt innerhalb des Black Hill-Nationalparks, aber die Bundesregierung hat sie den Deerfields überlassen, da keine Straße dorthin führt und sie sich wohl gedacht haben, die Touristen würden den Weg sowieso nicht finden. Die Deerfields nutzen die Wiese für religiöse Zeremonien – es ist heiliger Boden für sie. Der Büffel wäre dort in Sicherheit, falls man ihn dorthin bringen könnte. Aber es führen nur einige Trampelpfade zu der Wiese hinauf. Ich weiß nicht, ob der Büffel es schafft, da hinaufzuklettern.«

»Wie hoch ist es?« fragte Tank.

»Ungefähr zweitausendeinhundert Meter. Bis auf die Höhe von achtzehnhundert Metern führt ein Kiesweg, aber danach gibt es nur noch schmale Pfade. Es wäre besser gewesen, du hättest eine Bergziege gestohlen. Du warst noch nie besonders schlau, Soft Face.«

»Kannst du mir einen Plan zeichnen?« wollte Tank wissen.

»Natürlich. Ich bin ein Mann mit vielen Talenten.«

Otter holte Papier und Bleistift, skizzierte aus dem Gedächtnis eine Karte und reichte sie Tank. Es war inzwischen hell geworden, und beide gingen hinaus zu dem Anhänger.

Tank holte Hannah herunter, um sie zu untersuchen und ihr Futter zu geben.

»Sie ist ein prächtiger alter Büffel«, meinte Otter. »Nur deine Leute können auf die Idee kommen, sie zu erschießen.«

»Nur weil sie die gleiche Hautfarbe haben wie ich, heißt das nicht, daß sie meine Leute sind«, erwiderte Tank.

Tank band den Büffel an einem Baum an und kehrte mit Otter zu der Hütte zurück. Der alte Indianer bereitete ein Frühstück zu, und sie aßen zusammen. Dann wurde es für Tank Zeit aufzubrechen. Otter begleitete ihn zurück zu seinem Fahrzeug und half, Hannah wieder aufzuladen. Als Tank eingestiegen war und den Motor gestartet hatte, legte Otter eine Hand auf die Tür.

»Im Leben eines jeden Menschen gibt es ein Plateau«, sagte er. »Jeder Mensch erreicht einmal ein Plateau. Er verweilt vielleicht nur für einen Tag oder nur für ein Jahr oder auch nur für einen kurzen Augenblick dort. Aber in der Zeit, die er dort verbringt, erfüllt sich die Bestimmung seines Lebens. Es ist die Aufgabe, die ihm der Große Geist hier auf der Erde gegeben hat. Ich glaube, Soft Face, dein Plateau liegt auf dieser Wiese oberhalb des Ditch Creek.« Er berührte Tanks Schulter. »Folge deiner Bestimmung, mein Sohn.«

Tank schluckte trocken, nickte und fuhr los.

Dreihundert Kilometer von dem Ort entfernt, wo der Büffel entführt worden war, begann der Helikopter nach einem Schachbrettmuster seine Suche. Harmon Langford saß neben dem Piloten. Gregory Kingston und Lester Ash saßen dahinter auf Klappsitzen. Alle drei suchten mit Ferngläsern den Boden ab.

»Das ist zum Verrücktwerden«, murmelte Kingston. Er tippte Langford auf die Schulter. »Erklären Sie es mir noch mal«, brüllte er durch den Lärm des Rotors. »Warum suchen wir in dieser Richtung?«

Der Autor schrie zurück: »Eine Polizeistreife auf dem Highway hat berichtet, daß ein Kleintransporter mit Pferdeanhänger um vier Uhr früh in Dayton vollgetankt hat! Der Tankwart hat ausgesagt, daß das Tier im Anhänger unter einer Decke verborgen war und daß der Fahrer gesagt hat, es sei ein Rodeo-Bulle! Aber er meint, es wäre unser Büffel! Sie waren auf dem Weg nach Gillette! Deshalb suchen wir die Gegend südlich von Gillette ab!«

Der Schauspieler schüttelte den Kopf, als würde er das alles für sinnlos halten. Lester Ash lehnte sich zu ihm hinüber und sagte nahe an seinem Ohr: »Die Polizei meint, er will zum Thunder Basin. Das ist ein weites Grasland. Ein idealer Platz, um einen Büffel auszusetzen.«

»Ich verstehe«, sagte Kingston und lächelte. »*Das* ergibt Sinn!« Er klopfte Ash freundschaftlich auf die Knie, doch dieser zog sich gleich wieder mißtrauisch zurück.

Der Helikopter verfolgte weiter sein schachbrettartiges Suchmuster, der Pilot flog Quadrate ab, die auf einer Karte, die auf seinem Kontrollpult lag, eingezeichnet waren. Sie befanden sich schon dreißig Kilometer weit in diesem Grasland und konzentrierten ihre Aufmerksamkeit nun auf alles, was gerade in ihr Blickfeld kam — irgendwelche Schatten, durch den Wind bewegte Gegenstände oder springende Tiere. Aber sie fanden nicht, wonach sie suchten.

Nach einer Stunde teilte der Pilot Langford mit: »Wir müssen bald landen, um aufzutanken.«

Kaum hatte er geendet, kam eine Funkdurchsage von dem Vertreter der Parkbehörde, der am Ausstellungsgelände zurückgeblieben war: »Der Anhänger ist von einem Erkundungsflugzeug der Civil Air Patrol gesichtet worden. Er befindet sich auf Straße sechzehn, südlich von Osage, und fährt Richtung Black Hills. Er nimmt sicher den Weg über die Staatsgrenze, deshalb haben wir die Polizei von Süd-Dakota gebeten, Straßensperren zu errichten. Ich halte Sie weiter auf dem laufenden.«

»Wie weit ist es nach Osage?« fragte Langford den Piloten.

»Achtzig Kilometer, schätze ich.«

»Schaffen wir das?«

»Ja, Sir, Gerade noch. Aber in Osage müssen wir dann tanken.«

»Dann los!« befahl Langford.

Tank hatte auf seinem CB-Funkgerät den Polizeifunk eingeschaltet und hatte daher mitbekommen, wie die Polizei von Süd-Dakota ihre Straßensperren anordnete. Sie sollten in Custer, Four Corners und an der Kreuzung der Straßen sechzehn und fünfundachtzig eingerichtet werden. Tank hielt auf dem Seitenstreifen und entfaltete eine Karte, die er an der Tankstelle in Sundance, nicht weit von Otters Hütte, gekauft hatte. Bevor er dort gehalten hatte, hatte er die Planen am Anhänger heruntergezogen und festgemacht, so daß niemand hineinsehen konnte. Er war sicher, daß ihm nicht der Tankwart die Polizei auf den Hals gehetzt hatte. Vielleicht der Fahrer des schnellen, zweisitzigen Sportwagens, der ihn vor Osage überholt hatte.

Tank studierte die Karte und erkannte, daß ihm die vorgesehenen Straßensperren mehr Spielraum ließen, als er erwartet hatte. Sie dachten anscheinend, er würde versuchen, direkt in die Black Hills zu fahren. Aber das würde er nicht tun. Er mußte nur einige Kilometer in dieses Gebiet hineinfahren und würde dann eine Nebenstraße erreichen, die zuerst nach Norden und dann nach Osten zum Ditch Creek führte. Er lächelte, als er sah, daß er alle drei Straßensperren umgehen konnte. Er stieg kurz aus, hob eine Plane an und tätschelte Hannahs dickes, haariges Fell.

»Diesen Hurensöhnen werden wir ein Schnippchen schlagen,

altes Mädchen«, sagte er glücklich. Es war ihm noch nicht in den Sinn gekommen, daß sie einen Hubschrauber einsetzen könnten.

In Osage telefonierte Harmon Langford mit den für die Straßensperren zuständigen Polizeidienststellen. »Ich weiß es natürlich sehr zu schätzen, Captain, daß Sie uns behilflich sind, dieses Mannes habhaft zu werden, und Sie können versichert sein, daß Sie und Ihre Männer, wenn ich später über diesen Vorfall schreibe, besondere Erwähnung finden werden. Wenn Sie nun alle auf Ihren Posten bleiben und mich und meine Kollegen die Angelegenheit von hier aus abwickeln lassen, dann, so denke ich, wird der Gerechtigkeit voll Genüge getan werden. Wir gehen nicht davon aus, daß es sich hier um ein Verbrechen handelt. Es ist nur grober Unfug — eine Störung, aber wir werden damit schon fertig werden.«

Dann sprach er mit dem Piloten des Erkundungsflugzeuges. »Sehen Sie ihn noch?«

»Ja, Mr. Langford. Er fährt eine Nebenstraße entlang, die zu einem Bach namens Ditch Creek führt.«

»Gut. Machen Sie weiter und verlieren Sie ihn nicht. Wir können in ein paar Minuten wieder starten und werden in Kürze dort eintreffen. Natürlich gehe ich davon aus, daß wir uns sehen, wenn alles vorbei ist, für Fotos und so. Mit allem Drum und Dran.«

Als Langford sich wieder Kingston und Ash zuwandte, bemerkten die beiden einen triumphierenden Ausdruck in seinem Gesicht, einen Ausdruck, der nichts Gutes verhieß.

»Schon sehr bald, Gentlemen«, sagte Langford, »werden wir unseren Büffel zurückholen können. Ich vertraue darauf, daß Sie beide darauf vorbereitet sind, den Entführer zur Raison zu bringen, falls er sich uns widersetzt?«

Kingston runzelte die Stirn. »Was meinen Sie damit?«

Langford antwortete nicht. Er nahm statt dessen sein Gewehr zur Hand und lud es mit Patronen.

Lester Ash lächelte, als er ihn dabei beobachtete.

Als er von der Nebenstraße in den ansteigenden Kiesweg einbog, sah Tank, daß das Flugzeug ihm immer noch folgte. Aber er war nicht übermäßig besorgt. Die zwei Männer in diesem Leichtflugzeug konnten ihm nichts anhaben. Es gab in diesen Bergen nirgends einen Platz zum Landen. Sie konnten allenfalls seine Position über Funk durchgeben, aber er war nun schon so nahe an seinem Ziel, daß das keine große Rolle mehr spielte. Er wußte, wo sich die Straßensperren befanden, und auch von dort aus konnte ihn niemand mehr erreichen. Es gab nur noch ein Hindernis: die dreihundert Meter Fußweg vom Ende der Schotterstraße hinauf zur Wiese.

Er fragte sich besorgt, ob Hannah in der Lage sein würde, diese Strecke zurückzulegen. Viel würde davon abhängen, wie steil der Weg war und welche Trittfestigkeit er bot. Er hoffte auf einen weichen, mit Erde durchsetzten Boden, denn auf glattem Fels würden Hannahs frisch geschnittene Hufe leicht ausrutschen.

Am Ende des Kiesweges fuhr Tank sein Fahrzeug so weit zwischen die Bäume, wie es ging. Ein Teil des Anhängers ragte noch heraus, und er wußte, daß er aus der Luft gesehen werden konnte. Macht nichts, dachte er sich, sie kriegen uns nicht mehr.

»Komm, altes Mädchen«, sagte er, als er Hannah vom Anhänger herunterführte, und rieb ihr den Hals. Er musterte prüfend das Gelände vor ihnen, wählte den am wenigsten steilen Weg aus und drängte Hannah sanft in diese Richtung. Er stellte sich ungefähr einen Meter von ihr auf, straffte die Leine und zog sie vorwärts. Sie trat erstaunlich flink auf den Pfad und folgte ihm bereitwillig.

Das geht vielleicht einfacher, als ich dachte, sagte sich Tank hoffnungsvoll.

Eine Stunde nachdem Tank und Hannah mit ihrem Aufstieg begonnen hatten, stieß der Hubschrauber zu dem Erkundungsflugzeug.

»Wo sind sie?« fragte Langford den Piloten des Flugzeugs über Funk.

»Unter diesen Bäumen am Berghang. Man kann sie jetzt wegen der Blätter nicht sehen. Sie haben ungefähr die Hälfte des Wegs zu der großen Wiese auf dem Plateau zurückgelegt.«

Langford lobte die beiden Männer in dem Flugzeug wegen ihrer ausgezeichneten Arbeit, verabschiedete sich von ihnen und wendete sich zum Hubschrauber-Piloten. »Landen Sie auf dieser Wiese!« befahl er.

»Das kann ich nicht, Sir«, antwortete der Pilot, der ein Halbblut war. »Das ist heiliger Boden, der dem Deerfield-Stamm gehört. Außenstehende dürfen diesen Boden nicht betreten.«

Langford drehte den Lauf seines Gewehres so, daß er auf den Piloten zeigte. »Ich möchte, daß Sie dort landen«, sagte er betont.

Der Mann lachte. »Ich an Ihrer Stelle wäre vorsichtiger mit diesem Schießeisen, Sir. Es sei denn, Sie oder einer Ihrer Freunde wissen, wie man mit einem solchen Baby umgeht. Es kann verdammt schnell auf den Boden fallen.«

Langford kniff seine Lippen zusammen und drehte das Gewehr weg. Er griff in seine Jackentasche, holte ein Bündel Geldscheine hervor und zählte fünf Einhundert-Dollar-Noten ab. »Wenn Sie knapp über dem Boden schweben bleiben könnten? So lange, bis wir abgesprungen sind . . .«

»Das kann ich tun«, sagte der Pilot und nahm das Geld.

Die letzten hundert oder hundertfünfzig Meter waren sowohl für den Mann als auch für den Büffel am schlimmsten. Nachdem es am Anfang recht einfach gewesen war, war der Weg dann immer schmaler, steiler, zerfurchter und gefährlicher geworden. Dreimal glitten Hannahs Hufe an losen Felsbrocken oder trügerischen Wurzeln aus, und sie rutschte wieder fünf oder sechs Meter zurück und riß Tank mit sich. Jedesmal rollte sie sich dabei auf die Seite und muhte ängstlich, als sich oben Erde und Geröll lösten und auf sie niederprasselten. Jedesmal mußte Tank ihr einen Klaps versetzen und sie wieder beruhigen, ihr helfen, sich zu befreien und ihr Gleichgewicht wiederzufinden, und sie wieder geduldig vorwärts treiben.

Zweimal rutschte auch Tank böse aus; das Leder seiner alten Stiefel reagierte genauso wie Hannahs Hufe auf den feindseligen Boden unter ihren Füßen. Als er das erste Mal stürzte, knickte sein linkes Bein ein, und er schlug mit beiden Knien auf den Boden auf, wobei ein Hosenbein an einer scharfe Felskante zerrissen und sein

Knie verletzt wurde, so daß es zu bluten begann. Das zweite Mal kam er völlig aus dem Gleichgewicht, rutschte hilflos hinter Hannah hügelabwärts, und Gesicht, Hemd und Stiefel wurden von der Geröll-Lawine begraben, die ihm nachfolgte. Er war geistesgegenwärtig genug, die Leine loszulassen, um Hannah nicht mit sich zu reißen, während er ungefähr zwölf Meter nach unten rutschte. Als er sich wieder aufgerappelt hatte, war er von Kopf bis Fuß mit Schmutz bedeckt, und Gesicht und Hände waren mit Kratz- und Schnittwunden übersät, aus denen Blut sickerte. Tank fluchte ausgiebig und machte sich daran, wieder zu Hannah hochzuklettern, die ihn neugierig beobachtete und mit schier endloser Geduld zu warten schien.

Als sie nur noch fünfzig oder sechzig Meter zum Plateau zurückzulegen hatten, war es Tank, als höre er das Geräusch eines Motors. Es war schwierig, sich darüber Gewißheit zu verschaffen, denn die dicken Baumkronen wirkten als Lärmschutz, und außerdem blies in der Höhe, die sie nun erreicht hatten, ein kräftiger Wind. Vielleicht war es das Leichtflugzeug, das heruntergegangen war, um die Wiese abzusuchen. Wenn das der Fall sein sollte, würden sie aber nichts finden, dachte er belustigt.

Wir schlagen sie, Rose — Hannah und ich. Und es ist wichtig, daß wir sie schlagen. Es ist wichtig, daß wir das Plateau erreichen.

Sie kletterten weiter, der Mann und der Büffel, sie kämpften weiter gegen die feindliche gesonnene Umwelt — gegen den Himmel hoch über ihnen, den Boden, der ihnen Widerstand entgegensetzte, die dünne Luft, den Schmutz und den Staub, die Felsen und die Wurzeln. Blut und Schweiß verklebten ihre Gesichter, Hannah hatte nun auch Schnittwunden in ihrem alten Gesicht. Schaum bedeckte ihr Maul, und die Wangen des Mannes waren von Speichel und Tränen naß.

Sie kletterten weiter, bis ihre Muskeln sich zu verkrampfen, ihre Lungen zu bersten und ihre Herzen zu zerspringen drohten. Sie waren beide am Ende, aber ihr Wille trieb sie weiter voran.

Schließlich erreichten sie die Hochebene und schleppten sich mit letzter Kraft auf die grasbewachsene Wiese.

Dort erwarteten sie die drei Jäger.

Als er die Jäger sah, wußte Tank Sherman sofort, daß das Motorengeräusch, das er gehört hatte, nicht von dem Erkundungsflugzeug, sondern von einem Helikopter gekommen war. Nachdem sie sich über den Rand des Plateaus auf die Wiese gewälzt hatten, fielen beide auf die Knie. Tank rutschte nach vorne, so daß er nun auf allen vieren kauerte; Hannahs Vorderbeine knickten ein, und sie ließ ihren Kopf hängen. Beide keuchten heftig und versuchten, aus der dünnen Luft soviel wertvollen Sauerstoff wie möglich einzusaugen, um ihre Lungen abzukühlen, die sich anfühlten, als seien sie versengt worden. Als sie nebeneinander auf den Knien lagen und ihre Köpfe zu Boden hingen, berührte Tanks Schulter Hannahs Hals, und für einen kurzen Augenblick schien es, als seien Mann und Tier eins.

Dann blickte Tank auf und schaute zu den Jägern. Sie standen nebeneinander, die Sonne spiegelte sich in ihren Gewehrläufen.

»Nein«, sagte er leise und schüttelte den Kopf. »Nein«, wiederholte er etwas lauter, als er auf die Beine kam. »Nein«, brüllte er dann, als er auf sie zuging.

Harmon Langford, der in der Mitte stand, sagte: »Bleiben Sie, wo Sie sind. Wenn Sie näher kommen, schießen wir.«

Mit wild flackernden Augen, zusammengebissenen Zähnen und fest geschlossenen Fäusten trat Tank auf sie zu. »Nein«, schrie er ununterbrochen. »Nein! Nein! Nein!«

»Wir haben Sie gewarnt«, bellte Langford.

Tank ging unbeirrt auf sie zu.

»Los, schießt auf ihn«, befahl Langford, legte sein Gewehr an und nahm Tank ins Visier.

Aber es fiel kein Schuß. Langford ließ sein Gewehr wieder sinken und schaute aufgeregt von Kingston zu Lester Ash. »Schießt doch! Warum schießt ihr denn nicht?«

»Warum schießen Sie nicht?« fragte Lester Ash gelassen.

Langford fand keine Zeit mehr, um zu antworten. Tank hatte ihn erreicht, riß ihm das Gewehr aus der Hand und schleuderte es weg. Dann ließ er seine rechte Faust in Langfords Gesicht krachen, und dieser ging mit eingeschlagenen Zähnen und gebrochener Nase zu Boden.

Nachdem Langford außer Gefecht gesetzt war, wandte sich Tank

Gregory Kingston zu. »Warten Sie«, bat der Schauspieler, »ich hatte nicht die Absicht, auf Sie zu schießen...« Er warf sein Gewehr weg als Zeichen seiner Friedfertigkeit, aber Tank ließ sich dadurch nicht beeindrucken. Der alte Boxer schickte seine geballte Rechte tief in Kingstons Unterleib, und der Schauspieler klappte in der Mitte zusammen wie ein Koffer, sein Gesicht wurde weiß, und seine Augen quollen hervor. Er sackte zusammen, fiel mit dem Kopf nach vorne in das kräftige Gras, das sein Gesicht grün färbte.

Als Tank sich den dritten Mann vornehmen wollte, sah er, daß dieser, ein erfahrener Jäger, ihn umgangen hatte und nun hinter ihm stand. Jetzt befand sich Tank auf der Wiese, und Lester Ash stand ihm mit dem Rücken zur Sonne gegenüber.

»Wir können es auf die einfache oder auf die komplizierte Weise hinter uns bringen, Kumpel«, sagte Lester. »Wie auch immer, der Büffel gehört mir.«

Tank schüttelte den Kopf. »Nein«, sagte er und begann auf Ash zuzugehen.

»Ich bin kein großmäuliger Schriftsteller und kein Waschlappen von einem Schauspieler, Kumpel«, sagte der Mann aus Nevada. »Wenn du mir Schwierigkeiten machst, dann schieß' ich dich zum Krüppel. Dieser Büffel gehört *mir*.«

»Nein.« Tank ging unbeirrt auf ihn zu.

»Wie du willst«, sagte Lester verächtlich, legte das Gewehr an und feuerte.

Die Kugel durchdrang Tanks linken Oberschenkel und riß ihn zu Boden. Aber die instinktiven Reflexe, die er vor zwanzig Jahren beherrscht hatte, schlummerten immer noch in ihm, und als würde jemand über ihm anfangen, bis zehn zu zählen, rollte er sich ab und kam wieder hoch. Er umklammerte seinen Oberschenkel und humpelte auf Ash zu.

»Du bist ein verdammter Narr, Kumpel«, sagte Lester Ash und schoß erneut.

Die zweite Kugel riß ein Loch in Tanks rechten Oberschenkel, und er ging wieder zu Boden. Er stöhnte unwillkürlich laut auf, setzte sich aber wieder aufrecht und preßte seine Hände auf die Wunden. Schmerzen durchzuckten seinen Körper heiß und erbarmungslos, und er begann zu würgen, zu husten und zu weinen. Jetzt bin ich erledigt, dachte er.

Als er sich wieder hochgekämpft hatte, sah er etwas Weißes und Gelbes. Er wischte sich die Tränen von den Augen und konnte es dann deutlicher erkennen. Es war eine Gruppe von Wildblumen – weiße Blütenblätter und gelbe Stiele. Primroses.

Tank raffte sich ein letztes Mal auf. Er setzte sich wieder in Bewegung, torkelnd und stolpernd wie ein Volltrunkener. Seine Augen fixierten Lester Ash.

»Okay, mein Freund«, sagte Lester, »jetzt verlierst du eine Kniescheibe...«

Ehe Lester abdrücken konnte, griff Hannah ein. Sie hielt den massigen Kopf nach unten gesenkt, das Geräusch ihrer Hufe war auf dem dichten Grasboden kaum hörbar, und sie attackierte Lester, bevor dieser begriff, was geschah. Sie griff ihn von der linken Seite an, ihre breite Stirn prallte gegen seine Brust, zerschlug den linken Teil seines Brustkorbs und zerfetzte die Lunge. Sein Körper hing halb über Hannahs Kopf, sie zerrte ihn an den Rand des Plateaus und schleuderte ihn hinunter.

Lester Ash schrie noch, als sein Körper die ersten drei Bäume streifte, doch in der restlichen Zeit seines Sturzfluges gab er keinen Laut mehr von sich.

Der Marshall des Deerfield-Stammes und sein Deputy, die sogleich, nachdem sie die ersten Schüsse gehört hatten, mit ihren Pferden zu der Wiese hinaufgeritten waren, sicherten das Gelände ab und veranlaßten, daß Harmon Langford und Gregory Kingston nach unten zur Grenze des Reservats gebracht wurden. Dort wurden sie abgeschoben, und man gab ihnen die ernste Warnung mit, nie wieder das Gebiet der Deerfields zu betreten. Einige Männer bargen mit einer Tragbahre Lester Ashs Körper. Als Todesursache wurde offiziell angegeben, er sei infolge eines Unfalls vom Plateau gestürzt.

Der Marshall verständigte einen Medizinmann der Deerfields namens Alzada, der in einer Hütte in den Wäldern unter der Wiese wohnte; er sollte entscheiden, was mit dem Büffel geschehen sollte.

»Wenn der Große Geist den Büffel hierhergeführt hat«, sagte Alzada, »dann muß der Büffel heilig sein. Er soll auf der heiligen Wiese weiden, so lange, bis der Große Geist ihn wieder zu sich ruft.«

Der Marshall schaute in die Ecke der Wiese hinüber, in der Tank erschöpft und blutend unter einem Baum saß. »Und was ist mit dem Mann?«

»Welcher Mann?« fragte Alzada. »Ich sehe keinen Mann. Ich sehe nur einen heiligen Büffel, der friedlich grast. Wenn du noch irgend etwas anderes siehst, dann handelt es sich dabei vielleicht um einen Geist.«

Der Marshall schüttelte den Kopf. »Wenn Alzada nichts sieht, dann sehe ich auch nichts. Nur Alzada kann Geister sehen.«

Der Marshall und sein Deputy ritten wieder den Berg hinunter.

Als sie verschwunden waren, ging der Medizinmann zu Tank hinüber, half ihm auf, stützte ihn und führte ihn in die Wälder zu seiner Hütte.

Deutsch von Hans Freundl

Metzger

Peter Lovesey

Er hatte das Wochenende im Kühlraum des Metzgers Pugh verbracht. Jetzt war es Montagmorgen. Die Tür war immer noch verschlossen. Er machte sich keine Gedanken. Ziemlich früh am Samstagabend hatte er es aufgegeben, mit den Fäusten gegen die Tür zu hämmern und um Hilfe zu schreien. Er hatte auch schon bald damit aufgehört, auf- und abzuspringen und die Arme herumzuwirbeln, um die Blutzirkulation in Gang zu halten. Er war schläfrig geworden, als sein Gehirn den Sauerstoffmangel zu spüren bekam. Er hatte sich unter den glänzenden Tierhälften auf die Fliesen gelegt und am Sonntagmorgen zu Tode gefroren.

Auf der anderen Seite der Tür füllte Joe Wilkins zwei Becher mit Instantkaffee. Es war erst acht Uhr, der Laden öffnete nicht vor halb neun. Er war Mr. Pughs Geschäftsführer, vierundvierzig, ausgebildeter Metzger, dunkel und gutaussehend, und trug einen altmodischen Clark-Gable-Schnurrbart. Er hatte flinke, lachende Augen, die jeden im Laden anblickten, wenn er mit einem Kunden einen Scherz machte.

Der zweite Becher war für Frank, den Lehrling. Frank war achtzehn und gut für schwere Arbeit zu gebrauchen. Samstag nachmittags verdiente er sich etwas Geld zusätzlich als Rausschmeißer bei Staceys Disco auf der anderen Straßenseite. Wenn die Lieferungen vom Schlachthof kamen, lud Frank sich die Rinderhälften auf den Rücken, als wären sie federleicht. Die Mädchen von Woolworth nebenan kamen in ihrer Mittagspause oft in den Laden, sie wollten mit ihm auf seinem Motorrad fahren. Frank war es unangenehm, wenn Joe Wilkins ihn deswegen neckte.

Frank hängte seine Lederjacke an den Haken und band eine saubere Schürze um. Joe hatte bereits einen Strohhut aufgesetzt. Er schaute zu, wie der junge Mann ungeschickt mit seinen Schürzenbändern herumfummelte und sie so locker zuband, daß sie sich sofort wieder lösen würden, sobald er sich zum ersten Mal eine Tierhälfte vom Haken holte.

»Wieder mal ein hartes Wochenende, Junge?«

»Nicht besonders«, antwortete Frank, nahm seinen Becher und schüttete etwas Kaffee auf den Haublock. »So wie immer.«

»Klingt ja gut. Sieht aus, als hätten wir einen arbeitsreichen Tag vor uns.«

Frank runzelte die Stirn.

Joe schnippte mit den Fingern. »Komm schon, Junge. Was ist heute morgen anders, oder ist dir noch nichts aufgefallen?«

Frank sah sich im Laden um. »Das Fleisch ist noch nicht draußen.«

»Richtig. Und warum nicht?«

»Percy ist nicht da.«

»Schon wieder richtig. Mein Herr, ich hab' mich bei dir vertan. Mit so 'nem hellen Kopf solltest du beim Fernsehen sein. Warum sollst du auch den Rest deines Lebens damit verbringen, Fleisch in Stücke zu hauen, wenn du Millionen damit verdienen könntest, in einem Sessel zu sitzen und Fragen zu beantworten. Und jetzt um fünfhundert und einen Urlaub für zwei auf den Bahamas, Mr. Dobson. Was glaubst du denn, was mit Percy los ist?«

»Keine Ahnung«, sagte Frank.

»Keine Ahnung? Nun komm schon, Junge. Streng dich mal an.«

»Vielleicht ist er mal wieder vom Fahrrad gefallen.«

»Das klingt schon besser«, sagte Joe, während er seine Messer und Fleischbeile aus der Schublade unter der Theke hervorholte und anfing, sie zu schärfen. »Mach das Fenster fertig, ja?«

Frank stellte seinen Becher weg und sah sich nach den Emailtabletts um, die normalerweise im Schaufenster standen.

Joe sagte: »Vermutlich hast du mit Percy recht. Er ist eigentlich zu alt, um noch auf 'nem Fahrrad zu fahren. Sieben Meilen ist ein langer Weg an einem Morgen wie heute, mit all dem Eis bergauf bei Bread und Cheese Hill und den Autos, die wie die Verrückten fahren. Letzte Woche ist er im Straßengraben gelandet, der arme alte Teufel.«

»Wo stellt er immer die Tabletts hin?« fragte Frank.

»Tabletts?«

»Für das Fleisch — im Schaufenster.«

»Sind sie denn nicht da?« Joe legte sein Messer hin und ging zum Fenster. »Na, ich denke, dann hat er sie irgendwo anders hingestellt. Wenn ich morgens komme, sind sie immer da. Sieh mal hinter dem Tiefkühlschrank nach. — Hast du sie? Gut. Kapier' ich nicht, warum er sich die Arbeit macht.«

»Staub, nehm' ich an.«

»Ganz richtig. Wisch sie mit 'nem Tuch ab, Junge. Ich hatte schon mal darüber nachgedacht, was Percy eigentlich macht, bevor wir morgens kommen. Der ist jeden Tag um sechs hier, weißt du. Wie findest du das? Er muß schon um fünf aufstehen. Würdest du das schaffen, sechs Tage pro Woche? Und das fällt einem nicht leichter, wenn man älter wird. Mittlerweile muß er auf die siebzig zugehen.«

»Was macht er denn, bevor wir kommen?« fragte Frank.

»Na, alles ist immer tiptop sauber, nicht wahr?«

»Ich dachte, das macht er, wenn er abends länger bleibt, um sauberzumachen, wenn wir abends schließen.«

»Das stimmt — aber morgens ist immer wieder neuer Staub da. Percy wäscht alle Oberflächen ab. Er stellt die Tabletts raus und holt die Fleischstücke aus dem Kühlraum. Er hängt das Geflügel auf, öffnet eine Dose Leber und kontrolliert alle Preislisten, macht die Preisschilder fertig, legt die Plastikpetersilie raus, die legefrischen Eier und die Päckchen mit der Füllung und der Brotsoße. Ich hoffe, du hörst genau hin, Junge, denn ich will, daß das alles fertig ist, bevor wir aufmachen.« Frank runzelte wieder die Stirn. »Sie wollen, daß ich das alles mache?«

»Wer denn sonst, Junge?« sagte Joe mit vernünftiger Stimme. »Es ist ja wohl klar, daß Percy es heute morgen nicht schafft, und ich muß die Bestellungen fertigmachen.«

»Der hat noch nicht einen einzigen Tag frei gemacht, seitdem ich letztes Jahr angefangen habe«, sagte Frank, der sein Pech immer noch nicht fassen konnte.

»Der hat in den zwanzig Jahren, in denen ich hier arbeite, noch keinen einzigen Tag frei gemacht. Von sechs Uhr morgens bis sieben Uhr abends, sechs Tage in der Woche. Und für was? Lehrlingsarbeit. Der macht die Arbeit, die du eigentlich machen solltest, Junge. Ein anderer als Percy würde das nicht machen. Laufen und rennen und saubermachen. Weißt du, daß er sich noch nie bei mir oder Mr. Pugh oder sonst jemand beklagt hat? Du hast selber gesehen, wie er sich krümmt, wenn er die Rinderhälften reinträgt. Einer in seinem Alter sollte solche Arbeit nicht mehr machen. Das ist Ausbeutung, das ist das nämlich.«

»Warum tut er es denn? Er ist doch alt genug, um in Rente zu gehen.« Joe schüttelte den Kopf. »Der wär' nicht glücklich, wenn er die Füße hochlegen könnte. Die besten Jahre seines Lebens hat er in diesem Laden verbracht. Er war schon hier, als Mr. Pugh den Laden übernahm. Damals hieß der Inhaber Slaters. Ja, Percy kann dir schon ein paar Geschichten über die alten Zeiten erzählen. Für ihn bedeutet es viel, in diesem Laden zu arbeiten.«

Frank ging zum Kühlhaus, um die Reste von Samstag zu holen. Das Kühlhaus bestand aus zwei Kammern, eine für das einfache Kühlen, eine zweite fürs Tiefkühlen. Er öffnete die Tür des einfachen Kühlraumes und fing an, Hammelkeulen herauszuholen. Er mußte sich beeilen, um die Tabletts fertigzumachen, bevor der Laden geöffnet wurde.

Joe schärfte immer noch seine Messer. Er sprach immer noch von den Ungerechtigkeiten, die Percy zu ertragen hatte. »Er bekommt überhaupt keine Anerkennung für die Arbeit, die er leistet. Blinde Loyalität, so nenn' ich das, aber es gibt auch ein paar Leute, die das schlicht und einfach Dummheit nennen. Denkst du vielleicht, Mr. Pugh erkennt das überhaupt an, was Percy macht? Natürlich nicht.«

»Er ist eigentlich niemals hier«, bemerkte Frank, dem es immer besser gelang, bei Joe Stimmung gegen ihren Chef zu machen.

»Das ist allerdings richtig. Um fair gegenüber Mr. Pugh zu sein, muß man sehen, daß er sich auf dem Markt umsehen muß und daß er das Fleisch vom Schlachthof herbringt, aber das nimmt ja nicht den ganzen Tag in Anspruch. Es würd' ihm sicher nicht schaden, wenn er sich hier öfters blicken ließe.«

Frank setzte ein gemeines Grinsen auf. »Es würd' vielleicht jemand anderem schaden.«

»Was willst du denn damit sagen?« fragte Joe, der sich angegriffen fühlte.

»Na ja, Sie und ich. Wir mögen es doch nicht besonders, wenn der Boß uns über die Schulter schaut, oder?«

Mit knappen Worten sagte Joe: »Sprich du für dich, Junge. Ich schäme mit meiner Arbeit nicht.« Er legte das Messer aus der Hand und trat ans Fenster, um ein Tablett mit Lammkoteletts neu herzurichten, das Frank gerade dort hingebracht hatte. »Hast du keine Ahnung, wie man Fleisch auf einem Tablett arrangiert, damit es appetitlich aussieht?«

»Ich hab' versucht, mich zu beeilen.«

»Bei so einer Arbeit darf man sich nicht beeilen. Deshalb hat Percy ja so früh angefangen. Auf seine Art ist er ein Künstler. Seine Fenster sind wie gemalt. Ich möchte nur wissen, was mit ihm los ist.«

»Er könnte ja tot sein.«

Joe drehte sich zu ihm um und betrachtete ihn mit sichtlichem Mißmut. »Das ist eine sehr unerfreuliche Vorstellung.«

»Es könnte aber sein. Ewig fällt er von seinem alten Drahtesel runter. Na, jedenfalls hätten sie ihn inzwischen ins Krankenhaus gebracht.«

»Dann hätte uns inzwischen jemand angerufen.«

»Okay, vielleicht ist er in der Nacht gestorben«, fuhr Frank hartnäckig fort. »Vielleicht liegt er ja noch im Bett. Er lebt doch allein, nicht wahr?«

»Du redest zuviel Unsinn, Junge.«

»Können Sie sich was anderes vorstellen?«

»Noch ein paar solcher Bemerkungen, junger Mann, und ich sorge dafür, daß du rausfliegst. Hol die Hühner raus, ich kümmere mich um das hier.«

»Meinen Sie die tiefgefrorenen Vögel, Mr. Wilkins?«

»Die Farmvögel. In ein oder zwei Minuten sag' ich dir, ob wir die tiefgefrorenen brauchen.«

»Meinen Sie nicht, wie sollten das Krankenhaus anrufen, Mr. Wilkins, falls wirklich etwas mit Percy passiert ist?«

»Wozu soll das gut sein?«

Frank holte sieben Kapaune aus dem einfachen Kühlraum und hängte sie an die Stange über dem Schaufenster. »Das sind alle, die wir haben«, sagte er zu Joe. »Soll ich von den tiefgefrorenen welche rausholen?«

Joe schüttelte den Kopf. »Heute ist Montag, nicht wahr? An Montagen gibt's nicht viel Nachfrage nach Geflügel.«

»Wir brauchen sie für morgen. Sie brauchen Zeit, um aufzutauen. Wir kriegen keine neuen Farmvögel diese Woche, wenn Mr. Pugh im Urlaub ist.«

Joe hielt bei seiner Arbeit an der Schaufensterauslage inne. »Da ist was Wahres dran, Junge«, sagte er.

Frank wartete.

»Ja«, sagte Joe. »Wir brauchen ein paar tiefgefrorene Vögel.«

»Haben Sie den Schlüssel?«

»Den Schlüssel?«

»An der Tür zum Tiefgefrierraum ist ein Vorhängeschloß.«

Joe kam durch den Laden, um sich das anzuschauen. Es war ein schweres Vorhängeschloß. Es sicherte den Überwurf an der Kühlraumtür über einer eisernen Krampe. Er sagte: »Blöder alter Penner. Warum schließt er das eigentlich ab?«

»Da ist 'ne Menge gutes Fleisch drin«, sagte Frank zu Percys Verteidigung. »Haben Sie den Schlüssel?«

Joe schüttelte den Kopf. »Ich vermute, den nimmt er mit nach Hause.«

Frank fluchte. »Was sollen wir denn jetzt machen? Wir müssen da rein; es geht ja nicht nur um die Hühner. Es geht um die Neuseeländer. Mit Lammfleisch sind wir völlig am Ende.«

»Wir müssen nach dem Schlüssel suchen — vielleicht hat er ihn ja hier irgendwo«, sagte Joe und zog eine der Schubladen unser der Theke heraus.

Ihre kurze Suche förderte keinen Schlüssel zutage.

»Ich denke, ich kriege die Tür auch mit Ihrer alten Feile auf«, schlug Frank vor.

»Nein, Junge, dabei könntest du die Tür beschädigen. Du hast doch sicher kein Interesse daran, von Mr. Pugh den Laufpaß zu kriegen. Ich habe eine von diesen kleinen Metallsägen in meinem

Werkzeugkasten im Auto. Die können wir gebrauchen, um das Schloß durchzusägen.«

Kurz danach kam er mit der Eisensäge zurück. Er packte das Vorhängeschloß mit festem Griff, während Frank die Säge nahm.

»All die Arbeit bloß wegen Percy«, sagte Frank. »Ich könnte den alten Sack erwürgen.«

»Vielleicht kann er ja überhaupt nichts dafür«, sagte Joe. »Vielleicht hat Mr. Pugh ihm befohlen, ein Vorhängeschloß zu benutzen. Vor dem Boß hat er schreckliche Angst. Er tut genau, was man ihm sagt, ich kann ihm das nicht mal übelnehmen.

Am Samstagabend, als du schon weg warst, um die Bestellungen auszuliefern, habe ich gehört, wie Mr. Pugh ihn sich vorgeknöpft hat. Es war gemein, aber wirklich.«

Frank sägte weiter. »Worum ging's denn eigentlich?«

»Na ja, du warst ja noch hier, als Mr. Pugh ganz plötzlich reinkam und sagte, er wolle sich davon überzeugen, daß alles in bester Ordnung ist, bevor er die Woche Urlaub auf Mallorca macht — das war noch, bevor du wegen der Bestellungen losgezogen bist.«

»Er hatte gerade seine Flugkarten im Reisebüro abgeholt.«

»Richtig. Man hätte gedacht, bei der Aussicht auf 'ne Woche Urlaub in der Sonne wäre er bester Laune gewesen, nicht wahr? Aber nicht unser Mr. Pugh. Zufällig erwischte er den alten Percy, wie der die Reste wegpackte, die wir nicht verkauft hatten.«

»Da ist doch nichts verkehrt dran, oder?«

»Nein, aber Percy ließ die Tür vom Kühlraum offen, während er das tat. Das tun wir zwar alle, aber Percy wurde dabei erwischt. Du hättest Mr. Pugh hören sollen, wie der über ihn herfiel, von wegen der Kosten für den Betrieb eines Kühlraumes und das bei Angestellten, die zu faul sind, die Tür ein paarmal hinter sich zuzumachen und sie nachher wieder zu öffnen, sondern die kalte Luft rauslassen. Er erzählte irgendwas über Kubikmeter Luft und Thermoeinheiten, als ob der alte Percy das mit Absicht getan hätte.«

»Bin fast soweit«, sagte Frank. »Passen Sie auf, daß ich Sie nicht an der Hand verletze.«

Die Eisensäge fuhr sauber durch die Klampe.

Joe sagte: »Gut.« Doch erst wollte er seine Geschichte zu Ende bringen. »Er sagte Percy, er wäre zu alt für die Arbeit und sollte doch bald in Rente gehen. Percy fing an, ihn zu bitten und anzuflehen. Ich sag' dir, Frank, das war mir so peinlich, daß ich es nicht mehr anhören wollte. Ich ließ sie mit ihrer Streiterei allein und ging nach Hause.«

»Ich hol' jetzt die tiefgefrorenen Vögel raus«, sagte Frank und nahm das Vorhängeschloß ab.

»Du mußt schon lange suchen, um einen gemeineren Mann als Mr. Pugh zu finden«, fuhr Joe fort, während Frank die Tür des Kühlraumes aufzog. »So auf einem alten Mann herumzuhacken, der sein ganzes Leben lang hier gearbeitet hat, und alles nur wegen ein paar Pfennigen mehr auf seiner Stromrechnung, wobei wir alle ganz genau wissen, daß er genug verdient, um sich jeden Urlaub in Spanien leisten zu können. – Was ist denn los, Junge?«

Frank hatte einen schrillen Schrei ausgestoßen, als er den Kühlraum betrat.

Joe blickte in den Raum und sah, wie Frank sich über die zusammengekrümmte, weißgraue Gestalt eines toten Mannes beugte. Er trat näher ran und hockte sich hin, um dem Toten ins Gesicht zu blicken. Eiskristalle glänzten auf der Haut.

Er blickte in das Gesicht von Mr. Pugh.

Joe legte Frank die Hand auf die Schulter und sagte: »Komm raus hier, Junge. Da gibt es nichts, was wir noch tun können.«

Von irgendwoher förderte Joe einen Flachmann zutage und goß Frank etwas Scotch ein. Sie saßen im Laden und starrten die Tür des Kühlraumes an.

»Wir müssen die Polizei rufen«, sagte Frank.

»Das mach' ich gleich sofort.«

»Er muß das ganze Wochenende hier drin gewesen sein.«

»Er wird wohl nicht viel davon gemerkt haben«, sagte Joe. »Er muß innerhalb von ein paar Stunden gestorben sind.«

»Wie könnte das passiert sein?«

Joe starrte ins Leere und sagte nichts.

»Auf der Innenseite der Tür gibt's einen Türgriff«, sagte Frank, während sie über die Einzelheiten redeten. »Normalerweise kann jeder, der da drin eingeschlossen wird, die Tür von innen aufmachen und rausgehen. Aber er hier konnte nicht raus, weil das Vorhängeschloß draußen vorgemacht war. Irgend jemand muß es angebracht haben. Das muß Percy gewesen sein. Warum sollte Percy so was machen?«

Joe zuckte die Schultern und blieb stumm.

Frank beantwortete seine eigene Frage: »Er muß in Panik geraten sein, als er dachte, er könnte seinen Job verlieren. Er hat schon seit Jahren Angst, den Job zu verlieren. Er muß Mr. Pugh irgendwie dazu gebracht haben, in den Kühlraum zu gehen, und dann hat er ihn eingesperrt.

Jetzt weiß ich, was er gemacht hat! Er hat Mr. Pugh gesagt, der Griff an der Innenseite ließe ich nicht bewegen, und er hätte die Tür offengelassen, weil er Angst hätte, eingesperrt zu werden. Mr. Pugh hat gesagt, das wären nur Ausflüchte, und er ging rein, um ihm zu zeigen, wie leicht man wieder rauskommen könnte.« Frank zeigte ein Lächeln. »Mr. Wilkins, ich glaube, ich fange gleich an zu lachen.«

Die Spannung löste sich etwas.

»Ich sag' dir was, was noch lustiger ist als das«, sagte Joe. »Warum, glaubst du, ist Percy heute morgen nicht reingekommen?«

»Na, das ist doch ganz klar. Er wußte, daß wir die Tür aufkriegen und die Leiche finden würden.«

»Ja, aber was glaubst du, wo er jetzt ist?«

Frank runzelte die Stirn und schüttelte den Kopf. »Zu Hause?«

Joe grinste und sagte: »Mallorca.«

»Nein!« Frank brüllte vor Lachen. »Der raffinierte alte Hund!«

»Als Mr. Pugh am Samstagabend hier reinkam, hatte er einen großen, braunen Umschlag mit seinen Flugkarten bei sich.«

»Daran kann ich mich erinnern. Den habe ich gesehen. Er hat ihn bei der Kasse auf die Theke gelegt.«

»Nun, jetzt ist er nicht mehr da, oder?«

Frank sagte: »Ich kann nicht dafür, ich muß den alten Mann bewundern. In diesem Moment sitzt er vermutlich auf der Hotel-Terrasse, bestellt sich das Frühstück und denkt darüber nach, wie Sie und ich Mr. Pugh im Tiefkühlraum auffinden.«

»Ich sollte jetzt die Polizei anrufen«, sagte Joe und stand auf.

»Wissen Sie, ohne das Vorhängeschloß an der Tür würde niemand auf die Idee kommen, was hier passiert ist«, sagte Frank. »Mr. Pugh könnte eben krank gewesen und da drinnen ohnmächtig geworden sein. Das würde man ein Unglück nennen oder so was.«

»Und Percy würde mit heiler Haut davonkommen«, sagte Joe gedankenversunken. »Es ist ja nicht so, als ob er ein gemeiner Mörder wäre. Der stellt für niemand eine Gefahr dar.«

»Ich könnte das Ding verschwinden lassen«, bot Frank an. »Ich könnte es in den Tragekorb an meinem Motorrad tun und in der Mittagspause loswerden.«

»Wir müssen uns an die identische Geschichte halten«, sagte Joe. »Wir haben ganz einfach die Tür geöffnet und ihn da so liegen sehen.«

»Das ist ja auch die Wahrheit«, sagte Frank. »Von dem Vorhängeschloß brauchen wir kein Wort zu sagen. Sollen wir das so machen? Der arme alte Percy — der hat nicht viele gute Zeiten erlebt.«

»In Ordnung«, bestätigte Joe. »So machen wir es.«

Nachdem sie sich darauf die Hand gegeben hatten, griff er zum Telefon und rief die Polizei an. Frank brachte das Vorhängeschloß zu seinem Motorrad im Hof hinter dem Geschäft und versteckte es im Werkzeugkasten unter den Gepäcktaschen.

Innerhalb von fünf Minuten nach Joes Anruf fuhr ein Polizeiwagen vor der Metzgerei vor. Ein bärtiger Sergeant und ein Schutzmann kamen herein, und Joe öffnete die Tiefkühlkammer und zeigte ihnen Mr. Pughs Leiche. Frank beschrieb, wie er ihn gefunden hatte, wobei er das Vorhängschloß mit keinem Wort erwähnte. Joe bestätigte Franks Aussage.

»Sieht so aus, als liege die Leiche hier drin, seit Sie den Laden am Samstag zumachten«, sagte der Sergeant, nachdem sie sich in die wärmere Atmosphäre des Ladens zurückgezogen hatten. »Sie sagen, Mr. Pugh sei spät nachmittags hereingekommen. Was wollte er?«

»Er wollte ganz einfach sicher sein, daß alles in Ordnung war, bevor er in Urlaub fuhr«, sagte Joe.

»Er wollte für eine Woche nach Mallorca«, fügte Frank hinzu.

»Glücklicher Mann«, bemerkte der Schutzmann.

Der Sergeant warf ihm einen vernichtenden Blick zu. »War Mr. Pugh bei guter Gesundheit?« fragte er Joe.

»Es kam mir so vor, als wirkte er etwas bleich«, antwortete Joe. »Er setzte sich ziemlich unter Druck, wissen Sie.«

»Er brauchte diesen Urlaub«, sagte Frank, der rasch begriff, worauf Joe hinauswollte.

»Nun, den hat er nicht bekommen«, sagte der Sergeant. »Er muß zusammengebrochen sein. Das Herz, vermute ich. Der Arzt wird uns Bescheid geben. Ein Krankenwagen ist bereits unterwegs. Ich schlage vor, Sie halten den Laden für ein paar Stunden geschlossen. Ich brauche Aussagen von Ihnen beiden. Gibt es sonst jemanden, der am Samstag hier arbeitete?«

»Nur Percy — Mr. Maddox«, sagte Joe. »Er ist heute nicht hier. Ich glaube, er wollte Mr. Pugh um ein paar Tage Urlaub bitten.«

»Ich verstehe. Wir wollen auch seine Aussage aufnehmen. Haben Sie sein Adresse?«

»Er sagte, er hoffte, für ein paar Tage wegfahren zu können«, meinte Joe.

»Dann erwischen wir ihn eben später. Wer von Ihnen war am Samstag der letzte?«

»Das war Percy«, sagte Joe.

»Er bleibt länger, um aufzuräumen«, erklärte Frank.

»Meinen Sie damit, er räumt die Sachen weg?«

»Das stimmt. Er kümmert sich um alles. Er arbeitet schon seit Jahren hier. Mittlerweile etwas langsamer, aber er möchte sich nützlich machen. Am Ende des Tages räumt er immer alles auf.«

»In das Tiefkühlhaus?«

Joe schüttelte den Kopf. »Wir frieren das Fleisch nicht wieder ein. Am Abend wird es in den einfachen Kühlraum gebracht.«

»Also hätte er die Tür des Tiefkühlraums nicht aufmachen müssen, oder?«

»Das ist unwahrscheinlich«, sagte Joe. »Wenn er das getan hätte, dann hätte er Mr. Pugh ja gefunden, nicht wahr?«

Sie nahmen auch Franks Aussage auf. Er sagte nichts, was Percy belastet hätte. Er erklärte lediglich, er habe gesehen, daß Mr. Pugh spät Samstagnachmittag in den Laden gekommen sei, kurz bevor er, Frank, gegangen sei, um die Bestellungen auszuliefern. Was den heutigen Morgen betreffe, so habe er die Tür der Tiefkühlkammer geöffnet und Mr. Pugh tot auf dem Fußboden liegend vorgefunden. Der Schutzmann las die Aussage vor, und Frank unterschrieb sie. »Möchten Sie frischen Kaffee und frische Krapfen?« fragte er die Polizisten. »Wir genehmigen uns morgens immer einen Krapfen. Ich hole sie immer vom Bäcker Jonquil. Ich nehme mein Motorrad, und wenn ich wieder hier bin, sind sie noch warm.«

»Das klingt gut«, sagte der Sergeant und griff in die Tasche. »Wieviel kosten sie?«

Frank verspürte ein überwältigendes Gefühl von Erleichterung, als er sein Motorrad auf die Straße rollte und die Maschine anließ. Er fuhr den Hügel rauf zum Bäcker und hielt ein paar Meter vorher an, dort, wo die Ladenfront des Feinkostgeschäftes neugemacht wurde. Vor dem Geschäft stand ein Container mit altem Holz und Mauerwerk. Frank holte das Vorhängeschloß aus der Werkzeugkiste und warf es unauffällig in den Container. Dann holte er die Tüte Krapfen und fuhr in den Laden zurück.

Draußen war eine Ambulanz vorgefahren. Als Frank näherkam, schloß einer der Männer gerade die Hintertür. Der Mann ging um den Wagen herum und stieg ein. Die Ambulanz fuhr davon. Die wenigen Zuschauer, die sich vor dem Geschäft versammelt hatten, zerstreuten sich.

Als Frank reinkam, hatte Joe den Kaffee bereits fertig. Mit den Polizisten unterhielt er sich über Football.

»Wir sollten schon längst weg sein«, sagte der Sergeant zu Frank. »Wir haben die beiden Aussagen, und die Leiche ist abgeholt worden, aber wir wollten die Krapfen nicht verpassen.«

Frank reichte sie herum.

»Noch warm«, sagte der Sergeant. »Ich hoffe, du hast dich an die Geschwindigkeitsvorschriften gehalten, mein Junge.«

Frank lächelte.

Die Polizei verzehrte Kaffee und Krapfen und verließ den Laden.

Frank gab einen gewaltigen Seufzer der Erleichterung von sich.

Joe zog sein Taschentuch hervor und wischte sich den Schweiß ab. »Bist du es losgeworden?«

Frank nickte.

»Gut gemacht«, sagte Joe. »Gut gemacht, Frank.«

»Ich schätze, der alte Percy schuldet uns ein Bier nach der ganzen Sache«, sagte Frank.

»Das ist mehr wert als nur ein Bier«, sagte Joe.

»Wir konnten ihn einfach nicht in die Pfanne hauen«, sagte Frank.

Sie machten den Laden auf. Die Kundschaft, die den Laden vorhin geschlossen gefunden hatte, kam jetzt massenweise herein. Alle wollten wissen, was die Polizei hier zu tun hatte und ob das eine Leiche war, die die Männer von der Ambulanz abgeholt hatten. Joe und Frank erklärten, daß sie nichts sagen könnten. Die Fragen hörten nicht auf, und die Schlange der Kunden wurde länger.

»Wenn Sie mich fragen«, sagte eine Frau, die für ihr Getratsche berüchtigt war, »das war der alte Knabe, der hier den Fußboden wischt. Der war viel zu alt, um in einem Geschäft zu arbeiten.«

»Falls Sie Percy Maddox meinen, liegen Sie falsch«, sagte die nächste Frau in der Schlange. »Percy fehlt nichts. Da kommt er gerade mit seinem Fahrrad die Straße runter.«

Joe ließ das Hackbeil fallen, das er gerade benutzte, und trat ans Fenster. Frank kam zu ihm und pfiff leise vor Überraschung.

»Verrückter alter Kerl«, sagte Joe wütend. »Was glaubt er, das er hier zu suchen hat? Der sollte doch längst in Spanien sein!«

Durch das Fenster beobachteten sie, wie Percy vor dem Laden stoppte und vom Rad stieg, seine Hosenklammern abmachte und das Fahrrad zum Seiteneingang schob. Einen Moment später erschien er im Laden, ein kleiner, glatzköpfiger, besorgt dreinblickender Mann in einem abgewetzten grauen Anzug. Er griff sich seine Schürze vom Haken und band sie um. »Morgen, die Damen«, sagte er zu der Schlange, dann drehte er sich zu Joe um und sagte: »Morgen, Joe. Soll ich das Fenster in Ordnung bringen? Sieht ja fürchterlich aus.«

Joe sagte: »Was machen Sie da, einfach so hier reinzukommen?«

»Tut mir leid, daß ich mich verspätet habe«, sagte Percy. »Die Polizei hat mich aufgehalten.«

»Sie sind bei der Polizei gewesen?« fragte Joe mit schriller Stimme. »Was haben Sie denen erzählt?«

Frank sagte: »Hören Sie, mir ist da gerade etwas eingefallen. Ich geh' mal rasch und hole es.« Er fing an, seine Schürze aufzubinden.

Aber er war langsamer als Joe, der seine bereits abgelegt hatte. Er sagte: »Du bleibst hier. Ich gehe.«

Während Frank noch sagte: »Aber Sie wissen doch gar nicht, wo ich es hingetan habe«, war Joe schon hinter der Theke raus und draußen auf der Straße. Er kam nicht weit. Wie aus heiterem Himmel packten ihn zwei Polizisten. Ein Streifenwagen kam heran, man schob ihn auf den Rücksitz. Der Wagen fuhr mit aufblitzendem Blaulicht fort. »Wer ist der Nächste?« fragte Percy, der Joes Platz hinter der Theke eingenommen hatte.

Ungefähr eine Stunde später, als die Warteschlange sich aufgelöst hatte und Frank und Percy allein im Laden waren, sagte Frank: »Was wird mit Joe passieren?«

»Jede Menge Fragen, nehme ich an«, sagte Percy. »Du weißt, daß Mr. Pugh tot aufgefunden wurde, nicht wahr?«

»Ich war doch derjenige, der ihn entdeckt hat.«

»Nun, Joe muß ihn umgebracht haben.«

»Joe? Wir dachten, Sie wären es gewesen.«

Percy blinzelte. »Ich, mein Sohn?«

»Als Sie heute morgen nicht kamen, dachten wir, Sie hätten sich nach Spanien abgesetzt, mit dem Flugticket, das Mr. Pugh auf die Theke gelegt hatte.«

»Aber warum hätte ich Mr. Pugh umbringen sollen, nach all den Jahren?«

»Nun, wegen des Ärgers, den er Ihnen machte — all die vielen Arbeitsstunden, ohne jemals ein Wort des Dankes zu hören. Ausbeutung, so hat Joe das genannt.«

»Tatsächlich, bei Gott«, sagte Percy mit einem Lächeln.

»Er sagte, am Samstag hätte es eine Szene gegeben, weil Sie die Kühlhaustür offenließen. Er sagte, das wäre ihm so peinlich gewesen, daß er nach Hause gegangen wäre, während Mr. Pugh noch auf Ihnen herumhackte.«

Percy schüttelte den Kopf. »Mein Junge, das stimmt nicht. Am Samstag bin ich vor Joe nach Hause gegangen. Mr. Pugh hatte mir gesagt, es wäre besser, wenn ich nicht dabeibliebe, wenn er mit Joe ein ernstes Wort redete. Wir hatten Joe in Verdacht, verstehst du. Die Bücher waren nicht in Ordnung. Es gab große Unstimmigkeiten. Mr. Pugh und ich beschlossen, die Sache eine Woche lang sorgfältig zu prüfen und ihn am Samstag nach Ladenschluß mit den Beweisen zu konfrontieren.«

Franks Augen weiteten sich.

»Mr. Pugh und Sie?«

»Ja. Du solltest das nicht wissen, und Joe auch nicht, aber Mr. Pugh machte mich letztes Jahr zu seinem Partner, als ich fünfzig Jahre in dem Laden voll hatte. Nett von ihm, nicht wahr? Ich sagte ihm, ich könnte niemals der Manager sein und wollte ganz bestimmt nicht Joe auf die Füße treten, deshalb einigten wir uns darauf, die Partnerschaft geheim zu halten, und ich machte weiter so wie immer mit meiner Arbeit, die ich am besten konnte. Aber wie die Dinge sich jetzt entwickelt haben, daß ich der überlebende Partner bin, kann ich das nicht mehr länger unter der Decke halten, nicht wahr? Das ist jetzt mein Laden. Ich bin der Boß.«

Frank schüttelte den Kopf und bemühte sich, alles zu verstehen.

»Dann haben Sie also die Polizei auf Joe angesetzt?«

Percy nickte. »Aber das war nicht meine Absicht gewesen. Ich wußte ja nicht, was passiert war. Am Sonntagmorgen kam Joe zu mir, um mit mir zu sprechen. Er sagte, Mr. Pugh habe seinen Plan, nach Spanien in Urlaub zu gehen, aufgegeben, weil die Betriebsprüfer kämen, um die Bücher zu prüfen, und er habe Joe gebeten, mir das Flugticket anzubieten. Ich glaubte ihm. Ich dachte, Mr. Pugh wollte mich außer Schußweite haben, um mir Unannehmlichkeiten zu ersparen.«

»Während es in Wirklichkeit Joe war, der Sie aus dem Weg haben wollte«, sagte Frank. Er rief sich die Ereignisse des Vormittags ins Gedächtnis zurück, wie Joe ihn dazu gebracht hatte, das Verbrechen aus Sympathie zu Percy zu vertuschen, während Percy in Wirklichkeit unschuldig war. Der Trick hätte beinahe funktioniert. Mr. Pugh war durch ein Unglück zu Tode gekommen. Niemand hatte einen Verdacht auf Mord, und niemand war auf den

Gedanken gekommen, Joe hätte ihn begangen. Aber jetzt war er unter Arrest.

»Nun, wenn Sie Joe nicht in Verdacht hatten«, sagte Frank zu Percy, »warum sind Sie dann nicht jetzt in Spanien? Warum sind Sie zur Polizei gegangen?«

Percy griff nach Joes Strohhut.

»Du weißt doch, wie das bei mir ist, mein Sohn. Seit Jahren habe ich keinen Urlaub gehabt, schon mal gar keinen im Ausland. Ich hab' nicht mal 'nen Reisepaß. Ich fuhr zur Polizei, um mich zu erkundigen, wo ich einen bekommen könnte, und...« Er reichte Frank den Strohhut. »Jetzt brauche ich einen neuen Manager, oder?«

Deutsch von Benno F. Schnitzler

Brennende Brücken

James Powell

Im selben Moment, als Barber den Ball vom Abschlag des sechsten
Loches schlug, kam ihm der Verdacht, daß Hicks nicht mehr unter
den Lebenden war. Barbers Haltung, sein Schwung und die ganze
Art, wie er den Schlag durchführte, die ganze Verzweiflung des
Klubspielers, alle Gründe, aus denen er allein spielte, fügten sich
plötzlich perfekt zusammen. Der Ball flog in hohem Bogen glatt
über den Wassergraben am Ende des Fairways und fiel wie eine
reife Pflaume auf das Grün. Ja, Hicks war tot. Der Ball rollte auf
die Fahne zu und fiel ins Loch, und das war, nun ja, ein kleiner
Extrabonus. Barber verstand genug von Golf, um zu wissen, daß
ein As reine Glückssache war. Aber so war Hicks, ein großartiger
Sportler und ein verdammter Glückspilz. Bis jetzt. Auf Barbers
Gesicht zeigte sich der Anflug eines kleinen, traurigen Lächelns. Er
rollte mit dem goldfarbenen Golfkarren zurück in die Richtung des
Klubhauses, ohne sich seinen Ball wiederzuholen. Die Sache mit
dem As würde er für sich behalten. Sonst würde nur wieder das
Kopfschütteln einsetzen. Solange Barber zurückdenken konnte,
war es immer schon so gewesen. Zuerst schüttelten sie mit unglä-
bigem Staunen den Kopf darüber, daß der Apfel so weit entfernt
vom Stamm fiel, daß Titus Barbers Sohn so gänzlich ohne Biß,
antriebslos und linkisch geriet. Danach im College wieder, diesmal
über die wilde Meute, der Barber sich angeschlossen hatte. Kürzlich gab Barber denselben Köpfen erneut einen Grund zum Schütteln, als er das Bild, das sie sich von ihm gemacht hatten, total
durcheinanderbrachte. Seit zehn Jahren hatte er das College nun
hinter sich gelassen, und seitdem hatte er nicht nur die Firma seines
Vaters komplett umstrukturiert, sondern auch noch eine neue Pro-

duktreihe entwickelt, die Barbers Textilien zu einem der drei führenden Hersteller von Damenstrumpfhosen machte. Wenn Barber auf seine Wandlung zurückblickte, dann wunderte er sich selbst wohl mehr als jeder andere darüber. Hicks Tod schien nun zu bestätigen, was er seit einiger Zeit schon vermutete: Es hatte irgend etwas mit den Vier Musketieren zu tun.

Seit der High-School waren sie die besten Freunde — Hicks, der Supersportler der Gruppe; Serne, der Anführer und Kopf, der die besten Ideen hatte; der Hitzkopf Hagerdorn mit dem gellenden, schrillen Gelächter und dem Organisationstalent; Lundeen, dem, wenn er nicht gerade die Mädchen abwehren mußte, nichts zu gefährlich war. Und Barber. Die Vier Musketiere, so nannten sie sich. Einer für alle und alle für einen. Der Name war Sternes Idee, eine Anspielung auf Barbers nichtssagende Persönlichkeit. Sie nannten ihn immer ›den kleinen Mann, der eigentlich gar nicht da war‹. Barber hatte nichts dagegen. Allein war er schüchtern, plump und wortkarg, weniger unbeliebt als unscheinbar. Aber mit ihnen fühlte er sich so voller Leben und Sinn. Er erinnerte sich noch gut daran, wie aufgeregt er nach dem Abschlußball im zweiten Jahr der High-School war, als Sterne auf einmal mit der Idee ankam, eine der alten, überdachten Brücken, die immer noch die schmalen, wenig befahrenen Straßen in diesem Teil des Landes überspannten, anzuzünden. Sie kamen alle zusammen in einem Wagen. Als das Feuer hoch loderte, becherten sie reichlich und rasten abwechselnd über die brennende Brücke und wieder zurück. Es war eine Variante des alten Straßenspiels mit Namen ›Chicken‹, bei dem derjenige gewann, der sich traute, die letzte Überquerung zu wagen. Gewöhnlich war das Lundeen, der sich einen Teufel um die Gefahr scherte — was vielleicht einen Teil seines Erfolges bei Frauen ausmachte. Danach wurde das Brücken-Anzünden zum festen Bestandteil eines jeden Abschlußballabends der Vier Musketiere. Und sie haben es immer geschafft, nicht erwischt zu werden, obwohl es bei Brücke Nummer drei knapp wurde. Nachdem Barber seinen High-School-Abschluß in der Tasche hatte, wollte sein Vater ihn auf eines der großen Colleges im Osten schicken. Mit einem seltenen Anflug von Entschlossenheit jedoch setzte Barber durch, daß er ein nahegelegenes State College besuchen konnte, bei dem sich auch seine Freunde eingeschrieben hatten. Barber war dort nicht besonders erfolgreich. Nicht, daß er faul war, er war ein Arbeitstier. Wenn Sterne zwei Ideen zusammenfügte, konnte Barber förmlich sehen, wie sich daraus ein Funke entzündete. Wenn Hagerdorn über Mathematik redete, ergab alles einen Sinn. Und wenn der beliebte Billy Hicks ihn mit anderen Leuten bekannt machte oder Lundeen ihm die Kunst der Verführung demonstrierte (oder ›Puppen rumkriegen‹, wie er es nannte), dann erschien es wie die einfachste Sache der Welt. Wenn Barber aber allein war, zeigte sich weder eine Idee noch ein Funke, keine Rechnung schien aufzugehen, und die Menschen machten ihn nervös — vor allem Frauen. Tatsächlich stand er Lundeens verwegener Art im Umgang mit dem anderen Geschlecht derartig ehrfürchtig gegenüber, daß Sterne ihm einmal von der gegenüberliegenden Ecke des Zimmers aus ein Buch an den Kopf geworfen hatte, mit der zornigen Bemerkung: »Denk dran, sogar Don Juan zieht seine Hosen aus, indem er zuerst aus einem Hosenbein steigt, dann aus dem anderen.«

Schließlich näherten sich die Collegetage ihrem Ende und entließen alle fünf der Vier Musketiere auf ihre verschiedenen Lebenswege. Sterne, der sich im Collegetheater engagierte, reiste nach Cape Cod, wo er während der Sommersaison als Bühnenarbeiter blieb. Später ging er nach New York und begann, Stücke zu schreiben. Hagerdorn ging als Diplom-Betriebswirt nach Wharton. Hicks, der schon im College ein Footballstipendium hatte, wurde von einem großen Profiverein angeworben. Lundeen ging in den Süden und arbeitete dort für einen Onkel, der Teilhaber einer Versicherungsagentur war. Barbar fuhr nach Hause zu Barber Textilien.

Die nächsten paar Jahre wurden zu den unglücklichsten in Barbers Leben. Sein Vater schob ihn von einer Abteilung zur nächsten, damit er sich mit jedem Aspekt der Firma vertraut machen konnte, die er später einmal führen sollte. Barber schuftete sich vom Verkauf zum Einkauf, von der Spinnerei zur Personalabteilung, und wohin er auch kam, erntete er Kopfschütteln. In seinem fünften Jahr wurde er dem Rechnungsprüfer zugeteilt, der mit Barber verwandt war, weil er in die Familie eingeheiratet hatte. Barber fühlte sich ihm geistesverwandt, denn auch der Rechnungsprüfer war ein Arbeitstier.

Eines Tages kam Barber aus heiterem Himmel mit einem Plan an, wie die Firma ihren seit langem gewachsenen Schuldenberg, dessen enorme Ausmaße Barber zuerst kaum fassen konnte, abtragen konnte. Der Rechnungsprüfer starrte auf die Kalkulationen, die vor ihm lagen. Seine Finger trommelten. Schließlich mußte er zugeben, daß er sich keinen Grund vorstellen konnte, warum der Plan nicht funktionieren sollte. Barber lachte mit schriller, hoher Stimme. Die beiden Männer eilten quer durch die Vorhalle zu Barber Senior. Am selben Nachmittag noch wurde die Firma darüber unterrichtet, daß Barber zum Assistenten des Geschäftsführers ernannt wurde, um von dieser neu eingerichteten Position aus die Sanierung des Unternehmens in die Wege zu leiten.

Am nächsten Morgen kam Barber zum Frühstück herunter und grübelte über eine geplante Umbesetzung im mittleren Management. Und ohne von seiner Grapefruit und der Zeitung hochzuschauen, sagte sein Vater: »Hier steht, daß einer deiner Freunde tot ist. Dieser junge Hagerdorn, der mit dem wiehernden Lachen. Er steigt in der Wall Street aus dem Taxi und fällt tot um. Herzinfarkt.« Barber war selbst überrascht, wie wenig ihm Hagerdorns Tod naheging. Er versuchte, ihn zu betrauern, aber er spürte keinen echten Verlust. Merkwürdigerweise fühlte er sich Hagerdorn jetzt näher als jemals zuvor.

In den darauffolgenden Jahren machte sich Barber einen Namen in der Textilbranche. Ein Porträt über ihn, der in ›Modernes Garn und Spindel‹ erschien, sprach vom ›neuen, abgespeckten Erscheinungsbild bei Barber Textilien‹. Auch Sterne schaffte es, in die Zeitungen zu kommen. Er war Autor einiger Off-Broadway-Produktionen, heiratete eine bekannte Schauspielerin und ließ sich wieder scheiden. In der Zwischenzeit mußte sich Billy Hicks wegen einer Knieverletzung vom aktiven Football zurückziehen und fuhr jetzt Stock-Car-Rennen. Lundeen war wieder zurück in die Stadt gekommen und hatte sich mit dem Erbe, das ihm sein Onkel hinterlassen hatte, eine eigene Versicherungsagentur aufgebaut. Barber und Lundeen trafen sich von Zeit zu Zeit zum gemeinsamen Mittagessen. Lundeen hatte sich kein bißchen verändert. Er sah immer noch übernächtigt aus. Barber sorgte dafür, daß er mit Barber Textilien abschließen konnte. Ein Jahr später zog Hicks mit Frau und

Kindern wieder in die Stadt und gründete draußen am Flughafen eine kleine Luftfrachtgesellschaft.

Eines Sommers mietete Hicks ein Strandhaus an einem von North Carolinas abgelegeneren Stränden in der Nähe von Cape Hatteras. Wann immer Barber sich freimachen konnte, fuhr er zum Surfen und Fischen hin. An einem verlängerten Wochenende schloß sich ihnen auch Lundeen in Begleitung einer auffallenden Rothaarigen namens Maura an, die einen großen, schlaffen Hut trug, um ihre Haut vor der Sonne zu schützen. Als sie nachmittags ankamen, war es windig, und Maura mußte ihren Hut mit dem Unterarm festhalten, der bald so rot wie gekochter Hummer wurde. Am Samstag wagte sie sich nicht unter ihrem Sonnenschirm hervor. Aber sie schlief im Schatten auf einem Liegestuhl ein, und die Sonne drehte sich. Sie wachte mit einem schlimmen Sonnenbrand auf. Ein Bein hatte einen diagonalen Streifen weißer Haut an der Stelle, wo ihr anderes Bein darüber gelegen hatte. Barber sagte sich, daß ihn das Bein irgendwie an eine Zuckerstange erinnerte, oder an den nahegelegenen Leuchtturm, nur waren dessen Diagonalstreifen schwarz-weiß. Aber erst im Herbst desselben Jahres, an einem unfreundlichen, kühlen Tag mit nassen Blättern im Rinnstein, fielen ihm das Zuckerstangenbein und der Leuchtturm von Hatteras wieder ein, und er bekam plötzlich die Idee, die Barber Textilien im ganzen Land bekannt machen sollte. ›Lighthouse Legs‹ sollte sie heißen, die neue Damenstrumpfhosen-Serie, die sich in Form und Farbe an den einzigartigen Mustern der Küstenleuchttürme orientierte. Jeder in der Modebranche hielt es für eine erstklassige Idee.

Am nächsten Morgen beim Frühstück sagte Barbers Vater: »Hier steht, daß dein Freund Sterne auf Martha's Vineyard gestorben ist. Er hat's selbst getan, heißt es.« Barber nahm die Zeitung, die ihm sein Vater reichte, und las Sternes kurzen Nachruf. Als er zu der Stelle kam, die den Bühnenautoren als Schreiber ›spröder Mixturen aus aufgeblasenen Dialogen und eindimensionalen Charakteren‹ bezeichnete, warf er die Zeitung in einem plötzlichen Anflug von Rage, der ihn selbst überraschte, gegen die Wand.

Aber er hatte wenig Zeit, um Sterne zu trauern. Die Werbekampagnen und Verkaufsstrategien für ›Lighthouse Legs‹ nahmen Barbers ganze Zeit in Anspruch. Er baute die Kampagnen auf einer Landkarte des Landes auf, wobei die einzelnen Bereiche nicht in Staaten aufgeteilt waren, sondern in Leuchtturmbezirke, und gab witzige Erklärungen in der Medienwelt ab, wonach Frauen, deren Strumpfhosen nicht zum Muster des nächstgelegenen Leuchtturms passen, mit Strafen zu rechnen hätten. Bei der Käuferschicht kam die ganze Sache als witzige Idee gut an. Zwei täglich ausgestrahlte Fernsehshows woben gleichzeitig die ›Lighthouse Legs‹ in die Handlung desselben Abends ein, ein Zufall, über den in parallelen Ausgaben von ›Time‹ und ›Newsweek‹ berichtet wurde.

In diesem Jahr wurden die ›Lighthous Legs‹ zum Moderenner der Damenbekleidung. Sogar nach der ersten, spontanen Welle der Begeisterung konnten sie sich zwischen dem ›Kleinen Schwarzen‹ und dem Tweedrock ihren Stammplatz in der Standardgarderobe erobern.

Barber Senior war von der Leistung seines Sohnes derart begeistert, daß er sich aus der Firma zurückzog und seinen Sohn zum Nachfolger bestimmte. Und gegen Ende des ersten Jahres als Geschäftsführer heiratete Barber. Während Barber und seine Frau in Europa auf Hochzeitsreise waren, starb Barbers Vater im Schlaf.

Barber hatte seine Frau Laurel in der Designabteilung bei Barber Textilien kennengelernt; sie arbeitete dort am Lighthouse-Projekt mit. Sie war eine große, vitale Frau mit geradelinigem, selbstbewußten Blick und rastloser Ausstrahlung. Regional hatte sie sich als Künstlerin mit ihren eigenen Arbeiten bereits einen beachtlichen Namen gemacht und war dabei, auch an der Ostküste mit ihren ›geladenen Mobilskulpturen‹, wie sie es nannte, Aufmerksamkeit zu erregen — so wie jene kunstvollen, ferngesteuerten Konstruktionen aus Feuerwerkskörpern, Räderwerk und zischenden Raketen, die sie für die Feierlichkeiten zum hundertsten Geburtstag der Freiheitsstatue gebaut hatte. Als Barber sich zum ersten Mal mit ihr verabreden wollte, lehnte sie ab. Die Einladung schien sie aufrichtig zu überraschen. Und sie sagte auch weiterhin nein, bis Barber schließlich zu der Überzeugung kam, daß der Fall hoffnungslos sein müsse. Durch die Arbeit kamen sie ein paar Monate später wieder zusammen, und er fragte sie erneut, ob sie mit ihm ausgehen wolle. Er wußte selbst nicht, warum er es tat — vielleicht, weil sie ein bißchen niedergeschlagen schien. Sie konterte mit einer Gegeneinladung. Nächsten Freitag werde unten in der Stadt eine Ausstellung ihrer Arbeiten in einer Galerie eröffnet. Ob er wohl mit ihr zusammen hingehen würde?

Die Galerie war sehr hell, quoll über vor Menschen und Laurels ›geladenen Mobilskulpturen‹. Ihre Werke waren jetzt alle elektronisch programmiert. Eines beispielsweise hatte sie ›Anrufbeantworter‹ getauft; es setzte sich mit rauhen, heiseren Geräuschen und mechanischen Bewegungen in Gang, sobald man es ansprach. Ein anderes, ›Zwitscherndes Futter à la mode de Paul Klee‹, ähnelte einem Topf mit zweigeteiltem Deckel, der auf und ab flatterte und dabei piepsende Geräusche von sich gab, sobald man sich ihm näherte. Blieb man dann eine Weile davor stehen, so stießen quietschende, metallene Vogelköpfe aus dem Inneren des Topfes hervor. Schließlich begannen die beiden Deckelteile wie mit Flügeln zu schlagen, als wollten sie dem Topf davonfliegen. Barber fand ihre ganzen Arbeiten sehr clever, und er freute sich, als er Lundeen in Begleitung von Dixie Thomas dort traf — sie war eine stadtbekannte Schönheit, die mit einem von Lundeens größten Kunden verheiratet war —; außerdem war er stolz, endlich auch einmal mit einer attraktiven Frau gesehen zu werden.

Nach der Eröffnung der Galerie nutzte Barber jede Gelegenheit, die sich ihm bot, um mit Laurel auszugehen. Er sagte sich, daß ihre kühle Haltung ihm gegenüber sich im Laufe der Zeit schon geben werde. Er wußte, daß sie gerne gut lebte, schnelle Autos liebte und davon träumte, bei Barber Textilien aufzuhören, um sich ganz ihrer eigenen Arbeit widmen zu können. Er ermahnte sich, vorsichtig zu sein, sie nicht vorschnell mit dem Angebot, all jene Dinge wirklich haben zu können, zu überrumpeln. Und obwohl er sich diesen guten Rat gegeben hatte, bot er ihr dies alles kaum zwei Monate nach der Galerieeröffnung an. Er war fast überrascht, daß sie annahm. Billy Hicks war Trauzeuge bei der Hochzeit. Barber hätte lieber Lundeen gefragt, aber der war gerade mit Dixie Thomas durchgebrannt.

Als Mrs. Barber spielte Laurel ganz die charmante Gastgeberin und vertrat ihren Ehemann bei verschiedenen Bürgerkomitees, die sich für gute Zwecke einsetzten. Manchmal schlief sie sogar in einem Anflug von gehetzter Zügellosigkeit mit ihm. Aber die Zeit wirkte keine Wunder. Es kam sogar noch ärger, denn gegen Ende des fünften Ehejahres hatte Barber das Gefühl, daß sein Frau ihn nur mit allergrößter Anstrengung um sich herum ertragen konnte. Unglücklicherweise liebte er sie jetzt sogar noch mehr als am Anfang. Er verkaufte Barber Textilien an eine internationale Unternehmensgruppe und erzählte überall herum, daß er jetzt Dickens lesen und sich nur noch um seine Investitionen kümmern wolle. Aber sein eigentlicher Grund war die verzweifelte Hoffnung, daß er die Situation mit seiner Frau dadurch ändern könnte, daß er mehr Zeit mit ihr verbrachte.

Mit dem Golfspielen hat er erst später angefangen. Die Wahrheit war, daß Laurel sich darüber beschwert hatte, ihn den ganzen Tag um sich zu haben. Sie hatte ihm auch gesagt, daß er zugenommen habe. Also fing er an, Golf zu spielen, jeden Morgen einsame neun Löcher. Durch das Spiel fand er erstmals die Muße, über die Veränderungen in seinem Leben nachzudenken, die mit Hagerdorns und Sternes Tod eingetreten waren. Und während er noch nachdachte, kehrten seine Gedanken zu dem alten Polizisten zurück, der sie damals, vor so vielen Jahren, fast erwischt hätte, als sie ihre dritte Brücke anzündeten.

Sterne rechnete damit, daß man diesmal, am Abend des dritten Abschlußballes, nach ihnen Ausschau halten würde. Also rief er die Feuerwehr zu einem falschen Alarm zu einer anderen überdachten Brücke, die gut zwanzig Meilen entfernt war. Aber während sie noch herumstanden, Bier tranken und darauf warteten, daß die Flammen für ihr Spiel hoch genug loderten, bremste hinter ihnen plötzlich ein städtischer Polizeiwagen. Nachdem er etwas über Funk durchgegeben hatte, stieg ein fetter, alter Polizist aus, zog sich mit kurzem Ruck die Hosen hoch und schlenderte langsam auf sie zu.

»Nur keine Aufregung«, flüsterte Sterne und nickte allen vielsagend zu. Barber und die anderen verstanden, was er vorhatte. Sie hatten alles, was sie zum Feuerlegen gebraucht hatten, draußen auf der Brücke gelassen.

»Was zum Teufel ist hier los?« fragte der Polizist streng.

»Wir dachten, Sie könnten uns das sagen«, entgegnete Sterne.

»Wir sind gerade erst gekommen.« Er nickte mit ernstem Gesichtsausdruck in Richtung Brücke, als wäre dieser Anblick schrecklich für ihn.

Der alte Polizist musterte zuerst Sterne, dann den Rest von ihnen. In diesem Moment wurde ihnen klar, daß der Polizist genau wußte, daß er sie höchstens für unerlaubten Alkoholkonsum zur Rechenschaft ziehen konnte. Sie warteten steif darauf, daß der Polizist etwas sagte. Dann streckte Hagerdorn seine Handballen in die Richtung des Feuers aus, um sie zu wärmen, und sprach: »Zumindest ist es jetzt nicht mehr so kühl.« Die anderen versuchten, sich das Lachen zu verkneifen, aber dann brach es doch los — Hagerdorns Eselswiehern lauter als alle anderen.

Der alte Polizist nahm seinen Hut ab. Während er ihn festhielt, wischte er sich mit der Armbeuge über die Augenbrauen. Barber erinnerte sich an das vom flackernden Feuer und der Dunkelheit gesprenkelte Gesicht des Mannes. Und er hatte nie vergessen, was er zu ihnen sagte. »Ihr seid schon was«, sprach er. »Ich glaube, man muß euch junge Männer alle fünf zusammenwickeln, um einen einzigen passablen Menschen aus euch zu machen.«

»Gerade hat man es im Radio durchgegeben, Mr. Barber«, sagte Roy, der sich um die Schließfächer von Barbers Sportklub kümmerte, und hielt ihm Seife und ein frisches Handtuch entgegen. »Ihr Freund Mr. Hicks wurde bei einem Unfall auf dem Flughafen getötet.«

»Ja, ich weiß«, entgegnete Barber feierlich und lief auf die Dusche zu. Während er sich einseifte, dachte er sich, daß die Worte des alten Polizisten die einzige Erklärung dafür abgaben, was mit ihm passiert war. ›Alle für Einen‹ — das Motto der Vier Musketiere hatte auf einmal einen operativen Charakter, wobei Barber ›der Eine‹ war — der Eine, einzige passable Mensch, der daraus entstehen würde, wenn man sie alle fünf zusammenwickelte. Aber Barber verstand die Worte des alten Polizisten anders. Für ihn waren Sterne, Hagerdorn und Hicks so etwas wie Teile seiner selbst, die er ausgeliehen hatte und die er erst dann wiederbekam, wenn der Tod die Dinge für ihn regelte. Und wenn Lundeen erst einmal tot war, dann hätte man ihm alles zurückgezahlt — Lundeens Anziehungskraft auf Frauen würde dann ihm gehören. Und dann, Barber war sich sicher, könnte er Laurel halten. Immer vorausgesetzt, daß Lundeen bald starb. Hicks Tod lieferte Barber die perfekte Gelegenheit, diesem Ereignis ein bißchen nachzuhelfen.

Barber fuhr nach Hause und nahm sich vor, Lundeen sofort anzurufen. Als er in die kreisförmige Einfahrt einscherte, stieg ein sichtlich trauernder Lundeen gerade aus seinem Wagen, der vor dem Haupteingang parkte. »Ich glaube, Hicks hat einen würdigen Abgang verdient«, sagte Barber. Lundeen verstand sofort. Die Idee gefiel ihm. »Der Scheiterhaufen für einen Musketier, Kumpel«, stimmte er zu.

Gleich nach Billy Hicks Beerdigung verließen sie den Friedhof und fuhren in getrennten Wagen zurück zu Barber. Ein paar Tage zuvor hatten sie ein altes Auto gekauft, das jetzt hinter dem Haus parkte. Die Brücke, die sie sich ausgesucht hatten, spannte sich über ein gut hundert Fuß tiefes Flußbett — mehr ein Rinnsal inmitten von Geröll, denn es war ungewöhnlich trocken in diesem Jahr. Die Brücke würde höchstwahrscheinlich ohne viel Rauchentwicklung brennen. Kurz vor der Brücke schlängelte sich ein kleiner Verbindungsweg bergauf zu dem Sendemast einer regionalen Fernsehstation. Aber ansonsten bestand kein Grund dafür, hier entlangzufahren. Es sei denn, jemand wollte sich die überdachte Brücke anschauen, die die längste des ganzen Bezirks war. In den High-School-Tagen war sie den Vier Musketieren nur deshalb durch die Lappen gegangen, weil damals auf der anderen Seite des Weges in einem kleinen Haus ein alter Farmer und seine Frau lebten, die sich zur Ruhe gesetzt hatten. Gemäß den Traditionen der Gegend hatten die Kinder dieses Haus gebaut, nachdem sie die elterliche Farm übernommen hatten. Aber nachdem die beiden Alten vor einigen Jahren gestorben waren, wurde das Haus verkauft und zugunsten einer stadtnäheren Lage aufgegeben. Die Brücke hatte Bretterwände und ein geteertes Schindeldach. Es war rot angestrichen. Wenn man sie befuhr, hatte man den Eindruck, als käme man in eine lange Scheune mit offenem Ende. Die Holzdielen verursachten ein tiefes Grollen unter den Rädern. Nachdem Barber und Lundeen in der Mitte angekommen waren, hielten sie an und luden zwei

Kanister ab, die jeweils drei Gallonen Farbverdünner enthielten, und stellten sie auf den fußbreiten, vierkantigen Balken ab, die das Skelett der Brückenkonstruktion bildeten. Nachdem sie den Wagen am Rande der Straße, die auf die Brücke zuführte, geparkt hatten, gingen sie zurück zu den beiden Kanistern. Sie tränkten das mittlere Drittel der Brücke und warteten ein, zwei Minuten lang, bis die Flüssigkeit eingezogen war. Schnell schossen die Flammen über das Holz, als Lundeen die Fackel aus zusammengerolltem Zeitungspapier auf den Boden warf. Zurück beim Wagen, langte Lundeen in das Innere und förderte einen Sechserpack Bier zutage, den er an Barber weiterreichte. Barber öffnete die erstbeste Büchse, sie stießen mit blechernem Klicken an und tranken auf das Andenken von Billy Hicks. Schließlich setzten sie sich auf die Kühlerhaube und beobachteten, wie das Feuer beständig größer wurde.

Nach einer Weile sagte Lundeen: »Jetzt, nach dem Abgang von Billy Hicks, kann man wirklich ins Grübeln kommen und an die alten Zeiten denken. Und immer, wenn ich das mache, weißt du, was mir dann in den Sinn kommt? Nichts für ungut, alter Kumpel, aber wenn ich an die alten Zeiten denke, dann erinnere ich mich daran, wie du früher einmal warst. Na ja, so ein absoluter Niemand, damals. Mann, hast du dich verändert! Du bist jetzt ein ganz anderer Mensch. Teufel auch, du bist viele verschiedene andere Menschen! Und ich, ich mache immer noch dasselbe.«

»Immer noch die Puppen rumkriegen, meinst du?« fragte Barber schnell. Einen kleinen Moment lang befürchtete Barber, daß Lundeen anfing, alles zu begreifen.

Lundeen seufzte wie jemand, der gerade versucht hatte, etwas ungemein Wichtiges in Worte zu fassen, trank noch einen weiteren Schluck Bier und antwortete leise: »Klar, immer noch die Puppen rumkriegen.«

Barber bemerkte überrascht, daß er sein ganzes Bier schon getrunken hatte. Er war nervös. So einfach sein Plan war, er war nicht ohne Gefahr. Obwohl er jetzt Billy Hicks Glück und Geschicklichkeit hatte. Sein Plan war, Lundeens draufgängerischen Leichtsinn für sich arbeiten zu lassen, damit sich sein Freund selbst tötete. Egal, wie viele Male Lundeen über die Brücke fuhr, Barber würde ihn stets überbieten, bis Lundeen — der sich nie geschlagen geben würde – gezwungen war, den letzten, tödlichen Anlauf zu nehmen.

Barber schleuderte die leere Bierdose in den Straßengraben und sprang vom Wagen herunter. »Musketiere, macht euch bereit!« rief er laut, denn er hatte das Los gezogen, als erster an den Start zu geben. Auch Lundeen kletterte vom Wagen und beobachtete die Flammen mit abwesendem Gesichtsausdruck. Barber glitt hinter das Steuer, fuhr den Wagen zurück auf die Straße und trat das Gaspedal durch. Er hatte das alles schon oft genug gemacht, um zu wissen, daß die ersten paar Überquerungen noch nicht besonders schwer waren. Aber als er schließlich da war, war er überrascht, wie schnell sich die Flammen ausgebreitet hatten und wie heiß der Wind über seine Wange strich, als er mit dem Wagen durch das Feuer raste. Er kam am anderen Ende an, drehte mit Hicks ganzer Geschicklichkeit den Wagen herum und fuhr wieder durch die Flammen zurück.

Lundeen setzte sich nicht sofort hinter das Steuer. Er stand da, eine Hand am Türgriff, und trank sein Bier aus. Dann sah er Barber an und sagte: »Wir werden langsam zu alt für solche Spielchen. Nein, ich meine es wirklich ernst. Überleg mal, nur noch wir beiden sind übrig, alter Kumpel.« Er stieg in den Wagen. »Deshalb will ich nicht, daß dir was zustößt. Ich will, daß du auf dich aufpaßt.« Lundeen lächelte. »Morgen fängst du damit an.« Kiesregen spritzte hoch, als er auf das Gaspedal trat und auf die Brücke zuraste.

Barber sah ihm mit aufrichtiger Zuneigung hinterher. Er konnte es nicht aushalten, Lundeen Böses zu wollen – genausowenig, wie man den eigenen Arm oder das Bein hassen kann. Ich tu' uns beiden nur einen Gefallen, sagte er sich, als der Wagen mit rauchenden Reifen wieder aus den Flammen hervorschoß.

»Es breitet sich sehr schnell aus«, sagte Lundeen. Trotzdem bestand er darauf, daß sie erst einmal noch ein Bier trinken sollten. »Auf Hagerdorn«, sprach er den Toast aus.

»Auf Hagerdorn«, fiel Barber ein, und hob eine frische Bierbüchse hoch. Das Feuer hatte mittlerweile auch auf das Dach übergegriffen – scheinbar wurden die Flammen vom Wind genährt. Er beobachtete, wie ein Schwall heißer Luft durch das Dach brach und brennende Schindeln hoch in den Himmel trug. Sie flatterten in das ausgetrocknete Flußbett wie ausgebrannte Feuerwerkskörper. Barber wandte seinen Blick ab. Aber er hörte, wie die Flammen krachten und das Gebälk wie Orgelpfeifen summte. Er trank einen langen Schluck und zwang sich zu sagen: »Wie klappt es bei dir? Hab' gehört, daß die Agentur nicht besonders gut läuft. Hab' gehört, daß du vorhast, die Stadt zu verlassen.«

»Ich habe das nicht nur vor«, sagte Lundeen, »ich verlasse die Stadt.«

»Wenn Geld der Grund sein sollte...« bot Barber an. Seltsam, daß er sein Angebot wirklich ernst meinen konnte, sogar während er dabei war, Lundeen dazu zu bewegen, sich selbst umzubringen. Lundeen schüttelte den Kopf, und Barber warf die Bierbüchse weg und setzte sich hinter das Steuer. Er wollte alles ein bißchen hinauszögern, aber die Flammen leckten mittlerweile schon aus dem Eingang heraus, er konnte nicht länger warten. Er trat das Gaspedal durch, und die lodernde Brücke raste ihm entgegen.

Die Hälfte der Brücke, das Straßenbett und die Wände brannten. Barber spürte die Hitze wie einen Schock, als der schneller werdende Wagen sich in die Flammen stürzte. Er konnte riechen, wie die Farbe Blasen warf. Eine Reihe von Brettern stürzte hinter ihm zusammen. Dann war er aus den Flammen heraus und wieder auf der Straße. Er biß die Zähne zusammen, drehte den Wagen um und schoß sofort wieder zurück in die Flammen. Nachdem er schon zur Hälfte die Brücke überquert hatte, stürzte ein brennender Dachsparren auf seine Windschutzscheibe und verwandelte sie auf der Beifahrerseite in ein Netz aus gesplittertem Glas, bevor er zur Seite herunterfiel. Im nächsten Moment war Barber wieder auf der Straße. Er zitterte am ganzen Körper, als er umständlich aus dem Wagen kletterte.

»War nett, mir das Geld anzubieten«, sagte Lundeen, als ob nichts gewesen wäre. »Aber ich kann es nicht annehmen. Es gibt nichts und niemanden, der mich hier hält.« Er teilte die letzte Bierbüchse mit Barber und fügte noch hinzu: »Woanders habe ich vielleicht mehr Glück.« Lundeen nahm sein Bier mit in den Wagen und schaute zurück. »Der hier ist für Sterne«, sagte er mit einem Lächeln. »Und noch was — egal, was die Leute sagen, denk immer daran, daß ich dir nie was Böses wollte.«

Ein verdutzter Barber mußte sich zusammenreißen, um ihn nicht zurückzurufen. Er schaute Lundeen nach, der das vom Feuer geschwärzte Fahrzeug wieder in das Inferno der Brücke jagte. Das Dach war jetzt komplett in Flammen eingehüllt. Im Gebälk krachte und ächzte es. Plötzlich brach ein Teil der Dachsparren auf die Brücke herunter. Barber schüttelte den Kopf und trauerte um seinen Freund. Einen Moment später röhrte der Wagen aus den Flammen heraus. Er war versengt und rauchte, auf seinem Dach lag ein brennender Balken.

Lundeen war weiß wie ein Gespenst, als er aus dem Wagen stieg. »Es ist unmöglich, daß du es schaffst«, sagte er beschwörend und versuchte, Barber am Arm zurückzuhalten, als der in den Wagen einsteigen wollte. »Der alte Lundeen hat mal wieder gewonnen, was?« Aber Barber fluchte und stieß ihn zur Seite. Er setzte sich ans Steuer und legte den Rückwärtsgang ein, um einen größeren Anlauf zu haben. »Sei kein verdammter Narr!« rief Lundeen.

Zähneknirschend fuhr Barber wieder auf die Brücke zu. Vor ihm lagen nur verschlingende Flammen und herabstürzendes, brennendes Holz. Die Brücke brüllte wie ein Tier, und Barber brüllte zurück. Seine Raserei trug ihn hinein in das Feuer und zum anderen Ende wieder heraus, und es senkte sich eine seltsame Ruhe über ihn. Als er den Wagen wendete, wußte er auf einmal ganz sicher, daß er es schaffen würde und daß Lundeen danach einen neuen Anlauf wagen mußte und dabei umkommen würde.

Er lächelte, als er wieder zurück auf die Brücke fuhr. Aber plötzlich, als er gerade in die Flammen hineingefahren war, hörte er einen scharfen Knall, und der Motor starb ab. Er pumpte das Gaspedal durch, aber nichts passierte. Im Ausrollen entkam er halbwegs den Flammen. Barber kämpfte gegen den Rauch und die Hitze an, rang mit dem ungewohnten Türgriff. Durch die Windschutzscheibe, durch die Flammen sah er Lundeens angstverzerrte Augen, als er auf die Brücke zustürzte und versuchte, zu ihm zu gelangen. Der arme Lundeen, dachte Barber voller Mitgefühl. Er versteht es. Im selben Moment gelang es Barber, die Tür zu öffnen.

Laurel Barber war im Vorstand des Komitees, das die Gelder für den neuen chirurgischen Flügel des Krankenhauses beschafft hatte. Nun saß sie ganz alleine, ein schmales Band um die Stirn, in dem kleinen Warteraum. Als die Polizei zu Hause auftauchte, rechnete sie damit, daß man ihr die Nachricht vom Tod ihres Ehemanns überbrachte. Aber statt dessen sagten sie ihr, daß ihr Ehemann und sein Freund, Mr. Lundeen, einen schlimmen Unfall hatten. Lundeen? Und dann wurde sie ohnmächtig, schlug sich beim Fallen den Kopf an der Kante des Tisches an, der in der Eingangshalle stand. Aber das war nicht so schlimm. Sie sah nur wie eine verzweifele Gattin aus.

Jetzt ging es ihr schon wieder besser. Der Doktor war gerade gekommen und berichtete ihr vom Zustand ihres Ehemannes. Er lag auf dem Operationstisch. Der Doktor sagte, daß die nächsten paar Minuten kritisch wären. Er sagte, daß ihr Mann wohl nicht mehr am Leben wäre, wenn nicht die Explosion die Seitenwand der Brücke herauskatapultiert hätte und Barber gleich hinterher — aber sie konnte sehen, daß man wenig Hoffnung hatte, daß er durchkäme. Mit Lundeen war es anders. Er wurde von herumfliegende Trümmern getroffen, als er versuchte, zu Barber vorzustoßen. Eine schlimme Gehirnerschütterung. Aber nichts Ernsteres. Er war nicht bei Bewußtsein, aber seine Vitalfunktionen waren gut.

Laurel dankte dem Doktor. Aber nachdem er wieder gegangen war, setzte sie sich nicht wieder hin. Statt dessen ging sie zum Fenster und schaute über die flachen Dächer, über die sich Belüftungs- und Heizsysteme erstreckten. Dieser Ausblick tröstete sie, er erinnerte sie an eines ihrer eigenen Werke.

Nun ja, nach einem beängstigenden Start, sah es doch noch so aus, als würde alles klappen. Sie wollte ihren Mann nicht umbringen. In gewisser Weise war sie ihm sogar dankbar dafür, daß sie ihn gegen Lundeen ausspielen konnte. Er hatte nie einen Verdacht gehegt, obwohl er einmal fast in sie hineingelaufen war, an diesem Tag, als Hicks starb. Sie hatten Glück gehabt, daß Lundeens Sekretärin angerufen hatte, nachdem der Flugzeugabsturz im Radio durchgegeben wurde.

Laurel wäre damit zufrieden gewesen, die Dinge einfach weiterlaufen zu lassen, so, wie sie sich nach Lundeens Rückkehr in die

Stadt entwickelt hatten. Aber dann fing Lundeen wieder damit an, die Stadt endgültig verlassen zu wollen, um irgendwo noch mal neu anzufangen. Sie stritten und trennten sich viele Male – nie wegen seiner kurzen Frauengeschichten, dazu kannte sie ihn zu gut, aber wegen der längeren, wie mit dieser blöden Kuh Dixie Thomas. Aber dieses Mal war es nicht wegen einer anderen Frau. Er wollte einfach weggehen, aus ihrem Leben verschwinden.

In ihrem rasenden Zorn redete sie sich ein, daß es Barber war, der ihrem Glück im Wege stand. Wenn er von der Bildfläche verschwunden war und sein Geld ihr gehörte, dann, sie war sich sicher, würde Lundeen bleiben. Oder sie konnten zusammen irgendwo hingehen. Oder, wenn es sich so ergeben sollte, könnte sie ihm eine Weile später folgen.

Sogar noch vor Hicks Tod hatte Laurel sich überlegt, wie sie ihren Ehemann umbringen konnte. Als Lundeen ihr zum ersten Mal von dieser Brückenanzünderei erzählt hatte, ihrem blödsinnigen Musketier-Scheiterhaufen, war sie außer sich, daß er dabei so einfach sein Leben aufs Spiel setzte. Aber auf einmal erkannte sie die maßgeschneiderte Gelegenheit. Sie baute aus einigen Teilen, die noch von den Konstruktionen für die Feierlichkeiten zum Geburtstag der Freiheitsstatue übrig geblieben waren, einen kleinen Zündmechanismus und schloß ihn an die Benzinpumpe des alten Wagens an, den sie benutzen wollten. Lundeen hatte sie nichts davon erzählt. Er hätte es niemals zugelassen, daß seinem guten alten Kumpel Barber ein Haar gekrümmt wird. Und tatsächlich war in den letzten Monaten ihre verzweifelste Waffe gegen ihn die Drohung, alles Barber zu erzählen, wenn er sie noch ein einziges Mal verließe.

Und während Lundeen und ihr Mann ihr grausames, kleines Ritual abhielten, wurden sie von Laurel beobachtet, die mit der Zündfernbedienung auf dem Schoß in ihrem Wagen an der Straße, die zum Funkturm führte, parkte. Jedesmal, wenn Lundeen auf die Brücke fuhr, glaubte sie, sterben zu müssen. Aber sie wartete ab. Das Feuer mußte genau richtig sein, groß genug, daß der Wagen im Ausrollen ihren Mann nicht mehr aus den Flammen heraustragen würde. Im selben Moment, als sie auf den Auslöser drückte, hörte sie auch schon die Feuerwehr. Sie durfte nicht gesehen werden. So schnell sie konnte, fuhr sie den Hügel herab und blickte noch nicht einmal zurück, als sie die Explosion auf der Brücke hörte. Jemand stand im Türrahmen des Warteraums. Es war der Doktor. Er schüttelte bedauernd den Kopf. »Es tut mir sehr leid, Mrs. Barber«, sagte er, »wir konnten nichts mehr machen.«

»Ich bin sicher, Sie haben Ihr Bestes getan, Doktor«, sagte sie mit der brechenden Stimme einer Witwe.

Der Doktor verbeugte sich kurz und schaute in eine andere Richtung. »Mr. Lundeens Fall ist mir allerdings ein Rätsel«, gestand er ihr. »Wie ich Ihnen schon gesagt habe, waren alle seine lebenserhaltenden Funktionen stark.«

»Lundeen?« brachte sie heraus.

»Mr. Lundeen starb, ohne das Bewußtsein wiederzuerlangen«, sagte der Doktor. »Ein Blutgerinnsel, vermuten wir.«

Laurel Barber wurde aschfahl. Der Doktor half ihr in einen Stuhl und fügte hinzu: »Die Leute von der Intensivstation haben gerade mit mir gesprochen, als ich auf dem Weg hierher war. Sie haben mir etwas Merkwürdiges über die Todeszeit mitgeteilt. Es ist dieselbe, die wir auch bei Ihrem Mann festgestellt haben – ich meine, bis auf die Sekunde genau.«

Deutsch von Barbara Schüßler

393

Ein guter Dienst

Robert Barnard

Der junge Mann konnte in der Dunkelheit weder eine Klingel noch einen Türklopfer finden, also schlug er mit seiner Faust gegen die Haustür. Er lehnte seinen Kopf gegen das kühle Backsteinmauerwerk des fremden Hauses, als sich ihm der Magen umdrehte. Drinnen war alles ruhig, und er richtete sich auf und schlug ein weiteres Mal gegen die Tür. Dieses Mal wurde sein umnebeltes Hirn sich eines schwachen Lichtes bewußt, das in einem der Fenster im oberen Stockwerk erschien. Dann öffnete sich das Fenster. Im selben Augenblick fingen seine Eingeweide an, sich laut vernehmbar wild im Kreis zu drehen.

»Was zum Teufel willst du?«

»Mr. Jacklin? Fred Jacklin?«

»Nein, der bin ich nicht. Was fällt dir ein, zu dieser Nachtzeit so an meiner Tür zu trommeln?«

»Das hier ist doch Nummer siebenundfünfzig, nicht?«

»Nein, siebenunddreißig. Verdammt noch mal, du blödes Arschloch.«

Sein Magen rebellierte schließlich endgültig und entleerte sich über den Gladiolen nahe der Haustür. Als in dem Haus noch mehr Lichter angingen, flüchtete der Junge torkelnd den Weg entlang, durch das Vordertor und die Straße hinunter.

Siebenundfünfzig. Es muß auf dieser Seite der Straße sein. Sein Kopf schien jetzt klarer. Komisch, daß — daß es sich auf das Gehirn auszuwirken schien, wenn man seinen Magen auf diese Weise ausräumte. Hübsche Häuser. Größer als die übliche Haushälfte. Verdammt viel schöner anzusehen als Mums Hinterhaus in Gateshead — alle Zimmer so winzig, feuchte Schlafzimmerwände, und sie beide, die sich gegenseitig auf den Füßen standen und sich auf die Nerven gingen.

Arbeitslosigkeit, das war der Grund dafür. Den ganzen Tag herumsitzen, ohne Geld, ohne Hoffnung. Er hatte einen Freund gehabt — ein netter, normaler Kerl —, der die Belastung nicht ausgehalten und sich aufgehängt hatte. In seinem eigenen Fall war es nur zu einem großen, explosiven Krach gekommen.

Nummer siebenundfünfzig. Die war ebenfalls dunkel. Die Leute gingen in dieser Gegend aber wirklich früh zu Bett. Er sah auf seine billige Armbanduhr. Halb zwölf. Das war keine Zeit. Keine Zeit, wenn du nicht morgens früh aufstehen mußt. Wenn du überhaupt nicht aufstehen mußt. Das ist ein hübsches Haus, dachte er. Eine Haushälfte, aber eine große. Etwas Solides. Platz, um sich zu bewegen, man selbst zu sein, für sich zu bleiben, wenn man es wollte. Aber der Garten könnte schon ein bißchen mehr Pflege vertragen. Er stolperte den Weg zum Haus hoch und tastete sich in der Dunkelheit an der schweren Haustür entlang, bis er die Klingel fand. Sie spielte die ersten Noten von ›Home Sweet Home‹.

Wieder war es auf der anderen Seite der Tür still. Nun, er sagte sich, wenn man im Bett lag, hoffte man natürlich, daß derjenige, der so spät klingelte, weggehen würde. Er klingelte noch einmal. Dieses Mal rührte sich etwas auf der anderen Seite der Tür — ein Licht im oberen Geschoß ging an, dann das Geräusch von jemandem, der langsam die Stufen herunterschlurfte. Die Tür öffnete sich nicht.

»Wer ist da?«

»Mr. Jacklin? Dad?«

»Was haben Sie gesagt?«

»Dad? Ich bin es, Steve. Dein Sohn, Steve.«

Auf der anderen Seite der Tür herrschte Schweigen. Nun, das war verständlich; Steve war nüchtern genug, das zu erkennen. Dann hörte er das Geräusch von Riegeln, die bewegt wurden. Die Lampe nahe der Haustür ging an, aber im Haus selbst blieb es dunkel. Die Tür wurde geöffnet, aber eine Kette war vorgelegt und bestimmte den Spielraum. Schwach nahm er ein Gesicht wahr, das in der Öffnung erschien.

»Was willst du?«

»Dad — ich bin es, Steve. Dein Sohn.«

»Das hast du bereits gesagt. Verdammt seltsame Zeit, mir einen Besuch abzustatten.«

»Ich war in Birmingham. Ich hatte Krach mit meiner Mum und bin hierher getrampt.«

»Hast du getrunken?«

»Ja. Ich war ziemlich blau. Ich habe an der Tür von Nummer siebenunddreißig geklopft. Aber ich bin jetzt okay. Ich wollte dich nur sehen.«

Er wurde weiter gemustert.

»Ich kann deine Mutter in dir erkennen. Ich denke, das geht in Ordnung.« Die Gestalt auf der anderen Seite fummelte an der Kette herum, und die Tür wurde geöffnet. Jetzt wurde im Flur Licht angeschaltet. »Geh durch zur Küche. Wir werden eine Tasse Tee trinken.«

Als Steve zur Küche durchging und den Lichtschalter fand, wurde das Flurlicht gelöscht. Er lächelte kurz. Er kannte die Menschen aus dem Norden des Landes — sie waren ›sparsam‹. Er und seine Mutter mußten es sein. Sein Vater kam ursprünglich, soviel wußte er, aus Bradford. Also war es keine Überraschung, daß er mit Elektrizität sparsam umging.

Sein Vater kam jetzt in die Küche, schlenderte zum Spülbecken hinüber, füllte einen Kessel und stellte ihn auf den Gasherd. Als er sich umdrehte, sah Steve ihn zum ersten Mal, sah ihn zum ersten Mal richtig. Es war für ihn ein Schock. Er hatte gewußt, daß er älter als seine Mutter sein würde, aber dieser Mann war um die sechzig, ein alter Mann. Zumindest war er das in Steves Augen. Er trug eine altmodische Wollweste, die bis zum Kragen zugeknöpft war, und schmuddelige Flanellhosen, die zweifellos hastig angezogen worden waren, als es an der Tür geschellt hatte. Sein Gesicht war faltig, und sein Kinn und seine Wangen waren mit kräftigen Stoppeln bedeckt, die den Eindruck erweckten, als sei seine letzte Rasur am Tag zuvor gewesen. Aber zumindest war er hellwach. In seinen Augen lag ein scharfes Funkeln.

»Du bist also Steven.« Er schien Schwierigkeiten damit zu haben, was er sagen sollte. Unter diesen Umständen keine Überraschung.

»Das letzte Mal, als ich dich gesehen habe, warst du — wie alt?«

»Zwei. Meine Mum sagt, du bist weggegangen, als ich gerade zwei war.«

»Das kann hinkommen. Frauen erinnern sich an solche Dinge. Was machst du also, Steve?«

»Nichts. Ich bin arbeitslos. Ich war bei Projekten — Jugendarbeitslosigkeitsprojekte und so was. Aber das ist alles Schwindel — da kommt nichts bei heraus. In Gateshead gibt es überhaupt nichts. Zweiundfünfzig Prozent ohne Arbeit. Es ist teuflisch.«

»Hier ist es auch schlimm. Sehr schlimm. Du mußt in den Süden gehen, den Südosten. Dort gibt es Arbeit.«

»Ich weiß.«

Er hatte keine warmherzige Einladung erwartet, daß er dies hier zu seiner Heimat machen sollte, obwohl er überlegt hatte, ob er hier nicht für eine Woche oder zwei, vielleicht einen Monat unterschlüpfen sollte — seinen Vater kennenlernen, im Garten helfen. Aber der Grundton der Bemerkungen des alten Mannes ließ den Impuls gründlich abkühlen. Wieder herrschte Schweigen.

»Wie geht es deiner Mutter?«

»Okay. Wir schaffen es so gerade. Sie hat ein paar Putzjobs, aber die stehen etwas auf der Kippe. Sie hilft in dem Laden an der Ecke aus, wenn sie dann und wann zu wenig Personal haben. Wir sind beide die meiste Zeit im Haus, also gehen wir einander auf die Nerven. Wir hatten letzte Nacht einen riesigen Streit.«

Sein Vater verzog das Gesicht. »Hatte immer Temperament, deine Mutter.«

»Ich war genauso dran schuld.«

»Ein gehässiges Mundwerk dazu.«

»Ist das der Grund, warum du ausgezogen bist?«

Es klang grober, als er es geplant hatte. Er war schon immer neugierig auf seinen Vater gewesen und darauf, was vor und nach seiner Geburt passiert war, aber er hatte nicht vorgehabt, es durch inquisitorische Fragen auszudrücken. Aber den alten Mann schien es nicht aus der Fassung gebracht zu haben.

»Ich bin nie eingezogen«. Ein verschmitztes Lächeln verzerrte sein knorriges Gesicht, und Steve sah schwarze Zahnstümpfe. »Ich kenne ein oder zwei gute Tricks, um so was zu verhindern. Wenn ich mit ihr gelebt hätte, hätte ich praktisch zugegeben, daß das Balg von mir war.«

»Ich.«

»Richtig. Ich habe nie mit deiner Mutter zusammengelebt. Ich habe nur mit ihr geschlafen und ihr dann und wann Geld zukommen lassen. Es ging ihr gut. Sie hat das Haus geerbt, als ihre Großeltern starben.«

»Das ist nicht gerade ein Schloß!«

»Es ging ihr gut«, wiederholte der alte Mann. Er goß den Tee in zwei Tassen und kam herüber, um Steve eine zu geben. Sein Körper roch nach Niedertracht und Nachlässigkeit.

Als Steven den Tee probierte, bemerkte er, daß er nicht gezuckert war. Auf dem Tisch stand eine Zuckerdose; er ging hinüber und nahm einen Löffel, hockte sich dann auf die Ecke des Tischs und beobachtete den alten Mann, seinen Vater, der sich eine Zigarette drehte.

»Hast du einen Hund?« fragte er und griff nach der Hundleine, die auf dem Tisch lag. »Kein guter Wachhund.«

»Er ist in der Garage. Er ist alt und hat die Kontrolle über seinen Gedärme verloren. Ich bin es leid, seine verdammten Schweinereien aufzuwischen. Er ist auch taub. Ich würde ihn einschläfern lassen, aber das kostet alles Geld.«

»Hört sich an, als würde er dann glücklicher sein.«

Der alte Mann zuckte die Achseln. Der Junge fühlte, daß sich ihm plötzlich der Magen umdrehte, was nicht am Trinken lag.

»Also hast du dich einfach, als ich zwei war, hierher davongemacht?«

»Ich habe mich nicht davongemacht. Ich habe das Geschäft da oben verkauft und ein Geschäft hier unten gekauft. Wie heißt dieses Wort, das die Yankees benutzen? Umsiedeln. Das ist es, was ich getan habe – ich bin umgesiedelt.«

»Das hast du meiner Mum aber nie erzählt, oder?«

»Oh, sie *hat* dir die richtigen Stichworte eingeflüstert, was? Nun, es gab keinen Grund, es ihr zu erzählen. Sie war das Mädchen am Ladentisch, das Mädchen hinter der Kasse, das war alles, was *sie* verdammt noch mal war. Hat sie erwartet, so behandelt zu werden, als wäre sie Vizedirektorin? Es war ein hübsches kleines

Geschäft, Klempnerbedarf zu verkaufen, aber sie war so ziemlich das kleinste Rad in dem Verein.«

»Du hast ihr nichts erzählt, bis alles eingepackt war, dann hast du gesagt, sie bräuchte sich nicht die Mühe zu machen, am Montag wieder vorbeizukommen.«

»Das hat uns eine verdammte Szene erspart, nicht?«

»Und das war das letzte, was sie von dir gesehen hat.«

»Das war es. Allerdings habe ich ihr von Zeit zu Zeit ein bißchen Geld geschickt – hat sie dir das erzählt?«

»Lächerlich.«

»Geld wächst nicht auf Bäumen.«

Steve sah sich um. »Es scheint dir gut ergangen zu sein.«

»Hätte ich ihr jedenfalls regelmäßig Geld geschickt, hätte ich damit praktisch zugegeben, daß du mein Sohn bist. Das habe ich nie getan.«

»Bin ich das trotzdem?«

»Oh, ja. Ich kann das jetzt sagen, wo du erwachsen bist.«

»Oh, ja – wunderbar! Danke! Du erkennst mich jetzt an, wo ich erwachsen bin und keiner mehr eine Unterhaltsklage gegen dich anstrengen wird.«

»Richtig.« Der alte Mann lächelte ein gräßlich selbstgefälliges Lächeln. »Laß mich dir einen Ratschlag geben, mein Sohn, kostenlos, gratis und umsonst. Da draußen gibt es immer Leute, die darauf warten, dich anzuschmieren. Du bringst es nie zu etwas, wenn du dich zurücklehnst und sie gewähren läßt. In dieser Welt gibt es die Trottel, und da gibt es die, die die Trottel ausnutzen. Was mich angeht, sehe ich keinen Grund dafür, einer der Trottel zu sein.«

»Ich könnte dich umbringen.« Die Worte klangen kompromißlos. Sie entsprangen, ohne daß er es wollte, der Desillusion, den zerschlagenen Hoffnungen, von denen er nicht gewußt hatte, daß er sie gehegt hatte; einer plötzlichen, überwältigenden Abneigung.

Der alte Mann nahm keine Notiz davon. Er zuckte mit den Schultern und drehte sich um, um seine Tasse auszuwaschen. »Nun, das ist meine Philosophie, entweder sie gefällt dir, sonst vergiß sie. Ich habe dich nicht darum gebeten, hier aufzutauchen, und wenn du eine tränenreiche Familienwiedervereinigung erwartet hast, dann bist du übergeschnappt.«

Von einem neuen Verlangen besessen, diesen nichtswürdigen, bösartigen alten Mann, der sein Vater war, durch und durch zu ängstigen, machte er es noch deutlicher, sprach es leise und intensiv aus. »Ich könnte dich umbringen. Ich könnte diese Hundeleine um deinen dürren Hals legen, und ich könnte sie zuziehen und dich erdrosseln, und keiner auf dieser Welt würde sich einen Dreck darum scheren, daß du nicht mehr bist.«

Der alte Mann war noch immer eher verwundert als verängstigt. Er drückte seine Zigarette in einem überfüllten Aschenbecher aus. »Warum solltest du das tun? Ich habe niemandem etwas getan.«

»Von Vätern wird erwartet, daß sie ihren Söhnen Gutes tun.« Steve streckte seine Hand aus und nahm die Hundeleine an sich. »Ich würde der Öffentlichkeit damit fast einen Gefallen erweisen. Du wärst umgebracht worden wie der alte Hund, den du aus Gemeinheit nicht von seinem Leiden erlöst. Und keiner würde mir auf die Schliche kommen, weil du keinen Sohn hast, oder? Du bist nie Trottel genug gewesen, um zuzugeben, daß du einen Sohn hast.«

»Sei nicht dumm.« Die Stimme des alten Mannes zitterte jetzt doch ein wenig vor Angst, offenbarte, daß Stevens Intensivität ihn berührt hatte. »Deine Fingerabdrücke wären überall in dieser Küche.«

»Ich habe nie mit der Polizei zu schaffen gehabt. Meine Abdrücke sind nicht in ihren Akten.«

»Du hast selbst gesagt, daß du an Nummer siebenunddreißig geklopft hast. Du bist gesehen worden.«

»Ich habe meine Eingeweide über ihren Gladiolen ausgespuckt. Sie haben mein Gesicht nicht gesehen. Und wenn sie es hätten? Ich bin hier nicht bekannt, und ich wäre nicht mehr hier, wenn die Polizei dich findet.« Er testete die Lederleine in seinen starken, jungen Händen und rutschte vom Tisch herunter, auf dem er gesessen hatte. »Ich könnte das Leben aus dir herauswürgen, und du würdest wahrscheinlich in diesem Flur liegen, bis dein Körper verwest und der Gestank so faulig wäre, daß jemand draußen es riechen würde. Ich könnte dich wie eine Kerze auslöschen — das Leben, das du mir gegeben hast, dazu benutzen, um deines zu beenden.«

»Warum?« Jetzt stand offene Angst in seinem Gesicht, als der Junge einen Schritt auf ihn zuging.

»Wegen der Art, wie du meine Mutter behandelt hast. Du hast sie nicht einfach schlecht behandelt, du hast sie gemein behandelt — und du hast dich selbst für verdammt klug gehalten, während du das getan hast. Und wegen der Art, wie du mich behandelt hast. Du kannst nicht einfach Leben in die Welt setzen und abziehen, als ginge dich das nichts an.«

»Das tun die Leute dauernd.«

»Das sollten sie nicht.« Er war dem Mann jetzt sehr nahe, konnte seinen Körper riechen, seinen Atem riechen. »Und weil ich für dich nie existiert habe, könnte ich dich umbringen, und niemand wird etwas merken, niemand wird mir auf die Spur kommen, und mein Name wird nicht einmal auftauchen.«

Nun stand er über ihm, unbestreitbar bedrohlich.

»Du junger Schläger! Bleib mir vom Leib!«

»*Du* bist der Schläger. Zuschlagen und wegrennen, f . . . und wegrennen — es ist dasselbe Prinzip.«

»Du bist Dreck! Das ist es, was deine Mutter erzogen hat — einen Haufen Sch . . . !«

Besessen von einem Druck, den er nicht mehr einordnen konnte, ohne zu wissen, ob er ihn ängstigen oder töten wollte, zog der Junge dem Mann plötzlich die Leine über den Kopf, hielt den sich duckenden Körper unter seinem fest und zerrte das Leder um seinen Hals zu, zog und zog.

»Halt! Du kannst nicht . . . !« Die Stimme war belegt, erstickt, fast versiegt. Der Junge zog weiter.

»Ich habe dir alles hinterlassen!«

Die Worte gingen durch das, was sich wie eine Decke aus Blut um das Gehirn des Jungen gewickelt hatte, hindurch. Seine Hände hielten in der Bewegung inne.

»Ich habe dir alles hinterlassen! Es gibt niemand anderen — du bist mein Erbe! Die Polizei wird dir auf die Spur kommen, jawohl!«

Stevens Hände lockerten sich — das Leder entspannte seinen Würgegriff um die Luftröhre des alten Mannes. Als der Angriff stockte, lag sein Vater sehr ruhig da. Plötzlich stolperte der Junge

über den mitleiderregenden Haufen hinweg, rannte durch die
Küche und zur Haustür hinaus. Als er die Tür zuzog, hörte er aus
der Küche ein heiseres, dürres Lachen.

Am nächsten Tag, als er an der Schnellstraße stand, den Daumen
in die Richtung der nach Norden fahrenden Autos haltend, fühlte
sich Steve fast erleichtert. Von Zeit zu Zeit lachte er sogar. Er
würde nie erfahren, ob er der Erbe seines Vaters gewesen war, aber
er würde es so sicher, wie es die Hölle gab, nicht mehr länger sein.
Das war klar. Er hatte nichts von ihm gehabt, und er wollte auch
nichts von ihm. Er würde nach Gateshead zurückgehen, mit seiner
Mutter ins reine kommen, dann Richtung Süden ziehen, um Arbeit
zu suchen. Er würde versuchen, ob ihn einer seiner Kumpel, der
nach London gegangen war, aufnehmen konnte. Sollte das schiefgehen, würde er sich ein Bett in einem Wohnheim nehmen. Dort
gab es Geld, wenn man sich von den Leuten fernhalten konnte, die
einen auf Drogen oder zur Prostitution bringen wollten. Er würde
weiterleben. Er hatte ein Leben vor sich.

Und es würde ein Leben sein, unbefleckt von — dieser Tat. Er
würde nie erfahren, ob er es bis zum Ende hätte durchführen können, aber ein schreckliches Gefühl in seinem Inneren sagte ihm,
daß er weiter und fester zugezogen hätte. Es war dieser verschla-
gene alte Dreckskerl, der ihn gestoppt hatte. Sein Vater hatte ihn
gerettet. Einmal in seinem Leben hatte er jemandem einen guten
Dienst erwiesen.

Deutsch von Ingo Dierkschnieder

Applaus für Charlie

George Baxt

Um neun Uhr an einem Mittwochmorgen saß Alice Carruthers an ihrem ordentlich gedeckten Frühstückstisch und spielte mit einer vertrockneten Scheibe gebutterten Toastbrots herum. Sie starrte in ihre dritte Tasse schwarzen Kaffee, als handelte es sich um eine Kristallkugel, aber sie erfuhr nichts, was sie nicht bereits befürchtet hätte. Sie war sich sicher, daß ihr Ehemann Charles sie mit einer anderen Frau betrog.

Sie stützte ihr Kinn auf die linke Handfläche und starrte aus dem Fenster auf den East River. Im Hintergrund trieb ein Müllfrachter gemächlich durch ihr Blickfeld; im Vordergrund joggten zwei Männer nebeneinander auf dem Weg, der gelegentlich die Aufmerksamkeit der freundlichen Straßenräuber aus der Nachbarschaft auf sich zog. Wenn sie den Hals reckte, konnte sie ein Stück von Gracie Mansion sehen, dem Amtssitz des Bürgermeisters, aber für Alice war das Gebäude lediglich ein häßliches Überbleibsel aus alten Zeiten, das New York schon vor Jahren hätte abreißen lassen sollen.

»Applaus für Charlie.« Alice lächelte bei der Erinnerung an ihre ältere und verständigere Schwester Rita an jenem Sonntag vor zehn Jahren, als Alice und Charles Carruthers geheiratet hatten. »Unzählige gebrochene Herzen pflastern seinen Weg. Wie kommt's, daß du die Glückliche geworden bist?«

»Das war ein hartes Stück Arbeit«, erinnerte sich Alice, geantwortet zu haben, und dachte auch an jene Monate vor seinem Heiratsantrag zurück, als jeder Nerv in ihrem Körper geschrien zu haben schien: »Charlie, Charlie, gib mir Charlie, ich muß Charlie haben.« Er hatte so gut ausgesehen. Er sah noch immer gut aus, allerdings war auch er zehn Jahre älter geworden. Einen Meter achtzig groß und erstaunlich muskulös für jemanden aus der Verlagsbranche, der bekanntermaßen nur Gläser stemmte, in denen sich entweder sehr trockene Wodka Martinis oder sehr gehaltvolle Bloody Marys befanden. Und dann diese blauen, blauen Augen. Diese unglaublich blauen, blauen Augen, gegen die, nach Alices voreingenommener Meinung, sogar Paul Newmans Augen verblaßten. Zehn Jahre später war Charlie immer noch eine überwältigende Erscheinung, obwohl er sich inzwischen eher durch Abwesenheit auszeichnete. Wo war er zum Beispiel letzte Nacht bis drei Uhr morgens gewesen? Und warum schlief er im Gästezimmer?

Arme Schwester Rita. Arme tote Schwester Rita. »Rita«, hatte Alice sie während einer Auseinandersetzung in Ritas Apartment gefragt, »hast du ein Verhältnis mit Charlie?«

Sie erinnerte sich, daß Rita am Schminktisch gesessen und versucht hatte, ihr blasses Gesicht mit Hilfe einer unglaublichen Menge von Kosmetika gesund aussehen zu lassen. »Vergangenheitsform, mein Schatz. Ich war sein vorletzter Versuch, bevor er dich geheiratet hat. Nach mir kam diese seltsame Schriftstellerin aus Kanada, du weißt schon, die mit den drei Namen und dem immer gleichen Plot.« Alice konnte sich an keinen der drei Namen erinnern, denn nach zwei Büchern hatte Charlies Verlag sie fallenlassen, und seitdem hatte man nichts mehr von ihr gehört. »Dann ist Mutter gestorben, und du hast beschlossen, aus London wieder zurückzukehren« — wo Alices Beziehung zu einem berühmten Shakespeare-Darsteller in die Brüche gegangen war —, »und Charlies große Augen haben dich entflammen lassen. Und jetzt bist du Mrs. Charles Carruthers.«

Alice erinnerte sich, wie sich ihre Blicke im Schminkspiegel getroffen hatten. »Mein Gott, du bist kaum ein Jahr verheiratet und fürchtest schon, daß er dich betrügt?« Alice hatte ernst genickt. Dann hatte Rita die Achseln gezuckt, wieder damit begonnen, dieses unvorteilhafte Rouge aufzutragen und mit einem hohl klingenden Glucksen gesagt: »Applaus für Charlie.«

Fünf Jahre und sieben mutmaßliche außerplanmäßige Charlie-Affären später war Alice, was Charlie betraf, mit sich selbst ins reine gekommen. Sie wollte ihn, und sie bekam ihn, und sie würde sich mit dem zufriedengeben, was sie hatte. Auf seine Weise liebte

Charlie sie. Niemals protzte er mit diesen heimlichen Liebesaffären vor ihr, und im gleichen Maße, wie sein Stern am Himmel des Verlagsgeschäfts emporstieg, stieg auch ihre finanzielle und gesellschaftliche Stellung.

In Elaines berühmter Bar auf der Eastside wurden sie immer mit besonderer Aufmerksamkeit empfangen, und die Köpfe so mancher Maîtres in den teuersten Restaurants der Stadt schienen fast schon über den Boden zu scharren, wenn diese Speichellecker sie unterwürfig zu einem Tisch führten. Charlie war mittlerweile Teilhaber im Verlag von Dickens und Welles, und die Autoren, die er auch weiterhin betreute, nahmen sich wie ein erlesenes Who's Who der literarischen Welt aus.

Alice seufzte und warf einen Blick auf ihre Armbanduhr. Es war nach neun Uhr. Normalerweise würde Charlie um diese Zeit bereits in seinem Büro sein, die Post durchsehen und seiner treuen und hingebungsvollen und unattraktiven Sekrtärin Clara Kule Briefe diktieren. Dann kam Alice ein Gedanke: Vielleicht hatte Charlie das Haus verlassen, bevor sie aufgewacht war. Aber nach nur drei Stunden Schlaf? Dann kam Alice ein anderer Gedanke, und dieser ließ sie fast aschfahl werden. Vielleicht war Charlie tot.

»*Applaus für Charlie.*«

Sie stand vom Frühstückstisch auf und ging ins Wohnzimmer. Charlies Mantel und sein Aktenkoffer lagen auf dem Sofa, wo er sie hingeworfen hatte, als er nach Hause gekommen war. Der Aktenkoffer stand offen, und mehrere Manuskriptseiten waren auf den Teppich gefallen. Alice hob sie auf. Die Seiten waren umfassend redigiert worden.

Sie las ein paar Zeilen des ersten Blattes und schüttelte ungläubig den Kopf. Was für ein Mist. Welch ein Schund. Gespräche mit den Toten.

Charlie hatte ihr vor ein paar Monaten erklärt, daß er gewisse Bücher ins Programm aufnehmen mußte, die ihm zwar nicht gefielen, von denen er aber wußte, daß das Publikum sie lesen wollte. Er wußte das, weil raffiniertere Herausgeber diesen Trend schon früher erkannt hatten und sich vor dem Bankrott retteten, indem sie Bücher veröffentlichten, die durch furchteinflößende Schutzumschläge und grelle Zwei-Wort-Titel auffielen, zum Beispiel ›Der

Schrei‹ oder ›Das Kreischen‹. Ein anderes hieß ›Der Daumen‹, aber sie hatte niemals den Mut aufgebracht, es zu lesen.

Alice legte die Manuskriptseiten sorgfältig in den Aktenkoffer zurück und wollte gerade die Tür zum Gästezimmer öffnen, als das Telefon klingelte. Es klingelte noch drei weitere Male, bis sie den nächsten Nebenanschluß erreicht hatte, der auf dem Tisch neben dem Sofa stand.

»Ich bin's!« trällerte die fröhliche Stimme am anderen Ende. Alice erkannte Minna Walsh, eine der wenigen Freundinnen, die von der ›alten Bande‹ übriggeblieben waren, jenen arglosen Anwärtern auf die größten Bühnenrollen dieser wundervollen Zeit damals (war sie das wirklich gewesen?), bevor sich Alice in eine idiotische, überspannte Anhängerin des britischen Shakespeare-Stars verwandelte und ihn bis zu seinem Haus nach London verfolgt hatte. »Können wir uns heute ein bißchen früher treffen? Für genau zwei Uhr habe ich etwas ganz Besonderes für uns beide vorbereitet, und ich bin sicher, es wird ein absoluter Knüller.«

Minna kam häufig mit ›absoluten Knüllern‹ daher. Sie war eine wohlhabende Witwe und hatte nach der Heirat mit Herman Walsh das Theater aufgegeben. Walsh war ein erfolgreicher Zahnarzt aus Westchester gewesen, der, so erklärte Minna, als sie sich verlobten, »in meinen Mund schaute, und es war Liebe auf den ersten Blick.«

»Was für ein Knüller?« fragte Alice.

»Ich erzähl's dir, wenn wir uns sehen. Ich bin schon ziemlich spät dran für den Schönheitssalon, und sie brauchen jede Minute, die ich erübrigen kann. Also um halb eins bei *Joe's*, einverstanden?«

»In Ordnung.« Alice legte den Hörer zurück auf die Gabel, als Charlie aus dem Gästezimmer kam. Er trug nichts außer einem Badetuch, das er sich an strategisch günstiger Stelle um die Taille geschlungen hatte. Über seine linke Wange zogen sich vier häßliche Kratzer. »Was ist denn mit dir passiert?« fragte sie, obwohl ihr Mund trocken geworden war. Charlie ging weiter in Richtung Küche. Als er an ihr vorbeikam, hörte sie ihn murmeln: »Nichts Ernstes.«

»Diese Kratzer sehen furchtbar aus!« rief sie ihm nach. »Laß mich etwas Jod drauftun.«

»Das hab' ich schon.« Er drehte sich in der Küchentür um. »Tu mir einen Gefallen. Ruf im Büro an. Sag Clara, daß ich heute nicht komme. Ich arbeite zu Hause. Ist heute dein übliches Mittagessen mit Minna?«

»Ja.« Er ging in die Küche, und sie ging gehorsam ans Telefon. Das übliche Mittagessen mit Minna. Jeden Mittwoch. Mittagessen mit Minna bei *Joe's*, einem Stammlokal der Theaterleute, das natürlich im Theaterviertel lag, und dann sahen sie sich eine Nachmittagsvorstellung an. Das übliche Mittagessen. Die übliche Minna. Der übliche Mittwoch.

»Welcher übliche Mitwoch?« fragte Clara am anderen Ende der Leitung.

Alice zuckte zusammen. »Habe ich das gesagt?«

Clara räusperte sich und antwortete: »Sie haben gesagt, der übliche Mittwoch. Ist das vielleicht der Titel eines Buches?«

»Nicht, das ich wüßte.«

»Er ist doch nicht krank — oder so etwas, nicht wahr?«

»Nein... nicht krank... oder so etwas. Er hat lediglich beschlossen, zu Hause zu arbeiten.«

»Nun, dann muß ich einen Riesenhaufen Termine neu festsetzen. Und Mrs. D., die für zwölf Uhr eingeplant ist, legt absoluten Wert auf Pünktlichkeit. Ich versuche am besten sofort, sie zu erreichen. Okay, Mrs. C., ich kümmere mich um alles.« Die gute alte verläßliche Clara. Hatte sie sich entschieden, ledig zu bleiben, weil sie lieber zuverlässig als verheiratet sein wollte? Hätte Alice doch die Probeaufnahmen für diese Fernsehserie machen sollen, anstatt Charlie zu heiraten?

»Er hätte mich vermutlich inzwischen ausrangiert.«

»Wovon, zur Hölle, redest du da?« Sie war in die Küche gegangen, wo Charlie vor dem Tresen stand und eine Tasse schwarzen Kaffee trank.

»Möchtest du ein paar Eier oder irgendwas anderes? Frischen Toast vielleicht?«

»Nichts, danke.«

»Was ist los?«

»Verdammt noch mal, laß mich in Ruhe!« Er knallte die Tasse auf die Untertasse und verließ die Küche. Alice wußte es besser, als ihm zu folgen und ihn zu belästigen. Statt dessen nahm sie die beiden Porzellangegenstände in Augenschein, um herauszufinden, ob sie beschädigt worden waren. Sie waren nicht. Sie räumte auf, denn die Hausangestellte hatte ihren freien Tag. Sie fragte sich, ob sie für ihren Mann irgendein Mittagessen zubereiten sollte. Sie fragte sich das immer noch, als sie ein Bad nahm, sich dann eincremte, sorgfältig Make-up auflegte und ebenso sorgfältig ihre Garderobe aussuchte.

Als sie fertig war und sich auf den Weg zum Treffen mit Minna machen wollte, fand sie Charlie auf dem Sofa sitzend. Er trug eine Freizeithose, ein Sporthemd und ausgetretene Mokassins. Er machte Notizen in dem Manuskript, das er letzte Nacht mit nach Hause gebracht hatte. »Ist es gut?« fragte Alice.

»Das hier?« Charlie deutete auf das Manuskript. »Reiner Schrott.«

»Ich habe heute morgen eine Seite gelesen. Ein Teil des Manuskripts ist auf den Boden gefallen, als du heute nacht nach Hause gekommen bist.«

»Nein, ich habe es auf den Boden gefeuert. Ich hasse dieses Buch. Ich hasse mich selbst dafür, daß ich es veröffentliche. Ich hasse mich in der letzten Zeit für eine Menge Dinge, und ich schulde dir unendlich viele Entschuldigungen dafür, wie schlecht ich mich während der letzten Zeit benommen habe, aber jetzt ist nicht der richtige Moment dafür. Also verzeih mir bitte, wenn ich mich jetzt wieder diesem Haufen Schund widme. Ich erwarte die Autorin um halb eins.«

Alice starrte ihn an und fragte dann: »Soll ich dir irgendwas zu Mittag zubereiten? Ich könnte schnell einen Salat oder was Ähnliches machen.«

»Nein, danke. Ich rufe den Bringdienst an und laß mir etwas liefern. Grüß Minna lieb von mir.«

»Werd' ich.« Sie war schon im Flur, als er ihren Namen rief. Sie ging zurück zum Wohnzimmer und blieb mit erstauntem Gesichtsausdruck in der Türöffnung stehen.

»Wie wäre es, wenn wir heute abend essen gehen würden? Zur Abwechslung mal irgendwo in der Innenstadt. Laß uns nach Little Italy fahren. Ich habe plötzlich riesige Lust auf irgendein üppiges italienisches Essen.«

»Abgemacht«, sagte sie und schenkte ihm eines ihrer, wie sie hoffte, süßesten Lächeln.

Fünf Minuten später saß sie auf der Rückbank eines Taxis, das in Richtung Innenstadt fuhr, und fragte sich, warum er ihr erzählt hatte, daß er die Autorin dieses Schunds um halb eins erwartete. Hielt er sie tatsächlich für so dumm? Glaubte Charlie wirklich, sie sei eine Idiotin? Hatte er denn noch immer nicht begriffen, daß sie sehr gut darin war, zwei und zwei zusammenzuzählen?

Die Verfasserin dieses Pfuschwerks über das Leben nach dem Tode war seine gegenwärtige Geliebte. Es waren ihre Finger gewesen, die letzte Nacht die Spuren auf seiner Wange hinterlassen hatten. Und dann, nachdem sie sich geküßt und angezogen hatten, war ihm eingefallen, daß der nächste Tag ein Mittwoch war, der Tag, an dem Alice immer mit Minna zu Mittag aß, und daß die Luft rein sein würde. Wie konnte er nur? Sie ballte ihre Fäuste und starrte aus dem Fenster. Wie konnte er sie nur in ihr gemeinsames Zuhause kommen lassen? Ihres Wissens hatte er das bislang noch niemals getan. Aber heute hatte er die Autorin dieses Schunds eingeladen.

Alice verspürte ein Gefühl des Déjà-vu. (Wie hatte Minna es einmal genannt? ›Die Augen zu und Déjà-vu!‹) Vor mehr als einem Jahrzehnt in London war Alice in die vorübergehende Bleibe zurückgekommen, die sie manchmal mit ihrem Shakespeareschen Superstar teilte, und hatte ihn in einer verfänglichen Situation mit einer der Jugendlichen aus seinem Ensemble überrascht (um es vorsichtig auszudrücken). »Ich weiß nicht, worüber du dich so aufregst!« hatte er gestottert und seine Spucke im ganzen Raum verteilt. (Seine feuchte Aussprache war fast so berühmt wie er selbst. Sein ergebenes Publikum war erfahren genug, nur Plätze zu buchen, die mindestens fünf Reihen vom Bühnenrand entfernt lagen. Die blieben für die Touristen frei, die dann ganz vorne saßen und durchnäßt wurden.) »Ich meine, als Amerikanerin solltest du doch recht gut verstehen, was mit mir los ist. Wie nennt ihr das dort drüben? Ach ja, natürlich! Abwechslungsreichtum!«

Zehn Minuten später saß sie Minna an ihrem Lieblingstisch neben der Bar gegenüber. Minna fragte: »Warum bist du so niedergeschlagen?« Alice erzählte es ihr. Auf Minna konnte sie sich immer verlassen. Minna fand Charlie nicht im geringsten sexy und sagte das auch laut, besonders wenn Charlie in Hörweite war. »Das schreit nach ein paar Bloody Marys.« Minna winkte einem Kellner, gab eine Bestellung auf und wandte sich dann wieder an Alice. »Hör zu. Wenn er so viel Aufhebens darum macht, dich heute abend zum Essen nach Little Italy auszuführen, dann heißt das, daß er der anderen den Laufpaß gibt.«

»Bist du sicher?«

»Völlig sicher. Er konnte das schwerlich im Büro machen, wo Clara alles mitanhört, nicht wahr? Offensichtlich hat er ihr die schlechte Neuigkeit letzte Nacht mitgeteilt, und das hat ihm dann die Kratzer eingebracht.« Sie warf einen Blick auf ihre Armbanduhr. »In genau diesem Moment gibt er ihr den Gnadenstoß. Vergiß es. Du wußtest, was für ein Typ Charlie ist, als du ihn geheiratet hast. Du hast bekommen, was du wolltest, und du hast lange Zeit damit gelebt. Glaub mir, anderen geht es nicht viel besser. Mein verstorbener Liebling ist auch ganz schön herumgekommen. Ich war keine Närrin. Wenn er heiß wurde, blieb ich kühl. Unser Arzt hat ihn dauernd gewarnt, daß er sein Herz überanstrengte, aber na ja, letztendlich ist er gegangen, und ich bin geblieben, reich und zufrieden. Und jetzt rate mal, wohin ich dich um genau zwei Uhr mitnehme?«

»Ich geb's auf«, sagte Alice, während der Kellner ihre Drinks servierte.

»Wir gehen zu einer Séance.«

Alice brach in schallendes Gelächter aus. »Bist du verrückt geworden?«

»Nein, nur auf der Suche nach ein bißchen Abwechslung. Sei keine Spielverderberin. Sag, daß du mitkommst.«

»Na klar, natürlich komme ich mit. Das würde ich um alles in der Welt nicht verpassen wollen.«

Was für ein merkwürdiger Tag das doch ist, wurde Alice plötzlich klar. Dieser Tag ist völlig anders. Alles ist irgendwie surreal, mit einem Bühnenbild, das der späte Jean Cocteau entworfen haben könnte. »Du hast natürlich schon von Monica Duval gehört.«

»Natürlich.« Alice nippte an ihrem Glas.

»Sie hat dieses wundervoll bizarre Atelier drüben bei der Carnegie Hall.«

»Warst du schon mal da?«

»Auf einen Drink. Nicht zu einer Séance.«

»Du kennst diese Duval privat?«

»Ich habe sie nur dieses eine Mal getroffen. Sie war vor ein paar Wochen bei diesem Fest der Gastons. Wir wurden einander vorgestellt und kamen ins Gespräch.« Minnas Stimme klang jetzt eintönig. »Wir bemerkten, daß wir einige gemeinsame Bekannte hatten, sie lud mich auf einen Drink ein, und dann rief sie heute morgen an und bat mich zu der Séance.«

»Weiß sie, daß ich mitkomme?«

»Oh, natürlich. Ich habe ihr letzte Woche von unseren Mittwochstreffen erzählt. Als sie mich am Mittwoch zum Essen einladen wollte und ich sagte, tut mir leid, nicht am Mittwoch, denn der Mittwoch gehört meiner guten alten Freundin Alice und mir.« Minna tätschelte Alices Hand. »Und wir sind ganz bestimmt gute alte Freundinnen, nicht wahr, mein Schatz?«

»Ganz sicher sind wir das.« Alice hob ihr Glas zu einem Trinkspruch. »Auf uns. Die guten alten Freundinnen.«

Um genau zwei Uhr kamen Alice und Minna in Monica Duvals Atelier über der Carnegie Hall an. Die Tür wurde ihnen von einer Frau in mittleren Jahren geöffnet, die mit einem leichten französischen Akzent sprach. Sie führte sie in das Hauptzimmer, wo es einen runden Tisch gab, um den herum sechs Stühle standen. Alice zählte die Stühle und dachte bei sich: »Madame Duval hält ihre Séancen gerne in intimer Runde ab.«

Es saßen bereits drei Leute an dem Tisch, zwei Männer mittleren Alters und eine untersetzte Frau, die so schlecht gekleidet war, daß sie ungewöhnlich wohlhabend sein mußte. Offenbar war sie mit dem Mann zu ihrer Rechten verheiratet, der ständig ungeduldige Blicke auf eine sehr alte und sehr eindrucksvolle Taschenuhr warf. Die beiden Neuankömmlinge setzten sich, und dann flüsterte Alice ihrer Freundin zu: »Ich dachte, unsere Gastgeberin sei sehr auf Pünktlichkeit bedacht.« Es war zehn Minuten nach zwei.

»Woher weißt du das?« fragte Minna.

»Ich erinnere mich, es irgendwo gelesen zu haben.« Monica Duval hatte der Redakteurin der Frauenseite der *Daily News* und einem Artikelschreiber des *New York Magazine* Interviews gegeben. Alice hatte sie beide gelesen. Die anderen Anwesenden zuckten zusammen, als jemand wie ein Wirbelwind ins Zimmer gehuscht kam. »Es tut mir ja so leid, meine Lieben! Aber ich hatte einen dringenden Termin auf der anderen Seite der Stadt, und der Verkehr ist ja normalerweise schon entsetzlich, aber an einem Mittwoch, wenn all diese Taxis in rauhen Mengen ins Theaterviertel rasen, ist es einfach *incroyable*, wirklich unglaublich. Aber jetzt bin ich da, und wir können sofort anfangen!«

Alice nahm diese erstaunliche Frau prüfend in Augenschein, als sie Minna und die drei anderen begrüßte und bedeutungslose Scherze mit ihnen austauschte, als wüßte sie, daß Alice einige Zeit brauchen würde, um sich ein Bild von ihr zu machen. Monica Duval schien Anfang Dreißig zu sein. Sie war mittelgroß, hatte eine tolle Figur und wunderschöne Haut. Ihre Augen waren verführerisch dunkel, und sie trug ein einfaches, aber bildschön geschnittenes schwarzes Kleid und eine schlichte Perlenkette um den Hals. Alice hörte, wie Minna sie namentlich vorstellte.

»Mrs. Carruthers«, sagte Madame Duval mit einem freundlichen, willkommen heißenden Nicken. »Wie nett, Ihre Bekanntschaft zu machen.«

»Danke. Ich freue mich auf dieses Treffen.«

»Ich bin so froh. Gibt es irgend jemand Besonderen, den Sie gern in der Nachwelt erreichen würden?« Alice dachte an all die Leute, die sie in dieser Welt nie zu fassen bekam, und wünschte, Madame Duval könnte gleich eine ganze schwer faßbare Horde Gestalt annehmen lassen. »Vielleicht Ihre Schwester Rita?« schlug Madame Duval beiläufig vor.

Alice war froh, daß ihre Hände außer Sichtweite der anderen waren und unter dem Tisch ihre Handtasche umklammert hielten. Sie war überzeugt, daß ihre Knöchel elfenbeinweiß hervortraten. Sie brachte ein Lächeln zustande, das, wie sie hoffte, geistreich wirkte. »Haben Sie meine Schwester Rita gekannt? Sie war eine glänzende Modedesignerin.«

»Ich weiß alles über Ihre Schwester. Möchten Sie, daß ich versuche, Kontakt zu ihr herzustellen?«

»Ja. Unbedingt.«

Madame Duval wirkte unergründlich. Ihre Assistentin, eine alte Frau, hatte alle Vorhänge zugezogen, und so gab es nur noch die einzelne rote Lampe, die an geschickt ausgewählter Stelle über Madame Duvals Kopf angebracht war. Jetzt schloß Madame Duval die Augen und wies alle Anwesenden an, sich die Hände zu reichen, was sie auch gehorsam taten. Sehr dramatisch stieß Madame Duval ein gespenstisches Seufzen aus, ihr Kopf fiel nach hinten, und ihr Mund öffnete sich.

Minna drückte Alices Hand. Alice ließ das Gesicht des Mediums keinen Moment lang aus den Augen. Madame Duval gab seltsame Laute von sich, aber keiner davon hörte sich wie Rita an. Für Alice klangen sie eher wie quietschende Scharniere, die dringend geölt werden mußten. Die unangenehmen Geräusche dauerten an, und Alice, die ihre Schwester Rita kannte, war sich sicher, daß, falls es ein Leben nach dem Tode gab, Rita irgendwo mit einem jungen Mann unterwegs war und sich ihre eigene Nachmittagsvorstellung verschaffte.

Und dann erklang eine Stimme aus Monica Duvals Mund, die Alice das Blut in den Adern gefrieren ließ.

»Es tut mir leid wegen heute abend, Liebling.«

Charlie!

Hatte Minna ihn auch erkannt? Gruben sich deshalb ihre Fingernägel in Alices Handfläche, obwohl Alice keinen Schmerz verspürte?

»Es tut mir leid, Kleines, aber es ist vorbei. Ich kann nicht zum Abendessen kommen.« Alice starrte das Medium an. Sie mußte in eine echte Trance gefallen sein. Ihr Körper war unnatürlich steif, fast als wäre sie gestorben und die Totenstarre hätte eingesetzt. »Ich liebe dich, Alice. Ich habe immer nur dich geliebt, Alice. Ich . . .« – Und dann begann Monica Duvals Körper konvulsivisch zu zucken. Ihre Hände flogen hoch, ihre Augen öffneten sich, sie taumelte auf die Beine, und aus ihrem Mund erklang etwas, das Alice und Minna für immer als ein scheußliches, gottloses Kreischen, wie es kein sterbliches Wesen jemals hätte ausstoßen können, im Gedächtnis haften bleiben würde.

Das Licht ging an, und Madame Duvals Assistentin eilte an ihre

Seite. Monica Duval brach in ihren Armen zusammen, und mit der Hilfe eines der Männer wurde das Medium zu einem Sofa getragen. Sie legten sie hin, und nach einem Moment schien sie in einen Schlaf gefallen zu sein, der tief genug war, daß man ihn irrtümlich für ein Koma hätte halten können.

Ihre Assistentin sagte zu den Anwesenden. »Sie müssen gehen. Madame geht es nicht gut. Sie hat sich schon seit einiger Zeit nicht wohl gefühlt. Sie sollte nicht arbeiten. Bitte gehen Sie. Ich werde mich um sie kümmern.«

Minna ergriff Alices Hand und wollte sie gerade eilig aus dem Raum zerren, als die untersetzte Frau sich ihnen in den Weg stellte und Alice fragte: »War das Ihr Ehemann?« Ihre Augen funkelten hell, und ihre Stimme war angsterfüllt. »War das Ihr toter Ehemann?«

»Mein Mann ist *nicht* tot«, teilte Alice ihr mit und schlug sich dann plötzlich die Hand vor den Mund.

»Was ist los?« flüsterte Minna und klang dabei wie der Geist der vergangenen Weihnacht aus Dickens' Weihnachtsmärchen.

»O mein Gott, Minna, komm mit zu mir nach Hause! Komm sofort mit zu mir nach Hause!«

»Warum? Was ist denn los?«

»Beeil dich, Minna, beeil dich!«

Auf der Fahrt im Taxi hielt Minna Alices Hand fest umschlossen. Alice sprach kein Wort. Sie schüttelte unablässig den Kopf und biß sich auf die Lippen, und Minna befürchtete, daß die Séance bei ihrer Freundin womöglich einen Nervenzusammenbruch bewirkt hatte. Das Leben mit Charlie war eine ständige Belastung, und vielleicht war die Séance der Tropfen gewesen, der das Faß zum Überlaufen gebracht hatte. Aber was, zur Hölle, hatte Charlie bei der Séance verloren gehabt, fragte sich Minna. Ich dachte, es wäre Rita gewesen, zu der Madame Duval einen Kontakt herstellen wollte — wie paßte Charlie dazu? Können Medien auch mit Lebenden in Verbindung treten?

Das Taxi hielt am Straßenrand vor Alices Apartmentgebäude an der East End Avenue. Alice hielt eine Fünfdollarnote bereit und warf sie dem Fahrer achtlos zu. Sie und Minna rannten ins Gebäude, stürmten in den Aufzug und fuhren nach oben zum Penthouse-Apartment.

Die Polizei war schon da.

Detective Jack Becker erklärte ihnen, daß ein Nachbar die angelehnte Eingangstür des Apartments entdeckt und sich darüber gewundert hatte. Um nach dem Rechten zu sehen, hatte er die Wohnung betreten. Der Nachbar, ein Mr. Alfred Wayne, Fußpfleger im Ruhestand, hatte Charlie bäuchlings auf dem Sofa liegend vorgefunden. Aus seinem Rücken ragte eine große, verzierte Schere, die für gewöhnlich auf Charlies Schreibtisch lag. Die Schere hatte sein Herz durchbohrt. Der Tod mußte unmittelbar eingetreten sein.

»Applaus«, flüsterte Alice, und der verblüffte Detective Becker warf der jungen Witwe einen mißtrauischen Blick zu.

»Was haben Sie gesagt?«

Alice wiederholte »Applaus« und fügte dann hinzu: »für Charlie.« Sie wandte sich Detective Becker zu. »Meine verstorbene Schwester hat das am Tag meiner Hochzeit zu mir gesagt. Detective Becker, ich glaube, ich weiß, wer meinen Mann ermordet hat.«

Das Manuskript, an dem Charlie Carruthers an jenem Morgen gearbeitet hatte, lag quer über den Fußboden verstreut. Alice kniete sich hin, um die Seiten aufzusammeln. Detective Becker hielt sie jäh zurück: »Bitte fassen Sie sie nicht an. Wir haben sie noch nicht auf Fingerabdrücke untersucht.«

Alice stand auf und ging quer durch das Zimmer, um Minna zu trösten, die schluchzend an einem der Fenster stand. Sie hatte Charlie wirklich gemocht. Alice war froh, daß Minna sie zu der Séance mitgenommen hatte. Sie war froh, daß Monica Duval Minna angerufen hatte, um sie einzuladen und sicherzugehen, daß sie Alice mitbrachte.

»Das ist der Beweis für die Vorsätzlichkeit der Tat«, schloß Alice, nachdem sie Detective Becker alles erklärt hatte. Becker war zunächst skeptisch gewesen und hatte dann gespürt, daß ihn ein Schaudern überkam, als Alice davon berichtete, wie Charlies Stimme aus Monica Duvals Mund erklungen war.

»Ich habe so eine Ahnung, daß Charlie wußte, daß Monica Duval beabsichtigte, ihn zu töten. Ich glaube, sie hat es letzte Nacht bereits einmal erfolglos versucht. Und ich glaube, daß der Mord noch immer so frisch auf Monica lastete, daß sie, anstatt den

Geist meiner Schwester Rita zu beschwören, statt dessen den armen Charlie herbeirief. Sehen Sie, Mr. Becker, diese Blätter, die hier über den Boden verstreut liegen, gehören zu einem Manuskript über das Leben nach dem Tode, verfaßt von Monica Duval, die ein Verhältnis mit meinem Mann gehabt hat.« Minna nickte unaufhörlich zustimmend. »Es ist eine fürchterliche Ansammlung von Schund, aber jetzt, nachdem sie meinen armen Charlie ermordet hat, wird es sich als Hardcover und Taschenbuch millionenfach verkaufen. Dann sind da noch die Vordrucke und die ausländischen Ausgaben, und außerdem wird es eine phantastische Fernsehserie abgeben.«

Detective Becker rief bei seiner Dienststelle an, um Monica Duvals Verhaftung zu veranlassen. Er schien eine verblüffende Neuigkeit zu erfahren. »Sind Sie sicher, daß es sich um dieselbe Frau handelt?« Alice und Minna tauschten Blicke aus und traten dann näher an den Detective heran. »Okay, wenn ihre Mutter das gesagt hat, müssen wir es wohl für bare Münze nehmen.« War Duvals Assistentin ihre Mutter?

»Monica Duval hat kurz vor ihrem Tod ihrer Mutter gestanden, Ihren Mann ermordet zu haben.«

»Sie ist tot?« keuchte Alice. »Aber . . . was ist passiert?«

»Ihre Mutter sagt, sie glaube, Monica habe einen Anfall erlitten. Es war, als ob jemand sie erwürgt habe. Aber es ist ihr noch gelungen zu sagen, daß sie Ihren Mann getötet hat. Dann ist sie zusammengebrochen und gestorben.«

»O Gott, o Gott«, sagte Alice.

»Es ist einfach zu schrecklich«, sagte Minna.

»Es ist schlimmer, als du glaubst«, sagte Alice. »Denn falls es ein Leben nach dem Tode gibt, o Gott, Minna, falls es ein Leben nach dem Tode gibt, dann sind sie jetzt zusammen!«

Deutsch von Thomas Haufschild

Großer Junge, Kleiner Junge

Simon Brett

Unter normalen Umständen hätte er den Brief sofort weggeworfen, nachdem er die verkrampfte Handschrift wiedererkannt hatte, aber Larry Renshaw hatte gerade vor, seine Frau umzubringen, und mußte sich auf etwas anderes konzentrieren. Also las er den Brief.

Mario, der Barkeeper, hatte ihm den Brief überreicht. Die Angewohnheit, mehrere postlagernde Adressen in Kneipen und Bars über ganz London verstreut zu unterhalten, hatte Larry in weniger guten Tagen entwickelt, eine Angewohnheit, die er auch nach seiner Heirat mit Lydia nicht aufgeben wollte. Allerdings hatte sich die Art der Briefe geändert, die er bekam; es gab weniger Anordnungen von ›Geschäftspartnern‹, weniger schuldbeladene Geldscheinbündel, mit denen die außerehelichen Geheimnisse anderer gekauft wurden. Deren Stelle war von Bestätigungen seiner eigenen sexuellen Begegnungen eingenommen worden, von einem Briefwechsel, von dem man sagen konnte, daß er aus Liebesbriefen bestand, falls man diesen Begriff bis an seine äußersten Grenzen ausdehnte. Seine Heirat hatte nicht das Ende seiner Geheimnisse bedeutet.

Aber es hatte die Aufwertung einiger seiner ›postes restantes‹ bedeutet. Gastons Bar in der Albemarle Street war definitiv ein Fortschritt gegenüber dem Stag's Head in Kilburn. Und der Maßanzug aus der Savile Row, von dem er gerade das Salz schnippte, das von Marios Erdnüssen stammte, war um einiges eleganter als die Uniform eines Portiers. Das goldene Armband mit seinen persönlichen Daten, das beruhigend an seinem Handgelenk klimperte, war wesentlich bequemer als ein Paar Handschellen und entsprach entschieden besser seinem natürlichen Stil, wie Larry aufrichtig glaubte.

417

Deshalb mußte er auch dafür sorgen, daß er weiterhin in diesem Stil lebte. Er war beinahe fünfzig. Er nahm es den Ungerechtigkeiten dieser Welt übel, daß diese ihn so lange von seinem natürlichen Milieu ferngehalten hatten, und hatte keinerlei Absichten, es wieder zu verlassen, jetzt, wo er es endlich erreicht hatte.

Er hatte auch nicht die Absicht, seinen Lebensstil einzuengen, indem er auf jene Elemente verzichtete, gegen die Lydia etwas hatte – andere Frauen.

Deshalb überlegte er auch, während er in Gaston's Bar an seinem Wodka Campari nippte, wie er seine Frau umbringen könnte.

Und deshalb las er den Brief von Peter Mostyn, um auf andere Gedanken zu kommen.

... und jene Gefühle für dich haben sich nicht geändert. Ich weiß, daß mehr als dreißig Jahre vergangen sind, aber die Nächte, die wir damals zusammen verbrachten, sind noch immer Erinnerungen, die ich besonders wertschätze. Ich habe nie andere Freunde gehabt. Nichts, was inzwischen passiert ist und niemand, den ich seither getroffen habe, hat mir soviel bedeutet wie die Freude, die es mir gemacht hat, nicht nur mit dir zu sein, sondern als dein zu gelten, in der Schule als dein kleiner Junge verspottet zu werden. Ich weiß, daß es dir nicht soviel bedeutet hat wie mir, aber ich bilde mir ein, daß du damals etwas für mich empfunden hast. Ich erinnere mich, wie wir einmal die Schlafanzüge getauscht haben und du mich in deinem Schlafanzug die ganze Nacht hast in deinem Bett schlafen lassen. Ich habe mich dir nie näher gefühlt als in jener Nacht, als ich nicht nur deine Kleider angezogen habe, sondern auch ein Stück von dir – als ob ich für ein Weilchen du geworden wäre. Ich hatte mich noch nie so glücklich gefühlt. Weil ich nie deine Charakterstärke hatte, obwohl wir uns immer ähnlich sahen, obwohl wir gleich groß waren und dieselbe Haarfarbe hatten. Aber damals wußte ich, für einen Augenblick, wie es sich anfühlte, Harry Renshaw zu sein.

Es war wundervoll, dich letzte Woche wiederzusehen. Es tut mir leid, daß es nur so kurz war. Denk daran, falls ich irgend etwas für dich tun kann, brauchst du nur darum zu bitten. Wenn du mich wiedersehen willst, ruf doch an. Ich bin nur hier, um ein Problem mit dem Testament meines Onkels aus dem Weg zu räumen, und da ich ziemlich knapp bei Kasse bin, verbringe ich die meiste Zeit in meinem Hotelzimmer. Aber falls ich gerade nicht da sein sollte, wenn du anrufst, wird man mir das ausrichten. Ich fahre Ende der Woche nach Frankreich, aber ich würde dich vorher gern noch einmal sehen. Manchmal denke ich, ich nehme all meinen Mut zusammen und besuche dich in deiner Wohnung, aber ich weiß, dir wäre das nicht gerade recht, besonders jetzt, wo du mit dieser Frau verheiratet bist. Es war ein ziemlicher Schock, als du mir von deiner Heirat erzählt hast. Ich hatte immer die heimliche Hoffnung gehegt, daß der Grund, warum du nie geheiratet hast, ...

Larry hörte auf zu lesen. Nicht nur hatte die Erwähnung seiner Heirat seine Gedanken wieder auf den Mord von Lydia gelenkt, er fand den Brief auch geschmacklos.

Es beunruhigte ihn nicht, das Objekt einer homosexuellen Leidenschaft zu sein, und es focht ihn auch nicht an. Er hatte keine Zweifel daran, wo seine eigene Vorliebe lag. Er glaubte noch nicht einmal daran, während seines Erwachsenwerdens eine Phase der Homosexualität durchgemacht zu haben, aber er hatte schon immer starke Triebkräfte gehabt, und wo konnte man die in einem Jungeninternat sonst abreagieren? Die ganzen anderen großen Jungen hatte ihre kleinen Jungen, also hatte er die Spielchen mitgemacht, wie es die Tradition verlangte. Aber sobald er aus diesem besonderen Gefängnis entlassen worden war, hatte er sehr schnell die instinktgegebenen Freuden der Heterosexualität entdeckt und sich darauf konzentriert.

Aber Peter Mostyn hatte sich nicht geändert. Er meldete sich alle paar Jahre und schlug ein gemeinsames Mittagessen vor, und Larry, der sich dessen bewußt war, daß diese Einladungen ihm zu Mahlzeiten verhalfen, die nichts kosteten, schlug sie nicht aus. Ihre Unterhaltung war fast immer steif und drehte sich um Themen der Vergangenheit, so daß Larry meist seinen Cognac austrank und ging, sobald die Rechnung kam. Innerhalb der nächsten Woche reichte ihm dann üblicherweise einer der ›poste restante‹-Barkeeper einen eng beschriebenen Brief aus, der voll der unterwürfigen Dankbarkeit und der Zusicherung ewiger Verehrung war.

Für Mostyn hatte die Grapscherei im Schlafsaal offensichtlich mehr bedeutet, und er war im Bernstein der Pubertät erstarrt wie ein Insekt. Das war es, was Larry so deprimierte. Er haßte die Vergangenheit, er dachte nicht gerne an sie. Für ihn lauerte die Hoffnung auf den großen Coup immer gleich um die nächste Ecke, und er konzentrierte sich lieber darauf als auf die Reinfälle, die hinter ihm lagen.

Er hatte die Gabe, die Vergangenheit leicht vergessen zu können, so wie man instinktiv die Haut eines zwielichtigen Mißerfolgs abstreift und mit einer glänzenden, neuen Identität dasteht, bereit für die nächste, todsichere Geschichte. Diese Fähigkeit zum Wandel hatte es ihm ermöglicht, vom Angestellten eines Börsenmaklers zum Armeerekruten zu werden (nach ein paar geplatzten Schecks), vom zurückgewiesenen Rekruten zum Manager eines Postversandhandels (nach ein paar verschwundenen Kisten Munition), vom Versandhausmanager zum Zuhälter (nach ein paar im voraus bezahlten, aber nicht gelieferten Bestellungen) und vom Zuhälter zum Hotelportier (nach einer Polizeirazzia). Und das hatte ihm die neueste Metamorphose erleichtert, die vom Hotelportier zum Savile-Row-Maßanzüge tragenden Ehemann einer reichen, neurotischen Alkoholikerin (gerade noch rechtzeitig vor der unvermeidlichen Ermittlung wegen Diebstahls). Für Larry gingen Wandel und Hoffnung Hand in Hand.

Also war Peter Mostyns Ergebenheit eine unerwünschte Belästigung. Sie unterstellte, daß in Larry ein unveränderbarer Kern verblieb, den man lieben konnte, egal welche Identität er gerade angenommen hatte. Das bedrohte seine Unabhängigkeit in einer Weise, wie das die Liebe von Frauen nie getan hatte. Seine heterosexuellen Affären waren alle lebhaft und rein körperlich, schnell beendet, hinterließen in ihm keine feindseligen Gefühle, die nicht durch eine neue Eroberung ausgelöscht werden konnten, und in den Frauen hinterließen sie unverwässerte Verärgerung.

Aber Peter Mostyns heißbeschworene Liebe war da etwas ganz anderes — eine unerfreuliche Erinnerung an seine weiterlebende Identität, beinahe ein memento mori. Und Peter Mostyn selbst war ein noch größeres memento mori.

Vergangene Woche hatten sie sich zum ersten Mal seit sechs Jahren getroffen. Auch hier bewahrheitete sich wieder einmal, daß alte Gewohnheiten schwer abzulegen sind, und Larry hatte, ohne nachzudenken, den Köder der Einladung trotz seines neugewonnenen Wohlstandes geschluckt.

Sobald er Peter Mostyn sah, wußte er, daß es eine schlechte Idee gewesen war. Er fühlte sich wie Dorian Gray, der sich seinem Ebenbild gegenübersah. Der kleine Junge war so unansehnlich alt geworden, daß sein Aussehen wie eine Herausforderung an Larrys Lebenskraft und Eleganz wirkte. Schließlich waren sie ja gleich alt – nein, zum Teufel, Mostyn war jünger. In der Schule war er der kleine Junge vom großen Jungen Larry gewesen. Ein paar Klassen unter ihm, also ein paar Jahre jünger.

Und doch, wenn man ihn so ansah, konnte man meinen, er schwebe am Rande des Todes. Er war offenbar krank gewesen; Larry glaubte sich zu erinnern, daß er beim Essen etwas davon gesagt hatte, krank gewesen zu sein. Vielleicht erklärte das die langen Stahlrohrkrücken und den allgemeinen Eindruck von Schwäche. Aber das war keine Entschuldigung für die Zähne und die Haare – die hätte er aus eigener Kraft besser in Schuß halten können. Okay, die meisten von uns verlieren ein paar Zähne, das heißt aber noch lange nicht, daß man mit einem Mund herumlaufen muß, der wie ein zugeschnürter Lederbeutel aussieht. Larry war stolz auf seine falschen Zähne. Eines der ersten Dinge, die er nach der Heirat mit Lydia erledigt hatte, war, eine Reihe von Privatsitzungen beim Zahnarzt zu verabreden und sich den Mund mit den besten Ersatzzähnen füllen zu lassen, die man für Geld kaufen konnte.

Und diese Haare. Larrys Haare wurden dünn und wären schon leicht grau geworden, wenn er nicht die Präparate nehmen würde, die er von seinem Friseur in der Jermyn Street kaufte. Aber er bildete sich ein, daß er, selbst wenn ihm alle Haare ausgegangen wären, nicht auf ein Toupet zurückgegriffen hätte, das aussah wie ein kleines, braunes Säugetier, über das den ganzen Tag der Verkehr der M 1 hinweggerollt war.

Und genau so war Peter Mostyn aufgetaucht, eine humpelnde Figur mit eingefallenen Lippen und Haaren, die niemand für echt halten konnte. Um sein äußeres Erscheinungsbild in Übereinstimmung mit seinem verkrüppelten Gefühlsleben zu bringen, stellte er dieselbe Ergebenheit des Heranwachsenden zur Schau, legte dasselbe Selbstmitleid an den Tag, dieselben unaufhörlichen Beteuerungen, daß er alles für seinen Freund tun würde, daß sein eigenes Leben nichts wert sei und nur dadurch Bedeutung erlangen könne, daß er es in den Dienst von Larry Renshaw stellen könnte.

Larry mochte das ganz und gar nicht. Besonders mochte er den Gebrauch der Vergangenheit nicht, als ob sich das Leben von jetzt an zunehmend im Schatten abspielen würde. Er dachte in der Zukunft und an eine unendliche Zukunft, jetzt, da er Lydias Geld hatte.

Jetzt, da er Lydias Geld hatte ... Er schaute auf die Uhr. Viertel vor acht. Sie müßte schon gut fünf Stunden tot sein. Zeit, die Gedanken an die müde, alte Schwuchtel Mostyn beiseite zu schieben und sich um das Hauptanliegen des Tages zu kümmern. Zeit für den pflichtbewußten Ehemann, nach Hause zu gehen und die Leiche seiner Ehefrau zu entdecken.

Er verabschiedete sich laut von Mario und machte eine anzügliche Bemerkung über die neue Schürze des Barkeepers. Er fragte auch, ob die Uhr über der Bar richtig ging, und verglich die Zeit mit seiner Armbanduhr.

Nachdem er ein Leben lang Einzelheiten von Zeitabläufen im Dunkeln gehalten und Alibis aus vergessenen Minuten gequetscht hatte, war es eine amüsante Neuheit für ihn, die Aufmerksamkeit auf die Zeit zu lenken. Und auf sich selbst.

Aus demselben Grund plauderte er zuerst mit dem Fahrer des Taxis, das er am noch hellerleuchteten Piccadilly Circus aufgegabelt hatte, woran sich jener erinnern würde, bevor er es sich für die Fahrt zur Abbey Road im Fond bequem machte.

Jetzt fühlte er sich absolut sicher. Er folgte seinem untrüglichen Instinkt. Der Plan war das Werk eines Genies. Er verspürte sogar ein leises Bedauern, daß dieses Genie, wenn er erst einmal Lydias ganzes Geld hatte, an das Verbrechen verloren gehen würde. Aber nein, er hatte nicht vor, sein neuerworbenes Vermögen dadurch aufs Spiel zu setzen, daß er auch nur das Geringste riskierte. Er brauchte seine Freiheit, damit er in sein verbleibendes, reiches Leben all das hineinpacken konnte, was er in ärmeren Zeiten versäumt hatte.

Deshalb war auch der Mordplan so gut. Er enthielt überhaupt kein Risiko.

Tatsächlich hatte er den Mordplan zur gleichen Zeit gefaßt, als er Lydia bekommen hatte, obwohl er sich dessen damals nicht bewußt war. Sie war fertig verpackt geliefert worden, zusammen mit ihrem eigenen Selbstzerstörungsmechanismus. Der komplette Bausatz.

Lydia hatte sich in Larry verliebt. Larry Renshaw war gerade auf dem Tiefpunkt der Ebbe einer Karriere, die an verrückten Gezeiten nicht eben arm war. Er arbeitete gerade als Portier im Park Lane Hotel, dessen Leitung allmählich den Verdacht hegte, daß er sich der Brieftaschen, Handtaschen und Schmuckkästen der Gäste bediente. Eines Nachmittags hatte man ihm gesteckt, daß man ihm auf die Schliche gekommen war, und er hatte beschlossen, vor einem neuerlichen plötzlichen Abgang und Identitätswechsel einen letzten, lohnenswerten Diebeszug zu machen.

Seine eigenen Beobachtungen und das Gerede des Personals brachten ihn dazu, seinen Generalschlüssel in die Tür einer gewissen Mrs. Lydia Phythian zu stecken, einer Dame, die an der Bar wie ein reichlich dekorierter Christbaum auftrat und somit keinen Zweifel am Besitz einer beträchtlichen Schmucksammlung offen ließ, und die in derselben Bar soviel Gin trank, daß man unterstellen konnte, sie würde beim Verwahren der Dekoration ein wenig nachlässig sein.

Das bewahrheitete sich. Halsketten, Broschen, Armbänder und Ringe lagen so wahllos zwischen den Tablettenröhrchen auf dem Frisiertisch wie Seetang am Strand. Aber im Zimmer war auch etwas, das eine viel fettere und weniger riskante Beute versprach als die mürrisch eingeräumten Preise eines Hehlers für die Juwelen.

Da war Mrs. Lydia Phythian, im Begriff, Selbstmord zu begehen.

Die Szene war so klassisch, daß sie fast kitschig wirkte. Eine leere Ginflasche, von einer Hand der schnarchenden Figur auf dem Bett umklammert, auf dem Nachttisch das dramatisch umgestoßene Tablettenröhrchen, und, an eine Nachttischlampe gelehnt, ein gefalteter Bogen starken, blauen Briefpapiers mit Monogramm.

Larry las zu allererst den kurzen Brief.

Dies war der einzige Ausweg. Niemand kümmert sich darum, ob ich lebe oder sterbe, und ich will nicht mehr nur allen zur Last fallen. Ich habe es versucht, aber das Leben hat mich geschafft.

Er war nicht datiert. Ohne zu überlegen, steckte ihn Larry ein, bevor er seine Aufmerksamkeit der Figur auf dem Bett zuwandte. Sie schlief tief, aber ihr Pulsschlag war noch immer fest. Er erinnerte sich an irgendeinen Film mit dieser Szene und ohrfeigte sie.

Benebelt öffnete sie ihre Augen. »Ich will sterben. Warum darf ich nicht sterben?«

»Weil es soviel gibt, wofür man leben kann«, antwortete er, wobei er sich möglicherweise an einen Dialog aus demselben Film erinnerte.

Ihre Augen fielen wieder zu. Er rief einen Krankenwagen. Sein Instinkt riet ihm, über eine Amtsleitung zu gehen und den Notfalldienst direkt anzurufen; er wollte nicht, daß ihm der Manager dazwischenfunkte.

Dann hielt er sich wieder an das Drehbuch des Films und führte ihren durchhängenden Körper auf und ab, hielt sie halbwegs bei Bewußtsein, bis Hilfe eintraf.

Danach folgte er einfach seinem Instinkt. Instinkt befahl ihm, sie im Krankenwagen ins Krankenhaus zu begleiten; Instinkt befahl ihm, wieder dort zu sein (nicht in Hoteluniform), als sie nach der Anwendung der Magenpumpe zu sich kam; Instinkt ließ ihn seine Besuche fortsetzen, als sie zur Wiedergenesung in die luxuriöse Avenue Clinic verlegt wurde. Schließlich versorgte ihn sein Instinkt auch mit den Worten, die ihr versicherten, daß es sich tatsächlich lohne, weiterzuleben, und daß es verrückt sei, wenn sich eine so attraktive Frau nicht geliebt fühlte, und daß er zumindest ihren wahren Wert zu schützen wisse.

Letzten Endes also war ihre Heirat, drei Monate nachdem sie aus der Klinik entlassen worden war, ein Triumph des Instinkts.

Ein paar Tage vor der Zeremonie im Standesamt hatte Larry Renshaw einen Termin bei ihrem Arzt. »Wissen Sie, ich dachte, jetzt, da wir für ein Leben lang zusammen sind, sollte ich ihre ganze

Krankheitsgeschichte kennen«, sagte er mit verantwortungsbewuß-
ter Stimme. »Ich meine, ich verlange ja nicht von Ihnen, daß Sie
Berufsgeheimnisse preisgeben, aber natürlich möchte ich sicherge-
hen, daß sich dieser abscheuliche Vorfall, der uns zusammenge-
bracht hat, nicht wiederholt.«

»Natürlich.« Der Arzt war kahlköpfig, dünn und ganz offen
mißtrauisch. Er schien von Larrys Vorstellung eines besorgten Ehemanns in spe nicht überzeugt zu sein. »Nun, sie ist eine sehr neuro-
tische Frau, sie erregt gern Aufsehen. Nichts wird ihren grund-
legenden Charakter ändern.«

»Ich dachte, wenn sie verheiratet ist . . .«

»Sie ist schon ein paarmal verheiratet gewesen, das wissen Sie
bestimmt.«

»Ja, natürlich, aber sie schien ziemlich viel Pech gehabt zu haben
und auf ein paar Mistkerle hereingefallen zu sein. Ich dachte, mit
jemandem, der sie um ihrer selbst willen liebt . . .«

»O ja, ich bin sicher, wenn das so ist, daß sie das stabilisieren
wird.« Sein Mißtrauen war nun so unverhohlen, daß es beinahe
beleidigend wirkte, aber Larry wollte seinem rechtschaffenen
Ärger keine Luft machen, als der Arzt fortfuhr: »Das Problem
besteht darin, Mr. Renshaw, daß so reiche Frauen wie Mrs. Phythian dazu neigen, an eine ganze Reihe von Mistkerlen zu geraten.«

Larry überging auch die zweite Beleidigung. »Was ich wirklich
wissen wollte, war . . .«

»Was Sie wirklich wissen wollten«, unterbrach ihn der Arzt, »war,
ob sie noch einmal versuchen würde, Selbstmord zu begehen.«

Larry nickte ernst.

»Nun, das kann ich Ihnen nicht sagen. Jemand, der so viele Pillen nimmt und soviel trinkt wie sie, ist nur selten völlig rational.
Das ist nicht ihr erster Versuch gewesen, obwohl er sich von den
anderen unterscheidet.«

»Wie?«

»Die vorangegangenen Versuche sind offensichtlich nur unternommen worden, um Beachtung zu finden — sie hat sehr wohl
dafür gesorgt, daß sie gefunden wurde, bevor etwas allzu Ernsthaf-
tes passierte. In diesem Fall — nun, wenn Sie nicht in das Zimmer
spaziert wären, glaube ich, hätte sie ihr Ziel erreicht. Übrigens . . .«

Aber Larry ergriff das Wort vor der unvermeidlichen Frage, warum er sich überhaupt in ihrem Zimmer aufgehalten hatte. »Hat es diesmal noch andere Unterschiede gegeben?«

»Ein paar kleine. Die Art, wie sie alle Tabletten im Gin zerdrückte, bevor sie anfing, deutete auf eine feste Absicht hin. Und die Tatsache, daß es keinen Abschiedsbrief gab . . .«

Larry ging nicht auf den fragenden Blick ein. Als er ging, gab ihm der Arzt die Hand und sagte mit unverhohlener Ironie: »Ich würde mir keine Sorgen machen. Ich bin sicher, daß für *Sie* alles gut ausgeht.«

Das unverschämte Mißtrauen kam in dieser letzten Betonung zum Ausdruck, aber in der Stimme des Arztes schwang noch ein anderes Gefühl mit, das der Erleichterung. Wenigstens würde ein neuer Ehemann Mrs. Phythian eine Weile aus seiner Praxis fernhalten. Er müßte nur eine Reihe von Rezepten für Beruhigungspillen und Schlaftabletten zum wiederholten Mal verschreiben, und die könnte er ihr weiterhin in Rechnung stellen.

Im Unterbewußtsein wußte Larry, daß der Arzt bestätigt hatte, wie leicht es ihm sein würde, seine Frau umzubringen, aber er verdrängte diesen Gedanken. Wozu sollte das denn nötig sein?

Zunächst war es das auch nicht. Mrs. Lydia Phythian wechselte wieder einmal ihren Namen — mit der Anzahl von Identitäten, die sie angenommen hatte, machte sie beinahe ihrem Ehemann Konkurrenz — und wurde Mrs. Lydia Renshaw. Am Anfang ging die Ehe gut. Sie hatte Freude daran, ihren neuen Ehemann auszustatten, und ihm machte es Spaß, von ihr in teure Geschäfte geführt und beschenkt zu werden. Er fand in ihr eine überraschend gierige Sexualpartnerin, und obwohl er von dieser Kost allein nicht leben konnte, machten ihn gelegentliche Naschereien bei anderen Frauen angenehm satt, und er fing an zu glauben, daß die Ehe ihm gut tat.

Ganz sicher bescherte sie ihm einen Lebensstil, den er nie zuvor gekannt hatte. Da er von Eltern großgezogen worden war, deren spießbürgerliches Beharren auf seinem Besuch einer unbedeutenden Privatschule ihren Lebensstandard auf den der Arbeiterklasse und noch tiefer herabsenkte, war er sehr wohl in der Lage, die große Wohnung in der Abbey Road, das Landhaus in Uckfield und die Auswahl zwischen einem Bentley und einem kleinen Mercedes zu schätzen.

In Wirklichkeit gab es nur zwei Dinge, die ihn an seiner Frau ärgerten – daß sie nicht wollte, daß er sich mit anderen Frauen traf, und daß sie ihm nur ein begrenztes Taschengeld zugestand. Er hatte Mittel und Wege gefunden, um das zweite Problem zu umgehen; Tatsache war, daß er seine alten Pfade wieder betrat, um das Problem zu umschiffen. Er hatte schon sehr früh in ihrer Ehe angefangen, seine Frau zu bestehlen.

Zuerst hatte er das indirekt getan. Sie hatte ihm nichtsahnend die Kontrolle über ihre Investitionen anvertraut, und es war ihm ein leichtes, seinen alltäglichen Bedarf abzuschöpfen. Eine stürmische Zusammenkunft mit Lydias Makler und ihrem Buchhalter, die damit drohten, alles ihrer Arbeitgeberin zu offenbaren, überzeugte ihn jedoch davon, diese Verantwortung lieber wieder abzutreten.

Also begann er damit, seine Frau direkt zu berauben. Der Alkoholnebel, in dem sie sich üblicherweise bewegte, machte das ziemlich leicht. Wenn sie einen Ring oder gar ein kleines Halsband verlegte, oder wenn sie ihre Brieftasche leer vorfand, nur Stunden nachdem sie auf der Bank gewesen war, so waren dies kleine Vorkommnisse, auf die sie nicht gerne die Aufmerksamkeit lenkte, da dies die Frage aufwarf, wie sehr der Alkohol ihr Gedächtnis beeinträchtigte.

Larry gab einen gewissen Teil dieser Beute für andere Frauen aus, aber den Löwenanteil vertraute er einem Koffer an, der alle drei oder vier Wochen unauffällig von einer zur nächsten Gepäckaufbewahrung verlegt wurde – voreheliche Gewohnheiten ließen sich eben nur schwer ausrotten. Über einen Zeitraum von etwa zwanzig Ehemonaten hatte er so zwischen zwölf- und dreizehntausend Pfund angehäuft, was eine beruhigende Versicherung gegen widrige Umstände darstellte.

Aber er rechnete nicht mit widrigen Umständen. Zumindest rechnete er nicht damit, bevor er herausfand, daß seine Frau ihm einen Privatdetektiv auf die Fersen gehetzt und eine Akte mit den Treulosigkeiten von vierzehn Tagen zusammengetragen hatte.

Da wußte er, daß er sie umbringen mußte, daß er es schnell tun mußte, noch vor dem Treffen mit ihrem Rechtsanwalt, das sie erwähnt hatte, als sie ihn mit dem Bericht des Detektivs konfrontierte. Larry Renshaw hatte nicht die Absicht, sich vom Geld seiner Frau scheiden zu lassen.

Sobald er diese Entscheidung getroffen hatte, wurde der Mordplan, den er in der Gepäckaufbewahrung seines Unterbewußtseins weggeschlossen hatte, durch eine Schlüsselumdrehung freigelegt. Der Plan war so einfach, daß Larry ob seiner Schönheit strahlte.

Er ging ihn noch einmal durch, als er im Taxi auf dem Weg zur Abbey Road saß. Die Zeit war perfekt gewählt; der Plan konnte überhaupt nicht schiefgehen.

Alle drei Monate verbrachte Lydia vier Tage in einer Gesundheitsfarm. Das Hauptziel bestand nicht darin, sie trockenzulegen, sondern vielmehr darin, den rasenden Zerfall ihrer körperlichen Reize vorübergehend aufzuhalten. Allerdings hatten die strikten Bestimmungen dieser modischen Einrichtung, welche sich dieser hoffnungslosen Aufgabe widmete, den Nebeneffekt, daß Lydia während der Dauer ihrer Besuche dort dem Alkohol ferngehalten wurde. Die natürliche Folge davon war, daß sie jedesmal am Nachmittag ihrer Rückkehr, so regelmäßig wie ein Uhrwerk, ihr ausgetrocknetes System mit mindestens einer halben Flasche Gin bewässerte.

Und das war alles, was der Plan brauchte. Sein Instinkt sagte ihm, daß er nicht fehlschlagen konnte.

Er hatte die Vorbereitungen dazu bereits am Morgen getroffen, beinahe fröhlich. Er hatte leise vor sich hingepfiffen, als er daran arbeitete. Viel brauchte er nicht zu tun. Die Tabletten im Gin zerdrücken, den Selbstmordbrief in die Schreibtischschublade legen und den Tag unter Leuten verbringen. Keine Stunde dieses Tages sollte nicht nachprüfbar sein. Gastons Bar war nur das letzte Glied in einer langen Alibikette.

Während des ganzen Tages hatte er an dem Plan herumgebohrt, ihn nach Schwächen abgeklopft und keine gefunden.

Angenommen, Lydia würde denken, der Gin schmecke komisch? Würde sie nicht, in ihrer Hast. Jedenfalls hatte sie bei der Schilderung ihrer früheren Versuche gesagt, daß sie nichts geschmeckt habe. Es war, als ob sie ihn pur getrunken hätte und langsam immer müder und müder geworden wäre. Ein stilles Ende. Kein unattraktives.

Angenommen, die Polizei würde die Sache mit den Privatdetektiven und dem Termin beim Rechtsanwalt herausfinden? Würde sie dann nicht zuerst den Ehemann der toten Frau verdächtigen? Nein, falls überhaupt, würde das seine Darstellung des Falles bekräftigen. Wieder einmal von einem Mann enttäuscht, niedergeschlagen von der Aussicht auf eine weitere Scheidung, hatte sie den schnellsten Ausweg genommen. Stimmt, das ließ ihren Ehemann nicht gerade in einem guten Licht erscheinen, aber darüber machte sich Larry keine Sorgen. Solange er erbte, war es ihm egal, was die Leute dachten.

Angenommen, sie hatte bereits ein Testament gemacht und ihn enterbt? Deswegen hatte sie ja meinen Termin mit dem Rechtsanwalt für den nächsten Tag vereinbart. Und Larry war dabeigewesen, als sie ihr letztes Testament aufsetzte, das ihn, ihren Ehemann, zum einzigen Begünstigten machte.

Nein, sein Instinkt sagte ihm, daß nichts schiefgehen konnte . . .

Er bezahlte den Taxifahrer und erzählte ihm noch einen Witz, den er im Laufe des Tages gehört hatte.

Dann ging er in ihr Appartmenthaus, erzählte dem Portier denselben Witz und fragte ihn, ob er die genaue Zeit hätte. Siebzehn nach acht. Noch nie hatte es einen besser dokumentierten Tagesablauf gegeben.

Während er im Aufzug nach oben fuhr, fragte er sich, ob der Plan seinen letzten Schliff erhalten hatte. Es war nicht wesentlich, aber es würde sich gut machen. Lydias Schwester hatte angekündigt, daß sie abends vorbeischauen würde. Wenn sie nun tatsächlich die Leiche entdeckt hätte . . . Andererseits hatte sie ein schlechtes Zeitgefühl, wie jeder wußte, aber man konnte nicht alles haben. Aber es würde sich gut machen . . .

Alles arbeitete für ihn. Auf dem Treppenabsatz traf er einen Nachbarn, der gerade seinen Chihuahua ausführen wollte. Larry begrüßte ihn freundlich und sah auf die Uhr. Es machte ihm Spaß, ein genialer Verbrecher zu sein.

Dem sich entfernenden Nachbarn zuliebe und weil er die Rolle bis zuletzt auskosten wollte, rief er fröhlich: »Guten Abend, Liebling!« als er die Tür aufschloß.

»Guten Abend, Liebling«, sagte Lydia.

Im selben Augenblick, in dem er sie sah, wußte er, daß sie alles wußte. Sie saß in untadeliger Haltung auf dem Sofa, auf dem gläsernen Couchtisch vor ihr waren die Ginflasche und der Selbstmordbrief. Wären sie in einem Gerichtssaal mit einem Etikett versehen worden, hätten sie nicht deutlicher als Beweisstücke gekennzeichnet sein können. Auf dem Tisch neben dem Sofa stand eine weitere, halbleere Flasche Gin. Diese verdammte, versoffene Schlampe – sie hatte es nicht einmal abwarten können, bis sie zu Hause war, und hatte sich auf dem Weg von der Gesundheitsfarm nach Hause eingedeckt.

»Nun, Larry, ich nehme an, du bist überrascht, mich zu sehen!«

»Ein bißchen«, sagte er leichthin und lächelte auf eine Weise, die er immer für charmant gehalten hatte.

»Ich glaube, ich habe meinem Anwalt morgen eine Menge zu erzählen.«

Er lachte ein wenig.

»Nachdem ich bei der Polizei war«, fuhr sie fort.

Sein nächstes Lachen klang etwas spröder.

»Ja, Larry, da gibt es eine Menge zu besprechen. Fangen wir damit an, daß ich gerade eine Inventur meines Schmucks gemacht habe. Und weißt du was, ich glaube, mir ist plötzlich klargeworden, warum du an jenem schicksalhaften Nachmittag in meinem Hotelzimmer aufgekreuzt bist. Einmal ein Dieb, immer ein Dieb. Aber Mord – das ist doch eine Nummer zu groß für dich, oder?«

Der Gin wirkte noch nicht; sie sprach eiskalt und glasklar. Larry sammelte seine Gedanken, um es mit ihrer Logik aufnehmen zu können. Er ging hinüber zu seinem Schreibtisch in der Ecke bei der Tür. Als er sich wieder umdrehte, hielt er die Pistole in der Hand, die er in der Schreibtischschublade aufbewahrte.

Lydia lachte, laut und häßlich, als ob sie seine Männlichkeit verhöhnen wollte. »Ach, komm schon, Larry, das ist nicht gerade einfallsreich. Nein, dein anderer kleiner Plan war ziemlich clever, das muß ich dir lassen. Aber mich erschießen . . . Die würden dich nie das Erbe antreten lassen. Man darf aus einem Verbrechen keinen Nutzen ziehen!«

»Ich werde dich nicht erschießen.« Er ging zur anderen Seite und zielte mit der Pistole auf ihren Kopf. »Ich werde dich zwingen, von der anderen Flasche Gin zu trinken.«

Wieder erhielt er zur Antwort das schrille, herausfordernde Lachen. »Ach, komm schon, Süßer. Was soll denn das für eine Drohung sein? Das ist ein grundlegender Fehler in deiner Logik. Man kann Leute nicht dazu zwingen, sich selbst umzubringen, indem man ihnen damit droht, sie umzubringen. Wenn man schon dran glauben muß, wer schert sich da schon um die Methode? Und falls du beabsichtigst, mich zu töten, werde ich dafür sorgen, daß du es auf die Weise tust, die dir am meisten Ärger macht. Schieß drauflos, Süßer!«

Unfreiwillig senkte er den Arm mit der Pistole.

Sie lachte wieder.

»Überhaupt, das alles langweilt mich.« Sie erhob sich vom Sofa. »Ich rufe jetzt die Polizei an. Ich habe genug davon, mit einem genialen Verbrecher verheiratet zu sein.«

Der Spott spiegelte so genau das Bild wider, das er von sich selbst hatte, daß er ihn wie ein Schlag traf. Sein Revolverarm wurde wieder starr, und er schoß sie in die Schläfe, als sie auf das Telefon zuging.

Es gab eine Menge Blut. Zuerst stand er wie versteinert da, als er sah, wieviel Blut da war, aber dann, als es aufhörte zu fließen, fing sein Verstand wieder an zu arbeiten.

Dessen Überlegungen waren nicht gerade beruhigend. Er hatte es vermasselt. Alles, worauf er noch hoffen konnte, war Flucht.

Ungewöhnlich ruhig ging er zum Telefon. Er rief in Heathrow an. Es gab einen Flug um zehn Uhr. Ja, da war noch ein Platz frei. Er buchte den Flug.

Er nahm das restliche Bargeld aus Lydias Handtasche. Keine zehn Pfund. Seit ihrer Rückkehr von der Gesundheitsfarm war sie noch nicht auf der Bank. Er konnte aber immer noch ihre Kreditkarte benutzen, um die Flugkarte zu bezahlen.

Er ging ins Schlafzimmer, wo der Schmuck in gewohnter Unord-

431

nung herumlag. Er steckte die Hand nach einem Diamanthalsband aus.

Nicht doch. Angenommen, die Zollbeamten würden ihn durchsuchen. Das war genau die Art von Ärger, die er vermeiden mußte. Aus demselben Grund konnte er nicht den Schmuck aus seinem Koffer in der Gepäckaufbewahrung holen. Wo war der eigentlich überhaupt? O nein! Am Bahnhof Liverpool Street! Panik überkam ihn. Dafür blieb keine Zeit. Oder doch? Vielleicht, wenn er nur das Geld aus dem Koffer holen würde und ...

Es klingelte an der Tür.

Oh, mein Gott! Lydias Schwester!

Er schnappte sich einen Koffer, warf seinen Schlafanzug und ein frisches Hemd hinein, stürzte in die Küche, öffnete die Hintertür und rannte die Feuertreppe hinunter.

Das Bauernhaus von Peter Mostyn lag im Department Lot. Die nächste Großstadt war Cahors, die nächste Kleinstadt Montaigu-de-Quercy, aber keine von beiden war sehr nahe. Das Bauernhaus selbst war klein und einfach. Mostyn war nicht ein britischer Trendsetter, der in einem modischen Haus in Frankreich wohnte; er war dorthin gezogen, weil er unbemerkt bleiben wollte, und er lebte sehr bescheiden, rechnete ständig nach, wie lange er dort mit dem schwindenden Kapital bleiben konnte, das ihm ein entfernter Onkel vermacht hatte, und hoffte, daß es bis zu seinem Lebensende reichen würde. Er kam mit den Einheimischen nicht in engeren Kontakt, als dies seine wöchentlichen Einkäufe erforderten, und beide Seiten schienen mit diesem Arrangement glücklich zu sein.

Larry Renshaw traf dort am dritten Abend nach Lydias Tod ein. Er war unauffällig mit Vorortszügen gereist, hatte Anhalter gespielt, war lange Strecken zu Fuß über Land gegangen und hatte in den Feldern geschlafen. Er hatte seinen Anzug aus der Savile Row für ein Zehntel seines Wertes in einem Pariser Altkleiderladen verkauft und dafür ein paar blaue, verfleckte Overalls erstanden, mit denen er bei seiner Wanderschaft auf den sonnenüberfluteten Straßen Frankreichs weniger auffiel. Sein Paß und sein goldenes Identitätskettchen ruhten sicher in einer Innentasche.

Falls man ihn überhaupt verfolgte, war er fest davon überzeugt, daß er einen Vorsprung hatte.

Es war seit ungefähr vier Stunden dunkel, als er das Bauernhaus erreichte. Es war eine warme Sommernacht. Die Landschaft war trocken und spröde und brauchte Regen. Obwohl ein paar Autoscheinwerfer auf den engen Ortsstraßen an ihm vorbeirauschten, war er keinen Fußgängern begegnet.

Eine magere Mondsichel zeigte ihm genug, um eine weitere Hoffnung zunichte zu machen. In seinem Hinterkopf hatte sich die Vision eingenistet, daß Mostyn, entgegen seinen ständigen Beteuerungen von Armut, in Luxus leben und sich als ebenso fleischliche Frucht erweisen würde wie Lydia, von der man zehren könnte. Aber das baufällige Äußere des Bauernhauses zeigte ihm, daß die Lösung seiner Probleme langfristig anderweitig zu suchen war. Das Gebäude hatte sich über viele Generationen von ländlichen Besitzern hinweg kaum verändert.

Und als Mostyn zur Tür kam, hätte er der letzte Repräsentant dieser ländlichen Dynastie sein können. Seine Perücke hatte er abgelegt, er trug eine Art formloses Nachthemd und umklammerte einen Kerzenständer wie aus einer Fernsehserie nach Dickens. Die zahnlosen Lippen bewegten sich schwer, und in seinen Augen lag das alte Mißtrauen der Bauern gegenüber Fremden.

Dieser Ausdruck verschwand sofort, nachdem er seinen Besucher erkannt hatte.

»Larry! Ich hoffte, du würdest mich besuchen. Ich habe es in der Zeitung gelesen. Komm herein. Hier bist du sicher.«

Sicher war er ganz bestimmt. Mostyns begrenzter gesellschaftlicher Umgang bedeutete, daß keine Gefahr bestand, jemand könnte den Neuankömmling erkennen. Noch nicht einmal die Gefahr, gesehen zu werden. Drei Tage lang war Peter Mostyn das einzige menschliche Wesen, das Larry zu Gesicht bekam.

Und Peter Mostyn hatte sich überhaupt nicht verändert. Er war ein bemitleidenswerter Krüppel geblieben, der noch kläglicher wirkte durch seine unterwürfige Verehrung. Für ihn war das Auftauchen Renshaws die Antwort auf all seine Gebete. Jetzt endlich hatte er das Objekt seiner Zuneigung in seinen eigenen vier Wänden. Er war im siebenten Himmel.

Renshaw wurde durch die Verehrung nicht in Verlegenheit gebracht; er wußte, daß Mostyn viel zu schüchtern war, um sich unerwünscht aufzudrängen. Für eine Weile hatte er wenigstens ein Refugium gefunden und begnügte sich ein paar Tage damit, einfach dazusitzen, den Cognac seines Gastgebers zu trinken und seine Lage zu überdenken. Das Ergebnis war nicht ermutigend. Alles hatte sich ins Gegenteil verkehrt. Die ganzen sorgfältigen Pläne, die er für Lydias Tod geschmiedet hatte, arbeiteten jetzt gegen ihn. Das ausgeklügelte Festlegen der Zeit seiner Ankunft in der Wohnung war keine Bestätigung seines Alibis mehr; jetzt zeigte der Finger des Mordes auf ihn. Selbst nachdem er sie erschossen hatte, hätte er sich etwas ausdenken können, wenn diese verdammte Schwester nicht geläutet und ihn in Panik versetzt hätte. Alles war schiefgegangen.

Am dritten Abend, als er schweigend am Tisch saß und wildentschlossen Cognac trank, während Mostyn ihn beobachtete, brüllte Renshaw gegen die ganze Ungerechtigkeit an. »Diese verdammte Schlampe!«

»Lydia?« fragte Mostyn zögernd.

»Nein, du Idiot. Ihre Schwester. Wenn Sie nicht genau zu dem Zeitpunkt aufgetaucht wäre, wäre ich damit davongekommen. Ich hätte mir etwas einfallen lassen.«

»Zu welchem Zeitpunkt?«

»Direkt nachdem ich Lydia erschossen hatte. Sie klingelte an der Tür.«

»Was — so gegen halb neun?«

»Ja.«

Mostyn erbleichte unter seinem Toupét. »Das war nicht Lydias Schwester.«

»Was? Woher weißt du das?«

»Das war ich.« Renshaw schaute ihn an. »Das war ich. Ich wollte am nächsten Morgen zurückfliegen. Du hattest nicht angerufen. Ich wollte dich sehen, bevor ich England verließ, also kam ich zu dem Wohnblock. Ich wollte nicht hineingehen. Aber ich fragte den Portier, ob du da wärest, und er sagte, du wärest gerade nach Hause gekommen.«

»Das warst du? Du dämlicher Idiot, warum hast du das nicht gesagt?«

»Ich wußte doch nicht, was passiert war. Ich war . . .«

»Du Idiot! Du verdammter Idiot!« Die Frustration der letzten Tage und der Cognac vereinigten sich zu einer Welle der Wut. Renshaw packte Mostyn beim Kragen und schüttelte ihn. »Wenn ich gewußt hätte, daß du das warst . . . Du hättest mir das Leben retten können! Du verdammter Idiot! Du . . .«

»Das wußte ich nicht, das wußte ich nicht«, winselte der kleine Junge. »Als keine Antwort kam, ging ich einfach zurück ins Hotel. Ehrlich, wenn ich gewußt hätte, was passiert war . . . Ich würde alles für dich tun, das weißt du doch. Alles.«

Renshaw ließ Mostyns Kragen los und wandte sich wieder Mostyns Cognac zu.

Am nächsten Tag nahm er das Angebot an. Sie saßen über den Resten des Mittagessens. »Peter, du hast gesagt, du würdest alles für mich tun . . .«

»Natürlich, und das habe ich auch gemeint. Mein Leben ist nicht gerade aufregend gewesen. Du bist der einzige Mensch, der mir etwas bedeutet. Ich würde alles für dich tun. Ich werde hier für dich sorgen, solange . . .«

»Ich bleibe nicht hier. Ich muß weg.«

Mostyns Gesicht verriet seine Enttäuschung. Renshaw ging darüber hinweg und fuhr fort: »Dafür brauche ich Geld.«

»Ich habe dir gesagt, du kannst alles haben, was ich . . .«

»Nein, ich weiß, daß du kein Geld hast. Nicht genug Geld. Aber ich habe Geld. In der Gepäckaufbewahrung im Bahnhof Liverpool Street habe ich mehr als zwölftausend Pfund in Bargeld und Schmuck.« Renshaw schaute Mostyn mit einem Lächeln an, von dem er immer geglaubt hatte, daß es charmant war. »Ich möchte, daß du nach England gehst und es mir holst.«

»Was? Aber ich würde es nie hierherkriegen!«

»Natürlich würdest du das. Du bist der ideale Schmuggler. Du steckst das Zeug in deine Krücken. Die würden nie jemanden wie dich verdächtigen.

»Aber ich . . .«

Renshaw sah beleidigt drein. »Du hast doch gesagt, du würdest alles für mich tun.«

»Ja, das würde ich, aber . . .«

»Du kannst morgen nach Cahors fahren und den Flug buchen.«

»Aber . . . aber das bedeutet doch, daß du mich wieder verlassen wirst.«

»Ja, für ein Weilchen. Ich würde wiederkommen«, sagte Renshaw.

»Ich . . .«

»Bitte tu es für mich.« Renshaw setzte eine Miene auf, von der er wußte, daß sie verletzlich wirkte. »Bitte!«

»Also gut, ich mach's.«

»Danke dir, danke dir! Komm, darauf trinken wir!«

»Ich trinke nicht viel. Das macht mich schläfrig. Mein Kopf spielt da nicht mit. Ich . . .«

»Komm schon, trink.«

Mostyns Kopf spielte nicht mit. Im Verlauf des Nachmittags wurde seine Anbetung immer peinlicher. Dann verfiel er in einen ohnmächtigen Schlaf.

Am übernächsten Tag lag der Flugschein neben Peter Mostyns Paß auf dem Eßtisch. Oben stand sein kleiner Koffer fertig gepackt. In drei Tagen sollte er von Paris aus fliegen, am Mittwoch. Am Wochenende würde er im Bauernhaus zurück sein, mit dem Geld und dem Schmuck, Renshaws Rettungsring.

Renshaws Selbstvertrauen wuchs wieder. Mit Geld in der Tasche würde bald wieder alles möglich sein. Zwölftausend Pfund waren genug, um eine neue Identität zu kaufen und von vorne anzufangen. So ein Talent wie ihn konnte man nicht lange am Boden halten, das wußte er.

Mostyn hatte offensichtlich leichte Bedenken wegen der Aufgabe, die vor ihm lag, aber er wurde vollständig in alles eingewiesen, und er würde schon zurechtkommen. Der große Junge hatte ihn mit einem Auftrag betraut, und der kleine Junge würde dafür sorgen, daß er erfolgreich durchgeführt wurde.

Eine neue Harmonie trat in ihre Beziehung. Jetzt, da seine Flucht nur eine Frage von Tagen war, konnte Renshaw sich entspannen und sogar liebenswürdig zu seinem Beschützer sein. Mostyn strahlte vor Dankbarkeit über diese Zuwendung. Es gehörte nicht viel dazu, ihn glücklich zu machen, dachte Renshaw verächtlich. Wieder einmal fand er es unvorstellbar, als er die vorzeitig gealterte und behinderte Gestalt Mostyns betrachtete, daß sich ihre Körper jemals berührt hatten. Mostyn war schon immer eine traurige Gestalt gewesen.

Trotzdem, er war nützlich. Und obwohl es ein riesiges Loch in sein sorgfältig bewirtschaftetes Vermögen riß, ließ er den Nachschub an Cognac nicht versiegen. Renshaw füllte sein Glas noch einmal voll nach dem Mittagessen am Montag nachmittag. In dem Augenblick klopfte es an der Tür. Mostyn sprang aufgeregt zum Fenster, um nachzusehen, wer der Besucher war. Als er sich zu Renshaw umdrehte, hatte sein Gesicht noch weniger Farbe: »Es ist der Gendarm!«

Larry Renshaw bewegte sich schnell und geschickt, schnappte seinen schmutzigen Teller, das Glas und die Cognacflasche und lief nach oben. Sein Schlafzimmerfenster befand sich über dem schrägen Vordach des Hauseingangs. Falls irgend jemand nach oben käme, konnte er einen schnellen Abgang machen.

Er hörte unten eine Unterhaltung, aber sie war zu undeutlich, und seine Französischkenntnisse waren zu begrenzt, um sie zu verstehen. Dann hörte er, wie die Eingangstür geschlossen wurde. Von seinem Fenster aus sah er den Gendarmen auf sein Fahrrad steigen und in Richtung Montaigu-de-Quercy davonfahren.

Er ließ fünf Minuten verstreichen und ging dann hinunter. Peter Mostyn saß am Tisch und zitterte am ganzen Leib.

»Was zum Teufel ist los?«

»Der Gendarm — er hat gefragt, ob ich dich gesehen hätte.«

»Also hast du nein gesagt.«

»Ja, aber . . .«

»Aber was? Damit hat es sich doch bestimmt. Da hat es eine Anfrage von Interpol gegeben, alle Kontakte, die ich im Ausland habe, zu überprüfen. Die haben deinen Namen aus meinem Adreßbuch in der Wohnung. Also hat heute der Dorfpolizist seine Sache erledigt und wird berichten, daß du mich seit letzter Woche in London nicht mehr gesehen hast. Ende der Geschichte. Ich bin froh, daß es passiert ist. Wenigstens brauche ich jetzt nicht mehr darauf zu warten.«

»Ja, aber Larry, schau, in welchem Zustand ich mich befinde.«

»Du wirst dich beruhigen. Komm schon, okay, das war ein Schock, aber du wirst darüber wegkommen.«

»Das meine ich doch nicht. Was ich sagen will, ist, wenn ich jetzt schon in diesem Zustand bin, kann ich unmöglich das durchhalten, was ich am Mittwoch erledigen soll.«

»Schau, alles, was du tun mußt, ist ein Flugzeug nach London besteigen, zur Gepäckaufbewahrung im Bahnhof Liverpool Street gehen, den Koffer abholen, dich irgendwo an einen ruhigen Ort zurückziehen, das Zeug in deine Krücken stopfen und hierher zurückkommen. Das ist nicht gefährlich!«

»Ich kann es nicht machen, Larry. Ich kann nicht! Ich werde die Nerven verlieren. Ich werde mich bestimmt irgendwie verraten. Wenn ich so wäre wie du, könnte ich es tun. Du hast immer schon gute Nerven für solche Sachen gehabt. Ich wünschte, du würdest das tun, weil ich weiß, daß du das könntest. Aber ich kann...«

Er vollendete den Satz nicht. Zorn machte sich in Renshaw breit. »Hör mal zu, du kleiner Wicht, du mußt es einfach tun! Mein Gott, du hast doch oft genug gesagt, du würdest alles für mich tun – und jetzt, wo ich dich zum ersten Mal um etwas bitte, bist du ein verdammter Angsthase!«

»Larry, ich würde ja alles für dich tun, wirklich. Aber ich glaube einfach nicht, daß ich das durchstehen kann. Irgendwie würde ich es versauen. Ehrlich, Larry, wenn es etwas anderes gäbe, was ich für dich tun könnte...«

»Etwas anderes? Wie wär's damit, mich von der Mordanklage zu befreien? Vielleicht würdest du lieber das erledigen?« fragte Renshaw mit beißendem Sarkasmus.

»Wenn ich könnte... Oder wenn ich genug Geld hätte, mit dem man etwas anfangen könnte... Oder wenn...«

»Ach, halt's Maul, du nutzlose kleine Schwuchtel!« Larry Renshaw stapfte wütend mit der Cognacflasche nach oben.

Sie sprachen mehr als vierundzwanzig Stunden nicht mehr miteinander.

Aber am nächsten Abend, als Renshaw auf dem Bett lag, Cognac trank und beobachtete, wie die untergehende Sonne die verkümmerten Eichen auf dem Hügel in Gold tauchte, übernahm sein Instinkt wieder das Kommando. Es war ein warmes Gefühl. Er fühlte sich wieder beschützt. Sein Instinkt war ein allmächtiger großer Junge, der nach ihm schaute, ihn führte, ihm den Weg nach vorne zeigte, wie er das früher schon immer getan hatte.

Ungefähr eine Stunde später hörte er die Haustür und sah Mostyn, der die Straße nach Montaigu-de-Quercy entlang ging. Wieder einmal. Er war seit ihrem Streit mehr als einmal weggegangen. Zweifellos, um mehr Cognac einzukaufen, als Friedensangebot. Armer kleiner Blödmann.

Allein im Bauernhaus, döste er vor sich hin. Das Zuknallen der Tür, als Mostyn zurückkam, weckte ihn. Und er war keineswegs überrascht, daß er mit einem in allen Einzelheiten ausgearbeiteten Schlachtplan aufwachte.

Peter Mostyn schaute auf wie eine Promenadenmischung, die einen Tritt erwartete, aber Larry Renshaw lächelte ihn an und amüsierte sich, als er sah, wie dankbar sich der Gesichtsausdruck änderte. Mostyn besaß alle Schwächen jener Sorte von Frauen, der Renshaw ein Leben aus dem Weg gegangen war.

»Larry, schau mal, tut mir schrecklich leid wegen gestern nachmittag. Ich war ein richtiger Feigling. Schau, ich will wirklich etwas für dich tun. Du weißt, daß ich mein Leben für dich opfern würde, wenn ich wüßte, daß dir das nützen würde. Es war ein ziemlich vergeudetes Leben — ich möchte gern einmal etwas Sinnvolles tun.«

»Aber nicht nach London gehen und ein paar Sachen holen?« fragte Renshaw mit leichtem Ton.

»Ich glaube einfach nicht, daß ich das könnte, Larry. Ich glaube, das habe ich nicht drauf. Aber ich werde morgen nach London gehen. Ich kann etwas anderes für dich tun. Ich kann dir helfen. Ich habe dir ja schon geholfen. Ich . . .«

»Ach, laß nur.« Renshaw breitete seine Hände in einer großzügigen Gebärde des Vergebens aus. »Laß nur. Hör zu, Peter«, fuhr er in vertraulichem Tonfall fort, »ich habe mich gestern wie ein Schwein benommen, und ich will mich dafür entschuldigen. Tut mir leid, diese ganze Geschichte hat mich furchtbar mitgenommen, und ich habe einfach nicht zu schätzen gewußt, was du alles für mich tust. Bitte verzeih mir.«

»Du hast dich nicht daneben benommen. Ich...« Mostyns Gesichtsausdruck schwebte zwischen Überraschung und Freude über den Wandel im Verhalten seines Freundes.

»Nein, ich habe mich wie ein Schwein benommen. Friedensangebot.« Er zog die Hand aus der Tasche und streckte sie Mostyn entgegen.

»Aber das kannst du mir doch nicht schenken. Das ist dein Identitätskettchen, es hat deinen Namen drauf. Und es ist aus Gold. Ich meine, du würdest...«

»Bitte...«

Mostyn nahm das Armband und zog es über sein dünnes Handgelenk.

»Hör mal, Peter, ich bin so verwirrt gewesen, ich habe nicht geradeaus denken können. Vergiß das Geld in London. Vielleicht hole ich es eines Tages, vielleicht auch nicht. Das wichtige ist, daß ich im Augenblick sicher bin, bei einem Freund. Einem sehr guten Freund. Peter, was ich dich bitten möchte, ist — kann ich eine Weile hier bleiben?« Er schaute demütig auf. »Falls es dir nichts ausmacht.«

»Ausmachen? Schau, Larry, du weißt, daß ich entzückt wäre. Entzückt. Du brauchst darum gar nicht bitten.«

»Danke dir, Peter.« Renshaw sprach leise, als ob ihm das Gefühl den Hals zugeschnürt hätte. Dann wurde er wieder munter. »Wenn das abgemacht ist, wollen wir darauf trinken.«

»Ich nicht, danke, Larry. Du weißt, daß ich davon nur müde werde.«

»Ach, komm schon, Peter. Wenn wir schon zusammen leben werden, mußt du lernen, dieselben Hobbys zu mögen.« Und er füllte zwei Gläser mit Cognac.

Die Aussicht, die sich durch die zwei Wörter ›zusammen leben‹

auftat, war zuviel für Mostyn. Er hatte Tränen in den Augen, als er sein erstes Glas in einem Zug leerte.

Eineinhalb Stunden später dachte Renshaw, der rechte Augenblick sei gekommen. Mostyn sprach schon undeutlich und gähnte andauernd, war aber noch bei Bewußtsein. Seine Augen wurden für einen Augenblick der Freude klar, als Renshaw fragte: »Warum gehen wir nicht nach oben?«

»Was meinssu?«

»Du weißt, was ich meine.« Er kicherte.

»Wirklich? Wirklich?«

Renshaw nickte.

Mostyn erhob sich schwankend. »Wo sind meine Krücken?«

»In dem Zustand helfen sie dir auch nicht mehr, gerade zu stehen.«

Renshaw kicherte wieder, und Mostyn stimmte ein. Renshaw zauste die Haare seines kleinen Jungen und hatte plötzlich das Toupét in der Hand.

»Gimmir dassurück.«

»Wenn ich nach oben komme«, murmelte Renshaw leise. Dann, in einem noch leiseren Flüstern: »Geh hoch in mein Zimmer, nimm meinen Schlafanzug, zieh ihn an und leg dich in mein Bett. Ich komme bald nach.«

Mostyn lächelte beschwipst und glücklich und kletterte die Treppe hoch. Renshaw vernahm die ungleichmäßgen Schritte oben in seinem Zimmer, dann hüpfende Geräusche beim Ausziehen, dann den dumpfen Schlag eines Körpers, der aufs Bett fällt, und bald danach, wie vorhergesehen, nichts mehr.

Er blieb noch etwa eine Viertelstunde sitzen und trank aus. Dann begann er, leise pfeifend, seine Vorbereitungen zu treffen.

Er bewegte sich langsam, aber zielstrebig und folgte dem unfehlbaren Diktat seines Instinkts. Zuerst ging er ins Badezimmer und rasierte sich seine restlichen Haare. Das nahm erstaunlich wenig Zeit in Anspruch. Dann entfernte er seine falschen Zähne und legte sie in ein Glas Wasser.

Er ging vorsichtig die Treppe hoch und machte zentimeterweise die Tür zu seinem Schlafzimmer auf. Wie erwartet, lag Mostyn wie ohnmächtig da, vom ungewohnten Alkoholgenuß übermannt.

Ohne Hast stellte Renshaw das Glas mit den Zähnen auf den Nachttisch. Dann zog er die Kleider an, die Mostyn gerade auf den Boden hatte fallen lassen. Er ging in das andere Schlafzimmer, nahm die bereits gepackte Reisetasche und ging wieder nach unten.

Er steckte den Flugschein und den Paß ein, die noch immer anklagend auf dem Eßzimmertisch lagen. Er setzte das Toupét auf und verglich sein Spiegelbild mit dem Paßfoto. Das Foto war zehn Jahre alt, die Ähnlichkeit völlig ausreichend. Er nahm die Krücken auf und übte damit, bis er ein Humpeln täuschend echt nachahmen konnte.

Schließlich nahm er die halbvolle Cognacflasche, eine weitere, ungeöffnete Flasche, sowie die Kerze vom Tisch und ging nach oben.

Der kleine Junge lag auf dem Bett seines großen Jungen, im Schlafanzug seines großen Jungen, und trug sogar das Identitätskettchen seines großen Jungen, befand sich aber nicht in einer Verfassung, in der er diesen langersehnten Glückszustand schätzen konnte. Er rührte sich nicht, als sein großer Junge Cognac über das Bettzeug sprenkelte, über den Binsenteppich und die Bodenbretter. Er rührte sich auch nicht, als sein großer Junge die brennende Kerze auf den Boden stellte und zusah, wie sich ihre Flammen ausbreiteten.

Larry empfand das gewohnte Selbstvertrauen, das hervorgerufen wurde, wenn er seinem Instinkt folgte, als er nach London zurückreiste — in der Identität des Peter Mostyn. Er fand sogar, daß es seine Vorzüge hatte, ein erbärmlicher, zahnloser Krüppel auf Krücken zu sein. Leute machten ihm Platz auf dem Flughafen und halfen ihm mit seinen Taschen.

Im Flugzeug dachte er genüßlich über seine nächsten Schritte nach. Ganz sicher mußte die Gepäckaufbewahrung im Bahnhof Liverpool Street seine erste Station sein. Und dann wahrscheinlich einer der Hehler, die er bereits kannte, um den Schmuck zu Geld zu machen. Und danach, wer konnte das sagen? Möglicherweise wieder ins Ausland . . . Bestimmt eine neue Identität . . .

Aber das hatte keine Eile. Das war der Luxus, den ihm sein Instinkt verschafft hatte. In Mostyns Identität war er so lange sicher, wie er es ertragen konnte, so eine erbärmliche Figur abzugeben. Kein Grund zur Eile.

Er fühlte sich angespannt, als er sich der Paßkontrolle in Heathrow näherte. Nicht ängstlich — er vertraute darauf, daß sein Instinkt ihn nicht verlassen würde — aber angespannt. Schließlich, wenn es einen Augenblick gab, in dem seine Identität am wahrscheinlichsten angezweifelt wurde, dann doch dieser. Aber wenn man ihn hier als Peter Mostyn akzeptierte, dann brauchte er sich um nichts mehr Sorgen machen.

Es war leicht entnervend, weil der Paßbeamte ihn zu erwarten schien. »Ah, Mr. Mostyn«, sagte er. »Wenn Sie bitte hier einen Moment Platz nehmen würden, werde ich sagen, daß Sie angekommen sind.«

»Aber ich . . .« Nein, lieber keine Szene machen. Bewahre deine gerechtfertigte Entrüstung für später auf. Muß irgendeine kleinere Verwechslung sein. Er stellte sich vor, wie Peter Mostyn angesichts der Belästigungen durch die Bürokratie leise winseln würde.

Er mußte nicht lange warten. Zwei Männer in Regenmänteln kamen und baten ihn, sie in einen Raum zu begleiten. Sie ergriffen erst wieder das Wort, nachdem alle Platz genommen hatten.

»Nun«, sagte der Mann, der der ältere zu sein schien, »lassen Sie uns über den Mord an Mrs. Lydia Renshaw reden.«

»Mrs. Lydia Renshaw?« wiederholte Renshaw nachdenklich. »Aber ich bin Peter Mostyn.«

»Ja«, sagte der Mann, »das wissen wir. Daran besteht kein Zweifel. Deshalb wollen wir ja mit Ihnen über den Mord an Mrs. Lydia Renshaw reden.«

»Aber . . . warum?« fragte Larry Renshaw, genauso kläglich, wie das Peter Mostyn getan hätte.

»Warum?« Der Mann schien verdutzt. »Nun, wegen Ihres Briefes mit dem Geständnis, der heute morgen eintraf.«

Es dauerte eine geraume Weile, bis er das Dokument zu sehen bekam, das ihn belastet hatte, aber er brauchte nicht lange, um sich dessen Inhalt auszumalen: Wegen seiner langjährigen homosexuellen Zuneigung zu Larry Renshaw hatte Peter Mostyn ihn am Vorabend seiner Rückreise nach Frankreich besuchen wollen. In dem Wohnblock in der Abbey Road, wo er vom Portier gesehen wurde, hatte er aber nicht Renshaw angetroffen, sondern Renshaws Ehefrau, die Frau, die ihm, in seinen Augen, unwiderruflich die Zuneigung seines Freundes gestohlen hatte. Es entzündete sich ein Streit, in dessen Verlauf er seine Rivalin erschossen hatte. Als Larry Renshaw in seine Wohnung kam, sah er die Leiche seiner Frau, erriet sofort, was geschehen war, und machte sich unverzüglich auf den Weg nach Frankreich, um den Mörder zu verfolgen. Renshaws Ankunft in seinem Haus hatte Peter Mostyn dazu bewegt, reinen Tisch zu machen . . .

Dies brachte Larry Renshaw in eine ziemlich schwierige Lage. Da er jetzt unschuldig war, konnte er theoretisch wieder seine alte Identität zurückverlangen. Aber er hatte das unangenehme Gefühl, daß dies mehr Fragen aufwerfen als Antworten liefern würde.

Sein Instinkt, inzwischen reduziert auf ein humpelndes, sich entschuldigendes und bemitleidenswertes Ding, riet ihm dazu, Peter Mostyn zu bleiben, der kleine Junge, der das äußerste Opfer gebracht hatte, um seinen großen Jungen zu beschützen.

Und so wurde er als Peter Mostyn des Mordes an Mrs. Lydia Renshaw angeklagt und für schuldig befunden.

Und als Peter Mostyn wurde er auch später des Mordes an Larry Renshaw angeklagt und für schuldig befunden.

Deutsch von Joachim Dörr

Eleanor Sullivan (Hg.)

MORD IST ALLER LASTER ANFANG

Die besten Stories aus 50 Jahren **Ellery Queen's**

Philip Mac Donald

Celia Fremlin

Robert Bloch

und andere

BASTEI LÜBBE

Band 13 425
Eleanor Sullivan (Hg.)

**Mord ist aller
Laster Anfang**

Alles, was Sie schon immer an Krimis lesen wollten: die Creme des Crime, das Beste vom Besten. Denn Eleanor Sullivan konnte aus dem vollen schöpfen – ELLERY QUEEN'S MYSTERY MAGAZINE, die Bibel für den Fan böser Geschichten, makabrer Morde und erlesener Erzgaunereien, feierte das erfolgreiche erste halbe Jahrhundert! Die Spezialistin für alles, was Gänsehaut macht, durfte zu diesem Jubiläum aus jedem Jahr die beste Story auswählen.
Und hier ist sie nun, die erste geballte Ladung der Klassiker, die sich um Krimi-Papst Ellery Queen scharten: Superstars wie die sanft-schreckliche Celia Fremlin, Altmeister Philip MacDonald oder Ellery Queen, der Kurzgeschichtenkönig selbst; aber gerade auch neu zu entdeckende, ›stille‹ Stars, die kleine, boshaft glitzernde Juwelen geschaffen haben.
Doch nur charakterstarke Leser sollten hier hemmungslos ihrer Leselust frönen. Denn eines müssen Sie immer bedenken: Mord ist aller Laster Anfang.

**BASTEI
LÜBBE**

**Sie erhalten diesen Band
im Buchhandel, bei Ihrem
Zeitschriftenhändler sowie
im Bahnhofsbuchhandel.**

Band 19 174

Ed Gorman (Hg.)

Du schießt mir noch mein Herz kaputt

Deutsche
Erstveröffentlichung

Ja, und übrig bleibt nur noch ein Haufen Schutt, wenn Liebe
in Haß umschlägt, wenn Frauen aus der (angestammten)
Rolle fallen oder Männer den schmalen Grat verlassen,
der sie am Abgrund des alltäglichen Wahnsinns entlang-
balancieren läßt.
Geschichten, die mal das Leben, mal der Tod schrieb,
aufgezeichnet von den besten Autoren böser Geschichten.
Gesammelt hat sie Ed Gorman, der große Stars (Ed McBain,
Andrew Vachss, Loren D. Estleman . . .) mit Geheimtips wie
dem lange vergessenen Gil Brewer oder Power-Frauen wie
Marcia Muller zusammenbringt.

Die härteste Versuchung, seit es gute Storys gibt. Denn: Die
schönsten Pausen sind zartbitter . . .

**Sie erhalten diesen Band
im Buchhandel, bei Ihrem
Zeitschriftenhändler sowie
im Bahnhofsbuchhandel.**

Band 13 418
Campbell Armstrong

Jig
Deutsche
Erstveröffentlichung

Vier reiche Amerikaner irischer Herkunft, die mit der IRA sympathisieren, schicken regelmäßig horrende Geldsummen über den großen Teich. Eines Tages wird der Frachter, mit dem weiteres Geld nach Irland geschmuggelt werden soll, überfallen und die Besatzung erschossen. Das Geld fehlt Finn, dem Chef einer Splittergruppe der IRA, für die Waffeneinkäufe im Osten. Und Finn weiß: Der Verräter kann nur einer der vier reichen Sponsoren aus den USA sein. Aber wer genau?
Um das herauszufinden, schickt Finn seinen besten Mann nach Amerika: Jig, von der Presse fast schon ehrfürchtig ›der Tänzer‹ genannt. Er pflegt seine Attentate mit einer ans Unheimliche grenzenden Perfektion durchzuführen und hinterläßt keine Spuren. Aber die Amerikaner, die sich schon untereinander des Verrats verdächtigen, ahnen, daß ein IRA-Abgesandter kommen wird. Und sie stellen sich ein auf einen Kampf, den sie nie vergessen werden – ebensowenig wie die Leser dieses schlichtweg ›unwiderstehlichen‹ *(The Independent)* Thrillers.

**Sie erhalten diesen Band
im Buchhandel, bei Ihrem
Zeitschriftenhändler sowie
im Bahnhofsbuchhandel.**

Band 13 446
Robert Tine
Universal Soldier

Vor fünfundzwanzig Jahren nahm das Projekt unter dem Namen Universal Soldiers seinen Lauf: Die toten Körper kampfgestählter US-Soldaten wurden mit den Mitteln modernster Kybernetik zu neuem Leben erweckt. Das Ergebnis: perfekte Kampfmaschinen, wie geschaffen für den Einsatz in Krisengebieten.
Aber eines Tages beginnen zwei der Universal Soldiers aus der Reihe zu tanzen; sie handeln eigenmächtig, verweigern Befehle und zeigen längst überwunden geglaubte menschliche Regungen.

Jean-Claude Van Damme und Dolph Lundgren glänzen in den Hauptrollen dieses in Amerika wie in Europa erfolgreichen Kinofilms. Robert Tine hat sich durch Roland Emmerichs spektakuläres Leinwanddrama zu einem packenden und mitreißenden Roman voller Action und Witz inspirieren lassen.

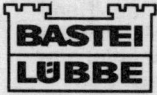

Sie erhalten diesen Band
im Buchhandel, bei Ihrem
Zeitschriftenhändler sowie
im Bahnhofsbuchhandel.